두
파
산

두 파 산

염상섭 대표작품집

애플북스

낯선 아버지의 일기를 읽다[1]

(이인화 아들 중기의 넋두리)

임 정 진

"중기야. 네 아버지가 돌아가셨다는구나."

아버지가 내 방문 앞에서 머뭇거리다 말했다. 멀쩡히 살아 있는 아버지가 내 앞에서 아버지가 돌아가셨다고 말씀하다니? 그럼 대체 어느 아버지? 아, 나의 생부. 그렇구나. 병이 깊다고 기별이 온 적이 있었다. 잊고 있었다.

솔직히 말하자면 나의 느낌은 간단히 말하자면 '귀찮은 일이 생겼군'이었다. 생부를 본 날이 내 생에 몇 번이나 되는지 손꼽을 수 있을 지경이었고 그 날들도 시간을 따지자면 차마 말하기도 부끄럽게 한 식경이 채 안 된 그런 스침이었지, 만남이라 하기도 민망스러웠다. 그렇다고 애틋한 편지를 받아본 적도 없거니

1 이 글은 작가 임정진이 염상섭 작가의 작품 〈만세전〉을 추억하며 쓴 소설이다.

와 귀한 선물을 사 보내거나 한 적도 없었다. 다만 호적에 내 이름이 이인화의 아들 이중기로 그리 올라 있으니 그런 줄 알고 지냈다. 나는 큰아버지를 아버지로, 숙모를 어머니로 알고 자랐다. 물론 그분들은 어릴 적부터 나의 생모와 생부가 따로 있음을 알려주셨지만 나는 개의치 않았다. 나를 입히고 먹이고 걱정해주고 아껴주는 이분들이 나의 어머니 아버지가 아니면 누구란 말인가. 핏줄이 중하다 하지만 그 핏줄이 몸 밖에 줄줄이 연결되어 있는 것도 아닌데 내 핏줄이 어디 닿아 있는지 어찌 안단 말인가. 나를 애지중지 해주는 관심이 나에겐 더욱 중요했다.

"아이고. 이를 어쩌니?"

뒤따라온 어머니는 가냘픈 허리를 꺾으며 내 방 앞에서 쓰러지듯 주저앉아 울기 시작하였다. 물론 나의 생모는 아니다. 생모는 내가 핏덩이일 적 돌아가셨으니 이 어머니가 나의 유일한 어머니다. 나를 키우고 사랑해주셨다. 돌아가신 어머니를 불쌍히 여기기는 하지만 그리워해 본 적은 없었다. 외롭고 또 외로운 어머니는 나만을 위해 긴 세월을 별별 서러운 꼴을 다 참고 사셨다. 안방에서 울음소리를 듣고 큰 어머니가 나오셨다.

"유난스럽기는. 자네가 언제 도련님을 보기나 했다고 그리 서러워하나."

나는 나의 이런 복잡한 가계도가 늘 싫었다. 이런 개화된 시절에 첩을 들여 한 집에 두 여인이 살게 한 야만적인 아버지를 도저히 존경할 수는 없었다. 두 어머니는 늘 나에게 경쟁적으로 너그러움을 베푸셨다. 그러나 자식을 생산하지 못한 건넌방 어머니에게 나는 더 정이 갔다. 그리고 안방 어머니가 어느 순간 그런 나의 태도를 알아차리시고는 나에게 들어가는 학비를 아까워하기 시작하셨다. 하지만 내 학비는 서울 할머니가 대부분 보내주시니 큰 어머니가 어찌 조절할 수 있는 부분은 아니었다.

"갈 차비를 해라. 여러 날 걸릴 터이니. 아니, 이참에 너도 서울에 머무르는 것도 생각해보는 게 좋겠다. 이미 날이 저물었으니 내일 일찌감치 떠나도록 하자."

갑자기 집안은 부산스러워졌다. 두 어머니도 장례를 보러 같이 가니 짐을 꾸려야 했다. 여인들의 짐 꾸리기는 내 보기엔 늘 허황스러웠다. 무얼 그리 많이 싸는지 알 수 없었다.

나는 자리끼를 들고 들어온 어머니에게 지나가는 말투로 말했다.

"어머니, 이참에 저하고 서울로 가서 삽시다. 내일 올라갈 적에 귀중한 것은 챙겨 가셔요."

어머니는 놀라서 눈이 휘둥그레졌다.

"너야 그 집 자손이니 그게 당연한 일이나 어찌 나까지."

"어머니는 내 어머니시니 당연한 일이지요."

어머니는 내 손을 잡고 소리 내지 못하고 우셨다. 그것은 무엇이겠는가. 찬동의 의미인 것이다.

장례절차는 간소했다. 처의 죽음을 허망하게 목격했던 지아비로서의 경험이 있었던 분이라 그랬는지 미리 자신의 죽음을 예지하고 자신의 시신을 화장한 후, 남김없이 산골散骨해달라는 유언장을 미리 써두셨다. 처 없이 오래 지낸 분이라 살림이랄 것도 없었고 오랜 이국 생활로 가까운 친구도 별로 없었다. 일본에서 병이 깊어진 후에 서울로 온 터라 식구들도 어느 정도 죽음을 예비

하고 있었다.

마지막 부탁이니 핏줄 얻어 쓴 아들 된 도리로 그 정도 부탁도 아니 들어드릴 수는 없는지라 꽤 높은 산까지 올라가 뼛가루를 허공에 뿌렸다. 내가 딸이 아니어서 다행이었다. 딸이었다면 눈물도 아니 흘리고 생부의 장례를 치른다면 다들 수군거렸을 것이다. 나는 다만 장엄한 표정만 지었다. 물론 즐겁지는 않았다. 내가 맡은 일이니 잘하고 싶기는 하였다. 가계도가 이제 좀 단순해진 듯하여 저으기 안심되는 면도 있었다. 이제 아버지는 세상에 한 분뿐이니 복잡한 일이 한 가지 줄어들었다. 산골을 하고 할머니 집으로 돌아와 할머니께 무사히 장례를 마쳤음을 고했다.

"일본 유학까지 하고 온 분이라 냉정하게 단도리를 하였구나. 서운타 말거라."

칭송인지 한탄인지 모를 어투로 말하며 할머니는 날 물끄러미 올려다보셨다. 할머니는 너무 쇠약하셔서 아들의 죽음을 슬픔으로 새길 기운도 없으셨다. 나에게 손짓을 하셔서 나는 할 수 없이 가까이 다가가 앉았다. 할머니는 내 손을 잡고는 "아까운 사람, 아까운 사람"만 몇 번 되까리셨다. 난 곧 일어서서 할머니 방에서 나왔다. 할머니가 덮은 희번뜩한 양단이불이 어찌 그리 호사스럽게 보이던지 오래 보기 민망하였다. 아들이 죽었는데 어찌 저리 호사스런 이불을 덮을까 하는 생각이 났던 모양이었다. 그런 생각을 잠시나마 했던 내가 나는 또 몹시 우스웠다. 생부가 사망하여 그 뼈를 허공에 뿌리고도 마음이 이리 냉랭한 자식이 더욱 우스운 게 아닌가. 늙은 할머니가 아들이 죽었다고 갑자기 거친 삼베이불을 장만해서 덮을 수야 없지 않은가 말이다. 늘 덮던 이불을 덮고 있는 것이 당연한데도 그걸 언짢아하는 내 심사가 더욱 고약하였다. 그러고 보니 나는 어찌 이리도 냉정한가. 대전서 모시고 온 두 어머니는 본인들의 인생살이를 되짚으며 슬퍼하는 것인지는 몰라도 계속 '불쌍해서 어떡허나'를 뇌까리셨다. 두 분의 마음이 그리 일치하는 것도 오랜만에 보았다.

나는 생부의 죽음은 병으로 인한 것이고 인간은 아직 병을 이길 과학을 다 쟁취하지 못하였으니 그야말로 운명이 다 한 것으로 생각하고 싶었다. 인간은 누구나 늙어 죽거나 병들어 죽기 마련 아닌가. 단지 조금 남들보다 생부의 수명이 짧다고 하나 생모에 비하면 장수한 셈이다. 무엇과 비교하느냐에 따라 장수인지 단명인지 알 수 없겠다.

사랑채로 나오니 집안일을 도맡아 해주고 병간호도 두 달가량 맡으셨던 큰 고모님이 내게 작은 보따리를 내밀었다.

"다른 건 다 본인이 일본서 미리 태웠다 하더라. 이것만 남겼단다. 아마 너에게 남겨주고 싶었던 모양이다."

"유언장이 또 있던가요?"

"문학가였으니 아마도 작품인가 싶다. 두툼한 걸 보니. 나도 자세히는 모른다. 유고작이 되는 건가."

"문학가요? 생부가?"

"그럼. 몰랐느냐?"

난 웃음이 나오려는 걸 간신히 참았다. 나는 짐짓 엄숙한 얼굴로 보따리를 받아들고 사랑방 문을 닫았다. 문학을 공부하면 다 문학가인가. 눈이 있어 그림을 본다고 다 화가는 아닐 터인데 말이다. 생부가 문학도이었는지는 모르겠으나 그 또한 허명虛名

일 것이다. 내가 짐작키로 생부는 일본에서 생활하는 것이 좋았을 뿐이지 문학 공부하는 것이 좋아서 일본에 갔던 사람은 아니었다. 아니 일본이 좋아서라기보다 단지 가족들의 구속이 싫었던 것이리라. 더 먼 나라로 갈 수 있는 기회만 있었더라면 생부는 분명히 그리하였을 터이다. 그 마음은 분명히 알겠다. 왜냐면 나도 그러하니까. 그 부분만큼은 내가 생부의 자식임을 스스로 인정하고 싶었다.

걱정과 달리 그 원고 뭉치는 일기장이었다. 젊은 시절의 생부의 글씨들은 가지런하고 영민해 보였다. 그러나 읽어갈수록 나는 그 정갈한 글씨들이 가증스럽게 보였다. 왜 다른 것은 다 태우고 이 일기장을 남겼을까. 나는 이해할 수 없었다. 하나 있는 아들에게 주고 싶은 그런 일기장이 아니었다. 나는 일기장을 다 읽고 화가 나 턱이 덜덜 떨렸다. 피곤한데도 잠을 안 자고 읽은 게 분할 지경이었다. 일기장 내용은 이러했다.

나의 생모, 그러니까 생부의 처가 다 죽게 되었다는 전보를 받고 일본 유학생이었던 생부는 집으로 돌아왔다. 동경, 고베, 시모노세키, 부산, 김천, 대전, 서울까지 여정이 어찌나 지루한지 하품이 나올 지경이었다. 교수에게는 아내가 다 죽게 되었다는 말 대신 노모가 변고가 생겼다 이야기하고 곧바로 와도 시원찮을 판에 가는 곳곳마다 별별 여자들을 다 만났다. 서울역에 내려서까지 어떤 기생을 따라갈까 말까, 인사말을 할까 말까 망설였다.

다만 안심스러운 부분은 생부가 화장이라는 장례절차에 대해서 십팔 년 전부터 호감을 갖고 있었다는 사실을 확인한 것이었다. 일시적인 치기로 한 유언은 아니었으니 화장을 해드린 것이 마지막 효도가 된 셈이었다. 어쨌든 이 사람이 나의 생부였다니 실망스러웠다. 생부는 나에게만 냉정했던 사람이 아니었다. 자기 처에게도 더없이 냉정했던 사람이었다. 이런 냉정스런 인격으로 무슨 문학을 하였겠는가. 대체 이 수치스런 일기장을 왜 안 태우고 남겼단 말인가. 이토록 뻔뻔해도 된단 말인가.

나는 일기장 뭉치를 되는 대로 부여잡고 부엌으로 나갔다. 그리고 웅크리고 앉아 아궁이에 종이뭉치를 쑤셔 박았다.

후르륵. 순식간에 종이 뭉치는 다 타버렸다. 눈앞이 아득해지다 환해졌다.

"중기야. 뭐 하니?"

이른 새벽인데 어느새 어머니가 부엌으로 나와 내 등을 보고 있었다.

"화장했습니다."

"무얼 화장을 또 해?"

"생부의 어둔 과거를 화장했습니다. 생물학적 자식 된 도리로."

"용서해드려라."

"네?"

어머니는 내게 한 번도 이래라저래라 해본 적이 없는 위인이었다. 그런데 나에게 생부를 용서하라 이르셨다. 난 놀라 아궁이 앞에서 몸을 일으켜 어머니와 마주 섰다.

"그분도 어찌할 수 없었을 것이다. 인생이 그리 자기 뜻대로만 흘러가지 않더라."

"미워하지 않겠습니다."

나의 목소리가 먹먹해졌다.

"산 것들은 다 불쌍하지. 암만."

어머니, 내 어머니. 최금순 여사가 그리 말씀하셨다. 난 왈칵 눈물이 쏟아졌다.

임정진 | 《바우덕이》로 22회 한국아동문학상 수상. 《행복은 성적순이 아니잖아요》《있잖아요 비밀이에요》《지붕 낮은 집》《발끝으로 서다》 등의 청소년소설과 《나보다 작은 형》《땅끝 마을 구름이 버스》《겁쟁이 늑대 칸》 등의 동화책을 썼다.

차례

일러두기

1. 이 책은 염상섭의 주요작품을 모은 선집으로 작품 배열은 발표 연대순으로 했다.
2. 맞춤법, 띄어쓰기는 현대어 표기로 고쳤으나 작가가 의도적으로 표현한 것은 잘못되었더라도 그대로 두었다. 띄어쓰기와 맞춤법은 국립국어원의《표준국어대사전》을 기준으로 삼았다.
3. 한글로 표기된 외래어는 외래어맞춤법에 맞게 고쳤으나 시대 상황을 드러내주는 용어는 원문을 그대로 살렸다.
4. 한자는 한글로 표기하고 의미상 필요한 경우에만 한글 옆에 병기하였다.
5. 생소한 어휘는 독자들의 이해를 돕기 위하여 각주로 설명을 달아두었다.
6. 대화에서의 속어, 방언 등은 최대한 살렸으나 지문은 현대어로 고쳤다.
7. 대화 표시는 " "로 바꾸었고, 대화가 아닌 혼잣말이나 강조의 경우에는 ' '로 바꾸었다. 또한 말줄임표는 모두 '……'로 통일하였다.

만세전萬歲前

1

조선에 만세가 일어나던 전해의 겨울이었다. 그때에 나는 반쯤이나 보던 연종시험을 중도에 내던지고 급작스레 귀국하지 않으면 안 될 일이 있었다. 그것은 다른 때문이 아니었다. 그해 가을부터 해산 후더침으로 시름시름 앓던 나의 처가 위독하다는 급전을 받은 까닭이었다.

그때의 일은 지금도 눈에 선히 보이는 듯하지만, 내가 동경에서 떠나오던 날은 마침 시험을 시작한 지 제이일 되던 날이었다. 그날 나는 네 시간 동안이나 시험장에서 추운 데 휘달리다가 새로 한 시가 지나서 겨우 하숙으로 허덕지덕 돌아오려니까, 시퍼렇게 언 찬밥덩이(생기기도 그렇게 생겼지만 밤낮 찬밥덩이만 갖다가 주는 하녀이기에 내가 지어준 별명이다)가 두 손을 겨드랑이에다 찌르고 뛰어나오는 것하고, 동구 모퉁이에서 딱 마주쳤다.

"앗! 리상, 지금 오세요? 막 금방 댁에서 전보가 왔는데요. 한턱내셔야 합니다, 하하하."

하고 지나쳤다.

그렇지 않아도 사오일 전에 김천 형님의 편지가 생각나서, 오늘쯤 전보나 오지 않을까 하는, 근심인지 기대인지 자기도 알 수 없는 막연한 생각을 하며 오던 차에 그런 소리를 듣고 보니, 가슴이 뜨끔하면서도 잘잘못 간에 일이 탁방[1]이 난 것 같아서 실없이 안심이 되지 않을 수 없었다.

'흥, 찬밥뎅이를 만났으니 무에 되겠니. 그예 나오라는 게로구나!'

나는 속으로 이렇게 생각을 하며, 그래도 총총걸음으로 들어갔다. 채 문지방에 발을 들여놓기도 전에, 주인 여편네가 문간 곁방에서, 앉은 채 미닫이를 열고 생글생글 웃으며

"지금 막 여기 댁에서 전보가 왔는데요……."

하고 위체 봉투와 함께 하얀 종잇조각을 내민다.

일전에 김천의 큰형님이 서울서 편지를 부치시며, 집에서 시급하다는 통기가 왔기로, 그 동리의 명의라는 자를 데리고, 어제 올라왔는데, 수일간 차도를 보아서, 정 급한 경우면 전보를 놓으마고 한 세세한 사연을 볼 때에는, 전보는 쳐서 무얼 하누? 하던

1 어떤 일의 결말을 비유적으로 이르는 말.

나도, 전보를 받고 보니 그예 죽지나 않았나 하는 생각이 나서 구두를 끄를 새도 없이, 황황히 펴보았다. 그러나 일전에 온 편지의 말대로 위독하다는 말은 없이, 다만 어서 나오라는 명령과, 전보환을 보낸다는 통지뿐인 것을 보면, 언제라고 걱정을 해본 일이 있었던 것은 아니지만

'아직 죽지는 않은 게로군!'

하는 생각이 나서 마음이 풀어지는 동시에, 도리어 좀 의아한 생각까지 없지 않았다.

'그리 턱을 까불지는[2] 않아 대면이나 시킬 작정으로 이 야단인가?'

나는 구두를 벗으면서 이런 생각을 할 때에, 공연히 일종의 반감까지 잠깐 일어나는 것을 깨달았다.

돈은 그달 학비까지 병倂하여 백 원이나 보내왔었다. 병인은 죽었든 살았든, 하여간, 돈 백 원은 반갑지 않은 게 아니었다. 시험 때는 당하여 오고 미구에 과세過歲를 하려면, 돈 쓸 일은 한두 가지가 아닌데, 우환이 잦은 집안에다가 대고 철없는 아이 모양으로 덮어놓고 돈 재촉만 할 수도 없는 터에, 마침 생광스러웠다. 사실 이런 생각을 할 때에는, 시험 본다는 핑계를 하고 귀국도 그만두어 버릴까 하는 생각이 없지 않았다. 그러나 아버님 꾸지람이나 가정의 시비도 시비려니와, 실상 돈 한 푼이라도 쓰려면, 나가느니밖에 별책이 없었다.

"아주 일어나실 가망이 없으신 게로군요. 얼마나 걱정이 되시

2 턱을 까불다. 죽을 때에 숨을 모으느라고 턱을 절로 떨다.

고 그럽겠습니까."

내 처자가 앓는 것을, 전부터 아는 주부는, 방 안에서 농인지 인사인지 알 수 없는 소리를 하며 해해 웃고 있다.

"걱정이다마다. 요새 밥맛이 다 없는데!"

나는 이같이 코대답을 하고, 자기 방으로 들어가서 책 보퉁이를 내던지고, 서랍 속의 도장을 꺼내가지고 다시 나왔다.

문간으로 나오는 나를 본 주부는, 또다시 농반 진담 반으로, 내 얼굴을 살피듯이 쳐다보며

"아, 점심도 아니 잡수시고, 왜 이리 급하세요, 돌아가시기도 전에 진지를 못 잡숫도록 그렇게도 설우세요?"

하며 혼자 깔깔댄다.

"암, 그저 눈물이 안 날 뿐이지, 허허허."

"뭘 그러세요. 사내답지도 못하게. 다다미[疊]하고 계집은, 새로 갈아대는 것만 좋다고 하는 소리도 못 들으셨습니까? 으응, 속으로 벌써 장가가실 예산으로 치시면서…… 내흉스럽게…… 헤헤헤."

나는 속으로

'요 계집이 돈푼 생긴 것을 보더니, 더럽게 요러나?'

하며, 주부의 바스러진 분상粉相을 돌려다 보고 앉았다가

"글쎄, 그럴까? 당해보아야 알지."

이같이 한마디 대꾸를 하고 나온 나는 큰길로 빠져나와서 우편국으로 향하였다.

십 원짜리 지폐 열 장을 양복 주머니에 든든히 집어넣고, 우편국에서 나온 나는 우선 W 대학 정문을 향하여 총총걸음을 걸었다.

교수실에는 마침 H 주임 교수가, 서류 가방을 만작거리면서 나오려고, 머뭇거리며 있었다. 나는 H 교수가 모자까지 쓰고 나오기를 기다려서, 좁은 마루 한구석으로 청하여가지고 나직나직하게, 내의來意를 말하였다.

"……."

H 교수는 가끔가끔

"응, 응, 옳지! 옳지?"

하며 듣고 나서 고개를 한참 기울이고 섰더니

"사정이 정 그렇다면 하는 수 없겠지요. 그러나 추후 시험은 좀 귀찮을걸! 삼사일간쯤 어떻게 연기할 수 없을까?"

"글쎄요. 그러나 사정도 딱하고, 기위 이렇게 되고 보니 좀처럼 착심이 될 것 같지도 않고……."

"응! 그도 그래! 그러면 정식으로……."

H 교수는 이같이 허가를 하여준 후에 몇 가지 주의와 인사를 남겨놓고, 교무실로 들어가 버렸다. 나도 뒤따라 섰다.

의외에 얼른 승낙을 하여주기 때문에, 나는 할인권까지 얻어가지고 나오기는 나왔으나 시험 치르기가 귀찮아서 하는 공연한 구실이라고, 오해나 하지 않을까 하는 자곡지심이 처음부터 앞을 서서, 좀 쭈뼛쭈뼛한 것이 암만해도 불유쾌했다. 종점으로 나와서 K정으로 향하는 전차에 올라앉아서도, 아까 H 선생더러, 얼김에 한다는 소리가

'어머님 병환이……'라고 한 것을, 다시 생각해보고, 혼자 더욱이 찌뿌드드한 생각을 이기지 못했다.

'왜 하필 왈, 어머님의 병환이라 했누? 내 계집이, 죽게 되어서

가겠다면, 어디가 어때서, 어머니를 팔았더람?'

이같이 뇌고 뇌었으나 소용은 없었다.

그럭저럭 시간은, 벌써 세 시가 넘어섰다. 어차피 네 시 차로는 떠날 꿈도 꾸지 않았지만, 이젠 열한 시의 야행으로나 출발할 수밖에 없다고 결심을 하고, 나는 K정에서 전차를 내리는 길로 쓰카타니야[塚谷屋]로 들어갔다.

반 시간 남짓하게나 이것저것 뒤적거리다가, 우선 급한 재킷 한 개를 사가지고, 그 자리에서 양복저고리 밑에, 두둑이 입고 나서, 몇 가지 여행 용구를 사 들고 거리로 나왔다. 그러나 그 외에는 또 별로 갈 데는 없었다. 인제는 그 카페로 가서 점심이나 먹을까 하다가, 돈푼 가진 바람에 그랬던지, 아직 그리 급하지도 않은 듯하고, 머리치장이 하고 싶은 생각이 나서 근처의 이발소로 찾아 들어갔다.

"다 깎으세요? 아직 괜찮은데요. 면도나 하시지요."

한 손에 가위를 든 이발쟁이는 왼손으로 머리 뒤를 살금살금 빗기면서, 이렇게 물었다.

"그럼 면도나 할까!"

나는 이같이 대답을 하고 나서 깎지 않아도 좋을 머리까지 깎으려는 지금의 자기가, 별안간 야비하게 생각되는 것을 깨닫고, 앞에 세운 체경 속을 멀거니 들여다보다가, 혼자 픽 웃어버렸다. ……가만히 눈을 감고 자빠져서도, 이처럼 여유 있게 늘어진 자기의 심리를 의심스러운 눈으로 들여다보지 않을 수 없었다.

'싫든 좋든 하여간, 근 육칠 년간이나, 소위 부부란 이름을 띠고 지내왔는데…… 당장 숨을 몬다는 급전을 받고 나서도, 아무 생각도 머리에 돌지 않는 것은, 마음이 악독해 그러하단 말인가. 속담의 상말로, 기가 너무 막혀서 막힌 둥 만 둥해서 그런가? ……아니, 그러면 누구에게 반해서나 그런다 할까? 그럼 누구에게?……'

그러나 면상으로 미끄러져 나가는 면도칼 소리, 아니 그보다도 그 이발쟁이의 맥박 소리만도 못 되는, 뱃속에서 묻고 뱃속에서 대답하는 혼잣소리건만, '누구에게?'냐고 물을 제, 나는 감히 대답할 수가 없었다. 그럴 용기가 없었다고 하는 것이 가할지도 몰랐다. 그러나 뱃속 저 뒤에서는 정자! 정자! 하는 것 같았다. 그러나 죽을힘을 다 들여서 '정자다'라고 대답을 해본 뒤에는, 또다시 질색을 하며 머리를 내둘렀다. 실상 말하면 정자가 아니라는 것도, 정자라고 대답하니만치 본심에서 나온 대답이었었다. 그러면서도 자기가 지금 머리를 깎으려고 들어온 동기가 애초에 어디 있었더냐는 것은, 분명히 의식도 하고 부인하지도 않았다.

'과연 지금 나는 정자를, 내 처에게 대하는 것처럼 냉연히 내버려 둘 수는 없으나, 내 아내를 사랑하지 않으니만치, 또 다른 의미로 정자를 사랑할 수는 없다. 결국 나는, 한 여자도 사랑하지 못할 위인이다.'

이 같은 생각을 할 제, 나는 급작스레 고독을 느끼지 않을 수 없었다. 생활의 목표가 스러져버리는 것 같았다.

'그러나저러나 지금 이다지 시급히 떠나려는 것은 무슨 이유인가. 내가 가기로, 죽을 사람이 살아날 리도 없고, 기위 죽었다 할 지경이면, 내가 안 간다고 감장[3] 할 사람이야 없을까. 육칠 년이나 같이 살아온 정으로? 참 정말 정이 들었다 할까? 입에 붙은 말이다. 그러면 의리로나 인사치레로? 그렇지 않으면 일가들에게 대한 체면에 그럴 수가 없다거나, 남편 된 책임상, 피할 수 없어서 나간다는 말인가. 흥! 그런 생각은 애당초 염두에도 없거니와 그런 허위의 짓을 하지 않으면 안 될 이유는 어디 있는가. 그럼 왜 가려 하나?'

여기까지 와서는 더 생각을 이어갈 용기가 없었다. 만일에 어디까지든지 캐물을 것 같으면 자기 자신의 명답을 얻었을지도 모르나, 그것은 잇몸이 근질근질하는 것 같아서 다시 건드리지도 않고 자기 마음을 살짝 덮어두었다.

세수를 하고 치장을 차린 뒤에, 어디로 가리라는 결심도 채 정하지 못하고, 이발소에서 뛰어나왔다.

'바로 하숙으로 돌아갈까?'

혼자 이렇게 생각을 하면서도, 머릿속으로는 떼치지 못할 어떠한 그림자를 쫓으면서 길 밖에서 머뭇거리다가, 잡지 권이나 살까 하고 동경당東京堂을 들여다보았다. 공연히 이 책 저 책을 한참 뒤적거리다가, 손에 잡히는 대로 잡지 한 권을 들고 나와서도, 우두커니 길거리를 내다보며 섰다가 아래로 향하고 발길을 떼어놓았다. 어느덧 ×정 삼거리로 나와 발끝은 M헌軒 문전에 뚝 섰다.

아직 손님이 들어오지 않은 홀 속은, 길거리보다도 음산하게 우중충하고, 한가운데 놓인 난로에도 불기가 스러져가는 모양이었다.

3 장사 지내는 일을 돌봄.

"에그, 잊어버리게 되었습니다그려! 왜 그리 한 번도 안 오세요."

밖에서 들어온 사람의 눈에는 그림자만 얼쑹얼쑹하는 컴컴스레한 주방 문 곁에 서서, 탁자를 훔치던 손을 쉬고, 하얀 둥근 상만 이리로 돌리며, 인사를 하는 것은 P자였다.

나는 난로 앞으로 교의를 끌어당겨 놓고 앉으면서

"그럼 시험 안 보고 술 먹으러 다닐까. 그러나 오늘은 정자가 어디 갔나?"

하며 물었다.

"그저 오매불망 정자올시다그려. 시험 문제를 내건 칠판 뒤에도 정자상의 얼굴이 왔다 갔다 하지요? 하하하."

"그리구 그 뒤에서는 P자상의 이런 눈이 반짝이구……."

하며 나는 눈을 흘기는 흉내를 내어 보였다.

"그런 애매한 소린 마세요. 두 분이 보따리를 싸시거나, 정사情死를 하시거나 내게 무슨 상관이나 있나요? 정자상! 정자상!"

P자는 반쯤 웃으면서도 호젓한 표정으로 정자를 불렀다.

여우女優 머리를 어푸수수하게 쪽 찌고, 새로 빨아 다린 에이프런을 뒤로 매며, 살금살금 나오는 정자는 우선 시선을 P자에다가 보내며

"이거 웬 야단야?"

이렇게 한마디 하고 나서, 그 신경질적인 똥그란 눈을 이리로 향하고, 공손히 인사를 하였다. 나는 고개만 끄덕하고 잠자코 말았다.

"정자상! 이번에 리상이 성적이 좋지 못하시다면 그 죄는 정

자상에 있습니다."

둘의 거동을 한참 건너다보던 P자는, 이같이 한마디를 내던지듯이 하고 돌아서서, 탁자를 정돈하고 있었다. 정자는 거기에는 대꾸도 안 하고

"참 요새 시험 중예요?"

하며 나에게 물었다.

"그럼, 시험 중에 찾아왔길래, 정성이 놀랍다고 P자상이 놀리는 게 아닌가. 그러나 P자상을 찾아왔는지 정자상을 보러 왔는지, 술이 그리워서 왔는지, 그것은 내 염통이나 쪼개보기 전에야 알 수 없는 일이지. P자상! 일이 끝나건 올라와요."

나는 P자를 청해놓고 정자를 따라서 이층으로 올라갔다.

난로 앞에 자리를 만들어 나를 앉혀놓고, 정자는 저편에 가 서서, 영채가 도는 똥그란 눈으로, 무엇을 탐색하는 것같이 내 얼굴을 똑바로 쳐다보다가 생긋 웃었다. 이 계집의 정기가 모두 그 눈에 모였다고도 할 만하지만 항상 모든 것을 경계하는 눈치가 역력하다. 혹간은 무심코 고개를 돌릴 만치 차디차고 매정스러울 때도 있다. 그러나 어느 때든지 생긋 웃는 그 입술에는, 젊은 생명이 욕구하는 모든 것을 아무리 해도 감출 수가 없었다. 하면서도 결코 소리를 내지 않고 웃는 호젓한 미소는, 침정沈靜과 애수의 그림자를 어느 때든지 볼 수 있었다. 남성이란 남성을 저주하면서도, 그래도 내버리고 단념할 수 없는 인간다운 애착이며 성적 요구에서 일어나는 울도한 내적 고투를, 그대로 상징한 것이 이 계집애의 시선과 미소였다.

"왜 그리 풀이 죽으셨어요. 너무 공부를 하시느라고, 얼이 빠

지셨습니다그려?"

정자는 좀 어색한 듯이, 체경 있는 쪽으로 잠깐 고개를 돌리고 머리를 만작거리며 입을 벌렸다. 이 계집애의 나직나직한 목소리에도 좀 더 크게 했으면 좋겠다 하는 생각이 날 만치, 제약되고 압축된 탄성이 있었다. 이 계집은 자기의 목소리에서까지, 자기를 억제하고 은휘하려 한다.

"왜, 누가 얼이 빠져? 어서 가서 술이나 갖다 주구려. 벌써 거진 여섯 시나 되었을걸?"

나는 시계를 꺼내 보며 재촉을 하였다. 정자는 나가려다가 돌쳐서며

"왜 어딜 가세요?"

하고 물었다.

"가긴 어딜 가!"

"뭘, 인제 시험을 마쳐놓고, 어디든지 조용한 데루, 여행을 하시는 게지! 어디 좀 보면 알겠지!"

하며 저쪽 체경 탁자 위에 놓인, 내가 들고 들어온 봉지를 두 손으로 만작거리며 건너다보고 서 있다. 그 속에는 내가 아까 쓰카타니야에서 사가지고 온, 풍침과 여행용 물잔과, 비단 여편네 목도리를 넣은 종이갑이 들어 있었다.

한참 만작만작하던 정자는

"그러면 그렇지, 요건 풍침! 요건 무언구?"

하며 석경을 바라보며 눈을 깜작거리다가

"어디 펴볼까? 펴보아도 괜찮겠지?"

하고 풀기 시작하였다. 나는 웃으며, 하는 대로 내버려두었다.

풍침, 컵, 왜비누…… 등을 탁자 위에다가, 진열대처럼 벌여놓더니 맨 밑에 있는 갑을 펴 들고, 생글생글 웃다가, 난로 앞으로 와서 서며

"어디를 가시기에, 이건 누굴 줄 거야?"

하며 내밀었다. 그때의 그의 눈과 그 입술에는 시기에 가까운 막연한 감정을 감추려고 애를 써 웃는 빛이 살짝 지나갔다.

"잘못했습니다. 누가 줄 사람을 주지 말라고 했습니까, 하하하."

하고 정자는 좀 어색한 듯이 웃고 섰다.

나는 너무 심하게 했다고 후회를 하였다. 그러나 기회가 마침 좋다고 생각한 나는 벌떡 일어나는 길로, 진회색 바탕에 흰 안을 받친 목도리를, 갑에서 꺼내서, 갑에 달린 종이를 쭉 찢어서 둘둘 말아가지고, 정자 앞으로 덤벼들며, 목을 껴안으면서 허리춤에 꾹 끼워준 후에…… 이삼 분이나 지난 뒤에, 정자는 나의 팔을 뿌리치고 얼굴이 발개서 나갔다. 뒷모양을 가만히 노려보고 섰던 나는, 두세 걸음 쫓아나가며

"노하지 말아요. 그리고 어서 가져와!"

하고 곱게 일렀다.

나의 한 일은 점잖치는 못했으나, 물건을 주었느니 받았느니 하는 것을 알리기 싫은 나는, 그리하는 수밖에 없었다.

나는 멀거니 섰다가, 여기저기 흐트러진 물건을, 빈 갑까지 싸서 놓고, 자기 자리로 와서 앉았다.

위스키 병을 들고 올라온 정자는 술잔을 따라놓고, 뾰로통하여 섰다가, 체경 앞으로 가서 머리를 고치고, 다시 와서도 멈칫멈

칫하며 바로 앉지를 않았다. 나의 눈에는 수색이 있어하는 것이 도리어 기뻤다. 더구나 노기가 있는 것은 인격적 자각의 반영이라고 생각할 때, 미안하기도 하고 위로하여주고 싶었었다.

"왜 그래? 오늘 밤에 어딜 갈 텐데 섭섭하기에 되지 않은 것이나마 사가지고 온 것이야. 조금이라도 어떻게 생각지는 않겠지? 남의 눈에 띄는 것이 피차에 재미없어서 그런 거야."

"천만에! 되레 미안합니다. 그러나 어딜 가세요? 지금 떠나실 테여요?"

정자는 될 수 있는 대로 냉연히 물었으나, 흥분한 마음을 무리히 억제하는 양이 역력히 보였다.

"글쎄, 집엘 좀 가야 할 일이 있는데…… 밤에 떠날지, 아직 시험이 끝이 안 나서……."

나는 어느 틈에 정숙한 말씨로 변했다.

"무슨 볼일이 계시기에 시험을 보시다가 말고 가세요?"
하며, 계집은 고개를 들고 쳐다보았다. 그때에 마침 요리가 승강기로 올라오기 때문에 정자는 일어섰다. 나는 그 길에 P자를 부르라고 일렀다. 정자는

"예에?"
하고 한참 나를 돌아다보고 섰다가, 다시 돌쳐서서 P자를 소리쳐 부른 뒤에 요리 접시를 들어다 놓았다. P자도 뒤따라 들어왔다.

"재미있게 노시는데, 쓸데없이 폐올시다그려, 하하하."
하며, P자는 내가 내놓은 교의에 털썩 앉으며 식탁에 놓였던 잡지를 들어서 뒤적거리기 시작했다. P자의 푸근푸근한 얼굴은 언제 보아도 반가웠다.

명상적이요 신경질일 뿐 아니라, 아직 순결한 맛이 남아 있는 정자에 비하면, P자는 이러한 생애에 닳고 닳아서, 되지 않게 약은 체를 하면서도 상스럽고 천한 구석이 있지만, 그래도 나는 이러한 여자에게 흥미를 느낀다.

"올라오라니까 왜 그리 우좌해?[4] 꼭 모시러 가야만 하나?"

나는 잡지를 뺏어서 손을 내미는 정자에게 넘겨주고, P자의 포동포동한 손을 잡아서 만작거리며 시비를 걸어보았다.

"우좌하긴 누가 우좌해요? 이런 문학가 양반네들만 노시는 데에는 감히 올 수가 없으니까 그렇지요."

하며 P자는 손을 슬며시 빼고 정자를 살짝 건너다보고는 나를 다시 향하여 방긋 웃었다.

P자에게 대한 정자는, 어떠한 때든지 눈엣가시였다. 비단 나뿐 아니라 어떠한 손님이든지, P자와 친숙한 사람도 나중에는 정자에게로 빼앗기는 모양이었다. 그러나 정자가 고등여학교를 삼 년이나 수업하였다는 것, 소설이나 잡지 권을 탐독한다는 것이, P자로서는 경앙하는 동시에 한 손 접히는 것이다. 그러나저러나 나는 어느 때든지, 두 계집애를 다 데리고 이야기하지 않는 때가 없었다. P자나 정자가 다른 손님을 맡을 때에라도 밤이 늦도록 기다려서 만나보고야 나왔다. 더욱이 P자가 없을 때에 그리하였다. 이것이 정자에게는 눈치를 채이면서도 의문인 모양이었다.

"참 그런데 언제 떠나세요?"

정자는 보던 책을 식탁 위에다가 놓으며, 나를 쳐다보고 물었다.

4 '우자해'의 오기로 보임. 보기에 어리석은 데가 있다는 뜻.

"글쎄……."

나는 이렇게 대답을 하며 정자를 건너다보고 앉았었다.

"왜, 어딜 가세요?"

P자는 일어나서 정자가 앉은 교의 뒤로 가며 물었다.

"오늘 밤에 떠나세요?"

또다시 잼처 정자가 묻는다. 나는 지금 막 들어온 전등불을 쳐다보며 앉았다가

"실상은 내 마누라가 앓는 모양인데, 턱을 까부니 어서 오라고 야단은 야단이지만 아직도 갈까 말까다."

"그럼 어서 가보셔야죠. 그동안에 돌아가셨으면 어떡하나!"

P자는 나를 책망하듯이, 눈을 똑바로 뜨고 쳐다보았다.

"죽으면 죽었지, 어떡하긴 무얼 어떡해."

나는 잠자코 앉은 정자를 건너다보며 웃었다.

"사내는 다 저래! 저런 남편을 믿고 어떻게 사누?"

P자는 기가 막힌다는 듯이 혼자 탄식을 하며, 정자의 교의 뒤에 매달려서, 정자의 얼굴을 들여다보며 동의를 구하였다.

"누가 믿고 살라는 것을 사나. 부부간에 서로 믿는다는 것은, 결국 사랑한다는 말이지만, 사랑한다는 것도 극단에 가서는, 남이 나를 사랑하거나 말거나 저 혼자의 일이다. 저 사람이 받지 않더라도 자기가 사랑하고 싶으면, 자기가 만족할 데까지 사랑할 것이다. 외기러기 짝사랑이라고 흉을 보지만, 결단코 흉을 볼 게 아니야. 그와 반대로 사랑치 않는 것도 자유다. 절대 자유다. 사람에게는 사랑할 자유도 있거니와 사랑을 하지 않을 권리도 있다. 부부간이라고 반드시 사랑해야 한다는 법이 어디 있을까."

정자와 P자는 나의 입을 똑바로 노려보고 앉아서 들으며, 정자는 무엇을 생각하는 것처럼 가끔가끔 고개를 끄덕거리고 있었다. 나는 따라놓았던 술 한 잔을 들어 마시고 나서 또다시 말을 꺼냈다.

"그러나 문제는 선도 아니요, 악도 아닌 그 어름에다가 발을 걸치고 있는 것이다. 죽거나 살거나 눈 하나 깜짝거리지도 않으면서 하는 공부를 내던지고 보러 간다는 것이 위선이다. 더구나 여기 술 먹으러 오는 것을 무슨 큰 죄나 짓는 것같이, 망설이는 것부터 큰 모순이다. 목숨 하나가 없어진다는 것과, 내가 술 먹는다는 것과는 별개 문제다. 그사이에 아무 연락이 있을 리가 없다. 그러면서도 '내 처'가 죽어가는데 술을 먹다니? 하는 소위 양심이 머리를 들지만, 그것이 진정한 양심이 아니라, 관념이란 악마가 목을 매서 끄는 것이다. 사람은 그릇된 관념의 노예다. 그릇된 도덕적 관념에서 해방되는 거기에서 참된 생명을 찾는 것이다. 사랑치 않으면 눈도 떠보지 않을 것이요, 사랑하고 싶으면 이렇게 해도 상관이 없는 것이란다!"

하며 나는 벌떡 일어나서, 정자의 어깨를 짚고 꾸부리고 서 있는 P자를 껴안으며 키스를 하려 하였다. 무심코 섰던 P자는

"에구머니, 사람을 죽이네!"

하고 깔깔대며 뛰어 달아나서, 자기의 자리에 앉았다, 그 사품에, 나는 웃으면서 일어나는 정자와 딱 부딪쳤다…….

술이 얼큰하게 취하여, 문간으로 나오는 나를, 앞서 따라 나오던 정자는, 거진 입이 닿도록 내 귀에다 대고

"정말 밤차로 가세요?"

하며 소곤거렸다.

"왜? 생각나는 대로 하지……."

"글쎄요……."

하고 나서 정자는 무슨 말을 할 듯 할 듯 하다가, P자가 쫓아나오는 것을 보고 한 걸음 물러섰다.

"하여간 갈 길이니까 어서 가야지. 그럼 한 달쯤 있다가 올 테니까, 그때 또 만납시다."

나는 이같이 한마디 남겨놓고 길거리로 나섰다.

거리는 아직 초저녁이지만, 첫추위인 데다가, 낮부터 음산했던 일기는 마치 눈이나 오려는 듯이, 밤이 들어갈수록 쌀쌀해졌다. 사람 자취도 점점 성기어가고, 길바닥에 부딪히는 나막신 소리는 한층 더 요란히 들린다. 여기저기 점두에 매달린 전등 불빛까지 졸린 듯 살얼음이 잡히어가는 듯 보유스름하게 비치는 것이, 더욱 쓸쓸해 보였다.

나는 곧 차에 뛰어오르려다가, 사람이 붐비는 갑갑한 차 속으로 기어들어 갈 생각을 하니까 얼근한 김에 차마 올라설 용기가 나지를 않아서 그대로 돌쳐서서, O교 방면으로 꼽들었다.

화끈화끈 다는 뺨을, 살금살금 핥고 달아나는 저녁 바람에, 정신이 반짝 날 듯하면서도, 마음은 어찌하여 그렇다고, 꼭 집어 말할 수 없이, 조비비듯 조바심이 나서 못 견딜 지경이었다. 자기 자신에게 대한 반항인지, 자기 이외의 무엇에 대한 반항인지, 그것조차 명료히 깨닫지 못하면서, 덮어놓고 앞에 닥치는 대로 무엇이든지 해내려는 듯한 터무니없는 울분이, 가슴속에서 용심지같이 치밀어 올라왔다. 컴컴한 속에서 열병에나 띄운 놈 모양으로, 포켓에 찔렀던 두 손을 꺼내가지고, 뿌리쳐 보기도 하고, 입었던 외투나 웃저고리를 벗어서, O교 다리 밑으로 보기 좋게 던져버렸으면, 하는 공상도 머릿속에 그려보면서, 발은 기계적으로 움직여 O교 정거장을 지나 S교를 향하고 돌쳐서서 여전히 컴컴한 천변가로 헤매며 내려갔다.

이러한 공상이 한참 계속된 뒤에는, 별안간에 눈물이 비집어 나올 만치, 지향할 수 없이 애처로운 생각이 물밀듯 하여, 참을 수 없는 공허와 고독을 감하면서, 눈물이나 마음껏 흘려보았으면 하는 생각이 일어났다. 그러나 그다음 순간에는

'무슨 때문에 눈물이 필요하단 말이냐. 공허와 고독에 대한 캠퍼 주사[5]가 새큼한 눈물 맛인가! 흠 정말 자유는 공허와 고독에 있지 않은가?'

나는 속으로 이같이 변명해보았다.

그것은 마치 종로에서 뺨 맞은 놈이, 행랑 뒷골에서 눈을 흘기다가, 자기의 약한 것을 분개하여보기도 하고, 혼자 변명하기도 해보는 셈이었다. 그러나 이렇게 겁겁증이 나서, 몸부림을 하는 일종의 발작적 상태는, 자기의 내면에 깊게 파고들어 앉은 '결박된 자기'를 해방하려는 욕구가, 맹렬하면 맹렬할수록, 그 발작의 정도가 한층 더하였다. 말하자면, 유형무형한 모든 기반, 모든 모순, 모든 계루에서, 자기를 구원해내지 않으면 질식하겠다는 자각이 분명하면서도, 그것을 실행할 수 없는 자기의 약점에 대한 분만憤懣[6]과 연민과 변명이었다.

5 혈압과 호흡을 증대시키는 강심제 주사.
6 억울하고 원통한 마음이 가득함.

나는 참을 수 없어서 포병공창 앞으로 달아나는 전차에 뛰어 올랐다. 이러한 때에 미인의 얼굴이라도 쳐다보면, 캠퍼 주사만 한 효과가 있으리라 생각하기 때문이었으나, 나의 이지理智는 그것조차 조소한다.

그러나저러나, 노역과 기한에, 오그라진 피부가 뒤틀린 얼굴밖에, 내 눈에는 비치지 않았다. 그들은 시든 얼굴을 서로 쳐들고 물끄럼말끄럼 마주 건너다보기도 하고, 곁의 사람을 기웃이 들여다보기도 하고 앉았다. 나도, 그들의 얼굴을 이 사람 저 사람 쳐다보다가

"여러분, 장히 점잖구 무섭소이다그려!"

이렇게 한마디 하고, 일부러 허허허 하며 웃어보면, 어떨까 하는 생각을 하고 나서, 나 혼자 제풀에 빙긋해 버렸다.

이렇게 안 나오는 거드름을 빼고, 될 수 있는 대로 우자한 태도로 좌우를 주시하는 것은, 비단 일본 사람이 조선 사람에게만 한한 무의식한 관습이 아니라, 사람의 공통한 성질인 동시에 사람이란 동물이, 얼마나 약한가를 유감없이 반영한 것이다. 약하기 때문에 조그만 승리와 조그만 자랑을 갈구하고, 약하기 때문에 성세를 허장하며, 약하기 때문에 자기의 주위에 경계망을 쳐놓고 다른 사람을 주시할 필요가 있는 것이다. 상대자의 용모나 의복 행동 언사를 면밀히 응시하고 음미함으로써, 자기의 비열한 호기심을, 만족시키려는 본능적 요구가 있는 것도 물론이겠지만, 상대자에게 대한 일체를 탐구하는 데에는, 여러 가지 의미로 필요한 조건이 있다. 우선 자기 방어상, 상대자의 강약과 빈부의 정도와 계급의 고하를 감정할 필요가 있고, 그다음에는 의복 언

어 거조 등이 시속적 유행에 낙오가 됨은 현대 생활상, 그중에도 도회 생활을 하는 자에게 대하여 일대 수치요 고통이기 때문에 또한 필요한 것이다. 만일에 일보를 진하여 비교적 협소한 범위의 사교나 상업상 거래가 있는, 소위 신사 계급이라든지 상인 간에는 한층 더한 것을 볼 수 있다. 왜 그러냐 하면, 그들은, 자기의 생명인 애愛를, 얻으려는 또 한 가지의 욕구가 있기 때문이다. 이런 점으로 보면, 제일 진순하고 아리따운 것은, 전차나 집회나 가로 상에서, 청년 남녀가 정열에 타는 아미로 서로 도적질을 해보는 것과, 소위 하층 사회의 부박한 기풍이다. 이성을 동경하는 청년 남녀에게는 불결한 욕심이 없다. 적어도 물질적 욕심이 없다. 아첨할 필요도 없고 경계할 이유도 없고 우월하거나 농락하려는 야심도 없고 방어하고 반발하려는 적대심이란 손톱만큼도 없다. 다만 미를 동경하고 모색하며 이에 감격한다. 더구나 그러한 심리가, 영원히 흐르는 물결에 뿌려지는, 월광의 은박같이, 아무 더러운 집착 없이 순간순간에 반짝이며, 스러져버리는 것이, 더욱이, 방순하고 정결하다 할 수 있다. 그러나 위선 없이 살지 못하리라는 것이 오늘날 우리의 운명이다. 그리하여 인생의 움[芽] 같은 그들도 미인의 얼굴을 결코 정시하는 일은 없다. 절도질을 한다. 그것이 무엇보다도 고약한 버릇이다.

그다음에 노동자에 이르러서는, 자랑할 것도 없고 숨길 것도 없고 부끄러울 것도 없는 대신에 적나라한 자기와, 동정과, 방위적 단결이 있을 따름이다. 생활의 양식으로는 제일 진실되고 아름답다. 하므로 그들은 사람과 사람끼리 만날 때에, 결코 응시하거나 음미하거나 탐색하지는 않는다. 그러나 그들의 병은, 무지

한 것이다.

하고 보면 결국 사람은, 소위 영리하고 교양이 있으면 있을수록(정도의 차는 있을지 모르나), 허위를 반복하면서 자기 이외의 일체에 대해, 동의와 타협 없이는, 손 하나도 움직이지 못하는 이기적 동물이다. 물적 자기라는 좌안과 물적 타인이라는 우안에, 한 발씩 걸쳐놓고, 빙글빙글 뛰며 도는 것이, 소위 근대인의 생활이요, 그렇게 하는 어릿광대가 사람이라는 동물이다. 만일에 아무 편에든지 두 발을 모으고 선다면, 우선 어떠한 표준하에, 선인이나 악인이 될 것이요, 한층 더 철저히 그 양안의 사이로 흐르는 진정한 생활이라는 청류에, 용감히 뛰어들어가서 전아적全我的으로 몰입한다면, 거기에는 세속적으로는 낙오자에 자적自適하겠다는 각오를 필요조건으로 한다…….

나는 이러한 생각을 하며 역시 이 사람 저 사람 쳐다보고 앉았다가, 정자의 지금의 생활을 생각해보았다. 그 애가 반역자라는 점은 찬성이다. 그러나 자기의 생활을, 자율하여 나갈 힘이 있을까. 자기 생활의 중류에 뛰어들어갈 용기가 있을까? 다소의 자각도 있고 영리는 하지만…… 그러나 허영심이 앞을 서기 때문에 물질적으로나 정신적으로나 믿을 수 없는 것이다…….

전차는 종일 노역에 기진하여, 허덕허덕 다리를 끌면서, 잠이 들어가는 집집의 적막을 깨뜨리려는 듯이, 빽빽 기 쓰는 듯한 외마디 소리를 치며, E 가도의 암흑 속을 겨우 기어 나와서, 대낮같이 전등이 달린 차고 앞에 와서, 한숨을 휘 쉬며 우뚝 섰다. 졸음 졸듯이 고요하던 찻간 안은, 급작스레 왁자해지면서 우중우중 내려왔다.

나도, 검은 양복바지에 푸른 저고리를 입고, 벤또갑을 든 사오인의 직공 뒤를 따라 내려왔다. 쌀쌀한 바람이 확 끼쳤다.

"아, 요새도 밤일을 하슈? 오늘은 제법 춥지요."

"예, 인제 참 겨울인데요."

"이리 들어와, 좀 녹여 가시구려."

차고 문간에 섰던 차장과 이같이 수작을 하며, 따뜻해 보이는 차장 휴게실로 끌려 들어가는 직공들의 뒤를, 부러운 듯이 건너다보며, 나는 그 사이 골짜기로 들어섰다.

하숙으로 휘돌아 들어오는 길에 뒷집에 있는 ×군을 들여다볼까 하며 한참 망설이다가, 결심하고 들어가 보았다. ×군은, 내가 이 밤으로 귀국하게 되었다는 말을 듣고, 당자인 나보다도 놀라며, 진정으로 가엾어하는 모양이었다. 나는 사람 좋은 ×군을, 도리어 웃으면서 하숙으로 돌아왔다.

뒤미처 따라온 ×군과 같이, 짐을 수습하여 주인에게 맡긴 후에, 인사받을 새도 없이 총총히 가방을 들고, 우리 둘이서 동경역으로 향한 것은, 그럭저럭 열 시가 넘은 뒤였다. ×군이 재촉을 하는 대로 나는

"늦으면 내일 떠났지, 하는 수 있나!"

하면서도 허둥허둥 동경역에 도착해보니까, 내 시계가 틀렸던지, 그래도 십 분가량이나 여유가 있었다.

가방을 뒤에 서 있는 ×군에게 맡겨놓고 차표를 사려고 출찰구 앞에 들어가 서 있으려니까 곁에서 누가 살짝 건드리며

"리상!"

하는 귀에 익은 소리가 들린다.

나는 깜짝 놀라서 돌아다보았다. 역시 정자다. 자줏빛 보자에다가 네모진 것을 싸서 들고 옆에 선 ×군의 시선을 꺼리는 듯이, 옆을 흘겨보고 섰다.

"웬일이야? 이 추운 밤에."

나는 의외인 데에 놀라며, 위무하는 듯이 한마디 했다.

"난, 안 가시는 줄 알았지!"

"한참 기다렸어?"

"아뇨, 난 늦을까 봐 허둥지둥 나왔더니……."

"미안하구려. 어서 들어가지, 그럼……."

정자는 거기에는 대답도 안 하고, 맞은편 출찰구로 총총걸음을 걸어갔다.

×군이 자리를 잡으려고 앞서 들어간 뒤에, 정자는 입장권을 사가지고 와서, 맨 끝으로 둘이 나란히 서서 걸으며 입을 벌렸다.

"오래되실 모양이에요?"

"뭘, 고작해야 이 주일쯤이지."

"오래되시건 편지라도 해주세요. 그동안에 나도 어떻게 될지 모르니까."

"왜, 어딜 가게?"

"글쎄요, 밤낮 이 모양으로만 하고 있을 수도 없으니까……."

정자는 말을 끊고, 잠깐 고개를 기울이고 걷다가, 가까이 와서 매달리듯이 몸을 살짝 실리며

"이렇게 급하지만 않았다면, 나도 같이 경도京都[7]까지라도 가는

7 교토.

것을…….”

하며 나를 쳐다보며 웃었다. 나는 잼처 무엇을 물으려다가, ×군이 황망히 손짓을 하며 부르는 바람에, 정자와는 총총히 인사를 하고 차에 올라서, ×군과 바꾸어 앉았다.

친구에게 전송을 받거나, 물건을 받는 일은 별로 없었기도 하려니와, 도리어 귀찮은 일이지만, 정자가 무엇인지 보자에 싼 채 창으로 디밀며, 지금 펴볼 것 없다 하기에, 나는 그대로 받아서 선반에 얹을 새도 없이, 차는 움직이기 시작하였다.

반 칸통쯤 떨어져서, 오도카니 섰던 정자의 똑바로 뜬 방울 같은 두 눈이, 힐끗하더니 몰려 나가는 전송인 틈에 사라져버렸다.

2

반찬 찬합같이 각다구니를 여기저기 함부로 벌여놓고 꼭꼭 끼어 앉은 틈에서, 겨우 잠이랍시고 눈을 붙였다가 깨니까, 아직 동이 트려면 한두 시간이나 있어야 할 모양. 찻간은 야기에 선선하면서도, 입김과 궐련 연기에 혼탁했다. 다시 눈을 감아보았으나 좀처럼 잠이 들 것 같지도 않고, 외투 자락을 걸친 어깨가 으스스하여, 일어나 앉으며 담배 한 개를 피워 물고 나서, 선반에 얹은 정자가 준 보자를 끌어 내렸다. 아까 받아 얹을 때에 잠깐 보니까 과자 상자 위에 술병 같은 것이, 두두룩이 얹혀 있는 것 같아서 그리한 것이다. 네 귀를 살짝 접어서 싼 지주 모사 보자의 귀를 들치고 보니까, 과연 갑에 넣은 위스키 중병이 얹혀 있다. 어한 겸 한잔할 작정으로 병을 쑥 빼려니까, 갸름한 연보랏빛 양봉투가 끌려 나왔다.

'별안간에 편지는 무슨 편지인구. 응 그래서 아까 풀지 말라구 한 게로군…….'

나는 혼자 속으로 이렇게 생각을 하며, 꺼내서 옆에 놓은 모자 밑에 찔러 넣어놓은 뒤에, 한잔 우선 따라서 한숨에 켰다.

영리한 계집애다. 동정할 만한 카페의 웨이트리스로는 아까운 계집애다라고 생각은 했어도 이때껏 내 차지로 해보겠다는 정열을 경험한 때는 없다고 해도 거짓말이 아니다. 원래가 이지적, 타산적으로 생긴 나는, 일시 손을 댔다가, 옴칠 수도 없고 내칠 수도 없게 되는 때에는, 그 머릿살 아픈 것을 어떻게 조처를 하나, 하는 생각이 앞을 서는 동시에, 무슨 민족적 거구渠溝가 앞을 가리는 것은 아니라도, 이왕 외국 계집애를 얻어가지고, 아깝게 스러져가려는 청춘을 향락하려면, 자기에게 맞는 타입을 구하겠다는 몽롱한 생각도 없지 않아서 그리하였다. 그러나 숄 한 개가 인연이 되어, 편지까지 받게 되고 보니, 불쾌할 것은 없으나 다소 예상외인 감이 없지 않았다. 물론 어떠한 정도의 애착이 없는 것은 아니지만, 그렇다고 그것이 곧 생명의 내용인 연애도 아니려니와, 설혹 연애에 끌려 들어간다 할지라도 그것으로 인하여, 공연히 자기의 생활에 파란을 일으키고, 공연한 고생을 벌어가며, 안가安價한 눈물과 환멸의 비애를 사고 싶은 생각은 없었다. 내가 많지 않은 학비나 여비 속에서, 특별히 생각하고 숄을 사다가 준 것도, 그 애에게 폐를 많이 끼친 사례도 되고 또는 기뻐하는 양을 보고 향락하겠다는 의미에서 지나지 않았다. 만일 정자의 사랑을 바란다 할 지경이면 나는 구차히 물질에게 중매 들기를 원치 않았을 것이다.

나는 이런 생각을 하며, 두어 잔 더 마시고 나서, 편지를 꺼내서 피봉을 들여다보았다. 침착하고도 생생하고 정돈된 필적은, 그 애의 용모와 같이 재기가 발려 보였다. 나는, 앞사람은 졸고 앉았지만, 누가 보지나 않을까 하고, 그대로 포켓에다가 집어넣으려다가 그래도 궁금증이 나서 쭉 뜯어보았다.

지금은 이런 편지를 올릴 기회가 아닌지도 모릅니다. 왜 그러냐 하면, 나는 물질로써 좌우되는 천열한 계집이라고 생각하실 것이, 너무도 창피하고 원통하기 때문이외다. 그러나 그러할수록에…….

이렇게 허두를 낸 나의 위선적 태도에 대한 예리한 비판과 공격, 자기의 절망적 술회, 자기의 장래에 대한 희망 등을 간단간단히 요령만 쓴 뒤에, 형편 따라서는 세말쯤, 혹은 경도의 고모 집으로 갈지 모르겠다고 했다.

나는 한번 쭉 보고 나서, 혼자 웃었다. 그러나 그것은 조소거나, 나에게 대한 신뢰에 대하여 만족한 미소는 아니었다. 애를 써 설명하자면, 그 계집애의 조리가 정연한 이론과, 이지적이요 명민한 그 애의 두뇌에 만족이었다.

나는 곧 답장을 써볼까 하다가, 하나 둘씩 일어나 앉는 사람들의 시선이 귀찮아서 그만두어 버리고, 또다시 잔을 들었다.

……왜 우롱을 하세요? 무슨 까닭에 농락을 하세요? P자와 저를 놓고 희롱하시는 것은 유쾌하시겠지요. 그러나 너무 참혹하지 않습니까. 물론 당신도, 애愛는 유희가 아니라는 것은 아시겠지요.

……누가 당신께서 손톱만큼이라도, 나를 사랑하신다는 것은 아니지만, 나에게는 견딜 수 없는 고통입니다. 혹시는 모욕입니다. 당신의 태도가, 그 외에는 어떻게 할 수 없으시다면 우리는 이 이상 교섭을 끊는 것이 정당한 일이겠지요…….

이것이 정자의 최대 불평이었다. 나는 술병을 싸서 놓고, 가만히 드러누워서 편지 사연을 곰곰이 생각해보았다.

정자가 과거의 쓴 경험—글로 말미암은 현재의 경우에서도, 어떻게 해서든지 헤어나려는 자각과 진실되어 자기의 생활을 인도하려는 노력 그것을 생각할 제, 나는 감상적으로 그 애를 위하여 울고 싶었다. 옆에 앉았을 지경이면, 그대로 답삭 껴안고, 네 눈에서 흘러나오는 쓴 눈물을 같이 맛보고 싶었다. 그러나 그런 생각도 그 순간뿐이었다.

'계집애하고 키스를 하면서도 침맛을 분석하는 놈에게, 애愛가 있다는 것부터 틀린 수작이다.'

이렇게 생각을 하며, 아까 M헌 이층의 광경을 머리에 그려보았다. 그때 정자는 어떠했을까? 모욕이란 의식부터 머리에 떠올랐을까? ……그러나 자기 말마따나, 이때껏 한 남자의 입밖에는 몰랐었다면, 그리고 나에게 대한 애욕이 있다 하면 확실히 몽중이었을 것이다. 그러고 보면, 정자도 아직 행복하다.

이런 생각을 할 제, 사람의 행복은—적어도 사람다운 정열은,

정조로부터 나오는 것이 아닌가 하는 생각도 해보았다.

'그러나 자기는, 이때껏 연애다운 연애를 해본 일도 없으면서, 청춘의 자랑이요 색채라 할 만한 정열이 고갈한 것은 웬 까닭인가. 하여간 성격이 기형적으로 성장했다는 것은 사실이다. 이것은, 정열을 소각시킨 제일 원인이지만, 동시에 인간성의 타락이다. 하지만 자기를 살리기 위하여, 어떠한 경우에는 이 정열을 억제해야 할 필요도 있으니까, 반드시 성격이 뒤틀렸다거나 인간성이 타락하여 그렇다고만도 할 수 없지…….'

그러나 자기를 살린다는 것이, 자기의 비열한 쾌락을 만족시킨다는 것이 아닌 이상, 사람을 우롱한다는 것은 죄악이다. 정열이 없으면 없을 뿐이지, 그렇다고 사람을 우롱하라는 것은 아니다. 사람에게는 사람을 우롱할 권리도 없거니와, 극단으로 말하자면, 사람을 우롱하는 것은, 인생을 유희함이라는 의미로서 결국에 자기 자신을 우롱하고 유희함이다.

무슨 까닭에, 자기는 굳세고 높게 살리겠다면서, 가련한 일개 여성을 농락하려는가? 사실 말하자면 오늘까지 나의 정자에 대한 태도는 그런 공박을 받을 만도 하다. 정자 앞에서도 P자를 귀여워하는 체하고, P자의 손을 잡은 뒤에는, P자가 보는 데서 정자의 비위를 맞추려 하는 체하는 그런 더러운 심리는, 창부보다 낫다 하면 얼마나 나을까. 자기에게 창부적 근성이 있기 때문에 사람을 창부시하는 것이 아닌가. 정신적 창부! 그것이 타락이 아니고 무엇일까. 일 여성을 사랑할 수 없을 만치 타락하였다. 그리고 정신적 타락은 육체적 타락보다도 한층 더 무서운 것이다. 타락이라는 것이 어폐가 있다 하면, 그만큼 사람 냄새가 없어졌다고 하는 것이 옳을까. ……하지만, 사랑이니 무어니 머릿살 아프다.

나는 이런 생각을 하며 누웠다가, 숨이 괴로워서 벌떡 일어나 데크로 나왔다.

차 안의 전등은 아직 안 나갔으나, 젖빛 같은 하늘이 하얘져가며, 인기척 없이 꽉꽉 닫은 촌가가 가끔가끔 눈앞으로 날아가는 것을 보면, 동은 벌써 튼 모양이었다. 아침 바람이 너무도 세어서, 나는 무심코 외투 깃을 올리며 이삼 분 섰다가, 그래도 견딜 수가 없어서 다시 들어와 자기 자리에 드러누웠다.

한 두어 시간이나 잤을지, 사람이 너무 붐비는 바람에 잠이 깨어서 눈을 뜨고 내다보니, 기차는 플랫폼에서 어슬렁어슬렁 기어나가는 모양. 나는 일어나기가 싫기에, 지금 바꾸어 들어와 앉은 앞자리의 사람더러 예가 어디냐고 물어보았다.

"나고야예요."

"에? 인제야 나고야?"

나는 이같이 놀란 듯이 반문을 하고, 암만해도 중도에서 하루 묵어가야 하겠군 하는 생각을 채 결심도 못 하고 또 잠이 들어버렸다.

한참 늘어지게 자고 나서 보니까, 기차는 아직도 기내 지방 어귀에서 헤매는 모양. 시간표를 들추어보니 경도에서 내리려면 아직도 세 시간, 신호神戶[8]에서 묵어간다면 다섯 시간가량이나 있어야 할 터이다.

'을라乙羅나 가서 볼까?'

8 고베.

내년 신학기에는 동경 음악학교로 전학을 하겠다고, 규칙서를 얻어 보내라고 한 을라의 부탁을 이때껏 월여나 되도록 답장도 안 한 것을 생각해보았다. 그것은 나의 태만도 태만이거니와, 만일 년간이나 음신音信이 격절한 오늘날에, 불쑥 편지를 하는 것도 이상하고, 또다시 서신을 왕복하는 것은 피차에 머릿살 아픈 일이기 때문이었다.

'지금 만나면 어떤 얼굴로 볼꾸?'

창턱에 기대어 앉아서, 방울방울 방울을 지어 올라가는 담배 연기를 물끄러미 쳐다보며, 가장 정숙한 듯이 가장 부끄러운 듯이 꾸미는 을라의 팔초한[9] 하얀 얼굴을, 머릿속에 그려보았다.

'요새 히스테리가 좀 나았나? 병화炳華하고는 여전한가? 그러나 내게 또 불쑥 규칙서를 얻어 보내란 핑계로 편지를 한 것을 보면, 그동안 또 무슨 풍파가 있었는지도 모를 일이다.'

이런 생각을 할 제, 별안간에, 이왕이면 신호에서 내려서 을라를 찾아보려는 호기심이 와락 일어나서, 또다시 시간표를 뒤적거리며 누웠다.

도지개를 틀면서,[10] 그럭저럭 네 시간 동안을 멀미를 내고, 겨우 감방 속 같은 삼등 찻간에서 해방이 되어 신호 역두에 내려선 것은, 은빛같이 비치는 저녁 해가 육갑산 산등성이에 걸렸을 때였다. 큰 가방은 역에다가 맡겨두고, 오글오글 끓는 정거장에서 빠져나와 한숨을 돌리니 사람이 살 것 같았다.

전차에 올라탈까 하다가, 저녁이나 먹고 나서 을라에게 찾아가

9 얼굴이 좁고 아래턱이 뾰족하다.
10 도지개를 틀다. 얌전히 앉아 있지 못하고 몸을 이리저리 꼬며 움직이다.

리라 하고, 원정통으로 향했다. 작년 초여름 일을 생각하고, A 카페의 아래층으로 들어가서, 여기저기 옹기옹기 앉아 있는 다른 손들을 피하여 한구석에 자리를 잡았다. 두세 접시나 다 먹도록 작년에 보던, 두 팔을 옴켜쥐고 아기족아기족 돌아다니던 그때의 그 계집애는 흔적도 보이지 않았다. 차를 가지고 온 계집애더러 물어보니까

"왜요?"

하고 의미 있는 듯이 웃을 뿐이다.

"왜 어딜 갔나? 그저 여기 있긴 있겠지?"

"흥! 언제 만나보셨어요? 아세요?"

"글쎄 말이야!"

"벌써 천당 갔답니다!"

"응? 무슨 병으로?"

"폭발탄 정사情死라는 파천황의 죽음을 하였답니다."

하며 깔깔 웃다가, 다른 손님이 들어오는 것을 보고, 뛰어 달아난다.

폭발탄 정사라는 말에 귀가 번쩍 뜨여서, 그 계집애가 다시 오기만 어느 때까지 기다려도 돌아본 체도 안 하고 분주히 돌아다닌다. 기다리다 못하여 불러가지고 셈을 하면서

"누구하고 그랬어?"

하며 물어보았으나, 내 얼굴만 말끄러미 쳐다보다가

"누가 압니까. 요다음 오세요. 이야기를 할게요."

하고 바쁜 듯이 팔딱팔딱 신소리를 내며 뛰어들어가 버렸다.

'사실, 그것은 알아 무얼 하나!'

나는 이렇게 생각하고 일어나 나오면서도 어떤 놈하고 어떻게 하였누? 하는 호기심이 없지 않았다.

카페에서 나온 나는, 영정사정목榮町四丁目에서 산수山手 방면으로 꼽들어, 잊어버린 길을 이리저리 헤매면서, C 음악학교로 찾아갔다.

시간은 아직 늦지 않았으나 밤은 들어가는 것 같았다. 저녁 뒤의 연습인지 아래층 저 구석에서 은근하고도 화려하게 울려 나오는 피아노 소리에 귀를 기울이며 기숙사 문간에 서 있으려니까, 을라는 기별하러 들어간 하녀의 앞을 서서, 발을 벗은 채 통통거리며 이층에서 내려왔다.

"이게 웬일예요. 참 오래간만이올시다그려! 어서 올라오세요."

인사할 말을 미리 생각하였던 사람처럼 이렇게 한마디 한 을라는 미소가 어린 그 옴폭한 눈으로 힐끗 나를 쳐다본 후에, 부끄럽다는 듯이 눈을 내리깔며, 태연히 문설주에 기대어 섰다. 나는 빨간 끈이 달린 발 째진 짚신 위에 가벼이 얹어놓은 하얀 조그만 발을 들여다보며, 구두끈을 풀고 올라서서 을라의 뒤로 따라섰다.

"응접실은 추우니까, 내 방으로 가시지요."

을라는 이렇게 한마디 하고 아까 내려오던 층계를 지나서 끌고 들어가다가, 잠깐 서 있으라고 하고 누구의 방인지 뛰어들어갔다. 방문을 열어놓은 채 꿇어앉아서 무어라고 한참 재깔재깔하더니, 생글생글 웃으며 나와서 이층으로 나를 데리고 올라갔다.

"사내를 함부루 끌어들여도 상관없나요?"

나는, 자리를 한구석으로 뚤뚤 말아서 밀어놓은 것을 돌려다보며 이렇게 물었다.

"아무 염려 없에요. ……그렇지만, 혹시 이따가 사감이 들어오더라도, 서울서 오는 오빠라고 하세요."

"그런 꿔다 박은 오빠 노릇은 어려운데……."

이런 실없는 소리를 정색으로 하며, 을라가 권하는 대로 책상 앞에 앉았다.

"옳지, 오빠 행세를 하려면, 싫어도 이렇게 상좌에 앉아야 하겠군……."

농도 아니요 빈정대는 것도 아닌, 이런 소리를 또 한마디 하며, 펴놓았던 책이며 버선짝 옷가지를 부산히 치우는, 을라를 건너다보았다.

을라는, 치우던 것을 한편으로 몰아놓고, 책상 모퉁이에 비스듬히 꿇어앉아서, 윤광 있는 쌍꺼풀진 눈귀를 처뜨리며, 약간 힐책하는 어조로

"그 왜 그러세요. 일 년 만에 퍽도 변하셨습니다그려."

하며, 수기羞氣가 있는 듯이 고개를 숙여버렸다.

"글쎄요, 내가 그렇게 변했을까. 그러나 을라 씨의 얼굴이야말로 참 변하셨소그려! 그래도 그 눈만은 여전하지만! 하하하."

나는 일부러 이런 소리를 기탄없이 해보았다. 어찌한 까닭인지, 아까 올 때에는 퍽 망설이기도 하고, 만나면 어떠한 태도로 대해야 할지 어금니에 무엇이 끼인 것같이 이상하게 근질근질하더니, 지금 여기 들어와서 이렇게 마주 앉고 보니, 어디까지든지 조롱을 해주겠다는 생각이, 반성할 여유도 없이 머리를 압도했다.

"차차 늙어가니까, 그렇지요. 그렇게 내 얼굴이 변했을까요?"

의외에 내가, 파탈한 태도로 수작을 하는 데에 안심한 을라는, 책상 위에 버텨놓았던 큼직한 석경을 들어서 들여다보며, 또다시 말을 계속했다.

"그런데 벌써 방학이에요? 나두, 이번에는 나갔다가 들어올 텐데, 동행하실까요?"

"작히나 좋겠소. 그러나 이 밤으로 준비하시겠소?"

"이 밤으루?"

"난, 내일 아침 차로 떠날 텐데요."

"이틀만 연기하시면 되지, 내일이 토요일이지요. 적어도 내일까지만 묵으세요."

"무어 할 일이 있나요. 모처럼 만나러 왔던 사람은 정사를 해 버렸고! ……나도 정사나 하겠다는 사람이나 있으면 묵을지 모르겠지만……."

"참 변한다 변한다 하니 이 선생같이 변하신 양반이 어디 계세요. 아아, 참……."

을라는 급작스레 무엇에 감격한 듯이, 얕은 한숨을 쉬며 고개를 숙였다. 그것이 무엇을 의미하느냐는 것을 직각한 나는, 얄밉기도 하고, 일종의 모욕 같은 생각이 나서

"그래, 그 변한 원인이 어디 있단 말씀이오? 아마 을라 씨에게 있겠지? 그렇다면 책임을 져야 하지 않소?"

나는, 말끝에 '되지 않게!'라는 한마디가 혀끝까지 나오는 것을, 입술로 비벼버렸기 때문에, 애를 써 한 말이 내 얼굴의 표정도 쳐다보지 않는 을라에게는, 농담인지 진담인지 알 수 없었던 모양이었다. 혹 알고도 모르는 체하는 버릇도, 이 계집애에게는

항용 수단이지만, 하여간 을라는 내 말에 잠깐 얼굴을 붉히는 듯 하더니, 다시 눈살을 찌푸리며

"그런 소린, 해 무엇하세요. 그러나 참 정말 모레쯤, 나하고 같이 가세요. 같이 못 가시더라도, 내일 오후부터는 자유니까 이야기할 것도 있고, 구경도 시켜드릴게…… 하여간 그리 급한 볼일은 없지요?"

단조와 적막과 이성에 대한 기갈에 고민하던 그때의 을라에게는, 나의 방문은 의외일 뿐 아니라, 진심으로 반가웠던 모양이었다.

"글쎄 그래도 좋지만, 신호는, 멀미가 나도록 구경을 했는데, 또 무슨 구경을 해요?"

"아 참, ……그러면 어차피 대판大阪[11] 공회당의 음악회에 갈까 하는데요, 거기에라도 가시지. 토요일하구 일요일하군, 이 근방 학생들은 죄다 제 집에 나가서 자기두 하구……."

'말도 잘하지만 수완도 할 만하다.'

—나는 이런 생각을 하며, 작년 가을에 기숙사로 들어가기 전에, 여염집 하숙 주인인지 어떤 절간의 중인지 하는 일본 놈하고 관계가 있었다는 소문을 생각하며, 또다시 을라의 희고 동글납대대한 얼굴을 쳐다보았다.

"아무려나 되어가는 대로 합시다. 그러나 요새 병화 군은 어데 있나요?"

"그걸 왜 날더러 물어보세요? 아시면 당신이 더 잘 아시겠지

11 오사카.

요.”

을라는 병화의 말을 듣더니, 별안간에 얼굴을 붉히고, 독기 있는 소리로 톡 쏘았다.

‘나도 퍽 대담하게 되었지만, 너도 참 대담하구나’

하며 나는 천연히

“아뇨. 요샌 서울 있는지 몰라서 물어본 것이에요. 그러나 그다지 놀라실 게 무엇이에요?”

하고 대답하였다.

을라도 지금 자기의 말이, 오히려 우스웠다고 후회하는 듯이, 소리를 낮추며

“글쎄, 병화 씨하고 무슨 깊은 관계가 있는 듯이, 늘 오해를 하시지만…….”

“누가 오해는 무슨 오해를 해요. 사람에게 러브를 할 자유조차 없다면, 죽어야 마땅하지…… 오해를 하거나 육해를 하거나 아주 육회肉膾를 하거나, 그까짓 게 다 무어예요. 하하하. 참 너무 늦어서 미안하외다. 인젠 차차 가봐야지…….”

하고 나는 모자를 들어서 만적만적하다가

“에잇 실미적지근해 못 살겠다.”

이같이 토하듯이 혼잣말처럼, 한마디 하고 와락 일어났다.

“왜 그러세요. 그렇게 달음박질 가시려면, 왜 내리셨에요…… 그런데 무엇이 실미적지근하시단 말씀이에요?”

을라는 실미적지근하다는 말에, 무슨 활로나 얻은 듯이 반기는 낯빛으로, 그대로 앉아서 나를 만류한다.

“누가 을라 씨 보려구 내린 줄 아슈? 다 만날 사람이 있어서,

불원천리하고 온 것이라서 마음에두 없는 놈하고, 폭발탄을 지고, 불구덩이루 들어갔더니, 세상은 고르지도 않아. 대체 날더러 어쩌란 말인구!"

"참 정말이에요? ……누구에요? ……일본 여자 조선 여자?"

어리광하듯이 생글생글 웃으며 쳐다보는 을라의 얼굴은, 아무리 보아도 이십 오륙 세로는 보이지 않았다.

"그건 알아 뭘 하시려우. 그러나 참 어서 가야지! 또 뵙시다."
하고 나는 어쩌나 보려고, 손을 내밀었다.

그래도 손을 내어줄 용기는 없었던지, 을라는 물끄러미 내 얼굴만 쳐다보다가

"지금 가시면 어데로 가실 작정이에요? 내일 떠나시진 않을 테지요?"

"되어가는 대로 하지요. 여관에 가서 생각을 해봐서 마음 내키는 대로 하지요."

"내일 음악회는, 참 좋아요. 동경서 일류들만 와서 한다는데……."

"일류인지 이류인지, 송장을 빼드뜨려 놓고, 음악회란 다 뭐예요. 에이 가겠습니다. 사감이나 나오면 누님 소리까지 하면서 예 있을 필요가 있나!"
하고, 나는 방문을 열고 훌쩍 나섰다. 을라도 하는 수 없이 쫓아 나오며

"왜 날더러 누이라구 못 하실 게 뭐야. 그런데 송장이란 무슨 소리세요? 왜 그리 이상스럽게만 구세요. 수수께끼 같은 소리만 하시고, 난 무엇에 홀린 것 같습니다그려."

나는 나란히 서서 층계로 내려오며, 지금 나가는 이유를 이야기해 들려주었다. 을라는 깜짝 놀라는 듯한 표정으로

"그거 안되었습니다그려! 그러면서 여긴 왜 들르셨에요? 남자란 참 무정도 하지, 어쩌면 부인이 돌아가셨는데……."

하며, 책망을 하는 듯한 을라의 얼굴에는, 그럴듯하게 보아서 그런지, 이때껏 멋모르고 만류한 것이 부끄럽기도 하고 일편으로는 분하기도 하다는 낯빛이 돌며, 눈과 입이 샐록해졌다. 그러나 내가 불쑥 온 것이 무슨 의미가 없지는 않은가 하는 일종의 기대가 있는 듯도 하다.

"그러기에 남자하고는, 잇새도 어우르질 마슈. 더구나 나 같은 놈하군. 자, 그러면……."

나는 이같이 한마디 던져두고, 인사하는 소리도 채 다 듣기 전에, 캄캄한 문밖으로 휙휙 나와버렸다.

깔깔 웃고 싶으니만치 인사 사나운 유쾌를 감하면, 을라와 작별하고 나온 나는, 그날 밤은 신호 역전의 조고만 여관 뒷방에서 고요히 새우고, 그 이튿날 저녁에야 연락선을 타게 되었다.

방축이 터져 나오듯 별안간에 꾸역꾸역 토해 나오는 시꺼먼 사람 떼에 섞여서 나는 연락선 대합실 앞까지 왔다.

하관에 도착하면 그 머릿살 아픈 으레 하는 승강이를 받기가 싫기에, 배로 바로 들어갈까 했으나, 배에는 아직 들이지 않는 모양. 나는 하는 수 없이 대합실로 들어갔다. 벤또나 살까 하고 매점 앞에 가서 서 있으려니까, 어느 틈에 벌써 눈치를 챘던지 인버네스[12]를 입은 낯선 친구가 와서, 모자를 벗으며 국적이 어디냐고

묻는다. 나는 암말 안 하고 한참 쳐다보다가, 명함을 꺼내서 내밀고 홀쩍 가게로 돌아서 버렸다.

"본적은?"

내 명함을 받아 들고, 내가 흥정을 다 하기까지, 기다리고 있던 인버네스는 또 괴롭게 군다. 나는 그래도 역시 잠자코, 그 명함을 도로 빼앗아서 주소를 기입해서 주고 나서, 사놓았던 물건을 들고 짐 놓은 자리로 와서 앉았다. 궐자는 또 쫓아와서

"연세는? 학교는? 무슨 일로? 어디까지……."

하며, 짓궂게 승강이를 부린다. 나는 실없이 화가 나서, 그까짓 건 물어 무엇에 쓰려느냐고 소리를 지르려다가, 외마디 소리로 간단간단히 대답을 해주고, 부리나케 짐을 들고 대합실 밖으로 나와버렸다.

"미안합니다그려."

하며 좀 비웃는 듯이 인사를 하는 궐자의 흘겨 뜨는 눈에는 뱃속에서 바지랑대가 치밀어 올라온다는 것이 역력히 보였으나, 내 뱃속도 제게 지지 않을 만큼 썩 불편했다.

승객들은 우글우글하며 배에 걸어놓은 층층다리 앞에 일렬로 늘어섰다. 나도 틈을 비집고 그 속에 끼었다.

아스팔트 칠한 통에 석탄산수를 담고 썩은 생선을 절이는 듯한 형언할 수 없는 악취에, 구역질이 날 듯한 것을 참으며, 제가끔 앞을 서려고 우당퉁탕대는 틈을 빠져서, 겨우 삼등실로 들어갔다. 참외 원두막으로서는, 너무도 몰취미하고 더러운 이층 침

12 inverness. 소매 대신에 망토가 달린 남자용 외투.

대 위에다가 짐을 얹어놓고 옷을 갈아입은 후에, 나는 우선 목욕탕으로 재빨리 뛰어들어갔다.

내가 제일착이려니 하였더니, 벌써 삼사 인의 욕객이 욕탕 속에 들어앉아서 떠들어댄다.

"오늘은 제법 까불릴걸!"

"뭘, 이게 해변가니까 그렇지, 그리 세찬 바람은 아니야."

시골서 갓 잡아 올라오는 농군인 듯한 자가, 온유해 보이는 커다란 눈이 쉴 새 없이 디굴디굴하는 검고 우악한 상을, 이 사람 저 사람에게로 돌리면서 말을 꺼내니까, 상인인 듯한 동행자가 이렇게 대꾸를 하였다.

"조선은 지금쯤 꽤 추울걸?"

"그렇지만 온돌이 있으니까, 방 안에만 들어엎디었으면 십상이지."

조선 사정에 익은 듯한 상인 비슷한 사람이 설명을 했다.

"응, 참 온돌이란 게 있다지."

촌뜨기가 이렇게 말을 하니까, 나하고 마주 앉아 있는 자가, 암상스러운 눈으로 그자를 말끔히 쳐다보더니

"노형 처음이슈?"

하며 말참례를 하기 시작한다. 남을 멸시하고 위압하려는 듯한 어투며, 뾰족한 조동아리가, 물어보지 않아도 빚놀이쟁이의 거간이거나 그따위 종류라고 나는 생각하였다.

"이 추위에, 어째 나섰소? 어딜 가기에?"

"대구에 형님이 계신데, 어머님이 편치 않으셔서……."

"마침 잘되었소그려. 나도 대구까지 가는 길인데. ……백씨께

서는 무얼 하슈?"

"헌병대에 계시죠."

"네? 바루 대구 분대에 계셔요? 네…… 그러면 실례입니다만, 백씨께서는 누구세요? 뭘로 계셔요?"

시골자의 형이 헌병대에 있다는 말에, 나하고 마주 앉은 자는 반색을 하면서, 금시로 말씨가 달라진다. 나는 그자의 대추씨 같은 얼굴을 또 한 번 쳐다보지 않을 수 없었다.

"네, ×라고 하지요…… 아직 군조軍曹[13]예요. 혹 형공도 아십니까? 그런데 노형은 조선엔 오래 계신가요?"

"네."

궐자는 시골자를 한참 멀뚱멀뚱 쳐다보다가

"암, 알구말구요. 그 양반은 나를 모르실지 모르지만…… 아, 참 나요? 그럭저럭 오륙 년이나 '요보'[14] 틈에서 지냈습니다."

"에구, 그럼 한밑천 잡으셨겠쇠다그려."

이번에는 상인 비슷한 자가 입을 벌렸다.

"웬걸요. 이젠 조선도 밝아져서, 좀처럼 한밑천 잡기는……."

"그러나 조선 사람들은 어때요?"

"요보 말씀이에요? 젊은 놈들은 그래도 제법들이지마는, 촌에 들어가면 대만의 생번[15]보다는 낫다면 나을까, 인제 가서 보슈…… 하하하."

'대만의 생번'이란 말에, 그 욕탕에 들어앉았던 사람들이, 나

13 일본 육군 하사관 계급의 하나. 지금의 중사.
14 일본인들이 한국인을 낮추어 부르던 호칭.
15 대만의 고사족 중 대륙 문화에 동화되지 않고 야생 생활을 하는 번족을 일본인이 부르던 이름.

만 빼놓고는 모두 킥킥 웃었다. 나는 가만히 앉았다가 무심코 입술을 악물고 쳐다보았으나, 더운 김에 가려서, 궐자들에게는 자세히 보이지 않은 모양이었다.

사실 말이지, 나는 그 소위 우국지사는 아니다. 자기가 망국 민족의 일분자라는 사실은 자기도 간혹은 명료히 의식하는 바요, 따라서 고통을 감하는 때가 없는 것은 아니나, 이때껏 망국 민족의 일분자가 된 지 벌써 칠 년 동안이나 되는 오늘날까지는, 사실 무관심으로 지냈고, 또 사위가 그러하게, 나에게는 관대하게 내버려두었었다. 도리어 소학교 시대에는, 일본 교사와 충돌을 하여 퇴학을 하고, 사립 학교로 전학을 한다는 둥, 순결한 어린 마음에 애국심이 비교적 열렬하였지만, 차차 지각이 나자마자 동경으로 건너간 뒤에는, 간혹 심사 틀리는 일을 당하거나, 일 년에 한 번씩 귀국하는 길에, 하관에서나 부산·경성에서 조사를 당할 때에는 귀찮기도 하고 분하기도 하지만 그때뿐이요, 그리 적개심이나 반항심을 일으킬 기회가 적었었다. 적개심이나 반항심이란 것은 압박과 학대에 정비례하는 것이요, 또한 활로를 얻는 유일한 수단이다. 그러나 칠 년이나 가까이 동경에 있는 동안에, 경찰관 이외에는 나에게 그다지 민족 관념을 굳게 의식하게 하지 않았을 뿐 아니라, 원래 정치 문제에 대해 무취미한 나는, 이때껏 별로 그런 문제로 머리를 썩여본 일이 전연히 없었다 해도 가할 만했다. 그러나 일 년 이 년 세월이 갈수록, 나의 신경은 점점 흥분해가지 않을 수가 없었다. 이것을 보면 적개심이라든지 반항심이라는 것은, 보통 경우에 자동적, 이지적이라는 것보다는 피동적, 감정적으로 유발되는 것이다. 다시 말하면 일본 사람은, 소소

한 언사와 행동으로 말미암아, 조선 사람의 억제할 수 없는 반감을 비등케 한다. 그러나 그것은 결국 조선 사람으로 하여금 민족적 타락에서 스스로 구해야겠다는 자각을 주는 가장 긴요한 동인이 될 뿐이다.

지금도 목욕탕 속에서 듣는 말마다 귀에 거슬리지 않는 것이 없지만, 그것은 독약이 고구苦口나 이어병利於病이라는 격으로, 될 수 있으면 많은 조선 사람이 듣고, 오랜 몽유병에서 깨어날 기회를 주었으면 하는 생각이 없지 않다.

그들은 여전히 이야기를 계속하고 있다.

"그래 촌에 들어가면 위험하진 않은가요?"

처음 간다는 시골자가 또다시 입을 벌렸다.

"뭘요. 어딜 가든지 조금도 염려 없쇠다. 생번이라 해도, 요보는 온순한 데다가, 도처에 순사요 헌병인데, 손 하나 꼼짝할 수 있나요. 그걸 보면 데라우치[寺內]상이 참 손아귀 힘도 세지만 인물은 인물이야!"

매우 감격한 모양이다.

"그래 촌에 들어가서 할 게 뭐예요?"

"할 것이야 많지요. 어딜 가기로 굶어 죽을 염려는 없지만, 요새 돈 모을 것이 똑 하나 있지요. 자본 없이 힘 안 들고…… 하하하."

"그런 벌이가 어디 있어요?"

촌뜨기 선생은 그 큰 눈을 더 둥그렇게 뜨고, 일종의 기대와 호기심을 가지고 마주 쳐다보는 모양이다.

"왜요? 한번 해보시려우?"

그는 이렇게 한마디 충동이며, 무슨 의미나 있는 듯이 그 악독해 보이는 얼굴에 교활한 웃음을 띠고 한참 마주 보다가

"시골서 죽도록 땅이나 파먹다가 거꾸러지는 것보다는 편하고 재미있습니다. ……게다가 돈은 쓰고 싶은 대로 쓸 수 있고……."

여전히 뱅글뱅글 웃으면서, 이 순실한, 어머니 배 속에서 나온 그대로 있는 듯한 촌뜨기를 꾄다.

"그런 선반의 떡 같은 장사가 있으면 하다뿐이겠소."

촌뜨기는 차차 침이 말라온다.

"그러나 밑천이 아주 안 드는 것은 아니지요. ……우선 얼마 안 되지만 보증금을 들여놓아야 하고, 양복이나 한 벌 장만하여야 할 터이니까…… 그러나 노형이야, 형님이 헌병대에 계시다니까 신분은 염려 없을 터인 고로 보증금은 없어도 좋겠지."

제 딴은 누구나 그 직업을 얻으려면, 보증금을 내놓는 법인데, 특별히 그것만은 면제해주겠다는 듯이, 오만한 태도로 어깨를 뒤틀며, 지나가는 말처럼 또 한마디 했다. 그러나 정작 그 직업의 종류가 무엇인가는 용이히 가르쳐주지 않는다. 실상 곁에서 엿듣고 앉아 있은 나 역시 궁금하지만, 이러한 소리를 듣는 시골 궐자는, 더한층 호기의 눈을 번쩍이며 앉아 있는 모양이다. 그러나 그것을 토설치 않는 것은, 나와 그 외의 두세 사람이 들을까 꺼려서 그러는 것 같기도 하고, 또는 그 시골뜨기가, 더욱더욱 열熱해진 뒤에 자기의 부하가 되겠다는 다짐까지 받고서 이야기하려는 수단 같기도 하였다.

"그래 그런 훌륭한 직업이 무엇인데, 어디 있어요?"

이번에는 그 시골자의 동행인 듯한 사람이 가만히 듣고 있다가 욕탕에서 시뻘겋게 단 몸뚱어리를 무거운 듯이 끌어내며 물었다. 그자도 물속에서 불쑥 일어서서 수건을 등 뒤로 넘겨서, 가로잡고 문지르며, 한번 목욕탕 속을 휘 돌아다보고, 다른 사람들이 자기네의 대화에는 무심히 한구석에 앉아 있는 것을 살펴본 뒤에, 안심한 듯이 비로소 목소리를 낮추며 입을 벌렸다.

"실상은 쉬운 일이에요. 나도 이번에 가서 해오면 세 번째나 되오마는, 내지의 각 회사와 연락해가지고, 요보들을 붙들어 오는 것인데…… 즉 조선 쿠리[苦力][16] 말씀요. 노동자요. 그런데 그것은 대개 경상남북도나, 그렇지 않으면 함경, 강원, 그다음에는 평안도에서 모집을 해야 하지만, 그중에도 경상남도가 제일 쉽습니다. 하하하."

그자는 여기 와서 말을 끊고 교활한 듯이 웃어버렸다.

나는 여기까지 듣고 깜짝 놀랐다. 그 가련한 조선 노동자들이 속아서, 지상의 지옥 같은 일본 각지의 공장으로 몸이 팔려가는 것이, 모두 이런 도적놈 같은 협잡 부랑배의 술중에 빠져서 그러는구나 하는 생각을 할 제, 나는 다시 한 번 그자의 상판대기를 쳐다보지 않을 수 없었다.

'옳지! 그래서 이자의 형이 헌병 군조라는 것을 듣고 이용할 작정으로 이러는 게로군!'

나는 이런 생각도 하여보며 가만히 귀를 기울이고 앉았었다.

궐자는 멍멍히 듣고 앉아 있는 그 두 사람의 얼굴을 등분해보

16 쿨리coolie. 육체노동을 하는 중국이나 인도의 하층 노동자로 19세기 아프리카, 인도, 아시아의 식민지에서 혹사당함.

고 빙긋 웃고 나서, 또다시 말을 계속한다.

"왜 남선 지방에 응모자가 많고 북으로 갈수록 적은고 하니, 이 남쪽은 내지인이 제일 많이 들어가서 모든 세력을 잡기 때문에, 북으로 쫓겨서 남만주로 기어들어 가거나, 남으로 현해탄을 건너서거나 두 가지 중에 한 가지 길밖에 없는데 누구나 그늘보다는 양지가 좋으니까, '제미붙을, 일 년 열두 달 죽도록 농사를 지어야 주린 배를 불리긴 고사하고 반년짝은 강냉이나 시래기로 부증이 나서 뒈질 지경이면, 번화한 대판, 동경에 가서 흥청망청 살아보겠다' 수작으로, 나두 나두 하고 청을 하다시피 해오는 터인데, 그러나 북선 지방은 인구도 적거니와 아직 우리 내지인의 세력이 여기같이는 미치지를 못했으니까, 비교적 그놈들은 편안히 살지만, 그것도 미구에는 동냥 쪽박을 차고 나서게 되리다. 하하하."

자기 강설에 열복하는 듯이, 연해

"옳지! 옳지!"

하며 들어주는 것이, 유쾌하기도 하고 자기의 견문에 자기도 만족하다는 듯이, 또 한 번 깔깔깔 웃었다.

"그래 그렇게 모집을 해 가면, 얼마나 생기나요?"

촌뜨기는 구수하다는 듯이 침을 흘리며 묻는다.

"얼마가 뭐요. 여비가 있지, 일당이 또 있지, 게다가 한 사람 모집하는 데에 일 원 내지 이 원이니까—그건, 회사와 일의 종류에 따라서 다르지만, 가령 방적회사의 여공 같은 것은 임금도 싼데다가 모집원의 수수료도 제일 헐하고, 광부 같은 것은 지금 시세로도 일 원 오십 전으로 이 원 오십 전까지라우. 가령 지금 천

명만 맡아가지고 와서 보구려. 이삼 삭 동안에 여비나 일당에서 남는 것은, 그까짓 건 다 제하고라도 일천삼사백 원, 잘만 되면 근 이천 원은 간데없는 것일 게니, ……하하하, 나도 맨 처음에—그건 제주도에서 모집해 갔지만—그때에 오백 명 모아다 주고 실살고[17]로 남긴 것이 팔구백 근 천 원이었고, 둘째 번에는 올가을에 팔백 명이나 북해도 탄광에 보내고, 근 이천 원 돈이 들어왔다우."

노동자 모집원이라는 자는 입의 침이 마르게 천 원, 이천 원을 신이 나서 뇌며 목욕탕 속에서 나왔다.

"예에, 예에."

하며, 일평생에 들어보지도 못하던, 천 원 이천 원 소리에 눈을 휘둥그렇게 뜨고 귀를 기울이고 앉았던 시골자는, 때를 다 밀었는지, 그 장대한 동색銅色 거구를 벌떡 일으켜 다시 욕탕 속에 출렁 집어넣으면서, 만족한 듯이 또다시 말을 붙였다.

"그래 조선 농군들이 가서, 그런 공사일을 잘들 하나요?"

"잘하구 못하는 것은 내가 상관할 것 무엇 있소마는, 하여간 요보는 말을 잘 듣고 힘드는 일을 잘하는 데다가, 임은賃銀이 헐하니까, 안성맞춤이지. ……그야 처음 데려갈 때에는 품삯도 많고, 일은 드러누워서 떡 먹기라고 푹 삶아야 하긴 하지만, 그래도 갈 노자며, 처자까지 데리고 가게 하고, 게다가 빚까지 갚아주는 데야 제아무런 놈이기로 안 따라나설 놈이 있겠소. 한번 따라나서기만 하면야, 전차前借가 있는데 그야말로 독 안에 든 쥐지. 일이

17 겉으로 드러나지 아니한 실제의 이익.

고되거나 품이 헐하긴 고사하고 굶어 뒈진다기루 하는 수 있나, 하하하."

벌써 부하가 되었다는 듯이, 득의만면하여 모집 방법의 비술까지 도도히 설명을 해주고 앉았다.

나는 좀 더 들으려고, 일부러 머뭇머뭇하며 앉아 있으려니까, 승객이 다 올라탔는지, 별안간에 욕객의 한 떼가 디밀어 들어오기에, 금시초문의 그 무서운 이야기를, 곰곰 생각하며 몸을 훔치기 시작하였다.

스물 두셋쯤 된 책상 도련님인 그때의 나로서는, 이러한 이야기를 듣고 놀라지 않을 수 없었다. 인생이 어떠하니 인간성이 어떠하니 사회가 어떠하니 해야, 다만 심심파적으로 하는 탁상의 공론에 불과한 것은 물론이다. 아버지나, 그렇지 않으면, 코빼기도 보지 못한 조상의 덕택으로, 글자나 얻어 배웠거나 소설 권이나 들춰보았다고, 인생이니 자연이니 시니 소설이니 한대야 결국은 배가 불러서, 포만의 비애를 호소함일 따름이요, 실인생, 실사회의 이면의 이면, 진상의 진상과는 아무 계관도 연락도 없을 것이다. 그러고 보면 내가 지금 하는 것, 이로부터 하려는 일이 결국 무엇인가 하는 의문과 불안을 느끼지 않을 수가 없었다. '일 년 열두 달 죽도록 애를 쓰고도, 반년짝은 시래기로 목숨을 이어나가지 않으면 안 되겠으니까……' 하는 말을 들을 제, 그것이 과연 사실일까 하는 의심이 날 만치, 나는 귀가 번쩍하였다. 나도 팔구 세 전까지는 부모의 고향인 충청도 촌 속에서 자라났고, 그 후에 일 년에 한두 번씩은 촌락에 발을 들여놓아 보았지만, 설마 그렇게까지, 소작인의 생활이 참혹하리라고는, 꿈에도 생각해본 일이 없었다.

'시를 짓는 것보다는 밭을 갈라고 한다. 그러나 밭을 가는 그것이 벌써 시가 아니냐. 사람은 흙에서 나와서 흙에 돌아간다. 흙의 방순한 냄새에 취할 수 있는 자의 행복이여! 흙의 북돋아 오르는 생기야말로, 너 인간의 끊임없는 새 생명이니라…….'

이러한 의미로 올봄에 산문시를 쓰던, 자기의 공상과 천려淺慮가 도리어 부끄러웠다. 흙의 냄새가 방순치 않다는 것도 아니다. 그 향기에 취할 수 있는 자가 행복스럽지 않다는 것도 아니다. '조반 후의 낮잠은 위약胃弱'이라는 고등 유민의 유행병에나 걸릴까 보아서 대팻밥 모자에 연경[18]이나 쓰고, 아침저녁으로 호미 자루를 잡는 것이 행복스럽지 않고 시적詩的이 아니라는 것은 아니다. 그러나저러나, 일 년 열두 달, 우마 이상의 죽을 고역을 다 하고도, 시래기죽에 얼굴이 붓는 것도 시일까? 그들이 삼복의 끓는 햇빛에, 손등을 데면서 호미 자루를 놀릴 때, 그들은 행복을 느끼는가? 그들은 흙의 노예다. 자기 자신의 생명의 노예다. 그리고 그들에게 있는 것은 다만 땀과 피뿐이다. 그리고 주림뿐이다. 그들이 어머니의 배 속에서 뛰어나오기 전에, 벌써 확정된 유일한 사실은, 그들의 모공이 막히고 혈청이 마르기까지, 흙에 그 땀과 피를 쏟으라는 것이다. 그리하여 열 방울의 땀과 백 방울의 피는 한 톨의 나락을 기른다. 그러나 그 한 톨의 나락은 누구의 입으로 들어가는가? 그에게 지불되는 보수는 무엇인가—주림만이 무엇보다도 확실한 그의 받을 품삯이다.

18 알의 빛깔이 검거나 누런색으로 된 색안경.

나는 몸을 다 훔치고 옷 입는 터전으로 나왔다.

나는 사람, 드는 사람, 한참 복작대는 틈에서, 부리나케 양복 바지를 꿰며 서 있으려니까, 어떤 보지 못하던 친구가, 문을 반쯤 열고 중절모자를 쓴 대가리를 불쑥 디밀며, 황당한 안색으로 방 안을 휘휘 둘러보더니

"실례올시다만, 여기 이인화란 이가 계십니까?"

하고 묻는다.

"네에, 나요. 왜 그러우?"

나는 궐자의 앞으로 두어 발짝 나서며 이렇게 대답을 하였다. 궐자는 한참 찾아다니다가 겨우 만난 것이 반갑다는 듯이 빙글빙글 웃으며, 문을 활짝 열어젖히고 서서 이리 좀 나오라고 명령하듯이 소리를 친다. 학생복에 망토를 두른 체격이며, 제 딴은 유창하게 한답시는 일어의 어조가, 묻지 않아도 조선 사람이 분명하다. 그래도 짓궂게 일어를 사용하고 도리어 자기의 본색이 탄로될까 봐 염려하는 듯한 침착지 못한 행색이, 나의 눈에는 더욱 수상쩍기도 하고, 근질근질해 보이기도 하였다. 나의 성명과 그 사람의 어조를 듣고, 우리가 조선 사람인 것을 짐작한 여러 일인의 시선은, 나에게서 그자에게, 그자에게서 나에게로 올지 갈지 하는 모양이었다. 말하자면 우리 두 사람은, 일본 사람 앞에서 희극을 연작演作하는 앵무새의 격이었다.

"무슨 이야긴지. 할 말 있건 예서 하구려."

나는 기연가미연가하며, 역시 일어로 대답하였다.

"하여간 이리 좀 나오슈."

말씨가 벌써 그러한 종류의 위인인 것을 의심할 여지가 없다

고 생각한 나는, 그 언사의 오만한 것이 첫째 귀에 거슬려서, 다소 불쾌한 어조로

"그럼 문을 닫고 나가서 기다리우."

하며 소리를 지르고, 다시 내 자리로 와서 주섬주섬 옷을 마저 입기 시작하였다. 여러 사람의 경멸하는 듯한 시선은, 여전히 내 얼굴에 거미줄 늘이듯이 어리는 것을 깨달았다. 더구나 아까 이야기하던 세 사람은, 힐끔힐끔 곁눈질을 하는 것이 분명했으나, 나는 도리어 그 시선을 피했다. 불쾌한 생각이 목구멍 밑까지 치밀어 오르는 것 같을 뿐 아니라, 어쩐지 기운이 줄고 어깨가 처지는 것 같았다.

옷을 다 입고 문밖으로 나오니까, 궐자는 맞은편에 기대어 웅숭그리고 서서 기다리는 모양이다.

"미안합니다만, 나하고 짐을 가지고 저리 좀 나가십시다."

뒤를 쫓아오면서 애원하듯이 말을 붙이는 양이, 아까와는 태도가 일변하였다.

"댁이 누구길래, 어딜 가잔 말요?"

"에에, 참 나는 ××서에서 왔는데, 잠깐 파출소로 가십시다."

자기의 직무도 명언하지 않고 덮어놓고 가자고 한 것이 잘못되었다는 듯도 하고, 한편으로는 자기가 일인 행세를 하는 것이 내심으로 부끄럽고, 또한 나에게 "노형이 조선 양반이 아니오?" 하고, 탄로나 되지 않을까 하는 염려가 있어서 앞이 굽는다는 듯이, 언사와 태도는 점점 풀이 죽고 공손해졌다. 이것을 본 나는 도리어 불쌍하고 가엾은 생각이 나서, 층계를 느런히 서서 내려가다가 궐자의 얼굴을 쳐다보았다. 아무 의미 없이 빙글빙글 웃

는 그 얼굴에는, 어색해하는 빛이 역력히 보였다. 나는 잠자코 자기 자리로 가서 순탄한 말로

"나는 나갈 새도 없고, 짐이라곤 이것밖에 없으니, 혼자 가지고 가서 조사할 게 있건 조사하고, 갖다 주슈."

하고 가방 두 개를 들어내서 주었다.

"안 돼요, 그건. 입회를 해줘야 이걸 열죠. 그러지 마시고 잠깐만 나가주세요. 이건 내가 들고 갈 테니."

선실 내의 수백의 눈은, 모두 나에게로 모여들었다. 여기저기서 수군거리는 소리도 들렸다. 나는 얼굴이 화끈화끈해 더 서 있을 수가 없었다.

"내가 도적질이나 한 혐의가 있단 말이오? 가지고 가서 마음대로 하라는 데야, 또 어쩌란 말이오. 정 그럴 테면 이리로 들어와서 조사를 하라고 하구려. 배는 떠나게 되었는데 나가자는 사람도 염치가 있지."

나는 분이 치밀어 올라와서 이렇게 볼멘소리를 질렀다.

"그러지 마시고 오늘 이 배로 꼭 떠나시게 할 테니, 제발 잠깐만 나가주세요. 자꾸 시간만 갑니다. ……여기선 창피하실까 봐 그러는 것입니다."

"창피하다? 흥, 창피? 얼마나 창피하면 예서 더 창피할까. 그런 사폐 볼 것 없이 마음대로 하슈!"

홧김에 이렇게 소리는 질렀으나, 그 애걸하는 양이 밉살스러운 중에도 가엾어 보이지 않는 것도 아니요, 어느 때까지 승강이만 하다가는 궐자 말마따나, 이로울 것도 없고 시간만 바락바락 가겠기에, 나가기로 결심하고 웃저고리를 집어 입고 나서, 어떻

게 될지 사람의 일을 몰라서, 아까 사가지고 들어온 벤또 그릇까지 가지고, 가방을 들고 앞서 나가는 형사의 뒤를 따라섰다.

형사가 큰 성공이나 한 듯이 득의만면하여

"진작 그러시지요……."

하며 웃는 그 얼굴에는, 달래는 듯하기도 하고 빈정대는 듯한 빛이 보였다. 나는 무심중에 주먹이 부르르 떨리는 것을 깨달았다.

갑판으로 나와서 승강구까지 불러다가 조사를 하라 해보았으나, 그것도 들어주지 않아서 화가 나는 것을 참고 결국 잔교로 내려섰다.

대합실 앞까지 오니까, 아까 내 명함을 빼앗아 간 인버네스가 양복에 외투를 입은 또 한 사람과 무시무시하게 경계를 하고 섰다가, 우리를 보더니 아무 말 안 하고 기선 화물을 집채같이 쌓아 놓은 뒤로 앞서 들어갔다. 가방을 가진 자도 아무 말 안 하고 따라섰다. 나는 가슴이 선뜩하는 것을 참고, 아무 반항할 힘도 없이, 관에 들어가는 소같이 뒤를 대어 섰다. 네 사람이 예정한 행동을 취하는 것처럼, 묵묵하고 침중한 가운데에 모든 행동을 경쾌하게 하는 것이, 마치 활동사진에서 보는 강도단이나 그것을 추격하는 탐정 같았다. 네 사람은 하물에 가려 행인에게 보이지 않을 만한 곳에 와서 우뚝우뚝 섰다. 대합실의 유리창에서 흘러나오는 전광만은, 양복쟁이의 안경테에 소리 없이 반짝 비쳤다.

"오늘 하루 예서 묵지 못하겠소."

양복쟁이가 우선 입을 벌리며 가방을 빼앗아 들었다. 좁은 골짜기에서 나직하게 내는 거세고도 굵은 목소리는, 이 세상에서 들어본 목소리 같지 않았다. 나는 얼빠진 놈 모양으로, 아무 생각

없이 안경알이 하얗게 어룽어룽하는 그자의 퉁퉁하고 둥근 상을 쳐다보며 섰었다. 그자도 나의 표정을 하나라도 놓치지 않으려는 듯이 입술을 악물고, 위협하는 태도로 노려보다가 별안간에 은근한 어조로

"하루 쉬어서 가시구려."

하는 양이, 마치 정다운 진객을 만류하는 것 같았다. 무슨 죄가 있는 것은 아니나, 이같이 으슥한 골짜기에서, 을러보았다 달래보았다 하는 것을 당하는 것은 나의 수명이 줄어들어 가는 것 같았다. 만일 내가 부호로서 이런 꼴을 당했다면, 여부없이 강도나 맞았다고 생각했을 것이다. 나는 정신을 바짝 차리고 대답을 하려 하였으나, 참 정말 깃구멍이 막혀서 입을 벌릴 기운이 없었다.

"묵긴 어디서 묵으란 말이오? 유치장에나 가잔 말씀요? 이 배에 떠나게 한다는 약조를 하였기 때문에 나왔으니까 약조대로 합시다."

이렇게 강경히 주장은 하면서도, 마음은 평형을 잃고, 신경은 극도로 긴장했다. 대체 나 같은 위인은 경찰서의 신세를 지기에는 너무도 평범하지만, 그래도 이 배만 놓치면 참 정말 유치장에서 욕을 볼 것은 뻔한 일, 하늘이 두 쪽이 되는 한이 있더라도, 이 배를 놓쳐서는 큰일이라고 결심을 단단히 하고서도 웬일인지 가슴은 여전히 두근두근하지 않을 수가 없었다.

"그럼 예서 잠깐 할까?"

양복쟁이가 나와 인버네스를 등분해보며, 저희끼리 의논을 한다. 나는 우선 마음을 놓았다.

"네, 그러지요."

인버네스가 찬성을 하니까 양복쟁이는 나에게로 향하여

"이것 좀 열어보아도 상관없겠지요?"

하고 열쇠를 내라고 청한다. 나는 곧 승낙을 했다. ……가방은 양복쟁이의 손에서 용이히 열렸다.

어린아이 관 같은 긴 모양의 트렁크를, 유리창 그림자가 환히 비치는 하물 쌓인 밑에다가 열어놓고 들쑤시는 동안에, 그 옆에서 인버네스는 조그만 손가방을 조사하고 앉았다. 나는 이편에 느런히 서 있는 학생복 입은 자와 함께, 두 사람의 네 손길만 내려다보고 섰었다. 큰 트렁크를 맡은 자는 잠깐 쑤석쑤석하여보더니, 그 위에 얹어놓은 양복이며 화복들을 손에 잡히는 대로 휙휙 집어서, 내 옆에 선 형사에게 주섬주섬 던져주고 나서, 그 밑에 깔렸던 서류 뭉텅이와 서적 몇 권을 분주히 들척거리고 앉았다. 조그만 트렁크 속에서 소득이 없었던지 그대로 뚜껑을 닫아서 옆에 놓고 인버네스도 다시 큰 가방으로 달려들어서 들여다보고 앉았다가 양복쟁이의 분부대로 서적을 한 권씩 들어보아 가며, 일일이 책명을 수첩에 기입하며 앉았다. 가방 속에서 갈팡질팡하는 형사의 네 손은 일 분 이 분 시간이 갈수록 가속도로 움직인다. 나는 또 무슨 망령이나 부리지 않을까 하는 불안과 의혹을 가지고, 전광에 벌겋게 번쩍이는 양복쟁이의 곁뺨을 노려보고 섰었다.

여덟 눈과 네 개의 손은 앞에 뉘어놓은 트렁크 한 개에 모든 정력을 집중하고, 일 초간의 빈틈 없이 극도로 긴장했으면서도 여덟 입술은 풀로 붙인 듯이, 아무도 입을 벌리려는 사람이 없었다. 절대 침묵이 한 칸통쯤 되는 컴컴한 골짜기에 밀운密雲같이 가득히 찼다. 비릿한 해기海氣를 품은 차디찬 저녁 바람이 귓가로 솔솔 지날 때마다, 바삭바삭하는 종잇장 구기는 소리밖에 나에게는 들리지 않았다. 그보다 큰 배에 짐 싣는 인부의 소리도, 잔교 밑에 와서 부딪는 출렁출렁하는 파도 소리도, 아마 이 네 사람의 귀에는 들리지 않았을 것이다. 무겁고 찌뿌드드한 침묵 속에 흐릿한 불빛에 싸여서 서고 앉고 하여 꾸물꾸물하는 양이, 마치 바다에 빠진 시체를 건져놓고 검시나 하는 것같이 처량하고 비장하며 엄숙히 보였다. 그러나 일 분, 이 분, 삼 분, 오 분, 십 분…… 시간이 갈수록 나의 머릿속은 귀와 반비례로 욱신욱신해졌다. 그 세 사람들이 일부러 느럭느럭하는 것은 아니건만, 뺏어가지고 내 손으로 하고 싶을 만치 초초했다. 나는 참다 못해 시계를 꺼내 들고

"이제 이 분밖에 안 남았소. 난 갈 테요."

하고 재촉했다. 그제야 양복쟁이는 눈에 불이 나게 놀리던 손을 쉬고 서류 뭉치를 들어 뵈면서

"이것만은 잠깐 내가 갖다가 보고, 댁으로 보내드려도 관계없겠지요?"

하고 일어선다.

나는 언하言下에 쾌락하였다. 사실 그 속에는, 집에서 온 최근의 편지 몇 장과 소설 초고와 몇 가지 원고 외에는 아무것도 없었다. 애를 써서 기록한 서적이라야, 원래 나에게는 사회주의라는 '사' 자나 레닌이라는 '레' 자는 물론이려니와 독립이라는 '독' 자도 없을 것은, 나의 전공하는 학과만 보아도 알 것이었다. 아니, 설령 내가 볼셰비키에 관한 서적을 몇백 권 가졌거나 사회주의를 연구하거나, 그것은 학문의 연구라 물론 자유일 것이요, 비

록 독립 사상을 가진 나의 뇌 속을 X광선 같은 것으로나 심사법心寫法으로 알았다 할지라도, 실행이 없은 다음에야 조사하기로 소용이 무엇인가—이러한 생각은 나중에 한 것이지만, 그 당장에는 하여간 무사히 방면되어 배에 오르게 된 것만 다행히 여겨, 궐자들과 같이 허둥지둥 행구를 수습하여가지고 나섰다.

짐을 가볍게 해준 트렁크를 두 손에 들고, 어서 올라오라는 선원의 꾸지람을 들어가며 겨우 갑판 위에 올라서자, 기를 쓰는 듯한 경적과 말울음 소리 같은 기적 소리가 나며, 신경이 자릿자릿한 징 소리가 교향적으로, 호젓이 암흑에 싸인 부두 일판에 처량하고도 요란하게 울렸다. 배는 소리 없이 미끄러져 벌써 두어 칸통이나 잔교에서 떨어졌다. 전송하러 온 여관 하인들이며 인부들의 그림자가 쓸쓸한 벌판에 성기성기 차차 조그맣게 눈에 띄고, 잔교 위에서 휘두르며 가는 등불이 쓸쓸한 바람에 불리어 길어졌다 짧아졌다 한다.

나는 선실로 들어갈 생각도 없이 으스름한 갑판 위에, 찬 바람을 쐬어가며 웅숭그리고 섰었다. 격심한 노역과 추위에 피곤하여 깊은 잠에 들어가는 항구는, 소리 없이 암흑 속에 누웠을 뿐이요, 전시全市의 안식을 지키는 야광주는, 벌써부터 졸린 듯이 점점 불빛이 적어가고 수효가 줄어가면서 깜박깜박 졸고 있다. 나는 인간계를 떠나서 방랑의 몸이 된 자와 같이, 그 불빛의 낱낱이 어떠한 평화로운 가정의 대문을 지키고 있으려니 하는 생각을 할 제, 선뜩선뜩하게 별보다도 점점 멀리 흐려가는 불빛이 따뜻이 보였다. 나의 머릿속은 단지 혼돈하였을 뿐이요, 눈은 화끈화끈할 뿐이다.

외투 포켓에다가 두 손을 찌르고 어느 때까지 우두커니 섰는 내 눈에는, 어느덧 뜨끈뜨끈한 눈물이 비어져 나와서, 상기가 된 좌우 뺨으로 흘러내렸다. 찬 바람에 산뜩산뜩 스며들어 가는 것을, 나는 씻으려고도 안 하고 여전히 섰었다.

3

사람이란 자기보다 우월하거나 열등한 사람에게 대할 때같이, 자기의 지위나 처지라는 것을 명료히 의식할 때가 없다. 동위동격자끼리는 경우가 같기 때문에 서로 공명하는 점도 많고 서로 동정할 수도 있을 뿐 아니라, 누가 잘난 체를 하고 누가 굽힐 여지가 없다. 그렇지만 우열이 상격相隔하면 공명이나 동정이라는 것보다는 먼저 자기의 지위나 처지에 대한 의식이 앞을 서서, 한편에서는 거드름을 빼면 한편에서는 고개가 수그러지고, 저편이 등을 두드리는 수작을 하면 이편은 마음이 여린 사람일 지경 같으면, 황송무지해서 긴한 체를 해 보이기도 하고, 자존심이 굳센 자면 굴욕을 느껴서 반감을 품을 것이요, 또 저편이 위압을 하려는 태도로 나오면 이편은 꿈틀하여 납청장[19]이 되거나, 그렇지 않으면 반항적 태도로 나오는 것이다. 사회 조직이라든지 교육이라든지, 한층 더 들어가서 사람의 심리가 근본적으로 잘되어 그렇든지 못되어 그렇든지 하여간 사람이란 그리해보고 싶은 것이다.

19 되게 얻어맞거나 눌려서 납작해진 사람이나 물건을 비유적으로 이르는 말.

그러나 자기가 저편보다는 낫다, 한 손 접는다고 생각할 때에 느끼는 자랑과 기쁨이, 자기를 행복하게 하고 향상케 함보다는 저편보다 못하다, 감 잡힌다고 생각할 때에 일어나는 굴욕과 분개가 주는 불행과 고통과 저상沮喪이 곱이나 큰 것이다. 더구나 자존심이 강한 사람에게 대하여는, 보통 사람보다도 열 곱, 스무 곱, 백 곱이나 큰 것이다. 그뿐 아니라 그 우열감이 단순한 개인과 개인과의 관계를 벗어나서 집단적 배경이 있을 때에는, 순전한 적대심으로 변하는 동시에, 좁고 깊게 사람의 마음속에 파고들어 앉아서, 혹은 노골적으로 폭발되기도 하고 혹은 은근히 일종의 세력을 기르게 되는 것이다.

그러나 그중에도 다행한 일은 자존심이 많고 의지가 강한 사람일수록 그 굴욕과 비분으로 말미암아 받는 바 불행과 고통과 저상이, 도리어 반동적으로 새로운 광명의 길로 향하여 용약하게 하는 활력소가 된다는 것이다. 그러나 사람이란 얼마나 강한지 의문이다. 약하기 때문에 잘난 체도 해보고, 약한 죄로 남을 미워도 해보고, 웃지 않을 때에 웃어도 보며, 울지 않아도 좋을 것을 울고야 마는 것이라고 생각하는 나는, 나 자신까지를 믿을 수가 없다.

되지 않게 감상적으로 생긴 나는 점점 바람이 세차가는 갑판 위에서, 나오는 눈물을 억제하여가며 가만히 섰다가, 목욕한 뒤의 몸이 발끝부터 차차 얼어 올라오는 것을 견디다 못해, 가방을 좌우쪽에 들고 다시 선실로 기어들어 갔다. 아까 잡아놓았던 자리는 물론 남에게 빼앗기고 들어가서 낄 자리가 없었다. 나는 실없이 화가 나서 선원을 붙들어가지고 겨우 한구석에 끼었으나,

어쩐지 좌우에 늘어앉은 일본 사람이 경멸하는 눈으로 괴이쩍게 바라보는 것 같았다. 사가지고 다니던 벤또를 먹을까 해보았으나, 신산하기도 하고 어쩐지 어깨가 처지는 것 같아서 외투를 뒤집어쓰고 누워버렸다.

동경서 하관까지 올 동안은 일부러 일본 사람 행세를 하려는 것은 아니라도 또 애를 써서 조선 사람 행세를 할 필요도 없는 고로, 그럭저럭 마음을 놓고 지낼 수가 있지만, 연락선에 들어오기만 하면 웬셈인지 공기가 험악해지는 것 같고 어떠한 기분이 덜미를 잡는 것 같은 것이 보통이다. 그러나 이번처럼 휴대품까지 수색을 당하고 나니 불쾌한 기분이 한층 더하지 않을 수 없었다. 눈을 감고 드러누워서도 분한 생각이 목줄띠까지 치밀어 올라와서 무심코 입술을 악물어 보았다. 그러나 사면을 돌아다보아야 분풀이를 할 데라고는 없다. 설혹 처지가 같고 경우가 같은 동행자를 만난다 하더라도 하소연을 할 수는 없다. 왜 그러냐 하면 여기는 배 속이니까 그렇다는 말이다. 나를 한 손 접고 내려다보는 나보다 훨씬 나은 양반들이 타신 배이기 때문이다.

그 이튿날이었다. 밝기가 무섭게 하나 둘씩 부스스부스스 일어나 쿵쾅거리며 오르락내리락하는 바람에, 나도 일어나서 세수를 했다. 수백 명이나 되는 식구가 송사리 새끼 끼우듯이 끼여서 자고 난 판도방[20] 같은 속이 지저분하기도 하고 고약한 냄새에 머릿골이 아파서 나는 치장을 차리고 갑판으로 나갔다. 훨씬 해가 돋지는 못해서 물은 꺼멓게 보일 뿐이요 훤한 하늘에는 뿌연 구

20 절에서 불도를 닦는 승려들이 모여 공부하는 방. 절에서 가장 크고 넓은 방이다.

름이 처져 있는 것이 희미하게 보이나, 아직도 컴컴스레하였다. 춥기는 하지만 그래도 상쾌하다. 선실 속에서는 벌써 아침밥이 시작되었는지 연해 밥통을 날라 들여가고, 갑판에 나왔던 사람들도 허둥지둥 뒤쫓아 들어가는 모양이다.

이 삼등실에 모인 인종들은 어디서 잡아온 것들인지 내남직할 것 없이 매사에 경쟁이다. 들어가는 것도 경쟁, 나오는 것도 경쟁, 자는 것도 경쟁, 먹는 것에 이르러서는 한층 더한 것이 예사다. 조금만 웬만하면 이등을 탔겠지만, 씀씀이가 과한 나로는 어느 때든지 지갑이 얄팍얄팍하여서도 못 타게 되고, 그 돈으로 차 한 잔이라도 사 먹겠다는 타산도 없지 않아서, 대개는 이 무료 숙박소 같은 데에서 밤을 새우는 것이다. 하여간 차림차림으로 보든지 하는 짓으로 보든지 말씨로 보든지 하층 사회의 아귀당들이 채를 잡았고, 간혹 하층 관리 부스러기가 끼여 있을 따름이다. 나는 그들을 볼 제 누구에게든지 극단으로 경원주의를 표하고 근접을 안 하려고 하지만, 그것은 나 자신보다는 몇 층 우월하다는 일본 사람이라는 의식으로만이 아니다. 단순한 노동자라거나 무산자라고만 생각할 때에도, 잇새를 어우르기가 싫다. 덕의적德義的 이론으로나 서적으로는 소위 무산 계급이라는 것처럼, 우리 친구가 되고 우리 편이 될 사람은 없다고 생각하면서도, 실제에 그들과 마주 딱 대하면 어쩐지 얼굴을 찌푸리지 않을 수 없었다. 혹은 그들에게 대한 혐오가 심해지면 심해질수록, 그 원인이 그들 자신에게 있는 것이 아니라는 논법으로, 더욱더욱 그들을 위하여 일을 해야겠다는 결론에 이르게 될지는 모르나, 감정상으로 그들과 융합할 길이 없다는 것은 아마 엄연한 사실일 것 같다.

나는 이런 생각을 하다가 어제 저녁도 궐하였기 때문에, 시장한 증이 나서 선실로 기어들어 갔다. 한차례 치르고 난 식탁 앞에 우글우글하는 사람 떼가 꺼멓게 모여 서서 무엇인지 말다툼을 하고 있는 모양이다.

"……그래, 갖다 놓기 전에 와서 앉으면 어떻단 말이야?"

신경질로 생긴 바짝 마른 상에 독기를 품고 빽빽 소리를 지르는 것은, 윗수염이 까무잡잡하게 난 키가 조그만 사람이다. 그리 상스럽지 않은 얼굴로 보아서 어쩌면 외동달이[21] 금테쯤은 되어 보인다.

"글쎄 그래두 안 돼요. 차례가 있으니까, 지금부터 앉아 있어도 안 드려요."

검정 학생복을 입은 선원은 골을 올리려는 듯이 순탄한 어조로 번죽번죽 대꾸를 하고 섰다.

"우리로 말하면 이 배의 손님이지? 그래 손님을 그따위로 대접하는 법이 어디 있단 말이야? ……대관절 우리를 요보루 알고 하는 수작이란 말야?"

애꿎은 요보를 들추어낸다.

"누가 대우를 어떻게 했단 말예요. 밥상은 차려놓거든 와서 자시라는 게 무에 틀렸단 말씀유?"

"급하니까 얼른 가져오라는 게, 어째서 잘못이란 말이야? 조선에서만 볼 일이지만, 참 그래 무얼루 호기를 부린담?"

까만 수염을 가진 자의 어기가 차차 줄어가는 것을 보고 서 있

21 병정의 옷소매에 그 등급에 따라 댄 가는 줄.

던 구경꾼 속에서는, 불길을 돋우려는 듯이

"두들겨주어라. 되지 않게 관리 행세를 하려구, 건방지게!"

"참 건방진 놈이다!"

"되지 않은 놈이, 하급 선원쯤 되어가지고 관리 행세는, 마뜩찮게! 흥!"

이런 소리가 여기저기서 떠들썩한다. 관리면 으레 그렇게 해도 관계없고 또 자기네들도 불복이 없겠다는 말씨다.

"도시 조선의 철도가 관영이기 때문에 저런 것까지 제가 젠척을 하는 거야. 사유 같으면야 꿈쩍이나 할 텐가."

누구인지 일리 있는 듯한 이런 소리를 하는 분개가도 있다. 여러 사람이 와짝 떠드는 바람에 선원도 입을 닫고 슬슬 빠져 달아나기 때문에 싸움은 그만하고 흐지부지했다. 그 자리에 모였던 사람은 그대로 식탁에 부산히들 둘러앉았다. 나는 그 싸우는 양이 더러워 보이기도 하고 마음에 께름하여 다시 바깥으로 나가려다가, 그래도 고픈 배를 참을 수가 없어서 누가 권하는 것은 아니지만, 마지못해 먹는 것처럼 제출물에 쭈뼛쭈뼛하여 한구석에 끼어 앉아 먹기를 시작했다.

'먹는 데 더러우니 구구하니 아귀들이니 하여도 배가 고프면 하는 수 없는 거다.'

젓가락질 짓고 물을 마시며, 나는 이런 생각을 해보고 혼자 뱃속으로 웃었다.

선실 속에서는 쌈 싸우듯 해가며 겨우 아침밥들을 먹고 와서는 이 구석 저 구석에서 짐들을 꾸리는 빛에, 악다구니를 해가며 간신히 얻어먹은 밥을 다시 꽥꽥하며 게우는 빛에, 또 한참 야단이다. 나도 밥을 먹고 나니까 어쩐지 메슥메슥한 증이 나서 자기 자리로 가서 누웠다.

육지가 차차 가까워오는지 배가 그리 흔들리지도 않고 선객의 절반쯤은 벌써부터 갑판으로 나갔다. 나도 짐을 꾸려가지고 나갔다. 의외로 퍽 가까워진 모양이다. 선원들은 오르락내리락 갈팡질팡하며 상륙할 준비에 분주하고, 경적은 쉴 새 없이 처량하고 우렁찬 소리를 아침 바람에 날린다. 승객들은 일, 이등과 격리를 시키려고 인줄같이 막아놓은 맨 밑에 우글우글 모여 서서 제각기 앞장을 서려고 또 한참 법석이다. 그래야 일, 이등의 귀객들이 다 나간 뒤라야 풀릴 것을.

배는 잔교에 와서 닿았다.

"영치기 영차, 영치기 영차……."

닻줄을 낚는 인부들 틈에서 누렇게 더러운 흰 바지저고리를 입은 조선 노동자가 눈에 띌 제, 나는 그래도 반가운 것 같기도 하고, 마음이 턱 놓이는 것 같기도 했다.

배에서 끌어내린 층층다리가 잔교 위에 걸리니까, 앞장을 서서 올라오는 것은 흰 테를 두른 벙거지를 쓰고 외투를 입은 순사보와 육혈포 줄을 어깨에 늘인 일본 순사하고, 누런 복장에 역시 육혈포의 검은 줄을 늘인 헌병이다. 그들은 올라오는 길로 배에서 내려서는 어귀에 좌우로 지키고 서고, 그다음에는 이쪽저쪽에서 승객이 통해 나가는 길의 중간에도 지키고 섰다. 이같이 경관과 헌병이 소정한 자리에 서니까, 그제서야 일, 이등 승객이 하나 둘씩 풀리기 시작하였다. 교통 차단을 당한 우리들 삼등객은 배 속에 갇힌 포로 모양으로 매우 부러운 듯이 모든 광경을 바라만 보고 섰었다.

"삼 원이로군! 삼 원만 더 냈다면 한번 호강해보는군!"

이런 소리가 복작대는 속에서 들렸다. 이번에는 우리들도 내리게 되었다. 나는 한중턱에서 천천히 걸어 나갔다. 층계에서 한 발을 내려디딜 때에는 뒤에서 외투 자락을 잡아당기는 것 같았다. 그러나 열 발자국을 못 떼어놓아서 층계의 맨 끝에는 골똘히 위만 쳐다보고 서 있는 네 눈이 있다. 그것은 육혈포도 차례에 못 간 순사보와 헌병 보조원의 눈이다. 그 사람들은 물론 조선 사람이다.

나는 될 수 있는 대로 태연히 그들에게는 눈을 거들떠보지도 않고 확실한 발자취로 최후의 층계를 내려섰다. 될 수 있으면 일본 사람으로 보아달라는 요구인지 기원인지를 머릿속에 쉴 새 없이 뇌면서…… 그러나 나의 그 태연한 태도라는 것은 도살장에 들어가는 소의 발자취와 같은 태연이다.

"여보, 여보!"

물론 일본말로다.

나는 나의 귀를 의심하였다. 으레 한 번은 시달리려니 하는 생각이 있었기 때문에 공연히 부르는 듯싶었다. 나는 모르는 체하고 두서너 발자국 떼어놓았다. 하니까 이번에는 좌우편에 쭉 늘어섰던 사람 틈에서, 일복에 인버네스를 입은 친구가 우그려 쓴 방한모 밑에서, 이상하게 번쩍이는 눈을 무섭게 뜨고 앞을 탁 막는다. 나의 등에서는 식은땀이 쭈르륵 흘렀다.

"저리 잠깐 가십시다."

인버네스는 위협하듯이 한마디 하고 파출소가 있는 방향으로

나를 끌었다. 나는 잠자코 따라섰다. 멋도 모르는 지게꾼은 발에 채이도록 성화가 나서,

"나리, 나리."

하며 쫓아온다. 그 소리에는 추위에 떠는 듯도 하고, 돈 한 푼 달라고 애걸하는 것같이 스러져가는 애조가 있었다. 나는 고개만 흔들면서 가다가 파출소로 들어갔다.

파출소에 들어선 나는 하관에서 조사를 당할 때와도 다른 일종의 막연한 공포와 불안에 말이 얼얼해졌다. 더구나 일본서 그런 종류의 사람들에게 대하듯이 다소 산만하게 할 수 없다는 생각이 머리에 떠올라 와서, 제풀에 자기를 위압하는 자기의 비겁을 내심 스스로 웃으면서도, 어쩐지 말씨도 자연 곱살스러워지고 저절로 고개가 수그러지는 것을 깨달았다.

형사의 심문은 판에 박은 듯이 의외에 간단하였다. 나중에 가방에는 무엇이 들어 있느냐 하기에, 나는 하관에서 빼앗길 것은 다 빼앗겼으니까 볼만한 것은 없겠지만, 그래도 미심쩍거든 열어보라고 열쇠를 꺼내서 주려고 하였다. 아무리 형사라도 사람이란 우스운 것이다. 열쇠까지 내주니까 웃으면서 그만두라고 하며, 생색이나 내는 듯이 어서 나가라고 쾌쾌히 내쫓는다. 아마 하관서 온 형사에게 벌써 자세한 이야기를 듣고 있는 모양 같았다. 나는 겨우 안심하였다는 듯이 한숨을 휘 쉬고 나와서, 우선 짐을 지게꾼에게 들려가지고, 정거장으로 가서 급히 맡겨놓고 혼자 나섰다.

4

구차한 놈이 물에 빠지면 먼저 뜰 것은, 물어보지 않아도 주머니뿐이다. 운이 좋아야 한 달 삼십 일에 이십구 일을 젖혀놓고, 마지막 날 하루만은 삼대 주린 놈이 밥 한술 뜨니만큼 부푸는 것이 구차한 놈의 주머니다. 그러나 그것도 겨우 몇 시간 동안이다. 그리고 남은 것은 돈에 날개가 돋쳤다는 원망뿐이다.

"엥, 돈이란 조화가 붙었어! 그저 한 푼 두 푼 흐지부지 어느 틈에 어떻게 빠져 달아나는지, 일 원짜리를 바꾸어 넣어도 그만이요, 십 원짜리를 바꾸어 넣어도 그만이니 이 노릇이나 해먹을 수가 있담!"

피천 닢도 남지 않은 두 겹이 짝 달라붙은 주머니를 까불면서, 하늘을 쳐다보고 하는 소리가 겨우 이것밖에 안 되지만, 결국에 도달하는 결론이라는 것은

"그저 굶어 죽으라는 세상이야."

하는 한마디에 지나지 않는다.

그도 그럴 것이, 워낙이 구차한 놈이 가뭄에 콩 나기로, 돈 원이나 돈 십 원 얻어걸린대야, 어디에다가 어떻게 별러 써야 할지 모르는 데다가, 뒤주 밑이 긁히면 밥맛이 더 난다는 셈으로 없는 놈이 돈푼 만져보면 조상 대부터 걸려보지 못하던 것이나 얻은 듯이, 전후 불각하고 쓸 데 안 쓸 데 함부로 써버려야지, 한 푼이라도 까불리지를 못하고 몸에 지녀두면 병이 되는 것이 구차한 놈의 상례다. 구차하기 때문에 이러한 얌전한 버릇이 있는 것인지, 이따위로 버릇이 얌전하여 구차한 것인지는 별문제로 치고라

도, 어떻든 자기도 모르는 중에 흐지부지 까불리고 나서 안타까워하는 것이 구차한 놈의 갸륵한 팔자라는 것이다.

그러나 이러한 팔자가 좋고 그른 것은 제이 문제로 하고, 하여간 조선 사람의 팔자를 아무리 비싸게 따져본대야 이보다 더 나을 것도 없고 더 신기할 것도 없다. 부산이라 하면 조선의 항구로는 제일류요, 조선의 중요한 첫 문호라는 것은 소학교에 한 달만 다녀도 알 것이다. 사실 부산은 조선의 유일한 대표이다. 조선을 축사縮寫한 것, 조선을 상징한 것은 과연 부산이다. 외국의 유람객이 조선을 보고자 하면, 우선 부산에만 끌고 가서 구경을 시켜주면 그만일 것이다. 거룩한 부산! 조선을 젊어진 부산! 부산의 팔자가 조선의 팔자요, 조선의 팔자가 곧 부산의 팔자였다.

나는 배 속에서 아침을 먹었건만, 출출한 듯하기도 하고 두세 시간 남짓이나 시간이 남았고, 늘 지나다니는 데건만 이때껏 시가에 들어가서 구경해본 일이 없기에, 우선 조선 음식점을 찾아보기로 하고 나섰다.

부두를 뒤에 두고 서편으로 꼽들어서 전찻길 난 데로만 큰길로 걸어갔으나, 좌우편에 모두 이층집이 쭉 늘어섰을 뿐이요, 조선집 같은 것이라고는 하나도 눈에 띄는 것이 없다. 이삼 정도 채 가지 못해서 전찻길은 북으로 꼽들이게 되고, 맞은편에는 색색의 극장인지 활동사진관인지 울그데불그데한 그림 조각이며 깃발이 보일 뿐이다. 삼거리에 서서 한참 사면팔방을 돌아다보다 못하여 지나가는 지게꾼더러 조선 사람의 동리를 물었다. 지게꾼은 한참 머뭇거리며 생각을 하더니 남쪽으로 뚫린 해변으로 나가는 길을 가리키면서 그리 들어가면 몇 집 있다 한다. 나는 가리키는 대로 발길을 돌렸다. 비릿하기도 하고 고릿하기도 한 냄새가 코를 찌르는 해산물 창고가 드문드문 늘어선 샛골짜기를 빠져서, 이리저리 휘더듬어 들어가니까, 바닷가로 빠지는 지저분하고 좁다란 골목이 나타났다. 함부로 세운 허술한 일본식 이층집이 좌우편에 오륙 채씩 늘어섰는 것이 조선 사람의 집 같지는 않으나 이 문 저 문에서 들락날락하는 사람은 조선 사람이다. 이 집 저 집 기웃기웃하며 빠져나가려니까, 어떤 이층에는 장고를 세워 놓은 것이 유리창으로 비쳐 보였다. 그러나 문간에는 대개 여인숙이라는 패를 붙였다. 잠깐 보기에도 이런 항구에 흔히 있는 그러한 종류의 영업을 하는 데인 것이 분명하다. 그러나 계집이라고는 씨알머리도 볼 수가 없다.

나는 이런 생각을 하며 돌쳐나오다가, 들어가 보고 싶은 호기심이 불쑥 났으나, 차 시간이 무서워서 걸음을 재쳤다. 다시 큰길로 빠져나와서 정거장으로 향하다가, 그래도 상밥 파는 데라도 있으려니 하고 이 골목 저 골목 닥치는 대로 들어가 보았다. 서울 음식같이 간도 맞지 않을 것이요 먹음직할 것도 없겠지만, 무엇보다도 김치가 먹고 싶고 숟가락질이 해보고 싶었다. 그러나 조선 사람 집 같은 것은 그림자도 보이지 않는다. 간혹 납작한 조선 가옥이 눈에 띄나 가까이 가서 보면 화방을 헐고 일본식 창틀을 박지 않은 것이 없다. 그러나 우스운 것은 얼마 되지도 않는 시가이지만 큰길이고 좁은 길이고 거리에 나다니는 사람의 수효를 보면 확실히 조선 사람이 반수 이상인 것이다.

'대체 이 사람들이 밤이 되면 어디로 기어들어 가누?'

하는 생각을 할 제, 큰 의문이 생기는 동시에 그 불쌍한 흰옷 입은 백성의 운명을 생각해보지 않을 수 없다.

몇천 몇백 년 동안 그들의 조상이 근기 있는 노력으로 조금씩 조금씩 다져놓은 이 토지를, 다른 사람의 손에 내던지고 시외로 쫓겨나가거나 촌으로 기어들어 갈 제, 자기 혼자만 떠나가는 것 같고, 자기 혼자만 촌으로 기어가는 것 같았을 것이다. 땅마지기나 있던 것을 까불려버리고, 집 한 채 지녔던 것이나마 문서가 이 사람 저 사람의 손으로 넘어다니다가, 변리에 변리가 늘어서 내놓고 나가게 될 때라도, 사람이 살려면 이런 꼴도 보고 저런 꼴도 보는 것이지 하며, 이것도 내 팔자소관이라는 안가한 낙천이나 단념으로 대대로 지켜 내려오던 제 고향을 등지고 문밖으로 나가고 산으로 기어들 뿐이요, 이것이 어떠한 세력에 밀리기 때문이거나 혹은 자기가 견실치 못하거나 자제력과 인내력이 없어서 깝살리고 만 것이라는 생각은 꿈에도 없다. 그리하여 천 가구면 천 가구에서 한 집쯤 줄었어야, 다만 "아무개네는 이번에 아무 데로 이사를 간다네" 하고 그야말로 동릿집 이야기 삼아, 저녁밥 후의 인사 대신으로 주고받을 뿐이요, 어떠한 사정이 어떻게 되어서 한 가구가 주는지 그 내막이야 아무도 모를 것이다. 그뿐 아니라 천 가구에서 한 가구쯤 준대야, 남은 구백구십구 가구에게 대해서는 별로 영향이 없을 것이요, 또 한 가구가 줄었는지 늘었는지조차 전연 부지不知로 있는 사람이 대부분일 것이다. 이같이 해 한 집 줄고 두 집 줄며 열 집 줄고 백 집 주는 동안에 쓰러져가는 집은 헐려 어느 틈에 새 집이 서고, 단층집은 이층으로 변하며, 온돌이 다다미[疊]가 되고 석윳불이 전등불이 된다.

"아무개 집이 이번에 도로로 들어간다네."

하며 곰방대에 엽초를 다져 넣고 빽빽 빨아가며, 소견 삼아 숙덕거리다가 자고 나면, 벌써 곡괭이질 부삽질에 며칠 어수선하다가 전차가 놓이고, 자동차가 진흙 덩어리를 튀기며 뿡뿡거리고 달아나가고, 딸꾹 나막신 소리가 날마다 늘어가고, 우편국이 들어와 앉고, 군아가 헐리고 헌병 주재소가 들어와 앉는다. 주막이니 술집이니 하는 것이 파리채를 날리는 동안에 어느덧 한구석에 유곽이 생겨 샤미센[三味線] 소리가 찌링찌링 난다. 매독이니 임질이니 하는 새 손님을 맞아들인 촌 서방님네들이, 병원이 없어 불편하다고 짜증을 내면 너무 늦어 미안하였습니다 하는 듯이 체면 차릴 줄 아는 사기사가 대령을 한다. 세상이 편리하게 되었다.

"우리 고향엔 전등도 놓이고 전차도 개통되었네. 구경 오게. 얌전한 요릿집도 두서넛 생겼네. 자네 왜갈보 구경했나? 한번 보여줌세."

몇천 년 몇백 대 동안 가문에 없고 족보에 없던 일이 생겼다. 있는 대로 까불릴 시절이 돌아왔다. 편리해 좋아, 번화해 좋아, 놀기 좋아 편해 하며 한 섬지기 팔면, 한편에서는

"우리겐 인젠 이층집도 꽤 늘고 양옥도 몇 개 생겼다네. 아닌 게 아니라 여름엔 다다미가 편리해, 위생에도 매우 좋은 거야."

하고 두 섬지기 깝살릴 수밖에 없게 된다. 누구의 이층이요 누구를 위한 위생이냐.

양복쟁이가 문전 야료를 하고, 요리 장수가 고소를 한다고 위협을 하고, 전등값에 몰리고, 신문 대금이 두 달 석 달 밀리고, 담배가 있어야 친구 방문을 하지 전찻삯이 있어야 출입을 하지 하며 눈살을 찌푸리는 동안에 집문서는 식산 은행의 금고로 돌아

들어가서 새 임자를 만난다. 그리하여 또 백 가구 줄어지고 또 이백 가구 줄었다.

"어디 살 수가 있어야지. 암만해두 촌살림이 좋아, 땅이라두 파먹는 게 안전해."

하며 쫓겨나가고 새로 들어오며 시가가 나날이 번창해가는 동안에 천 가구의 최후의 한 가구까지 쓸려 나가고야 말지만, 천 번째 집이 쫓겨나갈 때에는 벌써 첫째로 나간 사람은 오동 잎사귀의 무늬를 박은 목배木杯를 행리에 넣어가지고, 압록강을 건너가 앉아서 먼 길의 노독을 배갈 한잔에 풀고 얼쩍하여 화푸념만 하고 앉아 있을 때다.

까불리는 백성, 그들이 부지깽이 하나 남기지 않고 들어내고 집어낼 때에 자기가 이 거리에서 쫓겨나갈 줄이야 몰랐으렷다. 구차한 놈이 주머니를 털 적에 내일부터 밥을 굶을지 거리에 나앉을지 저도 모르게, 최후의 일 전까지를 말리듯이. 그러나 이 시가의 주인인 주민이 하나 둘씩 시름시름 쫓겨나갈 제, 오늘날 씨알머리도 남지 않고 아주 딴판의 새 주인이 독점을 하리라는 것은 한 사람도 꿈에도 정신을 차리지 못했으렷다. 역시 구차한 놈의 주머니가 털리듯이 부지불식간에 그럭저럭 흐지부지 자취를 감추고 만 것이다.

이런 생각을 해볼 제, 자잘한 세간 나부랭이를 꾸려가지고 북으로 북으로 기어나가는 '패자의 떼'의 쓸쓸한 뒷모양이 눈에 보이는 것 같다. 나는, 그리 늦을 것은 없으나 쓸쓸한 찬바람이 도는 큰길을 헤매기가 싫어서 총총걸음을 걷다가, 어떤 일본 국숫집 문간에서 젊은 계집이 아침 소제를 하고 있는 것을 보고 별안간 들어가 보고 싶은 생각이 나서 우뚝 섰다. 이때까지 혼자 분개하고 혼자 저주하던 생각은 감쪽같이 스러지고, 눈에 보이는 것은 걷어 올린 옷차림 밑에 늘어진 빨간 고시마기(무지기)하고 그 아래로 하얗게 나타난 추울 듯한 토실토실한 종아리다.

"들어오세요."

모가지에만 분때가 허옇게 더께가 앉은 감숭한 상을 쳐들며 나를 맞았다. 뒤를 이어서

"오십쇼, 들어오십쇼."

하고 줄레줄레 나와서 맞아들이는 계집애가 두셋은 되었다.

이러한 조그마한 집에 젊은 계집이 네다섯씩이나 있는 것은 물어보지 않아도 알조다. 나는, 걸려드나 보다 하는 불안이 있으면서도 더러운 호기심을 가지고 이층으로 올라가서, 인도하는 대로 구석방에 들어가서 앉았다. 우선 술을 데우라 하고 간단한 음식을 시키고 앉았으려니까, 다른 하녀가 화롯불을 가지고 바꾸어 들어왔다. 화로에 불을 쏟아놓고 화젓가락으로 재를 그러모으며 앉았던 계집애는, 젓가락을 든 손을 잠깐 쉬며

"어디까지 가세요?"

하고 나를 쳐다본다. 넓은 양미간이 얼크러져서 음침하기도 하고 이맛전이 유난히 넓기 때문에 여무져 보이지는 않으나, 그래도 해끄무레한 이쁘장스러운 상이다.

"서울까지…… 너는 어디서 왔니?"

"서울까지예요? 참 서울 구경을 좀 했으면…… 여기보다 좋겠죠?"

묻는 말에는 대답을 안 하고 이런 소리를 한다.

"그리 좋을 것은 없어도 여기보다는 좀 낫지."

이때에 음식을 날라 몰려왔다. 나는 술에 걸신이 들린 사람처럼, 몇 잔이나 폭배를 하고 나서, 계집애들에게도 권하였다. 별로 사양들도 안 하고 돌아가며 잔을 주고받는다. 이번에는 다른 계집애가 갈아 들어오는 술병을 들고 들어왔다. 이 계집애도 판을 차리고 화로 앞에 앉는다. 이쁘든 밉든 세 계집애를 앞에다가 놓고 앉아서 술을 먹는 것은 그리 싫을 것은 없지만, 너무 염치가 없이 무례하고 뻔뻔하게 구는 데에는 밉살맞고 불쾌하지 않을 수 없었다. 술 한잔이라도 얻어걸린다는 것보다는, 주인에게 한 병이라도 더 팔게 해주는 것이 이 사람들의 공로요, 주인의 따뜻한 웃는 얼굴을 보게 되는 첫째 수단이니까, 그러는 것도 이 사회의 도덕으로는 용서도 할 만한 일이지만, 내가 조선 사람이기 때문에 한층 더 마음을 놓고 더욱이 체면도 안 차리고 저희 마음대로 휘두르며, 서넛씩 몰켜 들어와서 넙적넙적 주는 대로 받아먹고 앉았는가 하는 생각을 할 제, 될 수 있는 대로는 계집애들을 업신여기고 조롱하는 태도를 취하려고, 대가리에 피도 안 마른 것이 어느 틈에 술을 배웠느냐는 둥 코밑이 평해진 지가 며칠도 못 되었으리라는 둥 하며 놀렸다. 그래도 그중에 화롯불을 가져온 계집애는 다른 것들처럼 그렇게 기승스러운 것 같지도 않고, 조용하다는 것보다는 저희들 중에서도 좀 쫄려 지낸다는 듯이 한풀이 죽어서, 실없는 소리를 주거니 받거니 하며 떠드는 꼴만 웃으며 가만히 바라보고 앉았다.

"담바구야, 담바구야. 동래나 우루산[蔚山]의 담바구야……."

"잘하는구먼. 그러나 너희들은 몇 해나 되었니? 여기 온 지가."

한 년이 담바고타령의 입내를 우습게 내며 콧노래를 부르는 것을 들으며 물었다. 이것이 조선에 와 있는 일본 사람에게는 남녀를 물론하고 누구더러든지 물어보는 나의 첫인사다. 그것은 얼마나 조선 사람에게 대하여 오만한 체를 하며 건방진 체를 하는가 그 정도를 촌탁해보기 위해 그리하는 것이다. 아무리 불량하게 생긴 노가다 패(우리 조선 사람은 일본 노동자를 특히 이렇게 부른다)라도, 처음에는 온순할 뿐 아니라 도리어 이국 풍정에 어두우니만치 처음에는 공포를 품는 것이 보통이지만, 반년 있어 다르고, 일 년 있어 달라진다. 오 년, 십 년 내지 이십 년이나 있어서 조선의 이무기가 된 자에 이르러서는 더 말할 것도 없는 것이다. 그러나 여기서 제군이 생각할 것은 어찌하여 일 년, 이 년, 오 년, 십 년…… 해가 갈수록 그들의 경모[22]하는 생각이 더욱더욱 늘어가고, 따라서 열 배, 백 배나 오만무례하도록 만들었느냐는 것이다.

여기에는 여러 가지 이유가 있을 것이다. 그러나 이것만은 사실이다—조선 사람은 외국인에게 대하여 아무것도 보여주지 않았으나, 다만 날만 새면 자릿속에서부터 담배를 피워 문다는 것, 아침부터 술집이 분주하다는 것, 부모를 쳐들어서 내가 네 아비니 네가 내 손자니 하며 농지거리로 세월을 보낸다는 것, 겨우 입을 떼어놓은 어린애가 엇먹는 말부터 배운다는 것, 주먹 없는 입씨름에 밤을 새고 이튿날에는 대낮에야 일어난다는 것…… 그 대신에 과학 지식이라고는 솥뚜껑이 무거워야 밥이 잘 무른다는

22 남을 하찮게 보아 업신여기거나 모욕함.

것조차 모른다는 것을, 외국 사람에게 실물로 교육을 하였다는 것이다. 하기 때문에 그들이 조선에 오래 있다는 것은 그들이 우리를 경멸할 수 있다는 사실을 이유와 원인을 많이 수집했다는 의미밖에 안 되는 것이다.

"담바구야 담바구야…… 노이구곤 오데기루네……."

입을 이상하게 뾰족이 내밀었다 방긋 벌렸다 하고, 젓가락으로 화롯전을 두들겨가며 장단을 맞춰서 콧노래를 하다가 뚝 그치더니

"얘가 제일 잘해요. 우리는 온 지가 삼사 년밖에 안 되었지만……."

하며 벙벙히 앉아 있는 화롯불 가져온 아이를 가리켰다.

"응! 그래? 너는 얼마나 있었길래?"

말땀도 별로 없이 조용히 앉아 있는 것이, 어디로 보아도 건너온 지 얼마 안 되는 숫보기로만 생각하였던 것이, 조선 소리를 잘한다는 것은 정말 의외였다.

"예서 아주 자라났답니다. 제 어머니가 조선 사람인데요."

하며 담바고타령을 하던 계집이, 이때까지 하고 싶던 이야기를 겨우 하게 되었다는 듯이 입이 재게 즉시 대답하고 나서

"그렇지!"

하며 당자에게 얼굴을 들여다보았다. 그 소리가 너무도 커다랗기 때문에 조소하는 것같이 들렸다. 일인 아비와 조선인 어미를 가졌다는 계집은 히스테리컬하게 얼굴이 주홍빛이 되고 눈초리가 샐룩해졌다. 어쩐지 조선 사람 어머니를 가진 것이 앞이 굽는다는 모양이다.

"정말 그래? 그럼 어머니는 어디 있기에?"

나는 호기심이 생겨서 물었다.

"……대구에 있어요."

고개를 숙이고 앉았다가 간신히 쳐들면서 대답을 한다.

"그런데 왜 여기 와서 있니? 소식은 듣니?"

왜 여기까지 와서 있느냐고 묻는 것은 우스운 수작이지만 나는 정색으로 이렇게 물었다.

그 계집애는 생글생글하며 나를 쳐다보더니

"글쎄 그러지 않아두 누가 대구 가시는 이나 있으면 좀 부탁을 해서 알아보고 싶어도 그것도 안 되고…… 천생 언문으로 편지를 쓸 줄 알아야죠."

하며 이번에는 어이가 없다는 듯이 커다랗게 웃었다.

"그럼 아버지하군 지금 헤어져서 사는 모양이구나?"

"그야 벌써 헤어졌지요. 내가 열 살 적인가, 아홉 살 적에 장기長崎[23]로 갔답니다."

"그래 그 후에도 소식은 있니?"

"한참 동안은 있었는데 지금은 어떻게 되었는지…… 하지만 이 설이나 쇠고 나건 찾아가 볼 테여요."

하며 흑흑 느끼듯이 또 한 번 어색하게 웃는다. 그 웃음은 어느 때든지 자기의 기이한 운명을 스스로 조소하면서도 하는 수 없다는 단념에서 나오는, 말하자면 큰일을 저지르고 하도 깃구멍이 막혀서 나오는 웃음 같았다.

23 나가사키.

"아무리 조선 사람이라두 길러낸 어머니가 정다울 테지? 너의 아버지란 사람이 어떤 사람인지는 모르겠다마는, 지금 찾아간대야 그리 반가워는 안 할걸?"

조선 사람 어머니에게 길리어 자라면서도 조선말보다는 일본말을 하고, 조선옷보다는 일본옷을 입고, 딸자식으로 태어났으면서도 조선 사람인 어머니보다는 일본 사람인 아버지를 찾아가겠다는 것은, 부모에 대한 자식의 정리를 초월한 어떠한 이해관계나 일종의 추세라는 타산이 앞을 서기 때문에 이별한 지가 벌써 칠팔 년이나 된다는 아비를 정처도 없이 찾아 나서려는 것이라고 생각할 제, 이 계집애의 팔자가 가엾은 것보다도 그 어미가 한층 더 가엾다고 생각지 않을 수 없었다.

"어머니도 불쌍하지만, 아버지두 나쁜 사람은 아니니까 찾아가면 설마 내쫓기야 할까요?"
하며 아범을 찾아가면 어떻게 맞아줄까 하는 그 광경이나 그려보듯이 멀거니 앉았다.

"그래두 어머니가 조선 사람이니까 싫고, 조선이니까 떠나겠다고 하는 게지, 조선이 일본만큼 좋았다면 조선 사람 배 속에서 나왔다기로서니 불명예 될 것도 없고, 아버지를 찾아가려는 생각도 안 났을 테지?

나는 물어보지 않아도 좋을 것까지 짓궂게 물었다. 계집애는 잠자코 웃을 뿐이었다. 나는 이야기가 더 하고 싶은 생각이 없지 않았지만 어느 때까지 늑장을 부리고 앉아 있을 수도 없어서 새로 들어온 밥을 먹기 시작하였다.

"얘, 이 양반께 대구에 데려다 달라고 하렴! 너야말로 후레딸년이다. 어미를 내버리고 뛰어나오는 망할 년이 어디 있단 말이냐."

담바고타령 하던 계집이 놀리듯이 반분은 꾸짖듯 찧고 까불기 시작한다.

"참 그러는 게 좋겠지. 여기 있어야 무슨 신기한 꼴이나 볼 줄 아니? 나 같으면 그런 어머니만 있으면 벌써 쫓아갔겠다. 하하하."

이번에는 곁에 앉았던, 커다란 입귀가 처지고 콧등이 얼크러진 제이의 계집애가 역시 놀리는 수작으로 말을 받았다. 저희들끼리도 업신여기면서 한편으로는 얼굴이 반반한 것을 시기를 하는 모양이다. 나는 밥을 먹다 말고

"그럼 너는 왜 이런 데까지 와서 난봉을 피우니?"

하며 실없는 말처럼 역성을 들어주었다.

"그야 부모도 없고 의지할 데가 없으니까 그렇죠."

하며 좀 분개한 듯이 한마디 하고 나서

"그런 소린 고만하고 술이나 좀 더 먹지…… 또 가져올까요?"

하고 그만두라는 것도 듣지 않고 뛰어 내려갔다.

"그러나 너 아버지를 찾아간대야, 얼굴이 저렇게 이쁘니까, 그걸 밑천을 삼아가지고 무슨 짓을 할지 누가 아니? 그것보다는 여기서 돈푼 있는 조선 사람이나 하나 얻어가지고 제 맘대로 사는 게 좋지 않으냐. 너 같은 계집애를 데려가지 못해하는 사람이 조선 사람 중에도 그득하단다."

나는 다소 조롱하듯이 이런 소리를 하고, 계집애의 얼굴을 들여다보며 웃었다.

"글쎄요, 하지만 조선 사람은 난 싫어요. 돈 아니라 금을 주어도 싫어요."

계집애는 정색으로 대답을 했다. 조선이라는 두 글자는 자기의 운명에 검은 그림자를 던져준 무슨 주문이나 듣는 것같이 이에서 신물이 나는 모양이다. 이때에 나는 동경의 정자를 생각하면서

"그럼 나도 빠질 차례로군?"

하며 웃었다.

계집도 웃으며 잠자코 내 얼굴을 익숙히 쳐다보았다. 입아귀가 처진 밉살맞은 계집이 술병을 들고 올라왔다. 나는 먹고도 싶지 않은 술잔을 받으면서

"이거 보게, 이 미인을 데려갈까 하고 잔뜩 장을 대고 연해 비위를 맞춰드렸더니, 나중에 한다는 소리가 조선 사람은 싫다는 데야 눈물이 찔끔하는 수밖에, 하하하. 너는 그러지 않겠지?"

"객지에서 매우 궁하신 모양이군요. 글쎄…… 실컷 한턱내신다면, 히히히."

이 계집애는 나의 한 말을 이상스럽게 지레짐작을 하고 딴청을 한다.

"넌 의외에 값이 싼 모양이로구나!"

하며 나는 인력거를 부르라 명하고 일어서 버렸다. 짓궂이 붙들고 승강이를 하는 것을 간신히 뿌리치고 나섰다.

'이러기 때문에 시골자들이 빠지는 것이다!'

나는 일종의 불쾌를 감하면서 인력거 위에서 이런 생각을 해보았다.

기차는 하마터면 놓칠 뻔했다. 짐을 맡기고 간 것까지 잔뜩 눈독을 들여둔 '그쪽 사람들'은 은근히 찾아보았던지, 내가 허둥지

둥 인력거를 몰아 오는 것을 아까 만났던 인버네스짜리가 대합실 문 앞에서 힐끗 보고 빙긋 웃었다. 나는 본체만체하고 맡겼던 짐을 찾아가지고 찻간으로 뛰어 올라왔다. 형사도 차창 밖으로 가까이 와서, 고개를 끄덕하며 무어라고 중얼중얼하기에 나는 창을 열어주었다.

"바루 서울로 가시죠?"

하며 왜 그러는지 커다랗게 소리를 지른다. 나는 웃으면서, 내 처가 죽게 되어서 시험도 안 보고 가니까 물론 바로 간다고(나중에 생각하고 혼자 웃었지만), 하지 않아도 좋을 말까지 기다랗게 늘어놓았다. 형사는 또 무엇이라고 중얼중얼하는 모양이었으나, 바람이 획 불고 기차가 움직이기 때문에 자세히 들리지 않았다. 그러나 웬셈인지 나하고 수작을 하면서도 연해 왼편을 바라보는 게 수상스러웠다. 그러나 차가 움직이자 양복쟁이 하나가 저쪽 문으로 들어오는 것은 나 역시 무심코 보았을 뿐이었다.

5

기차가 김천역에 도착하니까, 지금쯤은 으레 서울 집에 있으려니 했던 형님이 금테 모자에다 망토를 두르고 나왔다. 그렇지 않아도 혹시 아는 사람이나 있을까 하고 유리창 바깥을 내다보며 앉았던 나는 깜짝 놀라 일어나서, 창을 올리고 인사를 하려니까, 형님은 웃으며 창 밑으로 가까이 오더니 어떻든 내리라고 재촉을 한다. 어찌할까 하고 잠깐 망설이다가 형님이 그동안에 내려와서 있는 것을 보든지 웃는 낯을 보든지 병인이 그리 급하지는 않은 모양이기에, 나는 허둥지둥 짐을 수습하여 가방을 창밖으로 내주고 내려왔다. 뒤미처 양복쟁이 하나도 창황히 따라 내렸다.

형님은 짐을 들려가지고 가려고 심부름꾼 아이까지 데리고 나왔었다. 출구 앞에 섰던 아이놈에게 가방을 내주고 우리들이 나가려니까, 그 밑에 바짝 다가섰던 헌병 보조원이 내 뒤로 내린 양복쟁이와 수군수군하다가 형님을 보고

"계씨가 오셨어요? 오늘 저녁에 떠나시나요?"

하며 물었다. 형님은 웃는 낯으로

"네, 네!"

하고 거의 기계적으로 오른손이 모자의 챙에 올라가 붙었다. 그 모양이 나에게는 우습게 보이면서도 가엾었다. 어떻든 형님 덕에 나는 별로 승강이를 안 당하고 무사히 빠져나왔다.

형님은 망토 밑으로 들여다보이는 도금을 물린 검정 환도 끝이 다리에 터덜거리며 부딪는 것을 왼손으로 꼭 붙들고 땅이 꺼질 듯이 살금살금 걸어 나오다가, 천천히 그동안 경과를 이야기하여 들려준다.

"네게 돈 부치던 날 아침은 아주 시각을 다투는 것 같았으나, 낮부터 조금씩 돌리기 시작하여 그저께 내가 내려올 때에는 위험한 고비는 넘어선 모양이지만, 지금도 마음이야 놓겠니. 워낙이 두석 달을 끌었으니까. 그러나 곧 떠나지 않은 모양이로구나? 나는 어제쯤 올 줄 알고 이틀이나 나왔지!"

하고 형님은 차근차근한 목소리로 이렇게 물었다.

"전보 받던 날 밤에 떠났죠만 오다가 신호에서 하룻밤을 묵었지요."

나는 꾸며댈까 하다가, 입에서 나오는 대로 대답을 하였다.

"무슨 급한 볼일이 있기에 돈을 들여가며 묵었단 말이냐?"

벌써부터 형님에게는 불평이 있다는 말소리다.

"별로 볼일은 없지만, 몸도 아프고 완행이 되어서 여간 지리하여야지요."

"웬만하면 그대로 내친 길에 올 게지. 너는 그저 그게 병통이야."

하며 형님은 잠깐 눈살을 찌푸리는 듯하였다.

이 형님이라는 사람은 한학으로 다져 만든 존생원님이나 신학문에도 그리 어둡지는 않을 뿐 아니라, 우리 집에는 없으면 안 될 사람이다. 부친이 합방 전후에, 거의 정치광, 명예광에 달떠서 경향으로 동분서주하며 넉넉지 않은 가산을 흐지부지 축을 내놓은 분수로 보아서는 지금쯤 내가 유학을 하기는 고사하고 밥을 굶은 지가 벌써 오랜 일이었겠지만, 얼마 안 남은 것을 이 형님이 붙들고 앉아서 바자위게[24] 꾸려나가기 때문에 이만큼이라도 부지를 하게 된 것이다. 다른 것은 그만두고라도 보통학교 훈도쯤으로 이천여 원 돈이나 모은 것을 보면 규모가 얼마나 짜인 사람인가를 상상하기에 어렵지 않을 것이다. 그러나 나로서는 존경하면서도 성미에 맞을 수는 없었다. 생각하면 우리 삼부자같이 극단으로 다른 길을 제각기 걸어나가는 사람들은 없다. 세상에는 정

24 성질이 너그러운 맛이 없다.

치밖에 없다는 부친의 피를 받았으면서 보수적, 전형적 형님과 무이상無理想한 감상적, 유탕적 기분이 농후한 내가 태어났다는 것이 세상도 고르지 못한 아이러니다.

"그래 학교의 시험은 어떻게 되었단 말이냐?"

형님은 한참 있다가 또 물었다.

"보다가, 두고 왔지요."

나는 또 무슨 소리가 나올까 보아서 우물쭈물할까 하다가 역시 이실직고를 하고 말았다.

"그럴 줄 알았더면 전보를 다시 놓을 걸 그랬군!"

하며 시험을 중도에 폐하고 온 것을 매우 애석해하는 모양이나, 나는 전보를 안 놓아준 것이 잘되었다고 생각하며 잠자코 따라 걸었다.

"그래 추후 시험이라도 봐야 하겠구나? 언제도 추후 시험인가 본다고 일찍이 나와서 돈만 들이고 성적도 좋지 못한 적이 있었지 않았니? 어떻든 문학이니 뭐니 하구, 공연히 그까짓 건 하구 난대야 지금 세상에 어디다가 써먹는단 말이냐?

이런 소리는 일 년에 한 번이나 두어 번 귀국할 때마다 꼭 두 번씩은 듣는다. 형님한테 한 번, 아버님한테 한 번이다. 그러나 어떠한 때에는 아버님에게는 귀에 못이 박히도록 들을 때가 있다. 처음에는 열심으로 반대도 해보았다. 교육이라는 것은 '사람'을 만들자는 것이요 기계를 제조하는 것이 아니니까, 학문을 당장에 월급 푼에 써먹자고 하는 것도 아니요, '똥테'(나는 어느 때든지 금테를 똥테라고 불렀다) 바람에 하는 것도 아니라는 말도 해드리고, 개성은 소중한 것이니까 제각기 개성에 따라서 교육을 해야 한다는 문제를 들추어가지고 늘 변명을 해왔다. 그러나 결국은 단념하는 수밖에 없다는 것을 깨달았다. 그들의 세계와 자기의 세계에는 통로가 전연히 두절된 것을 발견했다. 그것은 마치 무덤 속과 무덤 밖이, 판연히 다른 딴세상인 것과 같은 것이라고 생각하게 되었다. 그래서 그 후부터는 부자나 형제로서 할 말 이외에는, 그리고 학비 이야기 이외에는 아무 말도 입을 벌리지 않기로 결심을 하였다. 모친이나 자기 처나 누이동생에게 하듯이만 하면 집안에 큰소리가 없을 줄 알았다. 되지 않은 이해니 설명이니 사상 발표니 하기 때문에 감정이 상하고 충돌이 생기는 것이라고 생각하였다. 그러나 이렇게 생각을 하고 나니까, 자기의 주위가 어쩐지 적막해진 것 같고, 가정이란 것은 밥이나 먹고 잠이나 재워주는 여관 같았다. 여관 중에도 제일 마음에 맞지 않는 여관 같았다.

지금도 일 년 만에 만나는 첫대바기에 형님에게 그러한 소리를 들으니까, 불쾌하지 않을 수 없는 동시에, 작년 여름에 나왔을 때에 학교 문제로 삼부자가 한참 논쟁을 하다가, "집구석이라고 돌아오면 이렇게들 사람을 귀찮게 굴 테면 여관으로라도 나간다" 하고 이틀 사흘씩 친구의 집으로 공연히 떠돌아다니던 생각을 해보면서 잠자코 말았다. 어쩐지 마음이 호젓하기도 하고 섭섭한 것 같았다.

우리는 한참 동안 잠자코 걷다가, 형님 집으로 들어가는 동구까지 와서 전에 보지 못하던 일본 사람의 상점이 길가로 하나 생기고, 골목 안으로 들어서서도 두 집에나 일본 사람의 문패가 붙은 것을 보고

"그동안에 꽤 변했군요!"
하며 형님을 쳐다보니까, 형님은 무슨 생각을 하는 사람처럼 웃으며 고개만 끄덕끄덕하였다.

나는 앞장을 선 형님을 따라 들어가며, 작년보다도 한층 더 퇴락한 대문을 쳐다보고

"거의 쓰러지게 되었는데 문간이나 좀 고치시지?"
하며 혼잣말처럼 물었다.

"얼마나 살라구! 여기두 얼마 있으면, 일본 사람 촌이 될 테니까, 이대로 붙들고만 있다가 내년쯤 상당한 값에 팔아버리련다. 이래 봬도 지금 시세루 여기가 제일 비싸단다."

형님은 칠팔 년 전에 살 때와 비교하여서 거의 두세 곱이나 시세가 올랐다고 매우 좋아하는 모양이다. 나는 오늘 아침에 부산에서 본 광경을 생각하며

"그야 다른 물가는 따라서 오르지 않았나요. 전쟁 이후에 어떤 것은 삼 배 사 배나 올랐는데요."
하고 대꾸를 하며 안으로 좇아들어갔다.

형수와, 작은아버지 오신다고 깡충깡충 뛰는 일곱 살짜리 딸년이 안방에서 나와서 맞았다. 작년에 보던 것과는 다른 상스럽지 않은 노파도 하나 있었다. 나는 안방으로 들어가서 귀찮은 맞절을 형수와 하고 나서 조카딸의 절도 받았다. 그러나 그제서야 과자 푼어치나 사가지고 왔더면 하는 생각이 났다. 인사가 끝난 뒤에 형님은 벙벙히 앉았다가

"건넌방에서두 나와보라지!"
하며 형수를 쳐다본다. 형수는 암말 안 하고 섰더니

"애! 너 가서, 건넌방 어머니 오라구 해라."

하며 딸을 시켰다. 나는 어리둥절하여

"건넌방 어머니가 누구예요?"

하며 형수를 쳐다보았으나 머리에는 즉각적으로 어느 생각이 떠올랐다. 형수는 애를 써서 헛웃음을 입가에 띠고 잠자코 말았다.

"네게는 이야기를 한다면서도 우환두 있구 해서 자연 이때껏 알리지를 못하였다만, 작은형수가 하나 생겼단다."

하며 형님이 웃었다. 단 형제가 사는 집안에 작은형수라는 말도 우습지만, 나는 대개 짐작하면서도

"작은형수라니요?"

하고 되물으니까, 윗목에 섰던 형수가

"그동안에 난 죽었답니다."

하며 풀 없는 웃음을 일부러 보였다. 형수는 그동안에 유난히 늙은 것 같았다. 눈가가 유난히 퍼레지고 이마와 눈귀에 주름이 현연히 보였다. 형수의 말을 받아서 형님이 무어라고 입을 벌리려 할 제, 건넌방 형수가 들어오는 바람에 닫아버렸다. 분홍 저고리에 왜반물치마를 입고 분을 하얗게 바른 시골 새아씨가, 아까 눈에 띄던 늙은 부인이 열어주는 방문으로 살짝 들어왔다. 고작해야 열아홉 살쯤 되어 보이는 조촐한 새아씨다. 이맛전이 넓고 코가 펑퍼짐한 듯하나, 이 집에서 상성이 난 아들깨나 날 것 같기도 하다. 그렇게 보아서 그러한지 뻣뻣한 치마가 앞으로 떠들썩한 것이 벌써 무에 든 것 같고, 얼굴에는 윤광이 돌아 보인다. 큰형수와 나란히 세워놓고 보면 고식姑息[25]이라 하는 것이 알맞을 것 같다. 나는 형님의 소원대로 상우례를 하였다. 두 사람의 맞절이

끝나니까, 형수는 앞장을 서서 휙 나가버렸다. 새 형수도 뒤미처 나갔다. 큰형수는 마루에 앉아서 짐을 지고 들어온 하인더러 무엇을 사오라고 분별을 하고, 새 형수와 마누라는 뜰로 내려가서 나를 위해 점심을 차리는 모양이다. 머리도 안 빗은 조그만 늙은 아씨가 마루 끝에서 왔다 갔다 하는 것이 창에 붙은 유리 밖으로 마주 내다보일 제, 시들어가는 감국 같다는 생각이 머릿속에 떠올라 왔다. 어쩐지 가엾어 보였다.

'그래도 세 식구가 구순하게 사는 것이 희한한 일이다.'

나는 이런 생각을 하며 벙벙히 앉았으려니까, 형님은 무슨 말을 꺼낼 듯 꺼낼 듯 하다가

"넌 지금 일 년 만에 나오지?"

하며 딴소리를 물었다.

"올 여름 방학에는 안 나왔지요."

"응, 그래…… 너도 혹 짐작할지는 모르겠다만, 청주 읍내에서 살던 최참봉이라면 알겠니?"

하며 형님은 목소리를 한층 더 낮추었다.

"알지요."

"그 집이 지금 말이 아니게 되었지. 웬만큼 가졌던 것은 노름을 해서 없앴겠니마는, 최 씨가 작고하기 전에 벌써 다 까불려버렸지…… 지금 데려온 저것이 그이의 둘째 딸이란다. 어렸을 젠 너두 보았을걸?"

"네에!"

25 부녀자와 어린아이를 아울러 이르는 말.

하며 나는 무심코 웃었다. 최 참봉이라면 내가 어렸을 때에는 우리 집하고 격장에서 살던, 청주 일군은 고사하고 충청도 전판에서도 몇째 안 가는 부자였다. 술 잘 먹기로도 유명하고 오입깨나 하였지만 보짱[26] 크기로도 유명하였다. 작은형수라는 것은, 내가 소학교에 들어갈 때에 지금 마루에서 뛰어다니는 형님의 딸년만 했었다. 그렇게 생각을 하여보니까, 부엌에서 음식을 차리고 있는 노부인이 낯이 익은 법하기도 하고, 일편 반갑기도 해서 혼자 웃으며

"그럼 저 마님이 최 참봉의 부인이 아녜요?"

하고 물어보았다. 형님은 반색을 하면서

"응, 참 너는 그 집에 늘 드나들며 놀지 않았니?"

하며 나를 쳐다보았다. 나는 어쩐지 가슴이 선뜩하면서 몸이 근질근질한 것 같았다. 최 참봉 마누라라는 이는 딸 형제밖에는 낳아보지 못한 사람이었다. 내가 어려서 놀러 가면, "내 아들 왔니!" 하기도 하고, "내 사위 왔구나!" 하기도 하며 퍽 귀여워했다.

"금순아, 금순아! 넌 어디루 시집가련? 저 경만이(내 아명) 집으로 가지?"

하면, 지금의 저 형수는 똥그란 눈으로 나를 말똥말똥 쳐다보다가, 어떤 때에는 "응!" 하기도 하고, 나는 시집 안 간다고 짜증을 내보기도 했던 것이다. 지금 학교에 다니는 내 누이동생과는 한 살이 위인가 하기 때문에, 나보다는 두 살이 아래일 것이다. 나는 우리 남매하고 돌아다니던 십사오 년 전의 어렴풋한 기억을 머

26 마음속에 품은 생각이나 요량.

릿속에 그려보면서 제풀에 얼굴이 화끈거리는 것을 깨달았다. 어렸을 적 일이니까 당자도 잊어버렸을 것이요 누이도 모르겠지만, 저 마누라는 나를 알아볼 것이요, 실없는 소리라도 사위니 아들이니 하던 생각을 하렷다 하는 생각을 할 제, 마주 닥치면 피차에 어떠할까 하고 지금부터 내가 도리어 얼굴이 간지러운 것 같았다. 아무튼지 이상한 연분이다. 물론 그때만 해도 반상의 별을 몹시 차리던 시절이니까, 두 집의 부모끼리는 왕래가 별로 없었고, 더구나 저편에서는 나를 데리고 실없는 소리를 했을 뿐이지 감히 내 딸을 누구의 몫으로 데려가시오라고는 못 했다. 하지만, 지금 형님의 장모요 그때의 금순 어머니는 확실히 장래에는, 나에게 둘째 딸을 주리라는 생각은 있었을 것이다. 그러면서도 기어코 우리 집으로 들여보내고야 만 그 어머니의 심사는 알 수 없을 것이다. 형님은 잠깐, 동을 떼어서 다시 입을 벌렸다.

"그래 우리 집이 서울로 이사한 뒤에는 최 참봉이 실패하고 울화에 떠서 연전에 죽었다는 것은 알았지만, 그렇게까지 참혹하게 된 줄은 몰랐었더니, 올여름에 산소 일절로 해서 청주에 들어갔다가 최 씨의 큰사위를 만나니까, 장모하고 처제가 자기 집에 들어와 있는데, 저 역시 실패를 하고 지금은 자동차깨나 부리지만, 그것도 인제는 지탱을 해갈 수가 없는 터요, 혼기가 넘은 처제를 처치할 가망조차 없다면서, 어떻게 한밑천을 대어주었으면 좋을 듯이 말을 비추기에, 집에 올라가서 무슨 말끝에 우연히 그런 이야기를 했더니……."

"최 참봉 큰사위라면 그때 우리 살 때에 혼인한 김현묵이 말씀이죠?"

나는 어려서 보던 조그만 초립둥이를 머리에 그려보며 앉았다가 형님 말의 새치기로 물었다.

"옳지 그래! 그때는 열두어 살밖에 안 되었지만, 지금은 퍽 완장頑丈해지기도 하고 위인이 착실해서 조치원에서는 상당한 신용이 있지. 그래 아버지께서두 얼마든지 밑천을 대어주는 것도 좋겠지만, 그 처제 애를 데려오는 것이 어떠냐고 하시기에, 들을 때뿐이요 흐지부지하였지. 그런데, 그 후에 아버지께서 또 내려오셔서 김현묵이를 만나보시고, 우리 집안이 절손이 될 지경이니 우리 집으로 데려오게, 저편 의향을 들어보라고 일을 버르집어놓으시니까, 현묵이야 어떻든 인연을 맺어놓기로만 위주니까 물론 찬성이요, 그 집안에서들도 유처취처라는 것을 매우 꺼리는 모양이나 우리 집안 내력도 알고, 형편이 매우 급하니까 결국은 승낙을 한 모양이지."

"그래, 큰어머니나 어머니께서는 어떤 의향이셨에요."

"아버지께서야 원래 큰형수를 못마땅해하시니까 말씀할 것도 없지만, 어머니께서는 처음에는 반대를 하시다가, 역시 손자를 보겠다고 첩을 얻어 들이는 것보다는 낫다고 하시고, 당자도 인제는 자식이라고는 나볼 가망도 없구 하니까, 내 말대로 하겠다기에, 되어가는 대로 내버려두었지."

나는 잠자코 듣기만 하고 앉아 있었다. 그러나 아들자식이란 그렇게도 낳고 싶은 것인지 나에게는 의문이었다. 무후無後한 것이 조상에 대한 죄라거나 부모에게 불효가 된다는 말부터 나에게는 이해할 수 없는 것이었다. 우연이든 필연이든 낳은 자식은 죽일 수 없으니까 남과 같이 길러놓기는 하여야 하겠지만, 그렇게 성화를 하면서 한 생명이 나타날 기회를 인력으로 만들지 못해서 애를 쓸 것이 무엇인지, 사람이란 의외에 호사객이라고 생각하였다. 한 생명을 애를 써서 낳아서 공을 들여 길러놓는다기로 그것이 자기와 무슨 교섭이 있단 말인가. 장수하여서 자기보다 앞서지 않을 지경이면 삿갓가마나 타고 상여 뒤에 따르리라는 것만은 분명히 예기할 수 있는 일이겠지만 그다음 일이야 누가 알 일인가. 위인이 착실할 지경이면 부모가 남겨주고 간 땅뙈기나 파서 먹다가 뒤따라 땅속으로 굴러 들어가 버릴 것이요, 그렇지도 못하면 그나마 다 까불리고 제 몸뚱어리 하나도 추스르지 못하는 것은 말할 것도 없지만, 거기에 매달린 처자의 운명까지 잡쳐놓을 것이다. 기껏 잘났대야 저 혼자 속을 썩이다가 발자취도 없이 스러질 것이며, 자칫하면 자기의 생명을 저주하고 낳아준 부모를 원망할지도 모를 것이다. 그러나 종족을 연장하려는 것이 생물의 본능이라고 할지도 모른다. 하지만 종족의 보지나 연장이라는 의식으로 사람은 결혼을 원하는 것인가. 그보다도 한층 더한 충동이 보다 더 굳세게 사람의 마음속에서 움직이지는 않는 것일까. 당자 되는 이 형님은 말 말고라도 우리 아버님부터 큰형수를 자기 딸같이 귀여워하였다 하면, 아무리 아들을 못 낳기로, 제이의 아내를 얻어 맡기려는 생각은 없었을 것이지! 난다는 것이 무엇이람? 자손이란 무엇에 쓰자는 것이람! 나는 이런 생각을 하다가

"서울 집에 있는 것이나 데려다가 기르시지요. 에미두 죽게 되구, 저는 있는 게 도리어 귀찮으니까."

하며 형님의 눈치를 살펴보았다.

나는 자기 소생을 형님에게 떼어 맡겼으면 짐이 덜리어서 시원스럽겠다는 말이나, 듣는 사람에게는 양자라도 할 수 있는데 왜 유처취처라는 남 못할 일을 하였느냐고 힐책하는 것같이 들린 모양이다.

"글쎄 그두 그렇지만 너두 앞일을 생각하면 그럴 수야 있니. 그뿐 아니라 저편 처지가 말 못 되었으니까, 사람 하나 구하는 셈치고 어떻든 데려온 것이지."

하며 형님은 변명을 하였다. 나는 그 이상 더 말할 필요가 없다고 생각하면서도, 사람 하나 구한다는 말이 귀에 거슬리기에, 밖에서 듣지 않도록 일본말로 반대를 하기 시작했다.

"그건 형님, 잘못 생각이시겠지요. 설혹 결혼을 해서 한 사람이 구하여졌다 하더라도, 형님은 그것을 자기의 공으로 아실 것도 못 되거니와, 처음부터 구한다는 생각을 가지고 결혼을 하셨다는 것은, 형님이 자기를 과중히 생각하시는 것이요, 또 사실상 그러한 것은 둘째 셋째로 나오는 문제겠지요. 누구든지 저 사람을 행복스럽게 할 사람은 이 넓은 세상에는 나밖에 없다고 생각하는 것은, 한편으로 보면 좋은 일 같지만, 다른 한편으로 보면 불완전한 '사람'으로서는 너무 지나치는 자긍이겠지요."

형님이 잠자코 앉았는 것을 보고 나는 또다시 입을 벌렸다.

"진정한 사랑은 그 사람의 행복을 비는 마음에서 나오는 것이요, 그 사람의 생활을 지배하고 운명의 진로까지를 간섭하는 것은 아니겠지요. 그러니까 사람이 사람을 구한다는 것은 잠월潛越한 말이요, 외형으로는 아름다우나 사실상으로는 공허한 말이겠지요."

형님은 나의 말을 음미하듯이 정신을 차리고 가만히 듣고 앉았다가

"구한다는 사실이 이 세상에 없다 하면, 너부터 굶어 죽을라! 그는 고사하고 여기 어린아이가 우물로 기어 들어가면 너두 쫓아가서 붙들겠구나?"

하며 형님은 웃으며 나를 쳐다보았다.

"그건 구제가 아니라 의무지요."

나는 구하지 않으면 너부터 굶어 죽으리라는 말에 불끈해서, 약간 목청을 돋우어서 한마디 한 뒤에 다시 뒤를 이었다.

"의무라 하면 당연히 할 일, 또는 하지 않아서는 안 될 일을 의미하는 것이지요. 그러면 자식을 낳아서 교육을 시키든지, 우물에 빠지려는 아이를 붙들어 낸다는 것은, 당연한 의무를 이행하는 것이요, 자선적 행위는 아니라 할 수 있겠지요. 그는 그만두고 지금 자살하려는 사람을 붙들어 낸다 하더라도 그 행위가 자선도 아니요, 그 사람의 행복을 위한 것도 아니죠. 다시 말하면 생명이라든지 생이라는 공통한 입각지에 서서 자기는 생을 긍정하기 때문에, 생의 부정자를 자기의 주장에 동화시키려고 하는 행위가 즉 자살을 방지하는 노력이외다그려. 하고 보면, 결국은 자기를 중심으로 하고 하는 말이 아니에요? 하여간 소위 구제니 자선이니 하는 것을, 향기 있고 아름다운 말이나 행위로 알지만, 실상은 사회가 병들었다는 반증밖에 안 되는 것이올시다. 근본적 견지에서 사실을 엄정히 본다 하면 구제라는 말처럼 오만한 말도 없고 자선이라는 행위처럼 위선은 없겠지요. 만일 구제한다 하면 무엇보다도 자기를 구제하고, 자기에게나 자선을 베푸는 것

이 온당하고 긴급한 일이겠지요."

형님은 어디까지든지 불평이 있는 모양이나 먼 데서 온 아우를 불쾌하게 안 하려는 듯이, 웃으면서

"너같이 극단으로 나가면 이 세상에 살아갈 수 있겠니? 그래도 상호부조의 정신두 있어야 하고 인생의 이상이니 목적이라는 것은 없어 안 될 거요……."

하고 온화한 낯빛으로 입을 다물었다. 아까 문학은 배운대야 써먹을 데가 없다고, 눈살을 찌푸리던 수작과는 딴판이다.

"인생의 이상이란 것은 나는 생각해본 일도 없습니다. 구태여 말하자면 자기를 위하여 산다 할까요. 하지만 결코 천박한 의미로 하는 말은 아닙니다."

내가 이렇게 대답을 하니까, 형님은 나를 잠깐 쳐다보고 나서, 무엇을 생각하듯이 고개를 숙이고 말았다. 나도 잠자코 말았다.

부산히 차려 들여온 점심을 형제가 겸상을 하여 먹은 뒤에 나는 아랫목에 잠깐 누웠다. 어쩐둥 잠이 들었다. 한잠 늘어지게 자고 나서 눈을 떠보니까, 흐린 날이 저물어 들어가는지 방 안이 한층 더 우중충해졌다. 아까 식후에 학교에 다시 갔다가 온다던 형님은 벌써 돌아와서 건넌방에 들어가 앉은 모양이다. 내가 일어나서 양칫물을 달라는 소리를 듣고 형님은 안방으로 건너와서

"눈이 올지 모르는데 술이나 한잔 먹고 떠나련?"

하며 밖에다 대고 술상을 차리라고 일렀다.

형님이 나에게 술을 권하는 것은 여간한 마음으로 하는 것이 아니다. 더구나 학교에서 오다가 자기는 먹을 줄도 모르는 일본 청주를 사 들고 온 것이라 한다. 나는 '이것이 혼인상 대신인가!'

하는 실없는 생각을 하여보며, 혼자 따라 마셔가며, 속으로 웃어 보았다. 형님도 대작을 하기 위하여 억지로 몇 잔 한다.

"그런데 이번에 올러가거든 좀 집에 붙어 앉아서 약 쓰는 것 두 살펴보구, 모든 것을 네가 거두어줄 도리를 차려라."

형님은 두 잔째 마시고 나서 이런 소리를 들려주었다. 나는 잠자코 말았다. 사실 내가 약 쓰는 법을 알 까닭이 없는 일이다. 형님은 또 화두를 돌렸다.

"나두 며칠 있다가 형편 되는 대루 곧 올라가겠지만, 아버님께 산소 사건은 아직도 사오일은 더 있어야 낙착이 날 듯하다고 여쭈어라. 역시 공동묘지의 규정대로 하는 수밖에 없을 모양이야."

나의 귀에는 좀 이상하게 들렸다. 내 처가 죽을 것은 기정의 사실이라 치더라도 죽기도 전에 들어갈 구멍부터 염려들을 하고 있는 것은, 아들을 낳지 못해서 성화가 난 것보다도 구석 없는 짓이요 일없는 사람의 헛공사라고 생각 않을 수 없다.

"죽으면 묻을 데가 없을까 봐서 그러세요. 공동묘지는 고사하고 화장을 하든 수장을 하든 상관없는 일이 아닌가요? 아버지께서는 공연히 그런 걱정을 하시지만, 이 바쁜 세상에 그런 걱정까지 하는 것은 생각해 볼 일이지요."

나는 이렇게 핀잔을 주고 눈살을 찌푸렸다.

"공연히가 무에 공연히란 말이냐?"

형님은 눈을 똑바로 뜨고 나를 꾸짖고 나서 말을 이었다.

"너두 지각이 났으면 생각을 해보렴. 총독부에서 공동묘지 제도를 설정한 것은 잘되었든 못되었든 하는 수 없이 좇아간다 하더라도, 대대로 내려오는 자기의 선영이 남의 손에 들어가게 되고 게다가 앞길이 멀지 않으신 늙은 부모가 계신데, 불행한 일이 있는 날에는 어떻게 한단 말이냐? 그래 아버님 어머님 산소를 공동묘지에다가 모신단 말이 될 말이냐? 자식 된 도리는 그만두고라도 남이 부끄러워서 어떡한단 말이냐. 계수만 하더라도 만일에 불행한 경우를 당하면 어떻든 작은 산소 아래다가 써야지, 여기저기 뿔뿔이 흐트러져 있으면 그게 무슨 꼬락서니란 말이냐?"

형님은 매우 화가 난 모양이다. 그러나 내게는 도저히 알 수 없는 이야기다.

"그래 어떡하신단 말씀예요?"

나는 속으로 웃으며 다시 물었다.

"어떻든지 간에 충북 도장관과는 아버님께서도 안면이 계시고 나도 아주 모르는 터는 아니니까, 아버님 대만이라도 작은 산소에 모시도록 지금부터 허가를 맡아두고, 계수도 사람의 일을 모르니까 이번에 아주 자리를 잡아놓아 주자는 말이야. 그런데 그보다도 더 시급한 것은, 큰 산소하고 가운데 산소의 제절 앞의 산판을 물러가지고 식목이라도 다시 하자는 것인데, 뭐 아주 말이 아니야, 분상이 벌거벗은 셈이요……."

분상이 벌거벗었다는 말에 나는 속으로 웃었다.

"그 문제가 이때껏 낙착이 안 났어요?"

하며 나는 또 한잔 들었다.

"낙착이 다 무어냐. 뱃골은 뱃골대로 빠지고 일은 점점 안돼 가니, 어떻게 해야 좋을지…… 지금은 붙들어다가 징역을 시킨달 수도 없고……."

하며 형님은 눈살을 찌푸렸다.

산소 문제라는 것은 셋째 집 종형이 문서를 위조해서 팔아먹은 것이다. 우리 집이 종가는 아니나 실권은 여기서 잡고 있는, 말하자면 우리 집 문중 소유인데, 몇 평이나 되는지 노름에 몰려서 두 군데의 분상만 남겨놓고 상당히 굵은 송림째 얼러서 불과 백여 원에 팔아먹은 모양이나, 워낙 헐가로 산 것이기 때문에 당자가 좀처럼 물러주지 않는 터라 한다. 제절 앞에 거름을 하고 논을 풀든 밭을 갈든 그는 고사하고 이해관계로라도 무르는 것은 나도 찬성하였다.

"어떻든 무를 수는 있겠죠?"

나는 여전히 혼자 홀쩍홀쩍 마셔가며 물어보았다.

"글쎄, 셋째 아버지께서만 증인으로 서셨으면 아무 말 없이 본전에 찾겠지마는, 번연히 자기가 관계를 하시고 내용까지 자세히 아시면서 모른다고만 하시니까 무사히 될 일두 이렇게 말썽만 되지 않겠니?"

"그럼 셋째 아버지도 공모를 하셨던가요?"

"그러게 망령이 나셨단 말이지. 그나 그뿐이라더냐! 자식을 잘못 두어서 그랬기루서니, 어찌하란 말이냐고 되레 야단만 치시니 기막히지 않겠니?"

"그럼 당자를 붙들어 내면 될 게 아녜요?"

"당자야 벌써 어디론지 들구뛰었다 하더라만, 아마 요새는 들어와 있나 보더라. 일전에두 갔더니 셋째 어머니가 앞장을 서서 우는소리를 하시며, 자식 하나 없는 셈 칠 테니 그놈을 붙들어다가 징역을 시키든 목을 돌려놓든 마음대로 하고, 인제는 그 문제로 우리 집에는 와야 쓸데가 없다고 하시는 것을 보면, 어디 갔다는 말은 공연한 소리요, 모두 부동이 되어서 귀찮게만 굴자는 수작 같아서 실없이 화가 나지만…….”

셋째 삼촌이라는 이는 집의 아버지와 이복인 데다가, 분재한 것을 몇 부자가 다 까불려버린 뒤로는 한층 더 말썽이 많아졌다. 언젠지 나더러도

“네 형두 딱하지, 그예 징역을 시키고 나면 무에 시원할 게 있니? 돈푼 더 주고 무르면 고만 아니냐? 고까짓 것쯤 더 쓰기로 얼마나 더 잘살겠니?”

하며 갉죽갉죽하는 소리를 한 일이 있었다. 그런 소리를 들으면 머릿속까지 지끈지끈한 나는

“내야 뭘 압니까. 그런 이야기는 형더러 하시구려.”

하며 피해버린 일도 있었다. 나는 그런 생각을 하다가

“아무쪼록 구순하게 하시구려.”

하며 말을 끊어버렸다.

실쭉한 저녁을 조금 뜨고 나서, 캄캄히 어둔 뒤에 다시 짐을 지워가지고 형님과 같이 정거장으로 나왔다. 드문드문 전등불이 반짝이는 큰길가에는 인적도 벌써 드물어가고, 모진 바람이 쌀쌀히 부는 대로 가다가다 눈발이 차근차근하게 얼굴에 끼쳤다.

“오늘 밤에는 꽤 쌓일걸!”

형님은 이런 소리를 하며 앞서 갔다. 정거장 안에 들어서니까, 순사보 한 사람이 형님하고 인사를 하며 나를 아래위로 한번 훑어보았으나, 별로 조사를 하자고는 안 한다. 지워가지고 온 짐을 맡기고 나서, 형님과 아는 일본 사람 사무원이 들어오라고 권하는 대로 우리는 사무실로 들어가서 난로 앞에 섰었다. 이삼 사무

원은 우리를 돌아다보며 앉은 채 묵례를 한다. 우리들더러 들어오라고 한 사무원은

"매우 춥지요? 동기 방학에 나오시는군요."

하며 나의 옆에 와서 말을 붙이며 불을 쬔다. 이러한 경우에 일본 사람이 조선 사람보다 친절한 때가 있다고 나는 생각하였다. 순사나 헌병이라도 조선인보다는 일본인 편이 나은 때가 많다. 일본 순사는 눈을 부르대고 그만둘 일도, 조선 순사는 짓궂이 뺨을 갈기고 으르렁대고야 마는 것이 보통이다. 계모 시하에서 자라난 자식과 같은 몹쓸 심사다. 불쌍한 처지에 있는 사람끼리 만나면 피차에 동정심이 날 때도 있지만, 자기 자신의 처지에 스스로 불만을 가지고 자기 자신에 대한 증오의 염이 심하면 심할수록, 자기와 동일한 선상에 있는 상대자에게 대해서는 일층 더한 증오를 느끼고, 혹시는 이유 없는 분풀이를 하는 것이다. 조선 사람에게 대한 조선인 관헌의 태도도 그러한 심리에서 나오는 것은 아닌가 나는 생각해보았다.

사무원과 유쾌히 이야기를 주거니 받거니 하며 섰으려니까, 외투에 모자 우비까지 푹 뒤집어쓴 젊은 조선 사람 역부가 똥그란 유리등을 들고 창황히 들어오며 일본말로

"불이 암만해도 안 켜져요."

하고 울상이다. 역부의 외투에 붙었던 하얀 눈이, 훈훈한 방 안 온기에 사르르 녹아서 조그만 이슬이 반짝거렸다.

"빠가! 안 켜지면 어떡한단 말이야. 시간은 다 되었는데."

이때까지 웃는 낯으로 나하고 이야기를 하고 섰던 사무원이 눈을 부르대며 소리를 지르고 나서 저쪽 구석으로 향하더니

"이 서방, 이 서방, 어서어서, 같이 가서 켜고 오오."
하며 조선말 반 일본말 반의 얼치기로 이 서방에게 명했다. 나는 사무원의 살기가 등등한 뚱뚱한 얼굴을 바라보고 깜짝 놀랐다. 두 역부는 다른 등에 또 불을 켜 들고 허둥허둥 나갔다. 두 사람이 나가는 것을 보고 사무원은 태연히 웃으며

"참, 빠가로군!"
하며 나를 쳐다보았다. 나도 따라서 웃어 보였으나, 머리로는 눈보라가 치는 속에서 신호등으로 기어 올라가서 허둥거리는 두 청년의 검은 그림자를 그려보았다. 조금 있으려니까 땡땡하는 소리가 몇 번 난 뒤에 역부들이 들어왔다. 사무원도 우리를 내버리고 저편에 가서 짐을 뒤적거리고 있다. 우리는 플랫폼으로 나왔다.

기차 속은 석윳불을 드문드문 켜기 때문에 몹시 우중충하고 기름 냄새가 심했다. 오늘 온밤을 이 속에서 새울 생각을 하니까, 또 하룻밤을 묵고 급행으로 가고 싶은 생각이 간절하나, 꾹 참고 난로 앞에 자리를 잡았다. 찻간에 사람은 많지 않았다. 끄레발[27]에 갈모를 우그려 쓴 촌사람 오륙 인하고 양복쟁이 서너 사람이 난로 가까이 앉고, 저편으로 떨어져서 대구에서 탄 듯싶은 기생 같은 젊은 여자가 양색 왜증인지 보라인지, 검붉은 두루마기를 입고 이리로 향하여 앉은 것이 내 마음에 반가워 보였다. 나는 심심파적으로 잡지를 꺼내 들었으나 불이 컴컴하여 몇 장 보다가 덮어버렸다. 저편으로 중앙에 기생에게 등을 두고 앉은 사십 남짓한 신사를 바라보다가 나는 무심코 우리 집에 다니는 김 의관 생

27 단정하지 못하여 어수선한 옷차림.

각이 났다. 기생하고 동행인지 혼자 가는지는 모르나 수달피 댄 훌륭한 외투를 입고 금테 안경을 버티고 앉은 것이 돈푼 있어 보이기도 하나, 안경 너머로 이 사람 저 사람의 얼굴을 유심히 바라보는 작은 눈은 교활해 보였다.

기차가 추풍령에 와서 닿으니까, 일본 사람의 사냥꾼 한 떼가 개를 두 마리나 데리고 우중우중 들어와서 기다란 총을 여기저기다가 세우고 탄환 박힌 혁대를 끌러놓은 뒤에 난로 앞으로 모여들었다. 나는 피하여서 저편 기생 뒤로 가서 앉았다. 촌사람들도 비시비실 피해서 이리저리 흩어졌다.

"아, 영감! 이거 웬일이쇼?"

누구인지 이렇게 소리를 버럭 지르는 바람에 나는 무심코 고개를 돌렸다. 얼금얼금한 얼굴에 방한모를 우그려 쓰고, 손가락 사이에는 반쯤 타다 남은 여송연을 끼워가지고 난로를 등을 지고 섰는 자의 말소리다. 헌 양복에 각반을 차고 일본 버선에 조선 짚신을 신은 꼴이 아마 사냥꾼 일행인 모양이나, 동행하는 일본 사람이 난로 앞에 서는 자리를 사양하는 것을 보면 일행 중에서는 지위가 높은 모양이다.

"그러나, 영감은 웬일이슈?"

수달피 털을 붙인 외투를 입고 앉았던 금테 안경이 앉은 채 인사를 하며 물었다.

"군청에서들 가자기에 나섰더니, 인제야 눈이 오시는구려."

하며 얼금뱅이가 웃었다.

"이 바쁜 세상에 사냥은 너무 하이칼라인걸, 허허허. 공무 태만으로 감봉이나 되면 어쩌려우?"

김 의관 같은 안경잡이가 한층 내려다보는 수작을 한다.

"영감같이 돈이나 벌려면 세상도 바쁘지만 시골구석에 엎뎠으니까 만사태평이외다. 한데 지금 어딜 다녀오슈?"

"대구에를 갔다 오는데, 이때까지 장관에게 붙들려서……."

"에? 그래 그건 어떡하셨소?"

"그거라니?"

안경잡이는 딴청을 붙이는 모양이다.

"아, 저 토지 사건 말요."

얼금뱅이는 주기가 도는 뻘건 얼굴이 한층 더 벌게지는 듯하며 여전히 난로를 등지고 서서 묻는다.

"그러지 않아도 그 일절로 내려온 것인데, 계약은 성립이 되었지만 내 일이 낭패가 돼서…… 연이틀을 붙들고 놓아주어야지. 매일 기생에 아주 멀미를 대었소…… 참 술 잘 먹는데……."

"에! 에!"

하며 얼금뱅이는 감탄하는 듯 부러운 듯하게 대꾸를 하다가

"그래 지금 인천으로 가시는 길이오?"

하며 또 물었다. 금테 안경은 눈살을 잠깐 찌푸리는 듯하더니

"나야 원래 관계 있소. 저 사람이 죄다 하니까. 한데, 영감하고 이야기하던 것은 아주 틀리는 모양이오? 어떻게 과히 무엇하지도 않겠고, 영감 체면도 상하지 않게 할 터이니 잘해보시구려."

하며 한층 소리를 낮춰서 다정한 듯이 웃어 보였다.

"글쎄, 나중에 기별하지요만, 어떻든 반승낙은 받았으니까, 그쯤만 알아두시구려."

얼금뱅이는 이렇게 대답을 하고 좌우를 한번 휙 돌아보았다.

이야기는 뚝 끊기고 얼금뱅이는 그 옆에 빈자리에 앉았다. 두 사람의 대화는 어쩐지 암호를 써서 하는 것 같으나 나도 반짐작은 하였다. 나는 첫눈에 벌써 김 의관 같은 사람이라고 생각한 나의 관찰이 빠른 것을 혼자 속으로 기뻐하였다.

김 의관이라면, 나는 진고개 군사령부에 쫓아가 보던 생각을 어느 때든지 한다. 우리 집이 아직 시골에 있을 때에 나는 소학교를 졸업하고 서울 와서 김 의관의 큰집에서 중학교에 통학을 했었다. 첩의 집에만 들어박혔던 김 의관이 그때는 왜 본집에 와서 있었던지, 나 있는 방과 마주 보이는 뜰아랫방에 있었다. 그게 그 해 팔월 스무날께쯤 되었는지 빗방울이 뚝뚝 듣는 초가을 날 오후였다. 학교에서 막 돌아와서 문간에 들어서려니까, 김 의관 마누라가 울상을 하고 뛰어나와서 책보를 받으면서

"경식이 아버지가 지금 뉘게 붙들려 가셨는데, 이리 나간 모양이니 좀 쫓아가 봐주게."

하며 허겁지겁이었다. 나도 깜짝 놀라서 가리키는 편으로 골목을 빠져서 달음박질을 하여 가노라니까, 양복쟁이 두 사람에게 옹위가 되어 가는 모시 두루마기를 입은 김 의관이 눈에 띄었다. 나는 가슴이 두근두근하나 사오 칸통이나 떨어져서 살금살금 쫓아갔다.

김 의관이 붙들려 가는 것을 쫓아가 본 일이 이번째 두 번이다. 몇 달 전에 내가 학교에 들어간 지 얼마 안 되어서다. 그때가 아마 첩과 헤어져가지고 본집으로 기어든 지 며칠 안 되던 때인 듯싶다. 어느 날 순검이 와서 위생비든가 청결비든가를 내라고 독촉을 하니까

"없는 것을 어떻게 내란 말요? 이 몸이라두 가져갈 테거든 가져가구려."

하며, 소리소리 질러가며 순검에게 발악을 하다가, 그예 순검이 가자고 끌어내니까 문지방에 발을 버티고 안 나가려고 한층 더 소리를 지르며

"이놈, 이놈, 사람 죽이네. 어구, 사람 죽이네……."

하고 순검보다도 더 야단을 치다가 그예 붙들려 가고야 말 제, 나는 가는 곳을 알려고 뒤쫓아 섰었다. 그때에 나는 김 의관이 이 세상에 제일 잘난 사람이라고 생각했다. 나는 시골구석에서 순검이라면 환도 차고 사람 치고 잡아가는 이 세상의 제일 무서운 사람으로 알고 자라났다. 그러나 김 의관은 그 제일 무서운 사람더러 이놈 저놈 하며 할 말을 다 하고 하인 부리듯이

"이놈! 거기 섰거라. 누가 잘못했나 해보자!"

하며 안으로 들어와서 문지방에서 벗어진 정강이에다가 밀타승[28]을 기름에 개어 바른다, 옷을 갈아입는다, 별별 거레[29]를 다 하고 나서 의기양양하게 순검보다 앞장을 서서 나가는 것을 보고 나는 어린 마음에 유쾌도 할 뿐 아니라 제일 무서운 사람이 제일 못나 보이고, 제일 우습던 김 의관이 제일 잘나 보였다. 더구나 쫓아가서 교번소에 들어가더니 거기 앉았던 사람더러 무어라 무어라 몇 마디 하고 웃으며 나오는 김 의관을 볼 제, 나는 이 사람이 이렇게도 권리가 있나 하고 혼자 놀랐었다.

그러나 이번에는 아무 말도 없이 올가미에 씌운 개새끼처럼

28 일산화납을 달리 이르는 말. 이질이나 종기를 다스리는 살충약으로 쓴다.
29 이유 없이 지체하며 몹시 느리게 움직임.

고개를 축 늘어뜨리고 두 양복쟁이에게 끌려가더니, 병정이 좌우에서 파수를 보는 커다란 퍼런 문으로 들어가서 자취가 사라지고 말았다. 나는 무서워서 가까이 가지도 못하고 가던 길을 휘더듬어 급히 돌아와서 집안 식구더러 이러저러한 데더라도 가르쳐주었다. 그날 저녁부터 경식이와 행랑아범은 하루 세끼 밥을 나르기에 골몰이었다. 그러더니 한 보름쯤 지나니까 김 의관은 해쓱한 얼굴로 별안간 풀려나왔다. 그때의 김 의관은 조금도 잘나 보이지 않았다. 그러나 무슨 까닭인 줄은 나도 짐작했다. 그런데 반달쯤 갇혔다가 나온 김 의관은 금시로 부자가 되었는지 양복을 몇 벌씩 새로 장만하고, 헤어졌던 첩을 다시 불러다가 큰마누라하고 살게 하며, 매일 나가서는 술이 취해 들어오기도 하고, 새 양복을 찢어가지고 들어오는 때가 있었다. 그러한 지 한 달쯤 되어서는, 시골에다가 집과 땅을 장만했으니 내려가자 하고 처첩을 다 데리고 낙향을 해버렸다. 그때서야 제일 무서운 사람에게도 발악을 쓰던 김 의관이, 두어 달 전에, 올가미 쓴 개새끼처럼 유순해지던 까닭을 알게 되었다.

내가 일본에 가기 전에는 자기 시골에서 학교를 세워가지고 교장 노릇도 하고 장거리에 나와서는 정미소를 한다는 소문도 들었으나, 그 후에 나와서 들으니까 그것도 인천 가서 다 까불리고 지금은 남의 집에 들어서 다른 첩과 산다고 한다. 지금 이 좋은 외투에 몸을 싸고 금테 안경을 쓴 신사도 인천을 가느니 토지의 계약을 했느니 하는 말을 들으면, 이전에 붙들려 가보기도 하고 낙향도 하고 정미소도 해보다가 인천 미두에 다니지나 않는가 하는 생각이 머리에 떠올랐다.

'그러다가 호상차지[30]나 하러 다니고……?'

나는 이렇게 생각을 해보고 혼자 속으로 웃으며 또 한 번 돌려다 보았다.

기차가 영동역에 도착하니까 사냥꾼의 일행은 내리고 승객의 한 떼가 몰려 올라왔다.

"눈이 이렇게 몹시 왔다가는 내일 어디 장이 서겠나? 오늘두 얼마가 손인지 알 수가 없는데……."

"공연히 우는소리 말게. 누가 뺏어가나? 허허허."

하며 장꾼 같은 일행이 들어와서 자리들을 잡느라고 어수선하게 쿵쾅거리며 주거니 받거니 제각기 떠들어댄다.

정거장에 도착할 때마다 드나드는 순사와 헌병 보조원은 차례차례로 한 번씩 휘돌아 나갔다. 기차는 또다시 움직이기 시작하였다.

내 앞에는 역시 갓에 갈모를 쓰고 우산에 수건을 매어 든 삼십 전후의 촌사람이 들어와서 앉았다. 곰방대에 엽초를 부스러뜨려서 힘껏 담고 나더니, 두루마기 속에 손을 넣어서 이 주머니 저 주머니를 한참 뒤적거리다가, 내 옆에 성냥이 놓인 것을 보고

"이것 잠깐만……."

하며 내 얼굴을 뚫어지게 들여다보았다. 갓장이로는 구격이 맞지 않게 손끝과 머리를 끄덕하며 빠르게 나의 눈치를 보는 것이, 분명히 내가 일본 사람인가 아닌가 하는 염려를 가진 모양이다. 나는 웃으며 성냥통을 집어주었다.

30 초상 치르는 데 관한 온갖 일을 책임지고 맡아 보살피는 사람.

담배를 붙이고 난 촌자村者는 또 한 번 고개를 끄덕하며 나에게 성냥갑을 도로 주고 나서, 인제는 안심하였다는 듯이 싱글싱글 웃으며 나의 얼굴을 멀거니 쳐다보다가

"우리 인사하십시다."

하며 번잡스럽게 말을 붙인다.

나는 몹시 덜렁대는 위인이라고 생각하고 웃으며 하자는 대로 했다.

인사를 한 뒤에야 매캐하고 독한 연기를 훅훅 뿜으며

"어디로 오세요?"

하며 궐자가 묻는다.

"김천서요."

나는 마주 앉은 자의, 광대뼈가 내밀고 두꺼운 입술을 커다랗게 벌린 까맣게 그을은 얼굴을 쳐다보며 대답을 했다.

"고향이 거기세요?"

"네에."

"말소리가 다르신데요?"

"……."

"어떤 학교에 다니시나요? 일본서 오시지 않으세요?"

무료한 듯이 잠자코 앉았다가 또다시 묻는다.

"어떻게 아슈?"

나는 웃으며 되물었다.

"아, 일본 갔다 오시는 분은 모두 그런 양복을 입으십디다."

하며, 궐자는 외투 위로 내다보이는 학생복 깃에 달린 금글자를 바라보고 웃었다.

"노형은 무엇을 하슈?"

나는 딴소리를 하였다.

"네에, 갓[笠] 장사를 다닙니다."

"갓이오? 그래 요새두 갓이 잘 팔리나요?"

"그저 그렇지요. 촌에서들은 그래두 여전히 갓을 쓰니까요."

나는 좀 의외로 생각하였다. 두 사람은 잠깐 말이 끊겼다가, 나는 다시 물었다.

"그러나 당 노형부터 왜 머리는 안 깎으슈? 세상이 바뀌었을 뿐 아니라 귀찮고 돈도 더 들지 않소?"

"웬걸요, 촌에서 머리를 깎으려면 더 폐롭고 실상 돈도 더 들죠. 게다가 머리를 깎으면 형장네들 모양으로 '내지어'도 할 줄 알고 시체時體 학문도 있어야지요. 머리만 깎고 내지 사람을 만나도 말대답 하나 똑똑히 못 하면 관청에 가서든지 순사를 만나서든지 더 귀찮은 때가 많지요. 이렇게 망건을 쓰고 있으면 요보라고 해서 좀 잘못하는 게 있어도 웬만한 것은 용서를 해주니까, 그것만 해도 깎을 필요가 없지 않아요."

하며 껄껄 웃어버린다.

"그렇지만 같은 조선 사람끼리라도 양복을 입으면 대접이 다른 것같이, 역시 머리라도 깎는 것이 저 사람들에게 덜 천대를 받지 않소. 언제까지든지 함부로 훌뿌리는 대로 꼽적꼽적하고 요보 소리만 들으려우?"

나는 궐자의 말이 일리가 있다고 동정은 하면서도, 무어라고 하나 들어보려고 이렇게 물었다.

"훌뿌리거나 요보라고 하거나 천대는 받을 때뿐이지요만, 머리나 깎고 모자를 쓰고 개화장이나 짚고 다녀보슈. 가는 데마다 시달리고 조금만 하면 뺨따귀가 얻어맞고, 유치장 구경을 한 달에 한 번쯤은 할 테니! 당신네들은 내지어나 능통하시지요? 하지만 우리 같은 놈이야 맞으면 맞았지 별수 있나요! 허허허.”

천대를 받아도 얻어맞는 것보다는 낫다! 그도 그럴 것이다. 미친 체하고 떡 목판에 엎드러진다는 격으로 미친 체하고 어리광 비슷한 수작을 하거나, 스라소니 행세를 하여 어떻든지 저편의 호감을 사고 저편을 웃기기만 하면 목전에 닥쳐오는 핍박은 면할 것이다. 속으로는 요놈 하면서라도 얼굴에만 웃는 빛을 띠면 당장의 급한 욕은 면할 것이다. 고식, 미봉, 가식, 굴복, 도회韜晦, 비겁…… 이러한 모든 것에 만족하는 것이 조선 사람의 가장 유리한 생활 방도요, 현명한 처세술이다. 조선 사람에게 음험한 성질이 있다 하면 그것은 아무의 죄도 아닐 것이다. 재래의 정치의 죄다. 사기 취재가 조선 사람에게 제일 많은 범죄라고 일본 사람이 흉을 보지만 그것도 역시 출발점은 동일한 것이다. ……내가 이러한 생각을 하고 앉아 있으려니까, 궐자는 무엇을 경계하는 눈치로 찻간을 한번 휘돌아보고 나서 또다시 입을 벌렸다.

“어떻든지 우리는 그저 내지인과 동등한 대우만 해주면 나중엔 어찌 되든지 살아갈 테에요.”
하며 궐자는 또 한 번 사방을 휙 돌려다 보고 나서 목소리를 한층 낮추어 계속한다.

“가령 공동묘지만 하더라도 내지에도 그런 법률이 있다 하면 싫든 좋든 우리도 따라갈 테에요. 하지만 노형은 자세히 아시겠지만 내지에도 그런 법이 있나요?”

의외에 궐자는 공동묘지 이야기를 꺼낸다. 나는 아까 형님한테 한참 설법을 듣고 오는 길에 또 이러한 질문을 받는 것이 괴상하다고 생각했다. 언제 규정이 된 것인지, 어떻게 시행하라는 것인지는 나로서는 알 바도 아니요, 그까짓 것은 아무렇거나 상관이 없는 것이지만, 아마 요사이 경향에서 모여 앉으면 꽤들 문젯거리로 삼는 모양이다. 나는 한번 껄껄 웃어주고 싶었으나 그리할 수는 없었다.

"일본에도 공동묘지야 있지요."

나 역시 누가 듣지나 않는가 하고, 아까부터 수상쩍게 보이던 저편 뒤로 컴컴한 구석에 금테를 한 동 두른 모자를 쓴 채 외투를 뒤집어쓰고 누워 있는 일본 사람과, 김천서 나하고 같이 오른 양복쟁이 편을 돌려다 보았다. 나의 말이 조금이라도 총독 정치를 비방하는 것은 아니지만, 그중에서 무슨 오해가 생길지 그것이 나에게는 염려되는 것이었다.

"정말 내지에도 공동묘지가 있에요? 하지만 행세하는 사람이야 좀 다르겠죠?"

"그야 좀 다르겠지요만, 어떻든지 일본에서는 화장을 흔히 지내기 때문에 타고 남은 뼉다귀만…… 아마 목구멍뼈라든가를 갖다가 묻고 목패든지 비석을 세우지요. 그러지 않아도 살아 있는 사람도 터전이 좁아서 땅 조각이 금 조각 같은데, 죽는 사람마다 넓은 터전을 차지하다가는 이 세상에는 무덤만 남고 말 게요. 허허."

나는 이러한 소리를 하면서 묘지를 간략하게 하여 지면을 축소하고 남는 땅은 누구의 손으로 들어가고 마누 하는 생각을 하여보았다.

"그리구서니 자기의 부모나 처자를 죽었다구 금세루 살라야 버릴 수가 있습니까? 더구나 대대로 내려오는 자기 집 산소까지를……."

궐자는 나의 말이 옳다는 모양으로 고개를 끄덕끄덕하면서도 그래도 반대를 한다.

"화장을 지낸다기루 상관이 뭐겠소. 예전에 애급[31]이라는 나라에서는 왕후 장상의 시체는 방부제를 쓰고 나무 관에 넣은 시체를, 다시 석관까지에 튼튼히 넣어서 피라미드라는 큰 굴 속에 묻어두었지만, 지금 와서는 미라밖에는 되지 않고 만 것을 보면 죽은 송장에게 능라주의를 입히고, 백 평, 천 평 되는 땅에다가 아무리 굳게 파묻기로 그것이 무엇이란 말이오. 동상을 세우면 무얼 하고 송덕비를 세우면 무엇에 쓴다는 말이오."

내 앞에 앉아 있는 촌자는 무슨 소리인지 귀에 자세히 들어오지 않는 모양이다. 어리둥절하여 앉아 있다가

"무어요? '미라'라는 건 무어예요?"

하며 묻는다.

"'미라'라는 것은 한문자 목내이木乃伊라고 쓰는 것인데, 사람의 시체가 몇백 년 몇천 년을 지나서 돌로 변해진 것이라우…… 조선박물관에도 있는지는 모르지만 일본에는 동경의 제국박물관에 있습니다."

"네에, 그런 것이 있에요?"

31 '이집트'의 음역어.

"글쎄 그러고 보니 말이오, 가만히 생각하면 사람의 일이라는 것은 얼마나 헛된 것이오. 이 몸이 땅에 파묻히면 여러 가지 원소로 해체되어 이 우주의 공간에 떠돌아다니다가 내 자식 내 자손 증손자의 콧구멍으로도 들어가고 입 구멍으로도 들어가서 살이 되고 뼈가 되고 피가 되다가 남으면 똥이 되어서 다시 밖으로 기어나가고 하는 동안에, 이 몸은 흙이 되어서 몇백 몇천 년 지난 뒤에는 박물관에 가서 자빠지거나 지질학자나 골상학자나 인류학자의 손에 걸려서 이리저리 데굴데굴 굴러다니고 말 것이 아니오? 그러면서도 배에서 쪼르륵 소리가 나게 될 날이 미구불원한 것은 꿈에도 생각해보지 않고 죽은 뒤에 파묻힐 곳부터 염려를 하고 앉아 있다는 것은 너무도 얼빠진 늦둥이 수작이 아니오? 허허허."

나는 형님에게 하고 싶던 말을 아무것도 모르는 이자를 붙들고 한참 푸념을 했다. 이야기를 하고 나니까 어쩐지 열없었다. 그러나 내가 한참 떠드는 바람에 여러 사람은 이리로 시선을 보내는 모양이다. 등 뒤에 앉아 있는 기생 아씨도 몸을 틀고 앉아서 귀에 들어오지도 않는 이야기를 열심으로 듣는 모양이다.

"나는 모르겠습니다만, 그래 노형께서도 양친이 계시겠지요만, 어떻게 하실 텐가요?"

갓 장수는 역시 불평이 있는 듯이 물었다.

"되어가는 대로 하지요."

하며 나는 웃고 입을 닫았다.

"그래두 우리나라 풍속에 부모나 조상을 위하는 것은 좋은 일이겠지요."

나는 더 말해야 쓸데가 없다고 생각하고 암말 안 하려다가, 그래도 오해를 사면 안 되겠기에 또 대꾸를 해주었다.

"누가 그르다고 했소? 물론 부모와 조상을 위해야 하겠지요. 하지만, 장사를 잘 지내고 무덤을 잘 만드는 것이 효라고는 못 하겠지요. 그리고 조상의 부모를 잘 거두는 것은 좋은 일이겠지만 산소치레를 하라는 말은 아니겠지요. 그뿐 아니라 부모를 생각하여 조부모의 산소를 돌보고 조부모를 위하여 증조의 묘를 찾는다 하면 어찌하여 오대조를 위하여 십대조의 묘를 찾지 않고 십대조를 위하여 백대조의 묘를 찾아 올라가지 않는가요? 노형은 지금 시조의 산소가 어디 있는지나 아슈? 허허허. 결국에 말하자면 자기에게 친근할수록 더 생각하고 찾는 것이니까, 그 친근한 정리만 어떠한 수단 형식으로든지 표시했으면 고만이 아니오? 일부러 표시를 할 게 아니라 마음에만 먹고 있어도 상관없지요."

"나는 모르겠습니다."

하며 갓 장수는 픽 웃었다. 나는 잠자코 말았으나 어쩐지 불유쾌했다. 갓 장수 따위를 데리고 그러한 논란을 한 것이 점잖지 않은 것 같기도 하고 남이 들으면 웃을 것 같아서 혼자 부끄러웠다.

두 사람이 잠자코 앉았으려니까 차는 심천深川 정거장엔지 도착한 모양이다. 새로운 승객도 별로 없이 조용한 속에 순사가 두리번두리번하고 뚜벅 소리를 내며 들어와서 저편 찻간으로 지나간 뒤에 조금 있으려니까, 누런 양복바지를 옹구바지로 입고 작달막한 키에 구두 끝까지 철철 내려오는 기다란 환도를 끌면서 조선 사람의 헌병 보조원이 또 들어왔다. 여러 사람의 눈은 또 일시에 구랄만한 누렁 저고리를 입은 조그마한 사람에게로 모였다. 누구를 찾는 것이 분명하다. 나는 공연히 가슴이 선뜩하였으나, 이 찻간에는 나를 미행하는 사람이 있으리라는 생각을 하니까 안심이 되었다. 찻간 속은 괴괴하고 헌병 보조원의 유착한 구두 소리만 뚜벅뚜벅 난다. 그러나 여러 사람의 가슴은 컴컴한 남포의 심짓불이 떨리듯이 떨렸다. 한 사람 두 사람 낱낱이 얼굴을 들여다보고 지나친 뒤의 사람은, 자기는 아니로구나 하는 가벼운 안심이 가슴에 내려앉는 동시에, 깊은 한숨을 내쉬는 모양이 얼굴에 완연히 나타났다. 헌병 보조원의 발자취는 점점 내 앞으로 가까워 왔다. 나는 등을 지고 돌아앉았고, 내 앞의 갓 장수는 담뱃대를 든 채 헌병의 얼굴을 똑바로 쳐다보고 앉았다. 헌병 보조원은 내 곁에 와서 우뚝 섰다. 나는 가슴이 뜨끔하여 무심코 쳐다보았다. 그러나 헌병 보조원은 나를 본체만체하고 내 앞에 앉았는 갓 장수를 한참 내려다보고 섰더니 손에 들었던 종잇조각을 펴본다. 내 가슴에서는 목이 메게 꿀떡 삼키었던 토란 같은 것이 쑥 내려앉는 것 같았다.

"당신, 이름이 뭐요?"

헌병 보조원은 갓 장수더러 물었다.

"나요? 김××예요."

하며 허둥지둥 일어났다.

"당신이 영동에서 갓을 부쳤소?"

"네에."

"그럼 잠깐 내립시다."

찻간 속은 쥐 죽은 듯한 침묵에서 겨우 벗어났다. 여기저기서 수군수군하는 소리가 난다. 내 말동무는 헌병 보조원의 앞을 서서 허둥지둥 차에서 내렸다.

그러나 문밖으로 나간 뒤에 정신을 차리고 보니까, 내 앞에는 수건으로 질끈 동인 헌 우산 한 개가 의자의 구석에 기대섰다. 나는 유리창을 올리고 캄캄한 밖을 내다보며 소리를 쳤으나 벌써 간 곳이 없었다. 난로에 석탄을 넣으러 들어온 역부에게 그 우산을 내주었다. 그러나 누구의 것이냐고 서툰 일본말로 묻기에, 나는 벌써 조선 사람인 줄 알아채고 일부러 조선말로 대답을 했더니

"나니(무엇이야)? 나니?"

하며 여전히 못 알아들은 체하고 일본말로 묻는 데에는 어이가 없었다.

자정이나 넘은 뒤에 차는 대전에 와서 닿았다. 김 의관 같은 하이칼라 신사는 커다란 가죽 가방에 담요를 비끄러매어서 옆에 놓았던 것을 앞에 앉았던 사람에게 들려가지고 내려갔다. 그러나 기생은 내리지 않았다.

얼마나 정거하느냐고 소제하는 역부더러 물어보니까, 삼십 분 동안이라고 멱따는 소리를 꽥 지르고 달아난다. 나는 하도 심심하기에 모자를 집어 쓰고 차에서 내려서 플랫폼으로 어슬렁어슬렁 걸어나갔다. 그동안에 눈이 오륙 촌은 쌓인 모양이다. 지금은 뜸하나 뼈에 저린 밤바람이 모가지를 자라목처럼 오그라뜨렸다. 맨 끝에 달린 찻간 앞까지 오니까 불을 환하게 켠 차장실 속에 얼굴이 해끄무레한 두 청년이 검정 방한모에 소매통이 좁은 옥색 두루마기를 입고, 누런 복장을 입은 헌병과 마주 서서 웃으며 이야기를 하는 것이 환히 보였다. 얼굴 모습이 같은 것을 보면 두

청년은 형제 같고, 헌병 가슴에 권총을 단 줄이 늘어진 것을 보면 일본 사람이 분명하다. 나는 수상히 여겨서 창 밑으로 가까이 가 보니까, 세 사람은 여전히 웃으며 뭐라고 속살거린다. 그러나 그 청년들의 어설프게 웃는 미소와 입술이 경련적으로 위로 뒤틀린 것은 공포 그 자체 같았다. 나는 발을 돌이켜 목책으로 막은 입구 앞으로 가서 서슴지 않고 내 손으로 열고 나갔다. 아무것도 막지 않고 좌우편으로 눈발이 쳐들어오는 휑뎅그레한 속에는 한가운데에 난로랍시고 놓고 그 가에 옹기옹기 사람들이 모여 섰다.

'대합실도 없이 이런 벌판에 세워둘 지경이면 어서 찻간으로 들여보냈으면 작히나 좋을까!'

나는 이런 생각을 하고 난로 옆을 흘끗 보려니까 결박을 지은 범인이 네댓 사람이나 오르르 떨며 나무 의자에 걸어앉고, 그 옆에는 순사가 세 명이나 앉아서 지키고 있는 것이 눈에 띄었다. 나는 깜짝 놀랐다. 그중에는 머리를 파발을 하고 땟덩이가 된 치마저고리의 매무시까지 흘러내린 젊은 여편네도 역시 결박을 해 앉혔다. 부끄럽지도 않은지 나를 부러워하는 듯한 눈으로 물끄러미 쳐다보다가 고개를 숙였다. 뒤에는 쌕쌕 자는 아이가 매달렸다. 나는 가슴이 선뜩하고 다리가 떨렸다. 모든 광경이 어떠한 책 속에서 본 것을 실연해 보여주는 것 같은 생각이 희미하게 별안간 머리에 떠올라 왔다. 나는 지금 꿈을 보지 않았나 하는 의심까지 났다.

정거장 문밖으로 나서서 눈을 바삭바삭 밟으며 큰길 거리로 나가니까 칠 년 전에 일본으로 도망갈 때, 오정 때 대전에 내려서 점심을 사 먹던 집이 어디인지 방면도 알 수가 없었다. 길 맞은편으로 쭉 늘어선 것은 컴컴해서 자세히는 안 보이나 일본 사람 집인 모양이다. '야과온포夜鍋饂飽'[32]를 파는 수레가 적막한 밤을 깨뜨리며 호젓하고 처량하게 쩔렁쩔렁 요령을 흔드는 것을 한참 바라보고 섰다가, 그때에 밥을 팔던 삼십 남짓한 객줏집 계집은 지금쯤 어디 가서 파묻혔누? 하는 생각을 하며 다시 정거장 구내로 들어왔다. 발자국 하나 말 한마디 제껵 소리도 없이 얼어붙은 듯이 앉아 있는 승객들은, 웅숭그려뜨리고 들어오는 나의 얼굴을 쳐다보며 여전히 오그라뜨리고 앉아 있다. 결박을 지은 계집은 또다시 나를 쳐다보았다. 곁에 앉아 있는 순사까지 불쌍히 보였다. 목책 안으로 들어오며 건너다보니까 차장실 속에 있던 두 청년과 헌병도 여전히 이야기를 하고 섰는 것이 보인다. 나는 까닭 없이 처량한 생각이 가슴에 복받쳐 오르면서 몸이 한층 더 부르르 떨렸다. 모든 기억이 꿈 같고 눈에 띄는 것마다 가엾어 보였다. 눈물이 스며 나올 것 같았다. 나는, 승강대로 올라서며, 속에서 분노가 치밀어 올라와서 이렇게 부르짖었다.

'이것이 생활이라는 것인가? 모두 뒈져버려라!'

찻간 안으로 들어오며

'무덤이다! 구더기가 끓는 무덤이다!'

라고 나는 지긋지긋한 듯이 입술을 악물어 보았다.

모자를 벗어서 앉았던 자리 위에 던지고 난로 앞으로 가서 몸을 녹이며 섰었다. 난로는 꽤 달았다. 뱀의 혀 같은 빨간 불길이 난로 문틈으로 날름날름 내다보인다. 찻간 안의 공기는 담배 연

32 밤에 파는 일본 국수.

기와 석탄재의 먼지로 흐릿하면서도 쌀쌀하다. 우중충한 남폿불은 웅크리고 자는 사람들의 머리 위를 지키는 것 같으나, 묵직하고도 고요한 압력으로 사뿟이 내리누르는 것 같다. 나는 한번 휙 돌려다 본 뒤에

'공동묘지다! 구더기가 우글우글하는 공동묘지다!'

라고 속으로 생각하였다.

'이 방 안부터 여부없는 공동묘지다. 공동묘지에 있으니까 공동묘지에 들어가기를 싫어하는 것이다. 구더기가 득시글득시글하는 무덤 속이다. 모두가 구더기다. 너도 구더기, 나도 구더기다. 그 속에서도 진화론적 모든 조건은 한 초 동안도 거르지 않고 진행되겠지! 생존 경쟁이 있고 자연도태가 있고 네가 잘났느니 내가 잘났느니 하고 으르렁댈 것이다. 그러나 조만간 구더기의 낱낱이 해체가 되어서 원소가 되고 흙이 되어서 내 입으로 들어가고 네 코로 들어갔다가, 네나 내나 거꾸러지면 미구에 또 구더기가 되어서 원소가 되거나 흙이 될 것이다. 에잇! 뒈져라! 움도 싹도 없어져 버려라! 망할 대로 망해버려라! 사태가 나든지 망해버리든지 양단간에 끝장이 나고 보면 그중에서 혹은 조금이라도 쓸모 있는 나은 놈이 생길지도 모를 것이다.'

나는 차가 떠나기 전에 자기 자리로 와서 드러누웠다. 등 너머에 와서 누운 기생의 머리에서 가끔가끔 끼쳐 오는 머릿내와 향긋한 기름내와 분내를 코로 훅훅 맡아가며 눈을 감고 누웠었다.

'이것도 구더기 썩는 냄새다!'

나는 이런 생각을 해보면서도 코를 막으려고는 안 했다. 차가 움직이기 시작했다. 어느덧 잠이 소르르 왔다.

몇 번이나 깼다 드러누웠다 하며 편치 못한 잠을 잔 둥 만 둥 하고 눈을 떠보니까 긴긴 밤도 어느덧 훤히 밝았다. 으스스하기에 난로 앞으로 가며, 옆 사람더러 물어보니까 시흥始興에서 떠났다 한다.

인제는 서울도 다 왔구나! 생각하니까, 그래도 반갑지 않을 수 없다. 영등포를 지나서 한강 철교를 건널 때에는 대리석으로 은구隱溝를 놓은 듯한, 사람 그림자라고는 없는 빙판을 바라보고 무심코 기지개를 한번 켰다. 용산역에까지 오니까 뒤의 기생이 일어나서 매무시를 만지작거리며 곧 내릴 사람같이 나를 유심히 바라보며 머뭇거리다가, 차가 떠나려고 호각을 부는 소리가 나니까 그대로 앉아버렸다. 처음 서울 오는 기생 같지는 않으나 아는 사람이 없어서, 마음이 불안해서 그리하는지 수상하였다. 내가 자기 자리로 와서 선반의 짐을 내려놓고 앉은 뒤에도 내 일거일동을 눈으로 좇으면서, 무슨 말을 붙일 듯 붙일 듯 하다가 입을 벌리지 못하는 모양이다. 서울에서 찾아갈 길을 묻자든지 무슨 까닭이 있는 것 같아서 이편에서 먼저 입을 벌리고 싶었으나, 대학 제복 제모에 경의를 표하기 위하여 입을 다물어버렸다.

기차는 남대문에 도착하였다. 집에서 나온 큰집 종형님과 짐을 들고 나와서 인력거를 탈 때까지는, 그 기생이 출구 목책 앞에서 혼자 쩔쩔매는 양이 멀리 보였으나, 내 인력거 채는 남으로 향하다가 북으로 꼽들어버렸다.

6

온밤 새도록 쏟아진 눈은 한 자 길이는 쌓인 모양이다. 인력거꾼은 낑낑 매며 끄는 모양이나 바퀴가 마음대로 돌지를 않는다. 북악산에서 내리지르는 바람은 타고 앉았는 사람의 발끝 코끝을 쏙쏙 쑤시게 하고, 안경을 쓴 눈이 어른어른하도록 눈물을 핑 돌게 한다. 남문 안 장으로 나가는 술집 더부살이 같은 것이 굴뚝으로 기어 나온 사람처럼 오동[33]이 된 두루마기 위로 치룽[34]을 짊어지고 팔짱을 끼고 충충충 걸어가는 것이 가다가다 눈에 띌 뿐이요, 거리에는 사람 자취도 별로 없다. 아직 불이 나가지 않은 길가의 헌등軒燈은 졸린 듯이 뽀얗게 김이 어려 보인다. 인력거꾼은 여전히 허연 입김을 헉헉 뿜으며 다져진 눈 위로 꺼불꺼불하며 달아난다.

나는 일 년 반 만에 보는 시가를 반가운 듯이 이리저리 돌려다보고 앉았다가, 어느덧 머릿속에 가죽만 남은 하얗게 센 얼굴이 떠올랐다.

'이래도 역시 서방이라고 기다리고 있을 테지?'

나는 이런 생각도 해보았다. 그러자 별안간 대구 기생의 얼굴이 떠올랐다. 갸름하고 감숭한 얼굴, 무슨 불안을 호소하려는 듯한 눈.

'지금쯤 어디를 헤매누? 말을 좀 붙여보았더라면 좋았을걸!'

하며, 정거장 앞에서 짤짤거리며 아는 사람이나 나왔는가 하고

33 검붉은 빛이 나는 구리.
34 싸리를 가로로 퍼지게 둥긋이 결어 만든 그릇.

헤매던 꼴을 그려보면서, 이러한 후회도 하였다.

'그러나 이야기를 해보면 무얼 해! 어서어서 가고 스러질 것은 한시바삐 스러져야 할 것이다…….'

나는 추운 생각도 잊어버리고 멀거니 앉았다가, 우리 집에 들어가는 동구를 지나쳤다. 인력거꾼의 꾸지람을 들어가며 두어 칸통이나 되짚어 내려와서 내렸다.

집안 식구들은 벌써 일어나서 소세까지 하고 앉아서 기다렸다.

"공부두 중하지만 그렇게도 좀 안 나온단 말이냐."

하며 어머님은 벌써부터 우는 목소리다.

"그래두 눈을 감기 전에 만나보게 되었으니 다행이다."

하고 또 우신다. 과부가 된 뒤로 본가살이를 하는 큰누이도 훌쩍훌쩍하고 섰다. 작은누이도 덩달아서 운다. 뜰에서 멀거니 바라보고 섰던 큰집 사촌 형수도 돌아서며, 행주치마로 콧물을 씻는 모양이다. 그래도 아버지만은 벌써 안방에 들어와 앉으셔서 잠자코 절을 받으셨다.

"초상난 집 모양으로 울기들은 왜 이리 우슈?"

하며 나는 핀잔을 주었다. 해마다 오면 어머니의 울고 맞아주는 것이 귀찮다. 그러한 때에는 내 처도 으레 제 방으로 피해 들어가서 훌짝거렸다. 그러나, 나는 왜 우는지 알 수가 없었다. 혼자서 눈물이 핑 돌 때가 없지 않지만, 남이 우는 것을 보면 도리어 웃어주고도 싶고 뭐라고 입을 벌릴 수가 없다.

"좀 어떤 셈예요?"

인사가 끝난 뒤에 어머니에게 물으니까

"그저 그렇지. 어서 들어가 보렴."

하며 어머니가 안방에서 나와서 건넌방으로 앞장을 서서 들어갔다.

"아가, 아가! 서방님 왔다. 얘, 얘, 일본서 서방님 왔어……."

혼수상태에 있던 병인은 눈을 슬며시 뜨고 시어머니의 얼굴을 바라다보고 나서 곁에 섰는 나를 물끄러미 쳐다보고, 까맣게 탄 입술을 벌리고 생그레 웃는 듯하더니, 깔딱 질린 눈에 눈물이 글썽글썽해지며 외면을 한다. 두꺼운 이불을 덮은 가슴이 벌렁거리며 괴로운 듯이 흑흑 느낀다.

"우지 마라, 우지 마라, 인제 낫는다."

어머니는 이렇게 달래면서도 역시 훌쩍거리며 나가버리셨다. 병풍으로 꼭꼭 막고 오줌똥을 받아내는 오랜 병인의 방이다. 퀴퀴한 냄새에 약내가 섞여서, 밤차에 피로한 사람의 비위를, 여간 거스르는 게 아니지만, 그래도 금시로 나가버릴 수가 없어서 그 옆에 앉았다.

"울지 말아요, 병에 해로우니."

나는 겨우 한마디 하고 무슨 말로 위로를 해야 좋을지 몰라서 벙벙히 앉았었다.

"중기重基, 중기 보셨소?"

병인은 눈물을 씻으며, 겨우 스러져가는 목소리로 한마디를 하고 나를 쳐다보았다. 곁에 앉았던 계집애 년이 집어주는 수건을 받는 손을 볼 제, 나는 비로소 가엾은 생각이 났다. 가죽이 착 달라붙고 뼈가 앙상한 손이 바르르 떨렸다.

'저 손이, 이 몸에 닿던 포동포동하고 제일 귀여워 보이던 그 손이던가?'

하는 생각을 해보니까, 어쩐지 마음이 실쭉해졌다.

"……난, 나는 죽는 사람이에요. 하, 하지만 저 중기만은……."
하며 또 기운 없이 입을 벌리다가 목이 메고 말았다. 시원하게 울고 싶으나 기운이 진해서 눈물만 쏟아지는 모양이다.

"그런 소리 말아요, 죽기는 왜 죽어. 마음을 턱 놓고 있으면 나아요."

"인제는 더 살구 싶지두 않어요, 어, 어떻든 저것만은 잘 맡으세요……."

또다시 흑흑 느끼다가

"저것을 생각하니까, 하, 하루라두 더 살려는 것이지……."
하며 엉엉 목을 놓고 우나, 가다가다 목이 메어서 모기 소리만큼 졸아들어 갔다.

나는 무어라고 대꾸를 해야 좋을지 망단하였다.[35] 죽어가면서도 자식 생각을 하는 것이 불쌍하기도 하고, 우습기도 하였다. 오래 앉았으면 점점 더 울 것 같고, 또 사실 더 앉아 있기도 싫기에 나는 울지 말라고 달래면서 안방으로 건너와서, 아랫목에 깔아놓았던 조선옷과 갈아입었다. 정거장에 나왔던 사촌형이 들어와서

"사랑에서 부르시네."
하며 이르고 자기 방으로 들어갔다. 이 형님은 종가의 장남으로 태어난 덕에 일평생 손 하나 까딱하지 않고 우리 집에서 사십 년을 지내왔다. 그러나 이 형님에게 자식이 없는 것이 집안의 큰 걱정거리란다.

35 이러지도 저러지도 못하여 처지가 딱하다.

사랑에 나가서 깜짝 놀란 것은 김 의관이 아버님 옆에 앉아 있는 것이다.

'언제부터 또 와서 있누?'

하며 어제 차 속에서 보던 금테 안경을 생각하고 들어가서 인사를 하니까

"잘 있었나? 얼마나 걱정이 되나?"

하며 한층 더 점잔을 빼고 장죽을 물고 앉았다. 아랫목에 도사리고 앉으셨던 아버님은

"거기 앉아라."

하며 그동안 내 처의 병세를 소상히 이야기를 하며 무슨 탕을 몇 첩이나 썼더니 어떻게 변하고, 무슨 음飮을 몇 첩을 써보니까 얼마나 효험이 있었고, 무엇이 어떻게 걸려서 얼마나 더쳤다는 이야기를 기다랗게 들려주셨으나 나에게는 무슨 소리인지 잘 알아들을 수가 없었다. 나는 가만히 듣고 앉았다가

"그 유종乳腫은 총독부 병원에 가서 얼른 파종을 시켰더면 좋았을걸요?"

하며 한마디 하니까

"요새 양의가 무어 안다던? 형두 그따위 소리를 하기에 죽여도 내 손으로 죽인다고 하였다만……."

하며 역정을 내셨다. 나는 잠자코 말았다.

안에 들어와서 급히 차려주는 조반을 먹다가

"김 의관은 왜 또 와 있에요?"

하고 어머니께 물어보았다.

"집을 뺏기고 첩허구 헤어진 뒤에 벌써부터 와 있단다."

"그럼 큰집은 어떡하구요?"

"큰집은 있기야 있지만, 언제는 돌아다나 보던. 더구나 셋방으로 돌아다니는데…… 매일 술타령이요, 사람이 죽을 일이다."

하며 어머니는 눈살을 찌푸리셨다.

"그, 왜 붙여요?"

김 의관에 대한 숭배심을 잃은 나는 진정으로 보기가 싫었다.

"왜 붙이는 게 뭐냐? 아버지께서는 이 세상에 김 의관만한 사람이 없다고, 누가 무어라고만 하면 소리소리 지르시고, 꼭 겸상해서 잡숫다시피 하시는데……."

김 의관은 서 자작子爵이라는, 합방할 때까지 대각臺閣에 열列하여 합방에 매우 유공한 사람의 일긴一緊[36]으로 그 서 씨의 집을 얻어 들었는데, 서 씨가 올여름에 죽은 뒤에는 집까지 빼앗긴 모양이다. 그러나 그 대신으로 서 자작이 하던 사업—이라야 별다른 게 아니라 장사집 호상차지하는 것이지만, 이것만은 대를 물려받았다 한다.

"그건 고사하고, 여보, 김 의관이 유치장에 들어갔다가 그저께야 나왔다우. 모닝코트를 입구, 하하하."

시험이 며칠 안 남았다고 책상머리에 앉아서 무엇인지를 꼼지락꼼지락하고 앉았던 누이동생이 돌려다 보며 말참견을 하였다.

"응? 허허허, 무슨 일루?"

"누가 아우. 밤중에 요릿집에서 부랑자 취체로 붙들려 들어갔다가 이 주일 만에 나왔다우, 하하하……."

36 가장 긴요함 또는 가장 긴요한 사람이나 물건.

"허허허."

나는 칠팔 년 전에 군사령부에 가던 일을 생각해보며

"이번에는 누가 쫓아갔던구?"

하며 또 한 번 웃었다.

"아, 참 너두 밤출입 하지 마라. 요새는 부랑자 취체도 퍽 심한 모양인데……."

어머니는 곁에서 주의를 시켜주셨다.

"왜 내가 부랑잔가요? 그런데 나와서 무어라구 해?"

하며 누이더러 물어보았다.

"아버지께서는 누가 먹어내기 때문에 들어갔다구 하시지만, 큰집 오빠가 그러는데, 요릿집 다니는 놈들은 모두 잡아갔다는데요. ……그리구두 호기 좋게 정무총감을 보고 막 해냈다고 혼자 떠들더라던가. 하하하. 아무튼지 미친놈이야!"

"그 왜 남의 집 사내더러 미친놈이 다 뭐냐. 너야말로 미친년이로구나."

어머니는 잠깐 꾸짖고 나가시더니, 아랫방에서 중기가 깨었다고 안고 나오는 것을 받아가지고 들어오신다.

"자아, 너 아범 봐라. 너 아범 왔다. 얼마 만이오?"

어머니는 겨우 핏덩어리를 면한 조그만 고깃덩어리를 얼러가며 나에게 데미셨다. 처네에 싸인 바짝 마른 아이는 추워서 그러는지 두 팔을 오그라뜨리고 바르르 떨면서, 핏기 없는 앙상한 얼굴을 이리로 향하고 말끄러미 나를 쳐다보다가, 으아 하며 가냘픈 목소리로 운다.

"그, 왜, 그 모양이에요?"

나는 눈살을 찌푸리며 고개를 돌렸다.

"왜 어때? 모습이 이쁘지 않으냐? 인제 석 달쯤 된 게 그렇지. 그러나 나면서 어디 에미 젖이라군 변변히 먹어봤니, 유모를 한 달쯤 댔다가 나가버린 뒤로는 똑 우유로만 길렀는데."

울음을 시작한 어린아이는 좀처럼 그치지를 않고 점점 더 발악을 한다. 파랗게 질려서 두 발을 뻗고 배를 발딱발딱 쳐들어가며 방 안을 발칵 뒤집어놓는다.

"에그, 이게 웬 야단이야?"

하며 누이는 보던 책을 덮어놓고 눈살을 찌푸리며 마루로 홱 나가버렸다. 나도 상을 밀어놓고 총총히 일어났다. 사랑으로 나가서 건넌방에 들어가 담배를 피우며 누웠으려니까, 낯 서툰 청년 하나가 찾아왔다. 소할경찰서로 지금 본정서에서 인계를 해왔는데 다시 떠날 때까지 자기가 미행을 하겠다 하면서.

"얼마 안 계실 테지요? 늘 쫓아다니지는 않겠습니다. 가끔가끔 올 테니 그 대신에 문밖이나 시골을 가시거든 요 앞 교번소로 통기를 좀 해주슈."

하며, 매우 생색이나 내는 듯이 중언부언하고 가버렸다. 마음대로 하라고 했다.

7

삼사일은 집구석에서 그럭저럭 세월을 보냈다. 아버지는 무슨 일이 그리 분주하신지 매일 아침만 자시면 김 의관하고 나가셨다가 어슬어슬해서야 약주가 취해 들어오시기도 하고 친구를 한 떼씩 몰아가지고 들어오시기도 하였다. 큰집 형님한테 들으니까, 요사이 동우회의 연종 총회가 있어서 그렇다 한다.

"그런 데 상관을 마시래도 한사코 왜 다니신단 말요? 모두 반 미친놈들이 모여서 협잡질이나 하고 남한테 시빗거리만 장만하면서…… 공연히 김 의관이 들쑤셔 내서 엄벙뗑하고 돈푼이라두 갉아먹으려고 그러는 것을 그걸 왜 짐작을 못 허셔?"

"내가 아나? 평의원이라는 직함 바람에 다니시는 게지, 허허허. 그런데 중추원 부찬의라두 하나 생길 줄 아시는지도 모르지."

큰집 형님은 이런 소리를 하며 웃었다.

"중추원 부찬의는 벌써 철겨운 지가 언젠데? 설령 그게 된다기루 그건 왜 하지 못해 애를 쓰셔? 참 딱한 일이야."

"그래두 김 의관은 무엇이든지 하나 운동해 드리마던데, 하하하."

"미친놈! 저두 못하는 것을 누구를 시키구 말구. 흥, 또 유치장에나 들어가구 싶은 게로군."

"그래두 김 의관 말은 자기가 총독이나 정무총감하고 제일 긴하다는데, 하하하."

"서가의 집을 뺏겼으니까, 아버지께 알랑알랑하고 집이나 한 채 얻어내려는 게 제일 긴하겠지."

"하……."

동우회라는 것은 일선인日鮮人의 무엇인가를 표방하고 귀족들을 중심으로 하고 전후 협잡꾼들이 모여서 바둑, 장기로 세월을 보내고 저녁때면 술추렴이나 다니는 회이다. 회의 유일한 사업은 기생 연주회의 후원이나 소위 지명지사가 죽으면 호상차지나 하는 것이다.

"나는 요새 좀 바빠서 약 쓰는 것도 자세히 볼 수 없고 하니, 낮에는 들어앉아서 잘 살펴보아라."

내가 도착하던 날 아침에 아버지께서 이렇게 주의를 하시기도 하였고, 또 나가야 갈 데가 있는 것은 아니지만 신산하기에 들엎드려서 큰집 형님하고 저녁때면 술잔 먹고 사랑 구석에서 버둥거리고 있었지만, 알고 보니 다니신다는 데라야 고작해야 그러하다. 병인은 하루 한 번씩이고 두어 번 들여다보아야 더 나은 것 같지도 않고 더친 것 같지도 않고, 의사가 와서 맥인가 본 뒤에 방문을 내면 큰집 형님이 쫓아가서 약봉지를 받아다가 끓여 디밀면 먹는지 마는지 하는 모양이다. 어머니께서만은 여전히 혼자 애를 쓰시나, 인제는 병구완에 피로도 하고 집안 식구들의 마음도 심상해져서 일과로 약시중만 하면 그만인 모양이다. 나부터 약 묘리를 알 까닭이 없으니까 어떻게 되어가는지를 모르겠다.

"그 망한 놈의 횐지 무언지 좀 그만두고 어떻게 다잡아서 약이나 잘 쓸 도리를 하셨으면 아니 좋을까."
하며 어머니께서 원망을 하시는 소리도 들었다.

"오늘두 또 나가우? 어젯밤부터는 좀 이상한 모양이던데……."

며느리를 들여다보고 나오시는 아버지를 쳐다보며, 어머니께서 책망하듯이 물으시니까

"오늘은 좀 늦을지도 모를걸! 그리 다를 것은 없던데."
하며 나가시는 날도 있었다. 그러나 더하다는 날도 그 모양이요 낫다는 날도 제턱[37]이다. 또 며칠 음산한 날이 계속되었다.

'어서 끝장이나 났으면!'
하는 생각이 불쑥 날 때에는 정자의 생각이 반드시 뒤미처 머리에 떠올라 왔다.

'지금쯤 무얼 하고 있누? 경도로나 가지 않았나?'
하고 엽서를 띄운 것은, 일주일이나 지난 뒤였다.

정자에게 엽서를 부치던 날 저녁때에, 을라는 그동안 나왔나? 하고 인사 겸 병화의 집을 찾아가 보았다. 병화는 동경 유학 시대에는 나의 감독자 행세를 했을 뿐 아니라, 비교적 정답게 지냈지만, 을라의 문제가 있은 후로는 그럭저럭 나하고 데면데면해지기도 하고, 만나면 어쩐지 묵은 부스럼 자국을 만지는 것 같아서 근질근질하기도 하고, 피차에 겸연쩍게 되었다. 더구나 이 사람 역시 지금 집에 있는 큰집 형님의 이복동생이기 때문에 형제간 자별하지도 못하려니와 우리 집에는 한 달에 한 번쯤 들를 뿐이다.

나는 동대문 밑에서 전차를 내려서 아직도 눈에 녹은 땅이 질척거리는 길을 휘더듬어 들어가며, 반가운 듯이 여기저기를 휘돌아보았다. 작년 여름에는 여기를 날마다 대어 섰었다. 하루가 멀다고 와서는, 밤이고 낮이고 을라와 형수를 데리고 문안을 헤매기도 하고, 달밤에 병화 내외와 을라하고 탑골 승방까지 가본 것도 그때였다. 밤이 늦었다고 붙들면 마지못해 자는 척하고 이틀 사흘씩 묵은 일도 한두 번이 아니었다.

'그러나 그때는 참 단순했어!'

나는 발자국 난 데를 따라서 마른 곳을 골라 디디며 속으로 이

37 변함이 없는 그대로의 정도나 분량.

렇게 생각했다. 김장을 다 뽑아낸 밭에는 눈이 길길이 쌓이고 길가로 막아놓은 산울[生籬]은 말라빠진 가지만 앙상하게 남았고 얽어맨 새끼도 꺼멓게 썩어 문드러졌다.

'그때에는 여기에 퍼런 호박 덩굴, 외덩굴이 쫙 깔리고 누런 꽃이 건들거렸겠다.'

벽돌담을 쌓은 어떤 귀족의 별장인가 하는 것을 지나서 좁은 길을 일 정쯤 걸어가려니까 오른편은 낭떠러지가 된다.

'응, 저기가 날마다 세수를 하고, 달밤에 나와서 을라와 수건을 잠가놓고 물 튀기기를 하던 데로군.'

하며 바위 밑을 내려다보니까, 물이 말랐는지 얼음눈이 허옇게 뒤집어씌워져 있다.

"언제 나왔나? 나온다는 말은 들었지만. 한번 간다면서 자연 바빠서……."

하며 양복을 입은 병화는 방에서 튀어나왔다. 지금 막 들어온 모양이다. 방으로 쫓아들어가서 아랫목에 앉으니까

"아씨는 좀 어떠세요?"

하며 형수도 반가운 듯이 어린아이를 안고 마주 앉아서 인사를 한다.

"죽지 않으면 살겠지요. 하나를 낳아놓았으니까 신진대사로 하나는 가야지요."

하며 나는 웃어버렸다.

"에그, 흉한 소리두 하십니다."

"아, 참, 좀 차도가 있는 모양인가? 처음부터 양의를 대어가지고 수술을 한 뒤에 한약을 들이댄다든지 하였더면 좋을걸……

언젠가 그런 말씀을 하였더니 아버지께서는 펄쩍 뛰시는 모양이시기에 시키지 않은 참견하기가 싫어서 그만두었지만."

"나 역시 하시는 대루 내버려두지. 지금 무어니 무어니 해야 쓸데두 없구, 제 계집이니까 어쩐다구 하실까 봐서 되어가는 대루 내버려두지. 하지만 며칠 못 가리다."

"악담을 하십니까?"

형수가 웃으면서 눈살을 찌푸렸다. 한참 병인의 이야기를 주거니 받거니 하다가

"아, 그런데 을라 오지 않았어요?"

하며 형수를 쳐다보았다.

"아뇨, 왜, 나왔대요?"

하고 형수는 나의 얼굴을 살피듯이 쳐다본다. 병화는 못 들은 체하고 일어나서 양복을 벗기 시작했다.

"아뇨, 글쎄, 나왔는가 하구요."

"아뇨."

하며 형수는 생글생글 웃다가 끼고 앉은 어린애를 들여다보고 말았다. 어쩐지 온 것을 속이는 것 같았다.

"오는 길에 신호에 들렀더니, 부득부득 같이 가자는 것을 떼어 버리고 왔는데, 이삼일 후에는 떠나겠다던데요."

하며 나도 웃어 보였다.

"네에."

하며 나를 한참 바라보다가

"바쁘신 길인데 거기는 어째 들르셨어요?"

"심심하기에 들렀다가 형님께 소식이라두 전해드리려구요."

하며 나는 슬쩍 웃어버렸다. 형수도 기가 막힌 듯이 웃었다.

"미친 소리로군."

병화는 옷을 갈아입고, 자기 자리로 와서 앉으며 웃고 나서

"그 무어 없지? 무얼 좀 사오라구 하지."

하며 화두를 옮기려고 딴전을 붙였다.

"아, 난 곧 갈 테여요…… 그런데 작년 생각 하십니까?"

하며 나는 짓궂이 형수하고 을라의 이야기를 꺼냈다. 형수는 얼굴이 발개지며 픽 웃고 말았다. 나도 상기가 되는 것 같았다.

"자네두 퍽 변하였네그려?"

병화는 웃으며 나를 쳐다보았다. 다른 때 같으면 을라하고 아무 상관은 없더라도 누가 을라란 을 자만 물어보아도 얼굴이 발개지던 사람이 되짚어서 을라의 이야기를 근질근질하리만치 태연히 하고 앉았는 것이 병화에게는 다소 불쾌하기도 하고 이상쩍은 모양이다.

형수는 일 년 전에 두 틈바구니에 끼어서 마음만 졸이고 있던 일을 머리에 그려보았던지 한참 말없이 앉았다가

"그래, 공부는 잘해요?"

하며 물었다.

"그저 여전하더군요."

하며 모자를 들고 일어서려니까

"조금만 앉아 있어. 좋은 술이 한 병 생겼으니 한잔하구 가란 말이야. 어디 나가서 할까?"

"술이 웬 거요? 아, 참 올가을에 한 동 올랐답디다그려? 이제는 한턱 해야 하지 않소?"

하며 내가 웃으니까, 병화는 매우 유쾌한 듯이 따라 웃다가

"어쨌든 앉아요. 누가 양주를 한 병 선사를 했는데……."

하며 묻지도 않은 말을 끌어냈다. 아닌 게 아니라 한 동 올라간 덕에 집안 세간도 그전보다는 는 모양이다. 윗목에는 양복장도 들여놓고 조끼에는 금시곗줄도 늘였다. 아버지가 보내주시던 넉넉지 않은 학비를 가지고, 삼첩방에 엎드려서 구운 감자를 사다 놓고 혼자 몰래 먹던 옛날을 생각하면 여간한 출세가 아니다. 나는 더 앉아서 이야기를 듣고 싶었으나, 늦으면 귀찮기에 병인 핑계를 하고 나와버렸다.

해가 거의 다 떨어진 뒤에 집에 들어와 보니까, 사랑에는 벌써 영감님들이 채를 잡고 앉아서 술상이 벌어졌다. 그럴 줄 알았다면 좀 늦게 들어올걸 하며 안으로 들어가 보니까 저녁밥 때에 술치다꺼리가 겹쳐서 우환 있는 집 같지도 않게 엉정벙정하고[38] 야단이다.

"사랑에 누가 왔니?"

나는 마루로 올라오며 약두구리를 올려놓은 화로에 부채질을 하고 앉았는 누이더러 물으니까

"누가 아우? '차지'[39]가 또 왔단다우."

하며 깔깔 웃었다.

"뭐, 그게 무슨 소리야?"

"자네, 차지도 모르나? 일본 가서 그것도 모르다니, 헛공부했네그려, 허허허."

38 쓸데없는 것들을 너절하게 벌이어 놓다.
39 상전을 대신하여 형벌을 받던 하인 또는 남을 대신하여 대가를 받고 형벌을 받던 사람.

술이 얼근하게 취해서 축대 위에 섰던 큰집 형이 놀리듯이 웃으며 쳐다보았다. 여편네들도 깔깔 웃었다.

"차지라니 누구 집 택호요?"

"버금 차差 자하고 지탱 지 자의 차지差支를 몰라?"

하며 또 웃었다. 나는 무슨 소리인지를 몰라서

"그래 차지라니?"

하고 덩달아 웃었다.

"일본말로 붙여보시구려."

이번에는 누이가 웃는다.

"사시쓰카에[差支][40]란 말이지?"

"하하하……."

"허허허……."

어리둥절해서 자세히 물어보니까, 바깥에 온 손님이 김 의관의 '봉'인데, 처음에 찾아왔을 때에 방으로 들어오라니까 들어가도 관계없느냐는 말을 가장 일본말이나 할 줄 아는 듯이

"차지 없습니까?"

한 것을 큰집 형이 옆에서 듣고 앉았다가 나중에 김 의관더러 물어보니까, 그것이 일본말로 이러저러한 뜻이라고 설명을 하여준 것을 듣고, 안에 들어와서 흉을 보기 때문에 어느덧 '차지'라는 별명을 얻게 된 것이라 한다. 집안에서들은 코빼기도 못 보고 이름도 모르면서, '차지 차지' 하고 부르는 모양이다.

"미친놈이로군! 무얼 하는 놈인데 그래?"

40 '지장, 장애, 어려움'이라는 뜻의 일본어.

나는 다 듣고 나서 큰집 형더러 물어보았다.

"무얼 하긴 무얼 해, 김 의관한테 빨리러 다니는 놈이지. 그러나 한잔 먹지 않으려나?"

하며 큰집 형은 마루로 올라온다. 목이 촉촉해서 핑계핑계 먹자는 말이다.

"또 먹어요? 형님이나 자슈."

"언제 먹었나? 나는 한잔했지만."

나는 먹고도 싶지만 조선에 돌아오면 술이 금시로 느는 것이 걱정이었다. 조선 와서 보아야 술이나 먹고 흐지부지하는 것밖에는 할 일이라고는 없는 것 같기도 하지만, 생각하면 조선 사람이란 무엇에 써먹을 인종인지 모르겠다. 아침에도 한잔, 낮에도 한잔, 저녁에도 한잔, 있는 놈은 있어 한잔, 없는 놈은 없어 한잔이다. 그들이 찰나적 현실에서 벗어나는 것은 그들에게 무엇보다도 가치 있는 노력이요, 그리하자면 술잔 이외에 다른 방도와 수단이 없다. 그들은 사는 것이 아니라 산다는 사실에 질질 끌려가는 것이다. 무덤으로 끌려간다고나 할까? 그러나 공동묘지로는 끌리는 것이다. 'To live'가 아니라, 'To compel to live'이다. 능동이 아니라 피동이다. 그들에게 과거에 인생관이 없고 이상이 없었던 것과 같이 현재에도 또한 그러하다. 그들은 자기의 생명이 신의 무절제한 낭비라고 생각한다. 조선 사람에게서 술잔을 뺏는다면 아마 그것은 그들에게 자살의 길을 교사하는 것이다.

부어라! 마셔라! 그리고 잊어버려라—이것만이 그들의 인생관이다.

"그럼 한잔하십시다."

하며 나는 큰집 형을 안방으로 청하였다.

저녁상을 받고 앉으니까, 어머니께서 다가앉으시면서

"아까 김 의관의 친구가 천薦이라면서 용한 시골 의원이 있다고 해서 들어와 보았는데, 또 약을 갈아대면 어떻게 될는지?"

하며 못 미덥다는 듯이 나를 바라보셨다.

"김 의관의 친구가 누구예요?"

"차지 말일세."

잔이 나기를 기다리고 앉았던 큰집 형님이 대신 대답했다.

"그까짓 게 무얼 안다구?"

하며 내가 눈살을 찌푸리니까

"글쎄 말일세. 김 의관이나 차지가 댄 것이 된 게 있을 리가 있나?"

"어떻든 나는 모르니까 아버님께 잘 여쭈어보구 하십쇼그려."

"난 모른다면 누가 안단 말이냐? 아버지는 밤낮 저 모양으로 돌아다니시거나 술로 세월을 보내시고……."

어머니는 나는 모르겠다는 말이 매우 귀에 거슬리고 화증이 나시는 모양이다.

"글쎄 내야 무얼 알아야죠. 그래 지금 그 의원이란 자를 대접하는 것이에요?"

"아니란다네. 김 의관이 일전에 유치장에 들어갔었다 나왔지."

하며 큰집 형이 대답을 한다.

"글쎄 그랬다는군요."

"그런데 잡혀가던 날이 바로 차지가 한턱을 내던 날인데, 그러한 횡액을 당해서 미안하다고, 차지가 나오던 이튿날 또 한턱을 내었다나. 그래서 오늘은 김 의관이 베르고 베르다가 어디 가서 돈을 만들어 왔는지 일금 오 원을 내서 지금 한턱 쓰는 모양이라네. 그런데 의원인가 하는 자는 말하자면 곁두리지."

"차진가 무언가 하는 자는 무엇 하는 자길래, 두 번씩이나 턱을 내가며 그렇게 김 의관을 떠받친담?"

"그게 다 김 의관의 후림새지. 자세히는 몰라두 저희끼리 숙덕거리는 소리를 들으면 군수나 하나 얻어 하든지, 하다못해 능참봉 차함이라도 하나 하려구 연해 돈을 쓰며 따라다니나 보데…… 그런 놈이 내게두 하나 얻어걸렸으면 실컷 빨아먹구 훅 불어세겠구먼…… 하하하."

큰집 형은 이따위 소리를 하고 유쾌한 듯이 웃었다. 옆에 앉으셨던 어머님은

"그것두 재주가 있어야지. 아무나 되는 줄 아는군."

하며 웃으셨다.

"응! 그래서 일본말 하는 체를 하고 '차지 있습니까 없습니까' 하면서 다니는 게로군. 참 정말 차지 있는걸!"

나는 하도 어이가 없어서 이렇게 한마디 하고 또 한 잔을 기울인 뒤에

"그래 그 틈에 아버지께서두 끼셨나요?"

하며 물으니까

"아닐세, 천만에. 김 의관이 그런 것은 변변히 이야기나 한다던가."

하며 말을 막았다.

속이고 속고 빼앗기고 먹고 마시고 그리고 산다고 한다. 살면

무얼 하나? 죽지! ……그러나 죽어도 공동묘지에 들어갈까 봐서 안심을 하고 눈을 감지 못한다. 아…… 나는 또 한 잔 따라달라고 잔을 내밀었다.

술이 취하여 갈수록 독한 것이 비위에 당겨서, 어머니께서 그만 먹고 어서 밥을 뜨라시는 것을 들은 체 만 체 하고 어제 먹다가 둔 위스키를 가져오라고 해서 다시 시작을 하였다.

"얘는 병구완하러 오지 않구 술만 먹으러 왔나. 죽어가는 병인은 뻗어뜨려 놓고 안팎에서 술타령들만 하구…… 응!"
하며 어머니께서는 한숨을 쉬시고 밥상을 받으셨다. 생각하면 그도 그렇지만 하는 수 없는 일이다.

"참, 아까 병화 형한테 다녀왔지요."

나는 양주가 생겼으니 먹고 가라던 것을 생각하고 이런 말을 꺼냈다.

"응! 잘들 있던가? 그놈 주임 대우인지 뭔지 했다면서 돈 한 푼 써보란 말도 없구."

얼쩡해진 큰집 형은 또 아우의 시비를 꺼내려는 모양이기에 나는

"맡겼습디까. 주면 주나 보다 안 주면 안 주나 보다 할 뿐이지, 시비는 왜 하슈. 저도 살아가야지."
하며 말을 막 잘라버렸다.

"그래, 아우에게 얻어먹어야 하겠나, 삼촌이나 사촌에게 비럭질을 해야 하겠나?"

"……."

"계집은 둘씩이나 데리구, 그래 명색이 형이라면서 모른 체해

야 옳단 말이야?"
하며 소리를 빽빽 지른다.
"계집이 둘이라니요?"
"아, 그 을란가 하는 미친년의 학비를 대어주지 않나? 그저껜 가 잠깐 들렀더니 벌써 나와 있더군!"
"네? 와 있어요? 그럼 내게는 왜 그런 말이 없으셨노?"
나는 아까 병화 집 형수가 웃기만 하고 말을 시원히 안 하던 것을 생각하며 좀 책잡듯이 물었다.
"웬셈인지 자네더러는 말 말라데그려."
"응!"
하며 나는 웃었다. 분할 것도 없지만 숨길 것이야 뭐 있누, 하는 생각을 해보았다.
"그래 정말 학비를 대나요?"
"정말이지 거짓말일까. 아마 올 일 년 동안은 댔나 보데. 한 달에 삼십 원씩은 대나 보데."
하면서, 언젠지 찾아갔더니 편지를 보았다는 이야기까지 하여 들려주었다.
"그전부터 대주는 사람이 있는데 그건 또 웬일인구? 얌체 빠진 계집년이로군……."
하며 나는 속으로 웃었다.
그 이튿날 무슨 생각이 났던지 병화 집 형수가 을라를 데리고 왔다.
"어제 저기 오셨더라지요. 오늘 아침 차에 들어와서 동무 집에 짐을 두고 놀러 갔다가 끌려왔습니다."

하며 묻기도 전에 발뺌을 한다.

"그래, 병화 형님은 만나셨소?"

하며 을라는 말끝을 흐리고 고개를 숙여버렸다. 팔뚝에 감은 조그만 금시계를 보고 나는 무심코 눈을 찌푸렸다.

8

민주를 대면서도[41] 하루바삐 납시사고 축원을 하고 축원을 하면서도 민주를 대던 병인은 그예 숨이 넘어가고 말았다. 김 의관이나 차지가 댄 의원의 약이 맞지를 않아서 그랬던지 죽을 때가 된 뒤에 횡액에 걸려드느라고 그 의원이 불쑥 뛰어들었던지는 모르지만, 그 약을 쓴 지 이틀 만에 죽고 말았다. 누구보다도 어머니께서 인사정신 모르고 가엾어하시고 슬퍼하셨다. 사람의 정이란 서로 들면 저런 것인가? 생각해보았다. 어머니 말씀마따나 시집이라고 왔어야 나하고 살아본 동안이 날짜로 따져도 며칠이 못 될 것이다. 내가 열셋, 당자가 열다섯에 비둘기장 같은 신랑방을 꾸몄으니까 십 년 동안이나 시집살이를 한 셈이다. 그러나 내가 열다섯 살에 일본으로 도망하였으니까 실상은 부부라고 말뿐이다. 섣달 그믐날에 시집온 새색시가 정월 초하룻날에 앉아서 시집온 지 이태나 되었다는 셈밖에 안 된다.

"그러나 하는 수 없지 않아요. 그것도 제 팔자니까."

41 민주대다. 몹시 귀찮고 싫증 나게 하다.

어머니께서 불쌍하다고는 우시고 우시고 할 때마다, 나는 냉정히 이렇게 대답을 하였다. 그러나 나중에는

"그 망한 놈이 의원을 천거한달 때부터 실쭉하더라."

하시며 김 의관을 원망하셨다. 그러나 하는 수 없다. 사死라는 사실만이 엄연히 남았을 뿐이다.

죽던 날 밤중이었다. 사랑 건넌방에서 넙치가 되어서 한잠이 깊이 들어가는 판에

"여보게 여보게."

하며 깨우는 바람에 눈을 떠보니까, 큰집 형이 얼굴이 해쓱하고 두 눈이 똥그래져서 아무 말 못하고

"일어나게, 어서 일어나!"

하며 앞에 섰다. 나는

'벌써 그른 게로구나!'

하며 옷을 걸치고 따라나섰다. 저편 방에서 주무시던 아버님도 창황히 나오셨다. 안으로 들어가서 건넌방을 들여다보니까 집안 식구가 조그만 방에 그득히 들어섰다. 어머니는 염주를 돌려가며 무슨 소리인지 중얼중얼하시다가 자리를 비켜 앉으시며 병인의 얼굴 앞으로 가라고 손짓을 하셨다. 아무도 입을 벌리는 사람은 없이 무슨 장엄하거나 그렇지 않으면 이로부터 시작되려는 재미있는 일을 구경이나 하듯이 숨도 크게 쉬지 못하고 우중우중 늘어섰다. 나는 하라는 대로 병인 앞으로 가서 앉으면서 그저 숨을 쉬나? 하고 손을 코에다가 대어보니까, 따뜻한 김이 살짝 힘없이 끼쳤다.

"언제부터 그래?"

하며 물으시는 아버님의 거령거령한 소리가 뒤에서 들린다. 병인의 목은 점점 재어지게 발랑거린다. 감았던 눈을 실만큼 떠서 옆에 앉은 내게로 향하더니, 별안간 반짝 뜨며 한참 노려보다가 다시 감았다. 나는 머리끝이 쭈뼛하고 가슴이 선뜩하였다. 나를 원망하는 것이나 아닌가 하며 정이 떨어졌다. 숨이 콱 막히는 것 같았으나 방긋이 벌린 입가에 이번에는 생긋하는 낯빛이 보이는 것을 보고 나는 마음을 놓았다.

나는 어머님이 이르시는 대로, 지금 데워서 들여온 숭늉 같은 미음을 한 술 떠서 열린 둥 만 둥 한 입술에 흘려 넣었다. 병인은 또 한 번 눈을 힘없이 뜨더니 곧 다시 감았다. 또 한 술 떠서 넣었다. 병인은 한 숟가락 반의 미음이 흘러 들어가던 입을 반쯤이나 벌리더니, 가죽만 남은 턱을 쳐들면서 입에 문 것을 삼키려는 듯이 고개를 뒤로 젖히고 두어 번이나 연거푸 안간힘을 썼다. 목에서는 담이나 걸린 듯이 가랑가랑하는 소리가 모기 소리만큼 났다.

여러 사람들은 눈을 한층 더 크게 뜨며 고개를 앞으로 내미는 듯하고 들여다보았다. 어머님은 여전히 염불을 부르시면서 베개 위로 넘어가려는 머리를 쳐들어 놓으셨다. 베개를 만지시던 어머님의 손이 떨어지자 깔딱하는 소리가 겨우 들릴 만치 숨소리도 없는 환한 방에 구석구석이 잔잔하게 파동을 치며 문틈으로 흘러 나갔다. 이것이 모든 것이었다. 이 이상 아무것도 없었다. 다만 나는 이상할 뿐이었다. 대관절 이것이 죽음이라는 것인가 하며 눈을 꼭 감은 하얀 얼굴을 물끄러미 들여다보고 앉았다. 가엾은지 슬픈지 아무 생각도 머리에 떠오르지는 않았으나, 나를 쳐다보던 그 눈! 방긋한 화평스러운 입이 머릿속에서 오락가락하는 일편에, 내 손으로 미음을 떠 넣어준 것만이 무슨 큰일이나 한 것같이 유쾌했다. 어머님은 윗입술을 쓰다듬어서 입을 닫게 하여 주시고 가만히 들여다보시더니, 염주를 놓고 눈물을 뚝뚝 흘리셨다.

나는 벌떡 일어나 나왔다. 사랑에 나와서 책상머리에 기대어 궐련을 한 개 피워 물고 앉았으려니까 큰집 형님이 데리고 온 양의가 허둥지둥 들어왔다. 마침 내 아는 의사이기에 들어와서 녹여 가라고 하였더니, 죽었다는 말을 듣고 똥줄이 빠져서 나가버렸다. 못난 자제라고 나는 속으로 코웃음을 쳤다.

이튿날 어둔 뒤에 김천 형님 내외가 딸까지 데리고 올라온 뒤에는 두서가 잡히고, 나도 모든 것을 휩쓸어 맡기고 사랑에 나와서 담배만 피우며 가만히 누웠었다. 그러나 시체를 청주까지 끌고 내려간다는 데에는 절대로 반대를 했다. 오일장이니 어쩌니 떠벌리는 것도 극력 반대를 하여 삼 일 만에 공동묘지에 파묻게 하였다. 처가 편에서 온 사람들은 실쭉해하기도 하고 내가 죽은 것을 시원히나 아는 줄 알고 야속해하는 눈치였으나, 나는 내 고집대로 했다.

그러나 초상 중에 또 한 가지 나의 고통은 눈물 안 나오는 울음을 울라는 것이었다. 이것도 자기네끼리라든지 집안 식구들까지 뒷공론을 하는 모양이나, 파묻고 들어올 때까지 나는 눈물 한 방울을 흘릴 수가 없었다.

"팔자가 사납거든 계집으로 태어날 거야. 어쩌면 눈물 한 방울 안 흘리누?"

하며 과부댁 누이가 마루에서 나더러 들으라는 듯이 한마디 하

니까, 김천 형수가

"남편네란 다 그렇지. 두고 보시구려. 달이 가시기도 전에 여학생을 끌어들이실 테니."

하며 소곤거리는 것을 나는 안방에서 혼자 술을 먹다가 들었다. 나는 속으로 웃었다.

"너도 내년 봄이면 졸업이지? 인젠 어떻게 할 셈이냐? 곧 나와서 무어라두 붙들 모양이냐? 더 연구를 하련?"

장사 지낸 지 이틀 만에 사랑에서 아침을 같이 먹다가, 조용한 틈을 타서 형님은 불쑥 이런 소리를 꺼냈다.

"글쎄, 되어가는 대로 하죠. 하지만 무어든지 내 일은 내게 맡겨두시는 게 좋겠죠."

나는 이렇게 우선 한마디 해놓고 나의 계획을 대강 말했다. 그리하여 자식은 요행히 잘 자라면 김천 형님이 데려가거나, 만일 김천 형님이 아들을 낳게 되면 큰집 형님이 데려가는 대신에, 내 앞으로 오는 것이 다소간 있으면 그 반분은 양육비와 교육비로 제공하되, 장성할 때까지 김천 형님이 보관하기로 김천 형님과만 내약을 해두었다. 간단한 일이지만 이렇게 온순하게 끝이 나니까, 한시름 잊은 것 같고 새삼스럽게 자유로운 천지에 뛰어나온 것 같았다.

일주일 동안이나 청명한 겨울날이 계속하더니 오늘은 또 무에 좀 오려는지, 암상스러운 계집이 눈살을 잔뜩 찌푸린 것처럼 잿빛 구름이 축 처지고, 하얗게 얼어붙은 땅이 오후가 되어도 대그락거렸다. 사랑은 무거운 침묵과 깊은 잠에 잠긴 것같이 무서운 증이 날 만치 잠잠하다. 김 의관은 자기가 칭원稱寃이나 들을까 보아서 제풀에 미안하여 그러는지, 장사를 지내던 날부터 눈에 띄지 않았다.

우중충한 사랑방에 온종일 혼자 가만히 드러누웠으려니까 무슨 무거운 돌멩이나 납덩어리로 가슴을 내리누르는 것 같았다. 안에서는 집을 가신다고 무당이 이상한 조자調子로 고리짝을 득득 긁는 소리도 나고 가끔가끔 여편네들이 흑흑 느끼는 소리도 섞여 들린다. 그러다가는 또 무어라고 중얼중얼하는 소리가 한참 계속한 뒤에 "옳소이다" 하는 나직한 소리도 들린다.

'무에 옳단 말인구?'

나는 이런 생각을 하고 가만히 누워서 여전히 귀를 기울여보았다. 조금 있다가 누가 안으로 난 사랑문을 후닥뚝닥 열어 젖뜨리고 우중충충 나오는 발자취가 나더니 무엇인지 사랑 마루에다가 대고 쫙쫙 뿌리는 소리가 들린다. 나는 깜짝 놀라서 일어나 앉으며 미닫이를 화닥닥 열어 젖뜨리고 내다보니까 나이 사십 남짓한 우둥퉁한 계집이 빨건 눈을 세로 뜨고 하얀 소금을 담은 다라이를 들고 축대 밑에 다가서서 흰 가루를 한 줌씩 쥐어가지고 마루에 끼얹다가, 내가 앉아 있는 것이 눈이 보이지 않던지 건넌방으로 향하고 또 끼얹는다.

'내가 죽었단 말인가, 죽으라는 예방이란 말인가?'

나는 슬며시 화가 불끈 났으나 다시 창문을 닫고 그대로 쓰러졌다. 기분은 점점 더 까부라져 들어가는 것 같은데 가슴속만은 지향을 할 수 없이 용솟음을 하며 끓는 것 같다.

'대관절 내가 무얼 하려구 나왔더람?'

이렇게 생각을 해보니까 나올 때는 도리어 잘되었다고 뛰어나왔지만, 암만해도 주책없는 짓을 했다는 후회가 안 날 수 없었다.

'에잇, 가버린다. 역시 혼자 가서 가만히 누워 있는 게 얼마나 편할지 모른다!'

나는 이렇게 속으로 작정을 하고 벌떡 일어나서 가방 속을 정리를 하며 가지고 갈 의복을 개어놓고 앉았으려니까, 안에 있던 병화 집 형수가 을라를 데리고 쏙 나오더니, 마루 끝에 와서

"계십니까?"

하며 우둑우둑 섰다. 나는 짐 꾸리는 것을 보이기가 싫어서 가방을 구석으로 치우며 미닫이를 가로막아 서며 내다보았다.

"얼마나 언짢으십니까?"

하며 상처 후에 처음 만나는 을라가 인사를 한다.

"나면 죽는 것은 인생의 당연한 도정이라고만 생각하면 고만이지요."

나는 한참 을라의 얼굴을 바라보다가 이렇게 대답을 하였다.

"그래두 섭섭하시겠지요."

하며 나의 얼굴을 살피듯이 쳐다보는 을라의 얼굴에는 떠오르는 미소를 감추려는 듯한 빛이 역력히 보였다.

'그래두 섭섭해?'

나는 속으로 이렇게 뇌면서, 사람이 죽은 데에 보통 하는 인사는 아니라고 생각하였다.

"암만해두 죽었다구 생각할 수는 없는 것 같아요. 그러면 살았느냐 하면 물론 산 것도 아니지만."

나는 자기의 생각을 다시 한 번 관조하여 볼 새도 없이 이러한 어림뻥뻥한 소리를 불쑥 하였다.

두 사람이 도로 안으로 들어간 뒤에, 나는 짐을 멀쩡히 꾸려놓고, 가방 속에서 나온 정자의 편지를 다시 한 번 펴보고 쪽 찢어서 아궁이에 내다 버렸다. 초상 중에 온 것을 잠깐 보고 넣어두었던 것이지만, 다시 자세히 보니까 암만해도 학비를 대달라거나 어떻게 같이 살아보았으면 하는 의사를 은근히 비쳤다. 어떻든 경도의 고모 집으로 온 것은 카페에 있는 것보다 훨씬 낫다고 생각해보았다.

'돈 백이고 일시에 변통해 달라면 그건 될지도 모르지만…….'

나는 이런 생각을 하고 김천 형님이 돌아오기만 기다리면서, 정자에게 대한 태도를 어떻게 정할까 하는 생각을 하고 앉아 있었다.

'아무래도 데리고 살 수는 없어!'

속으로 이렇게 결심을 하고 책상을 끌어 잡아당겨 놓고 뭐라고 편지 사연을 만들어야 지금의 나의 심리를 오해하지 않도록 표시할 수 있을까 하고, 머뭇거리며 앉았으려니까, 사랑문이 삐걱하는 소리가 났다. 깜짝 놀라서 유리창 구멍으로 내다보니까 형님이다. 뒤미처 병화도 따라 들어왔다. 나는 마루로 나가서 병화에게 인사를 한 뒤에

"형님, 잠깐 이리……."

하고 김천 형님을 큰방으로 끌고 들어갔다. 병화는 안으로 들어갔다.

"형님! 난 오늘 떠나겠습니다."

나는 다짜고짜 이렇게 말을 붙였다. 형님은 좀 놀란 모양이다.

"왜 그렇게 급히?"

"역시 조용하게 가서 있어야 무슨 생각두 하겠구, 게다가 미리 가야 추후 시험 준비를 하지요."

나는 귀국할 때에 H 교수더러 어머님 병환을 팔고 어물어물하던 것을 생각하며 형님을 쳐다보았다.

"그리구서니 하루 이틀 더 묵지 못할 거야 무에 있니? ……그리고 어머니께서두 섭섭해하실 텐데."

형님 말은 옳은 줄 알면서도, 집안에서 섭섭해하고 아니하고를 돌볼 여유가 없었다.

"어떻든 삼백 원만 주슈. 어디를 잠깐 갔다가 또 오는 한이 있더라도……."

"어딜 갈 텐데 삼백 원 템이?"

다른 때 같으면 깜짝 놀라며 잔소리를 늘어놓을 테지만, 초상을 치른 끝이라 아무쪼록 나의 비위를 거스르지 않으려고 하는 터요, 또 처음 예산보다는 장비가 거의 반이나 절약이 되었기 때문에 남은 돈도 있어서, 어떻든 승낙을 받았다.

형님이 안으로 들어간 뒤에 내 방으로 건너와서, 다시 정자에게 편지를 쓰려고 붓대를 드니까, 병화가 또 나왔다.

"자네 오늘 떠난다지?

병화는 들어와 앉으며, 놀란 듯이 묻는다.

"글쎄 그럴까 하는데요."

나는 좀 머릿살이 아프나, 붓대를 놓으며 온화한 낯빛으로 쳐다보았다.

"아직 개학은 멀었겠지?"

"개학이야, 아직 반달이나 남았지만, 시험두 보다가 두고 나왔구, 졸업이 불원하니까 하루바삐 가보아야지요."

"그두 그렇군!

하며 병화는 한참 덤덤히 앉았더니

"자네, 지금 틈 있나?"

하고 고개를 쳐들었다.

"왜요?"

"아, 글쎄 이번에 나왔다가 조용히 이야기할 새도 없었구 하기에……."

"좀 바쁜데요. 두서너 달 있으면 어떻든 또 나올 테니까……."

나는 벌써 알아차리고 거절하듯이 이렇게 대답하였다.

"아, 그래두 한잔 나가서 먹세그려. 잠깐만이라도 좋으니……."

"먹으려면 예서 먹지요. 이 편지 써놓을 동안만 잠깐 안에 들어가서 기다리시구려."

하며 나는 붓대를 만적만적하였다. 병화는

"글쎄……."

하며 또 잠자코 앉아서 나의 기색을 한참 노려보다가

"그런데, 그것두 그렇지만 오늘 마침 자네두 간다구, 안에 을라두 와서 있는데, 기회가 좋으니 우리끼리 한번 만나잔 말이야. 일전부터 을라두 우리끼리 한번 만나서 해혹두 할 겸 하루저녁 이야기를 하자구 하기에 말야."

"해혹은 무슨 해혹이에요. 나는 별로 오해한 것도 없는 줄 아는데……."

하며 나는 시치미를 떼었다.

"아, 글쎄 말야. 아무 까닭두 없이 작년 이래로 피차에 설면설면해진 것은 그 중간에 무슨 오해나 없지 않은가 해서 말야."

하고, 내가 무슨 말을 하려는 것을 막으며

"또 이번에 그런 일이 있어서 자네두 상심이 될 거니 위로 삼아 조용히 만나자는 말인가 보데."

병화 생각에는 내가 아무 눈치도 모르고 있는 줄 아는지 말씨가 좀 이상하였다.

"아무 까닭이 있는지 없는지는 나는 모르겠소마는, 어떻든 내게는 아무 오해가 없으니까 그런 이야기를 을라에게도 전해주시는 게 좋겠지요…… 그리고, 내가 상심을 하든 말든 을라가 특별히 위로니 무어니 하는 것은 우스운 소리겠지요."

"……."

"아무튼지 형님 말씀도 감사하지만 을라에게두 감사하다구 말해주시구려."

"암만해두 자네에겐 무슨 오해가 있는 모양이야? 언제든지 모든 것을 자네 일류의 신경과민적 해석을 지나치게 하기 때문에 병통이야……."

병화의 말이 나의 귀에는 좀 수상쩍게 들렸다. 을라와 병화와의 관계를 내가 너무 의심을 한다는 말 같게도 들리지만, 어떻든 병화가 을라를 연모하였고, 을라도 나중에는 어떻게 되었든지 병화의 심중을 알아주고 어떠한 정도까지 마음을 허락한 것은 분명하다. 그러기에 지금도 학비를 주고받는 것이다. 그뿐 아니라 을라는 현재도 쌍수집병雙手執餠[42]의 태도다. 그러면서도 또다시 나에게 아무쪼록 가까이하고 싶어서 애를 쓰며 병화까지를 이용하려는 것은 괘씸도 하거니와, 얌체 빠지게 그런 소리를 하고 돌아다니는 병화의 얼굴이 다시 쳐다보이지 않을 수 없었다. 나는 잠자코 붓대를 들었다.

"자네는 무슨 생각을 가지고 그러는지 모르네마는, 아무튼지 을라는 자네를 평생의 좋은 친구로 생각하고 자네를 매우 동정하는 모양일세……."

이런 말도 제정신을 가지고 하는 소리인지 까닭을 알 수가 없었다. 나는 들었던 붓대를 탁 놓고 병화를 똑바로 쳐다보며

"형님! 그건 무슨 소리요?"

하고 될 수 있는 대로 목소리를 가다듬어서

"……지금 새삼스럽게 형님이, 을라하고 나를 어떻게 하려는 것은 물론 아니겠지요?"

"……."

"……지금 와서 내게 떼어 맡기려는 것은 아니겠지요?"

나는 일부러 이런 소리를 한마디 하고 병화의 숙이고 앉았는 얼굴을 들여다보았다.

"그게 무슨 소린가. 새삼스럽게구 아니구 간에 어떻게 하긴 무얼 한단 말인가. 다만 자네에게 깊은 동정이 있단 말이지. ……그리고 자네는 늘 오해를 하나 보데마는, 나는 다만……."

"글쎄 그런 이야기는 그만두세요. ……하지만 대관절 나는 남의 동정을 받고 싶어 하는 사람도 아니요 남에게 동정할 줄도 모르는 사람이니까, 그쯤만 알아두시구려. 더구나 을라가 동정이니

42 양손에 떡을 쥐었다는 뜻으로, 가지기도 어렵고 버리기도 어려운 경우를 이르는 말.

무어니…… 이렇게 말하면 너무 심한 말이지만 어줍잖은 말이지요. ……동정이란 것은 그 사람의 '아我'라는 것을 무시하고 빼앗는 것인 줄이나 알고 그런 소리를 하나요? 동정이란 말은 그렇게 뉘게나 함부로 할 말이 아닙니다."

나는 어쩐지 신경이 흥분해서 나중에는 여지없이 쏘았다.

"그렇게 말할 게 아닐세. 내 말이 잘못되었는지는 모르지만, 그건 자네의 편견일세."

병화는 의외에 공박을 만나서 방패막이를 할 길이 없는 모양이다.

"글쎄, 내가 너무 지나치게 말을 했는지도 모르겠소마는, 이제는 피차에 냉정히 생각을 해가지고 제각기 제 분수대로 제 길을 걸어나가야 할 때가 되었겠지요. 남에게 동정을 하고 어쩌고 하기 전에 우선 마음을 가라앉혀가지고 내성內省을 할 때가 돌아와야 하겠지요. 을라나 형님이나 내나 우리는 원심적 생활을 해왔다고 하겠으니까 인제는 구심적 생활을 시작하여야 하겠지요. 어떻든 무엇보다도 냉정하고 심각하게 생각을 해서 내적 생활의 방향 전환에 노력하는 것이 자기 생활을 스스로 지도하는 데에 제일 착수점이겠지요……."

병화는 한 십 분 동안이나 무료한 듯이 앉았다가

"아무튼지 내가 말을 잘못하였는지는 모르나 하여간 오해는 말게."

하며 일어나 나갔다.

나는 유쾌한 듯이 혼자 웃고 붓대를 들었다.

경도에서 주신 글월은 반갑습니다. 나는 당신을 생각할 때마다 M헌의 하룻밤…… 동경역의 밤을 생각해보고는 혼자 기뻐합니다. 그러나 나의 주위는 그러한 기쁨을 마음껏 맛보도록 나를 편하고 자유롭게 내버려두지는 않습니다. 다른 것은 그만두더라도 나의 주위는 마치 공동묘지 같습니다. 생활력을 잃은 백의의 민民—망량魍魎 같은 생명들이 준동하는 이 무덤 가운데에 들어앉은 지금의 나로서 어찌 '꽃의 서울'을 꿈꿀 수가 있겠습니까? 눈에 띄는 것, 귀에 들리는 것이 하나나 나의 마음을 보드랍게 어루만져 주고 기분을 유쾌하게 돋우어 주는 것은 없습니다. 이러다가는 이 약한 나에게 찾아올 것은 아마 질식밖에 없겠지요. 그러나, 그것은 방순한 장미 꽃송이에 파묻혀서 강렬한 향기에 취하는 벌레의 질식이 아니라 대기와 절연한 무덤 속에서 구더기가 화석化石하는 것과 같은 질식이겠지요.

정자 양!

그러나 나는 스스로를 구하지 않으면 안 될 책임이 있는 것을 깨달았습니다. 스스로의 길을 찾아내고 개척하여 나가지 않으면 안 될, 자기 자신에게 스스로 부과한 의무가 있는 것을 깨달았습니다. 나의 처는 기어코 모진 목숨을 끊었습니다. 그러나 그는 결코 죽었다고는 생각할 수 없습니다. 왜 그러냐 하면 그 남편 되는 나에게, '너 스스로를 구하여라! 너의 길을 스스로 개척하라!'는 귀엽고 중한 교훈을 주고 가기 때문이올시다. 과연 그렇습니다. 그는 나에게, 그의 일생 중에 제일 유정하여야 할 터이면서도 제일 무정하게 굴던 나에게 이러한 교훈을 남겨주고 이 세상을 떠났습니다. 그것을 생각하면 그는 결코 죽었다고는 생각할 수 없습니다. 그의 육체는 흙에 개가하였으나, 그리함으로 말미암아 정신으로는 나에게 영원히 거듭 시집왔다고 하겠지요. 그뿐 아니라, 그는 나의 단 하나의 씨[種子]를 남겨주고 갔습니다. 유일이 아니라 단일이외다. 나는 그 씨를 북돋아서 남보다 낫게 기를 의무와 책임을 느낍니다. 물론 나는 장래에 나에게 분배가 돌아오리라고 예상하는 재산의 반분을 제공하는 조건으로 우리 종가에 양자로 주기를 자청하였지만, 그것은 형식과 물질이 문제요 근본적 내면과 소질에 있어서는, 그의 행복에 대한 전 책임을 질 의무가 의연히 나에게 있다고 나는 굳세게 명심합니다.

정자 양!

아까도 내가 왜 귀국을 하였던가 하는 생각을 해보고 자기의 어리석은 것을 스스로 비웃어보았습니다. 그리하여 오늘 밤으로라도 곧 떠나려고 결심까지 한 터이외다. 그러나 이러한 모든 생각을 해보면 여기에 온 것이 결코 무의미하였다고는 생각할 수 없습니다. 사실 이번에 와서 처를 잃고 갑니다. 그러나, 나는 잃고 가는 것이 아니라 얻고 간다고 생각 않을 수 없습니다. 어떻든 우리는 우리의 길을 찾아서 나가십시다. 사死라는 것이 멸망을 의미하든 영생을 의미하든 어떠한 지수를 가리키든 그것은 우리로서 조금도 간섭할 권리가 없겠지요. 우리는 다만 호흡을 하고 의식이 남아 있다는 명료하고 엄숙한 사실을 대할 때에 현실을 정확히 통찰하여 스스로의 길을 힘 있게 밟고 굳세게 살아나가야 할 자각만을 스스로 자기에게 강요함을 깨달아야 할 것이외다.

정자 양!

이제 구주의 천지는 그 참혹하던 도륙도 종언을 고하고 휴전

조약이 완전히 성립되지 않았습니까? 구주의 천지, 비단 구주 천지뿐이리요, 전 세계에는 신생의 서광이 가득하여졌습니다. 만일 전체의 알파와 오메가가 개체에 할 수 있으면 신생이라는 광영스러운 사실은 개인에게서 출발하여 개인에 종결하는 것이 아니겠습니까. 그러면 우리는 무엇보다도 새로운 생명이 약동하는 환희를 얻을 때까지 우리의 생활을 광명과 정도로 인도하십시다. 당신은 실연의 독배에 청춘의 모든 자랑과 모든 빛과 모든 힘을 무참하게도 빼앗겼다고 우시지 않았습니까. 그러나 오는 세계에는 그러한 한숨을 용납할 여지가 없겠지요…… 가슴을 훨씬 펴고 모든 생의 힘을 듬뿍이 받으소서.

정자 양!

이번에 동경 가는 길에 다녀가라고 하셨지요? 그러나 노하시지 마십시오. 가고 싶은 마음이야 참 정말 간절하지 않을 수 없습니다. 그러나 주위의 사정이 허락지를 않습니다. 실로 바쁩니다. 아시다시피 시험을 중도에 던지고 나왔고 게다가 졸업 논문이 그대로 있습니다. 용서해주시겠지요?

그러나 사랑이란 것은 간섭이나 소유에 있는 것이 아닌 것을 당신은 아시겠지요. 피차의 생활을 간섭하고 그 내부에 들어가서 밀접한 관계를 맺는 것이 사랑의 극치가 아닌 것은 더 말할 것 없습니다. 또한 사랑의 대상자를 전연히 소유하지 않으면 만족할 수 없다는 것도 사랑의 절정은 못 되는 것이외다. 비록 절정이라 할지라도 사랑의 이상은 아니외다. 나는 늘 주장하는 것이지만, 그 사람의 행복을 진순한 마음으로 기축祈祝하는 것만이 진정한 사랑이외다. 이 세상에는 나를 사랑해주는 사람이 있거니, 또 내가 사랑하는 사람이 있거니 하는 생각만 가져도 얼마나 행복스럽고 사는 것 같습니까. 과연 그러한 것만이 순결무구한 신에 가까운 사랑이외다.

너무 장황하오나 용서하고 보아주시옵소서. 나머지는 일후에 만나뵐 날까지 싸서 두옵니다. 내내 만안萬安하심 비옵니다.

보내옵는 것은 변변치 않으나마 학비의 일부에 충용充用하실까 함이오니 허물 마시고 받으시옵소서.

이인화 배

서촌 정자 양

나는 편지를 써가지고 시계를 꺼내본 뒤에 형님에게 받은 삼백 원이 든 지갑을 넣고 우편국으로 총총히 달아났다.

×××

정거장에는 김천 형님, 큰집 형님, 병화 내외, 을라 등 다섯 사람이 나왔다. 을라는 물론 입도 벌리지 않고 우두커니 섰고, 병화 내외도 플랫폼의 보꾹에 매달린 시계만 쳐다보며 선하품을 하고 섰었다. 그러나 병화의 얼굴에는 그렇게 보아서 그런지 안심했다는 듯한 화평한 기색이 도는 것 같았다.

차가 떠나려 할 때 큰집 형님은 승강대에 선 나에게로 가까이 다가서며

"내년 봄에 나오면 어떻게 다시 성례를 해야 하지 않니? 네겐 무슨 심산이 있니?"

하며 난데없는 소리를 하기에

"겨우 무덤 속에서 빠져나가는데요? 따뜻한 봄이나 만나서 별장이나 하나 장만하고 거드럭거릴 때가 되거든요……!"

하며 나는 웃어버렸다.

—《만세전》, 고려공사, 1924.

표본실의 청개구리

1

무거운 기분의 침체와 한없이 늘어진 생의 권태는 나가지 않는 나의 발길을 남포까지 끌어왔다.

귀성한 후, 칠팔 개 삭간朔間의 불규칙한 생활은 나의 전신을 해면같이 짓두들겨 놓았을 뿐 아니라 나의 혼백까지 잠식하였다. 나의 몸을 어디를 두드리든지 알코올과 니코틴의 독취를 내뿜지 않는 곳이 없을 만큼 피로하였다. 더구나 육칠월 성하盛夏를 지내고 겹옷 입을 때가 되어서는 절기가 급변하여 갈수록 몸을 추스르기가 겨워서 동리 산보에도 식은땀을 줄줄 흘리고 친구와 이야기를 하려면 두세 마디째부터는 목침을 찾았다.

그러면서도 무섭게 앙분昻奮한 신경만은 잠자리에서도 눈을 뜨고 있었다. 두 홰, 세 홰 울 때까지 엎치락뒤치락하다가 동이 번히 트는 것을 보고 겨우 눈을 붙이는 것이 일 주간이나 넘은 뒤에는 불을 끄고 드러눕지를 못하였다.

그중에도 나의 머리에 교착膠着하여 불을 끄고 누웠을 때나 조용히 앉았을 때마다 가혹히 나의 신경을 엄습하여 오는 것은 해부된 개구리가 사지에 핀을 박고 칠성판 위에 자빠진 형상이다.

내가 중학교 2년 시대에 박물실험실에서 수염 텁석부리 선생이 청개구리를 해부하여가지고 더운 김이 모락모락 나는 오장을 차례차례로 끌어내서 자는 아기 누이듯이 주정병酒精甁에 채운 후에 대발견이나 한 듯이 옹위擁圍하고 서서 있는 생도들을 둘러다보며

"자 여러분, 이래도 아직 살아 있는 것을 보시오."

하고 뾰족한 바늘 끝으로 여기저기를 꾹꾹 찌르는 대로 오장을 빼앗긴 개구리는 진저리를 치며 사지에 못 박힌 채 발딱발딱 고민하는 모양이었다.

팔 년이나 된 그 인상이 요사이 새삼스럽게 생각이 나서 아무리 잊어버리려고 애를 써도 아니 되었다. 새파란 메스, 닭의 똥만 한 오물오물하는 심장과 폐, 바늘 끝, 조고만 전율…… 차례차례로 생각날 때마다 머리끝이 쭈뼛쭈뼛하고 전신에 냉수를 끼얹지는 것 같았다. 남향 한 유리창 밑에서 번쩍 쳐드는 메스의 강렬한 반사광이 안공眼孔을 찌르는 것 같아 컴컴한 방 속에 드러누웠어도 꼭 감은 눈썹 밑이 부시었다. 그러나 그럴 때마다 머리맡에 놓인 책상 서랍 속에 넣어둔 면도칼이 조심이 되어서 못 견디었다.

내가 남포南浦에 가던 전야前夜에는 그 증이 더욱 심하였다. —

칸 반통밖에 아니 되는 방에 높이 매달은 전등불이 부시어서 꺼버리면 또다시 환영에 괴롭지나 않을까 하는 염려가 없지 않았으나 심사가 나서 웃통을 벗은 채로 벌떡 일어나서 스위치를 비틀고 누웠다. 그러나 쨍하는 소리가 문틈으로 스러져 나가자 또 머리를 엄습하여 오는 것은 수염 텁석부리의 메스, 서랍 속의 면도다. 메스—면도, 면도—메스…… 잊으려면 잊으려 할수록 끈적끈적하게도 떨어지지 않고 어느 때까지 꼬리를 물고 머릿속에서 돌아다니었다. 금시로 손이 서랍으로 갈 듯 갈 듯 하여 참을 수가 없었다. 괴이한 마력은 억제하려면 할수록 점점 더하여 왔다. 스르르 서랍이 열리는 소리가 나서 소스라쳐 눈을 뜨면 덧문 안 닫은 창이 부옇게 보일 뿐이요 방 속은 여전히 암흑에 침적沈寂하였다. 비상한 공포가 전신에 압도하여 손끝 하나 까딱거릴 수 없으면서도 이상한 매력과 유혹은 절정에 달하였다.

"내가 미쳤나? ……아니— 미치려는 징조인가."

혼자 머릿속에 부르짖었다.

나는 잠에 취한 놈 모양으로 이불을 와락 차 던지고 일어나서 서랍에 손을 대었다. 그러나 '그래도 손을 대었다가……' 하는 생각이 전뢰電雷와 같이 머리에 번쩍할 제, 깊은 꿈에서 깨인 것같이 정신이 반짝 나서 전등을 켜려다가 성냥 통을 더듬어 찾았다. —한 개비를 드윽 켜 들고 창틀 위에 얹어둔 양초를 집어 내려서 붙여놓은 후 서랍을 열었다. 쓰다가 몇 달 동안이나 굴려둔 원고, 편지, 약갑 들이 휴지통같이 우글우글한 속을 부스럭부스럭하다가 미끈하고 잡히는 자루에 집어넣은 면도를 외면을 하고 꺼내서 창밖으로 뜰에 내던졌다. 그러나 역시 잠은 못 들었다. 맥이 확 풀리고 이마에는 식은땀이 삐져나왔다. 시체 같은 몸을 고민 뒤의 병인처럼, 사지를 축 늘어뜨려 놓고 가만히 누워 생각하였다.

'여하간 이 방을 면하여야 하겠다.'

지긋지긋한 듯이 방 안을 휘익 돌아다보았다. 어디든지 여행을 하려는 생각은 벌써 수삭數朔 전부터의 계획이었지만 여름에 한번 놀아본, 신흥사에도 간다는 말뿐이요 이때껏 실현은 못 되었다.

'어디든지 가야 하겠다. 세계의 끝까지. 무한에, 영원히, 발끝 자라는 데까지…… 무인도— 시베리아의 황량한 벌판! 몸에서 기름이 부지직 부지직 타는 남양南洋! ……아—아.'

나는 그림엽서에서 본 울울한 삼림, 야자수 밑에 앉은 나체의 만인蠻人을 생각하고 통쾌한 듯이 어깨를 으쓱하였다. 단 일 분의 정차도 아니하고 땀을 뻘뻘 흘리며 힘 있는 군센 숨을 헐떡헐떡 쉬는 풀 스피드의 기차로 영원히 달리고 싶다. —이것이 나의 무엇보다도 갈구하는 바이었다. ……만일 타면, 현기眩氣가 나리라는 염려만 없었으면 비행기! 비행기! 하며, 혼자 좋아하였을지도 몰랐다.

2

내 수삭간數朔間이나 집을 못 떠나고 들어앉아 있는 것은 금전의 구애가 제일 원인이었지마는 사실 대문 밖에 나서려도 좀처럼 하여서는 쉽지 않았다.

그 익일, H가 와서 오늘은 꼭 떠날 터이니 동행을 하자고 평양 방문을 권할 때에는 지긋지긋한 경성의 잡답雜沓[1]을 등지고 다른 기분을 얻으려는 욕구와 장단을 불구하고 하여간 기차를 타게 된 호기심에 끌리어서

"응, 가지 가지."

하며 덮어놓고 동의는 하였으나 인제 정말 떠날 때가 되어서는 떠나고 싶은지 그만두어야 좋을지 자기의 심중을 몰라서 어떻게 된 세음細音 모르고 H에게 끌려 남대문역까지 하여간 나왔다. 열차는 아직 도착하지 않았으나 승객은 입장하는 중이었다. 나도 급히 표를 사가지고 재촉하는 H를 따라섰다. 시간이라는 세력이 호불호好不好 긍부긍肯不肯을 불문하고 모든 것을 불가항력하에서 독단하여 끌고 가게 된 것을 나는 오히려 다행히 알고 되어가는 대로라고 생각하며 하나씩 풀려나가는 행렬 뒤에 섰었다. 그러나 검역증명서가 없다고 개찰구에서 H와 힐난詰難이 되는 것을 보고 나는 열차에서 벗어나서 또다시 아니 가겠다고 하였다.

심사가 난 H는 마음대로 하라고 뿌리치며 혼자 출장주사실로 향하다가 돌쳐와서 같이 끌고 들어갔다.

히스테리컬한 간호부가 주사침을 들고 덤벼들 제, 나는 반쯤 걷어 올렸던 셔츠를 내리우며 돌아서서 마주 섰다. 간호부의 핀잔과 H의 재촉에 마지못하여 눈을 딱 감고 한 대 맞은 후 황황히 플랫폼으로 들어가서 차에 올랐다. 차에 올라앉아서도 공연히 후회를 하고 앉았었으나 강렬한 위스키의 힘과 격심한 전신의 동

1 사람이 많이 몰려 북적북적하고 복잡함 또는 그런 상태.

요 반발, 굉굉한 알향軋響,[2] 암흑을 돌파하는 속력, 주사 맞은 어깨의 침통沈痛…… 모든 관능을 일시에 용약踊躍케 하는 자극의 와중에서 모든 것을 잊고 새벽에는 쿨쿨 자리만치 마음이 가라앉았다. 덕택으로 오늘 밤에는 메스도 번쩍거리지 않고 면도도 뛰어나오지 않았다.

동이 틀락 말락 하여서 우리들은 평양역에 내렸다. 남포행은 아직 이삼십 분이나 있는 고로 우리들은 세면소에서 세수를 하고 대합실로 나왔다. 나는 부석부석한 붉은 눈을 내리깔고 소파 끝에 앉았다가 벌떡 일어나며

"난, 예서 좀 돌아다닐 테니……."

내던지듯이 한마디를 불쑥 하고 H를 마주 쳐다보다가

"혼자 가서, C 군 만나보고 오늘이라도 같이 이리 나오면 만나보고, 그렇지 않으면 혼자 돌아다니다가 밤차로 갈 테야."

하며 H의 대답도 듣지 않고 돌아서 나왔다.

"응? 뭐야? 그 왜 그래…… 또 미친증이 난 게로군."

하며 H는 벗어 들었던 레인코트를 뒤집어쓰면서 쫓아나와 붙든다.

"……사람이 보기 싫어서…… 사실, C 군과 만나기로 별로 이야기할 것도 없고……."

애원하듯이 힘없는 구조로 하다가

"영원히 흘러가고 싶다. 끝없는 데로……."

혼잣말처럼 한 마디 한 마디 힘을 주어 말을 맺고 훌쩍 나와버

2 수레바퀴가 굴러가며 삐거덕거리는 소리.

렸다.

H도 하는 수 없이 테이블에 놓았던 트렁크를 들고 따라 나왔다.

우리 양인은 대동강가로 길을 찾아 나와서, 부벽루로 훤히 동이 틀까 말까 한 컴컴한 길을 소리 없이 걸었다. 일주하고 내려오다가 종로에서 조반을 사 먹고 또다시 부벽루로 향하였다. 개시開市를 하고 문전에 물을 뿌린 뒤에 신문을 펴 들고 앉아 있는 것은 청량하고 행복스럽게 보였다. 아까 내려올 제는 능라도 저편 지평선에서 주홍의 화염을 뿜으며 날름날름하던 아침 해가 벌써 수원지 연통 위에 올라서, 천변식목川邊植木 밑으로 걸어가는 우리의 곁뺨을 눈이 부시게 내리쬐었다.

칫솔을 물고 바위 위에 섰는 사람, 수건을 물에 담그고 세수하는 사람들도 간혹 눈에 띄었다. 나는 발을 멈추고 무심히 내려다보다가, 자기도 산뜻한 물에 손을 담가보고 싶은 생각이 나서 얕은 곳을 골라서 물가로 뛰어 내려갔다.

쫓아내려와서 같이 손을 담그고 앉았던 H는

"X 군, 오후 차로 가지?"

"되어가는 대로……."

다소 머리의 안정을 얻은 나는 뭉쳤던 마음이 화해한 듯하였다. 나는 아침 햇빛에 청량하게 소리 없이 흘러 내려가는 수면을 내다보며 이같이 대답하고 '물은 위대하다'라고 속으로 부르짖었다.

이때에 마침 뒤 동둑에서 누군지 이리로 점점 가까이 내려오는 발자취를 듣고 우리는 무심히 흘긋 돌아다보았다.

마른 곳을 골라 디디느라고, 이리저리 뛸 때마다, 등에까지 철철 내리덮은 장발을 눈이 움푹 패인 하얀 얼굴 뒤에서 펄석펄석 날리우면서, 앞으로 가까이 오는 형상은 동경 근처에서 보던 미술가가 아닌가 의심하였다. 이 기괴한 머리의 소유자는 너희들의 존재는 나의 의식에 오르지도 않는다는 교만심으로인지 혹은 일신에 집중하는 모든 시선을 피하려는 무관심의 태도인지는 모르겠으나 하여간 오른쪽에는 짤막한 댓개비[竹竿]를 전후로 흔들면서, 발끝만 내려다보며 내 등 뒤를 지나, 한 칸통쯤 상류로 올라가 자리를 잡고 앉았다. 그도 우리와 같이 손을 물에 성큼 넣고 불쩍불쩍 소리를 내더니 양치를 한 번 하고 벌떡 일어나서 대동문을 향해 성큼성큼 걸어간다. 모자도 아니 쓴 장발과, 돌돌 말린 때 묻은 박이두루마기 자락은 오른편 손가락에 끼우고 교묘히 들리는 댓가지와 장단을 맞춰서 풀풀풀풀 날리었다.

"오늘은 꽤 이르군."

"핫하! 조반이나 약조하여 둔 데가 있는 게지."

하며 장발객을 돌아서 보다가 서로 조소하는 소리를 뒤에 두고 우리는 손을 씻으면서 동둑으로 올라왔다.

"저런 생활에 진정한 행복이 있어……."

나는 혼자 부르짖었다.

우리는 황달이 들어가는 잡초에 싸인 부벽루 앞 축대 밑까지 다다랐다. 소경회루라 할 만치 텅 빈 누 내에는 보얀 가을 햇빛이 가벼운 아침 바람에 안기어 전면에 흘러 들어왔다. 약간 피로한 우리는 누樓 내에 놓인 벤치에 걸어앉으면서, 여기저기 매달린 현판을 쳐다보다가

"사람이란 그럴까. 저것 좀 보아."

좌편에 달린 현판 곁에 붙인 찰札을 가리키며, 나는 입을 벌렸다.

"자기의 존재를 한 사람에게라도 더 알리려는 것이 본능적 욕구라면 그만이지만, 저렇게까지라도 하지 않으면 만족할 수 없다는 것을 보면…… 참 정말 불쌍해……."

"그는 고사하고 지금은, 그 절벽에 역력히 새긴, 이李 모 김金모란 성명은 대체 누구더러 보라는 것이야…… 그러고도 밥이 입으로 들어갔으니, 좋은 세상이었지……."

말을 맺은 나는 금시로 알 수 없는 분노가 치밀어 올라와서 벌떡 일어나와 성벽에 기대어 아래를 내려다보고 섰었다.

"그것이 소위 유방백세遺芳百世라는 것이지."

H도 일어나오며

"그렇게 내려다보고 섰는 것을 보니…… 입포리다(《사死의 승리》의 여주인공)가 없는 게 한이로군……."

"내가 쫄찌오인가."

하고 나는 고소苦笑하였다.

"적어도 쫄찌오의 고통은 있을 테지."

"그야…… 현대인 치고 누구나 일반이지."

우리는 입을 다물고 잠깐 섰다가 을밀대로 향하였다.

외외巍巍히 건너다보이는 대각은 엎드러지면 코 닿을 듯하여도, 급한 경사는 그리 쉽지 않았다. 우리는 허희단심[3] 겨우 올라

3 '허위단심'의 의미. 허우적거리며 무척 애를 씀.

갔다. 그러나 대상臺上에 어떤 오복점嗚服店 광고의 벤치가 맨 먼저 눈에 띌 제, 부벽루에서는 앉기까지 하여도 눈 서투르지 않던 것이 새삼스럽게 불쾌한 생각이 났다. 나는 눈을 찌푸리고 잠깐 들여다보다가 발도 들여놓지 않고 돌쳐서서 그늘진 서편 성 밑으로 내려왔다. 높은 성벽에 가리운 일면은 아직 구슬 이슬이 끝만 노릇노릇하게 된 잔디 잎에 매달려서 어디를 밟든지 먼지 앉은 구두 끝이 까맣게 반짝거렸다. 나는 성에 등을 기대고 앞에 전개된 광야를 맥없이 내다보고 섰다가 다리가 풀리어서 그대로 털썩 주저앉았다. 엄동에 음산한 냉방에서 끼치는 듯한 쌀쌀한 찬바람이 늘어진 근육에 와 닿을 제, 나는 마취에서 깨인 것같이 정신이 반짝 들었다. 그러나 다리를 내던지고 벽에 기대어서 두 손으로 이슬방울을 흩뜨리며 앉아 있는 동안에 다시 사지가 느른하고 졸음이 와서 포켓에 넣었던 신문지를 꺼내서 펴고 드러누웠다.

……H에게 두세 번 흔들려서 깬 때는 이럭저럭 삼사십 분이나 지났었다.

깜짝 놀라 벌떡 일어앉으니까, H는 단장 끝으로 조약돌을 여기저기 딱딱 치며 장난을 하다가 소리를 내어 깔깔 웃으면서

"아— 예가 어딘 줄 알고 잠을 자? 그리구 잠꼬댄 무슨 잠꼬대야! ……왜 얼굴이 저렇게 뒤틀렸어?"

나는 멀거—니, H의 주름 많은 얼굴을 쳐다보고 앉았다가

"으응……!"

하며 무엇이라고 입을 벌리려다가 하품에 막히어 말을 끊고 일어나서, 두 손을 바지 포켓에 찌르고, 이리저리 거닐었다. H가 내

뒤에 앉았던 자리가, 똥그랗게 이슬에 젖은 것을 보고 놀라는 데에는 대꾸도 아니하고 좀 선선한 증이 나서 양지로 나서면서 가자고 H를 끌었다.

"왜, 그래? 무슨 꿈이야?"

H는 따라오며 물었다.

"……죽은 꿈! ……아조 영영 죽어버렸다면, ……좋았을 걸……."

나는 무엇을 보는 것도 없이 앞을 멀거니 내다보며 꿈의 시종始終을 차례차례로 생각해보다가, 이같이 내던지듯이 한마디 하고 궐련을 꺼내 물었다.

"자살?"

H는 웃으면서 나를 쳐다보았다.

"……미인의 손에. ……나 같은 놈에게 자살할 용기나 있는 줄 아나? 아—하."

"누구에게? 미인에겔 지경이면 한 두어 번 죽어보았으면…… 헤헤헤."

"참 정말…… 하여간 아무 고통 없이, 공포도 없이 죽음의 경험을 얻고, 그러고도 여전히 살아 있을 수만 있으면 여남은 번이라도 통쾌해. ……목을 졸라맬 때의 쾌감! 어떤 자극으로도 얻을 수 없는 것이야."

나는 무엇이라고 형용할 수 없는 썩어가는 듯한 심사를 이기지 못하여 입을 닫고 올라가던 길로 천천히 내려오다가 H의 묻는 것이 귀찮아서 전권다옥前卷茶屋 앞으로 지나오며 꿈 이야기를 들려주었다.

—무슨 일이었는지 분명치는 않으나…… 아마 쌀을 찧어서 떡을 만들었는데 익지를 않았다고 해서든지? ……하여간 흰 가루가 뒤발을 한 손[手]을 들고, 마루 끝에서 어정버정하다가 인제는 죽을 때가 되었다는 것처럼, 손에 들었던 수건으로 목을 매고 덧문을 첩첩이 닫은 방 앞, 툇마루 위에 반듯이 드러누운즉 어떤 바짝 말라서 뼈만 남은 흰 손[白手]이 머리맡에서 슬그머니 넘어와서 목에 매인 수건의 두 자락을 좌우로 슬금슬금 졸라다녔다. 그때에 나는 이것이 당연히 당할 약조가 있었다는 것처럼, 어떠한 만족과 안심을 가지고 눈을 감은 채 조용히 드러누웠었다. 그때에—차차 목이 매어올 때의 이상한 자극은 낙지落地[4] 이후에 처음 경험하는 쾌감이었다. 그러나 무슨 까닭에 이같이 일찍 죽지 않으면 안 되는가…… 참 정말 죽었는가 하는 의문이 나서 몸을 뒤틀며 눈을 번쩍 떠보았다.—

"깜짝 놀라 일어날 때에, 빙그레— 웃고 섰는 군은 악마가 아닌가 생각하였어! …… H 군의 웃음은 늘 조소하는 듯이 보이지만, 아까는 참말 화가 나서……."

실상 아까 깨었을 때에 제일 심사가 나는 것은 꿈자리가 사나운 것보다도 H가 조소하듯이 빙그레— 하며 웃고 서 있는 것이었다.

"……그러나 암만 생각하여도 희한한 것은 처음부터 눈을 감고 드러누웠었는데 어찌하여 그 '손'의 주인이 여성이었다고 생각되는지 자기가 생각하여도 알 수가 없어……."

4 땅에 떨어진다는 뜻으로, 사람이 세상에 태어남을 이르는 말.

이야기를 마친 후, 나는 말할 수 없는 우수가 공연히 가슴에 치미는 것 같아서, 올라올 제 앉았던 강물가로 뛰어 내려가서 세수를 하였다.

3

남포에 도착하였을 때는 벌써 오후 두 시가 훨씬 넘었었다. 출입하였던 Y는 방금 들어와서 옷을 벗어 던지고 A와 마주 앉아서 지금 심방하고 온 사람의 이야기를 하고 있다가 우리들을 보고 놀란 듯이 뛰어나와 맞아들였다. 우리를 맞은 Y는 다소 웬 세음인지 좌불안석의 태도였다.

"P는 잘 있나? 금명간 올라가려고 하였지. ……평양서 전화를 했더라면 내가 평양으로 나갈걸…… 곤할 테지? 점심은?"

순서 없는 질문을 대답할 새도 없이 연발하였다. 나는 간단간단히 응대하고 졸립다고 드러누웠다. Y는 무슨 다른 생각을 하면서도 좌중의 흥을 돋우려고 애를 쓰듯이 이 사람 저 사람 쳐다보며 입을 쫑긋쫑긋하다가 나를 건너다보며

"……웬 심이야? 당대의 원기는 다— 어디 갔나? ……예의 표단瓢簞[5]은? 하하하."

"글쎄……, 그것도 인젠 좀 염증이 나서……."

나도 시든 웃음을 띠우며

5 표주박.

"여기까지 가지고 오긴 왔지!"

하고 누운 채 벗어놓은 외투를 잡아당기어 주머니에서 찻간에서 먹다 남은 위스키 병을 꺼내서 내밀었다. 일동은 하하하 웃으면서 잠자코 누워 있는 나를 내려다보았다.

"그러나 그것 큰일 났군. 제행무상諸行無常[6]을 감感하였다……. 무표단無瓢簞이면 무인생無人生이라던 것은 취소인가."

Y는 다소 과장한 듯이 흘흘 느끼며 웃었다.

"그런데 표단이란 무엇이야?"

영문을 모르는 A는 Y에게 묻고, 나에게로 고개를 돌렸다.

"흥흥흥, 한마디로 쉽게 설명하면 우선 X 군 자신인 동시에, X 군의 인생관을 심볼한 X 군의 술병이랄까……."

"응? X 씨의 인생관……인 동시에, X 씨 자신의…… 무엇이야? 어디, 나 같은 놈은 알아들을 수가 있나."

하며 A는 손을 꼽다가 웃고 말았다.

"아니랍니다. 내가 일전에 서울서, 어떤 상점에 갔던 길에 표단 모양으로 맨든 유리 정종병이 마음에 들기에 사가지고 왔더니 여럿이 놀린답니다. 하하하."

나도 이같이 설명을 하고 웃어버렸다.

"그러나 이 술을 선생한테나 갖다 주고 강연이나 들을까?"

Y는 병을 들어서 레테르에 쓰인 글자를 들여다보며 웃었다.

"남포에도 표단이 있는 게로군……."

H도 웃으며 물었다.

6 우주의 모든 사물은 늘 돌고 변하여 한 모양으로 머물러 있지 아니함.

"응! 그러나 병 유리가 좀 흐려[曇]…… 젖빛 유리(磨硝子, 스리가라쓰—모래로 간 것—)랄까."

일동은 와하하하 하며, 웃었다. 나는 눈을 감고 드러누워서 이야기를 듣다가 잠이 올 것 같지 않아 다시 일어나 앉으며

"A 씨도 표단당瓢簞黨에 한몫은 가겠지요."

하고 위스키 병을 들어서 한 잔 따라 권하고 나도 반배를 받았다.

"그래, 여기 표단은 어때?"

하며 H는 나를 치어다보는 모양이었으나 나는 술잔을 마시느라고 못 보았다.

"……별로 표단을 매달고 다니지는 않지만, 삼 원 오십 전에 삼층집을 지은 대건축인데……."

Y는 H에게 대답하였다.

"삼 원 오십 전에? 하하하, 미친 사람인 게로군?"

H가 웃었다.

"글쎄, 미쳤다면 미쳤을까…… 그러나 인생의 최고 행복을 독점하였다고 나는 생각해……."

Y는 진면목으로 대답하였다.

Y와 H가 이야기하는 동안에 나는 A와 잡지계에 관한 이삼 문답을 하다가 자기들 이야기를 들으라고 H가 부르는 바람에 나도 말참례를 하였다.

"술 이야기는 아니나, 삼 원 오십 전에 삼층집을 지은 대철인大哲人이 있단 말이야……."

Y는 다시 설명을 하고 어느 틈에 빈 병이 된 것을 보고

"술이 없군. 위스키—를 사올까?"

하더니 하인을 불러 명하였다.

"옳은 말이야. 철학자가 땅두더지로 환장을 하였거나, 위인이 하늘서 떨어졌거나 삼 원 아니라 단 삼 전으로 삼십층 집을 지었거나, 누가 아나! …… 표단 이상의 철학서는 적어도 내 눈에는 보이지를 않으니까……."

나는 냉소를 하면서 또다시 A를 향하였다.

"그러나 군은 무슨 까닭에 술을 먹는가."

"논리는 없다. 다만 취하려고."

"그러게 말이야…… 군君은 아무것에도 부를 수가 없었다. 아무것에도 만족할 수가 없었다. 결국 알코올 이외에 아무것도 없었다. 비통하고 비참은 하나 위안은 없었다…… 결코 행복은 아니다. 그러나 알코올의 힘을 빌지 않아도 알코올 이상의 효과가— 다만 위안뿐만 아니라 행복을 얻을 만한 것이 있다 하면 군은 무엇을 취할 터이냔 말이야. 하하하……."

"알코올 이상의 효과? ……광狂이냐? 신념이냐? —이 두 가지밖에 아무것도 없을 것이오. ……그러나 오관伍官이 명확한 이상……에— 피로, 권태, 실망…… 이외에 아무것도 없는 이상— 그것도 광인으로 일생을 마칠 숙명이 있다면 하는 수 없겠지만— 할 수 없지 않은가."

주기가 돌수록 나는 더욱더욱 흥분이 되어 부지불식간에 연설어조로 한 마디 한 마디씩 힘을 들여 명확한 악센트를 붙여서 말을 맺고

"하여간 우선 먹고 봅시다. A 공— 자—."

하며 나는 잔을 A에게 전하였다.

"그러나 A 군! 톨스토이이즘에다가, 윌슨이즘을 가미한 선생의 설교를 들을 제, 나는 부럽던걸."

술에 약한 Y는 벌써 빨개진 얼굴을 A에게 향하고 동의를 구하였다.

"오늘은 좀 신기가 불편하야— 연일 강연에 목이 쉬어서 이야기를 못하겠달 제는, 사람이 기가 막혀서…… 하하하."

A는 Y와 삼층집에 갔을 때의 이야기를 꺼내었다.

"듣지 않아도 세계평화론이나, 인류애쯤 떠드는 게로군……."
하며 나는 윗목으로 나가 드러누웠다.

아랫목에서는 Y를 중심으로 하고 삼층집 주인의 이야기가 어느 때까지 끝이 아니 났다. 가다가다 와— 하고 터져나오는 웃음소리에 나는 소르르 오던 잠이 깨고 깨고 하다가 종내 잠을 잃어서 나도 귀를 기울이게 되었다. Y가 두 발을 쳐들고 엉덩이로 이리저리 맴을 돌면서 삼층집 주인이 자기 집에 문은 없어도 출입이 자유자재라고 자랑하던 흉내를 내는 것을 보고 여럿이 웃는 통에 나도 눈을 떠보고 일어났다.

약간 취기가 오른 나는 찬 바람도 쐬고 싶고, 또 어차피 오늘 밤은 평양에 나가서 묵을 작정인 고로 정차장 가는 길에 삼층집 아래를 가고 싶은 생각이 나서

"우리 구경 가볼까?"
하고 Y에게 무었다.

"글쎄, 좀 늦지 않았을까?"
하며 Y는 시계를 꺼내 보며

"아직 다섯 시가 못 되었군…… 그러나 강연은 못할걸! 보시

다시피 역사役事를 벌여놓고 매일 강연에 목이 쉬어서…….”

입내를 내이면서 하하하 웃었다.

네 청년은 두어 시간 동안의 홍소훤담哄笑喧談에 다소 피로를 감感한 듯이 모두 잠자코 석양판에 갑자기 번잡하여 오는 큰길로 느럭느럭 걸어 나왔다.

4

황해에 잠긴 석양의 후광은 백운을 뚫고 흘러 멀리 바라보이는 저편 이층집 지붕에 은빛으로 반짝거리었다.

Y의 집에서 나온 우리 일행은, 축동 거리를, 일 정町쯤 북으로 가다가, 십자로에서 동으로 꼽쳐, 세거리로 들어섰다. 왕래가 좀 조용하게 되었다. 나는 Y의 말이 과연 사실인가, 실없는 풍자나 조롱을 잘하는 Y의 말이라 혹은 나에게 대한 일종의 우의를 품은 농담이 아닌가 하는 예의 신경과민적 해석을 하며 따라오다가

“선생은, 원래 무엇을 하던 사람인구?”

Y에게 물었다.

“별로 자세히는 모르지만…… 보통학교 훈도라던가! ……A 군도 아마 배웠다지?”

“응! ……일본 말도 제법 하는데…… 이전에는 그래도 미남자였었는데. 하하하.”

A의 말끝에 Y도 웃으며

“미남자였든 추남자였든 하여간 작년 봄에 한 서너 달 감옥

에 들어갔다가 나온 뒤에 이상해졌다는데…… 자세한 이유는 몰라…….”

“처자는 있나?”

“예— 계집은 친정에 가서 있다기도 하고, 놀아났다기도 하나, 그 역시 자세한 것은 몰라요.”

A가 대답을 하였다.

“Y 군, 그 계집이 어느 놈의 유혹으로 팔리어서 돌아다니다가 그 유곽에 굴러들어 와 있다면 어떨까.”

나는 잠자코 걷다가 말을 걸었다.

“흥! ……그리고 매일 찾아가서 미친 체를 부리면…….”

Y는 대꾸를 하였다.

세거리를 빠져 황엽이 되어가는 잡초에 싸인 벌판 중턱에 나와서, 남북으로 통한 길을, 북으로 꼽들어, 유정柳町을 바라볼 때는 십여 간이나 떨어져 보이는 유곽 이층에서는 벌써 전등 불빛이 반짝거리며 흘러나왔다.

“응! 저기 보이는군…….”

A는 마주 보이는 나직한 산록에 외따로이 우뚝 선 참외 원두막 같은 것을 가리켰다. 희끄무레한 것이 그 위에서 움즐움즐하는 것을 바라보며 우리는 발길을 재촉하였다.

십여 보쯤 가다가 나는

“이것이, 유곽이야.”

하며 좌편을 가리켰다. 방금 전기가 들어온 헌등軒燈이 일자로 총총 들어박힌 사이로 목욕탕에서 돌아오는 얼굴만 하얀 괴물들이 화장품을 담은 대야를 들고 쓸쓸한 골짜기를 이리저리로 돌아다니는 것이 부화浮華하다 함보다도 도리어 처량히 보였다.

"선생이 여기 덕도 꽤 보지…… 강연 한 번에 술 한 병씩 주는 곳은 그래도 여기밖에 없어……."

A는 웃으면서 설명하였다.

이층집 꼭대기에 퍼더버리고 앉아서 희미한 햇살이 점점 멀어 가는 산등성이를 일없이 바라보고 있던 주인은 우리들이 우중우중 올라오는 것을 힐끔 돌아보더니 별안간에 돌아앉아서 무엇인지 똑딱똑딱 두드리고 있다. 우리는 싸리로 드문드문 얽어맨 울타리 앞에서 들어갈 곳을 찾느냐고 이리저리 주저하다가 그대로 넘어서서 성큼성큼 들어갔다.

앞서 들어간 A는 주인이 돌아앉은 삼층 위에다 손을 걸어잡고 들여다보며

"선생님! 또 왔습니다."

라고 인사를 하였다.

"선생님! 안녕하십니까."

A는 소리를 내어 웃으며, 잼처 인사를 하였다. 그러나 그는 여전히 농장문짝에 못을 박고 앉았다. A와 Y는 동시에 H와 나를 돌려다 보고 눈짓을 하며 소리 없이 웃었다.

"……신기가 그저 불편하신가요? ……오늘은 꼭 강연을 들으러 왔는데요……."

이번에는 Y가 수작을 건넸다. 그제야 그는 깜짝 놀란 듯이 먼지가 뿌옇게 앉은 더벅머리를 획 돌이키며

"예? 왔소?"

간단히 대답을 하고 여전히 돌아앉아서 장도리를 들었다. 세

사람은 일시에 깔깔깔 웃었다. 그러나 귀밑부터 귀얄 같은 수염이 까맣게 덮인 주먹만한 하얀 상을 힐끗 볼 제, 나는 '앗!' 하며 깜짝 놀랐다. 감전한 것같이 가슴이 선듯하며 심한 전율이 전신을 압도하였다. 그리고 그다음 순간에는 다소 안심된 가슴에 이상한 의혹과 맹렬한 호기심이 일시에 물밀듯 하였다. 중학교 실험실의 박물 선생이 따라온 줄로만 안 것이었다. 그러나 아무 이유 없이 무의식적으로 경건한 혹은 숭엄한 감이 머리 뒤를 떠미는 것 같아서 무심중간에 모자를 벗고 인사를 하였다. 여러 사람들이 흥흥흥 하며 웃는 것을 볼 때 나는 미안하기도 하고 무슨 큰 불경한 일이나 하는 것 같아서 도리어 괘씸한 듯이도 보이고, 혹은 이 사람이 심사가 나서 곧 뛰어 내려와 폭행이나 하지 않을까 하는 염려도 생기었다.

"선생님! 정말 신기가 불편하신 모양이외다그려!"

A는 갑갑증이 나서 또 말을 붙였다.

"서울서 일부러 손님이 오셨는데 한번 하시구려, 하……."

때 묻은 옷가지며 빨래 보퉁이 같은 것이 꾸역꾸역 나오는 것을 꾹꾹 눌러 디밀면서 고친 문짝을 열었다 닫았다 하고 앉았던 주인은 서울 손님이란 말에 귀가 띄었는지 우리를 향하여 돌아앉으며 입을 벌렸다.

"예— 감기도 좀 들었쇠다."

하고 영채 없는 뿌연 눈으로 나를 유심히 똑바로 내려다보다가

"……보시듯이 이렇게 역사를 벌려놓고……."

한번 방 안을 휘익 돌아다본 후 또다시 나에게로 시선을 주며

"요사이 같아서는 눈코 뜰 짬도 없쇠다……. 더군다나 연일

강연에 목이 꽉 쉐서…….”

말을 맺고 H를 돌려보았다.

그러나 별로 목이 쉰 것 같지는 않았다. Y가 H와 나를 소개하니까

“네— 그러신가요? 서울서…… 멀리 오셨쇠다그려.”

반가운 듯이

“나는 남포 사는 김창억이외다.”

그의 얼굴에는 약간 미소까지 나타났다.

“네— 나는 ×××올시다.”

나는 모자를 벗으면서 정중히 답례를 하였다. H도 인사를 마쳤다.

“선생님! 그 용하시외다그려…… 이름도 아니 잊으시고…… 하하하.”

A가 놀렸다.

창억은 거기에는 대꾸도 아니하고 나를 향하여

“좀 올라오시소그려. 아직 역사가 끝이 안 나서, 응접실도 없쇠다마는…….”

하며 올라오라고 재삼 권하다가

“제다가 차차 스토브도 들여놓고 손님이 오시면 좀 들어앉아서 술잔이나 나누도록 하여야 하겠지마는…….”

어긋매인 선반 같은 소위 이층 칸을 가리켰다.

세 사람은 깔깔 소리를 내어 웃었다. 그러나 자기의 말에 조금도 부자연한 과장이 없다고 생각한 그는 웃는 것이 도리어 이상하다는 듯이 힘없는 시선으로 물끄러미 웃는 사람들을 내려다보

다가 "힝" 하고 코웃음을 치고 외면을 하였다. 나는 이 사람이 미쳤다고 하여야 좋을지, 모든 것을 대오大惡하고 모든 것에서 해탈한 대철인이라고 하여야 좋을지 몰랐다.

"너무 황송하여 올라가진 못하겠습니다마는, 어떻게 강연이나 좀 하시구려."

이번에는 H가 놀렸다.

"글쎄 모처럼 오셨는데 술도 한잔 없어서 미안하외다."

그는 딴전을 부렸다. 처음 만나는 사람을 보고 술 이야기만 꺼내는 것이 이상하였다.

"여기 온 손님들은 모두 하나님 아들이기 때문에 술은 아니 먹는답니다."

늘 웃으면서 대화를 듣고 섰던 Y가 입을 벌렸다.

"예? 형공兄公도 예수 믿습니까."

그는 놀란 듯이, 나를 마주 건너다보다가 히히히 웃으며

"예수꾼도 무식한 놈만 모였나 봅디다……. 예수꾼들 기도할 때에 하나님 아바지시여! 나의 죄를 사하소서, 아—맹— 하지 않소? ……그러나 아—맹이란 무엇이요. 맹자 같은 만고의 웅변가더러 벙어리라고 아맹啞孟이라 하니 그런 무식한 말이 아, 어데 있단 말이요? 나를— 나의 죄를 사하여 달라고 할 지경이면 아면我免이라고 해야 옳지 않습니까."

강연의 서론을 꺼낸 그는 득의만면하여 히히 웃었다. 둘러섰던 사람들도 웃었다. 그러나 나는 그가 비상한 공상가라는 것을 직각한 이외에 웃는지 어떤지를 알 수가 없었다.

여럿이 따라서 웃는 것을 보고 그는 더욱 신이 나서 강연을 계

속하였다.

"그러나 하나님은 참 지공무사至公無私하시외다. 나를…… 이 삼층집을 단 서른닷 냥으로, 꼭 한 달 열사흘(1개월 13일) 만에 짓게 하신 것이 다— 하나님의 은택이외다. 서양 놈들이 아무리 문명을 했느니 기계가 발달이 되었느니 하지만 그래 단 서른닷 냥에 삼층집을 진 놈이 어디 있습니까…… 날마다 하나님이 와 보시고 칭찬을 하십니다."

"칭찬을 하시니까 지공무사한 것 같지요."

H가 한마디 새치기를 하였다.

"천만에, 이것이 모두 하나님의 분부가 있어서 된 것이외다…… 인제는 불의 심판이 끝나고 세계가 일 대가정을 이룰 시기가 되었으니 동서친목회를 조직하라고 하신 고로 우선 이 사무소를 짓고 내가 회장이 되었으나, 각국의 분쟁을 순찰할 감독관이 없어서 큰일이외다."

일동은 와— 웃었다.

"여기 X 군이 어떨까요?"

Y는 나의 어깨를 탁 치며 얼른 추천을 하였다.

"글쎄, 해주신다면 고맙지만……."

세 사람은

"야— 동서친목회 감독관 각하!"

하며 더욱이 소리를 높여 웃었다.

아닌 게 아니라, 처마에 주렌주렌 매단 멍석 조각이며 밀감 궤 조각들 사이에 '동서친목회 본부'라고 굵직하게 쓰고 그 옆에 '회장 김창억'이라고 쓴 궐련 상자 껍질 같은 마분지 조각이 모로 매달리었다. 나는 모자를 벗어 들은 채 양수거지[7]를 하고 서서 그 마분지를 쳐다보던 눈을 돌이켜서 동서친목회 회장을 향하여

"회의 취지는 무엇인가요."

물었다.

"아까 말씀한 것같이 성경에 가르치신 바 불의 심판이 끝나지 않았습니까. 구주 대전의 그 참혹한 포연탄우砲煙彈雨가 즉 불의 심판이외다그려. 그러나 이번 전쟁이 왜 일어났나요…… 이 세상은 물질만능, 금전만능의 시대라 인의예지도 없고 오륜도 없고 애愛도 없는 것은, 이 물질 때문에 사람의 마음이 욕에 더럽혀진 까닭이 아닙니까…… 부자 형제가 서로 반목질시하고 부부가 불화하며, 이웃과 이웃이, 한 마을과 마을이…… 그리하여 한 나라와 나라가 서로 다투는 것은 결국 물욕에 사람의 마음이 가리웠기 때문이 아니오리까. 그리하여 약육강식의 대원칙에 따라 세계 만국이 간과로써 서로 대하게 된 것이 즉 구주 대전란이외다그려. 그러나 이제는 불의 심판도 다 끝났다, 동서가 친목할 시대가 돌아왔다고 나는 하나님의 말씀대로 신종信從합니다. 그렇기 때문에 하나님의 계시대로 세계 각국을 돌아다니며 경찰警察을 하여야 하겠쇠다…… 나도 여기에는 오래 아니 있겠수다. 좀 더 연구하여가지고…… 영미법덕英米法德으로 돌아다니며 천하 명승도 구경하고 설교도 해야 하겠수다."

말을 마치고 그는 꿇어앉아서 선반 위를 부스럭부스럭하더니 먹다가 꺼둔 궐련 토막을 찾아내서 물고 도로 앉았다.

7 두 손을 마주 잡고 서 있음.

"선생님! 그러면 금강산에는 언제 들어가실 텐가요?"

A가 놀렸다.

"한번 다— 돌아다닌 후에 들어가지—."

"그러면 나는 어떻게 합니까. 그때까지 어떻게 기다릴 수가 있습니까."

"응……?"

그는 눈을 뚱그렇게 뜨고 A를 바라보았다.

"아, 선생님 망령이 나셨나 보구려…… 금강산에 들어가시면 군수나 하나 시켜주신다더니……."

일동은 박장대소를 하였다.

"응— 가기 전에 시켜주지—."

그의 하는 말에는 조금도 농담이 없었다. 유창하게 연설조로 열변을 토할 때는 의심할 여지 없는 어떠한 신념을 가진 것 같아 보였다.

"그러나 금강산에 옥좌는 벌써 되었나요?"

Y는 웃으며 물었다.

"예— 이 집이 낙성되는 날 벌써 꾸며놓았답니다."

하고 여러 사람의 웃음이 끝나기를 기다려서

"성 중에 김씨가 제일 좋은 성이외다. 옥은 곤강에서 나지만도 금은 여수에서 나지 않습니까. 그렇기 때문에 하나님께서 말씀이 너는 김가니 산고수려山高水麗한 금강산에 들어가서 옥좌에 올라앉아 세계에 평화를 누리게 하라고 하십니다……."

하며 잠자코 가만히 섰는 나의 동정을 얻으려는 듯이 미소를 띠고 바라본다.

"대단히 좋소이다…… 그러나 이 삼층집은 무슨 생각으로 지으셨나요."

나는 이같이 물었다.

"연전 여름 방학에 서울 올라가서 중동학교에 일어 강습을 하러 다닐 때에 서양 사람의 집을 보니까 위생에도 좋고 사람 사는 것 같기에 우리 조선 사람도 팔자 좋게 못 사는 법이 어디 있겠소? 이왕이면 삼층쯤 높직이 지어볼까 해서…… 우리가 그놈들만 못할 것이 무엇이오. 나도 교회에 좀 다녀보았지만, 그놈들처럼 무식하고 아첨 좋아하는 더러운 놈은 없겠습니다…… 헷, 그 중에도 목사인지 하는 것들 한창때에 대원군이나 모신 듯이 서양 놈들 입다 남은 양복 조각들을 떨쳐입고 그 더러운 놈들 밑에서 굽실굽실하며 돌아다니는 것들을 보면, 이 주먹으로 대구리들을……."

하며, 새까만 거칫한 주먹을 쳐들었다. 그때의 그의 눈에는 이상한 광채가 돌고 얼굴은 경련적으로 부르르 떨리면서 뒤틀리었다. 나는 무심히 쳐다보다가 깜짝 놀랐다.

"그러나 날은 점점 추워오고…… 어떻게 하실 작정인가요."

나는 화제를 이같이 돌렸다.

"춥긴요. 하나님 품속은 사철 봄이야요…… 그러나 예다가 스토브를 놓지요."

하고 이층을 가리켰다.

"그래 스토브는 어데 주문하셨소."

누구인지 곁에서 말참견을 하였다.

"주문은 무슨 주문!……"

대단히 불쾌한 듯이 한마디 하고

"스토브는 서양 놈들만 만들 줄 알고 나는 못 만든답니까…… 그놈들이 하루에 하는 일이면 나는 한 반나절이면 만들 수 있수다. 이 집이 며칠이나 걸린 줄 아슈? ……단 한 달하고 열사흘! 서양 놈들은 십삼이란 수가 흉하답디다마는 나는 양옥을 지으면서도 꼭 한 달 열사흘에 지었쇠다."

"동으로 가라도 서로만 갔으면 고만 아니오."

H가 말대꾸를 하였다.

"글쎄 말이오. 세상 놈들이야말로 동으로 가라면 서로만 달아나는, 빙퉁그러진 놈뿐이외다……. 조선말이 있고 조선글이 있어도 한문이나 서양 놈들의 혀 꼬부라진 말을 해야 사람 구실을 하는 이 쌍놈의 세상이 아닙니까."

한 마디 한 마디씩 나의 동의를 얻으려는 것처럼 나를 똑바로 내려다보며 잠깐씩 말을 멈추다가 내종에는 열중한 변사처럼 쉴새 없이 퍼붓는다.

"네! 그렇지 않습니까, 네! ……그것도 바로 읽을 줄이나 알았으면, 좋겠지만…… 가령 천지현황天地玄黃 하면 하늘 천 이렇게 읽으니, 일대一大라 써놓고 왜 하늘 대 하지 않습니까. 창궁은 우주간에, 유일 최대하기 때문에 창힐蒼頡이 같은 위인이 일대一大라고 쓴 것이 아니외니까. 또 흙 야 할 것을 따—지 하는 것도 안될 것이외다. 따란 무엇이외니까. 흙이 아니오. 그리기에 흙 토 변에 언재호야焉哉乎也라는 천자문의 왼 끝 자인 이끼 야也 자를 쓴 것이외다그려. 다시 말하자면 따—는 흙이요, 또 우주간에 최말위最末位에 처한 고로 흙 토에 천자문의 최말자最末字 되는 이끼 야자를 쓴 것이외다."

우리들은 신기히 듣고 섰다가

"그러면 쇠 금 자는 어떻게 되었길래 김가를 그렇게 하나님께서 그처럼 사랑하시나요?"

하며 Y가 물었다.

"옳은 말이외다. 네— 참 잘 물으셨쇠다……."

깜박했다면 잊었을 것을 일깨워 주어서 고맙고도 반갑다는 듯이 득의만면하여, 예의 일사천리의 구변으로 강연을 시작한다.

"사람 인人 안에 구슬 옥玉을 하고, 한편에 점 한 개를 박지 않았소…… 하므로 쇠 금이 아니라 사람구슬 금— 이렇게 읽어야 할 것이외다."

일동은 킥킥킥 웃었다.

"아니외다. 웃을 것이 아니외다…… 사람 구실을 하려면, 성현이 가르치신 것같이 첫째에 인仁하여야 하지 않습니까. 하므로 사람 인 하는 것이외다그려. 그다음에는 구슬이 두 개가 있어야 사람이지, 두 다리를 이렇게(人—손가락으로 쓰는 흉내를 내며) 벌리고 선 사이에 딱 있어야 할 것이 없으면 도저히 사람값에 가지 못할 것이외다. 고자는 없어도 사람이라 하실지 모르나, 그러기에 사람 구실을 못 하지 않습니까. 히히히…… 그는 하여간 그 두 개가 즉 사람이 사람값에 가게 하는 보배가 아닙니까. 그런고로 보배에 제일가는 구슬 옥 자에 한 점을 더 박은 게 아니외니까……."

한 마디 한 마디마다 허리가 부러지게 웃던 A는

"그래서 금강산에 옥좌를 만들었습니다그려…… 하하하."

하며 또 웃었다.

"그러면 여인네는 김가가 없소이다그려?"

이번에는 H가 놀렀다. 그는 무엇을 생각하는 것처럼 눈만 멀뚱멀뚱하며 앉았다가 별안간에

"옳지! 옳지! 그래서 내 댁내는 안가로군…… 응! ……히히히. 여인네가 관을 썼어…… 여인네가 관을 썼어…… 히히히히."

잠꼬대하는 사람처럼 이 사람 저 사람 치어다보며 고개를 끄덕거리고 나서는 히히히 웃기를 두세 번이나 되었다.

"참, 아씨는 어데 가셨나요?"

나는 '내 댁내가 안가라고' 하는 그의 말에 문득 그의 처자의 소식을 물어보려는 호기심이 나서 이같이 물었다.

"예? 못 보셨소? ……여보 여보, 영희 어머니! 영희 어머니!……"

몸을 꼬고 엎드려서 아래를 내려다보며 부르다가

"또 나갔나!"

혼잣말처럼 하며 바로 앉더니

"아마, 저기 갔나 보외다."

하고 유곽을 가리켰다.

"또 난봉이 난 게로군…… 하하하, 큰일 났쇠다. 비끄러매 두지 않으면……."

A가 말을 가로채서 놀렸다.

"히히히 저기가 본대 제 집이라오."

"저긴 유곽 아니오?"

H도 웃으며 물었다.

"여인네가 관을 썼으니까…… 하하하."

이번에는 Y가 입을 벌렸다.

그는 무슨 생각이 났던지 고개를 비스듬히 숙이고 앉았다가

"예— 그 안에 있어요…… 그 안에. 5년이나 나하고 사는 동안에도 역시 그 안에 있었어요. 히히히, 히히히히."

"……그 안에 ……그 안에!"

나는 아까 도주를 하였다는 소문도 있다고 하던 A의 말을 생각하며 속으로 뇌어보았다.

"좀, 불러오시구려."

"인제 밤에 와요. 잘 때에……."

"그거 옳은 말이외다…… 잘 때밖에 쓸데 없지요. 하하하."

H가 농담을 붙이는 것을 나는 미안히 생각하였다.

"히히히. 그러나 너무 뜨거워서 죽을 지경이랍디다…… 어제는 문지기에게 죽도록 단련을 받고 울며 왔기에 불을 피우고 침대에서 재워 보냈습니다…… 히히히."

무슨 환상을 좇듯이 먼 산을 바라보며 누런 이[齒]를 내놓고 히히히 웃는 그의 얼굴은 원숭이같이 비열하게 보였다.

산등에서 점점 멀어가던 햇살은 부지중 소리 없이 날아가고 유곽 이층에 마주 보이는 전등 불빛만 따뜻하게 비치었다.

홍소哄笑, 훤담喧談, 조롱嘲弄 속에서 급격히 피로를 감感한 그는 어슬어슬하여 오는 으슥한 산 밑을 헤매는 쌀쌀한 가을 저녁 바람과 음흉하고 적요한 암흑이 검은 이빨을 악물고 휙휙 한숨을 쉬이며 덤벼들어 물고 흔드는 삼층 위에 썩은 밤송이 같은 뿌연 머리를 움켜쥐고 곁에 누가 있는 것도 잊은 듯이 기둥에 기대어

앉았다.

"인젠 가볼까."

하는 소리가 누구의 입에선지 힘없이 나왔다.

동서친목회 회장, 세계평화론자, 기이한 운명의 순난자, 몽현夢現의 세계에서 상상과 환영의 감주甘酒에 취한 성신의 총아, 오욕육구伍慾六垢, 칠난팔고七難八苦에서 해탈하고, 부세浮世의 제연諸緣을 저버린 불타佛陀의 성도聖徒와 조소에 더러운 입술로 우리는 작별의 인사를 바꾸고 울타리 밖으로 나왔다.

울타리 밑까지 나왔던 나는 다시 돌쳐서서 그에게로 향하였다. 이층에서 뛰어 내려오는 그와 마주칠 때 그는 내 손에 위스키 병이 있는 것을 보고 히히 웃었다. 나는 Y의 집에서 남겨가지고 나온 술병을 그의 손에 쥐여준 후 빨간 능금 두 개를 포켓에서 꺼내 주었다.

"이것, 참 미안하외다……."

만족한 듯이 웃으며 받아서 이층 벽에 기대어 가로세운 병풍 곁에 늘어놓고 따라 나와 인사를 하였다.

가련한 동무를 이별하고 나온 나는 무겁고 울적한 기분에 잠기어서 입을 다물고 구두코를 내려다보며 무심히 걸었다. 역시 잠자코 앞서서 가던 Y는 잠깐 멈칫하고 돌아다보며

"X 군! 어때?"

"글쎄……."

"……그러나 모자를 벗어 들고 공손히 강연을 듣고 서 있는 군의 모양은 지금 생각을 해도 요절을 하겠어…… 하하하."

"흐흥……."

나는 힘없이 웃었다.

저녁 가을바람은 산듯산듯 목에 닿는 칼라 속을 핥고 달아났다. 일행이 삼거리에 와서 A와 헤어질 때는 이삼 칸 떨어진 사람의 얼굴이 허옇게 얼숭얼숭 보였다. 각각으로 솔솔 내려앉는 땅거미에 싸인 황야에 유곽에서 가늘고 길게 흘러나오는 샤미센[三味線] 소리, 탁하고 넓게 퍼지는 장구 소리는 혹은 급하게 혹은 느리게 정차장으로 걸음을 재촉하는 우리의 발뒤꿈치를 어느 때까지 쫓아왔다.

컴컴하고 쓸쓸한 북망 밑 찬 바람에 불리우며 사지를 오그리고 드러누운 삼층집 주인옹은 저 장구 소리를 천당의 왈츠로 듣는지 지옥의 아비규환으로 깨닫는지 나는 정차장 문에 들어설 때까지 흘금흘금 돌아다보아야 오직 유곡幽谷의 요화 같은 유곽의 전등불이 암흑 가운데에 반짝거릴 뿐이었다.

5

평양행 열차에 오를 때에는 일단 헤어졌던 A도 다시 일행과 합동되었다.

커—단 트렁크를 무거운 듯이 두 손으로 떠받쳐서 선반에 얹고 나서 목이 막힐 듯한 한숨을 휘— 쉬며 앉는 A를 Y는 웃으며 건너다보고

"인젠 영원힌가?"

"응! ……영원히. 하하하."

A는 간단히 말을 끊고 호젓해하는 듯한 미소를 띠었다.

"그러나 평양이 세계의 끝일지도 모르지…… 핫하하."

"하하하."

A도 숙였던 고개를 쳐들며 웃었다.

"왜, 어디 가시나요?"

A와 마주 앉은 나는 물었다.

"……글쎄요! ……남으로 향할지 북으로 달릴지 모르겠소이다."

A는 말을 맺고 머리를 창에 기대며 눈을 감았다.

"……A 군은 오늘 부친께 선언을 하고 영원히 나섰다는 게라오. 하하하."

Y가 설명을 하였다.

"하하하, 그것 부럽소이다그려…… 영원히 나섰다는— 그것이 부럽소이다."

나는 이같이 한마디 하고 A를 쳐다보았다. 고개를 들고 눈을 뜬 A는 바로 앉으며 빙긋 웃을 뿐이었다.

우리는 엽서를 꺼내 들고 서울에다가 편지를 썼다. 나는 P에게 대하여 이렇게 썼다.

무엇이라고 썼으면 지금 나의 이 심정을 가장 천명闡明히 형에게 전할 수 있을까! 큰 경이가 있은 뒤에는 큰 공포와 큰 침통과 큰 애수가 있다 할 지경이면, 지금 나의 조자調子[8]를 잃은 심장의

8 가락.

간헐적 고동은 반드시 그것이 아니면 아닐 것이오— 인생의 진실된 일면을 추켜들고 거침없이 육박하여 올 때, 전령全靈을 에워싸는 것은 경악의 전율이요, 그리고 한없는 고민이요, 샘솟는 연민의 눈물이요, 가슴이 저린 애수요……. 그다음에 남는 것은 미치게 기쁜 통쾌요.

……삼 원 오십 전으로 삼층집을 짓고 유유자적하는 실신자失神者를— 아니오, 아니오, 자유의 민을 이 눈앞에 놓고 볼 제 나는 놀라지 않을 수가 없었소. 현대의 모든 병적 다크 사이드를 기름가마에 몰아넣고 전축煎縮하여 최후에 가마 밑에 졸아붙은 오뇌懊惱의 환약丸藥이 바지직바지직 타는 것 같기도 하고, 우리의 욕구를 홀로 구현한 승리자 같기도 해 보입디다……. 나는 암만해도 남의 일같이 생각할 수 없습디다.

나는 엽서 한 장에다가 깨알같이 써서 Y에게 보라고 주고 다른 엽서에 계속하였다.

P 군! 지금 아무리 자세히 쓴다 하기로 충분한 설명은 못 하겠기로 후일에 맡기지마는 그러나 이것만은 추측하여주시오. —지금 나는 얼마나 소리 없는 눈물을 정차한 화차火車의 연통같이 가다가다 뛰노는 심장 밑으로 흘리며 앉아 있는가를. ……지금 나는 울고 있소. 심장을 압축할 만한 엄숙하고 경건한 사실에 하도 놀라고 하도 슬퍼서. ……지금 나는 울고 있소. 모든 세포세포가 환희와 오뇌 사이에서 뛰놀다가 기절할 만큼 기뻐서…….

6

북국의 철인, 남포의 광인 김창억은 아직 남포 해안에 증기선의 검은 구름이 보이지 않던 삼십여 년 전에 당시 굴지하는 객주 김건화의 집 안방에서 고고呱呱의 첫소리를 울리었다. 그의 부친은 소년부터 몸에 녹이 슨 주색잡기를 숨이 넘어갈 때까지 놓지를 못한 서도에 소문난 외도객. 남편보다 네 살이나 위인 모친은 그가 십사 세 되던 해에 죽은 누이와 단 남매를 생산한 후에는 남에게 말 못할 수심과 지병으로 일생을 마친 박복한 여성이었다. 이러한 속에서 자라난 그는 잔열포류孱劣蒲柳의 약질일망정 칠팔 세부터 신동이라고 들으리만큼 영리하였다. 영업과 화류 이외에는 가정이라는 것도 모르는 그의 부친도 의외에 자식이 총명한 것은 기뻐할 줄 알았다. 더구나 자기가 무식함을 한탄하니만큼 자식의 교육은 투전장 다음쯤으로 생각하였다. 그 덕에 창덕이도 남만큼 한학을 마친 후 십오 세 되던 해에 경성에 올라가서 한성고등사범학교에 입학하게 되었다.

그러나 삼년급 되던 해 봄에 부친이 장중풍腸中風으로 돈사頓死한 결과, 유학을 단념하고 내려오지 않으면 아니 되었다. 그때 숙부의 손으로 재산 정리를 하고 보니까 남은 것이라고는 몇 두락斗落의 전답하고 들어 있는 집 한 채뿐이었다. 유산이 있어도 선고先考의 유업을 계속할 수 없는 창덕은 연래의 지병으로 나날이 수척하여가는 모친과 일 년 열두 달 말 한마디 건네보지 않는 가속을 데리고 절망 중에서 쓸쓸한 큰 집 속에 들어 엎드렸을 수밖에 없었다. 그러나 모친도 그해 겨울을 넘기지 못하였다. 전 생명의 중심으로 믿고 살아가려던 모친을 잃은 그에게는 아직 어린 생각에도 자살 이외에는 아무 희망도 없었다.

백부의 지휘대로 집을 팔고 줄여 간 뒤로는 조석 이외에 자기 아내와 대면치도 않고 종일 서재에 들어 엎드렸었다. 조석상식朝夕上食에 어린 부처가 대성통곡을 하는 것은 차마 눈으로 볼 수 없었다. 그러나 그 설움은 각각 의미가 달랐다. 그것이 창덕으로 하여금 더욱이 불쾌하고 애통하게 하였다. ……이 세상에는 자기와 같은 설움을 가지고 울어줄 사람도 없구나! 이런 생각이 날 때마다 오 년 전에 십오 세를 일기로 하고 간 누이가 새삼스럽게 간절한 동시에 자기 처가 상식 때마다 따라 우는 것이 미워서 혼자 지내겠다고까지 한 일이 있었다. ……독서와 애곡—이것이 삼 년간의 그의 한결같은 일과였다.

그러나 부친의 삼년상을 마치던 해에 소학교가 비로소 설시設始되어 유지자有志者의 강청으로 교편을 들게 된 뒤로부터는 다소 위안도 얻고 기력도 회복되었으며 가정에 대한 정의도 좀 나아졌다. 그러나 동시에 주연酒煙의 맛을 알기 시작하였다. 처음에는 의사의 주의로 반주를 얼굴을 찌푸려가며 먹던 사람이 점점 양이 늘어갈 뿐이 아니라, 학교 동료와 추축追逐[9]이 잦아갈수록 자기 부친의 청년 시대를 생각하게 되었다. 그러나 그의 처는 내심으로 도리어 환영하였다.

그 이듬해에 식구가 하나 더 는 뒤부터는 가정스러운 기분도 들게 되었다……. 이와 같이하여 책과 눈물이 인제는 책과 술잔

9 친구끼리 서로 오가며 사귐.

으로 변하였다. 그 동시에 그의 책상 위에는 신구약전서 대신에 동경 어떠한 대학의 정경과 강의록이 놓이게 되었다.

그러나 기이한 운명은 창억의 일신을 용서치는 않았다. 처참한 흑영黑影은 어느 때까지 쫓아다니며 약한 그에게 휴식을 주지 않았다.

자기가 가르치던 이년생이 졸업하려는 해에 그의 아내는 겨우 젖 떨어질 만하게 된 것을 두고 시부모의 뒤를 따라갔다. 부모를 잃었을 때 같지는 않았으나 자기 신세에 대한 비탄은 일층 더하였다. 어미 없는 계집자식을 끼고 어쩔 줄을 몰라 방황하였다. 친척들은 재취를 얻어 맡기라고 무수히 권하였으나 종내 듣지 않았다. 오직 술과 방랑만이 자기의 생명이라고 생각한 그는 마침내 서재에서 뛰어나왔다. ―학교의 졸업식을 마친 후 그는 표연히 유랑의 몸이 되었다. 그러나 멀리는 못 갔다. 반년쯤 되어 훌쩍 돌아와서 못 알아볼 만치 초췌한 몸을 역시 서재에 던졌다. 수삭 지나 건강이 다소 회복된 후 권하는 대로 다시 가정을 이루었다. 이번에는 나이도 자기보다 어리거니와 금슬도 좋았다.

그러나 애처의 강렬한 애愛는 힘에 겨웠다. 충분한 만족을 줄 수가 없었다. 혈색 좋은 큼직하고 둥근 상에서 디굴디굴 구는 쌍꺼풀 눈썹 밑의 안광은 곱고 귀여우면서도 부럽기도 하고 밉기도 하며 무서워서 정시正視할 수가 없었다. ……그는 될 수 있는 대로 피하였다.

이 같은 중에 재미있는 유쾌한 오륙 년간은 무사히 지냈다. 소학교는 제십회 창립기념식을 거행하고 그는 십 년 근속 축하를 받게 되었다.

그러나 운명은 역시 그의 호운好運을 시기하였다. 내월이면 명예로운 축하를 받겠다는 이때에 그는 불의의 사건으로 철창에 매달리어 신음하지 않으면 아니 되게 되었다. ……앞서거니 뒤서거니 하며 그의 일생을 통하여 노려보며 앉아 있는 비운은 그가 사 개월 만에 무죄 방면되어 사바에 발을 들여놓을 때까지 하품을 하며 기다리고 있었다.

사 개월간의 옥중 생활은 잔약한 그의 신경을 바늘 끝같이 예민케 하였다. 그는 피초疲憔한 하얗게 센 얼굴을 들고 감옥 지붕의 이슬이 아직 녹지 않은 새벽 아침에 옥문을 나섰다. 차입하던 집으로 찾으러 오리라고 생각하였던 자기 처는 그림자도 보이지 않고 육십이 가까운 백부만 왔다.

출옥하기 일삭 전 십여 일간은 일없이도 하루가 멀다고 매일 면회하러 오던 그녀가 근 일 개월 동안이나 발을 끊은 고로 의심이 없지 않았으나, 가끔 백부가 올 때마다, 영희가 앓아서 몸을 빼서 나지 못한다기로 염려 의혹 속에서도 다소 안심하고 있었다. 그러나 출옥하기 전날 면회하러 온 인편에 갑갑증이 나서 내일은 꼭 맞으러 와달라고 한 것이라서 의외에 보이지 않는 고로 더욱 의심이 날 뿐 아니라 거의 낙심이 되었다. 백부에게 물어볼까 하다가 이것이 자기의 신경과민이 아닌가 하는 생각도 나서 갑갑한 마음을 참고 집으로 발길을 최촉하였다. 도중에서 일부러 길을 돌아 백부의 집으로 가자는데도 의심이 나지 않은 것은 아니나 잠자코 따라갔다.

대문에 발을 들여놓자

"아, 아버지!"

하며 영희가 앞선 백부와 바꾸어 뛰어나오는 것을 보고 그는 깜짝 놀랐다.

"너, 탈이 났다더니 언제 일어났니?"

영희의 어깨에 손을 걸며 눈이 휘둥글해서 숨이 찬 듯이 물었다.

"예? 누가 탈은 무슨 탈이 났댔나요!"

하고 영희는 멈칫하며 돌아다보았다.

"어머니는……?"

그는 자기가 추측하며 무서워하던 사실이 점점 명백하여 오는 것을 깨달으며 소리를 낮춰서 물었다.

"어머니 어데 갔어……."

그에게 대한 이 한마디가 억만 진리보다 더 명확하였다. 그 동시에 자기의 귀가 의심쩍었다.

온 식구가 다— 뛰어나오며 웃음 속에서 맞으나 그는 얼빠진 사람처럼 인사도 변변히 하지 못하고 맥없이 얼굴이 새파래서 뜰 한가운데에 섰다가

"인제 가보지요. 영희야……."

하며 그대로 뛰쳐나오려 하였다.

뜰아래에 여기저기 섰던 사람들은 그가 얼빠진 사람처럼 뚱그런 눈만 무섭게 뜨고 이 사람 저 사람을 쳐다보며 주저주저하는 것을 보고 아무도 입을 벌리지 못하고 피차에 물끄러미 말끄름들 눈치만 보다가

"아, 아침이나 먹고…… 천천히……."

숙모가 끌어다니듯이 하며 만류하였다.

"아니요. 왜, 영희 어미는…… 어데 갔나요."

그는 입이 뻣뻣하여 말을 어우를 수 없는 것처럼 떠듬떠듬 겨우 입을 벌렸다.

"으응…… 일전에 평양에…… 하여간 올라오려무나."

평양이라는 것은 그녀의 친정을 말하는 것이다. 그러나 숙부가 말을 더듬는 것이 우선 이상히 보이었다. 더구나 '하여간'이란 말은 웬 소리인가. 평시 같으면 귓가로 들을 말도 일일이 유심히 들리었다.

"흐흥…… 평양! 흐흥…… 평양!"

실성한 사람처럼 흐흥흐흥 코웃음을 치며 평양을 뇌고 섰는 그의 눈앞에는 금년 정초에 평양 정차장 문밖 우체통 뒤에서 누구하고인지 수군거리다가 휙 돌쳐서 암야暗夜에 사라져버리던 양복장이의 뒷모양이 환영같이 떠올랐다. 그는 차차 눈이 컴컴해오고 귀가 멀어갔다. —절망의 깊은 연못은 점점 깊고 가깝게 패어 들어왔다.

그는 빈집에라도 가서 형편도 보고 혼자 조용히 드러누워서 정신을 가다듬을까 하였으나, 현기가 나서 금시로 졸도할 듯해 권하는 대로 올라가서 안방으로 들어가 픽 쓰러졌다.

피로, 앙분, 분노, 낙심, 비탄, 미가지未可知의 운명에 대한 공포, 불안—인간의 고통이란 고통은 노도와 같이 일시에 치밀어 와서 껍질만 남은 그를 팽살烹殺하려는 듯이 덤벼들었다. 움폭 패인 눈을 감고 벽을 향하여 드러누운 그의 조막만한 얼굴은 납蠟으로 만든 데스마스크 같았다. 죽은 듯이 숨소리도 들리지 않으나 격렬한 심장의 동계動悸와 가다가다 부르르 떠는 근육의 마비는 위에 덮어준 주의周衣 위로도 명료히 보였다.

한 시간쯤 되어 깨었다. 잔 듯 만 듯 한 불쾌한 기분으로 일어나서 밥상을 받았다. 무엇이 입에 들어가는지 정신을 차릴 수가 없었다. 그 속에 들어앉았을 때에는 나가면 이것도 먹어보리라 저것도 해보리라고 벼르고 별렀으나, 이렇게 되고 보니까 차라리 삼사 년 후에 나오는 것이 좋았겠다고 생각하였다.

밥술을 뜨자마자 그는 허둥지둥 뛰어나왔다.

"아버지……."

하며 쫓아나오는 영희를 험상스러운 눈으로 노려보며 들어가라고 턱짓을 하고 나섰다. 머리를 비슷이 숙이고 동구까지 기어 나오다가 돌쳐설 때 숙부의 손에 매달려 나오는 딸을 힐긋 보고 별안간 눈물이 앞을 가리우며 어미 없이 길러낸 딸자식이 불쌍히 생각되어 금시로 돌쳐가서 손을 잡고 오고 싶은 생각이 불쑥 나는 것을 억제하고 "야— 야—" 하며 부르는 백부의 소리도 못 들은 체하고 앞서서 왔다.

범죄자의 누명을 쓰고 처자까지 잃은 이내 신세일망정 십여 년이나 정을 들이고 살던 사 개월 전의 내 집조차 나를 배반하고 고리에 쇠를 비스듬히 하고 있는 것을 볼 제 그는 그대로 매달려서 울고 싶었다.

백부는 숨이 찬 듯이 씨근씨근하며

"열쇠가 여기 있다."

하고 쫓아와서 열고 들어갔으나 그는 어느 때까지 우둑하니 섰었다.

일 개월 이상이나 손이 가지 않은 마당은 이삿짐 나른 뒤 모양으로 새끼부스러기, 종잇조각들이 늘비한 사이에 초하의 잡초가 수채 앞이며 담둑에 푸릇푸릇하였다. 그의 숙부도 역시 이럴 줄이야 몰랐다는 듯이 깜짝 놀라며 한번 휙 돌아보고 나서 신을 신은 채 툇마루에 올라섰다. 먼지가 뽀얗게 앉은 퇴 위에는 고양이 발자국이 여기저기 산국화 송이같이 박혀 있다. 뒤로 쫓아들어온 그는 뜰 한가운데에 서서 덧문을 첩첩이 닫은 대청을 멀거니 바라보고 섰다가, 자기 서재로 쓰던 아랫방으로 들어가서 먼지 앉은 요 위에 엎드러지듯이 벌떡 드러누웠다.

"큰아버지— 예기…… 농이……."

안방으로 들어온 영희는 깜짝 놀라며 큰 소리를 쳤다.

"엣—?"

하며 어름더듬하던 조부는 서창 덧문을 열어젖히고 방 안을 자세히 살펴보더니 농장이 없어진 것을 보고 혀를 두세 번 차고 나서

"망할 년의 새끼…… 어느 틈에 집어갔노……."

하며 밖으로 나왔다.

아닌 게 아니라 창억이가 첫 장가 들 제 서울서 사다가 십 칠팔 년 동안이나 놓아두었던 화류농장 두 짝이 없어졌다.

백부가 간 뒤에 일꾼 아이와 계집애 년이 와서 대강대강 소제를 한 후 저녁밥은 먹기 싫다는 것을 건네 왔다. 백부의 주선으로 소년 과부로 오십이나 넘은 고모가 안방을 점령하기까지 오륙일 동안은 한 발자국도 방문 밖에 나오지 않았다. 백부가 보제補劑를 복용하라고, 돈푼 든 약첩을 지어다가 조석으로 다려다 놓아도 끝끝내 손도 대지 않았다. 하루 이삼 차씩 백부가 동정을 살피러

와서 유리 구멍으로 들여다보면 앉았다가도 별안간에 돌아누워서 자는 척도 하고, 우릿간에 든 곰 모양으로 빈방 안을 빙빙 돌아다니다가 들여다보는 기척만 있으면 책상을 향하여 앉기도 하였다. 아침에 세수할 때와 간혹 변소 출입 이외에는 더운 줄도 모르는지 창문을 꼭꼭 닫고 큰기침 소리 한 번 없이 들어앉았다. 그가 그 속에서 무엇을 하고 있는가는 아무도 몰랐다. 사실 그는 아무것도 하는 것은 없었다. 가다가다 몇 해 동안이나 손도 대어보지 않던 성경책을 꺼내놓고 들여다보기도 하였으나 결코 한 페이지를 계속하여 보는 법이 없었다.

이러한 상태가 일삭쯤 되더니 매일 아침에 한 번씩 세수하러 나오던 것도 폐하고 방으로 갖다가 주는 조석만 먹으면 자는지 깨어서 누웠는지 하여간 목침을 베고 드러눕기로만 위주하였다. 백부는 병세가 더 위중하여 그렇다고 복약을 시키지 못하여 달래도 보고 꾸짖어도 보았으나 약은 기어코 입에 대지 않았다. 그러나 노인은 하루 삼사 차씩은 결缺하지 않고 와서 방문도 열어주고 위무하듯이 말도 붙여보나 벙어리처럼 가만히 돌아앉았다가 어서 가달라고 걸인이나 쫓아 보내듯이 언제든지 창문을 후닥뚝닥 닫았다.

하루는 예와 같이 저녁때쯤 되어 가만가만 들어와서 유리 구멍으로 들여다보려니까 방 한가운데에 눈을 감고 드러누웠다가 무엇에 놀란 듯이 깎아 세운 기둥처럼 눈을 부릅뜨고 벌떡 일어나더니 창에다 대고

"이놈의 새끼! 내 댁내를 채가고 인제는 나까지 죽이러 왔니?"

두 주먹을 불끈 쥐고 소리를 버럭 질렀으나 감히 창문은 열지

못하고 얼어붙은 장승같이 섰다. 백부는 기가 막혀서 미닫이를 열며

"이거 와 이리니."

하고 소리를 질렀다. 문만 열면 곧 때려죽이겠다는 듯이 딱 버티고 섰던 사람이 금시로 깔깔 깔깔 웃으며

"나는…… 누구라고! 삼촌 올라오시구려."

하고 이번에는 안방에다 대고

"여보, 영희 어머니! 삼촌이 왔는데 술 좀 받아 오시구려."

하고 나서 경련적으로 켕기어 네 귀가 나는 입을 벌리고 히히히 웃었다. 그의 백부는 한참 쳐다보다가

"야— 어서 자거라 잠이 아직 깨이지 못한 게구나……. 술은 이따 먹지. 어서어서."

"그런데 여보소, 삼촌! 영희 어미는 지금 어디 갔소? 예? 술 받으러? 히히히…… 아하 어젯밤에도 왔어! 그 사진을 살라달라고…… 그— 어디 있던가?"

하며 고개를 쳐들고 방 안을 휙 돌아다보다가 무슨 생각이 났던지 별안간에 책상 앞으로 가서 꿇어앉으며 무엇인지 부리나케 찾는다. 노인은 뒷모양을 한참 들여다보다가 방문을 굳게 닫고 안방으로 들어갔다. 그 뒤에 방에서는 히히히 웃는 소리가 흘러나왔다. 그의 손에는 두 조각에 난 사진이 있었다.

그 이튿날 아침에 그는 무슨 생각이 났던지 어느 틈에 방을 뛰어나와서 부엌을 들여다보고 요사이는 왜 세숫물도 아니 주느냐고 볼멘소리를 하며 대야를 내밀고 물을 청하였다. 밥솥에 불을 때고 앉았던 고모가 깜짝 놀라 돌아보니까 근 반년이나 면도

를 안 한 수염에는 먼지가 뿌옇게 앉았고 붉은 솟은 듯한 눈찌에는 이상한 영채가 돌면서도 무시무시하게 보였다. 그녀는 무서운 증이 나서 아니 나오는 웃음을 띠우고 달래는 듯이 온유한 목소리로

"예예 잘못하였쇠다. 처음 시집살이라 거행擧行이 늦었쇠다. 히히히."

웃으며 물을 퍼주었다.

아침상을 차려다 데밀며 차차 좋아지는 듯한 신기를 위로 삼아 무엇이든지 먹고 싶은 것이 있거든 말하라 하니까

"영희 어미나 뭐든지 해주시구려."

하며 의논할 것이 있으니 들어오라고 강청을 하였다. 그녀는 주저주저하다가 오늘은 맑은 정신이 난 듯하여 안심하고 방을 치워줄 겸 걸레를 집어 들고 들어갔다. 책상 위와 방구석을 엎드려서 훔치며

"무어 의논이야?"

하며 말을 꺼냈다.

"……어젯밤에 영희 어미가 왔더랬는데 오늘 낮에는 아조 짐을 지워가지고 오겠다고……."

"무어? 지금은 어드메 있기에?"

그녀는 역시 제정신이 아니 들어서 그러나 보다 하면서도 한편으로는 의아하여 눈이 휘둥그레지며 걸레 잡은 손을 멈추고 고개를 들었다.

"……지금? 히히히, 연옥煉獄에서 매일 단련을 받는데 도망하여 올 터이니 전죄를 용서하고 집에 두어달라고 합니다."

단테의 《신곡》에서 본 것이 생각나서 연옥이란 말을 썼으나 고모는 물론 무슨 소리인지 몰랐다. 다만 옥이라는 말에 대개 지옥이라는 말인 줄 짐작하고 하도 어이가 없어서

"냉면이나 한 그릇 받아다 주지……."

하고 나오다가 아침에 세수하던 것을 생각하고 혼자 빙긋 웃었다.

날이 더워갈수록 그의 병세는 나날이 더하여갔다. 팔월 중순이 지나 심한 더위가 다— 가고, 뜰에 심은 백일홍이 누릇누릇해 감을 따라 그에게는 없던 증이 또 생기었다. 축대 밑에 나오려던 풀이 폭열에 못 이기어서 비틀어져 버리던 육칠월 삼복에는 겨우 동창으로 바람을 들이면서 불같이 끓는 방 속에 문을 봉하고 있던 사람이 무슨 생각이 났던지 매일 아침만 먹으면 의관도 아니하고 뛰어나가기를 시작하였다. 무슨 짓을 하며 어디로 돌아다니는지는 아무도 몰랐다. 대개는 어슬어슬해 들어오거나 혹은 자정이 넘어서 돌아올 때도 있었다. 그러나 별로 곤한 빛도 없었다. 안방에서 혹 변소에 가는 길에 들여다보면 그믐날 빛이 건넌방 지붕 끝에서 꼬리를 감추려 할 때에도 빈방 속에 생불처럼 가만히 앉았었다.

너무 심하여서 삼촌이 며칠을 두고 찾으러 다녀보아도 종적을 알 수가 없었다. 집에서 나갈 때에 누가 뒤를 밟으려고 쫓아나가는 기색만 있어도 도로 들어와서 어떻게 해서든지 틈을 타서 몰래 빠져 달아나갔다. 그러나 그는 별로 다른 데를 다니는 것은 아니었다. 다만 자기 집에서 동북으로 향하여 일이 정T쯤 떨어져 있는 유곽 뒤에 둘러싸인 조그마한 뫼 위에 종일 드러누웠을 뿐이었다. 무슨 까닭에 그곳이 좋은지는 자기도 몰랐다. 하여간 수

풀 위에서 디굴디굴 구는 것이 자기 방 속보다 상쾌하다고 생각하였다. 아침에 햇빛이 아직 두텁지 않은 동안에 잠깐 드러누웠다가, 오정 전후의 폭양에는 해안가로 방황한 후 다시 돌아와서 석양판에 가만히 누웠는 것이 얼마나 재미스러웠는지 몰랐다. 그것도 처음에는 동리 아이들이 덤벼들어서 괴로워 못 견디었으나 일 주, 이 주 지나갈수록 자기의 선경을 침략하는 자도 점점 없어졌다. 그러나 김 모가 미쳤다는 소문은 전시全市에 모르는 사람이 없게 되었다. 그가 매일 어데 있다는 것은 삼촌의 귀에 제일 먼저 들어왔다.

그 후부터는 매일 감시를 엄중하게 해 나가지를 못하게 하였다. 그는 하는 수 없이 삼사일 동안을 근신한 태도로 칩복蟄伏치 않을 수 없었다. 사오일 동안 신용을 보여서 감시가 좀 누그러져 가는 기미를 챈 그는 또다시 방문 밖으로 나섰다. 이번에는 땅으로 꺼져 들어간 듯이 감쪽같이 종적을 감추었다.

7

반달 동안을 두고 찾다 못하여 경찰서에 수색원을 제출한 지 사흘 되던 날 밤중에 연통 속으로 기어 나온 것처럼 대구리부터 발끝까지 새카만 탈을 하고 훌쩍 돌아와서 불문곡직하고 자기 방으로 들어가 코를 골며 잤다. 이튿날 아침에는 조반을 걸신들린 사람처럼 그릇마다 핥듯이 하여 다— 먹고, 삼촌이 건너오기 전에 또 뛰어나갔다. 서너 시간 뒤에 쫓아간 그의 백부는 유정 유곽산에서 용이히 그를 발견하였다.

그가 처음 감시의 비상선을 뚫고 나올 제는 맑은 정신이 들어서 그리하였던지 하여간 자기의 고향을 영원히 이별할 작정으로 나섰었다. 우선 시가를 떠나 촌리로 나와서 별장 이전의 상지祥地를 복卜하려고 이 산 저 산으로 헤매이었다. 가가호호로 돌아다니며 연명을 하여가며 오륙일 만에 평양 부근까지 갔었다. 그러나 평양이 가까워 오는데 정신이 난 그는 무슨 생각이 났던지 뒤도 돌아보지 않고 다시 남포로 향하였다. 그중에 다소 마음에 드는 곳이 없지는 않았으나 무엇보다도 불만족한 것은 바다가 보이지 않는 것이었다. 그는 하는 수 없이 다시 자기 서재로—자기를 위하여 영원히 안도하라고 하느님이 택정하신 바 유정 뒤 산 밑으로 기어든 것이었다.

인간에게 허락된 이외의 감각을 하나 더 가지고 인간의 침입을 허락지 않는 유수미려幽邃美麗한 신비의 세계에 들어갈 초대장을 가진 하느님의 총아 김창억은 침식 이외에는 인간계와 모든 연락을 끊고 매일 같은 꿈을 반복해가며 대지에 자유롭게 드러누워서 무애무변無涯無邊한 창궁을 쳐다보며 대자연의 거룩함과 하느님의 은총 많음을 홀로 찬영하고 있었다.

이러한 상태가 달포나 되어 시월 하순이 가까워 초상初霜[10]이 누른 풀잎 끝에 엷게 맺을 때가 되었다.

하루는 어두워서야 들어오리라고 생각한 그가 의외에 점심때도 채 아니 되어서 꼭 닫은 중문을 소리 없이 열고 자취를 감추

10 첫서리.

며 들어와서 자기 방으로 들어갔다. 안방에서 일을 하고 앉았던 고모는 도적이나 아닌가 하며 두근거리는 가슴을 억제하고 문틈으로 지키고 앉았으려니까, 한 식경이나 무엇인지 부스럭부스럭 하더니 금침인 듯한 보따리를 지고 나온다. 가슴이 덜렁하던 고모는 문을 박차며 내다보고

"그건 어디로 가져가니?"

소리를 버럭 질렀다. 도망꾼처럼 한숨에 뛰어나가려던 그는 보따리를 진 채 어색한 듯이 히히히 웃으면서

"새집 들래…… 히히히 영희 어머니를 데려오려고 저기 한 채 지었지……."

또 히히히 웃고 휙 돌아서 나갔다. 고모는 삼촌 집에 곧 기별을 하려도 마침 아이가 없어서 걱정만 하고 앉았었다. 조금 있다가 또 발자취가 살금살금 난다. 이번에는 안방으로 향하여 어정어정 들어오더니, 부엌간으로 들어가서 시렁 위에 얹어놓은 병풍을 끌어 내려다가 아랫방 앞에 놓고 퇴로 올라서서

"아지먼네, 그 농 좀 갖다 놓게 좀 주시구려."

하고 성큼 뛰어들어와서 위 칸에 놓았던 조그만 붉은 농장 짝을 번쩍 들고 나갔다. 다행히 영희의 계모가 갈 때에 그의 의복이며 빨래들은 모아서 농장 속에 넣어두었기 때문에 고모는 걱정을 하면서도 안심하였다.

낙지落地 이래로 이때껏 빗자루 한번 들어보지 못하던 그가 그 무거운 농짝에다가 병풍을 껴서 새끼로 비끄러매어 지고 나가는 것을 방문에 기대어 보고 섰던 고모는 입을 딱 벌리고 놀랐다.

기지 이전에 실패한 그는 유정에 돌아와서 일이 주간이나 언덕에 드러누워 여러 가지로 생각하였다. 답답한 방을 면하려면 우선 여기다가 집을 한 채 지어야 하겠는데 단층으로는 좁기도 하거니와 제일 바다가 보이지 않을 것이다.

"……그러면 이층? 삼층? 삼층만 하면 예서도 보이겠지!"

하고 일어나서 발돋움을 하고 남편南便을 바라보았다. 그러나 인가에 가려서 사오 정이나 상거相距가 있는 해면이 보일 까닭이 없다.

"삼층이면 그래도 내 키의 서너 배나 될 터이니까…… 되겠지."

하며 곁에 떨어진 나뭇가지를 들고 차차 햇살이 멀어가는 산비탈에 앉아서 건축의 설계도를 그리기 시작하였다. 누렇게 된 잔디 위에 정처 없이 이리저리 줄을 쓱쓱 그면서 가다가다 혼자 고개를 끄덕끄덕하며 해가 저물어가는 것도 모르고 앉았었다.

그날 밤에 돌아와서는 책궤 속에서 학생 시대에 쓰던 때 묻은 양척洋尺과 사기四機가 물러난 삼각정규三角定規를 꺼내가지고 동이 트도록 책상머리에 앉았었다.

도안을 얻은 그는 동이 트기도 전에 산으로 달아나갔다. 우선 기지의 검분檢分을 다진 후, 그는 그길로 돌을 주워 들이기 시작하였다. 반나절쯤 걸리어서 두세 삼태기나 모아놓은 후 허기진 줄도 모르고 제일 가까운 유곽 속으로 헤매며 새끼 오라기, 멍석 조각이며, 장작개비, 비르 궤짝, 깨진 사기그릇 나부랭이…… 손에 걸리는 대로 모아들이기 시작하였다. 돌아다니는 동안에 유곽 속에서 먹다 남은 청요리 부스러기를 좀 얻어먹었으나 해 질 머리쯤 되어서는 맥이 풀려서 하는 수 없이 엉기어 들어와 저녁을 먹고 곧 자버렸다.

그 이튿날은 건축장에 나가는 길에 헛간에 들어가서 괭이를 몰래 집어 숨겨가지고 도망하여 나왔다. 오전에 우선 한 칸통쯤 터를 닦아서 다져놓고 산을 내려와 물을 얻어다가 흙을 이겨놓고 오후부터는 담을 쌓기 시작하였다. 그러나 한 모퉁이에서부터 쌓아 나와 기역 자로 꼬부릴 때에 비로소 기둥이 없는 데에 생각이 나서 일을 중지하고 산등에 올라앉아서 이 궁리 저 궁리 하여 보았다. ……자기 집에는 물론 없지마는 삼촌 집에 가면 서까래 같은 것이라도 서너 개는 있을 터이나 꺼낼 계책이 없었다. 지금의 그로서 무엇보다도 제일 기외忌畏하는 것은 자기의 계획이 완성되기 전에 가족의 눈에 띄거나 탄로되는 것인 동시에 이것을 계획하는 것, 더욱이 이 계획을 절대 비밀리에서 완성하는 것이 유일의 재미요, 자랑거리이며, 또한 생명이었다. 만일 이때에 누가 와서 "너의 계획은 이러저러하고, 너의 포부는 약차약차若此若此히 고대하나, 가엾은 일이나 그것은 한 꿈에 불과하다"고 설파하는 사람이 있다 하면 그는 경악 실망한 나머지 자살을 하거나 살인을 하였을지도 모를 것이다. ……어떻게 하였으면 아무도 모르게 아무도 모르는 동안에 하루바삐 이 신식 삼층 양옥을 지어서 세상 사람들을 놀래 보일까! 침식을 잊고 주소晝宵[11]로 노심초사하는 것이 오직 이것이었다. 그는 삼촌 집의 재목을 가져올 궁리를 하였다.

"밤에나 새벽에 가서 집어 와? ……그것도 아니 될 것이다.

11 밤낮.

……그러면 어느 재목상에나 가서? ……응응 옳지 옳지!"

하며 그는 흙 묻은 손을 비벼 털며 뛰어 내려와서 정차장으로 향하여 달아나왔다. 그는 재목상에나! 라는 생각이 날 제 십여 년 전에 자기가 가르치던 A라는 청년이 재목상을 경영하고 있는 것을 생각하고 뛰어나온 것이었다. 삼거리로 갈리는 데 와서 잠깐 멈칫하다가 서西로 꼬부려서 또다시 뛰었다. K 재목상회라는 기다란 간판이 달린 목책으로 돌려막은 문전에 다다라 우뚝 서며 안을 들여다보고 주저주저하다가 문 안으로 썩 들어섰다. 그는 무엇이나 도적질하러 온 사람처럼 황황히 사방을 둘러다 보다가 사무실에서 누가 내다보는 것을 눈치채고 곧 그리 향하였다.

"재목 있소?"

발을 들여놓으며 한마디 부르짖었다.

"그런데, 이게 웬일이슈? ……재목집에 재목이야 있지요. 하……."

테이블 앞에 앉아서 사무원들과 잡담을 하고 있던 주인은 바로 앉아서 그를 마주 쳐다보며 웃었다.

그는 얼이 빠진 사람처럼 이 사람 저 사람 사무원들을 차례차례로 쳐다보다가 마치 취한醉漢이나 범인이 스스러운 사람과 대할 때에 특별한 주의와 긴장을 가지는 거와 같이 뿌연 눈을 똑바로 뜨고 서서 한 마디 한 마디씩 정확한 악센트로

"아니, 좀 자질구레한 기둥 있거든 몇 개 주시구려, 지금 집을 짓다가……."

"그건 해 무엇하시려오. 그러나 돈을 가져오셔야지요? ……하하하."

사소한 대금을 관계하는 것은 아니나 광증이 있다는 소문을 들은 주인은 그대로 내주는 것이 어떨까 하여 물어보았다.

"응응! 옳지! 돈이 있어야지. 응응! 돈이 있어야……."

돈이란 말에 비로소 깨달은 듯이 연해 고개를 끄덕거리며 멀거니 섰다가 아무 말도 없이 도로 뛰어나갔다. 처음부터 서로 눈짓을 하며 빙긋빙긋 웃고 앉았던 사무원들은 참았던 웃음을 일시에 왓하하 하며 웃었다. 그는 눈을 부릅뜨고 유리창을 흘겨다보며 급히 달아나왔다.

그길로 그는 자기 집으로 뛰어갔다. 방에 쑥 들어서면서 흙이 말라서 뒤발을 한 손으로 책상 위에 놓인 물건을 뒤치락거리며 무엇인지 한참 찾더니 돈지갑을 들고서 선 채 열어보았다. 속에는 일 원짜리 지폐가 석 장하고, 은전 백동전 합하여 구십 전쯤 들어 있었다. —옥중에서 차입하여 쓰고 남은 것이었다. 그는 혼자 히— 웃으며 지갑을 단단히 닫아서 바지춤에다 넣고 다시 뜰로 내려섰다. 대문을 막 나서렬 제 삼촌과 마주쳤다. 그는 마치 못된 장난을 하다가 어른에게 들킨 어린아이처럼 깜짝 놀라며 꽁무니를 슬슬 빼며 급히 방으로 뛰어들어가서 자는 척하고 드러누워 버렸다. —그날 밤에는 종내 나가지 못하게 되었다.

이튿날 아침에는 우선 재목상을 찾아갔다.

마침 나와 앉은 주인은 아무 말 없이 들어와서 훔척훔척하다가 삼 원 오십 전을 꺼내놓고

"얼마든지 좀 주시소그려."

하고 벙벙히 서 있는 그의 태도를 한참 치어다보다가

"얼마나 드리리까?"

하며 웃었다.

"기둥 여섯 개하고……."

"기둥 여섯 개만 해도 본전도 안 됩니다."

주인은 하하 웃으며 그의 말을 자르고 사무원을 돌아다보고 무엇이라고 하였다. 그는 사무원을 따라 나가서 서까래만한 기둥 여섯 개와 널판 두 개를 얻어서 짊어지고 나섰다. 재목을 얻은 그는 생기가 더 나서 우선 네 귀에 기둥을 세우고 두 편만은 중간에다 마주 대하여 두 개를 세운 뒤에 삼등분하여 새끼로 두 층을 돌려 매어놓고 담을 쌓기 시작하였다. 담 쌓기는 쉬우나 돌멩이 모아들이기에 날짜가 많이 걸리었다. 약 삼 주간이나 되어 동편으로 드나들 구멍을 터놓고는 사방으로 삼사 척의 벽을 쌓았다. 우선 하층은 되었는 고로 널빤지를 절반하여 한편에 기대어서 걸쳐놓고 나머지 길이를 이등분하여 이층과 어긋 매겨서 삼층을 꾸몄다. 그다음에는 이층만 사면에 멍석 조각을 둘러막고 삼층은 그대로 두었다. 이것도 물론 그의 설계에 한 조목 든 것이었다. 그의 이상으로 말하면 지붕까지라도 없어야 할 것이지만 우로雨露를 피하기 위해 부득이 역시 멍석을 이어서 덮었다.

이같이 해 이럭저럭 일 개월 이상이나 걸린 역사가 대강대강 끝이 나서 우선 손을 떼던 날 석양에 그는 삼층 위에 올라앉아서 저물어가는 산 경치를 내다보고 혼자 기꺼움을 이기지 못하였다. 인생의 모든 행복이 일시에 모여든 것 같았다. 금시에라도 이도移徒를 하려다가 집에 들어가면 또 잡히어서 나오지 못할 것을 생각하고 어둡기까지 그대로 드러누웠었다. 드러누워서도 여러 가지 생각이 많았다. 우선 세계평화유지사업으로 회를 하나 조직하

여야 할 터인데

"회명은— 무엇이라고 할까. 국제연맹이란 것은 있으니까 국제평화협회? 세계평화협회? 그것도 아니 되었어! 동서양이 제일에 친목하여야 할 것인즉, '동서친목회'라 하지! 응 옳지! 동서친목회! ……되었어."

그다음에 그는 삼층 양옥을 어떻게 하면 거처를 편리하게 방세를 정할까 생각하였다. 우선 급한 것은 응접실이다. 그다음에는 사무실, 침실, 식당, 서재…… 차례차례로 서양 사람의 집 본새를 생각하여가며 속으로 정하여놓고 어슬어슬할 때에 뛰어 내려왔다. 일단 집으로 향하다가 무슨 생각이 났던지 다시 돌쳐서서 유곽으로 들어갔다. 헌등 아래로 슬금슬금 기어가듯 하며 이 집 저 집 기웃기웃하다가 어떤 상점 앞에 와서 서더니 저고리 고름 끝에 매인 매듭을 힘을 들여서 풀고 섰다. 한 사람 두 사람 모여드는 것도 모르는 것같이 시치미를 떼고 풀더니 은전 네 닢을 꺼내서 던지고 일본주 이홉 병을 받았다. —낙성연을 베풀려는 작정이었다.

공복에 들어간 두 홉 술의 힘은 강렬하였다. 유정의 사람 자취가 그칠 때까지 이 집 저 집 돌아다니며, 동서친목회 회장이 너희들을 감독하려고 내일이면 떠나오신다고, 도지개를 틀며 앉아 있는 여 회원들을 웃기며 비틀거리고 돌아다닌 것도 그날 밤이었다.

8

세간을 나르느냐고 중문 대문을 활짝 열어 젖혀놓은 것을 제치려고 뒤를 쫓아나간 고모는 이맛살을 찌푸리고 그의 가는 방향을 한참 건너다보다가 긴 한숨을 쉬고 들어와서 큰집에 간 영희만 오기를 기다리고 앉았으려니까 십오 분이 되어 삐—걱 하는 소리가 나더니 또 들어와서 이번에는 부엌으로 들어가서 한참 동안 훔척훔척하다가 석유통으로 만든 화덕 위의 냄비를 들고 나왔다. 그 속에는 사기그릇이며 수저 나부랭이를 손에 잡히는 대로 듬뿍 넣었다. 그는 안에서 무엇이라고 소리나 칠까 보아서 연해 힐긋힐긋 돌아다보며 뺑소니를 쳐서 나왔다. ……십수년 동안 기거하던 자기 집을 영원히 이별하였다.

그날 석양에 고모는 영희를 데리고 동리 사람이 가르쳐주는 대로 그의 신가정을 찾아갔다. 그녀에게 대하여는 가장 불행하고 비통한 집알이였다. 엿과 성냥 대신에 저녁밥을 싸가지고 갔었다. 물론 가자고 해야 다시 집에 돌아올 그가 아니었다. 영희가 울면서 가자고 하니까, 그는 무슨 정신이 났던지 측은해하는 듯한 슬픈 안색으로 목소리를 떨며

"어서 가거라. 어서 가거라. ……아— 춥겠다. 눈[雪]이 저렇게 왔는데 어서 가거라."

혼잣말처럼 꼭 한마디 하고 아래 문에 늘어놓은 부엌세간을 정돈하며 있었다.

고모는 하는 수 없이 돌아와서 남았던 시량과 찬을 그에게로 보내주고 나서 어둑어둑할 때 문을 잠그고 영희와 같이 큰집으

로 건너갔다. 근 보름이나 앓아누운 그의 백부는 눈물을 흘리며 깊은 한숨만 쉬고 아무 말도 없었다.

……소년 과부로 오십이 넘은 그의 고모는 영희를 끼고 누워서 밤이 이슥하도록 훌쩍거리었다. 영희의 흘흘 느끼는 소리도 간간이 안방에까지 들렸다.

아랫목에 누웠던 영감이

"여보 마누라, 좀 가보시구려."

하는 소리에 잠이 들려던 노마님이 건너갔다. 조금 있다가 이 마누라까지 훌쩍훌쩍하며 안방으로 건너왔다. 미선尾扇[12]을 가슴에 대고 반듯이 드러누운 노인의 눈에도 눈물이 글썽글썽하였다.

십칠야의 교교한 가을 달빛은 앞창 유리 구멍으로 소리 없이 고요히 흘러 들어와서 할머니의 가슴에 안기어 누운 영희의 젖은 베개 밑을 들여다보고 있었다.

9

평양으로 나온 우리 일행은 그 익조翌朝에 남북으로 뿔뿔이 헤어졌다. 그 후 약 이 개월쯤 되어 나는 백설이 애애皚皚한 북국 어떠한 한촌 진흙 방 속에서 이러한 Y의 편지를 받았다.

……형식에 빠진 모든 것은 우리에게 벌써 아무 의미도 없는

12 둥그스름한 모양의 부채.

것이 아니오? 어느 때든지 자기의 생활에 새로운 그림자(그것은 보다 더 선한 것이거나, 혹은 보다 더 악한 것이거나 하여간)가 비쳐올 때나 혹은 잠든 나의 영이 뛰놀 만한 무슨 위대한 힘이 강렬히 자극하여 오거나 그렇지 않으면 군에게 무엇이든지 기별하고 싶은 사건이 있기 전에는 같은 공기 속에서 같은 타임 속에서 동면 상태로 겨우 서식하는 지금의 나로는 절대적으로 누구에게든지 또는 무엇에든지 펜을 들지 않으려고 결심하였었소. 자기의 침체한 기분, 꿈꾸는 감정을, 아무리 과장한들 그것이 결국 무엇이오…….

그러나 지금 펜을 들어 이 페이퍼를 더럽히는 것은 현재의 내가 무슨 새로운 의의를 발견하고 혹은 새로운 공기를 호흡하게 된 까닭은 아니오. 다만 내가 오래간만에 집을 방문하였다는 것과 그 외에 군이 어떠한 호기심을 가지고 심방하였던 삼 원 오십 전에 삼층 양옥을 건축한 철인의 철저한 예술적, 또한 신비적 최후를 군에게 알리려는 까닭이오.

여기까지 읽은 나는 깜짝 놀랐다. 손에 들었던 편지를 책상 위에 놓고 바로 앉아서 한 자 한 자 세듯이 하여가며 계속하여보았다.

……사실은 지극히 간단하나 이 소식은 군에게 비상한 만족을 줄 줄로 믿소. ―하느님이 천사를 보내시어 꾸며놓으신 옥좌에 올라앉아서 자기의 이상을 실현치 않으면 아니 될 시기라고 생각한 그는 신의로서 만든 삼 원 오십 전짜리 궁전을 이 오탁伍濁[13]에

채운 속계에 두고 가기 어려웠을 것이오. 신의 물物은 신에게 돌리라. 처치하기 어려운 삼층집을 맡길 곳이 신 이외에 없었을 것도 괴이치 않은 것이겠소.

……유곽 뒤에 지어놓았던 원두막 한 채가 간밤 바람에 실화하여 먼지가 되어 날아간 뒤에 집주인은 종적을 감추었다—라고 하면 사실은 지극히 간단할 것이오. 그러나 불은 왜 놓았나?

나는 이하를 더 읽을 기운이 없다는 것같이 가만히 지면을 내려다보고 앉았었다. 의외의 사실에 대한 큰 경이도 아니거니와 예측한 사실이 실현됨에 대한 만족의 정情도 아닌 일종의 형용할 수 없는 감정이 다대한 호기심과 기대에 긴장하였던 마음을 일시에 느즈러지게 한 상태였다. ……나는 또다시 읽기 시작하였다.

추위에 못 견디어서……라고 세상 사람은 웃고 말 것이오. 그리고 군더러 말하라면 예의 현실 폭로라는 넉 자로 설명할 것이오. 그러나 그가 삼층집에서 나와서 자기 집 서재로 들어가기 전에는 추워서 불을 놓았다고도 못 할 것이요, 또 현실 폭로의 비애를 감하여 그리하였다 하면 방화까지 할 필요는 없었을 것이오.

……신의神意에 따라서만 살 수 있다는 신념을 확집確執한 그는 인제는 금강산으로 들어갈 때가 되었다고 삼층 위에서 뛰어 내려온 것이오. 그리고 신에게 돌린 것이오.

아— 그 위대한 건축물이 홍염의 광란 속에서 구름 탄 선인

13 세상의 다섯 가지 더러움.

같이 찬란히 떠오를 제 그의 환희는 어떠하였을까. 그의 입에서는 반드시 '할렐루야!'가 연발하였을 것이오. 그리고 일 편의 시가 흘러나왔을 것이오. —마치 네로가 홍염 가운데의 로마 대로를 밟아보며 하모니에 맞춰서 시를 읊듯이…… 아— 그는 얼마나 위대한 철인이며 얼마나 행복스러운가……. 반숙반온半熟半溫의 자기를 돌아볼 제 진심으로 자기 자신을 매도치 않을 수 없다…….

10

기뻐하리라고 한 Y의 편지는 오직 잿빛의 납덩어리를 내 가슴에 던져주었을 따름이었다. 나는 여기저기 골라가며 또 한 번 읽은 뒤에 편지장을 책상 위에 펼쳐놓은 채 드러누웠었다. 음산한 방 속은 무겁고 울적한 나의 가슴을 더욱더욱 질식케 하는 것 같았다. 까닭 없이 울고 싶은 증이 나서 가만히 누웠을 수가 없었다. ……나는 뛰어 일어나서 방문 밖으로 나섰다.

아침부터 햇살을 조금도 보이지 않던 하늘에는 뽀얀 구름이 건너다보이는 앞산 위까지 처져서 방금 눈이 퍼부을 것 같았다. 나는 얼어붙은 눈[雪] 위를 짚신 발로 바삭바삭 소리를 내이며 R동 고개로 나서서 항상 소요하던 절벽 위로 향하였다.

사람 하나나 간신히 통행할 만한 길 오른쪽 언덕에 거무스름하게 썩어서 문정문정하는 짚으로 에워 쌓은 한 칸 집이 있고, 그 아래에는 비스듬하게 짓다가 둔 헛간 같은 것이 있다. 나는 늘 보왔건만 그것의 본체가 무엇인지는 아직껏 물어도 보지 않았었다. 그러나 삼층 양옥의 실화 사건의 통지를 받고는 나는 새삼스럽게 눈여겨보이었다. 나는 두세 걸음 지나가다가 다시 돌쳐서며 언덕으로 내려와서 사면팔방을 멍석으로 꼭 둘러막은 괴물 앞에 섰다.

나는 무슨 무서운 물건이나 만지듯이 입구에 드리운 멍석 조각을 가만히 쳐들고 컴컴한 속을 들여다보았다. 광선 한 줄기 들어오지 않는 속에서는 쌀쌀한 바람이 훽 끼칠 뿐이요, 처음에는 아무것도 보이지 않았다. 공연히 마음이 선뜻하여 손에 쥐었던 거적문을 놓으려다가 다시 자세자세히 검사를 해보았다. 그러나 무엇인지는 알 수가 없었다. ―기둥 두 개를 나란히 늘어놓은 위에 나무관 같은 것을 놓고 그 위에는 언젠지 대동강 변에서 본 봉황선 대가리 같은 단청한 목판짝이 얹혀 있었다. 나는 보지 못할 것을 본 것같이 마음이 께름하여 마른침을 탁 뱉고 돌아서 동둑 위로 올라왔다. 나는 눈에 묻힌 절벽 위에 와서 고총 앞에 놓인 석대에 걸어앉으려다가 곁에 새로 붉은 흙을 수북이 모아놓은 것을 보고 외면을 하며 일어나왔다. 이것은 일전에 절골[寺洞]에선가 귀신이 씌어서 죽었다고 무녀가 온 식전 굿을 하던 떼도 안 입힌 새 무덤이다.

……전에 밥상을 받고 앉아서 주인더러 등 너머의 일간두옥은 무엇이냐고 물으니까

"그것이 이 촌에서 천당에 올라가는 정차장이라우……."

하고 하하하 웃으며 동리에서 조직한 상계喪契의 소유라고 설명하였다. 이 촌에서 난 사람은 누구나 조만간 그곳을 거쳐 가야만

한다는 묵계가 있다는 그의 말에는 무슨 엄숙한 의미가 있는 것 같이 들리었다. 나는 밥을 씹으며 저를 손에 든 채로 그 내력을 설명하는 젊은 주인의 생기 있는 얼굴을 물끄러미 치어다보고 앉았었다. 그 순간에 나는 인생의 전 국면을 평면적으로 부감俯瞰 한 것 같은 생각이 머리에 떠오르는 동시에 무거운 공포가 머리를 누르는 것 같았다.

그날 밤에 나는 아무것도 할 용기가 없어서 몇몇 청년이 몰려와서 떠드는 속에 가만히 드러누웠었다. 어쩐지 공연히 울고 싶었다. 별로 김창억을 측은히 생각하여 그의 운명을 추측하여보거나, 삼층집 소화한 후의 행동을 알려는 호기심은 없었으나, 지금쯤은 어디를 돌아다니나? 하는 생각이 나는 동시에 작년 가을에 대동강가에서 잠깐 본 장발객의 하얀 신경질적 얼굴이 머리에 떠올랐다.

과연 그가 그 후에 어디로 간 것은 아무도 몰랐다. 더구나 뱀보다도 더 두려워하고 꺼리는 평양에 나와 있으리라고는 아무도 몽상 외였다. 그러나 그는 결국 평양에 왔다. ……평양은 그의 후취의 본가가 있는 곳이다.

—일 년 열두 달 열어보는 일이 없이 꼭 닫친 보통문 밖에 보금자리 같은 짚더미 속에서 우물우물하기도 하고 혹은 그 앞 보통강가에로 돌아다니는 걸인은 오직 대동강가의 장발객과 형제거나 다만 걸인으로 알 뿐이요, 동리에서도 누구인지는 아무도 몰랐다.

—〈개벽〉, 1921. 8. 1~10. 18.

E 선생

1-1

E 선생이 X 학교에서 교편을 들게 된 것은, 그가 일본에서 귀국한 지 반년쯤 지난 뒤의 일이었다. 그리고 그가 그 학교에서 선생 노릇을 한 것도, 겨우 반년밖에 아니 되었었다.

E 선생의 그 광대뼈가 펴진 검으무트레한 상이며, 바짝 깎은 거센 머리털이, 어푸수수하게 자란, 그야말로 천연 밤송이 같은 대가리며, 말하자면 좀 부대한 듯한 짝딸막한 체구가 어디로 보든지, 오만한 듯도 하여 보이고 심술궂어도 보였으나, 그 곱살스러운 눈자위에는, 어쩐지 온유한 맛이 있어 보였다. 더구나 조용히 나직나직하게 이야기하는 음성은, 명쾌하기도 하고 사람의 온정을 끌 만한 힘이 있는 것 같았다. 그러나 그가 강당 같은 데에서

"그따위로 하여가지고 어떻게 할 작정이야!" 하며, 소리를 버럭 지르거나, 그의 늘 하는 입버릇으로 "아무려나 그것은 제군의 자유다. 그러나 제군이 진정한 '인간의 자子'가 되어야 하겠다는 것만은, 어느 때든지 잊어서는 아니 되겠다"고, 여성厲聲 대갈大喝할 때의, 그 원시인의 피가 그대로 쏟아져 나오는 듯한 만성蠻聲에는, 사람을 압두하려는 듯한 위력이 있었다.

생도들은, E 선생이 부임하여 온 지 며칠이 아니 되어서, 벌써 '고슴도치'라는 별명을 바치었다. 그것은 E 선생의 대가리가 고슴도치 같기도 하려니와 그의 성질이 격월激越[1] 한 것을 놀리는 것이었다. 그러나 생도들에게 대한 E 선생은, 결코 고슴도치만은 아니었다. E 선생의 태도도 그러하지만, 생도들도 입으로는

"이크! '고슴도치'가 대낮부터 웬 야단이야?" 하기도 하고, 간혹 교실에서 생도들의 과실을 설유나 하고 나오면, 다른 반 생도들이 "왜, 또 '고슴도치'가 목 따는 소리를 하였니?" 하며, 저희끼리는 수군거리면서도, 심중으로까지 '고슴도치'를 미워하지는 않았다. 도리어 될 수 있는 대로는 그 '고슴도치'에게 가까이하고 싶어 하였다.

E 선생도 이 고슴도치라는 소리를 운동장 같은 데에서 귓결에 들은 것은 한두 번이 아니었으나, 아마 요사이 동물학에서, 고슴도치를 배워가지고 저희끼리 그러는 게지 하며, 그런 소리는 별로 귀담아듣지도 아니하였다. 그러나 언젠지 점심시간에 E 선생이 제일 못마땅해하는 체조 선생이, 일깨워 줘서 비로소 알게 되

1 목소리 따위가 격하고 높음.

었다.

난로 앞에 채를 잡고 앉아서, 서양 요릿집에서 특별 주문을 하여 왔다는 버터 바른 연보 조각을, 짜닥짜닥 뜯어 먹으며 앉았는 체조 선생은, 콧잔등 위에 늘어진 대모테 안경 위로, 뱅글뱅글 웃으며, E 선생을 건너다보고 앉았다가

"E 선생! 실례올시다만 그 머리를 좀 기르시구려."

하며, E 선생 옆에 앉은 지리 선생을 건너다보고 눈짓을 하였다. E 선생은 자기 자리에 앉아서, 벤또 그릇에다가 고개를 파묻고 차디찬 언 밥덩이를 급히 퍼 넣다가, 볼이 메인 꺼먼 얼굴을 번쩍 쳐들고, 뭐라고 말대답을 하려 하였으나, 입술을 뗄 수가 없어서, 눈만 끔벅끔벅하며, 우물우물 한참 씹어서 꿀떡 삼킨 뒤에 겨우 입을 벌렸다.

"왜요? 선생님 머리처럼 맨들란 말씀이야요?"

E 선생은, 대단히 속이 거북하다는 듯이, 눈을 동그랗게 뜨고 마주 건너다보았다.

"아니오, 꼭 이렇게 깎으시라는 건 아니지만……."

하며, 체조 선생은 하얀 가냘픈 손가락을 머리에다가 집어넣어서 두세 번 뒤로 쓰다듬으면서

"요새 생도들이, 선생님을 뭐라고 하는지 아십니까?"

체조 선생은 여전히 유쾌한 듯이 말을 계속하였다.

"예? 난 몰라요."

E 선생은, 생전에 빗 그림자가 가본 일이 있었는지 모를 만치 먼지가 뿌옇게 앉은 덥수룩한 머리를, 또 한 번 번쩍 들고, 귀찮다는 듯이 간단히 말대꾸를 하였다.

"아! 이때껏 고슴도치라는 소리도 못 들으셨어요?"

체조 선생은 그 빽빽한 목소리를 한층 더 높여서, 방 안이 다 듣게 한마디 하고 깔깔깔 웃었다. 일동은 따라서 핫하하 하며 의미 없이 웃었다. 그래도 교감만은, 점잖게 가만히 앉아서 쩌덕쩌덕 하고 있었다.

E 선생은, 인제야 깨달았다는 듯이 빙그레 웃으며

"예에 그런가요. 내 머리가, 아닌 게 아니라 거세긴 거세요. 하하하 상관있나요. 그런 게 다 학생 시대의 재미지요."
하며 도리어 유쾌한 듯이 웃고, 벤또 갑을 싸서 서랍에 들이뜨린 후에 찻종을 들고 난로 곁으로 왔다.

E 선생이 잠깐 손을 쬐고 자기 자리로 가서 연구서를 펴놓고 앉았으려니까 스토브 앞에 옹기옹기 모여 앉은 교원들은, 체조 선생과 지리 선생을 중심으로 하고, 어느 때까지 고슴도치 이야기가 떠나지를 않았다.

"나도 머리를 빨갛게 깎아버리면 고슴도치같이 될까?"

체조 선생은 뒤로 훌떡 넘기어서 반드르하게 빗은 자기의 머리를, 이것 보라는 듯이 뒤로 쓰다듬으면서, 또다시 말을 꺼내었다. 체조 선생은 마치 자기도 고슴도치가 될까 보아서, 머리를 깎을 수 없다는 구문口吻이었다.

사실 말하면, E 선생이 이 학교에 온 후, 처음부터 깊은 인상을 준 것도 이 체조 교사였고, 제일 불쾌하게 생각한 것도 이 체조 교사였다. E 선생이 처음 오던 날, 생도들을 모아놓고 인사를 하게 되었을 때에, 경례의 호령을 하는 사람이, 말쑥한 신식 제치는 양복에다가 대모테 안경을 쓰고, 머리를 유난히 반드르하게 빗은 것을 보고, 아마 체조 교사가 결근을 하여서 대신 하나 보다 하며 그 선생을 대개는 미국 출신의 영어 교사라고 짐작하였다. 그것은 E 선생만 잘못 본 것이 아니다. 누구나 이 학교에 처음 오는 사람은, 학생복에 뼈다귀 단추를 달아 입은 E 선생을, 체조 교사로 보는 사람은 있어도, 이 대모테 안경의 주인인 최신식 신사를 체조 교사라고 생각하는 사람은 없었다.

그러나 그날 오후 시간에 예의 대모테 선생이, 중절모를 쓰고, 상의를 입은 채 운동장 한구석에서 앞으로옷! 하며 섰는 것을 보고, E 선생은 깜짝 놀라지 않을 수 없었다. 그때에 그는 속으로 '목도리까지 아니한 것만은 다행이로군' 하고 한참 구경하였다. 지금도 E 선생은 한 달 전의 첫인상을 무심히 머릿속에 그려보며, 책을 펴놓은 채 우연히 그쪽으로 귀를 기울이고 앉았었다.

"선생님, 고슴도치는 발톱이 길다지요?"

이번에는 지리 선생이, 달라붙은 모가지를 쳐들면서, 곁에 비스듬히 선 박물 선생에게 물었다. 도度가 깊은 구식 금테 안경을 쓴 박물 선생은 마시려던 차를 또 한 번 꿀떡 마시고 나서

"네에, 아마 그렇지요. 그러나 길긴 길어도 매우 약하지요."

박물 선생이란 사람은, 나이는 그리 들어 보이지 않지만, 전교 중에 제일 온공한 학자티가 있는 사람이었다. 게다가 열심이었기 때문에 직접 관계가 없는 삼사 학년 생도들에게까지라도, 평판이 좋았었다. E 선생과는 원래 방면이 다르기 때문에 교섭이 별로 없건마는, E 선생도 이 박물 선생을 제일 존경하였다.

"그것 참 적절한 말씀입니다그려. 발톱이 길긴 길어도 약해요! 응, 길긴 길어도 약해!"

체조 선생은 무슨 의미나 있는 듯이, 길긴 길어도 약하단 말을, 웃으면서 뇌고 있다. 그러나 그 곁에들 앉은 사람들은 무슨 의미인지도 모르면서, 자기네들이 웃지 않으면, 좌흥이 깨질 터이니까 웃지 않을 수 없는 의무나 있다는 듯이 모두 빙글빙글 웃었다.

1-2

"그 외엔 또 무슨 특장이 없나요?"

체조 교사는, 어서 표본실로 들어가서 다음 시간 준비를 하려고 머뭇머뭇하고 섰는 박물 선생에게 짓궂이 물었다.

"글쎄요, 그 외의 특징이라곤 대개 고슴도치는 낮엔 별로 나다니지 않지요."

"하하하, 그럼 박쥐로군."

이것은 수학 선생의 목청이 굵은 탁한 소리다.

"그럼 E 선생은 사감이 제일 적당하구먼……."

"생도감[2]이면 더 좋지. 요새 흔한 고무 구두나 신고 살금살금 다니면……."

지리 선생과 체조 선생이 이런 소리를, 주거니 받거니 하며 쌕쌕거리는 동안에, 사람 좋은 박물 선생은 무심코 묻는 대로 대답을 한 것이라서, 좀 경솔하였다는 듯이, 얼굴이 벌게지며 돌아서

2 일제 강점기에 생도의 훈육에 관한 일을 맡은 사람 또는 그 직책.

서 E 선생의 책상을 힐끗 건너다보고 밖으로 나가버렸다. E 선생은 무엇을 하는지 책상 위에 놓인 책궤에 가려서 여기서는 그 문젯거리가 된 머리도 보이지 않았다. 그래도 스토브 앞에서는 여전히 떠드는 모양, E 선생은 좀 불쾌하였으나 그 외에는 들은 체만 체 하고 자기 책에 정신을 쓰고 앉았다.

지리 선생과 체조 선생이 이렇게 노골적으로 E 선생을 못 먹어하는 데에는 제각각 상당한 이유가 있었다. 원래 E 선생의 전문은 사학과 사회학이었다. 그의 학생 시대의 이상으로 말하면 결코 중학교 교사라는 되다 찌부러진 교육가가 되려고는 아니하였었다. 그러나 동경에서 졸업한 후에 급기야 조선 사회에 발을 들여놓고 보니 모든 것이 꿈이었던 것을 깨달았다.

처음에 귀국한 지 얼마 아니 되는 그는 우선 어떤 친구의 소개로 사회에 다소 이름 있다는 몇몇 사람을 만나보았다. 그리하여 그때 그들이 계획 중인 주식회사라는 현판 아래 발행한다는 어떤 월간 잡지를 위하여 두어 달 동안이나 분주히 돌아다녀 보았다. 그러나 그 결과는, 잡지가 세상에 나와보기는 고사하고 오백 원가량의 부채를 걸머지고 나서는 수밖에 없었다. 그는 분개하였다. 매도하였다. 그러나 사회가 그에게 주는 위로는 책상물림이라는 조소밖에 없었다. 그 후부터 그는 거의 두문불출을 하고 혼자 들어앉아서 끙끙 앓고 있었다.

"오백 원이라는 돈이 아깝다는 것이 아니라, 오백 원이라는 잔단 돈 몇 푼을 갉아먹고 싶어서 문화 운동이니 주의 선전이니 하는 이 사회가 가엾다는 것이야! 저주받은 사회! 거세된 영혼! 이런 사회에는 참 살고 싶지 않다!"—이런 이야기가 날 때마다, 그는 어떤 친구에게든지 이렇게 부르짖었다.

그러나 한 달 두 달 들어앉은 그는, 암만해도 그대로 들어엎드려서 썩고 싶지는 않았다. 하지만 소위 사회의 유지로 자처하고 그들 사이에 섞여서 내로라는 얼굴로 돌아다니고 싶지는 않았다. 될 수 있으면 순실한, 사람다운 사람이 모인 단체, 책상머리에 있을 때의 양심이 흐려지지 않은 청년의 '그룹', 세간적으로 아주 영리하여지지 않은 어린 동무…… 이러한 속에서 놀고 싶은 생각이 비교적 간절하여졌다. 사실 E 선생이 X 학교에 오라는 것을 쾌락快樂하고 교육계로 나선 것도 이러한 요구가 있기 때문이었다.

그러나 결국 와서 본즉, 자기는, T라고 하는 지리 선생의 시앗쯤 된 모양이었다. 이 T 선생은 동경 고등사범의 지리역사과 출신으로, 자기보다는 삼사 년이나 먼저 졸업한 선배였다. 하므로 T 선생은 이러한 학별 문제도 늘 앞이 굽는 것같이 불쾌하게 생각하지만, 그보다도 더 큰 원인은 E 선생을 불러다가 자기가 맡았던 삼사 학년의 동서양 역사 전부를 담임케 한 것이었다. 그러나 소갈딱지 없는 T 선생은, 이렇게 아니하였더면 자기가, 어떤 창피한 꼴을 당하였을지, 그런 것은 꿈에도 깨닫지 못하였다.

하여간 이러한 관계로 지리 선생은 E 선생을 눈엣가시로 볼 뿐 아니라, 손톱만한 일에라도 말썽을 부리고 이 사람 저 사람하고 입을 모아서, 마치 시누이가 오라범댁을 볶거나, 본마누라가 시앗을 들어내려는 것같이 있는 소리 없는 소리를, 함부로 하고 돌아다녔다.

그러나, 여기에 어느 때든지 선봉대장으로 덩달아서 뇌동하는 것은 예의 체조 선생과 수학 선생이었다. 물론 체조 선생에게도 다소의 이유가 없는 것은 아니었으나 결국은 E 선생이 생도들에게 평판이 좋다는 것을 시기하여 그러는 것은 사실이었다.

그날 맨 끝 시간에, E 선생은 삼 학년에 일어 문법을 가르치러 들어갔었다. E 선생은 동서양사 외에 특히 일문법하고 조선어 작문을 맡았었다.

예를 마치고 출석부를 펴려니까, 심술궂은 장난꾼이, 무슨 긴급한 질문이나 있는 듯이 벌떡 일어나며 별안간에,

"선생님."

하고 불렀다. 신기神氣가 좋으신 때는 실없는 소리도 곧잘 하는 E 선생은

"왜, 또 공부가 하기 싫어서 오줌이 마려운 게군!"

하며 웃었다.

"아녜요, 질문이 좀 있어요. 저어 고슴도치가요, 외[瓜]밭에서 대굴대굴대굴대굴!"

―여기까지 겨우 입을 어울려 한마디 하고 나서는, 웃음이 복받쳐서 킥킥킥 하며 외면을 하였다.

"그래, 어쨌어?"

E 선생은 벌써 눈치를 채고도, 천연덕스럽게 그다음을 물었다.

질문하는 생도는 얼굴이 벌게지면서, 곁에서 웃는 생도를 나무라놓고

"……뾰족한 털끝에 외가…… 킥킥…… 보기 좋게 끼, 끼, 끼어서……."

생도들은 웃음판이 되었다. E 선생도 커다란 입을 딱 벌리고

보기 좋게 웃었다. 고슴도치라는 말을 듣고 형세가 어떻게 되나 하고 나오는 웃음을 참으면서 E 선생의 비식鼻息[3]만 노려보고 앉았던 생도들도, E 선생이 웃는 바람에 안심하였다는 듯이 깔깔깔 웃었다. E 선생은 손을 내어두르며, 생도들의 웃음을 막아놓고

"예끼 빙충맞은 것들! 선생을 놀리려거든 좀 그럴듯하게 해야지……."

하며 생도들과 또다시 깔깔깔 웃었다.

이러한 실없는 소리를 할 때의 E 선생은 정말 어린아이 같았다. 거기에는 조금도 꾸미는 것이 없었다. 이것이 E 선생의 가장 아름다운 특장이요, 동시에 천진난만한 생도들의 환영을 받게 된 원인이었다. 사실 그 후부터 나날이 높아가는 E 선생의 호평은 직원끼리도 시기할 만하였다.

다시는 '고슴도치'라고 하는 생도도 없거니와, '고슴도치'의 말이라면, 일종의 미신적 신뢰와 경앙을 가지게 되었다.

이것은 그 후에, E 선생 귀에 굴러 들어온 말이지만, 그날 사무실 속에서 고슴도치 타령이 있던 날 삼년급 생도 몇몇이 짜고서, E 선생을 놀리려 한 것도 기실은 체조 선생이 노는 시간에, 생도들더러 오늘에야, "고슴도치 선생이 정신을 차렸다"느니, "내가 설명을 하여주었다"느니 하며, 은근히 사무실 속에서도, E 선생이 놀림감이 된다는 것을, 생도들에게 일러주었기 때문이었다.

이러한 소리를 생도의 입에서 들을 제 E 선생은 혼자 깔깔 웃고 앉았었다. E 선생같이 격하기 쉬운 성질로, 그런 소리를 듣고

3 코로 쉬는 숨.

도 웃고 지나치는 것은, 생도가 앞에 앉았기 때문에 체면을 차리느라고 그리하는 것 같기도 하지만, E 선생은 사실 노할 줄 모르는 사람이었다. 그가 혹시 자기의 생도들이나, 처자나 혹은 동생들을, 얼굴을 붉히며 꾸짖는 때가 있지만, 그것은 진심으로 노하여서 그러거나 미워서 그런 것은 아니었다. 도리어 사랑하기 때문에, 그는 그의 생도를 책하고, 그의 처자를 꾸짖는 것이었다.

1-3

그러나 아무 은원이 없는 사람에게는 아무리 심사가 뒤틀리는 일이 있어도 마음으로라도 결코 미워하거나 꾸짖는 일은 없었다.

"사람이 사람을 미워하는 감정처럼 비열한 것은 없다. 더구나 노한다는 것은 일생에 그리 많은 일은 아니다. 장부의 일빈일소一嚬一笑가 그렇게 헐한 것은 아니다. 될 수 있으면 일생에 노하여 보지 않고 죽는 것에 더 좋은 일은 없지만 노한다면 한 번 꼭 한 번밖에 없는 것이다."

이것이, "희로애락을 불형어색不形於色[4]이라는 것은 사람에게 산 시체가 되라는 것이다. 우리는 우선 감정을 해방하여야 한다"는 E 선생의 주장의 결론이었다. 하여간 이와 같이 E 선생은 체조교사나 생도감의 대모테를 못마땅하게는 생각하여도 이때껏 그들에게 노염을 품거나 미워하여 본 일은 없었다. 그러나 체조 선

4 희노애락 불형어색喜怒哀樂 不形於色. 기쁨과 즐거움, 즉 감정을 얼굴에 드러내지 않는다는 뜻.

생과 T 선생들의 E 선생에게 대한 태도는 더욱더욱 악화하여가는 것이 분명하였다.

2-1

고슴도치 사건이 있은 지 이 주일쯤 지나서, 이러한 일이 발생하였다.

그날 하학을 시킨 후, E 선생이 책보를 끼고 나오려니까, 테니스 코트가 있는 운동장 저 끝에, 학생들이, 거멓게 한 떼가 모여 서서 제가끔 떠드는 모양이었다. E 선생은 대문으로 향하고 나가려니까, 그래도 미심하여, 그리로 가보았다.

"그래 두 달 석 달, 이 늙은 놈이 애를 써서 부쳐논 것을, 짓밟아야 옳단 말이오?"

"그럼, 볼이 들어가도 집으러 가질 못한단 말이오."

"글쎄, 누가 공을 집어 가지 말라고 했소? 이때껏 말한 것같이, 어떤 학생인지 위에서 내려다보며, 공 집는 조그만 학생을 시켜서 밟아라, 밟아라, 짓밟기로 상관있니? 하니, 그래 학생을 그따위로 가르쳐야 옳단 말이오? 겨울에 김치 쪽이나 얻어먹으려고, 이 늙은이……."

"여보! 그따위라니? 그따위로 어떻게 가르쳐 걱정이란 말이오?"

손에 라켓을 든 체조 선생은, 눈을 똑바로 뜨고 덤벼들었다. 학생 뒤에서 듣고 있던 E 선생은, 참을 수가 없어서, 두 겹 세 겹

에워싼 학생들을 헤치고 들어가며

"여보시오 영감!"

하고, 상투 꼬부랑이 영감과 체조 선생 사이에 가로막아 섰다. E 선생은, 다만 용서하라고 빌 뿐이었다. 학교의 설비가 부족하여, 공이 굴러 들어가는 것도 미안한 일이요, 많은 생도를 감독하려니까, 자연 부주의한 점도 있으니, 이번만 용서하면, 상당한 조처를 하겠다고, E 선생은 잔생이 빌었다. 그 늙은 영감도 E 선생의 말에는 만족하였던지, 금시로 노기가 풀어지며, 어세를 낮추어서

"글쎄, 그런 줄 모르겠습니까. 그렇지만 보시다시피 손바닥만 한 조기다가, 김장에 배추통이나 얻어먹을까 하고, 늙은 내외가 갖은 애를 다 써서, 겨우 사오십 통쯤 된 것을, 짓밟아도 상관없다니, 그래 화가 안 나겠소? ……실상 말이지 그동안에 밟히기도 많이 밟혔소이다만, 자식 없는 사람이라, 어린애들이 날뛰는 것만 귀여워서, 이때껏, 내, 말 한마디 한 일이 없소이다. 그래도 이 양반은 누구신지, 날더러만 덮어놓고 잘못하였다니……."

"그러게 어서 학교에다 집을 팔고 떠나지!"

테니스 선수 중에도 대장 팀의 한 사람이라는 사년급의 끝으로 셋째에 앉은 학생의 목소리다. E 선생은 그 학생에게 눈짓을 하고, 다시 그 노인에게로 향하여

"어서 내려가시지요. 참 감사합니다. 그렇게 생각을 하여주시니…… 대단 죄송하외다."

하며 모자를 벗어 인사를 하고, 언덕으로 엉금엉금 기어 내려가는 늙은이의 뒤를 바라보고서 섰다…… 아닌 게 아니라, 운동장

에서 한 길이나 되는 낭떠러지 아래에, 쓰러져가는 일각 대문이 보이고, 그 곁으로 안방 뒤인 듯한 곳에, 참 정말 손바닥만한 터전에, 비틀어진 백채白菜가 사오십 통쯤 내려다보였다. E 선생은 눈물이 핑 돌 만큼, 그 늙은이가 고맙기도 하고 미안하고 가엾어 보였다. "자식이 없는 놈이라 어린아이들이 날뛰는 것만 귀여워서……"라는 말이, E 선생의 귀에는 어느 때까지 남아 있었다.

E 선생이 무심코 섰다가, 돌아서서 가려니까, 체조 선생은 사람을 넘보는 듯한 예의 샐쭉한 눈을 뜨고, 안경 위로 넘겨다보면서

"E 선생, 참 수고하셨습니다그려! 싸움이 나려는 것을 말려주셔서……."

하며 빙그레 웃는 것이, E 선생에게는 좀 괘씸하여 보이지 않는 게 아니었지만

"천만의 말씀 다 하시는구려."

하며 미소를 띠는 듯한 안색을 보이고, 교문을 나갔다.

배추를 짓밟으라고 하였다는 학생은 E 선생의 뒤를, 잠깐 거들떠보고 나서

"뭣도 모르고 공연히…… 밥그릇 엽뎅이로나 있지!"

하며, 체조 선생에게로 향하고 마주 보며 웃었다.

체조 선생이 이 학교에서 하는 일은, 학생의 비밀을 사무실에 보報하는 것보다, 사무실 비밀을 생도에게 탄로시키는 것이었다. 그것은 입이 가벼워서 그런 것만은 아니었다. 생도들의 환심을 사려면, 그 이상의 수단이 없기 때문이었다. 그중에도 전교 내에 제일 말썽꾸러기요, 세력의 중심인 각 팀의 운동선수들과 결탁한다는 것은, 자기의 지반을 공고히 하고, 세력 범위를 확장함

에 유일한 수단인 것을, 그는 충분히 타산할 만치 영리하였다. 그뿐만 아니라, 선생님 선생님 하며 과자 부스러기며 장국밥 그릇이나 얻어걸리는 것도, 빈궁한 교원 생활에는 그래도 일조가 되지 않는 게 아니었다. 그러나 생도들도 아무 보수 없이 무조건으로 이 체조 선생을 공궤하는 것은 물론 아니다. 제일에는 사무실의 비밀을 아는 것, 성적의 보장을 얻는 것이요. 제이에는 흡연을 하든지 기타 비밀한 행동에 대하여 관대한 특전을 얻겠다는 것이다. 이러한 형편인 고로 아까 그 생도가, E 선생더러, "멋도 모르고 공연히 날뛴다"고 한 것도, 그 생도가 E 선생보다 사무실 내용을 더 잘 안다는 것이었다.

그러나 사무실 내용이라는 것은 별것이 아니었다. 원래 이 학교의 예산은, 학교 부근의 민가를 매입하여가지고, 운동장도 확장하고, 기숙사도 세우려고 하였었다. 그러나 동민들은 결속을 하여가지고, 절대로 불응하였다. 그것은 현재 교장인 서양 선교사가, '나의 사업은 원래 의연義捐[5]적이니, 너희들도 집값의 삼분의 일씩은, 의연하는 의미로 감가減價를 하라'는 요구가 무리한 것과, 또 근래와 같이 주택난이 심한 이때에, 수간두옥을 헐가로 팔아가지고는, 도저히 옮겨 앉는 재주가 없기 때문이었다. 그래서 이 문제가 일어난 것은 지난 하기 방학 중이었으나, 그럭저럭 시일이 천연遷延[6]되어 가을이 훌쩍 넘자, 이제는 김장을 해 넣을 때니까, 내년 봄에나 다시 의논하자 하고 담판은 일시 중지된 모양이었다. 그러나 이러한 세세한 내용이, 체조 선생의 입을 거쳐서,

5 사회적 공익이나 자선을 위해 돈이나 물품을 냄.
6 일이나 날짜 등을 미루고 지체함.

운동부 일반에 알려진 뒤로는, 근방 십여 호만 학교에 팔아넘기면, 운동장이 넓어진다는 바람에, 학생들의 등쌀은 나날이 심하여갔다. 그렇지 않아도 베이스볼 공이 넘어와서 장독이 깨졌느니, 판장이 상하였느니 하여, 하루에도 몇 차례씩 야단이 일어났는데, 더구나 이 가을철에 들어서부터는, 별별 해괴망측한 짓이 다 많아졌다. 공 한 번만 넘어 들어와도 두세 놈씩 울타리 구멍으로 개 싸지르듯 싸지르지를 않나, 담 너머로 뻗친 대추나무 가지 위에 테니스공이나 풋볼이 얹혔다고, 기다란 바지랑대로 함부로 두들겨서, 익기도 전부터 떨어뜨려 먹지를 아니하나…… 이루 섬길 수가 없지만 그중에도 제일 괴로워하는 사람은 딸자식 가진 사람이다. 개천에 빠진 공을 씻는다고 번정다리 같은 놈이, 대낮에 남의 집에를 불쑥 들어와서, 처녀애가 김칫거리를 씻거나 빨래를 하고 앉은 뜰에 박힌 우물물을, 제 마음대로 퍼 쓰기도 하고, 계집애나 젊은 아낙네가, 마루 끝에만 얼씬하여도, 운동장 끝에서 마주 내려다보며

"떴구나! 분홍치마가 떴구나! 남치맛자락이 걸린다! 날린다!" 하며 차마 입에 담지 못할 소리를 하는 것이 예상사이다. 이러한 일은 여편네끼리만 있을 때 같으면, 학생들이 무슨 짓을 하든지, 하는 수 없이 가만히 내버려 둘 수밖에 없지만, 사나이가 있을 때에는 그대로 무사히 넘길 수는 없었다. 그러노라니 학교에 대한 동민들의 반감은 나날이 심하여질 수밖에 없었다.

그러나 생도감이라는 직접 책임자인 체조 선생은, 이러한 생도의 불품행을 단속하기는 고사하고, 보고도 모른 척하거나, 말간섭을 하게 되면 어느 때든지 생도 편을 들어서 시비를 하다가

결국은 "그러게 어서 학교에다가 팔아넘기구 떠나가구려" 하는 것이 보통이었다. 사실 생도들이 그처럼 무람없게 된 것도, 언젠지 이 체조 선생이, 생도들 듣는 데서 "좀 머릿살 아픈 꼴도 당해봐야 어서 떠나지……" 하며, 은근히 생도들의 이러한 불품행을 묵허한다는 기미를 보이기 때문이었다. 그러나 이러한 분란이 한 번 두 번 잦아갈수록, 동민들의 반감은 다만 격앙하여 갈 뿐 아니라 동리 노인들은 소위 학교 교육이라는 것을 이를 갈며 저주하였다.

2-2

그는 하여간 이러한 사건이 있은 후 그 이튿날 사무실 속에는, 불의의 사건이 발생하였다. 그 이유는 이러한 것이었다.

배추밭 주인과 언쟁이 있던, 그 이튿날의 아침 기도 시간이, 마침 E 선생 차례였다. E 선생은 원래 교인이 아니기 때문에, 취임한 후 몇 주일 동안은, 매일 기도회에 참석도 아니하였고, 자기가 사회를 하여 기도를 인도한 일이 없었다. 그것은 자기가 취임할 당초부터 그 소개자에게 계약을 하다시피 한 것이었다. 그러나 직원 중에 시비를 하는 사람도 없지 않고, 그중에도 지리, 체조 양 선생의 질문과 반대가 심하여서, 당로當路의 책임자인 교감도, 하는 수 없이 재삼재사 권고를 하기 때문에, E 선생도 금시로 사직을 하고 나가지 않으려면, 남의 학교의 풍기를 문란케 하는 것이라고 마음을 돌이켜서 기도회를 보게는 되었으나, 그래도 다른 사람이 하는 날에는 참례치 않고, 이 주일쯤 하여 한 번씩 돌아오는 자기 차례에만 인도를 하기로 작정하였었다. 그리하여 이 번이 세 번째였다.

그날 E 선생은, 다른 때보다는 좀 일찍이 출근하였다. 다른 교원들도 시퍼렇게 얼어서 하나 둘씩 모여들었다. 그러나 제일 먼저 와서 있을 체조 교사가 눈에 띄지 않았다. E 선생은 거기에는 별로 정신 차려 생각하여보지도 않고, 종소리가 나자 곧 기도회에 들어갔다.

E 선생의 기도회는 다른 때와는 특별한 것이었다. 다른 사람은 모든 절차를 자기가 지휘하고, 기도를 자기의 입으로 인도를 하지만, E 선생은 성경도 모르고 기도를 하여본 일이 없기 때문에, 찬미는 풍금 치는 학생에게 일임하고, 성경 구절의 선택은 자기가 하려는 말의 주지에 적당한 구절을 교감에게 읽어달라고 하고, 기도는 생도들에게 인도하게 한 후에, 자기는 다만 훈화를 할 뿐이었다. E 선생의 주견은 신에 대한 기도나 성경 구절을 해독하는 등 형식은 아무래도 관계가 없는 것이요, 다만 이러한 기회에 실천궁행할 실제 문제를 택하여 수양의 자資가 되고 당직當職에 유조有助한 훈화를 하여주는 것이 의미 있는 것이며, 또한 기도회라는 것은 원래 그러하여야 할 것이라는 것이었다.

그러나 오늘은 전과 변함이 없는 절차를 취한 후에, 성경 낭독을 교감에게 부탁하지 않고 자기가 독행을 하였다. E 선생은 기도가 끝난 뒤에 잠깐 머뭇머뭇하다가 찬송가 뒤에 있는, 십계명을 폅시다 하더니.

"제육절을 봅시다."

하고, 천천히 힘을 들여 읽기 시작하였다.

"제육은 살인하지 말라 하시니라."

E 선생은, 자기가 읽은 구절이 너무 짧아서 좀 섭섭하다는 듯이, 또 한 번 구절마다 명료히 힘을 주어서 반복하였다.

"제육은 살인하지 말라 하시니라."

이같이 두 번이나 소리를 높여 낭독하고 나서, E 선생은 책을 접어놓더니

"세상 사람이 우둔한 자를 희롱하려 할 때에, 눈치가 빠르면 절에 가서 젓국을 얻어먹는다고, 하는 말이 있지 않소. 또한 여러분은《맹자》에서 〈곡속장觳觫章〉[7]을 배웠을 것이오. 다음에 여러분은, 자고로 국가는 살인자를 사死로써 형벌함을 잘 알 것이오. 최종으로, 기독의 성도인 여러분은, 지금 내가 읽은 십계명을 어기지 않을 만한 신앙이 있는 동시에 살인하지 말라는 지고지존至高至尊한 예수의 수훈을 지킬 줄을, 나는 확신하는 바이오. 그러나 예수의 가르친 바 살인이라는 것은, 결코 그 범위가 편협한 인간계에 한한 것이 아니라 일반적으로 산 자를 죽이지 말라는 것을 불가佛家가 살생을 경계함과 다를 것이 없을 것이오……."

E 선생은 이렇게 기두起頭를 하여놓고, 살생에 대한 도덕적 가치와 우주 만상의 조화의 이理와 후세에 이르러 이러한 관념이 기계화하여, 허다한 폐해가 백출한 원인을 도도히 설명한 뒤에, 목청을 돋우면서

"여러분! 여기 어떠한 사람이 있어서 사람에게 이는 될지언정

7 《맹자》의 〈양혜왕 편〉에 있는 이야기. '곡속'은 '죽기를 두려워하는 모양'을 가리킨다.

해는 없는, 한 포기의 풀을, 아무 필요와 의미 없이 발로 으깨고 손으로 쥐어뜯는다면, 여러분은 어떻게 생각하겠소. 필야에 여러분은 예상사로 생각할 것이오. 산 자를 죽임은 죄악이라고 배운 여러분은, 때리면 울 줄 알고, 찌르면 피 흘리는 견마犬馬에 대하여는 오히려 곡속한 마음을 이기지 못하지만, 한 포기의 풀을 밟고 뜯을지라도 명읍鳴泣하는 소리를 듣지 못하고, 선혈이 임리淋漓[8]한 광경을 보지 못하기 때문에, 예상사로 생각하는 것이오. 그러나 식물이라도 감각이 없는 것이 아니오. 존재의 이유와 권리가 없는 것이 아니오. 어느 때든지, 무엇이든지 그 존재의 이유와 권리를 주장하고 저항하지 않는다고, 우리에게는 그것을 유린할 권리는 없는 것이오. 한 포기의 풀, 한 송이의 꽃을 대할 때에 우리는, 그 자연의 묘리를 경탄하며, 그 생명과 미에 대하여 겸허한 마음으로 애모와 감사의 뜻을 표치 않으면 아니 될 의무는 있어도, 그 존재를 무시하고 생명을 유린할 권리는 조금도 없소.

그러면 여러분 가운데에는, 나에게 이렇게 반문할 분도 있을 것이오. 그러나 우리는 식물을 먹지 않느냐고. 과연 동물은 식물을 먹고, 고등 동물은 하등 동물을 먹는 것이오. 그러나 그것은 생명의 유린이 아닐 뿐 아니라, 거기에 우주의 조화가 있는 것이오. 한 송이의 꽃이, 아름답게 피어 자기의 미를 자랑함으로써 수분 작용을 하는 동시에, 우주의 미 인생의 쾌를 돕고, 결실함에 이르러 인축의 구복口腹을 위로하는 동시에, 종자의 전파를 도圖함은, 화초 자체의 자기를 부정하는 절대적 희생 같지만, 그 화초는

8 피, 땀, 물 등 액체가 흘러 흥건한 모양.

자기를 완성하고 자기의 종족의 번영을 도함이오. 인축은 그 조력한 보수를 받음에 불외한 것이오. 사람이 가축을 사양飼養하고 채소를 재배하여 자기 자신의 영양을 도움으로써 활동력을 지지하며 생명을 연장하여 우주와 인류의 대사업을, 완성함에 노력하는 모든 행위가, 결국은 이 규구規矩[9]에서 벗어남이 없다 하겠소. 결국 우주의 만물은 각자의 사명을 다하면서 피차가 희생을 공헌하는 동시에 또한 그러함으로써 자기를 완성하고 실현하여가는 것이오…… 나는 실로 밥상에 밥풀이 한 알 떨어지는 것을 보아도 곡속穀粟의 생명과 사명을 무시하는 것 같고, 생명의 자연한 생명력과 인간의 막대한 노력이 낭비됨을 애처롭게 생각하오. 여러분은 이것을 가리켜서, 내가 물적으로 인색한 자라 할지 모르나, 나는 다만 이 우주에 충일한 생명의 아름다움과 기쁨에 도취한 자일 뿐이오. 예수는 부자가 천당에 들어가기 어려움을 비유하여, 소가 바늘구멍에 들어감 같다 하였거니와 진실로 나는 여러분에게, 아무리 미미한 일초일목이라도 그의 생명을 무시하고 유린하는 자로서, 인류의 행복을 도모하고 하느님께 가납되려 함은, 태산을 끼고 북해를 넘고자 하는 자보다도, 오히려 어리석음을 가르치고자 하는 바이오……."

E 선생의 핏빛 같은 두꺼운 입술에서는 불덩이가 굴러 나오는 것 같았다. 그는 이로부터 본론에 들어가서, 어제 하학한 후에 배추밭을 짓밟으라는 방자하고 무도한 실언으로 말미암아, 이웃 노인의 노염을 산 사실을 준절히 훈계하고 나서

9 일상생활에서 지켜야 할 법도.

“만일 금후에 여러분으로서 이만한 도덕적 양심의 자각이 없다 하면, 여러분은 기도를 아무리 잘하더라도 결국 바리새 교인밖에 아니 될 것이오.”
라고 단언하였다.

E 선생의 훈화가 얼마나 효과가 있었는지는 물론 알 수 없는 것이었다. 그러나 E 선생의 훈화로 말미암아 교무실 내의 공기는 예상외로 험악하여졌다.

2-3

E 선생이 훈화를 마치고 다소 흥분한 낯빛으로 사무실에 발을 들여놓으니까 우선 지리 선생은 난로 앞에 서서, 일부러 들으라는 듯이

“대웅변가야! 대웅변가야!”
하며 여간 못마땅하지 않다는 듯이 입술이 샐쭉하여 섰다. 체조 선생은 여전히 눈에 띄지 않았다. E 선생은 마침 첫 시간에는 노는 고로 자기 자리에서 책보를 풀기도 하고 책상 앞을 정돈도 하여 좀 무료한 듯이 가만히 앉았었다. 다른 선생들은 출석부와 백묵을 들고 나간 사람도 있고 차를 마시고 섰는 사람도 있었으나 지리 선생이 쫑알쫑알한 뒤에는, 아무도 입을 벌리는 사람도 없고, 예의 뚱뚱한 수학 선생은 태연히 교의에 앉아서 교실에 들어갈 꿈도 아니 꾸는 모양이었다. 교감은 참다못하여

“왜 어서들 들어가지 않으셔요.”

하고 주의를 시키었다.

"인제 들어가 뭘 해요. 사십오 분 교수 시간에 이십 분이나 삼십 분이나 지나서 들어가면, 문제 하나나 풀 수 있나요."

수학 선생의 굵은 목소리가 되퉁스럽게 터져 나왔다. 나이 삼십이 넘어도 수염 하나 없는 빈들빈들한 뚱뚱한 상에 두 입술이 밉살맞게 뿌루퉁 내민 것은 치기만만한 어린아이의 보채는 것 같아서 우습기도 하지만, 한편으로는 험상스러웠다.

"십 분밖에 더 지나지 않았을걸요. 십 분이든지 이십 분이든지 하여간 들어가 보셔야지요."

하며, 교감은 맞은 벽에 달린 괘종을 쳐다보고 나서 자기 시계를 꺼내 보더니

"저 시간 오 분쯤 더 가는군…… 그만하면, 수학 두 문제는 풀겠소이다."

하고 가볍게 웃어버렸다.

"에엥. 발이 천생 녹아야지!"

하며, 수학 선생은 방어魴魚 가운데 토막 같은 똥그란 몸을 겨우 일으켰다.

"발커녕, 난 몸이 얼어붙지나 아니하였나 했습니다."

지리 선생도 뒤로 따라서며 말대꾸를 하였다. 저희끼리 발이 얼었느니, 몸이 고드름이 될 뻔하였느니 하는 것은, 모두 E 선생더러 들으라는 것이었으나, 사실 E 선생의 훈화가 그리 지루한 것은 아니었었다. 기도회를 처음 시작할 때에, 자기들이 난로 앞에서 뭉기적뭉기적하고 모이지들을 않기 때문에, 잠깐 기다리느라고 오 분쯤 지나쳤을 뿐이었고, 나온 뒤에도 역시 불을 쪼이면

서 느럭느럭하기 때문에, 더 늦어진 것이었다.

교원들이 다 나간 뒤에, 교감은

"E 선생, 잠깐 이리……."

하며, 잠가두었던 교장실을 열고 들어갔다. E 선생은 '웬일인구?' 하는 의심이 없지 않았으나, 하여간 뒤따라 섰다.

이 교감이란 사람은 나이는 아직 삼십 칠팔 세밖에 아니 되었지만, 구레나룻에 덮인 주름 많은 상이라든지 몸 가지는 것이 아무리 보아도 사십 줄을 훨씬 넘은 것 같았다. 그는 물론 미국 출신인 교인이지만, 오륙 년이나 나막신짝을 끌고 된장국 맛을 보았기 때문에, 순 미국 계통도 아니려니와 그다지 심한 배구주의자拜歐主義者도 아니었다. 그 온유하고 상냥한 태도로 보든지 명민한 두뇌와 사리에 적당한 재단력裁斷力으로 보든지, 이러한 중학교의 교감으로서는 적임자라 할 수도 있고, 일반 선교사 측에나 서양인인 교장 이하 교원들에게도 상당히 신임을 받는 모양이었다. 하므로 E 선생은 박물 선생 다음으로는, 이 교감을 신뢰하고 존경하였고, 교감도 E 선생과는 구면일 뿐 아니라, E 선생의 유일한 보호자였다.

"E 선생 어제 무슨 일이 있었어요?"

교감은 E 선생에게 자리를 권하고 자기도 마주 앉으면서 이렇게 물었다. E 선생은 작일의 경과를 간단히 진술하고 나서

"오늘 내가 한 말이 너무 격월하였을까요?"

하고 물어보았다.

"아니오. 관계치 않아요. 나는 도리어 그런 훈화가 매우 유조하다고 생각하는데요. 그러나 이걸 좀 보슈……."

하고 교감은 양복저고리 속 포켓에서 봉투를 꺼내어, 속에 든 인찰지를 떼서, E 선생에게 주었다. 그것은 체조 선생의 사직 청원서였다. 문면에는 "본인과 여如히 무능하고 무인격한 자로는 그 임任을 감당키 불능할 뿐 아니라, 사무 집행상 허다한 간섭과 장애로 체면을 유지키 난難하와……" 운운하였다. E 선생은 '사무 집행상…… 체면을 유지키 난하와'라 한 곳을 또다시 한 번 보고 테이블 위에 종이를 놓으며, 교감을 쳐다보았다.

"저기도 씌었지만, 아까 T 선생(지리 교사)이 가지고 와서 하는 말을 들으면, 아마 어제 일로, E 선생과 감정이 나서 그러는 모양인데……."

교감은 여기까지 와서 말을 끊고, 한참 E 선생의 얼굴을 바라보다가

"하여간 이따가라도 교사 회의를 열겠지만, E 선생은 모른 체하고 계시는 게 좋겠지요. 그리고 아무쪼록은 온화한 태도를 취하시구려."

E 선생이 조급하면 격하기 쉬운 성질인 것을, 사랑하는 일편으로는, 늘 염려도 하는 교감은, 이같이 친절하게 주의를 하였다. E 선생은 무어라고 대답을 하여야 좋을지 몰라, 다만 벙벙히 앉았었다.

"무슨 그리 큰 문제는 물론 아녜요. 교장이 귀국하였으니까, 내 임의로 독단하기도 좀 어렵지만, 지금 이 청원서를 접수한대도, 별로 학교에 타격을 받을 것은, 조금도 없지 않아요?"

"그러나 이 문제가, 나 때문에 일어난 것이니까, 사직을 한다면, 내가 먼저 하지요."

E 선생은 교감의 말을 중도에 끊고 이렇게 급히 한마디 하였다.

"그게 무슨 당치 않은 말씀이슈! E 선생은 실례입니다만, 그게 병통이에요. 그야 상당 이유만 있다면, 물론 인책 사직은 고사하고, 사직 권고라도 못할 것은 아니지만, 어제나 오늘이나, E 선생이 하신 말씀이야 의당한 일이 아닌가요? ……공연히, 이따가 회의석상에서라도 그런 말씀은 행여 마슈. 누구 청원은 받구, 누구 청원은 안 받는다는 수도 없으니까…… 그러나 머릿살 아픈 일도 하두 많으니까……."

교감의 말하는 눈치는 거의 체조 선생을 축출하겠다는 것이 분명하였다. E 선생도 심중으로는 자기와 관련된 문제가 아니기만 하였으면, 도리어 찬성이라도 하고 싶었었다. 그러나 교감이 체조 선생 면직 문제를 호락호락히 처단치 못하는 이유는 여러 가지가 있었다.

첫째에 이 체조 선생은 X 학교와 끊으려야 끊어지지 않을 밀접한 관계가 있는 교회에, 권사라는 교직이 있을 뿐 아니라 영어 마디 하는 관계로 선교사들과도 가깝고, 그중에도 교장과는 일긴[10]이라고 할 수 없으나, 이 학교에 오기 전에, 그의 집에서 서기 노릇을 한 일이 있었던 관계로 그러한지 하여간 일종의 주종 관계 같았다. 더구나 당초에 체조 교사는 예전 무관 학교 시대의 퇴물인 까닭에 교감 이하가 그리 찬성은 아니었건만 그래도 교장이 자기 개인으로는 쓰기 싫어서 부덕부덕 우기기 때문에 하는 수 없이 채용한 것이었다. 하기 때문에 지금 교장에게도 아니 알

10 가장 긴요한 사람이나 물건.

리고 교감이 자의로 내쫓는 것은 용이한 일이 아니었다. 그러나 이러한 좋은 기회를 놓쳤다가는, 여간하여서는 내보낼 수도 없게 되고 또 되지 않는 객기만 길러주게 되는 것인 고로 학교의 전도를 위하여는 다소의 풍파를 각오하고라도 아주 결말을 내어버리는 수밖에 없다고도 교감은 생각하였으나 전후 사정이 도저히 허락지도 않을 뿐만 아니라 역시 생각은 이러쿵저러쿵하여 결국 결심까지는 못 하였다. 교감은 무엇을 생각하는지 잠자코 앉았다가 시계를 꺼내 보더니

"그러니까 그쯤만 알아두시고, 이따가 혹 체조 선생이 오셔서 무슨 소리를 하든지 가만 내버려두슈."

—이렇게 E 선생을 주의시키고, 예의 청원서를 집어넣은 후에 사무실로 다시 나왔다.

E 선생은 교감에게 그만큼 신뢰를 받는 것이 기뻤다.

3-1

오늘은 삼사년급 세 반의 체조 시간이 빠진 데다가, 지리 선생도 오전에 첫 시간만 한 후에는 어정버정하다가, 집의 어린애가 몹시 앓는다 하고 훽 달아나 버렸기 때문에, 오후 시간은 다섯 반이나 한 시간씩 놀리게 되었다. 교감은 온종일 눈살만 잔뜩 찌푸리고 앉았다가, 점심시간에 서기를 시켜서 시간표를 임시로 변통하여가지고, 다섯 시간에 끝을 내게 하여놓은 후에, 체조 교사에게 교지기를 보내서 곧 오라고 기별을 하였다.

"뭐라고 하시던?"

교감은 점심도 아니 먹고, 외투에 모자까지 쓰고 사무실 속에서 어정버정하다가, 교지기가 들어오니까 시급히 물었다.

"네에, 인제 틈나시면 봐서 오신대요…… 아, 참, 그 댁에 T 선생님께서두 계시던데요."

교지기도 좀 수상하였던지, 이렇게 한마디 보탬을 하고 나갔다. 교감은 내 벌써 그럴 줄 알았다는 듯이, 가볍게 고개를 끄덕끄덕하며, 잠자코 나가버렸다. 남아 앉은 교원들도 누구나 말은 아니하나, 무슨 일이 생기리라는 일종의 호기심과 불안을 가지고 물끄름말끄름 볼 뿐이었다. 그리고 누구나 뱃속에는 하고 싶은 말이 많지만, 형세가 어떻게 될지도 모르고, 면전에 E 선생이 있으니까 서로 먼저 발설하기들을 싫어하는 모양이었다. 그러나 E 선생은 아까 교지기의 말을 듣고 내심으로 깜짝 놀랐다.

3-2

지리 선생이 먼저 가는 것은, 물론 다른 이유도 있겠지만, 한편으로는 직원회의에 참석을 하여 체조 선생을 변호하였다가, 만일 형세가 불리하면, 자기까지도 휩쓸려 들어갈지도 모르겠고, 변호를 아니하자니 부탁도 있거니와, 수학 선생의 입에서라도 나와서, 결국은 당자의 귀에 굴러 들어갈 터이니까, 도시가 잇속 없이 성이 가시어서 어린애가 앓는다는 핑계를 하고, 가는 게 아닌가 하는 의심도 E 선생은 하여보았고, 저도 수십 년래의 교인이라면서 설마 요만 일에 자식을 팔아가며 무슨 음모를 할꼬 하는 생각이 나서, 혼자 부인도 하여보았다. 그러나 지금 교지기의 그런 보고를 듣고 보니 E 선생은 예의 분개심이 아니 날 수가 없었다.

E 선생이 그럭저럭 한 시간 교수를 하고 나오니까, 여러 선생이 모여 앉은 틈에 체조 선생과 T 선생의 얼굴도 보였다. E 선생은 순탄한 낯빛으로 인사를 하니까, 체조 선생도 다른 때보다는 좀 공손한 듯이 반쯤 일어나며 답례를 하였다. 그러나 얌체 빠진 지리 선생이 조금도 부끄러운 안색도 없이 난로를 끼고 앉아서 제 판같이 떠드는 데에는, E 선생은 또 한 번 놀랐다.

"여러분, 추우신데 한 시간씩 쉬시게 되어서 좋습니다그려…… 이게 다 이 체조 선생님의 덕택이로군. 햇햇햇……."

지리 선생이 이따위 얌체 빠진 소리를 하니까

"에! 참 고맙쇠다. 어디 밤송이나 하나 있으면, 등이나 긁어드릴까"

하며 수학 선생이 예의 그 피부가 느즈러진 퉁퉁한 얼굴을 쳐들고 맛대가리 없는 소리를 하였다. 그 옆에 앉았는 체조 선생은 '그것 보아, 내가 하루만 아니 와도 이 꼴이 아닌가'라는 듯이 뱅글뱅글 웃기만 하고 가만히 앉았었다. 회의는 교감이 돌아오지 않기 때문에, 이십 분이나 지체되었다. 교감이 급히 출입한 데 대하여는, 물론 여러 교원들도 혹 눈치를 챘겠지만, 체조 교사 편들은, 으레 B에게 갔으리라고 제각기 눈치도 채었고, 또 자기의 문제가 그만큼 중대시되는 것이 내심으로 승리나 한 것같이 유쾌하였다. 사실 교감은 선교사의 원로요 학교의 명예 교장 격인 B라는 사람에게 갔었다.

B에게서 총총히 돌아온 교감은 난로 앞 정면에 교의를 갔다가 놓고 앉아서 예의 기도를 인도한 후, 오늘 회동한 사유를 발표하고 나서, 이렇게 부언하였다.

"……즉 말하자면, A 선생께서, 사무 집행상에 간섭과 장애가 있기 때문에 체면을 유지하실 수 없다고 하신 것은 어떠한 의미인지? 혹 나에게 대하여 그러한 불평이 계신지는 모르겠지만, 그러한 것은 나에게 직접 말씀하시면, 어떻게든지 원만히 조처가 될 것이요, 또 여러분끼리 그러한 오해가 있었다면, 이 자리에서, 피차에 격의 없이 말씀만 하시면, 곧 그런 오해는 풀릴 것이외다. 하기 때문에 특히 A 선생을 오시라 한 것입니다."

그러나 모두 머리를 숙이고, 아무도 개구開口를 하려는 사람이 없었다. A 선생이라 지목한 체조 교사도, 묵묵히 앉았을 뿐이었다. 잠깐 동안 침묵이 계속되었다.

"우리끼리 앉아서 무슨 말이라도 못할 것 없으니, A 선생! 의견을 말씀하시지요. 피차에 누구든지 잘못한 게 있으면, 그건 잘못되었다, 용서해주마…… 이와 같이 허심탄회한 태도로 일을 처리해나가야, 무슨 일이든지 되어갈 수 있지 않습니까. 그뿐 아니라 하느님 말씀으로 온갖 일을 행하려는 우리로서는, 더욱이 그렇지 않습니까."

교감의 태도는 매우 온건하였다. 될 수 있는 대로는 회유하고 무마하려는 것 같았다. 이것을 본 A 선생이나 T 선생은, B와 회견한 결과가 자기네들에게 유리하였다고 생각하고, 우선 안심하였다. 그러나 실상은, B도 그 내용을 자세히 모르니까, 직원회의에라도 참석하여, 친히 사실을 듣고 싶으나, 시간이 마침 없으니,

그 결과를 자기에게 보고한 후에, 다시 의논하기로 하고 헤어져 왔을 뿐이었다. 교감은 도시 자기에게 이 사건을 일임하여주었으면 좋겠다는 생각은 간절하지만, 그런 말을 하였다가는, 매사에 간섭하기 좋아하는 B의 일이라, 감정을 상할 듯도 하고, 또 체조 선생을 내쫓게 되는 경우이면, B가 간섭을 하는 편이, 후일 교장에게 대하여서라도 자기의 책임이 경하여질 것 같고, A 교사 자신이나 교회에 대해서도, 면목이 좀 나을 것 같아서, 그 이상 별로 반대도 아니하고 돌아온 것이었다.

그러나 십수 명이나 되는 여러 교사들은 자기들의 태도를, 어찌 정하여야 좋을지 생각하느라고, 역시 아무도 개구를 하지 않았다. 문제의 장본인인 A 선생은 물론이려니와, 무슨 일에든지 앞장을 서는 T 선생도, 눈을 깜짝깜짝하며, 교감과 A 선생의 얼굴만, 이리저리 쳐다볼 뿐이다. E 선생은 무릎 위에다가 두 주먹을 딱 버텨 세우고 앉았으나 꾸부린 얼굴에는 입술이 뿌루퉁 내밀어졌다.

"T 선생 글쎄 사리가 그렇지 않소? 내 말이 그리 잘못은 아니겠지요."

교감은 참다못하여, 이번에는 비스듬히 A 선생과 나란히 앉은 지리 선생을 바라보며 동의를 얻으려는 듯이, 이렇게 은근히 물었다. 그러나 실상은 A 선생의 입이 떨어지게 하려면, 우선 T 선생을 충동여 내는 수밖에 없다고 생각하고 그리한 것이었다. 그러나 소갈딱지 없는 T 선생은, 매우 긴한 듯이, 여전히 눈을 깜짝깜짝하며

"암, 그렇다마다요. 선생님 말씀이 옳으시지요…… A 군도 무

슨 선생께 불평은 없겠지요."

지리 선생은 이렇게 대답을 하여놓고, 체조 선생을 향하여, 할 말 있건 어서 하라고 눈짓을 하며 권하였다. A 선생은 그래도 잠깐 가만히 앉았다가, 겨우 입을 벌렸다.

"원래 고만두고 싶은 생각은 벌써부터 있었던 것이야요. 무슨 감정이 있어 그러는 것도 아니요, 더구나 지금 T 선생도 말씀하셨지만, 선생께 무슨 불평이 있는 것은 물론 아닙니다만……."

"그래 그러면 사무 이행상, 간섭을 하거나, 장애할 사람이 또 어디 있단 말씀요?"

하며 교감은 어기語氣를 돋우며 좀 불쾌한 듯이 눈을 똑바로 뜨고, 좌중을 둘러다 보았다. 그것은 마치 A 선생을 책하는 것이 아니라, 다른 교원들더러, 왜 너희들이 생도감의 직책에 대하여 월권적 행위를 하였느냐고 결정적으로 책망하는 태도같이 보였다. A 선생은 내심으로 승리의 기쁨을 감感하였다. T 선생도 반가운 듯이 득의만면하여

"왜, 말을 하시구료. 못할 게 뭐요."

하며, A 선생을 충동였다. A 선생은 마치 참모나 비서관의 지휘만 받는다는 듯이, 또 한참 입을 쫑긋쫑긋하다가

"예서 그리 떠들고 말씀할 게 아니라, 다만 생도감이란 제 직책도 다 못하는데, 어느 분이 너무 간섭을 하시니까 생도들 보기도 부끄럽고, 벌써 나이 사십이나 된 놈이 체조를 가르치느니, 생도를 감독하느니 하는 것은 너무 염치가 없는 것이기에, 그런 적당한 분께 대신 하여주십사는 것에 지나지 않습니다."

하며, E 선생을 힐끗 돌려다 보고 빙긋 웃었다.

"그래 누구란 말씀이에요? 어느 선생인지, 그러실 리가 있을까요. 만일 그러하시다면, 그건 A 선생의 오해시겠지요."

"교감 선생은 모르셔도, 그런 분이 한 분…… 계십니다."

이번에는, 아무리 보아도 심사가 고르지 못한 예의 뚱뚱이 선생이 한눈을 팔며, 느럭느럭 한마디 새치기를 하였다. 교감도 여기에는 하도 깃구멍이 막혔는지 아무 말도 못 하고, 그 수학 선생만 쳐다보고 앉았다. 이런 광경을 보고 앉은 다른 선생들은 무어라고 조정을 해야 좋을지 몰라서 벙벙히 앉았기도 하고 수군거리기도 하였다.

E 선생은 참다못하여 시뻘건 얼굴을 쳐들며 벌떡 일어나더니

"여러분은 날더러 A 선생의 직무에 대하여 간섭하고 또는 장애가 되게 하였다 하시는 모양이나, 나는 거기 대해서 일언반사라도 변명하지는 않겠습니다. 나는 가는 사람이니까, 여러분과 및 학교의 건강을 축복할 따름입니다."

하고, 자기 책상으로 가서 책보를 싸기 시작하였다.

3-3

E 선생의 태도는 실내의 공기를 각일각으로 험악하게 하였다. 여러 사람의 머리는 일시에 극도로 긴장하였다. 누구나 이 뒷감당을 어떻게 하여야 좋을까 하는 생각은 미처 머리에 떠오르지를 아니하였다. 다만 벙벙히 E 선생의 거동을 돌려다 보고 앉았을 뿐이었다. 체조 선생과 지리 선생은 승리를 자랑하는 듯이 본

체만체하고 빙그레 웃고 앉았는 한편에, 수학 선생은 멋없이 비웃는 웃음을 띠고 건너다보며 있었다. 교감은 한참 고개를 숙이고 묵도나 하는 듯이 눈을 감고 앉았다가 E 선생의 발자국 소리를 듣더니, 고개를 번쩍 들면서

"E 선생!"

하고 불렀다.

E 선생은 훌쩍 한번 돌아다보고 다시 은근히 인사를 한 뒤에 태연히 문밖으로 나가버렸다. 식어가는 난로를 옹위하고 둘러앉은 여러 사람의 검은 눈은 난로 속의 스러져가는 불 모양으로 끔벅끔벅할 뿐이요 아무도 입을 벌리는 사람은 없었다. 쓸쓸한 방안은 어쩐지 더한층 침중하였다. 누구나 어서 이 방에서 면하여 나갔으면 하는 눈치가 역력히 보이었다. 이때에 저 뒤에 멀찌가니 떨어져 웅숭그리고 앉았던 근 육십이나 되어 보이는 중늙은이 한 분이 희끗희끗한 머리를 쓰윽 내밀면서 끼었던 팔짱을 빼고 일어나더니

"교감장!"

하고 점잖이 불렀다. 고개를 숙이고 앉았던 여러 사람들은 모두 깜짝 놀란 듯이 힐끗 이리로 돌아다보았다. 한문 선생님이다. 지리 선생은 벌써 입을 삐쭉하였다. 좀 어색한 듯이 머뭇머뭇하며 섰던 노선생은 두어 번 큰기침을 하고 나서 천천히 말을 꺼냈다.

"그 일인즉슨 그러하외다. 지금 교감장이 이 자리에서 피차에 사의껏 오해를 풀라고 이같이 회의를 모으신 것도 일인즉슨 물론 의당한 일이요, 또 E 선생이 내가 나가기만 하면 모든 일이 무사타첩되리라고 하신 것도 괴이치 않은 일인 듯하외다. 그러나

이러한 일은 원래가 직원회의에서 결정할 게 아니라, 교장과 교감께서 두 분이 상의하여서 처리하실 것인즉 지금 교장 사무를 겸행하시는 교감장이 처단하시는 게 어떨까요…….”

한문 선생이 여기까지 떠듬떠듬하며 말을 계속하려니까, 눈을 휘둥그렇게 뜨고 한문 선생의 입만 쳐다보고 앉았던 지리 선생은 발딱 일어나더니

“그러나 선생님! 그건 그렇지 않습니다. E 선생이 나가고 안 나가는 것은 그리 대수로운 문제는 아니올시다만, 매사에 E 선생의 태도는 너무도 남을 무시하고, 참 방자하다고 하겠습니다.” 하며 독기가 새파랗다.

“옳소…… 그렇지만 예수 씨의 재림으로 자처하는 거룩한 양반을 너무 공격을 해서는 아니 될걸, 헤헤헤.”

이것은 여전히 빈들거리는 수학 선생의 올곧지 않은 수작이다. 이 소리를 들은 T 선생은 한층 더 기가 나서 또다시 말을 계속하였다.

“참 옳은 말씀입니다. 아까 E 선생의 훈화하는 태도를 보시면 여러분도 짐작은 하시겠지만, 예수 씨의 말씀을 걸어가지고, 예수 씨는 이러저러하지만 나는 진실로 제군에게 이르노니…… 운운한 것은, 확실히 하나님께 대하여 무엄 무탄한 말씨요, 우리들을 멸시한 수작이 아닌가 합니다. 여기 대해서는 여러분도 깊이 생각을 하여 상당한 조처를 하지 않으면 안 되겠다고 본인은 믿습니다.”

끄트머리에 와서 T 선생의 말은 마치 연설이나 하는 듯이 이상스러운 조자調子를 띠게 되었다. 우스운 소리를 잘하는 도화 선

생은 한구석에 멀찌가니 떨어져 앉아서, 빙글빙글 웃다가 T 선생이 활동사진의 변사 모양으로 날아갈 듯이 고개를 꼬고 인사를 하며 앉은 것을 보더니, 무슨 생각이 났던지 박수를 하였다. 별안간 손바닥 소리가 철석철석 나는 바람에 여러 사람은, 교감까지 무심코 도화 선생 편을 돌려다 보았다. 도화 선생은 부끄러운 기색도 없이 여전히 두 손을 바지 주머니에 찌르고 앉았다가, 빙그레하며 박물 선생에게 눈짓을 하였다. T 선생도 돌아다는 보았으나, 별로 노한 모양은 아니었다. 이런 광경을 본 젊은 선생들은 웃음이 복받쳐 올라오지 않는 것은 아니지만, 마치 엄숙히 할 의무나 있다는 듯이 제사 참례하는 아이들 모양으로 서로 외면들을 하고 앉았었다. 그 순간이 지나가니까, 아까 E 선생이 나갈 때와 같은 긴장은 시신도 없이 풀리고 인제는 지루해서 어서 아무렇게나 끝장이 나기만 바라는 모양이었다. 그러나 그중에, 일을 일답게 처리하여가려는 사람은 그래도 교감과 한문 선생이었다. 한문 선생은 참다못하여 또다시 일어나서 한 번 더 자세히 전언前言을 반복 설명한 뒤에 절대로 교감에게 일임하자고, 주장하였다. 이에 대하여는 의견이 세 파로 나뉘었다. 즉 찬성파, 반대파, 중립파이다. 그중에 반대파에는 또다시 삼대 분당이 있었다. 만일 명칭을 붙이자면 즉, A 선생 옹호회, A 선생 방축기성동맹회放逐期成同盟會, 혁신구락부革新俱樂部 등이 이것이었다. 소위 소속 의원을 타점하여 보면 한문 선생을 중심으로 한 찬성파는 원만주의, 박물 선생을 필두로 이화학 선생, 창가 선생, 일명 '뱀장어'라는 조선식 존함을 가진 미국 애송이의 영어 선생 등 온건주의 보수당이요, 중립파에는 일인일당一人一黨 예관주의자睨觀主義者 도화 선생 한 분. 반대파의 A 선생 옹호회에는 없지 못할 A 씨의 부하 두 명, A 선생 방축기성동맹회는 내심으로 내공乃公이 아니요, 총재總裁가 안재安在요 하는 교감을 선봉으로, 산술, 대수의 임 선생, 조선어 선생들. 혁신구락부에는 양洋국물 먹은 하이칼라의 영어 선생, 화제和製[11]의 왜말 선생들이다.

3-4

한문 선생의 제의는 여러 선생의 의견을 내심으로라도 결정할 '힌트'를 주었다. 우선 혁신적 의사를 가진 영어 선생은 사담처럼

"글쎄 그것도 좋겠지만 A 선생의 청원은 이삼일 보류하였다가 충분히 연구한 뒤에 다시 협의를 해서 정하는 게 어때요."

하며 옆에 앉은 교감을 돌아다보았다. 그것은 확실히 '데모크라티즘'을 채용하여 교원의 권리를 확장하라는 뜻이 분명하였다. 이 말을 듣고 앉았던 대수 산술 선생이 벌떡 일어나더니

"그럴 게 뭐예요, E 선생은 공식으로 사직한 것도 아니려니와, 일은 A 선생의 청원을 접수하겠느냐 아니하겠느냐는 것밖에 없은즉, 이 자리에서 종다수 채결로 하든 교감이 자벽自辟[12]을 하시든 아무렇게나 결정해버리면 그만 아니에요?"

하며 은근히 A 선생 즉석 축출론을 주장하였다. 그러나 이것을 본 지리 교사 T 씨의 얼굴이 가관이었다. 똥글한 눈을 홉뜨고 곧

11 일본산.

12 회의에서 회장이 자기 마음대로 임원을 임명함.

잡아먹을 듯이 덤벼들며

"어째 그래요. 지금 E 선생이 방약무인하게 뛰어나가는 것은 고사하고라도 오늘 아침의 훈화는 우리 교인으로서는 도저히 용서할 수 없는 일이라고 소생은 생각합니다……."

"소생이란 말은 잘못한 말이오. 소인이라고 그러우."

하며 중립파의 도화 선생이 불쑥 한마디 하였다. 박물 선생과 영어 선생은 무심코 핫핫 웃었다. T 선생은 하는 수 없이 말을 잠깐 멈췄다가 도화 선생을 힐끗 돌아보고 나서 다시 말을 계속하였다.

"하므로 지금 우선 문제는 E 선생을 어떻게 하겠느냐는 것인데, 역시 교감께서 처단하시는 게 합당하다고 생각합니다."

"옳소! 파문이나 하시구려."

또 도화 선생이, 입을 벌렸다. 도화 선생도 역시 교인은 아니었다. 그러나 T 선생의 주장은 확실히 약은 수작이었다. 즉 교감에게 일임만 하여놓으면, B 선교사의 의견대로 될 것이니까 결국은 교장 낯을 보아서라도 체조 선생을 내몰지는 못할 것이요, 또 E 선생으로 말하면 교감과 친하니까 교원들의 낯을 보아서라도 자기 손으로 붙들어 둘 리도 만무하고 비록 붙든대야 체조 선생의 지위가 튼튼한 동안에는 다시 끼어들지도 않으리라는 생각이었다. 그러나 T 선생의 말을 탄하려는 사람은 하나도 없었다.

이때까지 난로만 바라보고 앉았던 교감은 인제야 얼굴을 쳐들고 일어나더니 매우 긴장한 낯빛으로 이리저리 돌아다보며 말을 꺼냈다.

"그럼 여러분, 어떻게 하시렵니까…… 여러분의 말씀은 일일이 옳은 줄도 알고 또 될 수 있는 대로는 다 같이 협의하여서 결정하는 게 좋겠습니다만, 이번 일만은 나에게 그대로 위임하여주시면 어떨까요."

교감의 말에 대하여는 별로 반대하는 빛도 없고 그렇다고 찬성하는 사람도 없었다. 교감은 한참 벙벙히 섰다가

"이의 없으면 오늘은 이만하고 헤어지지요."

하고 돌아서려니까, 영어 선생이 황황히 일어나며

"하여간 내일 점심시간까지 여유를 두는 게 어떨까요. 교감장께 일임한다는 것이 절대로 불가하다는 것은 아니나……."

하고 말 뒤를 흐리마리하여버렸다. 여기에 대하여는 일동이

"그게 좋군, 좋군."

하며 일어났다. 교감도 별로 우기려고는 아니하고

"그럼 그렇게 하지요."

하고 자기 자리로 갔다.

회가 마친 후 A·T 두 선생은 앞장을 서서 나왔다.

"교감, 오늘 똥 쌌네!"

조그만 양복쟁이가 나란히 서서 걷는 자를 쳐다보며 이렇게 입을 벌리니까

"그럼 저는 하는 수 있나!"

하며 대모테 안경에 까만 수염을 좌우로 쭉 뻗친 자가 대꾸를 하였다.

그 이튿날 점심시간에는 (물론 체조 선생은 없었다) 간단히 교감이 역시 자기에게 일임하여 달라고 사의껏 한마디 한 데에 대하여 일동은 아무 이의 없이 승낙하였다. 이에 대하여 A 선생

의 옹호파는 물론 만족하였다. 그러나 A 선생의 반대파는 그 이상으로 만족하였다. 거기에는 그러한 이유가 있었다. 그것은 다른 게 아니라, 어저께 영어 선생이 오늘 점심시간까지 연기하자는 데에는 까닭이 있는 것이었다. 즉, 영어 선생 일파는 A 선생을 내보내겠다는 조건만 붙이면 교감에게 일임함을 승낙하겠다는 다짐을 받으라는 것이었다. 그리하여 A·T 양 선생이 앞서 나간 후 몇몇 교사가 숙의한 결과, 전 책임을 지고라도 A 선생은 내보내기로 교감은 승낙하였다. 그러나 이 내용은 지리 선생과 뚱뚱이의 수학 선생만 빼놓고 교원끼리는 그 이튿날 아침에 다 뒷구멍으로, 알게 되었기 때문에 그렇게 쉽사리 승낙을 한 것이었다. 직원회의가 있은 지 나흘이 지나 월요일 점심시간에, 교감은 A 선생의 사면을 허가하였다는 것과 E 선생은 내일부터 다시 출근하기로 되었다는 경과를 보고한 뒤에

"별로 이의는 없겠지요."

하며 물으니까, 자기 책상 앞에, 교의에 기대앉아서 끄덕거리며 빙글빙글 웃고 앉았던 도화 선생은 별안간에

"'소생'은 대반대올시다. T 선생! E 선생 문제는 어떻게 하시렵니까?"

하며 어린아이같이 유쾌한 듯이 깔깔 웃었다. 여기저기서 흐흐흣 하며 웃는 소리가 들리었다. 난로 앞에 앉은 T 선생은 하여튼 얼굴이 금시로 빨개지며

"선생님도 놀리십니까, 다 실없는 말이지요."

하며 해해해 웃었다. 일동은 마음 놓고 다시 깔깔 웃었다.

4-1

E 선생은 그 주 화요일부터 출근하였다. 별로 변한 것은 없었으나 마음이 편하여진 것 같았다.

'이게 몹쓸 심사다. A 선생의 얄상궂은 얼굴이 안 보이게 되었기로 그리 유쾌할 것이야 무엇 있누.'

하며 자기가 자기 마음을 꾸짖어도 보았지만, 그래도 역시 어쩐지 마음이 편한 것 같았다. 더구나 여러 선생이 이전보다 자기를 친절하게 구는 것 같은 것이 반가웠다. T 선생도 속으로는 소리 없는 총이 있으면 할지 모르겠지만, 이전과는 딴판이 되었다. 그러나 점심 같은 때에 고양이같이 실눈을 뜨고

"차가 매우 좋습니다. 갖다 드릴까요?"

하며 공연히 친절한 체를 하는 것이 민망도 하고 똥구멍까지 들여다보이는 것 같아서 그래도 마음이 편치는 못하였다. 하지만 이번에 온 체조 선생은 까닭 없이 친하고 싶었다. 보병대에서 재작년에 나와가지고 자기 고향에서 역시 몇 개월 동안은 콩밥을 먹었다는 정교正校 선생님이다. 말하자면 '고슴도치'가 또 하나는 모양이다.

하여간 그럭저럭하여 사무실 내는 소낙비가 그친 뒤의 하늘같이 어지간히 안온하여졌다. 십일월도 훌쩍 넘어서 제이학기 시험도 날이 얄팍얄팍하여졌다. 사무실 속에서는 "이번에는! 이번에는!" 하며 매일같이 야단이다. 다른 게 아니라 이번은 제이학기인 고로 좀 심하게 시험을 보여서, 낙제시킬 놈은 아주 이번에 추려버리겠다는, 운동꾼에게는 초혼招魂 소리보다도 찔끔한 소리다.

그러나 이런 소리가 날 때마다 도화 선생은

"여보 여보, 남 못할 소리 마슈. 그러고도 천당엘 가겠다니, 천당도 만원이 될걸. 이번에는 A 선생도 아니 계신데 생도들 혼쭐이 날걸. 하하."

하며 웃었다.

이제는 나간 사람의 이야기니까 또다시 들추어내는 것은 너무도 참혹하지만 언제인지 E 선생에게 들려준 도화 선생의 말을 들으니까, 시험 때마다 어느 구멍으로 어떻게 스며 나가는지 으레 한 과정에 두세 문제씩은 운동부 속에서 답안까지 만들게 되어 A 선생이 감독하는 반에는 생도들이 용춤을 출 뿐 아니라, 얌전한 생도들도 시험 때만은 A 선생을 환영하였다 한다. 그때 도화 선생은 이야기를 다 하고 나서

"그게 다 종교가의 자선심이란 것이었다. 그렇지만 A의 솜씨로도 내 것만은 어쩌는 수 없었지!"

하며 웃었다.

지금도 E 선생은 그때의 도화 선생의 이야기를 생각하고 앉았다가,

'시험이란 대체 무엇인구.'

하는 생각을 하여보며 얼빠진 사람처럼 도화 선생의 선머슴 같은 이글이글한 얼굴을 쳐다보고 있었다.

4-2

생도 측에서도 시험 시험 하고 야단이다. 교실엘 들어가기만 하면, 시간마다

"선생님, 선생님, 이번에는 어디까지 접어주세요."

하며 쌈쌈을 하거나, 한 줄이라도 더 배울까 보아

"인젠 그만하지요. 요기까지만 하지요, 요기 요기까지만…… 엥……."

하며 반 안을 뒤집어놓았다. 하릴없는 장터였다. 물건값 같으면 깎다가 안 들으면 아니 살 뿐이지만, 시험이란 놈은 장사 거래처럼 흥정이 아니 된다고 그만두는 수는 없는 것이기 때문에 더욱 말썽이다. 그러나 E 선생은 생도들이 접어달라는 소리만 하면

"응, 다라도 접어주지. 그렇지만 시험 문제에 답안만 쓰면 일백은 떼논 당상, 하여간 마음대로 해버리구려."

하며 웃어버리면서도 속으로는 기가 막혀서 생도들을 두들겨주고 싶었다. 자기도 일본 가서 공부도 하여보았지만, 이때껏 선생더러 접어달라는 소리는 못 하여보았다. 그렇다고 남에 뛰어나게 공부를 해본 적도 없으나, 일본 학생의 기풍이 원래 그러하였다. E 선생은 이러한 때에도 벌써 예의 그 비관론이 나왔다.

'자식들이 이래가지고야 어떻게 한담! 좀 그래도 생기가 있고 피가 돌 지경 같으면 시험이라고 이렇게 벌벌 떨 것이야 무엇 있나!'

하며, 혼자 짜증을 내었다. 그러나 E 선생의 비관은 결코 절망은 아니었다. 조선 민족성에 대한 신뢰가 없거나 조선 민족의 전도

에 대하여 낙담을 하여서 그러는 것은 아니었다. 그는 자기의 비관을 비관대로 두기에는 너무 열렬하였다. 피가 너무 많고 너무 급속도로 돌았다.

그는 하여간 학생 간의 E 선생의 평판은 분분하였다. 그중에는 한 줄도 아니 접어주었다는 원망도 없지 않았지만, 공부하는 축의 제일 걱정거리는 시험 문제를 어떻게 내는가 하는 것이었다. 생도들의 말을 들어보면 시험 문제는 선생에 따라서 다르다 한다. 그러므로 문제 내는 방법을 한 번만 보면 그다음부터는 묘리를 알게 되어 복습하기가 매우 쉽다 한다. 그러나 그러는 중에는 제일 과격한 것은 운동부였다.

“시험 문제만 호되게 내어보아라. 저는 별수 있나.”

하며 어르는 모양. E 선생은 사무실 속에서 그런 이야기가 났을 제, 들은 체 만 체 하였다.

선생이나 생도나 긴장한 기분으로 분주히 이삼일을 지낸 뒤에 이제는 참 정말 시험이 시작되었다. 생도들은 소학부까지 합하여가지고 오전 오후로 나눠서 어느 반에든지 중학생과 소학생을 하나씩 격하여 앉히고 사무실 속에서는 서기 회계까지 총동원이었다. 쉰 명 수용하는 반에 반분씩 스물다섯 명을 앉히고 전후로 두 명씩 교사를 세워 물샐틈없이 감독하였다. E 선생도 물론 한 몫 보았다. 그러나 E 선생은 될 수 있는 대로 멀찌가니 떨어져서 한구석에 쭈그리고 앉았었다. 그것은 생도들 뒤로 가까이 가면, 밤을 새워 그러한지 하얀 상에 깔깔한 눈을 대룩대룩하며 E 선생을 돌아보는 게 싫어서 그리하였다. 자기—자기뿐만 아니라 누구든지 선생이 가까이 가면 무슨 치의致疑나 받지 않을까 하는 막연한 불안과 공포로 애원하듯이 쳐다보는 것이, E 선생에게는 미안하기도 하고 불쾌하였다.

첫날은 그럭저럭 무사히 지나갔다. 둘째 날은 삼년급에 문법 시험이 E 선생의 시간이었다. 생도들의 이야기를 들으면 생각하였던 것보다는 너무 쉬웠다 한다. 하여간 무사히 지나가서 다행한 일이었다. 그러나 제삼일에 가서는 일장풍파 없이 지낼 수는 없었다. 그것은 다른 게 아니었다. 역시 '고슴도치' 동티였다.

첫째 시간이 사년급의 서양사 시험이었다. 생도는 벌벌 떨면서도 어저께 삼년급의 문법 시험을 보면 다소 안심이 아니 되는 것도 아니었다. 그러나 시험장에 딱 들어가 앉아보니 예상과는 딴판이었다. 다른 선생은 양지洋紙 반 장에 가득 차게 써가지고 들어와서 붙여주건만, '고슴도치' 선생은 백묵 한 개를 가지고 들어오더니, '십팔 세기 후반의 구주區洲에 관하여 아는 대로 쓰라' 하여놓고, 둘째 문제로는 몇 사람의 이름만 써놓았다. 둘째 문제는 그대로 누구나 쓰겠지만 십팔 세기의 후반의 구라파는 무엇을 써야 좋을지 몰랐다. 연대와 성명과 사건을 따로따로 암기한 생도들이 개괄적으로 통일을 하여 쓰지 못할 것은 정한 일, 이 구석 저 구석에서 쭝얼거리는 소리가 들리기 시작하였다. 나중에는 불쑥 일어나서 이 시험은 못 치르겠다는 생도도 있었으나 그럭저럭 삼십 분은 지났다. 그러나 "이게 문제람, 이게 문제람" 하는 소리는 끊일 새가 없었다. 어떤 생도는 처음부터 생각도 아니 하여보고 붓대를 던지고 나가는 빛에, 땅이 꺼지라고 한숨을 하는 빛에 야단이었다. 나중에는 공지도 내놓지 않고 쿵쾅대며 나가서 모두들 나와버리라고 동맹 파업인지 동맹 파시인지를 권유하는 자도 있었다. 노동 운동 같으면 치안 경찰법 제이십칠조라는 귀중한 조문이나 있겠지만 경찰서가 아닌 교실에는 생도만큼, 속으로 한숨만 하고 앉았는 E 선생뿐이었다.

E 선생도 웬만큼 화가 복받치었다. 그때에 마침 E 선생 눈에는 이상한 것이 보였다. 동편으로 둘째 줄에 앉았던 생도가 벌떡 일어나더니 답안을 바치려고 칠판 앞으로 가다가 휴지 한 덩이를 떨어뜨리기가 무섭게 그 옆에 앉은 생도가 휙 집어서 사타구니에 끼었다. 그 동작의 민활한 품은 E 선생도 잘못 보지 않았나? 하며 혼자 의아할 만하였다. 그러나 E 선생은 다짜고짜 뛰어오더니, 벼락같이 일어나라고 소리를 질렀다. 생도는 조금도 어색한 기색도 없이

"왜 그러세요?"

하며 E 선생을 말뚱말뚱 쳐다보았다. E 선생도 거기에는 잠깐 기운이 줄지 않을 수 없었다.

'내가 잘못 보았나.'

이렇게 생각은 하면서도, 그래도 기위 일어나라고 한 것이니까, 하여간 또 한 번 일어나라고 소리를 쳤다. 생도는 하는 수 없이 일어났다. 사타구니에 끼었던 종잇조각은 뒤로 넘어서 걸상 밑에 떨어졌다. E 선생은 암말 아니하고 집어 펴보더니

"이게 뉘 게야?"

하고 물었다. 생도는 여전히 태연하게

"나는 몰라요."

하고 시치미를 떼었다. E 선생은 금시로 상기가 되었다.

"이놈아 네 이름이 쓰인 걸 네가 몰라?"

하고 시험지를 생도의 코밑에 치받쳤다. 전 반은 쥐 죽은 듯이 숨을 삼켜가며 이쪽을 바라보며 앉았었다. E 선생은 선지피같이 얼굴이 발개지며 말을 못 하고 생도의 얼굴을 노려보다가, 제잡담하고 생도들의 시험지를 일일이 빼앗아 척척 접어가지고 교단엘 올라서더니

“시험의 노예, 돈의 노예, 명예의 노예, 허영심의 노예…… 그런 더러운 말종들을 길러내려고 이 학교를 세운 것은 아니다. 오늘 아침에 너희들은 무어라고 기도를 하였는지 모르지만 예수 그리스도는 시험에 협잡을 하라고는 아니 가르치셨을 것이다. 시험에 방망이질하는 놈은 족히 나라도 팔아먹을 놈이다…… 그런 썩은 생각 썩은 혼을 가진 놈은 가르칠 필요도 없다. A, B, C가 교육이 아니요 시험에 만점을 하는 것이 장한 것이 아니다…….”

‘고슴도치’ 선생은 참 과격파였다. 발을 땅땅 구르며 열탕을 퍼붓듯 벽력같이 소리를 지르는 데에는 생도들이 등에서 식은땀이 아니 흐를 수 없었다. E 선생은 말을 마치고 여전히 시험지만은 가지고 나갔다. 교실 안은 폭풍우나 지난 듯이 생도들은 얼이 빠져서 잠깐 동안은 물끄럼말끄럼 앉았을 뿐이요, 먼저 나갔던 생도들은 “그러게 어서 먼저 나와버리지. 어디 몇 개들이나 더 맞나 보자” 하며 고소하다는 듯이 비웃었다. ‘스트라이크’를 하느니, 만점 하는 놈은 목을 잘라놓느니 하던 축도 이제는 오히려 다행으로 아는 모양이었다. 그러나 한편에는 다시 시험을 보자는 축도 있었다. 하지만 운동부 일파가 잠자코 있을 리는 물론 없었다. 의견이 백출하는 동안에 상학종을 쳐서 모두 들어앉았다. 그때에 반장은 이 시간이 끝난 뒤에 ‘클래스회’를 한다고 공포하

였다.

그리하여 급회를 연 결과, E 선생은, 데모크라시의 성행하는 이 시대에 일반 생도의 인격을 무시한 것이니 상당한 처치를 하여달라고 교감에게 청원을 하자고도 하고 전 과목의 시험을 다시 보자고도 하고 또 한편에서는 이번 이학기 시험은 전연히 중지하고 연종 시험만 보자고도 하며, 제멋대로들 떠들었으나, 누구나 시험 중에 이러한 문제가 발생된 것이 다행한 기화로 생각하는 것이 역력하였다. 그러나 결국 천 원 놀음이니 이천 원 놀음이니 하는 이 살판에 한 점이라도 고르게 얻는 것이 상책이니, 방망이질한 두 사람까지 용서하고 상당한 방법으로 채점하여 달라고 탄원하자고 결의하였을 뿐이었다. 천 원 놀음 천 원 놀음 하는 것은 사 년간의 학비를 말하는 것이었다. 그 결과 반장은 즉시 E 선생을 사무실로 찾아가 보고 애원을 하였다. 그러나 생각해보마는 회답밖에 못 들었다.

4-3

그날 저녁에 E 선생은 역사 답안을 끊다[13]가 붓대를 던지고 수첩에다가 모조리 육십 점씩 달아놓고 드러누워서 가만히 생각해보았다.

E 선생의 눈에는 아까 본 시험장의 광경이 눈에 선히 떠올랐

13 잘잘못을 따져 평가하다.

다. 그중에도 소학부 일년생이 성경 시험 보는 반을 들여다보던 광경이 E 선생에게는 잊을 수 없었다. 콧물을 졸졸 흘리며 꼬부리고 앉아서 제가끔 시험지를 고사리 같은 손으로 가리고 손을 훅훅 불어가며 앉아서 괴발개발 그리는 것이 귀엽기도 하고 가엾어 보이기도 하였다. 그때 E 선생은 이리저리 돌아다니며 들여다보기도 하고 글자도 가르쳐주고 말 안 된 것을 주의도 하여주었다. 이것을 본 주임 선생은 좀 심사가 났던지 소리를 버럭 지르며 이야기 말고 가리고 쓰라고 한바탕 엄령을 내렸다. E 선생은 그 소리에 깜짝 놀라 고개를 쳐들고 그 주임 선생을 쳐다보다가, 자기더러나 한 말처럼 어색한 얼굴로 웃으며

"시험 보시는데 아니되었소이다."

하고 나왔으나, E 선생도 불쾌하였다. E 선생은 지금 그 광경을 그려보다가

'연골부터 배타심을 길러? 하라기도 전에 하지 말라는 것부터 가르치는 게 교육일까?'

이렇게, 혼자 생각을 하여보았다.

그 이튿날 E 선생은 좀 일찌감치 출근을 하였다. 사무실에 쑥 들어서더니 온몸이 녹기도 전에 사년급 반장을 불러들여가지고 오륙 명이나 되는 생도를 불러오라고 하였다. 또 무슨 폭풍우가 쏟아질지 생도들은 두근두근하는 가슴을 안고 그래도 태연히 들어와서 쭉 늘어섰다. 그중에는 어저께 발각된 문제의 장본인도 끼어 있었다.

생도들이 들어오니까, E 선생은 눈도 떠보지 않고 입었던 외투를 벗어 걸고 옷고름을 다시 한 번 고쳐 맨 뒤에, 일렬로 늘어

선 생도 앞에 딱 버티고 정숙하게 섰다. 그것은 마치 호령을 부르려는 체조 선생 같았다. 그 모양이, 하도 우스워서 유리창으로 들여다보던 바깥 생도들의 킥킥하는 소리가 들렸다. E 선생 앞에 선 생도들은 무슨 벼락이 내릴까 하며 일제히 고개를 숙이고 섰다. 일 분 이 분 삼 분 사 분 시간은 달아나나 E 선생은 입을 벌릴 꿈도 아니 꾸었다. 옆에서 보는 사람이 민망할 지경이었다. 거의 십 분 동안이나 이렇게 섰다가, E 선생은 이제야

"지금 여기 와서 섰는 까닭을 알겠지?"

하며 겨우 입을 벌렸다. E 선생의 말소리는 의외에 나직나직하고 은근하였다. 이 소리를 들은 생도들은 다소 안심은 되었으나 아무도 대답은 아니하였다. 또 삼사 분이나 지난 뒤에 E 선생은 어떻게 생각하였던지 첫째로 선 사람 앞으로 가더니

"알았지?"

하고 은근히 물었다. 생도는 숙인 채 서서 고개만 끄덕거렸다. E 선생은 몇 번이나 "알았지?"를 되뇌었다. 여섯 놈의 생도는 한 번씩 다 고개를 끄덕이었다. 그다음에는 또다시 일일이 붙들고 "또다시 안 그러지!"를 여섯 번이나 되뇌었다. 생도들은 역시 한 번씩 고개를 끄덕거리지 않으면 아니 되었다. 그리하여 이 엄숙한 예식이 겨우 끝이 나고, 생도들은 풀리게 되었다.

생도들이 나간 뒤에 도화 선생이 뭘 그렇게 은근히 귓속을 하였느냐 물으니까, E 선생은 웃으면서

"방망이꾼의 처벌을 집행한 것이랍니다."

하고 웃어버렸다.

이와 같이 하여 교감도 E 선생의 처단에 대하여는 이의 없이,

역사 문제는 낙착되었으나 다른 교사 간에는 E 선생이 인심을 얻으려고 너무 관대하였다고 불평이 있는 모양이었다.

5-1

시험이 끝난 뒤에 E 선생은 진위振威에 있는 자기 집으로 돌아갔다. 떠날 때에 교감더러 약간 사의를 표하였으나, 학교 꼴이 될 때까지만 어떻든 꽉 참고 지내가자고 간곡히 청하는 바람에 그것도 그럭저럭하고 하여간 책자나 볼 작정으로 집으로 돌아간 것이었다. 그러나 역시 집안에서도 E 선생을 가만히 내버려두지는 않았다. 만나는 족족마다 장가를 어서 들라고 조르는 것은 예증例症이라 하더라도 세간살이를 맡으라는 데에는 기가 막힐 뿐 아니라 제일 두통거리였다. 게다가 이번에는 또 머릿살 아픈 문제가 일어나서 엎친 데 덮친 데, 매일 부친에게 졸려 지내기에 책은 고사하고 안절부절못했다.

그것은 다른 게 아니었다. 어떤 법률 학교에를 다닙네 하고 서울 와서 있는 E 선생의 아우가 방학 전에 어떤 여학생을 데리고 내려와서 고모 집에다가 숨겨두었다가 같이 올라간 것이 발각이 되어 풍파가 일어난 것이었다.

"데리고 다니든지 업고를 다니든지 왔다 가더라도 곱게 소문이나 내지 않고 갔으면 그만일걸, 공연히 여기저기 끌고 다니고 광고를 하다시피 하며 돌아다니다가, 아버지께까지 들키고…… 그나 그뿐인가. 간다 온다 말도 없이 떠나면서 편지를 써놓고 죽느니 사느니…… 참 어처구니가 없어서…….”

이것은 한바탕 부친께 야단을 맞은 뒤에 모친이 뒷구멍으로 하는 말, E 선생은 화로를 끼고 앉아 듣다가

“그래 위인은 얌전해요?”

하고 물었다.

“너도 정신없는 소리도 한다. 얌전한 년이 그러고 돌아다니겠니…… 내 도무지 그 법석 통에 얼이 다 빠졌다.”

하며 어머님은 주름 많은 여윈 얼굴을 잠깐 찡그리다가 빙긋 웃더니

“그래, 널더런 무어라고 하던?”

하며 물었다. E 선생은 화젓가락을 가지고 재를 살살 펴놓고, 무어라고 영자英字를 썼다 지웠다 하며 무슨 생각을 하다가

“네?”

하며 고개를 번쩍 쳐들었다.

“아, 여기 다녀가서 아무 말도 아니하던?”

“난 집에 왔다 간 것도 모르는데요. 그놈 맹랑한 놈이로군. 올해 그 애가 몇 살인가요?”

E 선생은 자기 동생의 나이도 몰랐었다. 어머님은 웃으면서

“네 나이는 아니? 계묘생이니까 올해 꼭 스무 살이지.”

하며 일러주었다.

“흥, 인제야 스무 살쯤 된 놈이, 연애는 다…….”

“아버지 말씀이 옳지, 너부터 제 맘대로 정하여가지고 하느니 무슨 연애니 어쩌느니 하니까, 덩달아서 그리지 않겠니? ……그러게 어서 네가 자리를 잡고 떡 앉어야 가도家度가 서지…… 글쎄

이러고 돌아만 다니면 어떻게 할 작정이란 말이냐."

이야기는 결국 결혼 문제에까지 끌어왔다. 속으로는 어떻게 미국이든 독일까지는 갔다 와야겠다는 음모를 가지고 있는 E 선생으로는 이런 소리를 들을 때마다 사실 귀가 아프거니와, 어찌 해야 이 가정의 계루에서 벗어날지 코가 맥맥하였다. E 선생은 눈살을 찌푸리고 앉았다가

"글쎄, 그러게 창희를 어서 먼저 장가를 들여서 살림을 맡겨버리면 그만 아니에요."

하고 어머니를 쳐다보았다.

"쓸데없는 소리 마라. 철부지의 창희에게 맡겨서 무에 될 줄 아니."

"몰라요. 글쎄 나는 집안사람으로 치지 마세요."

어머님은 잠자코 앉았다. 단 형제 중에도 제일 믿음성 있는 맏아들을 참 정말 태산같이 믿는 늙어가는 부모에 대하여 E 선생은 의문의 인ㅅ이었다. 십여 년 전부터 혼인 혼인 한 것을 이때껏 줄기차게 우겨온 E 선생의 억척도 억척이지만 부모로 말하면 거의 미칠 지경이었다. 넉넉지도 못하지만, 그래도 알뜰살뜰히 이만큼 하여놓은 살림을 튼튼한 자식에게다가 맡기고 가려는 것은 누구나 부모 된 이의 상정, 미거하지 않고, 난봉 아닌 것만은 다행이라 하여도 삼십이 가까워도 밤낮 공부 공부 하는 데에는 애가 타서 못 견딜 지경이다. 지금도 모친은 답답한 듯이 눈만 깜박깜박하고 앉았다가

"글쎄, 네 소원대로 여학생을 데려오든 기생을 데려오든 그건 상관없으니 어떻게든지 하여가지고 인제는 좀 들어앉으려무나.

누가 널더러 교사질을 하라던…… 벌써 몇 해냐? 집안을 떠난 지가. 십여 년을 돌아다녔으면 인제는 좀…… 그리고 술은 무슨 술을 그렇게 먹니?"

"누가 무어라고 그래요?

"창희가 그러는데, 여름부터는 날마다 장취長醉라고 하더구나."

"장췬 누가 장취예요. 쓸데없는…… 미친놈이로군…… 에잇 머릿살 아픈! 어서 그만 들어가셔요."

E 선생은 어머님을 안으로 쫓아들어가게 하고 혼자 드러누워 버렸다.

5-2

E 선생은 이튿날 서울로 뛰어 올라와 버렸다. 올라올 때에 부친이, 학교는 그만두고 곧 내려올 터이냐고 물으니까

"글쎄요. 가봐서 아무쪼록 곧 내려오지요."

하며 천연덕스럽게 대답은 하였지만, 자기 생각에도 아무 결심은 없었다. 다만 머릿살 아픈 가정에서 한시바삐 빠져나오기만 하면 그만이었다. 가정이라고 하여도 늙은 부모 외에는 내일모레면 시집보낼 딸자식을 데린 과부댁 누이가 와서 있을 뿐이니까 누가 떠들어서 공부가 아니 되는 것도 아니요, 무슨 고된 일을 시키는 것도 아니지만 어쩐지 기가 푹푹 썩는 것 같아서 한시도 엉덩이를 붙이고 앉았을 수 없었다.

E 선생에게는 그 이유를 알 수가 없었다. 다만 새로운 사람과

오늘날의 가정과는 영원히 융화될 수 없는 소질이 있는 것같이 생각될 뿐이었다. 더구나 창희의 일건이 이번에는 집에서 자기를 내쫓는 것 같았다. 자기의 속생각을 부모에게 말을 한대야 알아줄 것도 아니요 그렇다고 연애란 이런 것, 결혼이란 이런 것이라고 창희를 가르쳐준대야 또 어떻게 오해를 하고 무슨 짓을 할지 모를 것이다. 언젠지 오늘날의 결혼이란 것은 강간과 다를 것이 없다고 일러준 결과가 오늘날 그따위 짓을 하며 돌아다니게 된 것을 보면, 어떻게 해야 좋을지 틈바구니에 끼어서 공연한 탓만 듣게 된 자기가 결국은 미친놈이 될 뿐이었다.

부친은 일주일이나 두고 입에서 신물이 나도록 창희 이야기로 졸라대었으니까, 인제는 한풀이 죽었던지 올라올 때도 이렇다 저렇다 말이 없었지만 그래도 어머님은 이번 올라가거든 창희를 잘 일러서 떨어지게 하라고 신신부탁을 하였다. 그러나 생각하여 보니 벌써 빗나간 것을 말로만 일러야 쓸데도 없을 것이요, 이십이 넘은 것이 자기도 생각이 있을 것인즉 제대로 내버려두면 결국은 그럭저럭 되고 말 것이라고 생각한 E 선생은 서울로 올라와, 창희를 만나보고도 그런 기색은 조금도 보이지를 않았다.

궁금증이 나서 도리어 형이 올라오기를 기다렸던 창희는 이편이 며칠이 가도 암말도 안 하는 게 수상쩍었던지 어느 날 밤중에 E 선생을 찾아와서

"이번에 아버님께서 무어라고 하시지 않으셔요."

하며 불쑥 물을 때도 E 선생은 시침을 뚝 떼었다.

'설마 그럴 리가 없는데…….'

라고 생각한 창희는 더욱더욱 초민[14]증이 나는 동시에 형에게는

감히 의논도 못 하여보고 혼자 끌탕을 하며 눈치만 보고 돌아다니는 모양이었다. E 선생은 그럴수록 더욱더욱 그러한 기회를 피하며 속으로 웃었다.

그는 하여간 그럭저럭 이 주일 방학이 지나고, 개학을 한 뒤에는 E 선생의 걱정이 또 하나 늘었다. 걱정이라고 하는 것보다는 일종의 유혹이었다.

그것은 다른 게 아니라, 지금 교감이 B 선교사의 승낙을 얻어 가지고 E 선생더러 학감 노릇을 하라는 것이었다. 물론 미국에 있는 교장과는 서신으로 대강은 승낙을 받은 모양이었으나, 당초부터 사직을 하려는 E 선생을 붙들고, 학감이 되라는 것은 무리한 주문이었다.

E 선생의 생각으로 말하면 기위 학교의 일을 볼 지경이면 아주 학감이든 무엇이든 직명을 띠고 탐탁하게 일을 보아주는 것이 피차에 좋기는 하지만, 한편으로 생각하면 교감은 학감이라는 명의로 자기를 붙들려는 정책 같기도 하고 또 이것을 곧 승낙한다는 것이 학감이나 생도감이 되려고 한 수단같이 남들이라도 생각할 것 같아서 망설이고 있는 것이었다.

그러나 또 한편으로 생각하면 지금 사직을 한다는 것은 단지 머릿살 아픈 것을 내놓고 다시 들어앉아서 조용히 책자나 볼까 하는 것인 고로, 그만둔대야 금시로 양행洋行을 하게 될 것도 아닌즉 승낙을 하여버리고도 싶었다. 이같이 설왕설래한 지 근 십여 일이나 된 뒤에 또다시 교감이 발론을 할 제, E 선생은 아직은 보

14 속이 타도록 몹시 고민함. 몹시 민망하게 여김.

류하였다가 교장이나 돌아온 후에 다시 이야기하자고 하니까

"교장도 승낙은 한 것이에요. 더군다나, 언제 올지도 모르는 교장을 기다리고 있으면 그동안 생도 감독은 어떻게 해요."

하는 교감의 말을 들으면 새로 온 체조 교사는 아직 생도들과 친숙하지도 못하고, 또 교육에는 경험도 없은즉 생도감을 시킬 수 없으니 생도감까지 겸무를 하려니까 시급하다는 의향이었다. 그런 내용을 듣고 보니, E 선생도 수긋하지 않을 수가 없었다. 그리하여 E 선생은 결국 학감이 되었다. 생도들은 물론 환영이려니와, 교원들도 지리, 수학 선생을 제하고는 별로 불평이 없는 모양, 교감도 인제는 한시름 잊었다는 듯이 벙글벙글하였다.

신임 학감의 정견이라는 것도 우습지만 E 선생이 학감이 된 뒤에 제일차로 착수한 것은 체조 시간과 어학 시간을 늘린 것이었다. 체조 선생과 손이 맞는 그는, 한 반에 일주일에 네 시간씩이나 되는 것을 틈 있는 대로는 쫓아나가서 같이 뛰며 조수를 하였다. 처음에는 생도들은 불평도 있는 모양이요, 체조 선생처럼 서투른 호령을 부를 제는 웃기들도 하였으나, 나중에는 도리어 E 선생이 없으면 섭섭해하게 되었다.

E 선생의 의견을 들으면 체조는 육체를 단련하는 것보다 정신의 건실을 돕는 데에 수신修身 이상으로 실효가 있는 것이라 한다. 하기 때문에 E 선생은 체조 시간에 반 시간씩은 이야기를 하여 들려주었다. 또 언젠지 이런 소리도 생도들에게 이야기하여 들려주었다.

"나는 군국주의라는 것을 극력 배척한다. 그것은 침략주의이기 때문이다. 아무리 힘이 세다 하기로 행랑살이하는 놈이 남의

집 안방에 들어가서 자빠지지 못할 것은 분명한 일이 아니냐. 그렇지만 사람이, 인간업을 파공하기 전에는 사람다운 의기, 지기志氣가 없으란 것은 아니다. 자각 있는 봉공심奉公心이라는 것은 군국주의의 세계에서는 볼 수 없는 것이지만, 사람다운 사람이 사는 세계에는 없지 못할 최대한 근본 요소다. 이것은 비록 사회주의니 공산주의니 하는 주의가—여러분은 몰라들을 사람도 있겠지만—실현된다 하더라도 가장 필요한 것이다."

생도는 사실 무슨 소리인지 몰라들은 사람도 있는 모양이었다. 그러나 E 선생의 속생각에는 어떠한 확신이 있는 모양이었다.

그다음에 E 선생이 착수한 것은 시험 문제였다. E 선생은 오늘날 시험이라는 것은 그 동기는 좋으나 그 결과는 옥석을 가리고 수재를 기른다는 것보다 위선을 가르치는 폐에 빠진다. 위선을 사갈蛇蝎과 같이 꺼려하는 것은 아마 인류의 역사가 비롯하던 때부터의 일일 것이다. 그러나 위선에서 구하지 않으면 인류는 결국 멸망하리만치 사람은 타락하였다. 하므로 오늘날 우리의 교육이라는 것은 이 위선으로부터 구한다는 데에 제일 의가 있는 것이다. 몇천 년 동안 우리의 관념은 이 위선과 허식 허례에 고정되었다. 그리하여 우리는 '생활'이라는 것을 잃어버렸다. 그러나 고정한 낡은 관념은 유동하는 새 관념으로 바꾸어 넣는 것 외에 아무 치료법도 없는 것이다.

그러므로 시험이라는 제도가 그릇되었다고 함보다도, 이 시험에 대한 관념이 그릇된 이상, 이 제도를 고치는 것보다도 급한 것은 이에 대한 여러분의 생각과 태도를 변하여야 한다고 주장하였다.

그리하여 E 선생은 결국 자기가 부임한 삼사년급의 작문 시간에 '시험'이라는 문제를 내었다.

5-3

오늘날의 교육은 '사람'을 만드는 게 아니라, 기계나, 그렇지 않으면 기계에게 사역할 노예를 만들었다. 그리하여 학문이라는 것은 일종의 징역같이 되었다. 자율 자발이라는 정신은 완전히 무시되었을 뿐 아니라 다만 어떠한 목적을 위하여 이용할 기구를 만들려고 일정한 규범으로써 단촉한 시간에 과량의 주사를 급격히 주입하기 때문에 학문의 존귀와 권위도 없어지고 인간성은 심한 학대에 기형으로 발달되었다. 오늘날의 교육은 시험을 위하여 존재하였다고 하더라도 과언이 아니다. 왜 그런고 하니 시험의 점수라는 것은 곧 그 사람의 운명을 결정하고 그 사람의 수입의 다과를 의미하고 그 여자의 혼처를 선택할 권리를 주게 하기 때문이다. 하므로 오늘날 학생의 공부는 학문을 위함이 아니라 시험 점수를 위함이다. 이와 같이 점수를 얻는다는 것이 최후의 목적이니까 목적을 위하여 수단을 가리지 않는다는 뜻을 실행하느라고 별별 비루한 짓을 한다. 이것은 금일의 교육 제도가 잘못된 까닭이라고도 하겠지만 만일 사회 제도나 교육 제도가 개선되어 시험이라는 것이 없어진다 하면 그때에는 오늘날보다 공부를 더 잘하지는 못하더라도 오늘날만큼이라도 할까. 그러면 시험을 보는 데에도 일 폐가 있고 안 본다는 데에도 일 폐가 있은즉 결국은 어떻게 하면 좋을지는 각각 생각하는 대로 솔직하게 깊이 생각하여 써가지고 오라고 E 선생은 한 시간이나 설명을 하여 들려주었다. E 선생의 생각은 이같이 하여 차차 시험에 대한 생도들의 그릇된 생각을 고쳐주는 동시에 학문에 대한 흥미를 일으키게 하려는 것이었다.

그 결과 삼사년급 두 반을 합하여 여든세 장이나 되는 작문 답안 중에 시험 폐지론자가 일흔네 명이요, 시험 필요론을 주장한 자는 겨우 아홉 명, 각 일 할 남짓하였다. 그러나 이것은 원래 의견을 채택하려는 것도 아니요 시험을 폐지해야 할 것이라는 의견을 선전한 것도 아닐 뿐 아니라, 작문이니까 그 주의 주장보다는 글의 우열을 따라서 평시와 같이 채점을 하였다. 이 채점을 하였다는 것이 생도들에게 이상쩍었던 모양이었으나, E 선생은 자기의 한 일에 대하여 별로 다른 생각은 없었다.

그러나 일주일쯤 지난 뒤에 하루는 E 선생이 사무실에 앉았으려니까 생도 두 명이 들어오더니 봉투지 하나를 내밀고 뒤도 아니 돌아보고 나가버렸다.

E 선생은 무심코 뜯어보았다. 청원서라 쓰고 본문에는

"본인 등은 학감 선생의 존의를 존봉하여 졸업 시험을 전폐하겠사오니 무번호로 졸업 증서를 수여하시옵기를 복망"이라고 간단히 적었을 뿐이었다.

E 선생은 깜짝 놀랐으나, 예의 '시험' 문제를 가지고 저희끼리 그러는 모양이라는 생각이 머리에 번개같이 떠올랐다. 하여간 E 선생은 깃구멍이 막혀서 소위 청원서라는 것을 들고 벙벙히 앉았다가 출석부를 갖다 놓고 날인한 생도들과 대조하여보니까, 어

제 결석한 생도 세 명을 제외하고는 전부가 서명을 하였다. 그러나 반장이 가지고 들어오지 않고, 예의 운동부 속의 놈들인 것을 보면, 대개는 추측할 수 있으나 하여간 그대로 우물쭈물할 수가 없어서 교감이 오기를 기다려 의논을 하였다.

"그런 것은 당초에 대꾸를 마시지요. 미친놈들이로군! ……여간하면 상당한 처치를 하시지요."

하며 교감은 그리 문제로 하지 않는 모양이었다.

그러나 책임자인 E 선생으로서는 생도들에게 훈유訓諭라 해도 일주일밖에 아니 남은 시험을 잘 치르게 하여야 할 뿐 아니라 만일 이것이 버릇이 되어서는 교육계의 큰일일 뿐 아니라 가만히 생각하면 실상 중대한 일이었다. 그리하여 E 선생은 하학한 후에 사년급 생도들을 모아놓고, '시험'이라는 작문 문제를 낸 것은, 제군의 시험에 대한 오해를 고치게 하려는 것이요, 한편으로는 자기를 속이고 허예虛譽를 취하려는 그릇된 생각을 고치려는 것이며 시험 폐지론에도 채점을 한 것은 다만 글의 가치로 한 것이요, 그 이상에 대한 평가는 아니라는 것을 도도히 설명한 후 반장을 불러서 청원서를 가져가라고 하였다.

반장은 E 선생의 지휘대로 일어나 나와서 청원서를 받아가지고 가서 앉으니까 아까 청원서를 가지고 들어왔던 생도의 하나가 벌떡 일어나더니

"저놈의 자식! 뒈지질 못해서…… 그건 무엇하러 가져오니?"

하며 반장을 몹시 쳐다보고 나서 E 선생님을 향하여

"선생님 그것은 아니 됩니다. 작문에 채점을 하셨든 아니하셨든 하여간 시험이라는 것이 결코 그 사람의 실력을 정확하게 표

시하는 것은 아니란 것도 선생이 말씀하신 게 아닙니까. 그러면 언행이 일치하여야 할 것은 선생의 늘 하시던 말씀이니까 이번에 꼭 실행해주셔야 하겠습니다."

하고 앉자, 또 한 생도가 대신 일어나서

"청원서는 돌려보내신다면 받아둘 터이지만 우리들의 의사가 관철되기까지는 공부를 할 수가 없으니까 일주일 안으로 결정을 내주시지 않으면 아니 되겠습니다."

하고 앉으려니까, E 선생이 무엇이라고 입을 벌리기도 전에, 십여 명이나 되는 생도들은 "으아!" 하면서 우당퉁탕하고 나가는 바람에 남아 있던 생도도 와짝 일어섰다. 이 광경을 당한 E 선생은 눈이 뒤집혔다. 얼굴이 점점 발개지며 화끈화끈 다는 것을, 가만히 참고 섰다가 생도들이 와짝 일어나는 데에는 설마 이렇게 난장판이 될 줄을 몰랐다는 듯이 발을 구르며

"이것이 너희들이 사 년 동안 배운 것이란 말이냐?"

하고 소리를 고래고래 질렀으나 벌써 반분이나 나가버리고 남은 생도들은 앉아야 좋을지 나가야 좋을지 몰라서 형세만 관망하는 모양이었다.

이때에 자기 자리에 섰던 반장은 돌아다니며 앉으라고 모두 붙들었다. 그동안에 E 선생은 씨끈씨끈하며 수첩을 꺼내더니 조명調名을 다시 한 번 하여가며 나간 생도는 표를 하여놓고, 반장더러 나간 사람들을 불러들이라고 하였다.

운동장 한구석에 몰쳐 서서 수군수군하던 생도들은 반장을 보더니 찧고 까불며 곧 나오지를 않으면 다리 뼈다귀가 성하지를 못하리라고 위협을 하였다.

E 선생도 이제는 하는 수 없다는 듯이 이것은 결단코 들어줄 것 못 되니까 생각을 깊이 하여 마음대로 하라고 하고 훌쩍 나가 버렸다. 하여간 이같이 하여 사십여 명 생도 중에도 두 파로 나뉘었으나 온건파는 위협이 무서워 감히 반대는 못 하는 모양이었다.

일편 사무실에서 협의 중이던 교원회에서는, E 선생을 기다리고 앉았었다.

E 선생은 여전히 씨근벌떡하며 들어오더니, "출학",[15] "출학" 하며 떠들더니

"그래 어떻게 되었어요."

하며 교감이 묻는 데에 따라서, 입에 침이 마르게 한바탕 주워 삼킨 뒤에, 일의 자초지종을 다시 한 번 설명하고 나서

"결국은 그럭저럭하여 복습 일자나 넉넉히 잡으려는 것이나 시험을 연기하면 하였지 그건 결단코 아니 될 것이 아니에요."

하며 자기 의견을 붙였다.

다른 때 같으면 E 선생이 옳거니 그르니 하며 한참 떠들썩할 것이나, 학감이란 직함에 눌려 그랬는지 지리 선생 수학 선생도 잠자코 있었다. 그리하여 결국 시험은 진급 시험과 같이 보이게 연기를 하고 그동안에는 역시 상학을 시키며, 수두자[16] 다섯 명은 이 개월 정학에 처하여 추후 시험을 보게 하고 그다음의 불온 분자는 일주일, 온건파는 삼 일간 정학에 처하기로 결정되었다. 그리하여 그 이튿날부터는 사년급 반은 텅 비게 되었다.

15 학교에서 학칙을 어긴 학생을 내쫓음.

16 어떤 일에 앞장서는 사람.

5-4

이 분요紛擾가 일어나기 전에 벌써 예측하고 있던 사람은, 사무실 속에 단 한 사람밖에 없었다. 그것은 물어볼 것도 없이 지리 선생이었다.

원래 이 사건이 상궤를 벗어난 무리한 일인 것은 더 말할 것도 없거니와 그 배후에는 선동하는 어떠한 흑막이 있었으니 그것은 예의 퇴직당한 A 선생을 중심으로 한 일파였다. A 선생은 표면으로는 면직이 되어 하는 수 없이 교회에서 몇 푼 나는 것으로 근근이 호구를 하여가며 월여나 지내왔으나 가슴에 뭉클한 E 선생과의 관계는 어느 때든지 잊을 수가 없었다.

"두고 봐라. 너희들이 언제까지 뱃대를 내밀고 앉았는가 홍!" 하며 벼르며 B 선교사의 집을 풀방구리에 쥐 드나들듯 하였다. A 선생—지금은 선생도 아니지만—은 '교장만 돌아오면……'이라고 생각하면서도 우선 B 선교사의 불알을 붙들고 늘어지는 수밖에 없었다.

사직 허가장이 서류 우편으로 전달되던 날 A 선생은 온종일 문을 꼭 닫고 드러누웠었다. 처자의 얼굴을 보기도 부끄러운 것은 고사하고 내일부터 밥줄이 끊어질 생각을 하면 사실 앞이 캄캄하였다. 지금 다시 체조 교사를 운동하여본다는 것도 말이 아니 되는 수작, 그러면 한 가지 길은 또다시 양코백이의 밑이나 씻겨주며 번역생 노릇밖에는 호구지책이 없었다. 그러나 이것도 사오 년 전 세월과는 달라, 용이한 일도 아니려니와 원래 교장이 해고를 하고 학교로 붙여준 것도 어학력이 불충분하여서 그리한 것은 대개는 짐작하는 일인데 B 선교사에게 부탁한대야 될 것 같지도 않았다. 이리저리 생각해보니 자기 자신도 이제는 참 가련할 뿐 아니라, 내일부터라도 쪽박을 차고 나설 생각을 하니 꼼짝할 수 없는 막다른 골목이었다.

그러나 이러한 생각을 할수록 교감이란 놈을 곧 잡아라도 먹고 싶고 E란 놈은 어느 때든지 골탕을 먹이고야 말겠다고 혼자 이불 속에서 이를 갈며 두 주먹을 불끈 쥐었다. 그러나 어떠한 술책을 써야 좋을지는 금시로 생각이 나지를 않았다. 하여간 오늘 밤에라도 B 선교사나 찾아가리라고 생각하는 판에 지리 선생이 타달타달 들어왔다.

"엥, 괘씸한 놈들이야!"

지리 선생은 들어와 앉으며 입을 벌렸다.

"그러나 이러고 들어만 누웠으면 어쩔 테야."

하며 즉시 B 선교사를 찾아가서 사건의 내용을 잘 설명하고 의논하라고 충동이었다.

"글쎄…… 가서 무어라고 해야 좋담!"

A 선생은 눈만 깜짝깜짝하고 여전히 드러누웠다.

"할 말이 좀 많아! 무주군軍[17]이란 말만 들어도 찔끔을 할걸…… 게다가 요새는 소학부의 N이 E란 놈의 사관私館을 미쳐 다닌다네…… 벌써 요정이 났는지도 모를 것이지……."

하며 새새 웃었다. 이 말을 들은 A는, 무슨 광명이나 얻은 듯이

"응? N이 그래? 흥……."

17 신자가 아니라는 뜻으로 보임.

하며 혼자 무엇인지 생각을 하는 모양이었다.

E 선생에게 N이 찾아다닌다는 것은 거짓말이 아니었다. 그러나 E 선생이란 인물이 아무리 친하다고 남의 집 계집애에게 손을 댈 만큼 비열하지도 않으려니와 E 선생은 도리어 N이 자주 오게 된 것을 멀미를 대었다. N이 E 선생과 교제를 하게 된 동기는 E 선생이 학감이 된 후 자연 소학부에까지 관계를 하게 되기 때문이다. 나이 스물여덟이나 된 N에게 E 선생 같은 이성을 만나게 된 것은 유쾌하지 않은 것도 아니요 가까이하고 싶지 않은 것도 아닐 것이다. 그러나 《가정보감家庭寶鑑》인지 위생 무엇인지를 가지고 와서 가르쳐달라는 데는 깃구멍이 막혔다.

어느 날은 책 한 권을 가지고 오더니 말을 꺼내기도 전에 커다란 입을 벌리고 낄낄 웃더니

"이것 좀 가르쳐주셔요."

하고 내밀었다.

E 선생은 주는 대로 받아서 펴보니까 신체니 의복이니 하는 몇 가지 제목이 있은 후에 화류병 요법이니 생식기 위생이니 하는 등 기사가 있고 일일이 남녀의 생식기를 모사한 삽화가 있었다. E 선생은 여기저기 뒤적거리다가 다시 N에게로 주며

"일어를 연습하시려거든 다른 책을 정하시지요. 그러나 나는 좀처럼 시간이 없으니까."

하며 예사롭게 한마디 하였다. 그러나 N은 책을 받아가지고 또 뒤적거리다가 무엇을 보았는지 혼자 웃으면서 책을 덮어 옆에 놓고 '히스테릭'한 웃음을 혼자 한참 웃더니, 이상한 윤광이 도는 눈을 선생에게 향하였다. 그 거동은 우치愚癡[18] 그 물건 같은 동시

에 확실히 병적인 것을 E 선생은 간취하였다. 그 후부터 E 선생은 막 내대이는 수작을 하였다.

이와 같은 사정인 것은 모르고 벌써 운동부 속에까지 소문이 들리고 지리 선생은 무슨 '거리'나 생긴 듯이 혼자 좋아 날뛰었다. 지리 선생은 둘째요, A 선생에게 대해서는 이 사실이 유일의 활로 같고 내일부터라도 밥주머니를 주는 희보였다.

"흥, 그러고도 '사람은 사람의 운명을 결정할 권리는 없다'구……."

A 선생은 여전 무슨 생각을 하고 누웠다가 이같이 혼잣소리를 하였다. 이 말은 E 선생이 언젠지 사년급 생도들에게 성의 문제를 이야기할 때, "사람은 사람의 운명을 좌우하거나 결정할 권리는 없으니까 어느 때든지 처녀의 정조를 절대로 존중하여야 한다"고 한 말을 잡아가지고 하는 말이다.

"하여간 오늘 저녁에라도 B를 찾아가 보고 들이대슈. 어떻든지 한번 해보고 말 것이지……."

지리 선생은 이같이 어디까지든지 선동을 하고 돌아갔다. 그리하여 그날 밤에 A 선생은 B 선교사와 만났으나, A 선생의 입에서 무슨 소리가 나왔던지 그 이튿날 B 선교사는 벼락같이 교감을 불러다 놓고

"E가 술을 먹는다니 그게 무슨 소리요. 더구나 소학부 여학생하고……."

B는 말을 끊고 머뭇머뭇하다가

18 매우 어리석고 못남.

"하여간 그런 사람을 두고, A를 내보낸다는 것은 좀 잘못되지 않았소."

하며 매우 준책을 하고 싶으나 억지로 참는 모양이었다. 교감은 잠자코 앉았다가

"누가 그런 소리를 해요."

하며 똑바로 쳐다보았다. B는 한참 서슴다가

"어제 A가 와서 그러던데요. 증거가 뻔하다는데……."

하며 교감의 눈치를 보려는 모양이었다.

"그럴 테지요. 쫓겨났으니까 분김에 무슨 소리는 못 할까요."

교감은 간단히 이렇게 대답을 하였다.

"글쎄 그것도 그렇겠지만 착실한 교인도 아니라니, 그래서 되겠소."

B 선교사는 미국인의 특색을 발휘하느라고 금시로 교감 말에 수그러지면서도 즉시 교감을 신용치 못하는 모양이다.

교감은 슬며시 화가 나서 잠자코 앉았다가, 벌떡 일어나며

"교수 시간이 있으니까 곧 가봐야 하겠소이다. 하여간 염려 마셔요. E 군이 신자가 아니란 것도 공연한 소리요……."

말을 잠깐 끊으니까, B는 뒤를 대어

"글쎄, 그럴 리는 없겠지만요. 아무쪼록 잘되도록만 하시구려."

하고 피차에 헤어졌다.

이와 같이 하여 B도 교감을 신용하고 그 후 E 선생을 학감으로 하는 데에도 별로 이견은 없었으나, B가 냉정하여 갈수록 A는 애가 타서 운동부와 B 선교사 사이에서 별별 소문을 다 만들어 내고 갖은 고책을 다 썼다.

그러는 중에 마침 예의 '시험 문제'가 발생을 하였다.

시험이라는 작문 시간에 대하여 폐지론을 쓴 것에도 채점을 하였다는 말을 지리 선생에게 듣고 A는 내심으로 손뼉을 쳤다. B에게 구박을 맞은 A는 이 호기를 놓치지 말고 어떻든지 운동부를 충동이는 수밖에 없다고 생각하였다.

6

사실 운동부를 선동한 결과는 B 선교사의 말 이상으로 유효하였다.

학교 측에서 정학을 선고한 지 사 일 만에 소위 온건파는 삼분의 이쯤 등교를 하였으나, 그 여餘는 일주일을 지나도 그림자도 보이지를 않다가, 하학할 때쯤 되면 문밖에서 지키다가, 상학한 생도들을 두드리네 때리네 야단법석을 일으키게 되었다. 이틀 사흘 날이 갈수록 이러한 광경이 심하여가는 것을 보고 사무실에서는 학부형회를 모으고 선후책을 강구하였으나 학부형회에서도 생도들의 잘못은 물론이지만 E 선생도 잘하였다고는 할 수 없다는 눈치를 은근히 보이고 결국은 부득요령으로 헤어졌다. 일편 사무실에서는 불량 생도를 감시하고 권유한대야 더욱더욱 강경하여질 뿐이요 일은 점점 분규할 따름이라, 매일 B 선교사에게 몰려대는 교감은 하는 수 없이 교장에게 졸업식에는 으레 참석을 할 것이니 일자를 다 가서 얼른 오라는 전보를 놓고 사년급은 여전히 교수를 계속하였다.

그러나 위협에 견딜 수가 없는 생도들은 하나 둘씩 줄어서 나중에는 씨알머리도 볼 수 없게 되고 두서넛밖에는 출석자가 없었다.

그러느라니 학교는 그야말로 수라장이 되었으나 하여간 단 한 생도라도 붙들고 여전히 공부는 시켰다.

하여간 이와 같이 야단법석을 하며 일주일쯤 지나려니까 미국에서 벌써 출발한 지가 일주일이나 된다는 회전이 오자 그 이튿날 잇대어서 횡빈橫濱[19]에 도착하였다는 전보가 왔다.

삼 일 만에 교장은 들어왔다. 일은 급전직하로 발전하여 교감 학감은 사직하지 않을 수 없었다. E 선생은 교장을 만나보지도 아니하고 도리어 "고맙소이다" 하며 교감에게 청원서를 전하고 옳다 그르단 말 없이 자기 집으로 갔다.

집에서 가만히 드러누워 E 선생은 생각하여보았다.

'창희의 일이라든지, 학교의 이 분요라든지 결국 그 죄가 누구에게 있을까'라고.

— 〈동명〉, 1922. 9. 17.~12. 10.

19 요코하마.

숙박기

1

"이번에는 어떻게 선세옥을 해주지 못하실까요? 내월은 선달인데 돈은 이렇게 말르고 저희게서는 일동일정을 현금으로만 사들이는 터이니까요……."

그끄저께 세금을 치르려니까 하숙 주인은 한 달 치를 받아놓고 또 이런 소리를 별안간 한다.

"……무어 조선 양반이라거나 지나支那 사람이라고 해서 신용을 못 한다든지 무슨 차별 대우를 해서 그러는 게 아니라 사정이 그렇고 보니까 말씀예요."

주인은 이런 소리도 하였다. 창길이는 두 볼이 불룩하고 피둥피둥한 주인의 얼굴을 한참 쳐다보다가

"주인 사정도 그렇겠지만 별안간 그런 소리를 불쑥 하니 내 사정도 보아주어야 할 게 아니오? 객지에 있는 빈한한 서생이 불시에 내놓을 만한 돈을 넉넉히 가지고 있을 리도 없는 게요……."

하며 우선 말을 끊었다.

"허지만 이번에는 여러분께 모두 그렇게 받기로 했어요……."

하고 주인은 싱긋 웃는 듯하며 외면을 하다가

"왜 처음 오실 제부터 말씀해 두지 않았에요."

하며 또 입을 삐쭉한다.

창길이는 무어라고 말을 꺼내려다가 참아버렸다. 떠나올 때에 숙박기를 하니까 좀 좋지 않은 기색이더니 선금을 달라고 그날 저녁에 하인을 보내서 청구하기에 창길이는 그런 전례가 어디 있느냐고 도리어 나무라 보낸 일이 있었다. 하여간 선금을 받는다손 치더라도 미리 통기를 왜 아니 하였느냐? 다른 사람에게는 말을 하여두었기에 학비를 미리 갖다가 지불할 거니 그러면 자기에게만은 왜 이때까지 말이 없었더냐고 여러 가지로 따지자면 하고 싶은 말은 쌔고 버렸으나 창길이는 모든 것을 꾹 참고

"응 내일 떠나주리다!"

하고 그길로 집을 보러 나섰다.

그 하숙은 모든 범절이 손님에게 편하기도 하고 깨끗하나 방이 음산하여 그렇지 않아도 돈 형편 보아서는 내월쯤 떠나려고는 생각하였지만 그따위 무리한 소리로 핑계를 하여 내쫓으려는 것을 생각하면 분하기도 하였다. 아닌 게 아니라 그 집에는 일본 사람 아니고는 창길이 하나밖에 없지마는 같은 돈 받고 영업하

는 자리에야 그렇게도 색가리[1]를 할 게야 무에 있나 싶었다.

'조선 사람에게 밥값 잘리는 수가 있다손 치기로 신용 안 잃은 다음에야 한 달이나 있던 사람을 내쫓을 묘리가 왜 있더람!……'

창길이는 이런 생각을 하면서 전찻길을 건너서서 늘 산보하는 공동묘지께로 향하였다. 그렇지 않아도 그동안 산보하는 길에 눈여겨보아 둔 데도 없지 않았기 때문이다. 그러나 급기야에 와서 보니 이 근처는 학생촌과 떨어져 있는 데라 생각하던 것과는 딴판이다.

언 땅이 녹아서 질척거리기는 하지마는 고요한 묘지 사이로 휘더듬어서 거리로 빠져나와 한 바퀴 돌아보았어야 모두가 관리나 회사원을 그리고 지어놓은 셋집이 아니면 중산 계급인의 첩치가함 직한 동리뿐이요 하숙이나 소위 '시로우도'[2]라는 셋방 패를 붙인 집도 눈에 뜨이지를 않는다. 한참 헤매다가 그래도 창길이는 서너 집이나 한데 몰려 있는 하숙을 찾아내었다. 모조리 들어가 보는 동안에는 남향으로 앉은 '다다미'도 깨끗하고 한 방이 없는 것은 아니나 창길이는 차마 냅떠서[3] 딱 결정치를 못하였다.

"네, 빈방은 있습니다만……."

하며 주인이나 계집이 나와서 인품부터 간선을 하려는 듯이 위아래를 몹시 훑어보는 그 눈길을 보면 금시로

"어디 양반이신가요? ……네에 방은 지금 비긴 비었으나 내일쯤 오마고 선약하고 가신 분이 있는데요……."

1 인종이나 민족을 구별하거나 차별함.
2 '비전문가, 경험이 없는 사람, 일반 가정집 여자'를 뜻하는 일본어.
3 일에 기운차게 앞질러 나서다.

하거나,

"네에 그러세요? 저희에게는 누구시나 선금으로 오시게 하는 터인데 그렇게 미리 아시고 오시지요."

하는 소리가 나올 것 같아 창길이는 주저주저하다가는 방만 보고 그대로 나오곤 하였다. 방이 정하고 햇발 잘 들고 동리 조용하고 선금 아니 달라 하고, 게다가 조선 사람이라도 좋다고 할 그런 입에 맞는 떡 같은 데를 찾으려니 어려운 일이다.

창길이는 거리로 나와서도,

'지금 나중 보고 나온 데를 아주 정하고 갈까?'

하며 한참 망설이다가

'내일 하루가 있으니까 좀 더 다른 방향으로 골라보지!'

하고 발길을 돌렸다.

창길이는 짐이라야 단출하지마는 한번 옮기기가 구살머리쩍은데[4] 다달이 이사를 하게 되어서 이리 까불고 다니고 저리 까불고 다니는 것은 찜증이 나고 신산하였다.

'이놈의 팔자를 언제나 면하누?'

창길이는 나중에는 이런 혼자 생각까지 하며 휘죽휘죽 오려니까 어떤 골목 모퉁이로 앉은 숯집 문 앞에 쌓인 숯 더미에 '빈방 있소'라고 한 마분지 쪽이 매어달렸다. 창길이는 설마 길가로 난 숯장수 집에야 있을 수 있나, 하는 생각으로 몇 발자국 지나치다가 그래도 보아두리라는 생각으로 돌쳐 가서 물어보았다.

자기의 집은 아니요 길 건너편 골목으로 들어가다가 왼쪽으로

4 마음에 마땅치 않고 귀찮다.

찾아보면 하숙이 있으니 게 가서 물어보라 한다. 창길이는 그런 데에 하숙이 있었던가 하는 생각을 하면서 하여간 잘되었다 하고 기운을 내어서 찾아 들어갔다. 집은 손쉽게 찾았다. 유리 박은 창살문 위에 '하숙 영업'이라고만 쓴 조그만 나무패를 추녀 밑으로 바싹 올려붙인 것을 보면 다소간 행세하는 사람으로 아낙네를 시켜서 은근히 하는 눈치 같기도 하다. 집도 진재震災 후에 세웠는지 거죽으로 보아도 정갈해 보였다. 창길이에게는 방은 좋든 나쁘든 첫대바기에 이런 집이면 좋겠다는 생각이 들었다.

부르는 소리에 따라 안에서 나온 것은 하녀가 아니라 열대여섯 살쯤 된 해끄무레한 총각 아이였다. 창길이는 어린아이를 앞세우고 이층 구석방—구석방이라야 이층에는 방이 기역 자로 셋밖에 없었다—을 보았다. 남향도 남향이려니와 사첩 반 방이 깨끗하였다. 창길이는 속으로 반기면서 값을 물으니까

"하숙료일랑은 아래층에 내려가서 주인아즈머니와 의논해주십쇼."

하며 아이놈은 창길이를 데리고 올라오던 층계와는 반대편으로 내려갔다. 창길이가 뒤따라서 내려서니 거기에는 벌써 주인 여편네가 나와 서서 기다리고 있었다. 어떤 손님인구? 하며 망을 보고 있었던 모양이었다. 주인이라는 여자는 활싹한[5] 몸집에 몇 물 빤 듯하기는 하나 나이 보아서는 야한 무늬가 있는 '긴샤지리멘'(왜비단)의 하오리(웃옷)를 걸치고 머리는 목욕 다녀온 계집같이 찬즈름하게 빗어서 아무렇게나 트레트레 감아 얹었다. 삼십은

5 몸이 날씬하고 상큼한.

훨씬 넘어 보이는 눈이 옴폭하고 코가 상큼한 얼굴판이 잔주름은 있을망정 예쁘장한 모습이었다. 상긋 웃는 눈찌가 좀 암기를 품었고 히스테리증이 있는 모양이었으나 어쨌든 창길이가 보기에는 점잖은 부인이라는 것보다는 남의 첩 퇴물인 듯싶었다.

"이리 좀 들어오시지요. 날씨가 어제오늘로 퍽 추워졌습니다."

주부는 인사성 있게 창길이에게 말을 붙이며 방으로 앞서 들어간다. 방석을 내놓고 차를 따라 권하는 양이 아무쪼록 손님을 놓치지 않으려는 눈치였다.

"……어린아이들만 데리고 똑 내 손 하나로만 안팎일을 꾸려가려니까 와서 계시자면 불편하실 일도 많겠지요만 그 대신에 아무쪼록은 손님을 골라서 들이기 때문에 손님들은 모두 얌전하지요. 조용하긴 퍽 조용합니다……."

밥값을 정한 뒤에 주인 여편네는 이런 소리도 들려주었다.

창길이는 이렇게 너무 융숭한 대접을 받는 것이 도리어 속으로 낯이 간지러운 것 같고 마음에 편치 못하였다. 이렇게 호들갑스럽게 환영을 하다가 조선 사람이라는 말을 듣고 금시로 태도가 변하거나 하여 피차에 열적게 되지나 않을까 하는 염려가 앞을 서는 것이었다. 그러나 저편이 묻기도 전에 자기가 조선 사람이라는 것과 이렇게 신사 양복은 입었을망정 은행 회사 같은 데에 다니는 사람도 아니라는 말을 제풀에 꺼낼 수는 없었다. 창길이는 말 계제가 되면 한마디 무어라고든지 비치어놓고 일어설까 하다가 역시 냅뜨지를 못하고 그대로 일어나버렸다. 그러나 어쨌든 창길이는 아까 주인에게 멸시를 당하고 혼자 속을 끓이며 나왔던 때보다는 적이 눅어지고 생기도 돋아져서 그 집을 나왔다.

2

그 이튿날 오후에 창길이는 어제 약속한 대로 짐을 실어가지고 떠나갔다. 어제 보던 아이와 또 하나 그보다 두세 살 더 먹었을 듯한 큰 아이가 나와서 짐을 위층으로 날라주었다. 나중에는 주인 여편네까지 나와서 책상과 책장에 걸레질을 쳐주고 창길이가 가지고 간 화로에 아침 검불재를 사 온 것이 남았다고 까맣게 새로 넣고 불까지 피워서 올려보내 주었다.

창길이는 방 안에 너더분한 짐을 대강대강 치워놓고 나갈 차비를 차리느라고 부리나케 면경을 버티어놓고 면도를 하기 시작하였다. 지금 창길이가 가려는 데는 실상 그리 스스럽지 않은 친구의 집이건마는 웬일인지 그는 면경 앞에 앉자 수염이 감숭히 자란 것이 눈에 띄었던 것이다.

'하여간 우선 잘되었다!'

고 그는 인젠 한시름 잊은 듯이 면도칼을 들고 다시 방 안을 한 번 휘 돌려다 보았다.

'……하지만 일본 천지에 하녀 아니 부리고 어린아이들만 오르를 몰아놓은 집은 이 집밖에 없군…….'

하며 그는 혼자 웃었다. 그러나 예쁘장스러운 아이들이 조용히 고분고분하게 시중을 드는 것도 그리 보기 싫지 않을 것 같기도 하였다.

'제 자식도 아닐 텐데 어쩌면 쌍둥이 같은 것을 골라다가 두었누?'

창길이에게는 여전히 그 아이들을 둔 것이 호기심을 끌었다.

두 아이가 다 주인 여편네더러 아주머니라고 부르는 것을 보면 정말 친아주머니인지는 모르나 제 자식이 아닌 것은 분명하다고도 생각하여보았다.

'아닌 게 아니라 정말 혼자 살림이고 보면야 말썽 많은 젊은 계집년을 부리는 것보다는 어려도 사내자식을 골라두고 부리는 편이 호젓한 데 믿음성도 있고 좋긴 좋으렷다. 게다가 젊은 년이 젊은 사나이들과 마주 어울려서 찧고 까불고 하는 꼬락서니란 눈꼴이 틀려서 볼 수도 없을 게요 일일이 성화가 나서 총찰을 할 수도 없을 게니까…… 허지만 손님 편으로 보면야 된 게구 안 된 게구 계집 하인이 밥상 하나라도 들어다 주는 편이 나을걸!'

창길이는 이런 생각도 하여보며 혼자 웃었다.

그럭저럭 해가 막 떨어질 때쯤 되어서 창길이는 옷을 갈아입고 아래로 내려왔다. 아랫방에는 벌써 불이 빤히 켜 있다.

"어데 나가세요? 조금 있으면 진지가 곧 될 텐데…… 올라오셔서 조금 뜨시고 나가십쇼그려!"

웬 젊은 남자하고 같이 화로를 끼고 앉았던 주인 여편네는, 유리창으로 갸웃이 건너다보며 정숙히 말을 건다. 창길이는 구두를 신으면서

"저녁은 오늘 친구들과 회식을 하기로 하였으니까 곧 가봐야 하겠어요. ……한데 ××신문을 말해주슈."

하고 자기 볼 신문을 청구하여달라고 부탁을 하였다.

"네 말해두겠습니다."

고 여자가 대답을 하려니까 그 곁에 앉아서 이때까지 창길이를 유심히 내어다보고 앉았던 젊은 사람도 좀 주짜를 빼는[6] 눈치로

역시 따라서

"네 그러겠습니다."

고 소리를 친다.

'그자가 서방인가?'

창길이는 문밖으로 나오면서 아무 생각 없이 이런 짐작을 혼자 하였다.

3

어제 짐만 두고 나갔던 창길이는 그 이튿날 늦은 아침에 돌아왔다. 매달 그믐께면 동지 몇몇 사람이 추렴을 거두어가지고 모여서 주식을 나누며 담화회를 여는 것이 상례였다. 창길이가 어제 참례를 한 것은 거기였다. 늦게야 파해가지고 길이 소상해서 혼자 가기 어렵다고 친구들이 끄는 대로 따라가서 묵고 온 것이었다.

날씨가 금방 눈이나 올 것같이 몹시 음산하였다. 창길이는 층계로 올라가며 불씨를 가져오라고 소리를 쳤으나 우중충한 아래층은 꺼드럭 소리 하나 아니 나고 아이들조차 고개를 내밀어 보는 인기척도 없더니 창길이가 재쳐 또 한 번 소리를 치니까 그제야 부엌에서

"네 가져갑니다……."

6 주짜를 빼다. 난잡하게 굴지 않고 짐짓 조촐한 체하다.

고 늙은 할멈의 목소리가 스러지듯이 들린다. 창길이는 찬 바람이 드는 방에 들어와서 옷을 갈아입고 앉았다가 몸은 따분하고 불은 한나절가웃이나 기다려도 아니 가져오고 하여 좀 누울까 하고 어제 짐에 묶어 온 대로 내버려두었던 자리 보퉁이를 풀어서 깔려니까 그제야 등신 같은 할멈이 부삽을 들고 낑낑 매며 들어온다.

"모두들 나가고 아무도 없나?"

창길이는 자리 위에 꿇어앉으며 물었다.

"아뇨. 마님은 주무세요."

불씨를 화로에 옮겨 넣고 숯을 짜개다가 할멈은 어렴풋이 대답을 한다.

"아이들은 학교에 가구?"

할멈은 좀 귀가 멀었는지 어리둥절한 낯빛으로 창길이를 쳐다본다.

"아이들은 학교에 다니느냔 말이야. 늙은이가 이렇게 손님 시중까지 드니 말이야!"

하며 창길이는 소리를 커다랗게 지르고 웃었다.

"네네, 한 아이는 낮에 가고 한 아이는 밤에 가요."

하며 노파는 자기 귀가 먼 생각만 하고 마주 소리를 크게 지르다가 자기도 웃어버린다. 노파는 늙기도 늙고 가는귀도 먹어서 스라소니 같기는 하나 아직 부엌일은 할 만치 얼굴에 살기[7]도 있어 보이고 싱싱한 맛이 남아 있었다.

7 몸에 살이 붙은 정도.

"그 아이들은 이 집 일가 아이들인가? 아마 형제지?"

창길이는 화로 곁으로 다가앉으며 좀 소리를 낮춰서 물었다.

"아뇨. 한 애는 마님과 어떻게 먼 촌 되는 일갓집 아이라구 해두 지금 저 아랫방에서 마님 다리 치는(안마) 아이는 지난달에 이 집에 손님으로 온 학생인데 그대루 눌러 있게 된 것입죠."

노파는 화로의 재를 긁어모으며 이렇게 설명을 하여주었다.

"어떤 앤데?"

"좀 큰 애 있지 않아요? 못 보셨에요?"

"응, 고학하는 앤가? 퍽 마님의 눈에 든 게로군!"

창길이는 일종의 점잖지 않은 호기심을 가지면서 실없는 소리를 하고 웃었다.

"학비가 넉넉지 못하다나요…… 처음에는 밥값이 비싸서 못 있겠다고 한 달만 있다가 떠나려는 것을 밥값 내려줄게 그대로 있으라고 하였다가 안마를 잘하는 것이 마음에 든다고, 그러면 아주 손님 시중까지 들고 있으라고 해서 부리게 되었습죠."

하며 노파는 소리를 낮춰서 이렇게 대답을 하고 자기도 풀 없이 웃어 보인다.

"하여간 잘되었군! 남의 집 자식 하나 공부시키기란 좀처럼 어려운 일이지만……."

창길이는 잠깐 말을 끊었다가 노파가 심심한 판에 말동무나 생긴 듯이 머무적거리고 일어나지를 않는 바람에

"주인 양반은 어데를 다니누?"

하며 또 말을 꺼냈다. 주인 놈이 그악하지는 않을까? 밥값을 선금으로 달라지는 않을까? 조선 사람이라고 나가달라진 않을까?

……늘 이러한 염려가 있는 창길이는 어딜 가든지 주인의 인심과 사는 형편부터 알아놓아야 마음을 놓을 것 같았다. 진재[8] 이후에는 동경 인심이 더 야박하여진 것 같기도 하지마는 더구나 조선 사람이라면 오륙 년 전 시절과는 딴판 같은 눈치를 도처에서 당하여본 그는 그런 데에 한층 더 신경이 예민하여졌다. 더구나 제일 난처한 노릇은 자기를 일본 사람으로 보아주는 것이었다. 그 당장에 조선 사람이라고 까고 덤비기에도 좀 난처하고 열적은 일이요 나중에 자연히 알게 하면 처음에 속았다는 것이 분하다는 듯이 반동적으로 태도가 일변하여져서 눈꼴사납기 때문에 이래저래 이사를 하면 다소간 신경질인 그의 기분을 휘청거려 놓는 일이 많았다.

"주인 나리는 없느니나 다름없지요."

노파는 그대로 맥맥히 앉았기가 열적은 듯이 잘 붙어 오르는 화롯불을 공연히 훅훅 불다가 고개를 쳐들며 대답을 한다.

"그럼 어제 아래층에 있던 젊은이는 누구기에?"

하며 창길이는 어제 갈 적에 본 젊은 사람을 생각하고 또 물었다.

"어제 아래층에 있던 이가 누구예요?……"

하며 노파는 기억에서 골라내려는 듯이 한참 창길이를 쳐다보다가 겨우 생각이 났던지 반색을 하며

"네네…… 그건 아무것두 아니에요…… 저…… 거시기……."

하고 말을 멈추다가

"여기 있던 학생이에요. 그럼 그리는 학생이에요……."

8 지진에 의한 재해.

하며 무슨 말이 좀 더 나올 듯하다가, 창길이의 안색을 살피며 입을 닫쳐버린다.

"응……."

하고 인제는 창길이도 대꾸만 하며 자리 속으로 언 발을 파묻었다. 노파는 창길이가 헛대답을 하며 탐탁하게 묻지 않는 것이 도리어 섭섭한 듯이 제풀에 한층 소리를 낮춰서 또 말을 꺼낸다.

"그 학생두 퍽 오랫동안 친숙히 지내다가 웬일인지 지난달에 싸움을 하고 나가버렸에요…… 나간 뒤에는 한참 동안 발을 뚝 끊고 얼씬두 안 하더니만 요즈음에 또 드나들게 되어서 어떤 때는 활동사진 구경도 같이 가구 다시 사화가 됐나 봐요…… 저희들은 아무려나 상관이 없는 일이지만 그놈이 오면 공연히 이것 해라 저것 해라 하고 심부름만 뻔덕히 시키구 제가 이 집 나리나 되는 듯이 휘젓는 꼴이 눈꼴틀려서 밉살맞아 못 견디겠어요……."

노파는 이런 하소연을 이 집 손님 중의 몇 사람에게나 하는지 한 사람도 자기 사폐를 보아주는 사람은 없는지 모르나 갓 온 창길이를 붙들고 이런 말까지 들려주었다.

"흥……."

창길이는 그만하면 다 알았다는 듯이 여전히 코대답만 하다가

"그럼 나으린가 영감인가는 따로 살고 오지를 않나?"

하고 물어보았다.

"있긴 있는데 이때껏 반년이 되어야 코빼기도 못 봤에요…… 저…… 상야上野[9]에선가 기생첩 데리구 큰 여관 영업을 한다는데……."

하며 노파는 점점 더 흥이 나서 숙설거리는 판에 이편 층계 아래서

"할멈 할멈!"

하고 부르는 암상스러운 소리가 들린다. 노파는 하던 말을 뚝 끊고 꿈질하며 고개를 오그라뜨리고 엉덩이를 엉거주춤 든다.

"손님 공부하시는데 방해가 되라구 무슨 잔소리를 한나절가웃이나 그렇게 씩둑꺽둑허구 있어? 벌써 오정이 다 되었는데 어서 점심을 차려야 하지 않아!"

하는 쌀쌀한 소리가 잼쳐서 조용한 위층에 쨰르릉쨰르릉 흘러올라온다. 할멈은 머쓱해서 꾸물꾸물 나가버렸다.

"불을 가져가든 무얼 가져가든 저 애를 시켜서 가져갈 게지 왜 할멈이 시키지 않게 부전부전히 앞장을 서 올라가서 지절거리고 있을 게 무어야!"

하고 쏘는 소리가 아래에서 또 들린다.

"……어느 방에 뒤어쓰고 들앉디었었는지 똥을 쌀 년이 다 들은 게군. 그놈의 할미가 제 귀먹은 생각만 하고 목소리가 크니까……."

하며 창길이는 혼자 웃다가 자리 속으로 들어가서 누웠다.

점심 차리라고 불러 내려간 할멈은 점심은 아니 차리고 아랫방 속에서는 어느 때까지 쫑알쫑알하는 주인 여편네의 목소리만 난다. 가다가다 몰풍스럽게 꾸짖는 째진 소리도 들린다. 이불 속에 있는 창길이는 나가서 엿듣고 싶은 생각도 났으나 참고 가만

9 우에노.

히 귀를 기울이고 누웠다. 무슨 이야기를 했는지 일일이 아뢰어 바치라고 당조짐[10]을 하는 모양이다.

'그 어리보기가 고지식하게 지금 하고 내려간 말을 고대로 옮기렸다.'

하는 생각을 하면 창길이는 듣지 않을 것을 공연히 들은 것 같기도 하고 가슴이 어쩌 근질근질하는 것 같았다.

'……내가 궐녀의 귀에 들어가도 거슬릴 소리를 한 것은 없겠지?'

하는 생각을 하며 창길이는 지금 이야기한 일판을 머릿속에 되풀이해보기도 하였다. 어떻든 그 계집이 저 내력을 알렸다고 무슨 트집을 잡을 것은 못 될 것이요 도리어 주인 계집의 약점을 잡은 것이 창길이 자신에게는 유리하다고도 생각하여보았다.

4

창길이가 어렴풋이 잠이 들려니까 누가 문을 바시시 연다. 깜짝 놀라 눈을 떠보니 아까 학교에 갔다던 조그만 아이가 숙박부를 들고 들어온다. 아래층에서는 어느덧 조용하여진 모양이다.

"응, 참 아직 숙박기를 하지 못했군!"

하며 창길이는 자리 속에 발을 묻은 채 일어나 앉았다. 어제는 떠나오자 곧 나가버리기도 하였지만 주인도 무심코 내버려두었던

10 정신을 차리도록 단단히 단속하고 조임.

모양이었다.

창길이는 집을 여러 번 떠나보아서 익숙한 솜씨라 당장에 쓱쓱 갈겨주었다. 성명 삼 자는 더구나 큼직큼직하게 썼다. 아이놈은 숙박부를 받아 들고 한참 들여다보다가 똥그란 눈을 치떠서 앉았는 창길이를 힐끗 바라보며 잠자코 나갔다. 창길이는 나가는 아이의 뒤도 아니 돌아보고 입을 혼자 삐쭉하며 다시 쓰러졌다.

아이가 내려간 뒤에 주인 여편네 방에서는 또다시 재껄재껄하는 소리가 난다.

'무슨 뒷공론들을 하누?'

하며 창길이는 신경이 좀 찔리는 것을 깨달았다.

"……무어라구 읽는지 자세 듣구 와요. 상투 달린 조선 사람 같기도 하구 기둥에 파리가 날라 붙은 것 같기두 한 그런 글자가 대관절 어디 있단 말이냐? 허릴없는 논도랑의 허수아비(案山子—가까시) 같지 않으냐! 호호……."

하며 주인 여편네가 일부러 위층의 창길이가 들어보라는 것처럼 들뜬 소리로 커닿게 조잘대는 것이 사실 누웠는 창길이에게도 들렸다. 이불 속의 창길이는 무심코 입을 악물었다.

아래서는 열렸던 미닫이를 닫는 소리가 나더니 아이놈이 층계로 올라오는 자취가 들린다. 그러자 다시 미닫이가 열리며 계집은 올라오는 아이를 부르며 말을 달아 전갈을 한다.

"……그리구 아주 이런 말씀도 해두어라. 모처럼 떠나오시자 미안한 말씀이지만 어제저녁에 별안간 집안에서 의논이 되어서 하숙 영업은 이달만 하고 떠엎기로 되었는데 여러 손님께 금시루 떠나주십사 하기두 미안하구 해서 여러 가지로 생각 중인데 그 양반은 이왕 이사를 하신 끝이니 아주 이 길로 다른 데 좋은 곳을 잡아 가시는 것이 편하실 것 같습니다구…… 하지만 한 달은 이대로 더 할 거니까 그대로 눌러 계시려면 계셔도 좋지만 이 영업을 별안간 떠엎게 된 것도 빚은 사방에 걸리고 돈은 떼이구 해서 그러는 것이니 가지신 것이 있으면 아주 한 달 치를 먼저 내놓고 계시든지 어쩌든지 좋도록 하십사고…… 대단히 미안하게 되었지만 사정이 그렇게 되었으니까 용서하시고 잘 조처하십사고…… 그렇게 잘 여쭈어다오. 잘 알아들었니?"

히스테리증이 있는 계집이 이래저래 금시로 발끈한 모양이 그 목소리로도 알 수 있었다. 아이가 층계에 올라오다 말고 돌쳤다가

"네!"

하고 대답을 하니까 주인 여편네는 문을 딱 닫는다.

창길이는 한편으로 우습기도 하고 분하기도 하건마는 자는 척하고 눈을 감고 있으려니까 아이놈이 거침없이 문을 쓱 밀고 들어오더니 창길이의 어깨를 이불 위로 두어 번 흔든다.

"버릇없는 자식이로군. 남 자는데 들어와서 두 번 세 번 깨우면 어쩌잔 말이야."

하고 창길이는 이불을 걷어차며 눈을 커당게 뜨고 일어앉았다. 아이는 멈칫하고 섰다.

"이 추운데 문을 열어놓으면 어떡하란 말이야! ……숙박기를 또 해달란 말이야?"

창길이의 목소리는 점점 더 높아졌다. 아이는 뾰루퉁해지면서도 문을 가서 닫는다.

"무에, 어디가 틀렸단 말이냐?"

한참 앉았다가 그래도 창길이는 역정스러이 물었다.

"이것을 무어라구 읽느냐고요……."

하며 아이는 쭈뼛쭈뼛하며 숙박부를 펴 들고 창길이의 성자를 짚어 보였다.

"변卞이라고 읽는다. 변이라고 읽는 게야."

"그럼 ペンシヤウキチサン(변창길 씨)이라고 하는군요?"

아이놈은 살살 눈치를 보면서도 경멸하는 듯한 미소를 띤다.

"그래! ペンシヤウキチサン."

하며 창길이도 어이가 없는 듯이 픽 웃어 보였다. 조선 사람은 울어도 시원치 않을 때에 픽 하고 멋없이 웃는 버릇을 누구나 가졌다. 아이놈은 창길이가 웃는 것을 보고 좀 마음을 놓은 듯이 저도 터놓고 생글 웃으며

"대관절 이런 글자가 있나요?"

하고 주책없는 어린것은 아까 주인 여편네가 하던 말을 그대로 옮겨보았다.

"예끼 괘씸한 놈, 그런 글자가 있느냐? 이 무식한 계집이나 어린아이들은 몰라도 그걸 못 알아보는 사람이 어디 있단 말이냐. 너도 공부를 하는 모양이니 가서 자전을 찾아보렴!"

하며 창길이는 모른 척하고 다시 드러누워 눈을 감아버렸다. 그는 일부러 '무식한 계집'이란 말에 힘을 주어서 커닿게 소리를 치는 것으로 주인 여편네에게 겨우 앙갚음을 하였다고 스스로 위로하는 수밖에 없었다. 조선 사람의 성명이 적어도 일본 천지 안에서는 언제든지 말썽거리가 되고 비웃음을 받는 것은 장마 때에 곰팡 스는 것이나 다를 것이 없는 노릇이지만 창길이가 이

렇게까지 밥어미나 어린아이들에게 모욕을 당하여본 일은 없었다. 소갈딱지 없는 계집이요 어린아이들이니만치 노골적으로 대들기도 하거니와 그렇다고 일일이 대거리하는 수도 없었다. 결국에 그는 혼자 눈을 감고 누워서 웃는 수밖에 뾰족한 수가 당장에는 없었다.

“왜 안 나가고 섰니?”

창길이는 거의 오 분 동안이나 앞에 그린 듯이 섰는 아이를 모른 척하고 내버려두었다가 눈을 떠보았다.

“저…… 주인아즈머니가…….”

어린아이 놈은 입을 빼쭉하고 말을 꺼내다가 냅뜨지를 못하고 망설인다.

“그래 아즈머니가 어쨌단 말야?”

“……저! 이달 그믐께는…….”

하며 아까 창길이가 벌써 들은 사연을 따듬따듬하며 되풀이한다.

“응, 알았다. 결국 말하자면 떠나달란 말이지?”

하며 창길이는 어린아이를 쳐다보다가 그대로 누운 채

“……가서 이렇게 말해라. 논두렁의 허수아비 같은 재수 사나운 성자를 가지고 다니며 남의 장사를 떠엎게 하여서 미안합니다고…… 가서 그렇게 전갈을 여쭈어라.”

하며 커닿게 웃다가 벌떡 일어나며

“자, 어서 이 자리를 개어라. 얼른 개어!”

하고 소리를 치더니 창길이는 벽에 걸린 양복을 떼어 주섬주섬 입기 시작한다.

5

눈이 올 듯한 날씨는 빗발이 뚝뚝 듣기 시작하였다. 창길이는 장갑을 잊어버리고 나와서 손등이 몹시 시리었다. 남에 없이 추위를 타는 그는 외투 깃 속으로 자라목이 되어서 웅숭그리고 정처 없이 헤매었다. 벌써 한 시간 이상이나 돌아다녀 보았어야 원체 이편 학생촌에는 대개 그뜩그뜩 만원이요 있다는 것은 몹시 비싸거나 그렇지 않으면 대문간서부터 발길을 들여놓을 수가 없는 데뿐이었다.

"이런 놈의 팔자가 있을 리가 있나!"

창길이는 가는 빗발이 차차 잦아오는 것은 눈에 띄지도 않는 듯이 터벅터벅 걸으면서 두 팔을 호주머니에 찌르고 고개를 으스스하게 떨어뜨린 자기의 꼴을 머리에 그려보았다.

'무얼, 아모 데고 인제는 닥치는 대로 정하는 수밖에!'

그는 혼자 이렇게 생각을 하며 아무쪼록 하숙 문 위에 걸린 문패가 성긴 집만을 골라보며 이 골목 저 골목으로 풀방구리에 쥐 드나들듯 드나들었다. 좋고 새고 손님을 하나라도 끌어들이지 못해서 하는 데가 좋을 것 같았다. 같은 돈을 내면서도 허드레 하숙 구석으로나 쫓겨 다녀야 할 신세는 생각하면 심사도 나지 않는 것이 아니지만 하는 수 없는 일이었다. 어떤 조선 학생은 자기의 성이 다행히도 이李가이기 때문에 조선 귀족이라고 행세를 하여 융숭한 대접을 받는 일도 있다고 하나 성이 이가였던 것이 다행이고 아니고 간에, 그렇게 속이고라도 대접을 받는 것이 마음에 편하고 아니 편하고 간에 그렇게 하려면 창길이는 우선 변가를 버리고 이가로 고쳐야 할 일이요 학비도 귀족 집 자식만큼은 써야 할 노릇이다. 창길이는 이런 것까지 혼자 공상을 하며 거닐다가 인가가 성긴 벌판에를 나오게 되었다. 생전 발길도 내놓아 보지 못하던 곳이다. 또 한참 비를 맞으며 헤매다가 불탄 터 같은 벌판 한편에 치우쳐서 '빠락'[11]으로 엉성히 세워놓은 조그만 하숙 하나가 눈에 띄었다. 그는 잡담 제하고 뛰어들어갔다. 어지간히 젖은 외투와 모자를 벗어서 물을 털어 들고 조그만 계집아이를 따라서 방을 보러 올라갔다. 상성이 나서 찾던 남향 방은 다 차고 남은 것이라고는 좌우편의 동북향으로 앉은 방과 서향 방뿐이다. '빠락' 집이라 창문마다 어근버근하여 벌판의 바람은 다 몰려들 것 같고 '다다미'도 노랗게 걸었다.

창길이는 밥값을 정하고 나서 생글생글 웃고 섰는 주인집 딸을 쳐다보며

"나는 조선 사람인데 이 집에 두어도 좋겠소?"

하고 물어보았다. 조선 사람이라는 것이 죄인의 전과자라는 말같이 부끄러울 것은 조금도 없지마는 자기의 국적을 미리 통기하여야 한다는 것, 아니 그보다도 조선 사람이라는 것을 꺼리느냐 아니 꺼리느냐는 것을 물어볼 필요가 있다는 것은 아무리 남의 땅 남의 집의 곁붙이로 살지언정 돈 안 주고 눈칫밥 먹자는 것같이 자기 귀에 들리었다. 처녀는 잠깐 말금히 쳐다보다가

"조선 양반이면 어떠세요? 여기 두 분이나 있다가 떠났는데요."

11 바라크baraque. 판잣집, 막사. 허름하게 임시로 지은 작은 집을 뜻함.

하며 풀 없이 웃어 보인다.

창길이는 그길로 나와서 여전히 비를 촉촉이 맞으면서 어제 떠난 집으로 짐을 찾으러 허덕허덕 치달아 갔다.

6

묘지 뒤까지 오니까 아침에 헤어진 친구가 다른 친구를 데리고 마주 오는 것과 만났다.

"우중에 어델 갔다가 와?"

하며 그 친구는 창길이에게로 가까이 들어서며 자기 우산으로 아무 말 없이 우뚝 선 창길이를 씌워주었다.

"집 보고 오는 길일세."

창길이는 웃으며 이렇게 대답을 하였으나 얼굴에는 피곤한 빛이 어리었다.

"집은 또 무슨 집?"

"나가달라는군!"

"자네는 어쩌면 똑 공교히도 그런 데만 골라 다니나? 옳지, 그래서 지금 갔더니 눈치가 좀 다르더군!"

그 친구는 딱한 듯이 눈살을 찌푸리며 쳐다본다. 창길이는 풀없이, 코웃음만 치고 섰다.

"도처에 구박이 자심하군요."

옆에 섰던 사람도 위로 삼아 한마디 한다.

"으레 당할 일이 아니오. 구박맞아 싸지 않소."

하고 창길이는 우산 밖으로 나서며

"이따가 만나세."

하고 인사를 한다.

"이따가 어데서 만나나? 집은 어데다 정했나? 이번에는 처음부터 아주 조선 사람이란 말을 까구 오지……."

"응, 그렇지 않아두 다지고 왔네."

"또다시 무슨 소리는 없을까요?"

옆에 또 한 친구는 새로 갈 집이 그래도 염려가 되는 듯이 묻는다.

"일본 천지에 몸부림칠 곳이 없다면야 그렇게 구구하게 더 있을 묘리는 어데 있겠소."

하며 창길이는 두 사람에게 자기가 새로 떠날 곳을 일러주고 헤어졌다.

창길이가 두어 칸통 떨어져 오려니까 뒤에서 친구가

"여보게, 여보게……."

하며 부른다.

"우중에 지금 짐을 옮길 수도 없구 하니 우선 내게로 가세. 점심도 안 먹었을 거니 무어나 좀 뜨뜻이 먹구 그대로 내게 있다가 내일 떠나든지 하게그려."

두 사람은 쫓아와서 이렇게 창길이를 권한다. 창길이는 그들이 아무리 친한 친구요 같은 동포일망정 자기를 가엾게 보아주고 그 같은 호의를 표하여주는 눈치를 보고는 새삼스러이 까부라져가는 자기의 기를 돋우면서 거절을 하였다. 그러나 굳이 말리는 것을 어찌할 수 없어 창길이는 그들의 뒤를 따라섰다.

비는 점점 세차졌다. 창길이는 친구의 집에서 점심을 같이 먹고 앉았다가 다 같이 잠이 부족한 세 사람이 느런히 드러누워 한잠을 자고 깨었다.

전기가 들어온 방 안은 환하였다. 한 사람은 어느 틈에 깨어서 멀거니 일어나 앉았다. 창길이는 잠이 설깨어서 머릿속이 얼떨떨한 가운데에서도 창밖에 빗소리가 한층 더 구슬프게 들렸다. 그는 친구가 한사코 말리는 것도 뿌리치고 아래로 내려와서 하녀에게 우산을 빌려가지고 친구의 집에서 뛰어나왔다. 휙 펴는 지우산에는 비 듣는 소리가 쫙 한다. 창길이는 뺨을 스치는 찬 바람에 정신이 선뜻 드는 듯하였으나 환히 전등 불빛이 퍼진 길거리에는 아무것도 눈에 띄는 것이 없는 것 같았다. 쓸쓸하고 설운 증이 부쩍 목 밑까지 치받치는 것을 깨달았다.

—〈신민〉, 1928. 1.

해방의 아들

1

"아, 누구시라구! 언제 건너오셨에요?"

"네에. ……그런데 용히 예까지 오셨군요. 이 댁에 계시요?"

"어떻게 내지루 가게 될까 하구, 한 보름 전에 피난민 틈에 끼어 건너는 왔는데 차표두 살 가망이 없구……. 그건 고사하구 다시는 안동[安東縣]으루 돌아가는 수가 없군요."

"왜 아직은 아침저녁 두 번씩은 통행시키는가 본데요."

"그건 조선 양반 말이죠. 우리는 증명서를 얻는 재주가 있어야지요. 큰일 났에요. 누가 이럴 줄야 알았습니까! 옷 한 벌 걸친 채, 어린애 기저귀 하나 안 가지고 나선 것이 벌써 반달이나 넘습니다그려!"

"어어, 그거 걱정이군요."

"글쎄 십 분 이십 분이면 건너실 것을, 다리 하나 격해서 빤히 바라보면서 이 지경이니 말라 죽겠에요. 집에서들은 죽었는지 살았는지 그동안 무슨 일이 났는지 누가 알겠에요."

옆집 일본 여자의 조카딸인지 조카며느리인지가 안동서 건너왔다가 길이 막혀서 못 가고 있다는 말은 안집 주인댁에서 들은 말이지마는 부엌 뒷문 밖에서 빨래를 널고 섰던 아내가 일본말로 이렇게 수작하는 소리에 홍규는

'누구길래, 알던 사람인가?'

하며, 보던 신문을 놓고 일어나서 부엌 쪽 유리창을 내어다보았다.

'흐흥…… 저 여자가……?'

하고 홍규는 혼자 코웃음을 쳤다. 안동에서 며칠 전까지도,—여기 건너온 지가 반달 짝이나 된다니까 며칠 전까지는 아니겠지마는, 어쨌든지 몇 해 동안을 두고 자기 집 앞을 아침저녁으로 지나다니던 그 여자다. 무슨 두드러진 일이 있어서 '그 여자'라는 것은 아니나, 언제 보나 머리치장이 야단스럽게 화려하고 하루에 몇 차례나 하는지 모를 솜씨 있는 화장이 남의 눈에 띄기 때문에, 정말 미장원을 경영하는 것은 아닌 모양이나, 동리에서는 미장원 여자, 미장원 여자 하고 불렀던 것이다.

홍규의 코웃음 속에는, 피난해 온 바로 옆집에서 그 여자를 만났다는 것이 의외라는 뜻도 있겠지마는, 그 여자의 부엌방석[1] 같은 퍼머넌트 머리와 분기 없는 까칫한 얼굴이 딴사람같이 보인

1 재래 부엌에서 아궁이에 불을 땔 때 깔고 앉는 방석. 새끼나 짚으로 결어 똬리처럼 둥글게 만든다.

때문이기도 한 것이었다.

“안동서 온, 옆집 조카딸이라는 거, 바루 그 미장원 여자야.”

뒤미처 들어온 아내는 낯선 고장에 와서 무료한 판에 무슨 희한한 일이나 발견한 듯이 웃는다.

“그렇구먼. 헌데 언제부터 그렇게 자별하게 인사를 하게 되었던구?”

홍규는 신문에서 눈도 아니 떼고 대꾸를 한다. 이 사람은 국경을 넘어온 후 요새 며칠 동안 못 보았던 밀린 신문을 얻어 보기에 갈급인 난 것이다.

“예 온 지 사흘 나흘이 돼도 옆집 식구란 어른 애 할 것 없이 코빼기두 볼 수 없드니 지금 별안간 뒤에서 톡 튀어나오며 말을 붙이는군요.”

사실 옆집 일인들은 조석이야 끓여 먹겠지마는 하루 온종일 또드락 소리도 없고 드나드는 기척도 아니 냈다. 앞문에 붙인 김모라는 문패는 접수 가옥의 선취권을 표시하는 것일 것이요, 동시에 이 집은 이 시가의 어느 집에나 써 붙인 카렌스키 돔(조선인의 집)이란 확적한 표시도 되는 것이겠지마는, 그래도 캄푸라주[2]의 효과가 적을까 보아서 문설주에는 어느 때 보나 벌써 후락해진 태극기와 소련의 붉은 깃발이 좌우로 축 늘어져 있는 것이다. 이러한 방위진을 쳐놓고도 그 속에 들어엎디어 있는 ‘야마도 다마시이’[3]는 ‘다다미’ 바닥에 오그라 붙어서 발발 떨다가는 신새

2 camouflage. 프랑스어로, 불리하거나 부끄러운 구석이 드러나지 아니하도록 의도적으로 꾸미는 일을 뜻함.

3 일본 민족의 고유한 정신.

벽에 부엌 뒷문으로 빠져나가서, 어데 가 모여서 숨어 있는지, 날이 저물어야 하나 둘씩 기어들어 오곤 하였다.

"그 옷 끌허구 미장원 미인두 다아 녹았드군."

아내는 신문에 골독한 남편에게 말을 걸기가 안된 듯이 혼잣말처럼 하며 경대 앞에 가서 앉는다. 두 발을 모아서 옆으로 비스듬히 내어밀고, 처진 배를 모시듯이 하며 앉는 것을 보면 몸 풀 날도 멀지 않은 모양이다.

"아니, 왜, 그 여자 조선 사람이라지 않았나? 남편이 조선 사람이라든가……."

홍규는 비로소 신문에서 얼굴을 든다. 홍규는 그 여자가 한 동리에서 살았다는 것보다도, 노상 안면이 있다는 것보다도 미인이라는 것보다도, 내외간 누구인지 조선 사람이라는 데에 은연중 관심이 있었기 때문에 아내의 말대꾸도 하는 것이지, 그렇지 않으면야 세계가 뒤끓고 허리가 두 동강이 잘린 조국이 남북에서 펄펄 뛰는 이 판에 동리 집 일본 여자 하나쯤 숨을 몬다기로 아랑곳도 없는 일이다.

"글쎄에, 그런가보다는 말두 있었지마는, 그렇지두 않은가 봐요. 조선 여자 같으면 아무려니 그럴라구. 아까두 일본 갈 차표를 사게 될까 해서 왔다는데……."

"그거 모르지. 이 험난한 세상에 남편이 오지를 못하구 꽃 같은 계집을 왜 내세웠을구……."

"하하하. 꽃 같은! 오래간만에 생각지도 않은 데서 만나니 매우 반갑기두 하시겠죠."

아내는 거울 속에서 입을 빼쭉해 보이며 말을 가로채서 웃다가, 자기 역시 얼마쯤 반갑지 않은 것은 아니면서도, 처지가 이렇게 뒤바뀐 것이 고소하고 유쾌하다는 듯이 말을 잇는다.

"안동서야 허구헌 날 아니 만나는 날이 없구, 올에는 아이 밴 덕에 나가보지두 않았지만, 몇몇 해를 두구 방공 연습에 함께 나가구 해야, 나 같은 것은 거들떠보지두 않구 그렇게 쌀쌀하던 것이, 제가 아쉬니까 죽었던 어머니나 살아 온 것처럼 반색을 하고 뛰어나와서 안동 소식을 묻겠지. 헌데 일본 사람들은 우리보다두 아주 깜깜인가 봐요. 안동서들은 맞아 죽지나 않았느냐고 열고가 나서 물으며 목이 칵칵 메어 우는 걸 보니 그래두 안됐겠죠."

"흠…… 울어? 지금 일본 사람야 눈물밖에 아무런 표현 수단도 자기 위안도 없겠지마는, 운다는 것을 보면 가짜가 아닌 게 분명하군. 난 일본 여자쯤야 이 사품에 대단히 철교를 넘어설 생의두 못 할 것이요, 예전에 쌀쌀히 굴던 것 역시 가증스러워 그렇다기보다도 일본 사람과 살고 일녀 행세를 하여왔으니까 제 밑천 드러날까 봐 조선 사람 교제를 피하느라구 그런가 했더니……."

"섭섭하시겠습니다!"

아내는 또 실없는 소리를 한다. 안동 있을 제 언젠가 그 여자가 조선 사람이라는 말을 하니까 홍규는 눈이 커대지며 "응? 조선 사람야? 조선 사람야!" 하고 몇 번이나 뇌까리다가 "그 아깝군!" 하며 입맛을 다신 일이 있은 후로는 그 여자 이야기가 나면 늘 놀리는 것이었다.

"그 왜 사람이 실없어. 조선 여자가 아니었으니 섭섭하기커녕 다행하지 않은가."

"만일 조선 여자였드면 어떻게 될구? 그것두 친일파 반역자루

몰리거나, 무리루 못 살게 떼어놓거나 하진 않겠죠?"

아내는 머리 빗은 자리를 치우며 묻는다.

"그야 국제결혼이 어디는 없나마는 그 심보가, 조선 사람인 것을 속여가면서 사는 그 심보가 괘씸하단 말이지."

"하니까 어쩌면 남편 따라서 일본으루 가려구 차표 사러 왔던 게로군. 그야 자식까지 났으니까 지금 와서야 허는 수 없겠지."

아내는 이번에는 미장원 미인을 또다시 조선 여자로 금을 그어버린 소리를 한다.

"하는 수 없겠지. 하지만 인제는 지나간 일이지마는, 세상에 아무리 눈에 차는 사내가 없기루 하필 일본 놈과 사드람. 그년의 배짱을 알 수가 없어."

"그것두 제 팔자지. ……왜 미인을 뺏겨서 배가 아프시다는 거요?"

아내는 또다시 실없는 소리로 웃어버렸으나, 해방 이후로 한층 더 흥분되기 쉽고, 신문을 보다가도 비분강개해서 주먹을 불끈불끈 쥐고 하는 홍규는, 그래도 미장원 여자가 미운 듯이 말을 또 잇는다.

"조선 사람이 일본 여자와 사는 것과도 또 다르거던. 그나마 일본 여성을 모독이나 하는 듯이 얼마나 아니꼽게 여기고 시기를 하는지 아우? 흑인종이 백인종의 부녀자를 범하면 린치를 하지마는, 일본의 해외 발전의 선봉대가 갈보라는 것은 까맣게 잊은 듯이 조선 사람인 경우에는 입으로라도 린치를 하거든. 인제는 지나간 일이지마는 동족의 남자가 얼마나 놈들에게 부대끼고 악착한 꼴을 당하였던가를 생각하면, 아무러기로 그놈들에게 시집을 가드람! 못된 년들이야!"

"이렇거나 저렇거나 피차에 좋을 일은 아니죠."

아내는 인제야 남편이 그 여자가 조선 사람이라나 보더란 말에 놀라고 아까워하고 미친년이라고 욕을 하고 하던 본뜻을 안 것 같았다.

"제 민족의 피를 깨끗이 지니겠다는 결벽쯤은 있어서 안 될 일 없겠지마는 하필 일본 놈에게뿐이리오. ……요새 서울서 오는 신문을 보면 야단인가 보드군. 머리를 브라운으로 물들이구 뾰죽 구두에 딴스홀로 질번질번하구……."

"어이, 젊은 양반이, 내 이런 완고는! 걱정 고만해두서요."

하고 아내는 핀잔을 주다가

"사랑은 국경이 없다지 않습니까. 젊어서 한때 놀라구 내버려 두시구려."

하며 깔깔 웃어버린다.

"흥, 이거 큰일 났군. 우리 마누라마저 놀아나는 판이로구나!"

홍규도 하는 수 없이 껄껄 웃어버리고 말려니까

"왜? 로스키[4]한테 업혀갈까 봐 겁이 나슈?"

하고 아내도 지지 않는다.

"로스키가 업어가다니, 그런 도섭스런 소리 마슈……."

안집 애기씨가 들어오다가 듣고 말참견을 하면서

"우리를 해방해준 감사한 붉은 군대에 대한 실례지요."

하고 웃으며 한마디 곁들인다. 이 부인 말은 웃으며 던지는 말이

4 로스케. 러시아 사람을 낮잡아 이르는 말.

나 결코 웃음의 소리만도 아닌 것 같다. 남편이 도 인민위원회에도 다니지마는, 자기 자신도 여성동맹에 드나드느니만치 중간에 엉거주춤한 홍규 내외와는 주심이 다른 것이었다.

"게다가 저런 안전 보장이 있지 않은가."

홍규는 바깥방의, 길로 난 유리창을 턱짓으로 가리키며 약간 비웃는 듯이 입귀를 처뜨리고 웃는다. 유리창 가운데 칸에는 역시 붉은 잉크로 쓴 '카렌스키 돔'이 붙어 있다.

"참, 난 처음 와서 집집마다 저것이 붙었기에 '붉은 군대 만세'란다든지 '붉은 군대를 환영한다'는 의미인가보다 하였더니 알고 보니 들어오지 말라는 말이었군. 그런 실례의 말이 어디 있겠어요."

홍규의 아내의 이 말에 주인댁은 눈동자를 똑바로 세우고 말끄러미 바라보다가

"조선 사람의 집이라 하였기로, 어디 들어오지 말라는 뜻이야 씌었나요."

하고 탄한다.

"그럼 조선 사람의 집이니 들어오라는 뜻인가요?"

홍규댁은 깔깔 웃는다. 그다지 꼬장꼬장한 성미도 아니지마는 인제야 첫아이를 밴 젊은 색시니만치 곧이곧솔로 말을 하는 것이었다.

"일본 사람의 집을 접수를 해서 조선 사람들이 들고 보니 구별을 해야 할 필요가 없지 않아요."

"아무렇기로 노서아 병정은 내정돌입을 하는 버릇이 있다는 광고쯤 되니 내가 사령관 같으면 내 부하는 결코 그렇지 않으니

떼어버리라고 노발대발할 일 아녜요."

"그렇게 말하면 그렇기두 하지만, 내가 듣지 못하였는지는 모르겠으나, 그런 피해는 여기 시내에서는 별루 없는 세음 아녜요. 거기에는 일본 여자의 서비스가 좋았던 덕두 있었겠고 국제간시청國際間視聽이라든지 특히 미군과의 우열을 다투는 자제심이라든지 하는 미묘한 관계도 있겠지마는……."

홍규는 주인댁의 감정을 상할까 보아서 그런지, 얼른 이렇게 휘갑을 쳐버렸다.

2

"용서하십쇼."

속으로 들이 거는 듯한 조심성스러운 목소리가 부엌 뒷문에서 난다. 묻지 않아도 옆집 주인이다. 그렇지 않아도 저녁밥 뒤에 놀러 온 안집 부부와, 이 사람 이야기를 지금 막 하고 난 끝이다.

이 사람은 이웃에서 숙면인 안집 주인을 거쳐서 자기의 소청을 먼저 전달해놓고 때맞추어 온 모양이다.

그동안 홍규는 드나드는 길에 두서너 번 만날 적마다 굽실하고 인사하는 것을 받았기에 안면이 아주 없는 터도 아니었다. 해방 전까지는 무슨 청부업의 거간 노릇인지 했다 하지마는, 아무렇든지 관리나 그런 따위 꼬장꼬장한 축은 아니요, 때가 때라 그렇게 보이려는 조심성도 있겠지마는 나이 한 사십 된 온유한 위인이었다.

"처음 뵈옵는데 불시에 찾아와 뵙고 이런 무리한 청을 여쭙기는 대단 죄송합니다마는……."

십 년 가까이 회사에 다녔어야 고원 첩지밖에 못 받아본 홍규는, 속만은 제아무리 살았어도 일본 사람에게 이렇게 공대를 받아보기는 생전 처음이다.

"……대강 여기 계신 가네기상께도 말씀을 여쭈어두었습니다마는, 제 질녀가 요새 안동서 건너와 있습죠. 그 조카사위 애로 말씀하면 어엿한 조선 사람, 원적이 바루 경상남도 동래올시다……"

가네기[金城]란 안집 친구의 한 달 전까지 쓰던 창씨거니와, 홍규는 벌써 이 친구에게 듣고 실상은 미장원 미인 내외의 국적이 소문이나 추측과는 뒤바뀌어버린 것이 의외였다.

"그래 조카 따님은 일본 태생이시구?"

"네. 그 애야 부모가 다 분명히……."

하고 하야시는 웃어버린다.

"그런데 조카사위 되는 사람은 왜 '어엿한' 조선 사람, 조선에 '어엿한' 원적을 두고 이때껏 일본 사람 행세를 하여왔더란 말씀요?"

홍규는 하야시의 입내를 내어서 '어엿한'이란 말을 두 번이나 힘을 주어 뇌었다. 그러나 그것은 결코 자조의 의미가 섞인 것은 아니었다.

"네. 별 복잡한 사정이 있는 건 아닙죠. 열아문 살 때 제 어른이 작고를 하니까 대로 물릴 자식도 아니요, 어린것을 큰댁네에게 맡기고 나설 사정도 못 되어 나가사끼[長崎]로 데려다가 저의

외조부의 민적에다가 일시 방편으로 넣은 것이라서 장성한 뒤에도 내내 그대로 행세를 해버린 거죠."

하고 말을 끊다가

"이것은 우리끼리 말씀입니다마는 그때 시절에는 그편이 영 해롭지 않고 더구나 이런 데 나와서는 가봉加俸[5]이니 배급이니 이로운 점이 없지 않아 있었거든요. 하하하."

하고, 그런 점은 관대히 보아달라는 뜻으로 웃어버린다.

홍규는 잠자코 말았다. 자식이 장성하면 제 겨레를 밝히려 들고 아비 성을 따르려 들 것인데, 가봉 푼이나 일계日系 배급에 팔려서 제 아비 성도 찾으려 들지 않았더냐고 한마디 하고 싶지 않은 것이 아니나 그 대신에

"그래 인제는 자기 성을 찾겠다나요?"

하고 물었다.

"세상이 이렇게 바뀌었으니까 찾으려 들겠죠. 다만 제 모가 저기 있으니까 우선은 그리 가려 들지 모르죠마는…… 그러나 그놈의 원자탄에 어찌 되었는지, 이 지경이 되고 보니 나부터도 여기 귀화해서 안온히 살 수만 있다면 이대로 주저앉고 싶습니다."

하고 하야시는 제 신세를 생각하면 어이가 없다는 듯이 또 하하하― 하고 웃는다.

결국은 안동에 가는 길이 있거든 조카사위를 데려다 줄 수 없겠느냐는 청이다. 조카사위가 조선 사람 교제도 없었거니와 조선 인회와는 연락이 닿지를 않고 보니, 별안간 조선 사람이로라 하

5 정한 액수 외에 일정한 액수를 따로 더 줌 또는 그런 봉급.

고 나설 수도 없는 터요, 섣불리 하다가는 조선 사람에게 뭇매에 맞아 죽을지 모르겠다는 걱정이다. 조카딸을 보내자니 전같이 피난민 떼가 몰려다닐 때도 반목숨은 내놓고 나서는 모험이거니와, 요행히 넘겨놓아도 사지에 들여보내는 것이니 자식새끼 알라 제발 세 목숨을 살려지이다고 손이 발이 되도록 비는 것이다.

홍규는 눈을 내리깔고 어느 때까지 잠자코 앉았다. 하야시의 눈이 자기의 입만 바라보고 있는 것을 깨닫고 근실근실한 듯 거북하건마는 선뜻 대답이 아니 나왔다. 자기가 입 한 번만 벌리면 조선인회의 피난민 증명서를 얻어주어서 당장으로 끌고 올 수 있는 자신이 있다거나, 정 하면 누구누구 친구를 끼고 통행 증명서에 노서아 장교의 사인 하나쯤 얻어낼 수도 있으려니 하는 실제 문제보다도 이 일에 아랑곳을 하겠느냐 말겠느냐는 것을 생각하기에 시간이 걸렸다.

아내도 초조한 듯이 쳐다본다. 친구 내외도 쳐다본다. 모든 사람의 눈이 승낙을 하라고 재촉을 하는 것 같았다. 그러나 홍규는 점점 눈살이 찌푸려지지 않을 수 없었다. 왜 이런 거북한 청을 받게 되었나 하는 불쾌보다도 그 마쓰노라고 하는 청년이 나는 마지못해 창씨한 마쓰노가 아니요, 진짜 마쓰노요 하고 바로 서서는 어깻짓을 하고 돌아서서는 속으로 고개를 움츠러뜨리며 살아왔을 그 꼴이 머리에 떠올라 와서 불쾌한 것이었다.

그러나 홍규는 하는 수 없다는 듯이 입을 벌리고 말았다.

"어떻게 될지는 모르나, 내일 건너가 보죠. 어차피에 남겨두고 온 내 짐도 찾아와야 할 거니까 잘되면 그 길에 데려다 드리리다."

하야시는 이마가 다다미에 쓸려 벗겨지도록 몇 번을 엎드렸는지 몰랐다.

"무엇보다도 애가 씌는 것은 동리에서나 친구들 사이나 대강 짐작들은 하는 모양이라는 것이거든요. 그러고 보니 조선 사람 편에서 미워할 것은 물론이요 일본인 측에서도 탐탁히 여겨주지 않고 만인滿人도 좋아 않고……."

홍규는 그런 사정은 다 안다는 듯이 하야시의 말허리를 자르며, 자기 말을 잇달았다.

"그러기에 힘써보마는 말이오. 그런 경우에 제일 무서운 것이 중국 사람이지마는 일본 사람이면 일본 사람으로서 끝끝내 버티고 일본인회에서 탐탁히 가꾸어준다면 나 역 아랑곳할 필요가 없겠지요. 허나 결국에는 내 동족 아닙니까! 그것도 정치적 의미로 소위 친일파니 민족 반역자니 하면 낸들 별도리 있겠나요마는 이것이야 단순히 가정 문제요 가정 형편으로 자초부터 그리된 거니까 이 기회에 바로잡아 놓는 것이 좋겠죠."

"잘 알았습니다. 고맙습니다…… 황송합니다."

하야시는 허둥허둥 인사를 하고 이 기쁜 소식을 한시바삐 가족에게 알리려고 일어선다.

"그럼 부인이 전할 말이 있거든 하라고 하슈. 나두 안면은 있지마는 그래야 저편서도 안심하고 따라나설 거니까……."

"네, 그럽죠. 죄송합니다마는 편지를 한 장 전해주십쇼. 황송합니다."

홍규가 하야시를 보내고 돌아와 앉으려니까

"그이 언젠가 시공서市公署[6]에서 만나봤대죠? 그 담배 사단 적이던가……?"

하고 아내가 말을 붙인다.

"음, 아무턴지 그 도장 하나 찍기에 이틀을 두고 시공서와 연초장 조합 사이를 눈구덩이를 세 차렌가 네 차례를 왕복하였는데, 보기에 딱하던지 한동네 산대서 그랬던지, 그자가 가로맡아서 주임도 없는 책상에서 도장을 꺼내가지고 딱딱 찍어주드군. 화가 한참 치미던 판에 어찌나 시원하던지…… 그 후에는 길가에서 만나면 피차에 고개를 끄덕해주는 정도로 안면은 있었지."

"사람이 좀 꺼떡대구 주짜를 빼는 모양이드군요."

"게다가 좀 헐렁헐렁하고 덥쩍덥쩍하는 위인인 모양이나 호인은 호인야."

"그리고 보면 아주 인연이 없는 것두 아니로구먼. 그 사람 역시 제가 조선 사람이거니 하는 생각이 있으니까 조선 사람끼리의 편의를 보아준 것이겠구."

하고 주인도 잘되었다는 말눈치다.

"그 담배 사단으로 해서 저 어른은 엉엉 울기까지 하셨는데 그걸 피어드렸으니 이런 때 그 공을 갚아야지."

"그까짓 걸로 논지가 아니지마는……."

하고 홍규는 그때 일이 아직도 잊혀지지를 않는지

"고놈, 담배 조합 놈 지금쯤은 어찌 됐을구?"

하고, 입을 꽉 다물고 눈을 치뜬다.

"아니 담배 사단 때문에 우시다니 정말 우셨에요?"

안집 부인이 아내를 돌려다 본다.

6 시의 행정 업무를 담당하는 관청. 오늘날의 '시청'에 해당함.

"우셔두 이만저만 우셔요……."
하고, 아내는 무슨 생각이 났는지 혼자 깔깔 웃다가

"흑흑 느껴 우시면서 아이가 들었는지 안 들었는지두 모르는 것을 가지구, 인력으로 허는 노릇인지, 날더러 자식을 낳더라두 아예 사내자식은 낳지 말라구 내게다 화풀이를 하시는군요."

"에에?……"

웃음 반 탄식 반, 섞인 소리를 하며 주인 젊은 부부는 뒷말을 재촉하듯이 고개를 내민다.

"작년 겨울에 양곡 회사를 그만두시구 저리 옮으시지 않으셨에요. 그러니까 이때까지 타시던 담배의 직장 배급을 '도나리구미'[7]로 옮겨다가 등록을 해놓았는데, 두 달이 가도록 소식이 없구 그 비싼 야미 담배루 사시니 참다못해 조합으로 알아보러 가셨더니 표가 시공서에서 넘어오지를 않았다 하죠. 시공서에서는 두 달 전에 넘겼다 하지요. 옥신각신 왔다 갔다 하시다가 이틀 만에야 조합 사무실 책상 서랍에서, 수속이 틀렸다고 젖혀놓았다는 담배표가 이삼백 장이나 나왔는데 그것이 모두 조선 사람의 것이더라는군요."

"헤에……. 결국 조선 사람 몫을 돌려 빼서 야미로 넘겨먹었던 게군요."

"여부가 있나. 고놈들 괘씸하기라니!"

홍규가 아직도 분한 낯빛으로 말을 받는다.

"그러니 내 말이 어째 이 속에는 일본 사람의 수속 틀린 것은

7 일종의 반상회. 제2차 세계대전 당시 국민을 통제하기 위해 만든 일본 내 최말단 조직.

한 장도 없더냐? 일본 사람의 표가 이렇게 모였던들 '도나리구미'를 통해서 통지를 해주었을 것이 아니냐? 이만한 분량이 야미로 아니 나갔다는 증거로 장부를 보여달라, 야미로 내보냈다면 우리는 너희들에게 오 배 내지 십 배씩 주고 사 먹은 세음이 아니냐? 하고 따지니 싸움이 될 수밖에. 그래도 도매상에 가서 철저히 조사를 해보겠다니까 찔끔하는 기색이던데……. 지낸 일이지마는 연이 불망자—미지유야지."

"그래, 조사해보았나?"

"말이 그렇지. 조사를 하기로 바로 대어줄 놈도 없거니와 유치장 귀신이나 되게! 그놈이 그놈 아닌가!"

"그래서 우셨에요."

주인 애기씨가 놀리듯이 웃는다.

"값싼 눈물이지만 화가 나면 울기도 하는 거죠. 하하하. 그 사품에 담배를 한 일주일쯤 끊어보았지."

"어떻게 쌈을 하셨던지, 화가 난다고 온종일을 끙끙 앓으시다가 약주를 잡숫고 나시더니 남부끄러운 줄두 모르시구 엉엉 우시면서 자식은 애초에 날 생각두 말라는 호령이시군요. 죽은 뒤에 물려줄 것이라고는 가난과 굴욕과 압박밖에 없는 신세가 무엇하자고 자식을 바라느냐고 종주먹을 대고 생트집이시군요."

홍규 아내는 이렇게 말을 맺고 자기 배를 슬며시 내려다본다.

"오죽 분하셔야 그러셨겠에요. 허지만 인제는 아들 낳으세요. 네 활개를 치고 옥동자를 낳아드리세요."

축복하듯이 이런 소리를 단숨에 하는 주인댁의 목소리는 약간 떨리는 듯도 하였다. 임부는 참 그렇다는 듯이 그 축수가 고맙다

는 듯이 방그레 웃으며 남편을 치어다보니까 홍규도 웃어 보이다가

"글쎄요? 싹수가 아직도 네 활개 치구 아들 날 시절이 돌아오지 못한 것 같습니다."

하고 낯빛이 다시 흐려진다.

"그거 무슨 소린가. 그래두 일장기 밑에서 안 낳으니 좋지 않은가! 두구 보게, 인제 자네 집 중시조 나올 테니!"

하고 주인은 껄껄 웃는다.

"딸이거든 해방자라 짓고 아들이거든 건국이라고 이름을 집쇼그려."

주인댁의 발론이다.

"해방자라는 '자' 자는 왜놈의 잔재야. 해방호라 하지. 해방호 건국호 하하하……."

웃음으로 끝을 막고 주인 부부가 일어서려니까 부엌문 밖에서 이번에는 여자의 목소리로

"계서요?"

하고 찾는다.

"또 왔습니다. 늦게 미안합니다."

하야시가 앞을 서고, 조카딸이, 깨끗한 몸빼 치장으로 보자기에 싼 것을 들고 들어온다. 가지고 온 옷은 없다더니 빌려 입었는지 아침에 볼 때와는 딴사람이 되었다.

인사가 끝난 뒤에 조카딸은 가슴속에서 봉투를 끄내서 두 손으로 받들어 드리며

"편지까지 전해줍시사기는 너무 죄송합니다마는, 주인이 겁이

많은 사람이라, 안심하고 지시하시는 대로 하라고 쓴 것입니다."
하고 생긋 웃는다.

전에 원광으로 볼 때는 화장 관계도 있었겠지마는, 여염집 여자라기보다는 그야말로 미용사나 음식점의 직업 부인 같은 코케티브한 인상이 있었는데 이렇게 청초하게 차린 것을 보니, 사정과 경우가 그래서 그렇기도 하겠지마는 퍽 안존하고 여모져 보였다. 콧대가 바로 서고 눈동자가 맑은 것도 마음이 컴컴치 않은 것을 알겠다.

언제나 일어설 수 있게 세간은 다 팔겠지마는 여기서 시세 나갈 것은 생각하여서 댁의 짐 가져오시는 길에 함께 건너다 주었으면 좋겠다는 부탁과 인사를 남겨놓고, 두 사람은 가버렸다. 일본 사람의 집에는 아직도 전에 받은 배급 과자가 있던지 보자에 싼 비스킷 상자를 내놓는 것을 홍규는 역정을 내며 퇴하였으나 일본 예절로 처음 찾아오는 인사지, 다른 뜻은 없다고 애걸을 하며 놓고 갔다. 그렇지 않아도 홍규는 자기 볼일을 보러 가는 길에 데려다 주마고 까놓고 말을 하고 조금도 생색을 내자는 것도 아니요 생색 낼 필요도 없는 일인데 그러한 것을 받는 것이 께름칙하였으나 유난스럽게 또다시 쫓아보내고 부산을 떠는 것도 싫어서 내버려두었다.

3

팔월 십오일 후에 이 거리의 일본 집 쳐놓고 앞문에 첩을 박지 않은 집이 없지마는 마쓰노 집의 뒷문을 가까스로 찾아 들어가니, 마주 내달아 나온 마쓰노는 하도 의외의 사람인 데에 겁을 집어먹은 듯이 벙벙히 섰다. 털복송이가 된 검은 진 앉은 얼굴에는 충혈된 두 눈만 공포와 경계에 살기가 어리어서 빈틈없이 반짝인다. 그 눈은 네가 적이냐 내 편이냐고 쉴 새 없이 묻는 것 같았다.

홍규는 냉정히 한참 간색을 하고 나서 저편의 긴장을 느꾸어 주려고 짐짓 미소를 띠어 보였다.

"나 신의주서 왔소이다……."

홍규는 물론 조선말로 붙였다. 마쓰노는 잠깐 풀렸던 표정에 다시 무장을 하면서 무슨 말을 꺼내려 하였으나 목이 말라서 그런지, 조선말이 서툴러서 선뜻 나오지를 않는지, 입만 쫑긋쫑긋하고는 머리를 자꾸 흔든다. 피로와 긴장이 뒤섞여서 머릿속이 혼탁해지는 눈치다.

"부인이 신의주서, 바로 내 옆집에 계신 관계로……."

"네, 네, 그러세요. 실례했습니다. 올러오셔요."

채 다 듣지도 않고 소리를 친다. 거센 경상도 악센트나 분명한 조선말이다.

방에 들어와 마주 앉으니 잔뜩 긴장하였던 끝이라 맥이 풀리고 피로가 일시에 오는 모양이었다.

"부인 편지가 예 있소이다."

"네?……"

허겁을 하고 받아 들은 그의 손은 떨렸다. 개개이 풀려서 금시로 영채를 잃은 몽롱한 눈에 눈물까지 핑 돌았다.

"이런 고마우실 데가 어디 있겠습니까. 무어라고 인사 말씀을 사뢰야 좋을지…… 저의들 살리려고 하느님이 지시하신 것입니다."

편지를 보고 난 그는 눈물을 뚝뚝 흘렸다. 오랫동안 말을 아니 써서 그런지 말이 길어지면 역시 서투르다.

"그래 혼자슈?"

"네. 아이 보는 계집애가 있었는데 이렇게 되니 가버렸죠. 그런데 어떻게 건너가게 될까요?"

무인도에서 사람을 만난 듯이 반갑기도 하고 국경을 건너간다는 것이 겁도 나서 무엇에 쫓겨가는 사람처럼 눈이 휘둥그레서 숙설숙설 묻는다.

"민회에서 피난민증만 주면, 이따라두 건너갑시다그려."

"민회에서 줄까요? 그러지 않아도 민회에를 갔다가 시공서에 다니던 친구를 안 만나란 법도 없구 만나면 전에는 그렇게 지냈으니 무슨 봉변을 당할지 알겠에요……."

점점 더 병적으로 강박 관념에 부대끼는 듯한 표정으로 얼굴이 뒤틀려진다.

"그런 이야기는 지금 해 무얼 하우. 다만 한 가지 분명히 들어야 할 것은 조선으로 가겠느냐 일본으로 갈 생각이냐는 것이오. 다시 말하면 당신은 조선 사람이냐? 일본 사람이냐? 는 말이오. 한때 방편으로 이랬다저랬다 할 세상도 아니요, 그래서는 나도 이러고 다닌 보람이 없을 거니까…… 보람이 없다기보다도 나 역시 공연한 의심을 사고 뭇매에 맞어 죽을지 모르는 일이니까……."

홍규는 좀 더 단단히 이르고 싶으나 원체 기가 질리고 저러하니 더 빼지게 말이 아니 나왔다.

"부끄럽습니다. 하지만 지금 와서 다시 이렇다 저렇다가 있겠습니까. 이걸 보십쇼."

마쓰노는 테이블로 가서 문패와 손으로 그린 종이 태극기를 들고 나온다.

문패에는 조준식이라고 서투른 모필 글씨로 씌었다.

"이것을 내걸려고 써놓고, 기도 만들었습니다마는 동리 사람이 보면, 공연히 자극만 주어서 미움이나 사게 되어 무슨 욕을 볼지도 몰라서 이때껏 주저하였습니다. 그러나 인제는 조준식이지 마쓰노는 아닙니다. 저두 똥만 든 버러지는 아니겠거던 생각이야 없겠습니까. 팔자가 기구해서 그랬든지 부모님의 잘못이든지…… 부모님의 탓이야 하겠습니까마는 어쨌든지 간에 그렇게 된 바에야 불시에 임의로 어찌하는 수도 없어서 무슨 기회든지 오기만 기다렸던 것입니다. 아버지 성을 찾겠다는 일념야 사내자식으로 태어나가지고 어째 없었겠습니까!"

그는 피로해 그런지, 서뤄서 그런지 목소리가 차츰차츰 졸아들어 갔다.

"알았소, 알았소. 그 맘을 잃지 마슈. 그러면 길게 이야기할 새 없으니 조선인회에 다녀올 동안 짐을 추려서 팔 것은 팔구……."

"그동안 대강 정리는 해놨습니다마는, 요새는 어디 만인이 사가길 합니까. 일본 사람 물건은 못 사게 하는지 안 사갑니다."

"그리면 가지고 건너가서 처분할 것은 처분해도 좋지만 그래두 이걸 다 끌고야 갈 수 없으니 자아 우선 저 기를 내붙이구 문패두 내달구려. 조선 사람의 집 물건이면야 말 없지 않수."

"참, 그럴까 봅니다. 몇 시간 후면 떠날 텐데 일본 놈들이 미워하면 어떻고 싫어하면 상관있나요."

"글쎄 그런 생각부터 버리란 말요. 일본 놈 위해 삽디까. 목숨이 왔다 갔다 하는 판에 일본 놈이 어쩌거나 아랑곳이 뭐란 말요! 그래두 아직 고생을 덜 한 게로구려."

홍규는 정신을 차리라고 몰아세웠다.

"잘, 잘못했습니다. 지당한 말씀입니다. 본시 제 맘이 약해서…… 그저 동리 간 소리 없이 살던 면에 못 이겨서……."

조준식으로 돌아간 마쓰노는 절을 몇 번이나 하며 사과를 하였다.

홍규가 조선인회에 들러서 피난민증을 만들어가지고 다시 와보니, 아닌 게 아니라 얼마 만에 열렸는지 앞문이 열리고 종이에 그린 태극기가 유리창에 붙었다. 문패도 내어걸렸다.

'넝마 하나를 팔려 해도 태극기가 보호를 해주고 신용을 세워주게 되었고나!'

홍규는 감개무량하였다.

조준식이는 새 기운이 난 듯이 짐을 묶고 점심을 사들이고 달구지를 불러오고 펄펄 뛰며 부리나케 드나들었다. 홍규라는 뒷배가 있어 든든하고 국경을 마음 놓고 건너게 되고 생사를 모르던 처자를 만나게 되어서도 그렇겠지마는 장기長崎로 갈까 동래로 갈까, 여전히 마쓰노로 행세를 할 것인가 조가의 성을 찾게 되는가—하고 혼자 방황하며 지향을 못 하다가 인제는 한길이, 환히 보이는 한길이 툭 터진 것 같고, 마음이 한 곬으로 딱 잡히고 나니 살 희망의 빛과 힘이 저절로 솟아나는 것을 든든히 깨닫는 것이었다.

4

아래윗집이 뒤곁에서 화덕에 밥을 짓다가 달구지가 온다는 안집댁의 선통을 듣고 두 여자는 뒷문으로 나가보았다.

"아, 어쩌면!"

옆집 조카딸은, 저만츰서 홍규 뒤에 따라오는 남편을 바라보며 그렇게도 애절하던 일이 거짓말처럼 손쉽게 해결된 것이 꿈인 듯하여 도리어 얼이 빠져서 잠깐은 멀거니 섰다가

"이 은혜를 무얼루 갚아드리면 좋아요!"

하고 남편에게로 뛰어가기 전에 홍규댁의 손을 붙들고 울어버린다.

"천만에! 어서 가보슈."

옆집 조카딸은, 남편 앞으로 가더니 하도 기가 막혀서 그런지, 눈물 어린 눈으로 맥맥히 마주 치어다만 보다가 피차에 하는 소리가

"얼굴이 못되었구려."

하는 위로뿐이었다.

그날 저녁 후에 준식이 내외는 함께 나란히 와서 홍규 부부에게 인사를 하고 갔다.

홍규도 위로와 격려의 인사말 외에 그 이상 더 잔소리는 아니

하였다.

이튿날부터 준식이는 하루 한 번씩은 홍규를 찾아와서 조선 사정도 묻고 신문도 보고 하는 양이 새 세상의 새 지식에 주려하는 눈치였다.

"거리의 책사에를 들러보니까 요새 조선글은 받침이 왼통 달라지고 어째 그리 어려워졌습니까. 어려서 배우던 반절[8]만 가지고는 어림도 없겠던데요."

이런 소리를 하여가며 책 고비에 끼인 조선 역사책을 빌려 가고 하는 것을 보고 홍규는 속으로 기특하게도 생각하였다.

홍규는 우연한 인연으로 잘못하면 민족을 배반할 뻔한 청년 하나를 붙들어주었다는 것이 잘되었다는 생각밖에, 그 이상 더 이 청년을 어떻게 돌보아줄 힘도 없거니와 일일이 아랑곳을 할 묘리도 없어서 다시는 이러니저러니, 이래라저래라 총찰 비슷한 말은 일체 입 밖에 내지를 않았으나, 저 하는 양이 정말 제 밑천을 찾겠다고 애를 쓰는 것 같기도 하고, 한편으로는 그다지 힘드는 일은 아니었지마는 어쨌든지 자기의 주선으로 어려운 고비를 넘겨주어서 갱생을 시켜놓았다는 생각이 없지 않으니만치, 인제는 너 될 대로 되려무나 하고 냉담하게 내버려두는 것이 박정하다는, 아끼는 마음도 한구석에 있었다.

"나두 내 코가 석 자지마는 그래 조 군은 장차 어떻게 할 작정요?"

하루는 이 애기 저 애기 끝에 준식이 내외의 살림 의논을 자청

8 훈민정음.

하여 꺼냈다.

"글쎄요……. 난 선생님만 믿고 선생님 허라시는 대로 할까 하는데요……?"

연상약한 처지지만 준식이는 어느덧 홍규를 선생님이라고 부르게 되었다.

"낸들 가두 오두 못 하고 엉거주춤하고 앉았는데 별수 있소. 난 요새 거리에 나가면 일본 사람들이 예서 제서 장작들을 패는 것을 보고, 그놈을 좀 해볼까 하는 생각도 불현듯이 드는데……."

하고 홍규는 웃어 보이나, 아주 웃음의 말만도 아닌 것 같다.

"그걸 어떻게 하셔요. 보기에는 쉬울 것 같애두 안 해보던 일을……. 일본 놈은 막다른 골목이니까 할 수 없이 체면이고 뭐고 집어치고 나서겠지마는, 독립이니 건국이니 하는 이 판에 아무러면 장작을 패러 다닐까요."

준식이는 고개를 내어두른다.

"보안대에나 들어가서 총대를 메고 나서야만 건국 사업에 보탬이 되는 것일까. 그 소위 '한자리' 해보겠다는 그런 생각부터 집어치우자는 것이오. 더구나 조 군은 아직 취직이 이를 것 같기두 하니 우리 맞붙들고 실지 노동을 해보는 것도 갱생 제일보라는 의미로 좋은 체험일 것 같은데?"

홍규는 달래듯이 웃어 보인다.

"글쎄요……."

하고 준식이는 망설이다가

"선생님이 허신다면야 그야 따라나서 보죠."

하고 마지못해 결심의 빛을 보인다.

"그럼 자아, 해보자구. 톱 하나만 사구, 도끼는 안집에 큼직한 놈이 하나 있으니까 그걸 좀 빌기루 하구, 하나만 더 사면 될 거요……. 그래두 밑천이 돈 천 원 들걸."

"허지만 나는 얼마쯤 자신이 있어도 선생님야 한 이틀? 고작한 사흘은 배겨내실까?"

"사흘 배겨내면 문제없지. 중학교 선생질 하던 문학사가 다아 할라구."

친구의 집에를 가보니까 제국대학 철학과를 나온 중경중학교 교우가 품삯 받고 장작을 패더란 말에 준식이는 좀 더 마음이 솔깃해지는 기색이다.

"고놈들이 악바리거든! 일본 놈들이기에 이제까지 입었던 세비로[9]나 모닝을 벗어던지고 도끼를 들고 나서거든. 동둑에를 나가보면 그리 늙지도 않은 동리의 선달님이 곰방담뱃대를 가루물고 아랫배를 문지르며 빙빙 도니 이 비싼 쌀에 무엇으로 배를 두들기겠느냐 말야. 보지 않아도 젊은 놈은 물론이요, 늙은 아내 어린 딸년까지 눈이 벌게서 야미 시장으로 헤맬 것은 뻔한 노릇이지……."

홍규는 말을 내놓으면 자기도 모르게 격앙해졌다.

"그것은 고사하고 밥통을 들고 거리로 헤매는 피난민을 붙들어다가 장작을 패게 하면 하루에 반 마차만 해도 사오십 원, 한 마차면 백 원 돈 아니오. 전재민 구제소에 톱과 도끼를 몇 벌 장만해놓고 장작 팰 사람은 여기에 신입을 하게 해서 주선을 한다

9 신사복.

면 그 아니 좋겠소마는, 시키지를 않는지 하려 들지를 않는지 어지중간에 일본 놈은 밉다밉다 하면서 그런 직장, 그런 일거리까지라도 멀거니 앉아서 뺏기는구려."

"딴은 그렇군요."

"그뿐요. 사실 말이지 우리만 해도 한 푼 나올 데는 없고 세간 나부랭이나 팔아가지고 온 잔돈 냥을 곶감 꼬치 빼 먹듯 먹고만 앉었으니 날이나 추워지면 큰일 아니오."

"그러지 않아도 저의 내외두 마주 앉으면 그 걱정예요. 그럼 어서 나가보시죠. 톱 하나에 얼마나 할지."

마주잡이 큰 톱이지마는 쓰던 것인데 칠백 원 달라 하고 도끼 한 자루에 백 원이 넘었다.

톱을 사들이고 도끼를 벼려 오고 하는 것을 보고 아낙네들은 눈이 커대졌다.

"병이나 나시면 객지에서 어쩌려구. 아무러면 입에 거미줄 칠까요."

아내는 한사코 말렸으나, 홍규는 코웃음을 칠 뿐이다. 이 무명의 이상가, 거리의 강개가慷慨家는 실익은 어쨌든지 간에 단 하루라도 실행을 해보자는 데에 열중을 하였고 정신적 위안을 얻으려 하는 모양이었다.

이튿날 두 청년이 연장들을 메고 벤또를 차고 나서니까 아내들은

"짜장 피난민이 되셨구려."

하고 금시로 영락해진 꼴을 본 것처럼 덜 좋아도 하였으나 한편으로는 생활의 불안이 덜린 것 같아서 믿음성스럽고 든든한 마

음도 들었다.

첫날의 벌이는 종일 걸려서 칠십오 원, 홍규는 삼십오 원 차지하고 사십 원은 준식이 몫으로 하였다. 첫날 경험으로 보면 조심조심하여 한 까닭도 있겠지마는 그리 고달플 것도 없었다.

준식이댁도 홍규 집에 아침저녁으로 드나들며 무어나 일을 시켜달라고 조르며, 눈에 띄는 대로 거들려고 하는 모양이다.

"저렇게 배가 내려 붙었는데 빨래는 무리세요. 이리 주시구 좀 쉬세요."

홍규댁이 해산 전에, 밀린 빨래를 대강 치우려고 한 통 담가놓은 것을 가로맡으려 하였으나, 홍규댁은 아주 모르던 터도 아니요, 단 세 식구가 아이보기까지 두고 살던 사람을 이것저것 시키기가 거북하였다.

"좀 어떤 듯하거든 곧 알려주세요. 할 줄은 몰라도 부엌일은 해드릴게요."

해산구원도 맡으마는 말이다. 안집 아기씨는 이 말을 듣더니, 잘못하면 자기가 맡을 판인데 잘되었다는 듯이 반색을 하며

"암, 의례 그렇지. 무얼 그렇게 사혐을 하서요. 지금 웬만한 집에서는 모두들 일녀를 식모로 데려다 쓰는데 기위 저의 목숨 살려주었겠다……."

하며 사폐 볼 것 없이 부릴 만큼 부리라고 충동이는 것이었다. 그러나 예전 생각은 집어치우더라도 이제 와서는 남편이 그야말로 어엿한 같은 조선 사람인데, 남편의 체면을 생각하기로 함부로 부리기는 거북하였다. 또 저편이 붙임성 있이 굴고 일본 사람이라는 관념은 잊은 듯이 인제는 남편 자식 따라 조선의 흙이 되려

는 각오로 나선 양을 보면, 얼마쯤 아껴주고 싶은 마음도 드는 것이었다.

그러나저러나 막상 해산을 하게 되니 얼마 동안 손을 빌리지 않을 수가 없고 큰 도움도 되었다. 원체 밤들어서부터 산기가 동한지라 열 시부터는 통행 엄금이요, 세상이 수선수선한 이때에 산파를 부르러 가기도 어렵고 산파가 나서기도 무서워할 것 같아 밝기까지 기다리자는 의논인데, 주인댁은 물론이요, 하야시의 댁내까지 와서 아무러면 여자 셋이 그걸 못하겠느냐고 밤을 돌려가며 새워서 동틀 머리에는 순산을 시켜놓았다. 돈으로 계교할 것은 아니나 주사 한 대에 몇백 원 몇천 원 하는 판에 피난민이 돈 천 원이나 굳힌 것도 큰 도움이 되었다.

5

"어디 태극 깃발 아래에서 난 첫애기 좀 보자!"

주인댁은 첫국밥을 지어 들고 들어와서 새판으로 아기를 들여다보며 이런 소리를 한다.

옆방 다다미 위에 손깍지를 베고 번듯이 드러누웠던 홍규의 입가에는 미소가 저절로 피어 올라왔다.

"태극 깃발 아래서 난 첫애기!" 그 말이 듣기에 무던히 좋았던 것이다. 해방이 되었다는 실감이 스며나는 것같이 그 말을 속으로 씹어보는 것이었다.

오늘은 간밤을 꼬박 새우기도 하였고 집안일을 보살펴주어야 하겠기에 나무 패는 벌이도 하루 쉬기로 하였다.

"이 머리통 좀 봐! 얼굴은 네 살 먹은 우리 집 놈보다두 클 거라…… 저런 조고만 어머니가 배급 쌀에 양을 곯리면서 어쩌면 이런 큰 애기를 낳았단 말요. ……어쨌든 큰 애 쓰셨소. 김씨 댁에 큰 공 이루셨소."

산모는 먹던 밥술을 멈추고 웃음으로 인사 대꾸를 하며 아이를 돌려다 보았다. 애어머니가 되었다. 남부럽지 않은 탐스러운 아들을 낳아놓았다는 것이 새삼스럽게 희한한 일같이 생각이 들면서 느긋한 행복감이 온몸을 푸근히 싸주는 듯싶다.

이마 선이 널따란 부글부글한 커다란 얼굴을 하얀 새 이불 속에 포근히 파묻고 누운 것을 보고 볼수록 방 안이 다 훤한 것 같다.

"아무튼지 때맞추어 잘 났다. 머리통만 해두 대통령감이다. ……벌써부터 무얼 먹겠다구 입을 오물오물하나? 건국아아 어어디! 쩻쩻. 건국아아 너어 꾸."

마치 백날이나 지낸 아이 어르듯 한다. 난 지 한 시간밖에 아니 된 아이를 가지고 벌써 이름이나 지은 듯이 천연덕스럽게 "건국아! 건국아!" 하고 부르는 것이 우스워서 내외가 이 방 저 방에서 웃으려니까

"선생님 안 주무세요? 하두 좋으세서 주무실 수도 없겠죠마는, 인제두 아들 낳지 말라구 주정하시겠어요?"
하고 콧살을 째긋한다.

"주정은커녕 인제는 마누라를 업고 다닐 지경입니다마는 그런 오금은 두었다가 박으십쇼."

"왜요?"

"좀 더 두구 봐야죠."

"다아 팔아두 내 땅이라구 아무러면 이보다 더 못될 리야 있겠습니까요."

"그럼 이번에는 건국이를 낳았으니, 요담에는 홍국이나 또 하나 날까."

"대체 바쁘시긴! 하하……."

6

산모는 한이레[10]에 벌써 몸을 추스르고 잔시중은 들리지 않았지마는, 별안간 옆집이 떠나게 되어서 거의 와서 사다시피 하고 해산구원을 하여주던 준식이댁이 멀리 떨어져 가는 것은 당장 아쉬웠다.

홍규는 아침에 나올 제 오늘이 한이레라는 말을 들었기에 일을 마치고 돌아오는 길에 준식이와는 헤어져서 장거리에 들러, 고기를 한 근 사 들고 오려니까, 금방 헤어졌던 준식이가 어느 틈에 이삿짐을 끌고 나오는 것을 보고 홍규는 깜짝 놀랐다.

"웬일요?"

"글쎄 지금 들어와 보니 오늘로 들 사람이 있으니 ×정 창고로 들어가고 집을 내라는 통지가 있었다나요. 그래 내 짐을 마침

10 아이가 태어난 지 이레가 되는 날.

이렇게 내 실어놓았기에 하여간 우선 끌어다 놓으려는데요. …… 야단났습니다."

준식이는 짐차의 채를 든 채 이렇게 설명을 하고 혀를 쳇 하고 찬다.

"그거 불시에 큰 곤란이로군. 요새 일본 사람들은 한데로 모으니까 별수는 없지만 그래 조 군두 그리 따라갈 테란 말요?"

"그럼 어쩝니까. 졸지에 무슨 도리가 있어야죠."

"내게 산고만 없어도 어떻게 함께 지내겠지만……."

"천만에요. 그렇지 않아두 장 나부렁이는 댁으로 옮겨놓았다는데 이 짐을 다 끌고 세 식구가 어느 틈을 비집구 댁으루 들어갑니까. 그런대로 잠깐 끼어 지내다가 선생님 떠나실 제 저희도 따라나설 작정입니다."

"하여간 가서 물계를 보고 오구려."

집에 들어와 보니 저녁은 준식이댁이 안쳐놓고 갔다고 하나 아내가 부엌에 내려와 있고 이 방 저 방에는 옆집 세간이 늘비하게 널려 있다.

"별안간 난리를 겪었에요. 세간은 꾸역꾸역 들어오구 준식이댁두 몸은 고달픈데 거산[11]을 하게 되니까 그렇겠지만, 뾰루퉁해서 말두 시원히 안 하구…… 갈 제는 시집 잘못 와서 이 고생 한다구 또 쪽쪽 울다가 갔답니다."

"사정야 그렇지만 시집 탓이야 할 거 있나? 일본 사람으로 태어난 탓, 전쟁에 진 탓, 조선 사람을 못살게 군 탓, 이 탓 저 탓을

11 집안 식구나 한곳에 살던 사람들이 모두 뿔뿔이 흩어짐.

생각하면 조선 사람에게 시집온 덕 보고 있는 줄은 모르구!"

홍규는 준식이댁을 단순히 일본 여자라고 생각지는 않았으나 민족적으로 피침한 소리가 털끝만치라도 귓가를 스치면 가만있지 못하였다.

"그런데 이것들을 자꾸 옆집에서 주구 갔는데, 그 마누라한테는 아이 받아준 손씨세두 이때껏 못 했기에, 갈 적에 이것저것 얼러서 얼마간 주려 했지만 얼마를 주어야 할 지 알 수가 있어요?"

"얼마간 주어야지. 지금 일본 사람 물건은 파두 사두 못 하게 하니까 돈이 좀 나올까 하고 그러는 게지."

"아녜요. 몸뚱아리만 나가라니까 큰 세간은 움직이는 수 없지마는 잔단 거야 저이두 못 가져갈 바에야 이왕이면 아는 사람에게 주고 간다는 거예요."

"그러나저러나 이걸 짊어지구 삼팔선을 넘을 것도 아니요……."

"갈 제 팔아도 그 값이야 빠지지. 물건들이 얌전하고 길이 들어 맘에 맞어요. 짐 뺏기구 세간 버리구 쫓겨나니 여자 마음에 어떻겠에요. 그 마누라두 자꾸 흑흑 느껴 울겠지."

"그 역 하는 수 없지. 우리 아버님은 일본 놈에게 집을 뺏기시고 할아버니 상청을 모시고 길로 나앉으실 지경이었다우."

"헤에, 그런 난리를 겪으셨에요?"

"난리면 좋게. 고리대금업자에게 피를 빨리는—말하자면 그 역시 총칼 없는 난리였지."

아내가 무슨 뜻인지 알 듯도 하고 모를 듯도 하여 멍하니 얼이 빠져 앉았는 것을 보고 말을 얼른 돌렸다.

"그건 고사하고 저 사람을 곳간 속으로 보내는 것은 안되었어.

전과 달라서 인제는 어엿한 조선 사람인데 또다시 일본 사람 행세를 하고 그 틈에 들어가게 하는 것도 안되었구……."

"그러지 않아도 여편네 생각에는 다시 조선 사람 되었다구 잘된 것이 무어냐는 말눈치예요. 장작이나 패구 창고 속에 들어갈 바에야 일본 가서 어엿하게 제 집 속에서 살지 무엇하자고 여기 있겠느냐는 폭백[12]예요."

"흠……."

"게다가 본이름으로 고치고 태도가 돌변하니까, 내외간두 설면해지구 아저씨 집 식구 역시 덜 좋아하는 눈치인지……."

"그러기두 쉽지. 하지만 그 역시 허는 수 없지 않은가."

"저러다가 헤지자는 문제가 일어나지나 않을지."

"그런대두 허는 수 없지."

"그건 고사하구, 공은 모르구 까닭 없이 칭원이나 하지 않을지 몰라요."

"칭원? 허허허. 이 세상에 유인자제[13]해서 제 애비나 제 조상 찾고 제 나라 찾게 하는 일도 있던감."

"아랑곳 말고 어서 저희는 저희대루 일본이구 어디구 가서, 맘대루 살래면 그만 아녜요."

해산 끝에 신경이 예민해진 아내는 뒤숭숭한 주위가 모두 성이 가신 눈치다.

"용서하셔요."

아내가 막 부엌으로 나서려니까 하야시가 어두컴컴한 부엌 속

12 성을 내며 말함.
13 남의 아들을 그른 길로 꾀어냄.

으로 들어선다.

"여러 가지로 폐가 많았습니다……."

"천만에요. 이번엔 부인께서 너무 애를 써주셔서……."

아내도 인사를 하였다.

하야시는 떠나는 인사를 온 것이었다. 남편과 이야기하는 동안에, 애어미는 방으로 들어와서 돈을 봉투에 넣어 들고 나왔다가, 나가는 사람을 붙들고 봉투를 내밀었다.

"아까 부인께 드릴 것인데 실례죠만 좀 갖다 드려주세요."

"아녜요. 천만에……."

겸연쩍어서 주저주저하면서도 하야시는 손을 내밀고 말았다. 받고 보니 열적기도 하고 자기 신세가 가엾은 생각이 들었던지 눈물이 쭈루룩 흐르는 것이 방에서 흘러나오는 전등 불빛에 번질번질 비치었다. 그는 고개를 외로 꼬으고 목소리를 낼 수 없어서 허리만 굽실굽실하며 어서 빠져 달아나려 한다. 그러나 홍규댁은 문밖까지 배웅을 아니 나갈 수가 없어서 따라나서니 하야시는 꾸부리고 돌아서서 목이 칵칵 막히며 어깨를 들먹거리고 깍깍 소리를 죽여 운다. 홍규댁도 여자 마음에 가엾은 생각이 없지 않았으나 무어라고 말을 붙이는 수도 없고, 그대로 들어오자니 인사를 하다 말고 들어올 수도 없을 뿐 아니라, 창피하여하는 것을 덜미에서 보고 섰을 수도 없는 망단한 처지였다.

"아니, 이거 별꼴을 다 보여드렸습니다. 실례했습니다."

하야시는 간신히 울음을 참고 고개를 들어 살던 집을 다시 한 번 건너다보고는 또 한 번 굽실하다가 눈 어린 홍규댁이 눈물이 글썽하여 동정하는 소리로

"그리 언짢아하시지 마세요. 사람이 살자면……."
하고 위로하는 말을 듣자 또다시 눈물이 터지는 것을 이를 악물고 도망하듯 달아나버렸다.

7

아까 사 온 고기를 재이고 술을 사다 놓고 하며 기다려도 준식이는 아니 오고 말았다.

"고단한데 먼 길에 올 리 없에요. 어서 잡숫죠."

그런 속으로, 가게 내버려두어서 심술이 났나? 하는 생각도 없지 않았으나 아내의 말을 들으니 그도 그럴듯하였다.

준식이는 이튿날 아침에 일 가는 길에 들러주어서 함께 나섰다.

"어떻습디까?"

"어떻고 말고 한구석에 끼어서 하룻밤 드새고 빠져나왔으니까 모르죠. 관부 연락선 삼등을 포개놓은 셈쯤 되더군요."

준식이는 말을 끊다가 한마디 덧붙인다.

"새삼스럽게 할 말도 아니지마는 전쟁이란 참말 무서운 거예요. 질 쌈은 애당초에 허지를 말든지."

"질 줄 알고 싸우는 사람이 어디 있던가. 져주는 쌈꾼도 있어야 숨을 돌리는 사람두 있는 거요……."

말인즉슨 옳고 탄할 용기도 없으나 준식이는 못마땅하다는 기색이다.

마주 서서 쓱싹쓱싹 일을 하면서도 하루 온종일 준식이는 말이 없었다.

준식이의 침울은 나날이 무거워갔다. 얼굴에는 오뇌의 그림자가 덮이고 눈에는 절망의 빛이 어리었다.

그렇다고 무엇에나 대들고 분풀이라도 시원히 해보겠다는 결기가 있어 보이는 것도 아니요, 만사가 무심한 모양이다. 안동에서 떠나오던 날 같은 그런 희망과 활기에 찬 기백도, 그 후 얼마 동안 무어나 알려 들고 해보려고 덤비던 열심도 스러져버렸다.

'짜장 이혼 문제가 일어난 게로군. 내소박인가?'

홍규는 못마땅한 김에 혼자 코웃음을 치면서도 약간의 동정은 없지 못하였다.

'그야말로 다시 조선 사람이 되어보아야 기다리고 있는 것은 나무 패기와 곳간 구석이니까 실망을 하였다는 것인가?'

'아무리 삼십여 년 동안 골수를 쏙 빼놓아 등신만 남았기로 인제야 나이 삼십도 못 된 놈이!'

하고 홍규는 정신이 반짝 나게, 소리를 한번 버럭 지르고 싶은 것을 간신히 참고

"요새 몸이 좀 괴로운 모양이지? 너무 무리는 하지 말아요."

하고 말을 걸었다.

"별로 어디가 아픈 데는 없어두 그저 심란하구, 살기가 괴로운 생각만 듭니다그려."

준식이는 가벼운 한숨을 쉰다.

"가다가다 그런 때가 있지. 차차 가을빛이 짙어지니까 젊은이의 감상이라는 거로군."

하고 홍규는 웃어버렸다.

"헌데, 언제쯤 떠나보시겠에요?"

"글쎄에, 시급히 내가 가야 될 일이, 기다리고 있는 것도 아니요, 물가는 여기보다도 비싼 모양인데 서두를 것도 없지마는 만일 간다면 추워지기 전에 나서야 않겠소."

"난 역시 우선은 장기로 가봐야 하겠습니다. 오래간만에 어머니도 가 뵙구 싶구……. 혹 벌이 구멍두 걸릴지 모르구 하니까……."

하기 어려운 말처럼 떠듬떠듬 일본으로 갈 뜻을 비친다.

"아무려나!"

홍규는 잠자코 있다가 손에 들었던 담배 꽁지를 던지고 일어나서 도끼를 들었다. 일본으로 가서 직업을 구하겠다는 말에 이 사람의 마음이 또다시 흔들린 것을 알겠으나 난 어머니를 보러 간다는 데야 나무랄 수도 없고 말릴 수도 없는 일이다.

저녁때 집에 돌아오니 낮에 준식이댁이 다녀갔다 한다.

날마다라도 와서 일을 보아줄 것같이 말을 하더니, 일주일이 가까워야 어쩌면 그렇게 야멸치게 발을 똑 끊을 수야 있느냐고, 아내는 몇 번이나 군소리를 하더니 떠난 뒤에 처음으로 왔던 것이다.

"몸살이 나구 죽어버리구 싶기두 하고 해서, 미안한 생각은 있어두 메칠을 쓰구 누웠었더라나요."

"그렇기두 하겠지. 안 해보던 일에 몸살도 날 거요."

준식이의 풀 없이 시원치 않은 기색과 아울러 생각하면 이 젊은 부부의 사정이 딱하고 가엾기도 하였다.

"그저 내가 데리구 있든지 방 한 간이라두 얻어서 곁에 두었더면 그렇지도 않을 듯싶지마는 방을 얻는 재주가 있어야 말이지."

홍규는 저렇게 마음과 몸이 거산을 하게 하는 일부의 책임이 자기에게 있는 듯이도 생각하는 것이었다.

"이것을 가지고 왔겠지요……."

아내는 분홍 비단 조각과 흰 비단 자투리를 펼쳐 보인다. 안집[14]까지 놓아서 어린아이의 바지저고릿감을 끊어온 모양이다.

"허어, 없는 돈에 그건 무얼……."

"이건, 내가 가져온 줄 아슈. 내게다 왜 인사를 하셔요."

하고 젊은 아내는 새새 웃다가

"그 돈 주니까 생전 받어야죠. 싸우려 들며 기예 내놓고 갔에요."

"음…… 그대루 둬. 서울 가면 그걸루 어린 년 양복이라두 한 벌 사주지. ……그런데 아무 말 없어? 저희끼리 싸웠거나 일본으로 가겠다거나……."

"이건 뭘 딸 시집보내놓고 걱정하시는 것 같군요. 의좋게 구순히 지낸대요. 안심하셔요."

아내는 또 한 번 새새 웃는다.

"암만해두 남편을 내대는 모양이지?"

"그건 몰라두 아주 한시가 새롭다는군요. 제일 옆 사람들과 뜻이 안 맞어서 송구스러워서 마음을 놓고 있을 수가 없대요……."

"흠……. 서루 고생을 하니 동병상련으로 더 구순히 지낼 듯한

14 옷의 안에 달린 호주머니.

데…….”

“저희끼리는 그럴지 모르지만 조선 사람이라고 내대는 눈치래요.”

“허허……. 점점 더 조선 남편 둔 덕을 못 본다구 앙짜겠구먼. 그런데 당자가 조선 사람 행세를 터놓고 했던지 한 것이로군.”

“아녜요. 공교히두 전에 신의주에서 살면서 안동 시공서의 수위를 다니다가 벌써 그만둔 사람이 있는데 그 사람은 딴 채에 있지마는 공연히 찝적거리구 다니구 하더니 어제밤에는 술이 취해 와서 조선 양반 사람이는 이런 데 올 데가 아니라구 비꼬구 떠들어대더라나요…….”

“흠…….”

홍규는 아까 낮에 장기로 가서 구직을 한다느니 어머니를 가 보고 싶다느니 하던 연유를 인제야 알겠다고 생각하였다.

“……나중에는 애어머니까지 붙들고 어떻게 만난 내외냐 어머니가 조선 사람이냐 아버지가 조선 사람이냐 조선 양반 사람이 돈이 많구 허울이 좋구 어떻구…… 가진 옴뚜까지[15] 소리로 찧구 까불구 진을 빼는 것을 옆의 년들은 낄낄거리며 보고만 있더래요. 그러니 오죽 분하였겠에요. 분하구 설구…….”

“남편이 조선 사람이기루 설을 거야 있겠나마는 그래 다른 놈들은 어쩌더래?”

홍규는 조선 사람에 대한 일반의 감정이 어떤가를 알고 싶은 것이다.

15 전혀 쓸모없고 보잘것없는 것을 일컫는 말.

"다른 사람들은 그렇지 않은 사정을 이야기하니까 그제야, 그러면 여기 있을 게 뭐냐고 어서 '내지'로 함께 가자고 동정도 하고 권고를 하는 사람들도 있더래요."

준식이 역시 그 동정과 권고에 끌려가는 모양이로구나—하고 홍규는 입이 삐쭉하여졌다.

"하여간 그거 안되었군."

홍규는 입맛을 쩝쩝 다셨다.

"정 하면 나두 일어나구 했으니, 저 사조방[16]을 내주구 차차 방을 구해보는 게 어때요?"

"글쎄에, 허지만 저희가 되레 이리 오는 것을 탐탁히 생각지 않을지두 모르겠거든."

"부려먹을까 봐서요?"

"그런 점두 있지마는 도대체 요새는 저의 식구들이 우리를 경이원지를 하는 것 같다는 말야. 여기서 알은체하는 것을 성이 가셔하고 꽁무니를 슬슬 뺀단 말야. 누가 일본으로 못 가게 붙드는 것도 아니건마는……."

"그거야 뭐 여기 있다가 간들 제 맘대루 못 갈 건가……."

"또 그럴 바에야 저의끼리 함께 있어서 패전 국민의 쓴맛을 흠씬 보고 따라가라지. 이 좁은 집에 모셔다가 둘 묘리야 있나."

"당신두 퍽 현금주의슈."

홍규는 준식이란 위인이 무슨 그리 유용한 인물이라고 한사코 붙들려는 것도 아니지마는, 너무나 쓸개가 빠지고 기백이 없

16 일본식 다다미방.

는 것이 답답하고 안동에서 건너올 제 다짐을 받은 말은 가뭇같이 잊어버린 것이 못마땅한 것이다.

언제든지 한 번은 혼을 내주어야 하겠다는 생각도 든다.

이튿날도 준식이는 여전히 일자리에 뿌리퉁해서 침울한 얼굴로 나왔다. 그러나 어제 집에서 듣던 그댓말[17]은 여전히 잇새도 어우르지 않았다. 이러저러하니 방이라도 한 칸 얻을 데 없느냐는 의논 한마디 없다. 역시 경원주의로 제 일은 제대로 처리하겠다는가보다는 짐작이 맞는다고 홍규는 생각하였다.

오늘은 어제 이 집에서 패다가 둔 것이 반 마차쯤 남은 것을 훅닥 패어주고 해가 높다라서 헤어졌다.

"집에 가서 노다가 가지 않으려우?"
하고 끌어보았다.

일전에 고기를 사다가 혼자만 먹어버리기도 하였고 또는 이 기회에 다시 한 번 제 의향도 들어보고 타일러도 보려는 것이다.

"네, 연장두 가져다 두고 옷이나 좀 갈아입구 가죠."
하고 준식이는 휘죽휘죽 가버렸다.

홍규는 반찬거리나 사가지고 갈까 하고 시장 거리로 들어서서 좌우에 쭉 널린 노점들을 기웃기웃 구경도 하고 값도 물어보고 하다가 어느 잡화점에 태극기가 주검주검 놓인 것을 보자 무슨 생각이 퍼뜻 났는지 그중에서 제일 크고 번채[18] 있는 것을 하나 골라 샀다.

집에 돌아와서 아내가 부엌에 내려가 술안주를 차리는 동안에

17 어떤 것에 대한 상세한 이야기.
18 본치. 남의 눈에 띄는 태도나 겉모양.

반지를 찾아내어 태극기를 곱게 접어 싸고 오래간만에 벼룻집의 먼지를 불어서 내어놓고 먹을 갈았다.

부엌에서 들어온 아내는 무슨 구경거리나 난 듯이 한참 내려다보고 섰으려니까, 기를 싼 종이 위에 빌 축祝 자 한 자만 커다랗게 쓴다.

"일본식이지만 이래두 좋겠지?"

홍규는 자기의 필적에 만족한 듯이 회심의 웃음을 띠우며 아내를 치어다본다.

"그건 어디 보내세요? 애기 주실 거예요?"

속에 싼 것이 무엇인지는 모르겠으나 갓난아이 몫으로 무엇을 사왔는가 싶어서 아내는 마주 웃어 보인다.

"글쎄에, 아이에게 주어두 좋구……."

어정쩡한 소리를 하고 책상 위에 올려놓았다.

곧 올 줄 알았던 준식이는 여섯 시나 넘어서 저녁밥 먹을 때에나 술 한 병을 사 들고 씨근씨근하며 들어온다. 약간 주기도 있어 보이거니와 몹시 흥분되었던 것이 아직 덜 식은 눈치다.

"술은 웬걸. 나도 조 군 덕에 요새 술잔값은 넉넉한데……."

홍규는 오래간만에 화기롭게 농담을 붙였다.

"제 덕이 무슨 덕예요."

"아 조 군 아니더면 내가 무슨 벌이를 하였겠소."

"천만에……."

사실 힘드는 것은 준식이가 맡아 패어주고 일의 반 이상을 해주기 때문에 삯전을 한 푼이라도 더 넘기기는 하지마는 늘 고맙게 생각하는 것이다.

"그래 요새는 어떻소? 그 속에 못된 자가 성이 가시게 군다더니 인제는 괜찮소?"

아직도 남은 흥분을 식혀주려고 웃는 낯으로 순탄히 말을 끄냈다.

"제 처한테 들으신 게군요? ……그놈들 되지도 않은 놈들이…… 그렇지 않아두 그동안 하두 속이 복개는 것을 꿀꺽꿀꺽 참다못하여 오늘은 내가 뒈지든지 네가 뒈지든지 해보자고 베르는 판에 마침 잘 걸렸기에 빰사다귀를 서너 번 갈기구 흙몽둥이를 만들어 들여보내구 왔습니다."

준식이는 다시 흥분하여지면서도 묵은 체나 뚫린 듯이 어깨를 처뜨리며 길게 한숨을 뽑아낸다.

"그거 되었나. 너 그래라 나는 나다— 하고 모른 척하고 지내면 그만이지."

"그놈들이 지금 와서 성명이나 있는 놈들입니까. 보안대나 로스키가 얼씬만 해도 쥐구멍을 찾는 놈들이 사람을 만만히 보구…… 내가 이런 처지니까 아무런 개수작을 한대두 일본 놈 쳐놓고 편을 들어줄 리 없고 조선 사람 역시 역성은 해주지 않을 것이라는 짐작은 있거든요. 그러니까 조선 사람에 대한 분풀이를 내게다가 하려 드는 것이거든요……."

준식이는 아까 돌아가다가 혹시 그놈이 눈에 띄거든 한번 해보겠다는 어렴풋한 생각으로 고뿌 소주를 한잔 켜고 들어가노라니까 원수 외나무다리에서 만난다고 뜰에서 어정거리던 그자가 준식이의 벌건 얼굴을 보자

"한잔 걸쳤네그려. 왜놈이나 하는 장작을 패러 다니기에 조선

양반 사람이 욕보네그려."

하며 비꼬아놓고는 술 한턱이나 내면 가만 내버려두겠다는 더러운 생각이 있어서 그러는 것인지 한잔 먹으러 가지 않겠느냐고 거진 위협하듯이 달라붙기에 한잔 먹어보라고 따귀를 갈기고 나니 우우들 몰려들었으나 결국은 하야시가 나서서 말리는 바람에 우물쭈물되고 말았다는 것이다.

"지금 판에 조선 사람을 건드리기가 어려우니까 요행 무사하였지, 그렇지 않으면 뭇매 맞을 뻔하였구려."

홍규는 조심하라고 일렀다.

"관계없에요. 그 속에 남자라곤 장정도 몇 있기야 하지만 오십 넘은 늙은것 아니면 어린애들뿐이니 맥 못 써요."

그 낌새를 차리고 한번 해보겠다는 용기도 났던 모양이다.

"그럼 거기 다시 들어가 있기두 안되지 않았나."

"관계찮아요. 지금 떠나면 제 방귀에 놀라서 도망질쳤다게요. ……하지만 한때라도 그 속에서 빠져나와 여기를 오니 사람 사는 데 같고 마음만 가벼워지는 게 아니라 몸까지 거뜬해진 것 같습니다."

준식이는 차차 마음이 가라앉고 불안과 경계에 쫓기고 시달리던 신경의 긴장이 확 풀리는 것을 깨닫는 눈치였다.

"그러기에 피는 물보다 걸다지 않소."

홍규는 평범한 말이나 이런 때 동족이 얼마나 고마운가를 알았느냐고 무언중에 오금을 박는 것이었다.

"그래 어떻게 하시겠소? 부인야 건너가고 싶어 하시겠지마는……."

말을 돌려보았다.

"아직 모르겠습니다. 어떻게 해야 좋을지, 요새는 머릿속을 갈피를 잡을 수가 없습니다. 돼가는 대로 살죠."

홍규가 무슨 말을 꺼내려 하자 아내가 술상을 들고 들어오는 바람에 멈칫하였다.

아내가 갖다 놓고 어제 선사받은 인사를 하고 일어서려니까

"아 참, 거기 아까 싸놓은 거 이리 줘요."

하고 홍규는 손을 내밀었다. 아내는 의아한 낯빛으로 책상 위의 태극기 싸놓은 것을 집어주고 나갔다. 홍규는 그것을 받아 들고

"이것은 별것은 아니나, 하나는 아이에게 보내주신 것의 답례로, 또 한 가지는 일로부터 생활을 갱신하여가지고 나가시는 기념으로 드리는 것이오."

하고 내어놓았다.

준식이는 눈을 커다랗게 뜨며 주저주저하다가 꿇어앉으며

"무얼 그렇게까지……."

하고 어름어름 인사를 하였다.

"별게 아니라, 아까 거리에서 우연히 태극기를 파는 것을 보았기에 사다 드리는 거요."

홍규는 자기 뜻을 알겠느냐는 듯이 웃어 보인다.

"네, 태극기예요?"

준식이는 다른 귀물이 아닌 것을 알자 가벼운 생각으로 봉지에서 깃발을 쑥 빼어서 펼쳐보고 지나는 말로

"꽤 크고 좋습니다. 고맙습니다."

하며 또다시 머리를 숙여 보이며 좀 열적은 기색이었다.

"일본 사람은 전장에 나갈 제 일장기를 몸에 감고 나가지 않았나요……?"

홍규는 말을 정중히 끄냈다.

"일인의 본을 뜨는 것은 아니나 적어도 그러한 긴장한 정신과 감사하는 마음으로 새 출발의 첫걸음을 떼어놓아 주셨으면 하고 비는 것입니다……."

"네……."

수그린 준식이의 머리가 약간 끄덕끄덕하였다.

"……무슨 연극 기분으로 이런 것을 드리고, 이런 잔소리를 들려드리자는 것이 아니라, 아까 그 일본인이 조 군을 없이 여기고—일본 사람이 편을 들어줄 리도 만무하고, 조선 사람 역시 역성을 들 리는 없겠다는 짐작으로 만만히 보고 그런 흑작질과 모욕을 보이더라고 하지 않았소? 그 원인이 어데 있는가는 아시겠지마는 이 깃발이 백만 천만의 내 편이 되어주는 무엇보다도 큰 힘이요, 무기인 줄 알기 때문에, 또 믿기 때문에, 조 군의 역성을 들어달라고 이 깃발을 드리는 것이란 말씀요……."

준식이의 숙인 머리는 또 한 번 끄덕끄덕하였다.

"내 말이 너무 꾸민 말 같을지 모르나 내 말대로 이 깃발 아래 세 식구가 모여 사십쇼. 북에 있으나 남으로 내려가나 현해탄을 건너서 나가사끼로 가시거나, 이 깃발 밑이 제일 안온하고 평화로울 것을 깨달을 날이 있을 것입니다."

준식이의 머리가 세 번째 커다랗게 끄덕이었다.

홍규는 말을 맺고 술을 치며

"자! 편히 앉구려. 한잔 드십시다."

하고, 준식이에게 대한 축배의 의미로 술잔을 들었다.

준식이는 술잔을 들어 입에다가 대는 척하다가 상에 놓더니, 무슨 생각이 들었던지 고개를 푹 수그리며 눈물을 쭈르륵 흘린다. 홍규도 저절로 고개가 숙어졌다.

"고맙습니다. 이 넓은 세상에 누가 그런 말씀을 들려주겠습니까! 안개가 잔뜩 낀 것 같던 제 맘이 인제는 활짝 갠 것도 같습니다. ……이 기를 받고 나니 인제는 제가 정말 다시 조선에 돌아온 것 같고 조선 사람이 분명히 된 것 같습니다. ……돌아가신, 돌아가신 아버니가—어려서 어렴풋이 뵙던 아버니가 불현듯이 다시 한 번 뵙고도 싶습니다!"

준식이의 눈에는 다시 뜨거운 눈물이 뚝뚝 듣는다.

—《해방의 아들》, 금룡도서, 1949.

양과자갑

1

“계십니까? 나 좀 보세요…….”

안채의 뒷마당을 막은 차면 모퉁이에서, 여자의 거세면서도 빽빽한 목소리가 났다. 그러나 방 속에서는 내외간 이야기에 팔려서, 채 못 알아들은 모양인지, 대꾸도 없이 아낙네의 말소리가 이어 나온다.

“……그리기에 당신은 영어 헛배웠다는 거 아니오. 미국에는 공연히 다녀온 거 아니냔 말예요.”

무슨 말끝인지는 모르겠으나, 비양거리는 것 같기도 하고 울화가 터지는 것을 참았는 듯 가라앉은 깐죽깐죽한 목소리다.

“내 영어는, 어디, 집 얻어대라구 배우고, 통역하라구 배운 영어던가? 통역에나 써먹자고 미국 가서 공부했을라구…….”

영감의 목소리다. 목소리로 들어 나이는 한 사십 넘었을 것 같다.

차면 턱에 섰던 안라安羅는, 그렇지 않아도 영문의 번역을 청하러 나온 길이라, 영어 노래 통에 귀가 반짝 뜨여서 손에 든 종잇조각을 들여다보며 귀를 기울이고 섰는 것이다. 안라는 뒤채에 사는 사람이 누구인지는 몰라도 주인이 영어를 안다는 말을 일전부터 들었기에 지금 이 타이프라이터로 찍은 공문서를 급한 대로 읽어보아 달라고 가지고 나온 길이다. 안라는 다시 소리를 내려다가, 또 방 안에서 중얼중얼하고 영감의 목소리가 나기에 그대로 멈칫 섰다.

“그 영어 한 자에 돈으로 따져도 몇십 원 몇백 원으로 논지가 아니거던. 미국 가서도 생돈 갖다 쓰면서 배운 거 아닌가! 허허.”

젊었을 때, 호강으로 살던 것을 회고하는 술회인 모양이다.

“그러니 뭘 해요? 되루 주구 말루 받지는 못한들, 그 비싼 영어를 써먹지를 못하니 딱하우. 안집 딸만 해두 쭉 째진 영어를 웬걸 하겠소마는 그래두 이런 크낙한 집을 얻어 든 걸 보우! 헝 내 참…….”

“허허허…… 이런 딱한 소리 봤나? 글쎄 내 영어는 집 얻어대는 영어, 통역하는 영어가 아니란 밖에! 영어 못하는 셈만 치면 그만 아닌가? 그러지 말구 여보 마누라! 술이나 한잔 더 사오우. 당장 거리로 내쫓기야 하겠소. 정 갈 데가 없으면 방공굴로라도 들어가면 그만 아뇨. 나가라 들어오너라는 말 안 듣는 것만 해두 좋지.”

하고 영감은 껄껄 웃는다. 술 사오라는 말을 듣고 생각하니, 공일날 늦은 아침상을 받고 해장을 하고 있었던지 좀 주기가 있는 목소리다. 마누라는 술을 또 받아 오라는 말에 어이가 없어 그런지, 방공굴로라도 들어간다는 객설에 화가 나서 그런지, 잠자코 있고 방 안은 괴괴하여졌다.

안라는 실없이 재미가 나서 엿듣다가

"여보세요. 보배 어머니!"

하고 비로소 또 한 번 소리를 쳤다.

"네? 누구세요?"

주부의 곱살스러운 목소리가 나며 쇼지(미닫이—여기는 일본집 뒤채다)의 허리께에 붙은 유리 안에서 주부의 얼굴이 해죽 비치더니 문을 밀치며

"어서 오셔요."

하고 툇마루로 나선다.

안집이 떠나온 지는 한 보름밖에 아니 되지마는 그리고 이 여자는 이 집 식구는 아닌 모양이지마는 안채가 떠나오던 날부터 보았고 안으로 물을 길러 드나드는 동안에 몇 번 만나 말도 붙여 보아서 잘 아나 뒤채의 주부가 보배 어머니인 줄은 알 리도 없고 그렇게 무관하게 말을 붙일 만큼 친숙해진 터도 아니지마는 주인마누라에게 들어서 안 모양이다.

"이거 미안하지만 보배 아버지께 좀 보아줍시사고 하세요."

안라는 그 우둥퉁한 얼굴에 웃는 낯도 안 보이고 손에 들었던 종이쪽지를 내민다. 영수英秀 부인은 잠자코 주는 종이쪽지를 받으면서도 "……보아줍시사고 하세요" 하는 그 '하세요'가 보아주

어야 할 의무나 이편에 있는 듯이 명령적으로 하는 말이 무심중간에도 좀 불쾌하여 처음의 좋은 낯이 살짝 변하면서 그 야단스럽게 화장한 얼굴을 말끔히 쳐다보았다.

노르끄레하게 물을 들여서 지진 부프한 곱슬머리가 처음 볼 때부터 이건 튀기인가 아닌가 하고 눈을 커닿게 뜨기도 하였지마는 누런 얼굴빛이라든지 영채가 없이 부옇게 뜬 거슴츠레한 뚱그런 검은 눈이 튀기는 아닌 것이 분명하였다. 질둔하게[1] 생긴 유착한 몸집과 빽빽해 보이는 어깨통이 어느 한구석 남자의 눈을 끌 데라고는 없으나 화장만은 머리와 같이 혼란하다. 제 바탕이 누르고 눈이 거슴츠레해서 거기에 걸맞게 하느라고 그랬던지 얼굴 전체를 검숭하게 꾸미고 눈가를 회색 빛깔로 더 거슴츠레하게 삥끼 칠하듯이 칠한 데다가 눈썹은 꼬리께를 반은 깎고서 학교 아이의 에노구[2]를 발랐는지 여기에는 고동색 칠을 한 줄기 살짝 그었다.

이것은 어느 나라 화장술인지 그러고 보니 아닌 게 아니라 황인종과 흑인종의 튀기 같기도 하다. 화장이 여자의 몸가축만 아니라 취미와 교양 정도를 가리키는 것이요 시대 풍조라든지 생활의 쾌적과 심지어는 도시 풍경의 미화까지에 관계가 적지 않다고도 하겠지마는 본능적으로는 이성에 대한 소리 없는 노래요 손짓이라 할진대 이 여자는 무엇을 상대로 누구더러 곱게 보아달라고 있는 솜씨를 다 부려서 이런 탈을 쓰고 다니는지? 영수 부인은 마주 보기가 면구스럽고 속이 느글느글해지는 것 같으면

1 몸이 퉁퉁하여 행동이 굼뜨다.
2 그림물감.

서 무심코 두 손이 퍼머넌트 한번 못 해본 자기 머리로 올라갔다.

"글쎄, 여쭈어보죠."

영수 부인은 A 자 한 자도 땅뗌을 못하는 영문을 한참 들여다보다가 한마디 하고 돌쳐선다. 남편이 영어 한 자에 몇십 원 몇백 원 들여 배웠다고 금방 한 말이 귀에 남아 있어 그렇기도 하지마는 세상과 어울리지 않는 괴벽한 남편의 성미를 뻔히 아는지라 무슨 딴청을 할지 몰라서 뒤를 두는 것이었다.

영수는 종이쪽지를 받아서 한번 쭉 훑어보고 내주며,

"난 모르겠는걸. 갖다 줘!"

하고 눈짓을 끔뻑한다. 벌써 토라진 소리다. 아내는 남편에게로 가까이 가서 입을 거의 귀에다 대듯이 하며

"그러지 말구 어서 일러주세요. 주인의 누이라는데……."

하고 속삭였다. 주인의 누이가 그다지 대수로운 것이 아니요, 또 그 말이 꽤 까다로운 남편의 비위를 더 거슬려놓을지 애가 쓰이기는 하나, 당장 이 뒤채를 내놓으라고 날마다 얼굴만 보면 야단을 치는 집주인의 누이의 부탁이라면, 혹시는 아무리 예사롭지 않은 남편의 성미에도 다소곳이 들을까 싶어 이런 소리를 한 것이다.

"흥, 아니꼬운 소리! 주인이 그렇게 무섭다는 말인가? 허허허……."

술이 점점 취하여가는지 이런 소리를 밖에서 들릴 만치 커닿게 하며 껄껄 웃는다. 아내는 자기 역시 그 계집애가 이것 좀 보아주슈 하고 퉁명스럽게 하던 말눈치가 못마땅은 하였으나, 남편의 입을 손으로 막으며

"내 약주 사다 드릴게, 무슨 뜻인가 내게만 일러주시구려."

하고 정말 손으로 비는 흉내를 내며 속삭인다. 남편은 흐응…… 하고 또 코웃음을 치면서도 술을 받아다가 준다는 바람에, 마음을 돌렸는지 종잇조각을 빼앗아서 다시 보며 일러준다.

"약초정—지금의 초동草洞이로군—초동 ××번지 소재 적산 가옥 한 채를 김안라에게 관리시킨다는 증서로군. 말하자면 이것이 요새의 집문서야. 아닌 게 아니라 나보다 다들 재주가 좋아! 허허허…… 아니 마누라보다 재주가 좋단 말야, 마누라두 늙지나 않았더면 집 한 채 생기는걸! 허허허."

"에그, 객설! 젊은 여편네면 누구나 다 집 한 채씩 준답디까?"

아내는 밖에서 안라가 들을까 보아 이렇게 입을 막으려는 것인데, 남편은 되레 껄껄 웃으며

"누가 아니래서! 김안라란 여자 이름 아닌가? 서양식 이름으루 '안나'라는 걸 게니……."

마누라가 휙 나가며 미닫이를 딱 닫아버리는 바람에, 영수는 방 안에서 혼자 중얼거리다가 입을 닫쳐버린다.

"네, 대강 그런 줄은 아는데 이걸 좀 번역을 해 써줍시사는 것인데…… 그 집을 내가 들게는 됐으나 생전 내놓아야죠. 이것을 번역해가지고 가서 보여주려구 해서 그래요."

영수 부인이 남편에게 들은 대로 전해 들려주니까, 안라는 이런 소리를 또 한다. '안라'인지 '안나'인지 이름도 모를 여자가, 제붙이가 차지한 집에 곁방살이를 한다고, 제멋대로 넘보고 하는 수작인지는 모르되 번역을 해서 베껴다가 보여야 할 것은 제 사정이요 이편이 그 시중까지 하라는 것은 친숙한 사이면 몰라도

날마다 집을 내놓으라고 오구를 치는 요새의 영수네 처지로는 여편네 마음에도 아까 청하는 말씨에부터 토라진 끝이라 아니꼽게 들렸다.

"지금 약주가 취하셔서 안 될걸요."

술 핑계로 발뺌을 하려 하였다. 그러나 이 여자는

"뭘 이만 것쯤 두어 줄 획획 적어주시면 그만일걸……."

하고 종잇조각을 받으려고 아니한다. 영수 부인은 슬며시 화가 나면서 망단하였다. 배짱이 이만이나 하기에 젊은 여자의 몸으로 이 판에 공으로 집 한 채를 우려낸 것이겠지마는, 또다시 남편에게 입을 벌렸다가는 당장 이 여자를 앞에 세워놓고 불호령이 나올 것이요, 그랬다가는 이 집에 하루도 더 붙어 있지는 못하고 쫓겨날 것이다. 바로 보름 전에 본 일이지마는, 저 안채에 든 사람을 하루 전에 나가라고 통고를 하여놓고 이튿날 ×××가 오고 어쩌고 떠들썩하더니 세간을 끌어 길거리에 내놓고 식구들을 등덜미를 밀듯이 하여 당장으로 내쫓아버리는, 그런 당당한 권력들을 가진 사람들이다. 어떻든지 덧들여서는 당장 아쉽다는 생각이 들어서

"그럼 두구 들어가슈. 딸년이 변변치는 못해두 이만 것은 번역할 듯하니 시켜보죠."

하고, 또 한 번 자기가 꺾이는 수밖에 없었다.

"아, 따님이 그렇게 영어를 하셔요?"

안라는 눈이 더 둥그레지며 놀란다. 이름은 서양 여자 같은 이름을 붙이고, 양장에 얼굴을 서양 여자는 못 되어도 튀기만큼이라도 보이려고 갖은 솜씨를 부려서 도깨비 탈은 썼으나, 영어의

비럭질을 다녀야 하느니만치, 매우 안타까운 모양이요, 영어를 한다는 사람이면, 더구나 여자로서 영어를 하다니 부럽고 저만치 쳐다보이는 모양이다. 그러나 영어를 하는 남편과 딸을 둔 이 부인에게는 조금치도 경의를 표하는 눈치가 없이 명령하듯이 떼만 쓰니, 이 부인이 영어를 몰라서 그러는지, 집 한 칸이 없고 곁방살이를 하는 이재민이라 해서 그러는지 알 수가 없다.

마침 일요일이라, 저편 방에 들어앉아 책을 보고 있던 보배는 모친이 부르는 소리에 마루 끝으로 나왔다.

"너 이것 좀 번역해드릴 수 있겠니?"

모친은 아무리 딸이 L 여중학 오년생이지만 영어 실력을 알 수가 없다.

"네? 어디 내가 뭐 아나요."

보배는 호기심이 나서 생글 웃으며 탐탁히 종잇조각을 모친에게서 받아 들고 한번 쭉 훑어본다.

부모 닮아서 키가 훌쩍 크고 날씬한 몸매가, 앞에 섰는 이 여자와 좋은 대조가 되거니와, 빛깔이 희고 갸름한 상이 귀염성 있는 예쁜 판이요, 더구나 상큼한 콧날과 또렷또렷한 눈매를 보면, 이 아버지의 이 딸답게, 맑고 강직한 성격이 엿보인다.

"해드리죠."

보배는 청하는 이 여자보다도 도리어 상냥한 웃음을 생글 웃어 보이며 손쉽게 맡는다. 돈은 군정청 사환 아이만큼도 못 벌어들이는, 대학의 시간 강사이지마는, 영어로 소설도 쓰고 시도 읊는 영문학자인 자기 부친에게 이따위 대서소 쉽직한[3] 일을 청하는 것부터 딸의 생각에도 싫은 일이지마는, 보배는 제 영어의 실력을 실지에 써보는 데에 흥미와 만족을 느끼는 것이다.

보배가 종이쪽을 들고 방으로 들어가니까, 안라도 성큼 뛰어 올라와서 따라 들어간다. 실례합니다, 어쩌고 인사를 하는 것은, 일본 풍속이라 생각해서 그런지, 제 집같이 무람없는 것도 영수 부인은 실쭉하였으나, 모른 척하고 이편 방으로 들어갔다.

"못한다고 쫓아 보낼 일이지, 그건 무엇하자구 아랑곳을 하는 거야?"

남편은 또 눈살을 찌푸린다.

"에그 꿈에 볼까 봐 무서워. 그따위를 어쩌자구 보배 방에 들어가게 내버려두더람!"

송충이가 목덜미로 기어 들어가기나 하는 듯싶어 영수는 점점 더 눈살을 찌푸리며 몸을 움츠러뜨린다.

"내 이런 딱한 양반은! 들어오는 사람을 떼밀어 내쫓나. 세상에 당신 같아서야 어디 남하구 하룬들 살겠소."

마누라가 속삭인다.

"그럼 커가는 딸자식을 데리구, 이 구석이 어떤 구석이라구……."

"제발 입을 좀 봉하구 가만히 계셔요. 누가 이런 구석에 하룬들 있으라구 붙듭디까?"

마누라는 술을 사러 나가려는지, 머리를 부리나케 빗는다. 영수는 거기에는 대꾸도 않고

"일본엔 라샤멘이라구 양첩洋妾이 있겠다—이건 그것보다

3 다른 것보다 크기나 정도가 조금 더하거나 비슷하다.

두…….”

하고, 누구더러 들으라는 것도 아니요, 혼자 개탄하듯이 또 쭝얼쭝얼하자니까, 마누라는 쪽 찌던 머리를 붙들고 일어나서 또 다가오며

"이거 누구를 못살게 굴려구 이러시는 거요? 이렇게 잔소리로 판을 차리시면 술 안 사와요."

여기에는 찔끔인지, 영수는 껄껄 웃고 만다.

2

영수 부인이 술병을 들고 마당으로 들어오자니까, 안라인지 뭐시깽인지 검둥 아가씨가 딸의 방에서 나와서 안으로 들어가는 것과 마주쳤다.

"어떻게, 잘됐소?"

"네…… 그런데 이래서 갖다 뵈구 내놓으래두 안 들어먹으면, 어떻게 댁에서라두 그리로 떠나보시면 어떨까 하는 생각두 하는데……? 돈야 좀 목은 것을 내셔야 하겠지만…….”

영수 부인은, 이 여자는 어떻게 배워먹었기에 아침내 성이 가시게 하고 가면서도 고맙다는 말 한마디 없이, 별안간 불쑥 이건 무슨 구성없는 수작인가 하는 생각을 하면서, 처음에는 무슨 뜻인지 몰라서 멀뚱히 쳐다만 보다가, 비로소 짐작이 들면서

"우리야 한시가 급하니까, 아무 데나 좋지만, 댁에서 못 내보내는 것을 더구나 우리 힘으로 내쫓는 재주가 있겠소?"

하고 핀잔을 주듯이 웃었다.

"어쨌든 나중에 의논 좀 하십시다요."

하고 검둥 아가씨는 안으로 들어가버렸다.

"지금 뭐라는 소리요? 집을 얻어줄 테니 나가라는 거야?"

마누라가 방에 들어오니까, 밖에서 하던 소리를 재차 묻는다.

"얻어주긴? ……당신 같으신 소리두 하슈. 그래두 덜 속아보신 게로구려?"

하고, 아내는 전기 곤로에 술을 따라놓으며 코웃음을 친다. 술심부름에 넌더리가 나서도 쏘는 소리를 하겠지마는, 작년 가을에, 이북서 오니까, 돈푼이나 가지고 온 줄 알고 그랬던지, 전에 안면이나 있던 젊은 아이가 나타나서, 집 한 채를 얻어주마는 바람에, 건몸 달아서[4] 술을 사다 준다, 고기를 사다 준다, 점심을 먹여야 하니 돈이 든다 하고, 없는 옷가지를 팔아가며 젊은 애 꽁무니를 한참 쫓아다니다가는 발라맞추는 양이, 세상에는 피난민 등쳐먹는 그런 생화도 있구나 하고 헛물만 켜고 나가자빠진 일이 있은 뒤로, 아내는 그때에 자기 옷만 판 것이 분해서, 말끝만 나면 오금을 박는 것이다.

"그야 안 나가고 버티면, 저번 안채 사람 모양으로 어디든지 몸 붙일 데를 얻어라두 주는 것이지."

"속 시원한 소리두 하슈, 그 여자 말요, 집을 얻어놓았는데, 정 안 나가거든 권리금을 내구 사서, 우리더러 내쫓고 옮겨 가라는 수작이라우. 권리금 낼 돈두 없지만, 앓느니 죽지, 저희가 못 내

4 건몸 달다. 공연히 혼자서만 애쓰며 안달하다.

쫓는 걸 우리는 무슨 재주루 돈 들여가며 내쫓구 가라는 거겠소."

아내는 남편이 술 먹는 이외에는 별로 불만 있는 것은 아니나, 다만 세상 물정에 등한하고 주변이 없다는 것이다. 쉽게 말하면 이 판에 미국 유학한 덕, 영어 잘하는 덕을 남보다 더 보아야 할 터인데, 겨우 대학에 시간 강사로 몇 시간 맡은 것밖에는 밤낮 죽치고 들어앉아서 세상 한탄이나 하고, 누구는 어떠니 싫고, 누구는 아무기로서니 그럴 줄은 몰랐다고 욕설이나 하는 것이, 인제는 귀에 못이 박히다시피 되어 싫었다. 누구보다 먼저 덕을 보아야 하겠다는 것은 다른 것이 아니라, 전쟁 통에 아무 까닭 없이 미국 출신이란 트집으로 두 번이나 유치장 신세를 지고 한 번은 미결감 한 번은 감시소라던가 하는 데에 갇혀 있다가, 해방 직전에 풀려나와서는, 울화에 떠서 술로 세월을 보내면서, 마침 소개疏開한다는 바람에 몇 칸 안 되는 집이나마 팔아가지고 외가의 연줄을 더듬어 강원도 철원으로 갔던 것이, 결국은 오늘날 파산의 장본이 된 것이다. 설마 삼팔선에 '토치카'가 서고 철원에서 엎어지면 코 닿을 서울이 여행권조차 얻을 수 없는 천리만리 외국이 될 줄은 꿈에도 생각 못 하였지마는, 세 식구가 빈 몸뚱이로 간신히 서울에를 기어 들어섰더라도 남과 같이 주변성 있게 서둘렀으면 아무려나 집 한 채 못 얻어걸릴 것이 아니었다고 부인은 분해하는 것이다. 그러나 생각이 어떻게 들어서 그런지, 난 벼슬하려 공부한 것이 아니다, 내가 통역하려 영어를 배웠던가 싶으냐 하며 꼬장꼬장한 소리만 하고 앉았으니, 전쟁 통에 그 고생을 하고 파산까지 하고서 이 지경으로 겨울은 닥쳐오는데 거리에 나앉게 된 것이 무엇 때문이었던가를 생각하면, 이 판에 무슨 큰 수는 못 나도 그 보충은 될 만큼 약게 놀아야 살아가지 않는가 하는 불평이 나날이 쌓여가는 것이다.

"그래 벼슬을 하고 통역을 하는 것은 건국에 이바지하는 도리가 아니오?"

이렇게 권고를 해도

"글쎄, 난 싫다는데 어쩌라는 거요?"

하고 눈을 곤두세우며 역정을 내는 것이었다.

"그럼 처자식을 거리로 나앉으라는 거요?"

하고 애원을 하면

"흥, 그야 제 팔자대로 살겠지!"

하고 코대답이다. 스물한 살 먹은 맏아들 놈을 병으로 내놓고 나서 소개를 한 뒤, 해방이 된 지도 일 년이 넘도록 종무소식인 것을 부부간에라도 아무쪼록 입 밖에 내지 않고 지내자니 더욱이 속이 썩어서 술만 마시려 들고 세상일이 귀찮아하는 듯싶다는 동정도 가나, "저의 팔자대로 살겠지!" 하는 그 말은 이런 데서 우러나오는 간국같이 쓰고 짠 소리일 것이다.

"그러니까 아까 그 색씨가, 이 채에 들려고 몸이 달아 그러는 게로군? 그래 그 색씨가 쥔마누라의 둘째 딸이란 말야?"

영수는 잠자코 술만 마시다가 한마디 한다. 주인마누라 말이, 자기 둘째 딸이 집에 몰려서, 이 뒤채로 들어오니까 어서 내주어야 하겠다는 말을 늘 들었기에 하는 말이다.

"글쎄요. 난 그 흑구자[5]가 안집 색씨의 시뉘구, 둘째 딸이란 것

5 흑귀자黑鬼子의 변한 말로, 흑인을 얕잡아 이르는 말.

은, 따루 있는 줄 알았더니…… 이 채에 와서 들 둘째 딸이란 것이 그것이라면 큰딸과는 애비가 다른 것인지!"

영수댁은 이런 소리를 한다. 이 집은 원체 일본 사람이 여관이거나 마치아이[待合][6] 같은 것을 경영하던 집인 듯싶은 크낙한 집인데, 미군이 쓴다고 해서 부랴부랴 내놓게 한 것인데, 급기야 와서 드는 사람을 보니, 기생퇴물 같은 똑딴 양장미인과 그 모친이란 오십쯤 된 중년 부인하고, 금옥이라는 열댓 살 된 계집애 년의 세 식구뿐이요, 안라는 주인의 동생이란 말을 무슨 말끝에 들은 법한데 하여간 여기 와서 자지는 않는다.

"아, 파닥지[7]를 보면 모르나! 아무러면 그 귀신 같은 것이 양장미인의 동생일 리는 없으니, 남편의 누인지 시눈지! 검둥이의 첩인지? 허허허."

영수도 안채의 양장미인을 힐끗 원광으로 한번 보고, 허어, 상당한 미인이라고 감탄도 하였지마는 주인이 어떤 작자인지 보지는 못하였어도 어느 놈의 소실이거니 하는 짐작은 든 것이다.

"그건 어쨌든 말눈치를 들으면 아마 미군들의 놀이터로 양요릿집이거나 호텔 같은 것을 만들겠다구 청을 해서 이 집을 맡아 냈나 봅디다."

"그야, 그렇겠지. 이 크낙한 집을 무엇에 쓰나. 하여간 이 뒤채는 우리에게는 똑 알맞은데……."

영수는 방 안을 새삼스레 휘 돌아다보았다.

하여간 앞채는 아래위층에 방이 열서넛은 되고 그중에 팔 조

6 일본어로 '대합실'의 준말. 여기서는 '유곽'을 의미함.
7 '얼굴', '낯'을 낮추어 이르는 말.

십이 조 하는 큰 방은 '댄스홀'이나 양식 식당으로 고쳐 꾸밀 수도 있고 장지를 떼어내면 얼마든지 넓게 쓸 수 있는 원체 요릿집으로 된 것이다. 이북에서 온 사람이 길이 좋아서 맡아놓고도 자본을 끌어내지 못하여 미루미루하다가 한 가구 두 가구 면에 못 이겨 피난민을 들이기 때문에 지금은 다다미가 엉망이 되었으나 외국인을 상대로 영업을 한다면 그까짓 것이 문제가 아니다. 이 뒤채는 원체 일인이 살 때에 늙은 주인의 거처였던지 팔 조 사 조 반에 온돌이 하나 있고 온돌에 달아서 아궁이 쪽으로 사랑 부엌 같은 것이 한 평가량 달려 있으니 부엌으로 넉넉히 쓰고 있는 터요, 변소까지 있다. 영수는 서울 올라와서 올봄까지 셋방으로 전전하며 고생을 하다가 요행 연줄이 닿아서 올 초봄에 힘에는 겨우건마는 세 식구 살림에는 똑 알맞아 그때 시세로는 비싼 줄 알면서도 이천 원씩 세를 내고 쫓겨나간 전 주인에게 얻어 든 것이었다.

"그러나저러나 인제는 떠날 집까지 얻어 바쳤다는 핑계가 또 하나 생겼으니 더 부쩍 들쌀 텐데 이걸 어떡한단 말요?"

이런 소리를 들으면 영수는 가뜩이나 막걸리 같은 시큰한 술맛이 더 없어졌다.

"바깥주인이 누군지나 알면 맞대놓고 담판이라두 하련마는……."

영수는 입맛을 쩝쩝 다시고 앉았다.

"떠나온 지 벌써 보름이나 돼야 낯두 코빼기나 볼 수 있기에요. 자기 본집이 있고 며칠만큼씩 와서 자는 모양인데 마루 끝에 구두가 놓인 날두 얼굴을 뵈지 않구 색씨두 밤낮 싸지르는지 꼼짝 않구 들어앉았는지 좀체 눈에 안 띕니다."

아내는 저녁때 물을 길러 들어가 보면 하루걸러 이틀 걸러큼씩 엉정벙정하고 술들을 먹고 놀기도 하는 모양이나 원체 넓은 집이라 어디서들 노는지 주인의 방이 어디인지 알 수가 없다 한다.

동리 사람과 교제가 없으니 밖에 평판은 무어라는지 알 길 없고 부엌에서 물을 길으면서 금옥이란 년에게 물어보면 주인이 간혹 미국 손님도 데리고 와서 놀고 간다 하나, 그 외에는 저도 사실 모르는지 주인의 단속이 도저해서 입을 봉하는지, 기가 나서 내평을 알자는 것은 아니나 좀체 말이 없고 드나드는 여자들은 뭐시깽이들인지 알 수가 없었다.

"잘못하다가 매음굴에 들어앉은 셈쯤 되지는 않을지?"

남편의 이 소리에 아내는

"설마! 사람들은 조촐하던데."

하면서도 웃어버리는 양이 속으로는 그런 의혹도 없지는 않은 모양이다.

"하여튼 모리배의 소굴로도 괜찮고 강도단 도박단의 소굴로도 십상일 거라. 그 요염한 미인의 얼굴을 보면 '지고마'[8] 단의 여왕감으로 꺽말없을[9] 거라."

남편이 이런 소리를 하니까 아내는

"듣기 싫소. 무서운 소리 그만하슈."

하고 눈살을 찌푸렸다.

하여간 누가 있으라는 것은 아니지만 나이 차가는 딸을 데려

8 프랑스 탐정 소설의 주인공. 신출귀몰하는 악한으로 1911년에 영화화되어 유명해짐.
9 썩 잘되어 더 말할 나위 없다.

왔는데 이런 구석에서 좋지 못한 꼴이나 보이고 들어앉았기가 하루가 민망하게 싫고 불현듯이 떠나고 싶었다. 그러나 이런 일이 있은 뒤로 영수 부인이 물을 길러 들어가도 주인마누라가 그전같이 그리 실쭉해하는 내색도 보이지 않고 딸이란 미인도 간혹 눈에 띄면 좋은 낯으로 인사를 하게 되었다. 집 사단도 요새 며칠은 그리 조르지 않고 '흑구자'가 나중에 의논하자던 초동 집 문제도 아무 소식 없고 말았다. 보배 모친은 인제 아마 차차 영어 덕을 보나 보다 하는 생각을 하며 웃었다.

3

이른 저녁때다. 보배가 학교에 다녀오다가 이 집 문전에 와서 보니 미군 트럭이 한 채 놓이고 인부 두셋이 안락의자며 테이블이며 세간짐을 내려놓기에 부산하다. 또 무슨 세간짐이 오나 싶었다. 힐끔 보기에도 보통 조선집 세간은 아니요 어떤 양관洋館의 응접실을 그대로 옮겨오는지 훌륭한 응접세트다. 안락의자가 대여섯, 찬란한 무늬 있는 우단 소파(장의자)가 두엇, 번쓸번쓸한 큰 테이블이 두엇이요, 둘둘 만 양탄자까지 있다. 탁자니 화병이니 전기스토브니…… 보배는 서양 잡지의 그림에서나 보던 사치스러운 제구들이다. 보배는 저런 것을 사자면 지금 시세로 아마 한 십만 원은 할 거라는 생각을 허턱대고 하며 옆 골짜기로 꼽들어 뒷문으로 들어오려니까 마당에 주인집 딸이 모친과 서서 이야기를 하다가 반색을 하는 눈치다. 한 지붕 밑에서 살건마는 서로 대면할 기회도 없고 이러한 뒤채에는 발그림자 하나 하지 않던 눈이 부실 듯한 이 미인이 섰는 것을 보니 보배 생각에는 진객이나 온 듯싶이 반갑기도 하고 부끄러운 생각도 든다. 학생복에 너절한 외투를 걸친 자기 주제를 내려다보면 이 미인은 자기와는 저만치나 떨어진 딴 세상 사람 같다.

"마침 잘 왔다. 너 이거 좀 봐드려라."

모친은 마루 편으로 돌쳐서는 딸에게 뒤에서 말을 건다. 보배가 마루에 책보를 놓고 돌아서니까 주인 딸은 위에 입은 스웨터 포켓에서 착착 접은 편지 같은 종이쪽을 꺼내 들고 다가온다.

"미안하지만 이것 좀 보아주세요."

생글 웃어 보이는 양이 저번 '흑구자'와는 딴판이다. 아무려니 이 여자는 살결이 희니 백인종에 가깝고 흑구자는 역시 흑구자기 때문은 아니리라. 보배는 종잇조각을 잠자코 받아서 펴본다. 이렇게 씌어 있다.

사랑하는 미스 리.

어제는 고맙고 미안하였습니다. 말씀하신 응접세트를 보내드립니다. 유쾌한 방을 꾸미실 줄 압니다. 영업상 필요한 것이 있으면 사양 말고 알려주시오. 내일은 점심때 찾아주셨으면 합니다. 오정까지 기다리겠습니다.

당신의 진실한 벗, 리처드슨.

보배는 그러면 그렇지 그 훌륭한 양가구를 돈으로야 샀으랴 하는 생각을 하며 번역을 하여 들려준다.

"사랑하는 미쓰 리……."

보배는 '사랑하는'이란 말이 선뜻 입에서 아니 나와서 그만두어버릴까 하다가, 그거야 서양 사람의 편지투에 보통 쓰는 말이니 계관할 것이 무어 있으랴 하는 생각으로 학교에서 독본 번역하듯이 기계적으로 읽으면서도 귀밑이 뜨뜻해지는 것을 깨달았다. 앞에 섰는 미인의 얼굴도 살짝 발개졌으나 그것은 한순간에 지나지 않았다. 도리어 가만히 귀를 기울이고 섰는 이 여자의 얼굴에는 반기는 듯하고 흡족해하는 화려한 웃음까지 떠올라 왔다.

다 읽고 나니까 이 미인은 편지를 받으며 그래도 좀 열적은 듯이 웃으며

"고맙습니다. 이 '리처드슨'은 바깥양반 친구인데 어제 우리 집에 놀러 왔다가 방에 아무 치장도 없는 것을 보고 접수해둔 양가구가 있으니 갖다가 쓸 테거든 쓰라구 보내준 거예요."
하며 변명 삼아 양가구의 내력을 설명하는 것이었다.

"헤에, 그거 좋군요."

모친은 얼마나 좋은 것인지 보지도 못하고 허청대고 대꾸를 하여준다. 이 부인도 딸의 입에서 '사랑하는' 어쩌고 하는 소리가 흘러나올 제 에구 망측스러워라 하고 주름살 진 얼굴이 붉어졌던 것이다. 도대체 그러한 편지를 딸에게 번역을 시키게 한 것이 잘못이라고 하였으나 이것도 집 없는 탓이니 어쩌는 수 없다고 속으로 혀를 차는 것이다.

"어머니, 그 색시 남편이 있나요?"

안집 색시가 들어간 뒤에 보배는 모친을 따라 방으로 올라오며 이런 소리를 한다.

"아, 그럼 남편 있지. 왜 편지에 무어라구 했던?"

"글쎄 말예요. 편지에 '미쓰'라고 한 것은 처녀에게 쓰는 말인데요, 지금 또 색시 말을 들으면, 바깥양반 친구니 어쩌니 하니 말이죠……."

보배는 그 색시가 서양 사람에게는 처녀 행세를 하는 것인지, 리처드슨이 '미세스'라고 쓸 것을 잘못 쓴 것인지 어정쩡해하는 것이다.

"누가 아니. 처녀거나 갈보거나 아랑곳할 것두 없지만, 아마 첩인가 보더라."

이 말은 전부터 들은 말이다.

"옷 입은 맵시가 딴은 그래요. 하지만 기생인지도 모르죠."

"그두 모르겠지만 그 어머니란 이가 얌전한 여염집 아낙네인 걸 보면 기생퇴물 같진 않구……."

모친은 딸에게 그 꼴을 보이기도 싫고 이러니저러니 입초에 올리기도 싫으나, 대체 본탈이 무엇인구 하는 호기심은 모녀가 똑같이 가지고 있는 것이다.

보배는 제 방에 들어가서 옷을 갈아입고 책보를 풀고 하면서도 지금 본 편지 사연이 머리를 떠나지 않았다. 얼른 보기에는 아무런 사연도 없고, 물건을 보낸다는 말과 점심에 초대를 하듯이 내일 만나자는 말에 지나지 않으나, 남편과 친구라면서, 남편은 어째 아니 청하누? 하고 그 '미쓰'란 말과 같이 역시 보배에게는 알 수 없는 일이요 짐작이 잘 나서지를 않으니만치 궁금하다.

'마이 디어 미쓰 리!'라는 첫 구절을 생각하면 훤칠한 코 큰 남자가 자그마한 이쁜 색시의 등을 툭툭 치는 양이 보이는 듯도 싶지마는, 어제는 고맙고 미안하였다는 말이, 남편이 어제 집에 데리고 와서 대접을 한 치사라고 아까 그 색시는 변명을 하였지마는 요새 며칠은 안채에 손님이 온 기척도 없었고 위아래층에 전등불이 캄캄히 꺼져 있었는데 그런 거짓말은 왜 하는지 그 역 알 수 없다.

보배는 대관절 그런 편지를 받는 여자의 마음이 어떨까 하는 생각도 하여보았다. 남자에게서 편지라고 받아본 일이 없는 보배는 징그러운 생각부터 든다. 그러나 또 한편으로 그런 남자의 편지, 아니 남자의 편지는 아니라도, 사랑하는 동무가 있어서 편지를 주거니 받거니 하며 재미있게 지내보았으면 하는 충동도 깨닫는 것이었다.

보배는 다른 때 같으면 벌써 숙제장을 펴놓거나 영어책을 들고 나섰을 터인데 오늘은 책상 모퉁이에 멀거니 앉아서, 저고리에 솜을 두고 있는 모친의 손길만 바라보고 있다.

"어머니, 참 정말 요리점이고 뭐고 개업을 하나 보죠?"

'리처드슨'이란 자의 편지 사연이 또 머리에 떠올라서 보배는 불쑥 이런 소리를 꺼냈다.

"응, 참 그 편지에도 그런 말눈치지?"

모친은 이렇게 대꾸는 하면서도 안집 이야기는 딸과 하고 싶지 않았다.

"요릿집을 차리고 갈보나 들끓고 하면 시끄럽구 챙피해서 어떻게 있에요."

보배는 눈살을 찌푸린다.

"내 말이 그 말이다! 어쩌면 이렇게 빽빽할 수가 있니!"

바느질을 붙들고 앉은 모친은 한숨을 내리쉰다.

"그래두 아버지께서 나스셔서 서둘러보시면 적산 집은 하나 걸리련마는……."

"애, 그런 꿈같은 소리는 하지두 마라. 아버지 수단에 그 좋아하시는 약주 한잔인들 공짜가 걸린다던! 그런 주변성 없는 이는 처음 봤으니까……."

모친은 부친의 주변 없는 이야기를 하기 시작하면 신이야 넋이야 하는 것이다.

"그런 말씀 마슈. 그럼 노인네가, 술잔이나 얻어 자시구 꿉적꿉적하구 다니셨다면 어쩔 뻔했겠에요."

보배는 부친이 모친을 꼬집는 소리를 하면, 모친의 역성을 들고, 모친이 부친에게 몰이해한 소리를 하면 부친 편을 드는 중립파였다. 모친도 딸의 말이 그럴싸하면서도

"세상에 늬 아버지같이 꼬장꼬장한 양반이 어디 있니! 물이 맑으면 고기가 없는 법야."

하고 핀둥을 준다.

"흐린 물에는 송사리는 꼬일지 몰라도, 큰 고기는 바다의 맑은 물속에 놀죠!"

하고 보배는 생글 웃는다.

그 역 일리가 있다고 모친은 생각하며

'딸이 벌써 자라서 그런 소리를 하게 되었나?'

하고 신통한 듯이 웃는 낯으로 쳐다본다. 그러나 자기 남편 같은 성미로 남에게 잘 째지를 못하니 평생 고생이라는 생각이 늘 있는 것이다.

4

모친은 저고리에 솜을 다 두어서 어느 틈에 뒤집어가지고 안섶에 코를 빼고 도련에 인두질을 치고 나더니 착착 개켜서 인두판에 얹어 밀어놓고는 일어선다. 저녁밥을 지으러 부엌으로 내려가는 모양이다. 보배도 따라 일어섰다.

"넌 왜 나오니? 어서 공부해라."

다른 때 같으면 보배는 상을 물린 뒤에 설거지나 하고 부친의 손님이 와서 약주 시중이나 들게 되어야 부엌에 내려가는 것이지만 오늘은 어쩐지 마음이 뒤숭숭한 한편에 집 걱정에 팔려서 공부할 생각이 아니 나기에 따라나선 것이다.

"이리 주세요. 제가 씻지요."

모친이 씻으려는 쌀 이남박[10]을 보배는 씻었다. 요새 배급 쌀이라는 것이 하도 돌멩이가 많이 섞여서 부친을 위하여 오백 원이나 주고 소꿉 같은 이남박을 샀지마는 세 식구 한 끼니 양식이래야 요 조그만 이남박의 바닥에 붙었다. 불과 서너 줌밖에 안 되는 쌀을 들여다보며 요까짓 쌀 때문에 모친은 배급 날이면 어둑어둑해 일어나서 배급소 앞에 나가 떨고 섰다가 오늘은 배급을 주느니 안 주느니 하고 들락날락하는 것을 생각을 하던 보배는 씻던 쌀을 들여다보며 손을 쉬고 가만히 앉았다. 그나마 세 식구가 큰 양도 아니건마는 배를 곯리고 한 달에 부족한 소두 한 말을 사들이려고 모친이 애를 부덩부덩 쓰는 양을 생각하면 기가 막

10 안쪽에 여러 줄로 고랑이 지게 돌려 파서 만든 함지박. 쌀을 씻어 일 때에 돌과 모래를 가라앉게 함.

혔다. 쌀 통장에 유령 인구 하나 못 넣은 것을 보면 주변 없기로는 부친만 나무랄 것이 아니라 세 식구가 매한가지지마는, 또 한편으로 생각하면 그까짓 것 더럽게 세상을 그렇게 살면 무얼 하나 싶은 생각도 든다. 남의 앞에 어엿하니 마음이 언제나 가뜬하여 좋지 않으냐는 생각도 든다.

보배가 밥을 안치고 물 대중을 보아달라 하여서 모친이 찌개를 마련하다가 솥을 들여다보려니까 부엌문 밖에서

"계시오?"

하는 곱살스러운 목소리와 함께 문이 바스스 열린다. 안채의 딸이 또 나왔다.

해죽 웃으며

"벌써 저녁 지세요?"

하고 들어온다. 손에는 무엇인지 종이갑을 들었다.

"어서 오슈."

모친은 속으로는 어쨌든지 웃는 낯으로 알은체를 하였다.

"아이구 학생 아가씨가 밥을 지으시는군요."

색시는 인사성 있게 말을 붙인다. 스물세 살을 먹도록 밥이라고 몇 번이나 지어보았을지. 더구나 살림 들어앉은 뒤로 부엌에 내려와 보는 일이 없는 이 평민적 공주 아가씨의 눈에는 여학생의 밥 짓는 양이 신기해 보이는 모양이다.

"이건 변변치 않은 것이지만 장난삼아 맛보세요."

하고 안집 색시는 손에 든 과자갑을 마루 끝에 내어놓는다. 영어로 쓴 마분지갑을 보면 '초콜릿'이나 '드롭스'인 모양이다.

"그건 뭐라구…… 그만두슈…… 우린 그런 서양 것 잘 먹을

줄두 모르구…… 갔다가 노인네나 드리슈."

"아녜요. 집에는 그런 것이 생겨두 아이들두 없구…… 학생 아가씨 주세요."

속눈썹이 긴 반짝이는 눈에 웃음을 머금어 보이며

"학생 아가씨 좀 놀러 오슈. 저녁에는 더구나 아무도 없구 쓸쓸할 지경예요."

하고 보배에게 이따라도 저녁 먹고 놀러 오라고 다지고 나간다. 보배는 웃어만 보였다.

"어쩌면 얼굴이 그림같이 곱고 그렇게 예쁠까요!"

보배는 안집 딸이 나간 뒤에 아궁이에서 타 나오는 불을 디밀며 이렇게 얼굴을 칭찬한다. 갸름한 판이 어느 한구석 흠잡을 데가 없이 너무 꼭 째어서 어떻게 보면 얄밉상스럽기도 하나 원체 천성이 고운지 붙임성이 있고 귀여운 맛도 있어 보이는 얼굴이다.

"얼굴만 반반하면 뭘 하니? 그 얼굴 땜을 하느라고 팔자가 센 거 아니냐?"

보배는 팔자가 세다는 뜻이 무엇인지도 자세히 모르겠고 그 여자가 어째서 팔자가 세다는 것인지 알 수는 없으나 이왕 여자로 태어난 바에는 그렇게 이뻐봤더면 하는 부러운 생각을 어렴풋이 하며 과자갑을 들어서 영자를 들여다보려니까 모친은 끓는 찌개 맛을 보다가

"그것두 영어 덕이로구나!"

하고 웃는다.

"두 번씩이나 번역을 해준 인사겠지마는 아이년을 시켜 보내도 좋을 것을 손수 가져오구 너더러 놀러 오라구 하는 품이 너하

구 친하자는 모양이라. 그러다가 서양 사람이 오면 너를 불러내서 통역이라도 해달라지 않을지 모르겠다."

모친은 슬며시 딸더러 들어두라는 듯이 이런 소리를 한다.

"통역은 내가 회화를 할 줄이나 알게요!"

보배는 부친 덕에 간단한 회화라도 못하는 것은 아니지마는 설마 그런 여자의 서양 사람 교제에 통역을 써줄라고! 하는 생각이다. 그는 고사하고 '리처드슨'인가 하는 사람이 내일 만나자 하였으니 그런 사람을 만나면 손짓 눈짓으로 반벙어리 행세를 할 것을 생각을 하고는 혼자 웃었다.

"무언가 좀 뜯어보려무나."

어린애가 없고 규모로만 사는 이 집에 '캔디'니 '초콜릿'이니 하는 것이 생전 들어와 본 일도 없는지라 모친도 구경이나 하고 싶은 모양이다. 보배가 과자갑을 다시 들어서 거죽에 싼 '파라핀'지를 뜯으려니까 밖에서 "음!" 하고 부친이 들어오는 기척이 난다.

보배는 뜯던 과자갑을 든 채 부엌문을 열고 뜰로 나섰다. 모친도 뒤따라 나왔다.

"그건 뭐냐?"

부친은 보배의 손으로 먼저 눈이 갔다.

"안에서 내온 과자예요."

"흐응…… 그건 어째?"

하고 영수는 아내에게로 눈을 돌린다. 오다가 선술집에라도 들렀는지 주기를 띤 낯빛이다.

"어디를 가셨다가 이렇게 늦으셨소?"

"응, 오다가 뉘게 끌려서 빈대떡집에 들어가 보았지."

빈대떡집이란 선술집 같은 데인 모양이다. 빈대떡을 몇 조각이나 먹었는지, 영수는 매우 신기가 좋았다.

"좋군요. 소원을 푸셨으니……."

마누라도 실없이 웃었다.

"소원이라니? 소원이 빈대떡이란 말요?"

영감은 다리가 따분한지 유리창이 열린 마루에 가서 걸터앉으며 껄껄 웃는다.

"늘, 공술 한잔 안 걸린다구 하시기에 말이죠."

마님은 부엌문 앞에 세워놓은 빗자루를 들고 와서 마당 앞을 쓴다.

"아무러면 내가 그런 소리를 했을까. 세상에 공게 어디 있을라구."

"주변 없는 영감이나 공게 없지, 신문만 봐두 세상 것이 모두 공짜 같습디다요."

"마누라두 인젠 늙었군! 그따위 천착한 허욕만 늘어가구……."

영수는 구두끈을 풀고 마루로 올라선다. 보배도 손에 들었던 과자갑을 유리창으로 들여놓고, 시중을 들러 뒤따라 올라갔다. 영수는 모자와 외투를 벗어서 딸에게 주고 선들한 맛에 다시 마루 끝에 주저앉으며 과자갑을 들어 '레테르'에 쓴 영자를 들여다본다.

"이건 누가 가져왔니? 누가 왔었소?"

"오긴 누가 와요. 들여다보는 사람두 없지만, 생전 가야 사탕 한 알갱이 먹어보라구 갖다 주는 사람 못 봤어."

마누라는 모은 쓰레기를 쓰레받기에 긁어 담는다.

"내, 이렇게 공거 좋아하는 것 봤나!"

하고 영감은 웃다가

"응, 저기서 내온 거로군?"

하고 영수는 인제야 알았다는 듯이 안채에 대고 턱짓을 해 보인다.

마나님은 잠자코 쓰레기를 내다 버리고 나서, 부엌에 들어가 끓는 찌개를 보고 나온다.

"그건 왜 내왔을꾸?"

영수는 저리 밀어놓은 과자갑을 또 한 번 돌려다 본다. 집을 내놓으라고 들겻질을 하는 판이요 음식을 서로 주고받고 하는 터도 아닌데, 안집에서 별안간 무슨 마음 먹고 그런 것을 주었을까, 하는 약간의 호기심도 있고, 어느 틈에 여편네끼리 사이가 좋아졌나 싶어 그것이 궁금한 것이었다. 안에서들 친해져서 대립관계가 다소라도 완화되었다면, 당장 거리에 나앉는 수는 없으니 싫어도 삼동을 예서 나게 될까 하는 일루의 희망이 없지 않은 것이다.

"그야말로 공짜가 어디 있습디까?"

마님은 영감의 구두를 치우고 마루 끝에 앉으며 대꾸를 한다.

"그럼 왜?……"

마님은 사내가 그까짓 것쯤 본체만체할 일이지, 잘게도 묻는다는 듯이 잠깐 잠자코 있다가

"그것도 영어 덕이라우. 우리는 영어 덕두 고작해야 그런 것밖에 더 걸린답디까!……"

하며, 또 영어 덕을 쳐들며 코웃음을 친다.

"흠…… 그건 또 무슨 소리야?"

영감은 눈살이 찌푸려졌다.

"재가 또 편지를 번역해주었다우. 쥔 딸이 제게 온 영어 편지를 가지고 나와서 읽어달래서 번역을 해주었더니, 그 인사루 지금 손수 가지구 나왔구먼……."

"흠…… 무슨 편진데?"

영감의 낯빛은 좀 더 흐려졌다

"정말 무슨 구락분지 요릿집인지 꾸미나 보더군요. 조금 전에 서양 사람한테서, 훌륭한 양가구를 한 트럭 실어 오구, 그걸 받으라는 편진데, 어떤 놈팽인지 내일은 제 집으루 와달라는 그런 편진가 보던데……."

"흠……."

세 번째 '흠'에는 영감의 입귀가 뒤틀리며, 눈에 모가 났다. 마나님은 좀 점직한[11] 생각이 들어서 영감을 달래듯이

"저두 그런 편지를 읽어달래 놓고 부끄러운 생각이 들었든지, 입을 막느라고 그런지, 이때껏 얼씬두 안 하던 이쁜 아씨가 손수 그걸 들고 나와서 살살대며 보배더러 놀러 들어오라 하구 친하자는 눈치군요."

하며 마나님도 그러는 동안에는 집 내놓으란 성화가 식어질까 하는 생각에 웃음이 떠오른다.

"그까짓 것들하구 친해서는 무얼 해……."

영수는 침이나 탁 뱉듯이 한마디 내던진다.

11 부끄럽고 미안하다.

“……그 애하구 상종을 왜 하게 하더란 말요. 자라는 계집애년에게 그따위 편지를 읽어주라는 마누라가 딱하지!”

영수는 역정을 와락 낸다.

“그럼 어쩌우? 모르면 하는 수 없지만, 뻔히 아는 것을 모른다나. 이런 처지가 아니라두 그만 부탁을 안 들어줄 수 없는데, 어떻게 차차 그렇게 해서 매일 같은 그 성화나 면하게 되면 좋지 않은가…….”

마나님은 무심코 한숨이 나온다.

“이런 처지란 어떤 처지란 말요? 딸자식을 시켜 그따위 년놈의 그런 더러운 편지 쪽이나 번역을 시켜가며, 사탕 알갱이나 얻어먹고 앉았어야 할 처지란 말야?”

주기가 있는 벌건 얼굴이 퍼레지니까, 흙빛같이 되며, 눈을 까뒤집고 대든다.

“그건 누구 탓이오? 입찬소리 그만하구, 그런 처지가 안 되게 만들어놓구려.”

마나님도 맞서며 벌떡 일어나서 댓돌 위에 피헤 섰다.

“무어 어째? 이게 무언지나 알구 이야기요? ……이게 어떻게 생긴 것인지나 알구서 말을 해요!”

영수는 과자갑을 들어 내어밀며 당조짐을 한다.

“……그래 이걸 딸자식에게 먹여야 옳단 말야? 보배 입에 들어가는 것을 보고 앉았으란 말야?”
하는 소리와 함께, 휙 하더니 과자갑이 땅에 털썩 떨어지는 소리가 난다. 그 소리와 함께 영수는 홀쩍 자기 서재로 들어가버린다.

어슴푸레해가는 초겨울의 푸른 하늘은, 드높고 수정알 눈동자처럼 맑았다. 사방이 괴괴하고, 햇발이 진 쓸쓸한 마당에 마나님은 얼이 빠진 듯이 섰다가 과자갑을 먼 광으로 찾아보니, 칸 반 틈쯤 격한 차면 너머로 굴러떨어진 것이 차면 밑으로 보인다.

마나님은, 안에서 누가 보지나 않을까 하는 선뜻한 생각이 들면서 가만가만히 집으러 가려니까, 방에서 발자취를 죽이며 나오던 보배의

"어머닌……."

하고, 눈을 찌푸린 소리가, 옷자락을 잡아당기듯이 뒤에서 난다.

그래도 보배 어머니는 도적질이나 하러 들어가듯이, 흘끔흘끔 안채를 엿보며 발소리를 죽이고 가서 과자갑을 집어 들고 단걸음에 나왔다.

"에이 그건……."

보배는 모친이 더러운 것이나 만지는 듯이 또 눈살을 찌푸린다. 모친의 거동이 천덕구니같이 보여서 더 싫었다.

"그럼 어쩌니! 누가 물건이 아까워서 그러니? 먹는 데 더러워 그러니? 내가 아쉬니까 그렇지! 당장 내쫓기면 갈 데가 어디냐? ……이 과자갑을 제 울안에서 보고, 가만있을 사람은 누구요, 그 마음은 어떻겠니? 남 욕을 뵈두 체면이 있지……."

모친의 말에도 고개가 숙었다. 보배는 소리 없이 한숨을 지으며, 어두워가는 마루 끝에서 언제까지 먼 산을 쳐다보고 섰다.

—《해방문학선집》, 종로서원, 1948.

임종

1

"의사가 없으면 약이라두 지어 올 일이지, 사람이 성의가 없어."

침대 위에 간신히 부축을 하여 일어나 앉은 병인은, 만경에 빠진 사람 같지도 않게 의식이 분명하고, 숨결은 차지마는 말소리도 또랑또랑하다. 병인은 어제부터 새판으로, 입원하기 전에 대었다가 맞지 않는다고 물린 한의를 병원 속으로 불러오라는 것이었다. 그것도 다른 사람은 다 제쳐놓고 자기의 병 증세를 잘 이해하고, 의사와 수작이라도 할 만한 아우 명호더러 꼭 가라는 것이었다. 그러나 어제 오늘 두 번을 갔다 오면서 의사가 시골에 출장을 가서 못 만났다고 약도 못 지어가지고 오는 것을 보니, 톡 건드리기만 하여도 끊어질 듯한 신경만 날카로운 병인은, 자기를 속이는 것만 같고 주위의 모든 사람이 의심스러운 판이라 화를 내는 것도 무리가 아니었다.

"어서 퇴원부터 하시고 의사는 있다 저녁때 불러오기로 하죠."

오늘도 부쩍 더워진 날씨에 전차를 타기도 어중된 거리라, 걸어서 왕복을 하느라고 땀을 뻘뻘 흘리며 병실에 들어선 명호는, 웃통을 벗어놓고 땀을 들이며 찬찬히 병인을 달랬다. 오늘 해를 넘길지 모르는 병자에게, 성의가 없다는 말을 들으니 몹시 섭섭하고 미안한 생각도 들었으나, 어쨌든 한약 첩쯤 급한 것이 아니라, 예정대로 퇴원을 어서 시켜야 하겠는데, 또 딴소리가 나올까 보아 어린아이 달래듯 달래려는 것이었다.

"퇴원은 무슨 퇴원, 약이라도 지어가지구 나가야지 이대루 나갔다간 당장 숨이 맥혀 죽어!……"

남의 고통은 조금도 몰라주고, 성한 사람들이 저의 대중만 치고 저의 형편 좋을 대로만 하겠다는 것이 화가 나서 역정을 와락 내어보았으나, 숨결이 또다시 되어지며 말은 입속에서 어룸하여져 버렸다. 병자는 성한 사람들의 자기에게 대한 동정과 성의가 부족하다고 늘 불만으로 여기는 모양이었다. 그것은 동정이 한편에서는 아름다운 것이나, 한편에 있어서는 비굴한 것이라는 것을 생각할 여지도 없이, 육체의 고통이 극도에 오를수록 모든 사람이 부족하게 구는 것만 같고, 자기를 돌려내고 민주를 대는 듯싶어 고까운 생각이 늘 떠나지를 않는 것이었다.

퇴원 놀래[1]는, 급한 고비는 넘겼으나, 인제는 아마 길게 끌리라는 의사의 말을 듣고 벌써부터 나온 문제인데 병자의 반대로 미루미루하여 오던 것을, 어제 한약을 먹겠다는 말끝에 거기 따라 명호가 부쩍 우겨서, 당자도 찬성을 하게 된 것이었다. 정신이 말짱할 때는 옆의 사람이 송구스러울 만치 입원료가 더껍더껍 많아지는 걱정도 하고 죽은 뒤의 장비 마련까지 하던 사람이, 병세가 차차 침중하여지고 육체적 고통이 시시각각으로 볶아쳐대니까 이런 생각 저런 생각 다 잊어버리고, 덮어놓고 병원에만 있겠다고 고집을 부리던 것이었다. 그것은 병원에 누었댔자 별수가 없는 것은 자기도 모르는 것이 아니지마는, 다만 하나 주사를 못 잊어서 그러는 것이었다. 하마터면 뇌일혈로 인사불성에 빠질 뻔한 것을 백지장 한 겹 지간에 요행히 붙들어서 한약으로 머리의 피를 내려앉게 하여는 놓았었지마는, 한 달 전에 입원할 때 이백 얼마라는 혈압을 오륙십 그램씩 두 번이나 쥐어짜듯이 하여 피를 빼고, 무슨 주사인지 미국 치를 비밀 가격으로 사들여다가 연거푸 놓고 한 덕에 간신히 부지를 하여온 머리 속이요 심장이다. 거기다가 신장염이 겹들어서 부증이 들쭉날쭉하다가, 어쩐둥하여 부기가 내리고 구미가 붙기 시작을 하여 한동안 수미愁眉를 폈던 것이나, 지금 와서는 완전히 마취제와 강심제의 농락으로 꺼져가는 등잔의 심을 돋우고 돋우고 하는 것밖에 아무것도 아닌 것뿐이었다.

"전쟁이 끝나고도 약이 없어 죽다니! 하기야 돈이 없지, 약이 없겠나!"

병인은 목에 걸리는 소리로 이런 한탄도 하던 것이었다. 하여

1 논래. 여기서는 '논의論議'의 뜻으로 보임.

간 주사를 만날 놓아야 모르핀의 진통제나 강심제 따위로는 병근을 건드리지도 못하는 것쯤은 번연히 알면서도, 그 주사나마 못 맞으면 당장 숨이 질 것 같으니 병원을 못 떠나겠다는 것이었다. 네 시간만큼씩에 놓던 것이 세 시간 두 시간으로 단축이 되고 나중에는 가슴이 타오르고 빼개질 듯이 조비비듯 할 제는 오밤중에라도 조르고 보채고 아귀다툼을 하다시피 하여 한 대 맞고 나면, 가슴이 후련히 툭 터지고 옥조이던 사지가 느른히 풀리는 그 신통한 맛이란 감칠 듯하여 아편쟁이의 주사란 것도 이래서 못 떨어지나 보다고 생각하곤 하는 것이었다. 그러나 급한 고비를 넘기고 본정신이 들면은 이래서는 안 되겠다! 인제는 다만 하나 한약을 다시 먹어보는 길밖에 없다는 생각이 불현듯이 드는 것이었다. 기구가 있으면 주사약을 한 상자 간호부에게 들려가지고 나가서 급할 때마다 주사로 숨을 돌려가면서 한약을 써보고 싶으나, 그럴 형세가 못 되고 보니, 한약을 먹으러 나가기는 나가겠으되, 그러면 주사 대신에 숨이 지려 할 때 붙들어 주는 즉효가 나는 한약을 지어오라고 어린아이처럼 보채는 것이었다.

"염려 마세요. 주사는 아침저녁으로 K 선생이 댁에 가서 놓아드리마니까……."

이렇게도 안위를 시키고 달래었다.

그러나 집안사람들은 병인의 그런 사정은 생각할 여지가 없었다. 병원에서 객사를 시킬 것이 싫어서 그런 것도 아니요, 다만 어서 집으로 나가서 운명을 시켜야 초상을 치르기가 편하다는 타산만으로 서둘러대는 것이었다. 병원에서 치르는 것이 도리어 비용이 덜 들겠다는 뒷공론도 있었으나, 집안 식구가 거산을 할 것이요, 더 고생일 것이라 하여 병인이 퇴원하여준다는 것만 다행하여들 하였다. 사실, 저의들 성한 사람의 사정만 생각한다고 병인이 불평인 것도 그럴듯한 말인지 몰랐다. 그러나 병이 이미 기울어져서 산 사람과의 교섭이 차츰차츰 멀어져가니 정성이나 애정이 한 꺼풀 두 꺼풀 벗겨져 가고 엷어져 가는 것도 어쩔 수 없는 모양이었다. 집에서 한 달, 병원에서 한 달, 두 달을 두고 잠시 한때 옆에서 떠나지를 못하게 하는 아내도, 이제는 진력이 나서 어서 나가고만 싶어 하였다. 또 요행 이 고비를 넘긴다 하더라도 이러한 늙어가는 이의 병이란 대개 중풍으로 누워 있게 되기가 십상팔구이니 그렇게 되면 없는 살림에 서로 못할 노릇이요, 한 달에 이삼만 원 하는 입원료를 무엇으로 대어나가느냐는 걱정부터 앞을 서는 것이었다. 가장을 잃으면 어린것들과 노두[2]에 방황하겠다고 애를 부덩부덩 쓰고 지성껏 병구원을 하던 것도, 아직 든든한 생활력이 남아 있고, 그래도 회춘할 일루의 희망이 있을 동안이었다. 산 사람이나 당장 내일부터라도 먹고살아야지 하는 태산 같은 걱정이 앞을 가리니, 다만 남는 것은 인연이라든지 의리나 체면뿐이었다. 그러나, 앓는 사람은 그럴수록에 동정과 애정과 성한 사람의 성의에 매달리려고 애원하는 것이요 역정을 내는 것이었다.

2 길거리.

2

성한 사람의 정성이 부족하여가거나, 저의들의 사정만을 생각하거나 말거나, 정신이 말짱하고 원체 체력이 든든하던 병인은, 지치고 살이 야위기야 하였지마는, 좀체 자기가 그렇게 쉽사리 훌꺽 넘어가리라고는 생각지 않았다.

"큰 산소의 아버니 옆에 내가 들어갈 자리는 하나 넉넉히 되지마는 장비는 터무니없고, 이런 세대에 무어 볼 거 있소. 간략히 화장을 해서 뼈나 갖다 묻두룩 하우."

자기가 세상을 떠난 뒤에 아이들의 교육과 취직이며 생활 방도를 의논한 끝에 이러한 유언도 하고, 어떤 때는 유골을 갈아서 정한 산에 올라가 날려보내도 좋겠다는 지나는 말도 하여 가족들을 놀래기도 하였다. 그러나 그러한 유언은 언제나 한 번은 죽을 것이니, 이 기회에 미리 자기의 의사 표시를 하여두자는 것이지, 다시는 일어나지 못하리라는 각오를 하고서 하는 말은 아니었다. 주사의 힘으로 버티어나가거니 하는 불안은 있으나, 주사를 놓고 나면 그 저리고 쑤시던 가슴이 훤히 터지고 부축을 하여서라도 몸을 가누고 일어나 앉을 수 있는 것을 보면, 자기의 원기에 대한 자신이 다시 생기고, 능히 소복되리라는 새 희망도 비치는 것이었다. 사실 어제 퇴원을 하느니 마느니 하고, 한참 부산한 통에 C라는 젊은 위문객이 왔을 때는 이때까지 서둘던 가족들이 무색하리만큼, 병인은 내일이라도 일어날 듯이 명랑한 낯빛으로 수작을 하는 것이었다.

"그동안 이렇게 편찮으신 줄은 몰랐습니다그려. 지금 ×× 재단을 설립 중인데 물론 돌아가는 것을 보니까, 어쩌면 선생을 부사장으로 추대할 듯싶더군요. 그야 이사 자리야 하나 안 드리겠습니까마는, 공교히 이렇게 누워 계셔서 안됐습니다. 어서 속히 일어만 나십쇼."

C 청년은 병인의 기를 돋워주려고 위로로 하는 말이 아니라, 그러한 내통을 하여주고, 또 그리하면 자기에게도 좋은 일이 없지 않겠다는 생각으로 찾아다니다가 병원까지 왔다는 말눈치였다.

"흥, 그런 이야기가 있어! 좀 있으면 일어나게야 되겠지마는 하여간 그 축들 만나건 잘 부탁해주우…… 어, 오늘 C 군이 찾아준 것도 의외지만, 아마 나두 인제 운이 틔려는군! 힘 좀 써주슈. 꼭 부탁하우."

병인은 젊은 친구의 손을 붙들고 은근한 정을 표하는 것이었다. 그러나 젊은 손은, 병 증세를 캐어묻고 병인의 가다가다 허청 나오는 목소리와 어떻게 보면 사색에 질린 낯빛을 이모저모 뜯어보는 눈치더니, 처음 달려들면서 떠벌려놓던 기세와는 딴판으로 차츰 기색이 달라지면서 꽁무니를 빼는 수작을 어름어름하고는 훌떡 가버렸다. 병인은 그래도 신기가 매우 좋아서, 아내더러 내일은 P에게 연락을 해서 그 ××재단의 내용을 알아보고 A에게 가서는 이러저러한 전달을 하고 부탁을 하여두라는 분별을 하고 누웠다. 옹위를 하고 앉았는 가족들은, 이 양반이 오늘 해를 못 넘기리라고 서둘던 양반인가? 하는 생각에 멀끄미 병인의 얼굴을 바라들 보며, 어쨌든 반갑고 기쁘기도 하며, 어떻게 보면 과시 병이 고망膏肓에 깊이 든 것이 아닌 것같이도 보여 다시 새로운 희망도 생기는 것이었다. 퇴원을 재촉하고 장사 지낼 걱정을 끼리끼리 수군거리던 것이 우습기도 하였다.

C 청년이 다녀간 뒤에 의사가 저녁때에야 들어왔다. 오늘도 가슴이 메어지고 숨이 막힐 때마다 K 선생을 불러오라 하고, 출근을 아니 하였거든 자기 집에 전화를 걸라고 하던 K 의사가 들어왔다. 병자는 아까 놓은 주사 기운이 아직 남아 있어 그리 급한 지경은 아니나 의사의 얼굴만 보아도 되었다.

"오신 길에 주사를 또 한 번……."

환자는 조금 있으면 또 닥쳐올 고통이 무서워서, 좀처럼 만나기 어려운 의사를 붙든 김에 아주 미리 주사를 듬뿍 맞아두고 싶은 생각이었다.

"아, 놓아드리죠."

진찰을 대강 하여보고 의사가 주사약을 가지러 나가는 것을 보고 명호는 병자의 눈에 안 띄게 슬며시 뒤쫓아 나갔다.

"오늘 퇴원을 시킬까 하다가 선생두 안 오시구 해서 그만두고 있습니다마는 어떤 모양인가요?"

"오늘낼 새로 어떻겠습니까마는 퇴원하시죠."

퇴원한다는 말에, 의사는 도리어 반색을 하는 눈치였다. 급한 고비는 넘겼으나, 인제는 길게 끌리라는 예고를 할 제부터, 벌써 의사는 이 이상 더 할 수가 없으니 데려 내가라는 말눈치였던 것이다. 어차피 내일 한약을 지어 온 뒤에야 병인이 순순히 퇴원하겠고, 또 오늘내일 새로 어떨 리는 없으리라는 의사의 말에 안심이 되어서 퇴원은 내일로 미루기로 하였다.

그러나 뒤미처 주사침을 가지고 들어온 의사가, 정맥 주사를 한참 신고를 하고 놓고 나더니, 명호에게 눈짓을 하며 나간다. 명호는 불길한 예감에 마음이 설레하면서 눈치 빠른 병자의 눈을 기우느라고 머무적거리다가 넌지시 따라 나갔다.

"될 수 있으면 오늘 해전으로 나가시는 게 좋을 것 같은데요. 지금 보시다시피 약을 빨아들일 힘이 없는 것을 보니 인제는 심장이 완전히 주사의 힘으로만 부지를 하는 건데요……."

하고 의사가 되레 서두른다. 아닌 게 아니라, 지금 주사에 피가 자꾸 흘러나와서 주사약은 분홍빛으로 물이 들고, 몇 차례를 쉬어가며 간신히 억지로 넣고 나온 길이었다. 그러나 퇴원을 한다고 법석을 하다가 겨우 준좌[3]가 되고, 병인도 ××재단이 되면 이사는 되리라는 뜬소문엘망정 기분이 좋은 터에 새판으로 소동을 하는 수도 없었다.

병인은, 두 번씩이나 의사를 따라 나가서 수군수군하고 들어오는 명호의 얼굴을 빤히 쳐다보며 무엇을 찾아내려고 몹시 초조해하는 기색이었다. 마음을 턱 놓았던 화색이 금시로 스러지고 불안과 공포의 빛이 휙 떠오르다가 꺼지면서 어색한 웃음을 띠우고 무슨 말을 꺼내려는 눈치더니 자기도 입 밖에 내서 물어보기가 무서운 듯이 멈칫하고는 또다시 퀭한 눈으로 언제까지 명호의 기색만 노려본다. 위중하다는 기별을 듣고 이른 아침이나 날이 저문 뒤에 뛰어가면 어째 왔나? 하고 도리어 놀라며 겁을 내고 싫어하거나 흥분이 되곤 하는 병인이었다. 이렇게 의혹과 공포에 저린 눈으로 쏘아보는 양은, 마치 무서운 마굴에 불법 감금이나 당하고 앉아서 감시하는 옥졸의 눈치만 숨을 죽이고 슬

3 사태나 기세 등이 진정됨.

금슬금 노려보는 것 같아서, 명호가 도리어 얼굴을 둘 데가 없고 말이 막혀버렸다.

"의사 말이, 훨씬 차도가 있으니 오늘내일 주사를 좀 더 넉넉히 맞으시구 내일 오후에 퇴원하시라는군요."

명호는 잠자코만 있기가 도리어 괴로워서, 안 나오는 웃음을 지어보기까지 하였다.

"응?……"

병인은 바르르 떨리던, 잔뜩 당긴 신경이 일순간 확 풀리는 듯하며, 귀를 번쩍해하다가

"정말 그럴까?"

하고 의아한 눈치로 맥없이 한마디 하고서는

"그런 말쯤야 내게 직접 말 못할 것은 무언구?"

하며 코웃음을 친다. 그러나 그 코웃음과는 반대로, 좀 더 자세한 의사의 말의 실증을 붙들어보겠다는 듯이, 일단 느꾸어졌던 정신력과 주의력을 눈으로 힘껏 모아서 또다시 명호의 얼굴빛과 입술을 겨누어보며

"별안간 어떻게 차도가 있다는 거야?"

하고, 마치 명호의 말 한마디가 자기의 운명을 마지막 결정이나 한다는 듯싶이 커다란 희망을 가지고 애원하듯이 매달려오는 기색을 보인다. 명호는 마음이 무거워지며 괴로웠다. 조금 전까지도 인제는 운이 트이나보다고 좋아하던 이 안타까운 병인에게, 꾸며선들 무어라고 대꾸를 해주어야 이 어려운 처지를 모면할지 선뜻 말이 아니 나왔다.

"형님이 원체 기력이 좋으니까, 인제 한약을 제 곬을 찾아서

잘 쓰기만 하면 염려 없다는 말이겠죠."

"딴소리!……"

아까 C 청년이 왔을 때부터 너무나 긴장이 계속된 끝이라 뒷말을 더 하려고 입을 쭝긋쭝긋하다가, 기운이 빠져서 맥이 풀려가는 눈만 멀히 뜨고 천장을 바라보고 반듯이 누웠다. 그러나 '딴소리'라고 핀잔주듯이 힘 있게 부인한 것은, 명호가 거기 달아서 딴소리가 아니라고 무슨 변명이라도 하고 덤비기를 바랐던 것인데, 아무 대꾸가 없이 명호가 담배를 붙이고 마는 것을 보자, 병인의 눈에는 절망의 빛이 차차 짙어갔다.

'그런 말이면야 내게 직접 말 못할 리가 없지…….'

탈진은 하여가면서도 맑게 개인 병인의 머릿속에서는 이런 생각이 언제까지 스러지지 않았다.

'……이것은 사형수보다도 더 못 견딜 일이다. 사형수는 제 운명을 알구나 있지 않은가? ……사형을 집행할 때라두 미리 일러는 줄 테지. ……이놈들이 정작 내게는—누구보다도 먼저 알아야 할 내게는 알리려 들지를 않구서, 목숨의 임자가 저의들인 듯싶이 저의들만 뒷구멍으루 숙설숙설하구 우물쭈물하다니! ……대관절 산다는 거냐? 살려주겠다는 거냐?……'

눈을 감고 누웠는 병인은 머릿속이 점점 더 환하여지며 조리가 뻔하게 이런 생각이 떠오르자, 눈을 별안간 번쩍 뜨고, 누구든지 눈에 띄는 대로 소리를 버럭 질러보려고, 이상한 광채가 솟으며 부리부리 휘둘러보았으나, 가위에 눌린 사람처럼 목이 탁 잠겨서 소리가 아니 나왔다. 눈의 정채가 훅 꺼지며 앞에 앉은 아내의 얼굴이 차차 멀어간다. 다시 눈꺼풀이 스르르 내려 감기며 잠이 혼곤히 들어갔다. 그러나 금시로 드르렁하고 코 고는 소리가 나다가, 그 소리에 소스라쳐 다시 눈을 번쩍 뜨고 두리번두리번 사방을 돌려다 본다.

'……응, 잠이 들었던 게로군!'

그는 죽은 것이 아니었고나 하는 생각에 마음이 놓였다. 잠이 들었다가 그대로 숨이 넘어가지나 않는가 하여 잠이 드는 것도 겁이 나고 싫었다.

3

"그럼 약을 지어가지고 오죠."

젊은 아이가 퇴원 수속을 마치고 올라오는 것을 보고, 명호가 벗어놓았던 저고리를 입고 나서려니까, 침대에 꾸부리고 앉았는 병인의 뒤에서 어깨를 주무르고 있던 명호의 형수가 그만두라고 손을 두른다. 그러나 명호는 못 알아들은 척하고 나와버렸다. 입원하던 말에 용한 한의가 있다고 하여 몰래 불러다가 보이니까 고개를 내두르고 가버리는 바람에 왕복 자동차 삯만 없앤 일도 있었지마는 그러기에 병인이 아무리 졸라도 아내는 한의를 또 불러온다는 것은 반대요, 지금 입원료를 치르고 나면 병인을 태울 자동차 삯이 부족하지나 않을까 하여 애가 닳는 판이라, 그까짓 먹을지 말지도 모르는 한약 몇 첩 값이라도 절약을 하려는 것이었다. 물론 명호도 그만 짐작이 없는 것은 아니지마는, 병인의 마지막 원이라도 풀어주고 싶고 살 사람의 유감이 되지나 않게 하자는 생각이었다.

명호는 자기 집 근처의 안면 있는 약국에서 세 첩을 지어가지고 나오는 길에 약에도 소위 연때가 맞는다는 말이 있으니 요행 들러서 또 지어가게 되더라도, 그 화제는 나를 주시오 하여 약봉지 묶은 데 끼워가지고 나왔다. 지금 같아서는 기적을 바라는 것 같지마는 그렇게도 죽지 않는다는 자신을 가지고 애를 부덩부덩 쓰는 그 정신력이라든지 체력으로라도, 어쩌면 돌리지 말라는 법도 없으리라는 엷은 희망은 아직도 한편에 남아 있고, 또 사실 집안 형편이나 가족의 앞길을 생각하면 지금 이대로 세상을 떠나보내서는 큰일이라는 걱정이 뉘게나 있는 것이었다. 그러나 그 역시 살 사람의 사정부터 가지고 따지는 말이었다. 죽는 사람도 정신이 말짱하고 죽는다는 공포에서 벗어나서 한숨 돌릴 때는, 가족이나 자식 생각이 앞은 서기는 하겠지마는, 그 무서운 육체적 고통을 이를 깨물며 헤어나려는 모질고 줄기찬 본능과는 거리가 먼 수작 같았다.

'……실상 사신대도 여년이 얼마 남은 것은 아니지만…….'

올 정초에 형제들이 모인 자리에서 동생들이 병인의 육십 잔치를 지낼 의논들을 하던 것이 머리에 떠올라서 이런 생각을 하다가, 명호는 그 말이 어쩐지 옳는 형을 비난하는 뜻같이도 생각이 들자 찔끔하였다. 그야 누구나 하는 말이지마는, 여년이 얼마 남았거나 말거나, 단 하루 단 한 시간이 남았어도 마지막 순간까지 살려고 바드득바드득 애를 쓰는 그 형상을 비웃어서는 안 될 것이 아닌가 하는 생각이 드는 것이었다.

'……백 년을 산대도 가던 길을 반도 못 걷고, 하던 일을 손에 붙든 채 쓰러지고 마는 것이 아닌가. 자기완성을 하고 떠나지는 못하는 것인데—미완성인 대로 뒷대에 물려주고 가는 것이 인생이면야 죽은 뒤에 남는 처자식이 어떻게 되든지 뒤를 깡그리뜨리지 못했다는 것이 문제가 아니다. 죽음의 마지막 순간까지 다만 그것을 두 손으로 바당기고 막아내려는 것이 생물의 본능이나, 좋게 말하면은 생리적 조건이 허락하는 때까지의 자기주장이요, 자기의 존재를 잃지 않겠다는 무서운 단판 씨름이라 할 것이나, 그러나 자기완성을 허락지 않는 바에야 항복이 아니라, 앞질러 선선히 길을 비켜서서 뒤에 물려주고 시사약귀視死若歸[4]로 종용히 물러가라는 말인데……, 그렇지만 시사약귀란 저마다 할 수 있는 노릇인가…….'

명호는 병원으로 터덜터덜 오면서 갈피 없는 이 생각 저 생각에 마음이 어두워지고 쓸쓸하였다.

'……이번에는 내 차례인데…….'

명호는 무심코 이런 생각이 떠오르자 이렇게도 살기 어렵고 보기 싫은 세상에 죽는 것쯤 조금도 아깝고 원통한 것은 없겠으나, 병고에 시달리고 부대낄 것을 생각하면 이때까지 겪어온 평생의 고생을 한 묶음 묶어다가 앞에 놓은 듯싶이 벅찬 생각이 들고 지금부터 걱정이 되는 것이었다. 주사라는 현대적 마술에 맛을 들이고 감질이나 나지 않고서라도 죽는다면 얼마나 편하고 팔자 좋게 죽을 것인가 하고 혼자 실소도 하였다. 불도에 골독하던 재종형이 요새 앓아누웠다는 말을 듣고, 병원에서 헤어날 새

4 죽음을 두려워하지 않아 죽음을 마치 집에 돌아가는 것같이 대수롭지 않게 여김.

가 없어서 아직 위문을 가지 못하고 있지마는, 위문도 위문이려니와 불도에 신앙을 가진 사람의 투병술은 어떤지 견학도 하고 사생관도 한번 가서 들어보고 싶은 생각이 들었다. 머리가 허얘져가는 명호는 차차 죽을 차비를 차려야 하겠다는 생각을 곰곰 하는 것이었다.

4

명호는 병실에 들어서며 손에 든 약을 병인에게 내보이고

"여기 이 화제는 이 약이 듣는 경우에 내게로 보내시든지, 댁 근처에서라도 더 지어다 잡숫게 하라는 것입니다."

고 설명을 하니까 병인은 웃지는 않으나 만족하고 안심한 낯빛이었다. 약봉지는 거지반 다 꾸려놓은 봇짐 속에 대수롭지 않은 듯이 꾸려 넣었다.

자동차를 부르게 하고 이층에서 병인을 담아 내려갈 담가擔架[5]를 올려오고 하는 동안에, 위문을 온 전도 부인 같은 서너 부인이 들어오더니 아낙네끼리 수군수군한 뒤에 병상 앞에 둘러서서 기도를 시작하였다. 병인은 직접 모르는 모양이나 병인의 아내의 옛날 친구들이 위문을 왔다가 의외의 중대인 데에 놀라서 마지막 축원을 드리는 것이었다. 어제 명호가 한의를 부르러 갔다가 오니까 형수의 말이 그동안에 성교회에서 와서들 세를 붙이

5 들것.

고 갔다 하면서

"저기 성수까지 받아놓았답니다."

하고 탁자를 가리키기에 명호는 잔소리가 하기 싫어서 그저 그런가보다고 생각하면서도 좀 이상히 여겼던 것이다. 원체 병인은 불교를 좋아하였었다. 부모의 장례 때도 일부러 승려를 청하였던 것이다. 이번에도 명호 형제들은 만일 형이 돌아가면 중을 부르겠느냐 비용 관계가 있으니 제례하겠느냐는 것까지 벌써 의논하고 있던 터이다. 그러나, 그동안 병원 안에 천주교를 믿는 간호부가 늘 와서 권하기 때문에 처음에는 몇 번 사퇴를 하였으나 나중에는 병인도 그 설교에 마음을 돌리고 승낙을 하여서 세까지 붙이게 된 것이라 하는 것이었다. 병인이 승낙하였을 뿐 아니라, 해로운 일은 아니니 그런가보다고 별 이의는 없었다. 그러나 지금 안손님이 와서 기도를 드리는 것을 보고는 좀 이상하고 우스운 생각도 들었다. 그러면서도 눈이 여린 명호는 부인네들 뒤에 가로놓인 마주잡이 들것 옆에 서서 그 기도 소리를 듣다가 눈물을 걷잡지 못하여 방문 밖으로 피하여 나가버렸다.

물에 빠진 자가 새꽤기[6]라도 붙든다는 세음으로 이 신령, 저 부처에게 닥치는 대로 매달려서 공덕을 애걸하며 빌자는 것이 아니라, 주위와 지기가 제각기의 신안을 빌려서 병인의 쾌복이나 명복을 빌어주는 것은 물리칠 수도 없거니와 고마운 일이요 아름다운 일이거니 하고 바라볼 뿐이었다. 그러나 병자는 기도 소리를 듣는지 마는지 무표정한 얼굴로 다만 눈을 감고 깊은 잠에

6 갈대, 띠, 억새, 짚 등의 껍질을 벗긴 줄기.

들어가는 듯이 까딱도 않고 누워 있다.

그래도 담가에 옮겨 뉠 때는 눈을 분명히 떠서 둘러보고, 병원 문밖에 나와서 자동차에 떠메어 올리려니까

"운전수한테 길을 잘 일러주어야지."

하고 분명한 소리를 하는 데에, 여러 사람은 서로 쳐다보며 신기해서 웃었다. 그러나 자동차 안의 시트에 드러눕자 병인의 눈자위는 틀려갔다. 명호는 눈결에 힐끗 보고 다짜고짜 병원 안으로 다시 뛰어들어가서 간호부를 끌고 나왔다. 강심제를 또 한 번 놓아달라는 것이다. 자동차 속에 들어서서 주사를 놓고 있는 간호부의 하얀 뒷모양을 바라보며 시급히 조수석으로 뛰어들어가 앉았다.

달리는 자동차 속에서 병인의 증세가 어떻게 되었는지는 앞의 운전대에 앉은 명호에게는 몰랐다. 오인승인 차 안에는 젊은 애들이 여상 좋은 낯으로 수작을 하는 것을 보고 안심이 되었을 뿐이었다.

병인이 더 살고 싶고 말고 간에 집에 들어갈 때까지만 숨이 붙어 있어주기를 바랄 뿐이었다. 이 지경에 캠퍼 주사가 효험이 있을까 없을까를 헤아려볼 새도 없이 간호부를 끌어온 것은 다만 송장을 데리고 집에 들어가지 않겠다는 욕심이요, 밖에서 죽은 송장을 집에 끌어들였다는 말만 듣지 않게 하자는 발뺌이나 체면을 먼저 생각하였던 것이다.

5

신체를 모셔 들인 방에는 불은 때어놓았으나, 미리 세간을 말끔히 치우고 병풍만 한 채 남겨 있었다. 병원에서 떠나기 전에 벌써 빈소 방이 준비되었던 것이다. 발상 전의 과수댁은 옆방에서 부리나케 보따리를 풀고 무엇을 찾았다. 명호가 오늘 반나절을 걸려서 땀을 뻘뻘 흘리며 지어온 약봉지가 먼저 방바닥에 떨어졌다. 병자가 이틀을 두고 성화를 대며 졸라서 먹으려던 것이다. 과수댁은 컵 속에 넣은 물 종지를 찾아내서 빈소로 가지고 가더니 신체의 주위에 말끔히 뿌렸다. 세를 붙이고 받아둔 성수였다.

발치께 서서 가만히 바라보던 명호가

"그럼, 장례를 어떻게 지내시렵니까? 제사는 일체 폐하시나요?"

하고 물으니까 과수댁은

"그렇게까지야 하겠습니까."

하고 다만 좋은 일이니, 교회 사람이 하라는 대로 한다는 것이었다. 초상집에서는 우선 삼일장이냐 오일장이냐 하는 의논이 벌어졌다.

"화장을 하라신 유언도 계셨으니 화장으로 모시면야 삼일장도 넉넉할 겁니다."

명호는 첫째 장비葬費 걱정으로 화장을 앞세웠다.

"그야 우리 형세에 삼일장이죠마는 화장은 아닙니다. 처음에는 그런 말씀이 계셨지만 나중에 다시 아무래두 아버님 곁으루 들어가시겠댔는데요."

여기에 가서는 아무도 이렇다 저러하다 말할 나위가 없었다. 혹은 이 과수댁도 뒤미처 들어갈 테고 보니 자기부터 화장이 싫어서 그럴지도 모르나, 돌아간 이도 아직 먼 앞일이거니 하고 가상적으로 여유를 두고 말할 때는 화장을 입 밖에 냈을는지 몰라도 당장 닥쳐온 실제 문제가 되고 보니, 역시 선산에 묻히고 싶어 하였을 것도 넉넉히 짐작할 일이었다. 나 죽은 뒤에는 수의를 무슨 감으로 하여달라느니, 관 속에는 이것저것을 넣어달라느니 하는 유언도 하거든, 자기 묻힐 자리를 초점까지 해놓고서 거기에 못 묻힐까 보아 애를 쓰며 세상을 떠나는 것도 무리가 아닐지도 몰랐다.

"말이 삼 일이지, 오늘 해는 다 가구 내일 하루인데, 첫째 산역[7]이 문제로군."

호상차지의 걱정이었다.

"영구차에 버스 한 대는 따라야 할 테니, 자동차 삯만 해두 두 대에 사만 원은 예산을 쳐야 할걸."

홍제원 화장장이면 고작해야 오륙천 원에 너끈할 것인데, 없는 돈에 찻삯이 사만 원 예산이라니 엄청나다는 말눈치였다.

"화장이나 매장이나 돌아간 뒤에야……."

젊은 축들은 저희끼리 이런 소리를 수군거리는 것이었다. 그러나 아무도 그 말이 옳다고 찬성하는 사람도 없고 그르다고 나무라는 사람도 없었다. 하여간 하룻밤 하룻낮을 안팎에서 복작대고 들볶아쳐서 제시간에 성복제도 지냈다. 성복제를 지내고 나니

7 시체를 묻고 뫼를 만들거나 이장하는 일.

까, 앓아누웠다던 명호의 재종형이 지팡이를 짚고 지척지척 조상을 왔다.

"허! 내가 먼저 갈 줄 알았더니 이게 웬일이란 말인가!"

하고 관을 붙들고 상제들보다도 더 섧게 울고 나더니, 염주를 꺼내 들고 염불을 시작하였다. 한 식경이나 옆 사람들이 지루하도록 염불을 끝마치고는, 이 늙은이는 품에서 훔척훔척하여 백지에 기름히 싼 봉지를 꺼내서 관상명정[8]을 쳐들고 관 위에 끼워놓은 것은 손수 베낀 경문인지 한 모양이었다. 장지에 나가서도 하관할 때 폐백과 함께 이 종이 봉지도 횡대 밑에 넣는 것을 잊지는 않았다. 성수에 말끔히 씻긴 혼백이, 또다시 불타의 대자대비한 공덕에 안겨 안온히 잠들지 모르나, 그보다도 먼저 산 사람이 제각기의 소임이나 향의를 기울인 데에 만족을 느낄 것이었다.

—〈문예〉, 1949. 8.

8 관 위에 씌우는 명정.

두 파산

1

“어머니, 교장 또 오는군요.”

학교가 파한 뒤라 갑자기 조용해진 상점 앞길을, 열어놓은 유리창 밖으로 내다보고 등상에 앉았던 정례가, 눈살을 찌푸리며 돌려다 본다. 그렇지 않아도 돈 걱정에 팔려서 테이블 앞에 멀거니 앉았던 정례 모친도 저절로 양미간이 짜붓하여졌다. 점방 안에는 학교를 파해 가는 길에, 공짜 만화를 보느라고 아이들이 저편 구석 진열대에 옹기종기 몰려섰다가, 교장이라는 말에 귀가 반짝하였는지 조그만 얼굴들을 쳐든다. 그러나 모시 두루마기 자락이 펄럭하며, 우둥퉁한 중늙은이가 단장을 짚고 쑥 들어서는 것을 보고, 학생 아이들은 저희끼리 눈짓을 하고 킥킥 웃어버린다. 저희 학교 교장이 온다는 줄 알았던 모양이다.

"어째 이렇게 쓸쓸하우?"

영감은 언제나 오면 하는 버릇으로 상점 안을 휘휘 둘러보며 말을 건다.

"어서 옵쇼…… 아침 한때와 점심 한나절이 한참 붐비죠. 지금쯤이야 다 파해가지 않았에요."

안주인은 일어나지도 않고 앉은 채 무관히 대꾸를 하였다. 교장은, 정례가 앉았던 등상을 내어주니까 대신 걸터앉으며

"딴은 그렇겠군요. 그래도 팔리는 거야 여전하겠죠?"

하고 눈이 저절로 테이블 위의 손금고로 갔다. 이 역시 올 제마다 늘 캐어묻는 말이지마는, 또 무슨 딴 까닭이 있어서 붙이는 수작 같아서 정례 어머니는

"그야 다소 들쭉날쭉이야 있죠마는, 온 요새 같아서는……."

하고 시들히 대답을 하여준다.

"어쨌든 좌처가 좋으니까…… 하루에 두어 번쯤 바쁘고, 편히 앉아서 네다섯 식구가 뜯어먹고 살면야, 아낙네 소일루 그만 장사가 어디 있을까마는, 그래 그러구두 빛에 쫄리다니 알 수 없는 일이로군."

왜 그런지 이 영감이 싫고 멸시하는 정례는,

'누가 해달라는 걱정인감!'

하는 생각에 입이 삐쭉하여졌다.

"날마다 쑬쑬히 나가기야 하지만, 원체 물건이 자[細]니까 남는 게 변변해야죠."

여주인은 마지못해 늘 하는 수작을 뇌었다. 그러나 오늘은 이

영감이 더 유난히 물건 쌓인 것이며 진열장에 늘어놓인 것을 눈여겨보는 것이었다. 정례 모녀는 그 뜻을 짐작하겠느니만큼 불쾌하였다.

여기는 여자중학교와 국민학교가 길 건너로 마주 붙은 네거리에서 조금 외진 골목 안이기는 하나, 두 학교를 상대로 하고 벌인 학용품 상점으로는 그야말로 좌처가 좋은 셈이다. 원체는 선술집이었다든가 하는 방 한 칸 달린 이 점방을 작년 봄에 팔천 원 월세로 얻어가지고 이것을 벌이고 앉을 제, 국민학교 안에는 벌써 매점이 있어서 어떨까도 하였으나, 여학교만은 시작하기 전부터 아는 선생을 새에 넣고 선전도 하고 특약하다시피 하였던 관계인지, 이때껏 재미를 보는 편이지, 이 장삿속으로만은 꿀리는 셈속은 아니다.

"이번에, 두 달 셈을 한꺼번에 드리잸더니 또 역시 꿀립니다그려. 우선 밀린 거 한 달치만 받아 가시죠."

정례 어머니는 테이블 위에 놓인 손금고를 땡그렁 열고서 백 원짜리를 척척 센다.

"이번에는 본전까지 될 줄 알았는데, 이자나마 또 밀리니…… 장사는 깔축없이 잘되는데, 그 원 어째 그렇단 말씀유?"
하며, 영감은 혀를 찬다. 저편에서 만화를 보며 소곤거리던 아이들은 교장이라던 이 늙은이의 본전이니 변리니 하는 소리에 눈들이 휘둥그레서 건너다본다.

"칠천오백 원입니다. 세보십쇼. 그러니 댁 한 군델 세야 말이죠. 제일 무거운 짐이 아시다시피 김옥임이네 십만 원의 일 할 오 부, 일만 오천 원이죠. 은행 조건 삼십만 원의 이자가 또 있죠…… 기껏 벌어서 남 좋은 일 하는 거예요. 당신에게 이자 벌어 드리고 앉았는 셈이죠."

영감은 옆에서 주인댁이 하는 말은 귀담아듣지도 않고 골똘히 돈을 세더니, 커다란 검정 헝겊 주머니를 허리춤에서 꺼내서 넣는다. 옆에 섰는 정례는 그 돈이 아깝고 영감의 푸등푸등한 넓적한 손까지 밉기도 하여 가만히 내려다보고 있으려니까

"그래, 이달치는 또 언제쯤 들르리까? 급히 내가 쓸데가 있으니까 아무래도 본전까지 해주어야 하겠는데……."

하고, 아까와는 딴판으로 퉁명스럽게 볼멘소리를 하였다. 만화를 들여다보던 아이들은 또 한 번 이편을 건너다본다.

부옇고 점잖게 생긴 신수가 딴은 교장 선생 같고, 저기다가 양복이나 입고 운동장의 교단에 올라서면 저희들도 꿈질하려니 싶은 생각이 드는데, 이잣돈을 받아 넣고 나서도 또 조르고 두덜대는 소리를 들으니, 설마 저런 교장이 어디 있으랴 싶어서 저희들끼리 또 눈짓을 하였다.

"되는대루 갖다 드리죠. 하지만 본전은 조금만 더 참아주십쇼. 선생님 같으신 어른이 돈 오만 원쯤에 무얼 그렇게 시급히 구십니까?"

정례 어머니는 본전을 해내라는 데에 얼레발을 치며 설설 기는 수작을 한다.

"아니, 이자 안 물구 어서 갚는 게 수가 아니겠나요?"

"선생님두 속 시원한 말씀을 하십니다."

정례 어머니는 기가 막혀 웃어 보인다.

"참, 그런데 김옥임 여사가 무어라지 않습니까?"

그만 일어설 줄 알았던 교장은 담배를 붙이며 새판으로 말을 꺼낸다.

"왜, 무어라구 해요?"

정례 모녀는 무슨 말이 나오려는지 벌써 알아채고 입이 삐쭉들 하여졌다.

"글쎄, 그 이십만 원 조건을 대지르구 날더러 예서 받아가라니 그래 어떻게들 이야기가 귀정이 났나요?"

영감의 말이 떨어지기가 무섭게 정례는 잔뜩 벼르고 있었던 듯이 모친을 앞장을 서서 가로 탄한다.

"교장 선생님! 그따위 경위 없는 말이 어디 있에요? 그건 요나마 우리 가게를 판 들어먹게 하구 말겠단 말이지 뭐예요?"
하고, 얼굴이 발끈해지며 눈을 세로 뜬다.

"응? 교장이라니? 교장은 별안간 무슨 교장…… 허허허……."

영감은 허청 나오는 웃음을 터뜨리며 저편 아이들을 잠깐 거들떠보고 나서

"글쎄, 그러니 빤히 사정을 아는 터에 이럴 수도 없고 저럴 수도 없고……."
하며 말끝을 어물어물해버린다. 이 영감이 해방 전까지 어느 시골에선지 오랫동안 보통학교 교장 노릇을 하였다는 말을 옥임에게서 들었기에 이 집에서는 이름은 자세히 모르고 하여 교장 교장 하고 불러왔던 것이 입버릇으로 급히 튀어나온 말이나, 고리대금업의 패를 차고 나선 지금에는 그것은 내세우기도 싫고, 더구나 저런 소학교 아이들 앞에서는 창피한 생각도 드는 눈치였다.

"교장 선생님이 이럴 수도 없구 저럴 수도 없으실 게 뭐예요.

그 아주머니한테 받으실 건 그 아주머니한테 받으십쇼그려."

정례는 또 모친이 입을 벌릴 새도 없이 풍풍 쏘아준다.

"앤 왜 이러니!"

모친은 딸을 나무라놓고

"그렇겐 못 하겠다구 벌써 끝낸 말인데 또 왜 그럴꾸."

하며, 말을 잘라버린다.

"아, 그런데 김 씨 편에서는 댁에서 승낙한 듯이 말하던데요?"

영감의 말눈치는 김옥임이 편을 들어서 이십만 원 조건인가를 여기서 받아내려는 생각인 모양이다.

"딴소리! 내가 아무리 어수룩하기루 제 사폐만 봐주구 제 춤에만 놀까요?"

정례 어머니는 코웃음을 쳤다.

김옥임이의 이십만 원 조건이라는 것이, 요사이 이 두 모녀의 자나깨나 큰 걱정거리요, 그것을 생각하면 밥맛이 다 없을 지경이지마는, 자초自初는, 정례 모녀가 이 상점을 벌이고 나자, 장사가 잘될 성부르니까 김옥임이가 저도 한몫 끼자고 자청을 하여 십만 원을 들여놓고 들어왔던 것이다. 그리고 그 가지고 들어온 동사[1] 밑천 십만 원의 두 곱을 빼가고도 또 새끼를 쳐서 오늘에 와서는 이십이만 원까지 달라는 것이다.

1 같은 종류의 일을 함. 또는 그 일.

2

정례 모친은 남편을 졸라서 집문서를 은행에 넣고 천신만고 하여 삼십만 원을 얻어가지고, 부비 쓰고 당장 급한 것 가리고 한 나머지 이십이삼만 원을 들고 이 가게를 벌였던 것이었다. 팔천 원 월세의 보증금 팔만 원은 말 말고라도 점방 꾸미고 탁자 들이고 진열대 세 채 들여놓고 하기만도 육칠만 원 들었으니, 갖다 놓은 물건이라야 십만 원어치도 못 되는 것이었다. 그러나 학생 아이들이 차츰 꾀게 될수록 찾는 것은 많아가고 점심때에 찾는 빵이며 과자라도 벌여놓고 싶고, 수실이니 수틀이니 여학교의 수예 재료들도 갖추갖추 갖다 놓고는 싶은데, 매일 시내로 팔리는 것을 가지고는 미처 무더기 돈을 돌려 빼내는 수도 없는데, 쫄끔쫄끔 들어오는 그 돈 중에서 조금씩 뜯어서 당장 그날그날 살아가야는 하겠으니, 자연 쫄리는 판에 김옥임이가 한 다리 걸치자고 덤비니, 동사同事란 애초에 재미없는 일이거니와, 요 조그만 구멍가게를 동사로 해서 뜯어먹을 것이 무에 있겠느냐는 생각도 없지 않았으나, 당장에 아쉬우니 오만 원씩 두 번에 질러서 십만 원 밑천을 받아들였던 것이었다. 그러나 말이 동사지 이 할 넘어의 고리로 십만 원 빚을 쓴 거나 다름없었다. 빚놀이에 눈이 벌게 다니는 옥임이는 제 벌이가 바빠서도 그렇겠지마는, 하루 한 번이고 이틀에 한 번 저녁때 슬쩍 들러서 물건 판 치부장이나 떠들어 보고 가는 것밖에는 별로 거드는 일도 없었다. 실상은 그것이 쌩이질[2]이나 하고 부라퀴[3]같이 덤비는 것보다는 정례 모녀에게는 편하기도 하였던 것이다. 하여튼 그러면서도 월말이 되면 이익의 삼분지 일가량은 되는 이만 원 돈을 또박또박 따가곤 하였다. 담보물이 있으면 일 할, 신용 대부로 일 할 오 푼 변인데, 동사란 말만 걸고 이 할, 이 할이 안 될 때도 있었지마는 셈속 좋은 때면 이 할 이상의 배당도 차례에 오니, 옥임이 생각에는 실속으로는 이익이 좀 더 되려니 하는 의심도 없지 않았으나, 그래도 별로 힘드는 일을 하는 것도 아니요, 가만히 앉아서 이 할이면, 허구한 날 뻴뻴거리고 싸지르면서 긁어 들이는 변릿돈보다는 나은 셈이라고 생각하였던 것이었다. 하여간 올 들어서 밑천을 빼어 가겠다고 하기까지 아홉 달 동안에 이십만 원 가까운 돈을 벌어갔던 것이다.

그러나 정례 부친이 만날 요 구멍가게서 용돈을 얻어다 쓰는 것도 못할 일이라고, 작년 겨울에 들어서 마지막 남은 땅뙈기를, 그야 예전과 달라서 삼칠제인 데다가 세금이니 비료니 하고 부담에 얽매이니까 그렇겠지마는, 하여간 아버지 천량으로 물려받은 것의 마지막으로 남은 것을 팔아가지고 연래에 없는 눈이라고 하여, 서울 시내에서 전차가 사흘을 못 통할 동안에, 택시를 부르면 땅 짚고 기기라 하여, 하이어를 한 대 사들여 놓고 택시로 부려보았던 것이라서, 이것이 사흘돌이로 말썽을 부려 고장이요 수선이요 하고, 나중에는 이 상점의 돈까지 하루만 돌려라, 이틀만 참아라 하고, 만 원 이만 원 빼내 가고는 시치미를 떼기 시작하니 점방의 타격은 의외로 큰 것이었다. 이 꼴을 본 옥임이는 에그머니나 하는 생각이 들었던지, 올 들어서부터 제 밑천은 빼내

2 한창 바쁠 때 쓸데없는 일로 남을 귀찮게 구는 짓.
3 자신에게 이로운 일이면 기를 쓰고 덤벼드는 사람.

가겠다는 것이었다. 사실 잘못하다가는 자동차가 이 저자 터까지 들어먹을 판인데, 별안간 옥임이가 빠져나간다니 한편으로는 시원하나 십만 원을 모개[4]로 빼내주는 도리가 없었다.

"이렇게 거덜거덜할 바에야 집어치우지."

겨울 방학 때라, 더구나 팔리는 것은 없고 쓸쓸하기도 하였지마는, 옥임이는 날마다 십만 원 재촉을 하러 와서는 이런 소리도 하는 것이었다. 남은 집문서를 잡혀서 이거나마 시작해놓고, 다섯 식구의 입을 매달고 있는 터인데, 제 발만 쑥 빼놓겠다고 이런 야멸찬 소리를 할 제, 정례 모녀는 얼굴을 빤히 쳐다보곤 하였다.

"세전 보증금이나 빼내구 뉘께 넘겨버리지? 설비한 것하구 물건 남은 것 얼러서 한 십만 원은 받을까? 그렇다면 내 누구 하나 지시해줄까?"

이렇게 권하기도 하는 것이었다. 뉘께 넘기게 해서라도 자기가 십만 원만 어서 뽑아가려는 말이겠지마는, 어떻게 보면 십만 원에 이 점방을 자기가 맡아 잡겠다는 말눈치인 듯도 싶었다.

"내가 바쁘지만 않으면 도틀어[5] 맡아가지고 훨씬 화장을 해놓으면 이 꼴은 안 되겠지만, 어디 내가 틈이 있는 몸이어야지……."

이렇게 운자를 떼는 것을 들으면, 한 발 들여놓고 한 발 내놓는 수작 같기도 하였다. 자동차 동티로 밑천을 홀짝 집어먹힐까 보아서 발을 뺀다는 수작이다. 한편으로는 이렇게 한참 꿀리고, 학교들은 방학을 하여 홍정이 없는 이 판에, 번히 나올 구멍이 없

4 죄다 한데 묶은 수효.
5 이러니저러니 여러 말 할 것 없이 죄다 몰아서.

는 십만 원을 해내라고 못살게 굴면, 성이 가시니 상점을 맡아 가라는 말이 나오고 말리라는 배짱 같아 보이는 것이었다. 모녀는 그것이 더 분하였다.

"저의 자수로는 엄두도 안 나구, 남이 해놓으니까 젠 듯싶어서, 솔개미가 까치집 채어 들 듯이 이거나마 뺏어가지고 저의 판을 만들어보겠다는 것이지만, 첫째 이런 좋은 좌처를 왜 내놓을라구."

누구보다도 정례가 바르르 떨었다.

"매사가 그렇지. 될성부르니까 뺏어 차구앉겠지, 거덜거덜하면 누가 눈이나 떠본다던!"

정례 모친은 코웃음을 치기만 하였다.

하여간 이렇게 졸리기를 반달 짝이나 하다가 급기야 팔만 원 보증금의 영수증을 옥임에게 담보로 내주고, 출자금 십만 원은 일 할 오 푼 변의 빚으로 돌라매고 말았다. 옥임으로서는 매삭 이할 배당의 맛도 잊을 수 없었으나, 이왕 상점을 제 손으로 못 휘두를 바에는 이편이 든든은 하였던 것이다.

그러고도 정례 모친은, 옥임이와 가끔 함께 들러서 알게 된 교장 선생님의 돈 오만 원을 얻어가지고, 개학 초부터 찌부러져 가던 상점의 만회책을 다시 세웠던 것이다. 그러나 땅뙈기는 자동차 바람에 날려보내고, 자동차는 수선비로 녹여버리고 나니, 상점에서 흘려 내간 칠팔만 원이라는 돈은 고스란히 떼버렸고, 그 보충으로 짊어진 것이 교장의 빚 오만 원이었었다. 점점 더 심해가는 물가에 뜯어먹고 살아야 하겠고, 내남직없이 종이 한 장, 연필 한 자루라도 덜 사갔지, 더 팔리지는 않으니, 매삭 두 자국 세

자국의 변리만 꺼가기도 극난이었다. 그러고 보니 자연 좋지 못한 감정으로 헤어진 옥임이한테 보낼 변리가 한두 달 밀리기 시작했던 것이다. 팔만 원 증서가 집문서만큼 믿음직하지 못하다고 기어이 일 할 오 푼으로 떼를 써서 제멋대로 매놓은 것이 얄미워서, 어디 네가 그 이자를 긁어다가 먹나, 내가 안 내고 배기나 해보자는 뱃심도 정례 모친에게는 없지 않았다. 옥임이 역시 제가 좀 과하게 하였다고 뉘우쳤던지, 또 혹은 팔만 원 증서를 가졌느니만큼 마음이 놓여서 그런지, 별로 들르지도 않으려니와 들러서도 변리 재촉은 그리 아니 하였다. 도리어 정례 어머니 편에서 변리가 밀려 미안하다는 말을 꺼내고 그 끝에

"이 여름방학이나 지내고 개학 초에 한몫 보면 모개 내리다마는 원체 일 할 오 부야 과한 것이요 그때 형편에는 한 달 후면 자동차를 팔아서라두 곧 갚겠거니 해서 아무려나 해둔 것이지만 벌써 이월서부터 여덟 달이나 됐으니 무슨 수로 그걸 다 내우, 일 할씩만 해두 팔만 원이구려, 어이구…… 한 반만 깎읍시다."
하고, 슬쩍 비쳐보면 옥임이도 그럴싸한 듯이

"아무려나 좋도록 합시다그려."
하고 웃어버리곤 하였다. 그러던 것이 개학이 되자 이달 들어서 부쩍 재치면서 일 할 오 부 여덟 달 치 변리 십이만 원 어울러서 이십이만 원을 이 교장 영감에게 치러달라는 것이다. 급한 조건으로 이 영감에게 이십만 원을 돌려썼는데, 한 달 변리 일 할 이만 원을 얹으면 이십이만 원 부리가 맞으니, 셈 치기도 좋고 마침 잘되었다고 생글생글 웃어가며 조르는 옥임이의 늙어가는 얼굴이 더 모질어 보이고 얄밉상스러워 보였다. 마치 이십이만 원

부리를 채우느라고 그동안 여덟 달을 모른 체하고 내버려두었던 것 같다. 정례 어머니는 기가 막혀 말이 아니 나왔다. 옥임이에게 속아 넘어간 것 같아서 분하였다. 그러나 분한 것은 고사하고 이러다가 이 구멍가게나마 들어먹고 집 한 채 남은 것마저 까불리지나 않을까 하는 생각을 곰곰 하면 가슴이 더럭 내려앉는 것이었다. 소학교 적부터 한 반에서 콧물을 흘리며 같이 자라났고 동경 가서 여자대학을 다닐 때도 함께 고생하던 옥임이다. 더구나 제가 내놓은 십만 원은 한 푼 깔축을 안 내고 이십만 원 가까운 돈을 벌어주었으니, 아무리 눈에 돈 동록[6]이 슬었기로 제가 설마 내게 일 할 오 푼 변을 다 받으려 들기야 하랴! 한 반절 얹어서 십육만 원쯤 해주면 되려니 하는 속셈만 치고 있던 자기가 어리보기라고 혼자 어이가 없어 실소를 하였다. 그러나 십오륙만 원이기로 한꺼번에 빼내는 수도 없으니 이번에 변리 육만 원만 마감을 하고서 본전은 오만 원씩 두 번에 갚자는 요량이었다. 집안 식구는 조밥에 새우젓 꽁댕이로 우겨대더라도 어떻든지 이 겨울 방학이 돌아오기 전에 그 아니꼬운 옥임이 조건만이라도 끝을 내고야 말겠다고 이를 악무는 판인데, 이렇게 둘러대고 보니 살겠다고 기를 쓰고 기어 올라가는 놈의 발목을 아래에서 붙들고 늘어지는 것 같아서 맥이 풀리고 사는 것이 귀찮은 생각만 드는 것이었다. 평생에 빚이라고는 모르고 지냈는데 펀펀히 노는 남편만 바라보고 있을 수가 없어서 시작한 노릇이라서 은행에 삼십만 원이 그대로 있고 옥임에게 이십이만 원, 교장 영감에게 오만

6 돈에 대한 욕심을 비유적으로 이르는 말.

원 도합 오십칠만 원 빚을 어느덧 걸머지고 앉은 생각을 하면 밤에 잠이 아니 오고 앞이 캄캄하여 양잿물이라도 먹고 싶은 요사이의 정례 어머니다.

"하여간 제게 십만 원 썼으면 썼지, 그걸 못 받을까 봐 선생님을 팔구 선생님더러 받아오라는 것이지만 내가 아무리 죽게 돼두 제 돈 떼먹지 않을 거니 염려 말라구 하셔요."

정례 어머니는 화를 바락 내었다. 해방 덕에 빚놀이를 시작해 가지고 돈 백만 원이나 착실히 잡았고, 깔려 있는 것만도 백만 원 이상은 되리라는 소문인데, 이 영감에게 이십만 원 빚을 쓰다니 말이 되는 소린가. 못 받을까 애도 씌지만, 십이만 원 변리를 본전으로 돌라매어 놓고 변리의 새끼 변리, 손자 변리까지 우려먹자는 수단인 것이 뻔한 노릇이었다. 십만 원에 일 할 오 푼이면 일만 오천 원밖에 안 되나, 이십이만 원으로 돌라매 놓으면 일할 변만 해도 매삭 이만 이천 원이니 칠천 원이 더 붙는 것이다.

"그야, 내 돈 안 쓴 것을 썼다겠소. 깔려만 있고 회수가 안 되면 피차 돌려두 쓰는 것이지마는, 나 억, 한 자국에 이십만 원씩 모개 내놓고 오래 둘 수는 없으니까, 이렇게 하면 어떻겠소……?"

영감은 무척 생색을 내고, 이편 사폐를 보아서 석 달 기한하고 자기 조카의 돈 이십만 원을 돌려주게 할 터이니, 다시 말하면 조카에게 이십만 원을 일 할로 얻어 쓸 터이니, 우수리 이만 원만 현금으로 내놓고 표를 한 장 써내라는 것이다. 옥임이는 이 영감에게로 미루고, 영감은 또 조카의 돈을 돌려쓴다고 표를 받겠다는 꼴이, 저희끼리 무슨 꿍꿍이속인지 알 수가 없으나, 요컨대 석 달 기한의 표를 받아놓자는 것이요, 그 사품에 칠천 원 변리를 더 받겠다는 수작이다. 특별히 일 할 변인 대신에 석 달 기한이라는 조건을 붙이는 것도 무슨 계교 속인지 알 수가 없다. 석 달 동안에 이십만 원을 만드는 재주도 없지마는, 석 달 후면 마침 겨울 방학이 될 때니 차차 꿀려 들어가는 제일 어려운 고비일 것이다. 정례 어머니는, 이 연놈들이 무슨 원수를 졌다고 이렇게 짜고서들 못살게 구는 것인가, 하는 생각에 한바탕 들이대고 싶은 것을 꾹 참으며

"선생님께 쓴 돈 아니니, 교장 선생님은 아랑곳 마세요. 옥임이더러, 와서 조르든, 이 상점을 떠메어 가든 마음대로 하라죠."

하고 딱 잘라 말을 하여 쫓아 보냈다.

3

그 후 근 일주일은 옥임이의 그림자도 보이지 않았다. 정례 모녀는 맞닥뜨리면 말수도 부족하거니와 아귀다툼하는 것이 싫어서, 그날그날 소리 없이 넘어가는 것만 다행하나, 어느 때 달려들어서 또 무슨 조건을 내놓고 졸라댈지 불안은 한층 더하였다.

"응, 마침 잘 만났군. 그런데 그만하면 얘기는 끝났을 텐데, 웬 세도가 그리 좋아서 누구를 오너라 가너라 하구 아니꼽게 야단야……."

정례 모친이 황토현 정류장에서 차를 기다리며 열 틈에 끼어섰으려니까, 이리로 향하여 오던 옥임이가 옆에 와서 딱 서며 시비를 건다.

"바쁘기야 하겠지만 좀 못 들를 건 뭐구."

정례 모친은 옥임이의 기색이 좋지는 않아 보이나, 실없는 말이거니 하고 대꾸를 하며 열에서 빠져 나서려니까

"그래 그 돈은 갚는다는 거야 안 갚을 작정야? 세도 좋은 젊은 서방을 믿고 그 떠세루 남의 돈을 무쪽같이 떼먹으려 드나 보다마는, 김옥임이두 그렇게 호락호락하지는 않어……."

원체 예쁘장한 상판이기는 하면서도 쌀쌀한 편이지마는, 눈을 곤두세우고 대드는 품이 어려서부터 삼십 년 동안을 보던 옥임이는 아니다. 전부터 "네 영감은 어째 점점 더 젊어가니? 거기다 대면 넌 어머니 같구나" 하고 새롱새롱 놀리기도 하고, 육십이 넘은 아버지 같은 영감 밑에 쓸쓸히 사는 옥임이는 은근히 부러워도 하는 눈치였지마는, 밑도 끝도 없이 길바닥에서 '젊은 서방'을 들추어내는 것을 보고 정례 어머니는 어이가 없었다.

"늙은 영감에 넌더리가 나거든 젊은 서방 하나 또 얻으려무나."
하고, 정례 모친도 비꼬아주고 싶었으나 열을 지어 섰는 사람들이 쳐다보며 픽픽 웃는 바람에

"이거 미쳐나려나? 이건 무슨 객설야."
하고, 달래며 나무라며 끌고 가려 하였다.

"그래 내 돈을 곱게 먹겠는가 생각을 해보렴. 매달린 식솔은 많구 병들어 누운 늙은 영감의 약값이라두 뜯어 쓰려구, 이렇게 쩔쩔거리구 다니는, 이년의 돈을 먹겠다는 너 같은 의리가 없는 년은 욕을 좀 단단히 봬야 정신이 날 거다마는, 제 사정 보아서 싼 변리에 좋은 자국을 지시해 바친 밖에! 그것두 마다니, 남의 돈 생으루 먹자는 도둑년 같은 배짱 아니구 뭐냐?"

오고 가는 사람이 우중우중 서며 구경났다고 바라보는데, 원체 히스테리증이 있는 줄은 짐작하지마는, 창피한 줄도 모르고 기가 나서 대든다. 히스테리는 고사하고, 이것도 빚쟁이의 돈 받는 상투 수단인가 싶었다.

"누가 안 갚는대나? 돈두 중하지만 이게 무슨 꼬락서니난 말이야."

정례 어머니는 그래도 달래서 뒷골목으로 끌고 들어가려 하였다.

"난 돈밖에 몰라. 내일모레면 거리로 나앉게 된 년이 체면은 뭐구, 우정은 다 뭐냐? 어쨌든 내 돈만 내놓으면 이러니저러니 너 같은 장래 대신 부인께 나 같은 년이야 감히 말이나 붙여보려 들겠다던!"
하고 허청 나오는 코웃음을 친다. 구경꾼은 자구 꾀어드는데, 정례 모친은 생전 처음 당하는 이런 봉욕에 눈앞이 아찔하여지고 가슴이 꽉 메어 올랐으나, 언제까지 이러고 섰다가는 예서 더 무슨 창피한 꼴을 볼까 무서워서 선뜻 몸을 빼쳐 옆의 골로 줄달음질을 쳐 들어갔다. 뒤에서 발소리가 없으니 옥임이는 저대로 간 모양이다. 정례 모친은 눈물이 핑 돌았다.

스물예닐곱까지 동경 바닥에서 신여성 운동이네, 연애네, 어쩌네 하고 멋대로 놀다가, 지금 영감의 후실로 들어앉아서, 세상 고생을 알까, 아이를 한번 낳아보았을까, 사십 전의 젊은 한때를 도지사 대감의 실내마님으로 떠받들려 제멋대로 호강도 하여본 옥임이다. 지금도 어디가 사십이 훨씬 넘은 중늙은이로 보이랴. 머리를 곱게 지지고 옮은 얼굴 단장에, 번질거리는 미국제 핸

드백을 착 끼고 나선 맵시가 어느 댁 유한마담이지, 설마 일 할, 일 할 오 푼으로 아귀다툼을 하고 어려운 예전 동무를 쫓아다니며 울리는 고리대금업자로야 누가 짐작이나 할까. 해방이 되자, 고리대금이 전당국 대신으로 터놓고 하는 큰 생화가 되었지마는, 옥임이는 반민자反民者의 아내가 되리라는 것을 도리어 간판으로 내세우고 부라퀴같이 덤빈 것이다. 중경 도지사요, 전쟁 말기에는 무슨 군수품 회사의 취체역인가 감사역을 지냈으니 반민법이 국회에서 통과되는 날이면, 중풍을 삼 년째나 누웠는 영감이, 어서 돌아가 주기나 하기 전에야 으레 걸리고 말 것이요, 걸리는 날이면 떠메어다가 징역은 시키지 않을지 모르되, 지니고 있는 집칸이며 땅섬지기나마 몰수를 당할 것이니, 비록 자신은 없을망정 자기는 자기대로 살길을 차려야 하겠다고 나선 길이 이 길이었다. 상하 식솔을 혼자 떠맡고 영감의 약값을 제 손으로 벌어야 될 가련한 신세같이 우는소리를 하지마는 그래야 남의 욕을 덜 먹는 발뺌이 되는 것이다.

옥임이는 정례 모친이 혼쭐이 나서 달아나는 꼴을 그것 보라는 듯이 곁눈으로 흘겨보고 입귀를 샐룩하여 비웃으며, 버젓이 사람 틈을 헤치고 종로 편으로 내려갔다. 의기양양할 것도 없지마는, 가슴속이 후련하니 머릿속이고 가슴속이고 무언지 뭉치고 비비 꼬이고 하던 것이 확 풀어져 스러지고 회가 제대로 도는 것 같아서 기분이 시원하다. 그러나 그 뭉치고 비비 꼬인 것이라는 것이 반드시 정례 어머니에게 대한 악감정은 아니었다. 옥임이가 그 오랜 동무에게 이렇다 할 감정이 있을 까닭은 없었다. 다만 아무리 요새 돈이라도 이십여만 원이라는 대금을 받아내려면은 한

번 혼을 단단히 내고 제독을 주어야 하겠다고 벼르기는 하였지마는, 얼떨결에 나온다는 말이 젊은 서방을 둔 떠세냐 무어냐고 한 것은 구석 없는 말이었고, 지금 생각하니 우스웠다. 그러나 자기보다도 훨씬 늙어 보이고 살림에 찌든 정례 모친에게는 과분한 남편이라는 생각은 늘 하는 옥임이기는 하였다. 남의 남편을 보고 부럽다거나 샘이 나거나 하는 그런 몰상식한 옥임이도 아니지마는 자식도 없이 군식구들만 들썩거리는 집에 들어가서 몸도 제대로 가누지 못하는 늙은 영감의 방을 들여다보면 공연히 짜증이 나고, 정례 어머니가 자식들을 공부시키느라고 어려운 살림에 얽매고 고생하나, 자기보다 팔자가 좋다는 생각도 나는 것이었다. 내년이면 공과대학을 나오는 맏아들에, 중학교에 다니는 어머니보다도 키가 큰 둘째 아들이 있고, 딸은 지금이라도 사위를 보게 다 길러놓았고, 남편은 펀둥펀둥 놀며 마누라가 조리차[7]를 하는 용돈이나 받아 쓰고, 자동차로 땅돼기는 까불렸을망정 신수가 멀쩡한 호남자가 무슨 정당이라나 하는 데 조직 부장이니 훈련 부장이니 하고 돌아다니니, 때를 만나면 아닌 게 아니라 장래 대신이 되지 말라는 법도 없을 것이다. 팔구 삭 동안 동사를 하느라고 매일 들러서 보면, 젊은 영감을 등이라도 두드리고 머리를 쓰다듬어줄 듯이 지성으로 고이는 꼴이란 아닌 게 아니라 옆에서 보기에도 부러운 생각이 들 때가 없지 않았지마는, 결혼들을 처음 했을 예전 시절이나 도지사 관사에 들어서 드날릴 때에야 어디 존재나 있던 위인들인가? 그것이 처지가 뒤바뀌어서 관

7 알뜰하게 아껴 쓰는 일.

속에 한 발을 들여놓은 영감이나마 반민자로 지목이 가다니, 이런 것 저런 것을 생각하면 쭉쭉 뽑아놓은 자식들과 한참 활동적인 허우대 좋은 남편에 둘러싸여 재미있고 기운꼴 차게 사는 양이 역시 부럽고 저희만 잘된다는 것이 시기도 나는 것이었다. 보기 좋게 이년 저년을 붙이며 한바탕 해대고 나서 속이 후련한 것도 그러한 은연중의 시기였고, 공연한 자기 화풀이였던지 모른다.

옥임이는 그길로 교장 영감 집에 들러서

"혼을 단단히 내주었으니까 인제는 딴소리 안 할 거외다. 내일 가서 표라두 받아다 주슈."

하고 일러놓았다.

4

"오늘은 아퀴를 지어주시렵니까? 언제 갚으나 갚고 말 것인데 그걸루 의 상할 거야 있나요?

이튿날 교장이 슬쩍 들러서 매우 점잖은 수작을 하는 것이다.

"이렇게 말씀드리면 교장 선생님부터가 어떻게 들으실지 모르지만 김옥임이가 그렇게 되다니 불쌍해 못 견디겠어요. 예전에 셰익스피어의 원서를 끼구 다니구, 《인형의 집》에 신이 나구, 엘렌 케이의 숭배자요 하던 그런 옥임이가 동냥자루 같은 돈 전대를 차구 나서면 세상이 모두 노란 돈닢으로 보이는지, 어린애 코 묻은 돈푼이나 바라고 이런 구멍가게에 나와 앉았는 나두 불쌍한 신세지마는 난 옥임이가 가엾어서 어제 울었습니다. 난 살림이나 파산 지경이지 옥임이는 성격 파산인가 보더군요…….”

정례 어머니는 분하다 할지 딱하다 할지 속에 맺히고 서린 불쾌한 감정을 스스로 풀어버리려는 듯이 웃으며 하소연을 하는 것이었다.

“그런 말씀을 하시니 나두 듣기에 좀 괴란쩍습니다마는 다 어려운 세상에 살자니까 그런 거죠. 별수 있나요. 그래도 제 돈 내놓고 싸든 비싸든 이자라고 명토[8] 있는 돈을 어엿이 받아먹는 것은 아직도 양심이 있는 생활입니다. 입만 가지고 속여먹고, 등쳐먹고, 알로 먹고, 꿩으로 먹는 허울 좋은 불한당 아니고는 밥알이 올곧게 들어가지 못하는 지금 세상 아닙니까…… 허허허.”
하고 교장은 자기변명인지 옥임이 역성인지를 하는 것이었다.

이날 정례 어머니는 딸이 옆에서 한사코 말리며 “그따위 돈은 안 갚아도 좋으니 정장을 하든 어쩌든 마음대로 하라구 내버려 두세요” 하며 팔팔 뛰는 것을 모른 척하고 이십만 원 표에 이만 원 현금을 얹어서 옥임이 갖다가 주라고 내놓았다.

정례 모친은 그 후 두 달 걸려서 교장 영감의 오만 원 빚은 갚았으나, 석 달째 가서는 이 상점 주인이 바뀌어 들고야 말았다. 정말 교장 영감의 조카가 나서나 하였더니 교장의 딸 내외가 들어앉았다. 상점을 내놓고 만 바에는 자질구레한 셈속을 따진대야 죽은 아이 귀 만져보기지 별수 없지마는, 하여튼 이십만 원의 석 달 변리 육만 원이 또 늘어서 이십육만 원인데 정례 모녀가 사글세의 보증금 팔만 원마저 못 찾고 두 손 털고 나선 것을 보면, 그

8 일부러 꼭 지적하여 말하는 이름이나 설명 등을 의미함.

팔만 원을 아끼고 남은 십팔만 원을 점방의 설비와 남은 물건 값으로 치운 것이었다. 물론 옥임이가 뒤에 앉아 맡은 것이나, 권리 값으로 오만 원 더 얹어서 교장 영감에게 팔아넘긴 것이었다. 옥임이는 좀 더 남겨먹었을 것이로되 교장 영감이 그 빚 받아내는 데에 공로가 있었기 때문에 오만 원만 얹어먹고 말았고, 또 교장은 이북에서 내려온 딸 내외에게는 똑 알맞은 장사라는 생각이 있어서 애초부터 침을 삼키고 눈독을 들이던 것이라, 이 상점을 손에 넣으려고 애도 썼지마는, 매득하였다고 좋아하였다.

정례 모녀는 일 년 반 동안이나 죽도록 벌어서 죽 쑤어 개 좋은 일 한 셈이라고 절통을 하였으나 그보다도 정례 모친은 오래간만에 몸이 편해져서 그렇기도 하였겠지마는 몸살감기에 울화가 터져서 그만 누운 것이 반달이나 끌었다.

"마누라, 염려 말아요. 김옥임이 돈쯤 먹자고 들면 삼사십만 원쯤 금세루 녹여내지. 가만있어요."

정례 부친은 앓는 마누라 앞에 앉아서 이렇게 위로하였다.

"옥임이 돈을 먹자는 것두 아니지마는 무슨 재주루."

마누라는 말리는 것도 아니요 부채질하는 것도 아닌 소리를 하였다.

"김옥임이도 요사이 자동차를 놀려보고 싶어 한다는데 마침 어수룩한 자동차 한 대가 나섰단 말이지. 조금만 참아요. 우리 집 문서는 아무래두 김옥임 여사의 돈으로 찾아놓고 말 것이니……."

하며 정례 부친은 앓는 아내를 위하여 뱃속 유하게 껄껄 웃었다.

—〈신천지〉, 1949. 8.

굴레

1

비는 뜸하였지마는 벌써 통행 시간이 가까워오는데, 영감은 어디서 비에 막혔는지 아니 들어온다. 비에 막혔기로 택시만 집어타면 그만일 텐데…… 아무리 생각해도 알 수 없는 일이다. 도대체 저녁밥을 나가 자시는 일이 없고, 별로 사랑 소일을 하러 다닌다거나 친구 교제가 넓은 것도 아니니, 그저 출입이래야 아침 저녁에 소풍 삼아 배우개 장에 나가서 물정도 보고 한 바퀴 휘 돌다가, 대개는 반찬거리나 사 들고 들어오지 않으면, 취대(빚놀이)나 너더댓 채 가진 집의 세전이 밀리면 그것을 채근하러 다니는 따위의 볼일쯤밖에는 없는 영감이다. 오늘도 서퇴[1]가 되자 의관을 하고 나서기에 철원집은

"다 저녁때 어디를 가시는 거요? 요새 또 공고公故[2]를 치르러 다니는 데가 생긴 게 분명하지!"
하고 비꼬면서 내보내지를 않으려는 생각도 들었으나, 장에 가서 민어나 한 마리 사다 먹을까? 하며 어쩌고 어름어름하기에 그대로 내버려두었던 것인데, 정말 민어를 사가지고 어느 년의 집에를 가서 민어 국수나 민어회를 먹느라고 이렇게 늦는지, 철원 마누라는 모기장 속에 혼자 누워서도 얼밋거리는 시계만 치어다보며 귀를 대문간으로 모으고 있었다.

열한 시를 땡땡 친다.

"—흥! 아무래두 또 병통이 단단히 난 거야!"

철원집은 혀를 끌끌 차며 고쟁이 바람으로 모기장 밖을 나와 문지방 밑으로 다가앉아서

"아범은 들어왔니?"
하고 아래채에 소리를 쳐본다.

"안 들어왔어요."

며느리가 툇마루로 나서며 대꾸를 한다.

"열한 시를 쳤는데 모두 붙들렸단 말이냐? 젊은것두 못된 건 닮어서……."
하고 마누라는 아들마저 난봉이 났다고 또 혀를 차며 담배를 붙인다.

"더위에 잔뜩 들어앉었어두 성이 가셔요. 어련히 들어올라구요."

1 더위가 물러감.
2 벼슬아치가 조회, 진하, 거둥 등 궁중에서 행하는 행사에 참여하던 일.

며느리는 영감을 하도 바치며 꿈쩍을 못하게 하는 시어머니가 못마땅해서 이렇게 대꾸를 하며

"한데 아버니께선 웬일이세요?"

하고 불도 끄고 컴컴한 건넌방을 바라본다.

"정녕 그년을 또 어따가 끌어다 논 거지! 민어를 사 들고 그년의 집에를 가서 민어회에 관격[3]이 된 거라! 늙은 게 마지막 기를 쓰느라구…… 저러다 며칠 못 살구 거꾸러질려구!"

마누라는 영감의 방까지 미운 듯이 건넌방을 흘겨보고는

"그래두 너희는 짐작이 있을 게지? 그렇게 모를 리가 있니."

하고 또 이런 소리를 꺼내었다. 그년이란 작년 겨울에 숨어 사는 것을 기어코 발견해내서 세간을 짓부수고 헤어지게 하였던 개성집 말이다. 이래저래 이 늙은 내외는 점점 더 버스러져서 올봄부터는 각방을 쓰게 되었지만, 각방을 쓰게 되자 어디를 가는지 영감의 낮 출입이 잦아가고, 보약은 전부터도 먹던 것이라 하더라도 온 여름내 약이 떠날 날이 없으니 이런 것도 의심스러워 늘 들컹거리는 조건이 되었다. 그것은 고사하고 요새 와서는 아들 내외더러 눈치를 챈 것이 있을 터이니 알려 바치라고 조르는 것이었다.

"밤낮 들어앉었는 제가 무얼 알겠어요."

며느리는 언제나 하는 똑같은 대답을 하는 수밖에 없었다.

"그만둬라. 내일은 내가 나서볼 거다. 이눔의 늙은이가 자기 손으로 제물에 광중[4]을 파놓고 들어가 누워서 콧노래를 부르고

3 음식이 갑자기 체하여 가슴이 막히고 계속 토하며 대소변이 통하지 않는 위급한 증상.
4 시체가 놓이는 무덤의 구덩이 부분.

자빠졌다마는, 자기를 하루라두 더 살리려구 그러는 줄은 모르구……."

마누라는 아랫입술을 악물며 성미가 부르르 났다. 올해 쉰넷이라 하여도 머리 하나 세었을까. 전등불 밑에서 보면 분이라도 바른 듯이 부옇고 피둥피둥한 얼굴이 인제 한 사십쯤 된 성싶다. 사실 날마다 분세수도 하고, 영감이 어름 달래서 아들의 식구를 아래채로 내려쫓고 건넌방으로 옮아간 뒤부터는 웬일인지 몸가축도 전보다 더 하는 마누라였다. 물론 마누라가 안방에서 영감을 떼민 것은 아니었다. 육십이나 되는 늙은이가 마치 젊은 애들처럼 보약 먹겠으니 딴 방 쓴다는 말도 우스운 말이었지마는, 영감은 하여튼 그런 핑계로 슬며시 안방을 빠져나간 것이었다. 마누라가 보기 싫게 늙어가는 것도 아니요, 영감을 지성껏 아껴주는 것이 마음에 아니 드는 것도 아니나, 이십여 년이나 보아온 그 거벽스러운 얼굴이 인제는 싫증도 나거니와, 그보다도 젊었을 때에 지지 않게—아니, 젊었을 때보다도 한술 더 떠서, 툭하면 입이 부어가지고 자리에 누웠다가도 일어나 앉아서 남 잠도 못 자게 옆에서 까닭 없이 찡얼대고 들볶고 하는, 그 생강짜에는 웬만치 넌덜머리가 나서 마루 하나 격해서나마 피접을 나왔던 것이다. 그러나 마누라의 감독이 나날이 더 심해가고 그 잔소리에는 세어가는 머리가 빠질 지경이었다.

대문이 찌걱하는 소리에 행여 영감인가 하고 마누라는 눈이 번쩍하였으나, 덜기덕거리고 문을 잠그고 아들이 들어온다.

"아버니 안 들어오셨어?"

아들은, 뜰에서 뚱기는 아내의 말에 예사로이 대꾸를 하고, 제

방으로 들어가려 한다. 방문턱에 앉았던 모친은 아들이 걱정을 아니 하는 말눈치에 또 의심이 버쩍 났다.

"너두 아버지 따라 그넌 집에 가서 민어국 얻어먹구 오니?"
하고 모친은 비꼬아 보았다. 아무래도 아들놈까지 부친에게 돈 얻어 쓰는 맛에 부친의 비밀을 알고도 어미에게까지 속이는 것만 같았다.

"난 몰라요."

아들은 무슨 말인지 모르겠으나 부친이 숨어 다니다가 이제는 터놓고 개성집에게 가서 자는 것이거니 하는 짐작만은 들어갔다. 부친이 개성집을 다시 데려다가 냉동에 새로 배포를 차려놓은 것이 벌써 올봄 일인 것은 누이에게 들어서 아는 일이나, 어머니의 그 성미가 무서워서 남매는 입을 봉하기로 짰던 것이다.

"그만둬라. 돈이 무언지, 돈만 있으면 자식두 매수를 하는가 보더라마는, 난 돈 없다던? 다시는 내개 돈 달라구 손을 내밀어 봐라."

모친은 입을 삐쭉하였다. 사실 철원집은 철원집대로 집과 땅을 나누어 가지고 있기도 하였지마는, 이십여 년 이 영감과 사는 동안에 구미구미 모아둔 봉창돈[5]으로 지금 빚놀이에 풀어논 것만 해도 상당한 것이었다.

아들은 껄껄 웃다가

"그러지 않아도 한 만 원 내일 쓸데가 있는데, 운동비로 만 원만 내놓으세요. 사람을 내세워서 알아드릴께니요."

5 넌짓넌짓 모아서 감추어둔 돈.

하고 제 방으로 들어간다.

"너, 저번 봄에 집 파시구, 어디 다시 사신 것 알겠구나?"

"모르죠."

영감이 집 시세가 떨어질 때까지 아직 사지 않겠다는 말을 그럴듯이 들어오면서도, 새집을 사거나, 혹은 세놓아 먹는 집 중에서 한 채 비어서, 개성 년이나 어떤 년을 들여앉혔으려니 하는 의심이 늘 떠나지를 않던 터이라, 내일은 그 집들을 모조리 뒤져볼 작정이나, 숨어 살자면 새집을 샀으려니 싶은 것이다.

아들 식구가 제 방으로 들어간 뒤에, 마누라는 자기 열쇠 꾸러미를 꺼내 들고 영감 방으로 건너갔다. 지금 들어 있는 이 집 문서는 자기가 맡아 있지마는, 다른 것은 영감이 손금고에 넣어둔 것을 잘 아는 터이라, 그것을 맞은쇠질[6]을 해서 꺼내보자는 생각이었다. 그러나 양복장 아랫서랍은 맞은쇠질로 단박에 열고 그 속에 둔 손금고를 꺼냈으나, 이것만은 맞는 쇠가 없다. 머리맡의 책상 서랍에 두고 다니는 영감의 열쇠 꾸러미를 꺼내자면 책상 서랍 두 개를 얼러서 거멀[7]을 하고 조그만 백통 맹꽁이자물쇠로 채워놓았으니, 이 맹꽁이자물쇠가 또 문제다. 영감이 오늘 나가서 잔 이 중대한 '죄'를 생각하면, 책상을 도끼로 쪼개고 열쇠를 꺼내기로 영감이 꼼짝 못하고 큰소리 한마디 못할 것이지마는, 그래도 물건이 아까워서 재봉틀의 나사못 빼는 것을 가져다가 거멀의 나사를 빼기 시작하였다. 나사 두 개를 빼고 우선 오른편 서랍을 열고 보니, 만 원 뭉치가 여남은 꼭꼭 늘어놓인 앞에 열쇠

6 제 열쇠가 아닌 것으로 자물쇠를 여는 일.
7 두 물건 사이를 벌어지지 못하게 연결하는 일.

꾸러미가 들어 있다. 그까짓 돈은 눈도 아니 떠보고 열쇠 꾸러미를 집어내면서, 마누라는 무심코 귀를 대문 있는 편으로 기울였다. 설령 영감이 들어와서 들킨대야 무서울 것도 조금도 없지마는 텅 빈 대청에서 깊어가는 밤중에 혼자 이런 일을 꾸물꾸물하고 있는 것이 무슨 도적질이나 하는 것 같아서, 본능적으로 잠깐 흉측스럽고 무서운 생각도 드는 것이었다.

손금고를 열고 이 봉투 저 봉투를 꺼내보는 중에 집문서가 나왔다. 까막눈이 마님이라도 집문서는 늘 보아서 알았다. 그것은 고사하고 문서가 다섯 장인데에, 마누라는 우선 시앗의 머리채나 붙든 듯이 속으로 허— 하고 반색을 하는 것이었다. 다섯 채에서 한 채를 팔았으면 넉 장이 있어야 할 터인데 다섯 장이란 말이다. 새집 한 채를 또 사놓고도 속인 것은 뻔한 노릇이다.

"애, 애어멈아, 좀 올러온."

아랫방에다가 소리를 쳤다. 날짜는 알아볼 수 있으니까, 겉짐작으로 새집 문서를 골라잡기는 하였으나, 동리 이름을 알 수 없으니 며느리를 불러대는 것이었다. 벗고 누웠던 며느리가 꾸물거리고 나오는 것을 기다리기가 갑갑하였다.

"이것 좀 봐다우, 어디냐?"

"냉동이군요."

며느리는 집문서를 받아 들고 속으로는 웃으며 대답을 하였다.

"삼월에 산 거지?"

"네."

"그것 봐! 삼월에 사놓고 그 집값 치르느라구 한 채를 판 것일텐데, 엊그저께까지두 집은 안 샀대지 않으시던. 그 혓바닥부터 빼놓을라!"

마누라는 종잇장을 다시 받아서

"냉동 ××번지!"

하고 번지수를 똑똑히 들여다보고는 다시 봉투에 넣으며, 며느리더러는 책상 서랍의 나사못을 다시 박으라고 일을 시킨다.

"그런데 그거 뭐예요?"

며느리는 나사를 박으며, 영문을 도모지 모르는 듯이 묻는다.

"어림없는 너 같은 소리두 한다. 어떤 년인지 이번에는 내가 데려다가 실컷 부려두 먹구, 말려 죽이련다!"

마누라의 목소리는 덜덜 떨리었다.

2

자정이 넘어 자리에 누워서, 네 시를 치고 동이 뉘엿뉘엿 틀 때까지, 그 너덧 시간이 왜 그리 지루한지, 하룻밤 새에 철원집은 그 부들부들한 얼굴이 다 꺼칫해지고 잠을 못 잔 눈은 핏발이 서고 퀭하였다. 세수를 부리나케 하고 옷을 갈아입고, 다섯 시가 되기만 기다리고 앉았다가, 땡 소리가 나자, 자는 며느리를 깨워놓고 철원집은 팽이같이 나섰다.

여기 연건동에서 냉동까지면 서대문까지 전차를 한 구역은 타야 한다. 게다가 생전 이름도 들어보지 못하던 동리니, 찾기에 거진 두 시간은 걸렸다. 이른 아침이라 이런 골짜기에는 대문 열어논 데도 드물지마는, 행인도 급급히 공장에 나가는 사람 아니면

해장국집이나 가는 사람들뿐이다. 그래도 큰길 가게에서 대중 치고 일러주는 대로 뺑뺑 돌아서 어쨌둥 비슷한 번지를 찾아놓고 더듬으려니까, 문패도 번지도 없는 집 한 채가 나타났다. 아래윗집 번지로 보아 분명 그 집이요, 금방 영감의 기침 소리가 나는 것만 같았다. 그러나 덮어놓고 문을 흔들었다가, 개성집 같으면야 모르거니와, 코빼기도 못 보던 젊은 년이 나와서 시치미 뚝 떼고, 그런 이는 모른다고 잡아떼면 남의 집에 들어가서 안방을 뒤져보자나? 조급한 생각을 하면 당장에 뛰어들어가서 자리에 자빠졌는 영감의 목을 그대로 눌러서 썩썩 비는 꼴을 보고 싶으나, 아무리 부푼 성미의 철원집도 마지막 판에 섣불리 서둘렀다가는 물 위까지 끌어낸 고기를 낚시째 떠내려 보내는 수도 있으니 싶어, 신중을 기하여야 하겠다고, 옆집 문전에 몸을 비켜서서 영감이 나올 때만 기다리기로 하였다. 영감이 아니 나오더라도 옆집에서 누구든 얼굴을 내밀면, 저 집 동정을 물어볼 수도 있으려니 싶어, 어쨌든 섰는 것이다. 그러자 마침 뒤에서 대문이 삐걱 열리는 소리가 나며, 젊은 아낙네가 수수비를 들고 나온다.

"아씨, 저 집 성씨가 뭔가요?"

철원집은 반색을 하며 말을 붙였다.

"두 가구가 사는데…… 안집은 김씨라든가요."

아낙네는 꾸부리고 비질을 하기 시작한다.

"네. 그 김씨가 노인네죠?"

"그런가 봐요?"

옆집 아낙네는 그제서야 무슨 짐작이 드는 일이 있는지, 비 든 손을 쉬고 철원집의 무엇에 몰려 온 것 같은 당황한 나이 먹은 얼굴을 갸웃이 쳐다보는 것이었다.

"주인댁은 노상 젊죠?"

"녜, 애어머니는 이제야 첫애가 요전에 돌잡이를 했는데요."

철원집은 첫애라는 말에 입이 뒤둥그러졌지마는, 요전에 돌을 잡혔다는 말에는 목구멍이 콱 막혀서, 꽉 닫힌 문전만 흘겨보다가 비질하는 아낙네는 내던져 두고 단걸음에 문전까지 뛰어왔다. 문을 흔들려고 떼어미니 찌걱하고 힘없이 열린다. 문이 열려 있는 것을 보고

'—이놈의 영감, 벌써 집으로 간 게로구나!'

하는 생각이 든다. 막 밝자 뛰어나선 것은 현장에서 영감을 붙들고 그 자리에서 요정을 짓자는 것인데, 집 찾느라고 거레를 하는 동안에 놓쳐버린 것이 분하다. 하여간 중문을 들어서, 안마당으로 꼽들려니까

"허, 어디를 갔다가 왜 인제야 오는 거요?"

하고, 마루에 노란 구두를 신은 채 걸터앉았던 영감이, 반가운 손님이나 기다리고 앉았었다는 듯이 껄껄 웃는다.

딴은 육십이나 된 노인이, 흰 양복에 파나마를 머리에 얹고, 캥캥한 편이나 정력적인 동안에 혈색이 아직도 좋고, 젊어서는 난봉깨나 피웠을 성싶지마는, 세상에 어려운 것을 모르고 한평생을 지냈으니만치, 늙어도 버젓이 주짜를 빼고 남에게 굽히려 들지 않는 고집이 있어 보였다. 그러면서도 또 한편으로 무턱대고 호인인 듯한 어설프고 빼진 데가 없이 느슨한 데가 있기도 하였다.

"이 망종아!"

마누라는 하도 어이가 없어서 뜰 한가운데 딱 서며, 외마디 소

리로 이 망종아, 를 불러놓았으나, 끓어오르는 분기에 말이 탁 막히고 말았다.

"아, 어제는 철원 최 참봉을 만나서 새집 들었으니 집 구경을 가자구 끌기에 잠깐 앉았다 온다는 것이, 술상이 나오구 비가 쏟아지구 하는 바람에 좀 과음을 했거던……."

하며, 영감은 축대로 올라오려는 마누라를 가로막듯이 같이 가자고 마주 내려선다.

"응, 다 알았어! 그래, 안방의 최 참봉 영감을 좀 만나러 왔어."

"글쎄, 내 말 들어봐요. 그래 거기서 쓰러졌다가, 막 밝자 집에를 들어가니 마누라가 여기는 왜 찾아 나섰는지? 이리 왔다기에 뒤쫓아온 것인데, 내가 먼저 왔구먼. 어서 갑시다. 이 집은 내 친구한테 빌려준 거야."

마누라의 팔을 정답게 끼며 끌고 나가려니까 철원집은 뿌리치며

"응, 알었어! 난 그 친구를 만날 일이 있어 왔다니까……."

하고 그 뚱뚱한 몸집이 축대로, 마루로 신발을 신은 채 비호같이 뛰어 올라가더니, 안방 문을 화닥닥 열어젖혔다. 아직 걷지 않은 모기장 속에는 큼직한 요 하나에 베개가 둘이 나란히 놓였고, 옆에는 어린애 요와 홑이불들이 널려 있으나 방 안은 텅 비었다.

"네깐 년이 숨었으면 어딜 숨구, 달아났으면 어디루 달아났겠니!"

철원집은 그 자리와 베개에, 한 번 더 눈이 뒤집힐 것 같으면서 여전히 신을 신은 채 뛰어들어가서, 모기장을 휘어 밀고 다락문을 열어보았다. 역시 사람은 눈에 안 띄고 너저분한 앞턱에는

눈에 익은 영감의 손가방이 놓여 있다. 마누라는 가택 수색에 물적 증거를 잡은 듯이 한층 기가 나서, 묵직한 가방을 들고 한 귀퉁이가 떨어진 모기장을 짓밟으며 서창을 밀치고 내다보았으나, 역시 계집의 그림자는 간데없었다.

"아주, 마음 놓고 돈을 한 가방씩 실어다 놓구 쓰는구나!"

하고, 가방을 보면, 영감도 더 앙탈은 못 하려니 하는 생각으로 들고 나오던 가방을 마루 끝에다가 탕 내어던지며, 쭈르르 건넌방으로 내닫다가 뜰아래를 힐끈 보니, 거기 섰을 영감조차 없어졌다. 아랫방에서는 나이 지긋한 여편네가 나와서 화덕에 불을 피우는 모양이다.

"응? 이눔의 영감마자 들구뛰었구나! 어디루 갑디까?"

마누라가 단걸음에 뛰어 내려오며 묻자

"지금 두 분이 나가시던데요."

하는 아랫방네의 대답도 채 들을 새 없이 문밖으로 달음질쳐 나왔다.

너희들이 갔으면 얼마나 갔으랴 하고 헐레벌떡 큰길까지 나왔으나, 위로 갔는지 아래로 갔는지 이제는 해가 퍼져서 사람이 우글거리니 좀처럼 찾을 가망도 없을 것 같다. 그러나 하여간 감영 앞, 전차 정류장까지 내려가 보리라 하고 달음질을 치자니까, 아랫골목에서 하얀 양복에 파나마를 쓴 영감의 그림자가 쓱 나타나며, 마침 지나는 택시에 손을 들다가, 마누라가 대엿 칸통 위에서 허덕허덕 내려오는 것과 눈이 마주치자 멀쑥해서 들었던 손을 떨어뜨리며 허허허 웃어버린다. 마누라는 이때처럼 영감이 때끝까지 밉고도 반가운 때는 없었다.

아이를 업고 뒤를 따라 나오던 개성집은 자리옷을 입은 채니 주제도 꾀죄죄하였지마는, 골목 모퉁이에서 철원집과 얼굴이 딱 마주치니 고양이 만난 쥐였다. 작년 겨울에 지독한 서리를 맞아본 경험이 있는지라, 얼굴이 해쓱해지며 입술이 까맣게 탔다.

"이년아, 그래두 혼이 덜 난 게로구나? 젊으나 젊은 년이 세상에 서방이 없어 저런 늙은이헌테 또 기어들어?"

거리가 아니면 곧 머리채를 휘두를 형세다. 영감도 단념하고 택시를 보낸 뒤에 마누라를 달래며 골목으로 다시 끌고 들어섰다.

3

"너, 밤에는 젊은 서방이 자구 나가면, 낮에는 늙은 서방이 다녀가구, 팔자 좋더라. 동넷집에서 들어 내 다 안다."

마당에 들어서기가 무섭게 철원집은 개성집의 머리 쪽지부터 휘어잡고 맴을 돈다.

"늙은 서방 등골을 뽑아서 얼른 죽게 해야 집 한 채라두 어서 생기겠다는 거지? 요놈의 새낀 뉘 놈의 새끼냐? 그 잘났다. 영감 쏙 빼 썼구먼."

아랫방네가 하도 딱해서 업힌 아이를 풀으라고 하여 아랫방으로 받아 들여가는 것을, 철원집은 앗아서 동댕이라도 치려는 듯이 펄펄 뛰는 것이었다.

"그만 고정하세요. 애어머니두 불쌍해요. 무슨 욕심이 있는 거 아니구, 이 애기 하나 때문에, 영감님을 또 모시는 거지…… 애어머니두 마음씨가 무던해요."

아랫방네가 개성집의 역성을 드는 것이었다. 그 말에 꿀 먹은 벙어리처럼 부엌문 밑에 얼굴이 파래서 섰던 개성집은 눈물을 주르륵 흘렸으나, 철원집은 한통속이 되어서 방에다가 감추어두었다가, 달아나게 하고 역성을 들고 하는 것이 밉고 분하여서, 개성집과 어떻게 되는 일가붙이나 되느냐? 한통이 되어서 어수룩한 영감을 빨아먹기로만 위주냐고, 이번에는 아랫방네와 맞붙어서 또 한바탕 악다구니가 벌어졌다.

영감은 이것을 뜯어말리기에도 진땀을 뺐으나, 언제처럼 세간을 또 들부술까 봐 무서워서, 마누라가 하자는 대로 둘이 같이 나가서, 이삿짐꾼을 불러다가, 당장으로 짐을 내어 실렸다. 그렇게 못 떨어지겠거든 함께 들어가서 살자는 것이다.

'—어림없는 소리!'

영감은 속으로 코웃음을 쳤으나, 마누라 성미를 뻔히 아느니만치 하루라도 함께 사는 수도 없지마는, 그렇다고 들어가자는 것을 못한다고 할 용기도 없고, 또 그랬다가는 개성집이 더 얻어맞고 볶일 것이 애처로워서 허허허 하고 안 나오는 웃음만 웃고 앉았다.

"육십이 되두록 계집의 궁둥이나 줄줄 쫓아다니구, 집 세전이나 쩔쩔거리구 다니며 받아다가 저년의 아가리로 퍼붓고 앉았다가 죽으려는 거지? 이 딱한 늙은이야, 며칠을 살겠다구 기를 쓰는 거야? 정신을 좀 차려요."

짐을 다 실려놓고 직성이 좀 풀리니까, 철원집은 담배를 피워 물고 마루 끝에 앉아서, 영감을 타이르는 것이었다.

“임자는 내 뒤나 밟고 다니면서 시앗 샘을 하느라구, 이가 다 빠져 오물할미가 됐습더니까? ……저 기승이 앞으로 몇 해나 남았을꾸?……”

영감의 말에도 한숨이 섞였다.

“내 이 탓은 왜 해. 내 이하구 살았던감?”

마누라는 근년에 낙치가 심하여 전부를 다시 해 박고, 더 젊어진 듯이 혼자 좋아하고 잇속 자랑을 하는 것이었다.

“피차에 다 늙게, 그 기승 고만 떨구, 좋두룩 지내잔 말야.”

“누가 할 소린지!”

마누라는 말소리도 한풀 꺾여서 구슬프게 들렸다. ‘육십’이니 ‘늙게’니 하는 말이 새삼스럽게 쓸쓸히 들려서 피차에 적막을 똑같이 느끼는 것이었다. 늙은 두 양주의 눈은 무심코 부엌문 앞에 섰는 개성집에게로 갔다. 수심에 싸여 맥을 놓고 섰는 꼴이 가엾다는 생각도 똑같이 들었으나, 그 토실토실한 두 볼을 바라보면 부러운 마음도 일반이었다.

연건동 집으로 짐을 날라다 놓고, 건넌방은 개성집에게 내어주라는 마누라의 분부대로, 영감이 다시 안방으로 이사를 갔다. 영감은 마누라의 쪽 고른 잇속과 유들유들한 얼굴을, 자나 깨나 다시 마주 보고 앉았어야 하는 것은 고사하고, 잠시 한때 몸도 마음대로 놀릴 수 없이 마누라의 감시 어찌나 심한지

“—이거 감옥살이보다 더 호되구나!”

고 영감은 울화가 뻗치는 것을 꾹 참고 마누라의 비위 맞추기에 전력을 다하였다. 개성집은 개성집대로 입을 봉하고 몸은 바지런히 놀리니, 마누라의 잔소리도 차차 줄어들고, 젊은것들의 동정

도 샀다. 그러자 냉동 집을 딸에게 주자는 의논이 마누라 입에서 나왔다.

"아무래도 좋지."

어차피 지금 들어 있는 딸의 집도 자기가 사준 것이니, 간살이 크고 얌전히 손질을 하여놓은 애첩의 집을 바꾸어주기는 아까운 생각도 드나, 마누라의 뜻을 거슬리는 것은 차제에 금물이었다.

개성집이 이리로 옮아온 지 한 열흘 지나서, 딸은 동대문 밖 경마장 앞에서 서대문 밖으로 이사를 갔다. 이날 마누라는 영감이 점심 후에 시장에나 가서 한 바퀴 돌고 들어오겠다고 나간 틈을 타서, 며느리에게 개성집 단속을 단단히 일러놓고, 딸의 집 드는 것을 보러 시급히 냉동으로 갔다. 영감은 영감대로 시장을 돌면서 굴비니 암치니 고기니…… 늘 하는 버릇으로 반찬거리를 한 묶음 사 들고 들어왔다. 들어와 보니, 마누라가 없다. 금시로 집안이 환하고 기죽을 펼 것 같고, 건넌방을 마음 놓고 들여다보는 것만 해도 사람이 살 것 같다.

"어떻게 해요? 난 개성으로 갈 테에요."

개성집은 자는 아이 앞에 앉아서 푸새[8]를 만지다가, 애원하듯이 치어다보며 생글 웃어 보인다. 이 집에 온 뒤로 처음 말을 붙여보는 것이요, 몇 해 만에 보는 듯싶은 귀여운 웃음이었다.

"응, 가만있어. 갈 데가 있으니 옷을 넌지시 갈아입구 있어."

영감은 이 한마디만 남겨놓고 풍우같이 나가더니, 조금 있다가 들어와서, 다짜고짜 아랫방에 대고

8 옷 따위에 풀을 먹이는 일.

"애, 아랫방 아가, 건넌방 애에미는 세 시 차루 개성으로 내려 보내련다. 너 어머니가 있으면 또 이러니저러니 말썽스러우니까, 없는 틈에 보내버릴 작정이다."

며느리는 시어머니의 당부도 있거니와 무슨 야단을 만날지 겁도 나지마는, 시아버지가 하는 일을—더구나 자기 첩을 보낸다는 것을 가로막고 나설 만한 일은 못 되었다. 이불 보퉁이와 옷 보퉁이를 거들어서 급히 뭉뚱그려다가 밖에 기다리고 있는 택시에 실리고 세 식구를 훌쩍 떠나보냈다. 그동안에라도 마누라가 달겨들까 보아 겁을 벌벌 내던 영감은 차가 움직이기를 시작하니 웃음이 저절로 떠올랐다. 벌써 열흘을 두고 궁리궁리하여놓은 계획이 이렇게 손쉽게 단행된 것만 다행하였다.

×××

비가 축축히 오는 날이었다. 벌써 옥양목 적삼을 입을 때니 늦장마 끝의 가을비이었다. 철원집은 우산을 받고 경마장 앞, 예전에 딸이 살던 집을 찾아와서, 안으로 걸려 있는 앞대문을 삐걱삐걱 흔들어보고는 문틈으로 마당을 들여다보았다. 쓸쓸하니 물에 젖은 검부러기가 뒤널린 마당에는 빗방울만 처량히 듣고, 인기척 하나 있을 리 없었다. 철원 마누라도 쓸쓸한 생각이 들었다. 그래도 뒤로 돌아서, 부엌 뒤에 난 판장문이 그대로 잠겨 있나? 돌보러 왔다. 역시 떠나던 날 딸이 잠가두었다는 맹꽁이자물쇠가 그대로 댕그렁히 매달려 있었다. 이 집이—그놈의 자식은 왜 그리 주줄이 많이 달렸는지, 올망졸망한 사오 남매가 온종일 드나들며 떠들썩하게 살던 딸의 집이었거니 하는 생각을 하면 철원 마누라는 마음이 더 쓸쓸하고 우산 위에 듣는 빗소리조차 조용한 골짜기에 유난히 구슬피 들렸다.

철원 마누라는 또 공연히 헛애만 썼고나 하는 생각을 하며, 타박타박 돌쳐섰다.

영감이 개성집을 보낸다고 나간 뒤에 벌써 사흘 나흘이 되어도 집에는 얼씬을 아니 하니, 애꿎은 며느리 탓만 하고 집 속에서 법석을 해보았어야 숨어버린 영감이 나올 리가 없었다. 생각다 못하여 어제 오늘 이렇게 나서서, 이번이야말로 다섯 채의 집을 모조리 뒤지고 다니는 판이었다. 개성으로 보낸다는 말이 빨간 거짓말인 것이야 처음부터 안 일이지마는, 그래도 설마 늙은 이가 계집을 꿰어차고 도망질이야 할까 싶었던 것이다. 또 도망을 쳤기로 무어 지질한 본가라고 개성까지 쫓아갔을 리는 없고, 시내에서 여관 같은 데 하루 이틀 숨어 있었기로 요새 같은 비싼 여관비를 물고 있을 그런 영감도 아니었고 보니, 또 어느 집으로나 한 채 치우고 들었을 것이라고 찾아 나선 것이었다. 그러나 네 채는 다 소리 없이 들어 있었다. 그러면 빈집이니 당장 발각은 나더라도 딸이 살던 이 집에나 와 있을까 하고 마지막으로 비를 맞아가며 나와본 것이었다.

"갔에요? 갔에요?"

다락문을 방긋이 열어놓고, 간이 콩알만 해져서 어린것에게 젖을 물리고 앉았던 개성집이 소리를 죽여 묻는다. 앞문이 삐걱삐걱하는 소리에 다락으로 기어오르고, 영감도 따라 올라가 숨으려다가, 앞뒤로 망을 보며 뒷문 곁으로 난 안방 들창 밑에 매달려서 숨을 죽이고 유리 구멍으로 마누라의 차차 멀어져가는 쓸쓸한 풀 없는 뒷모양을 바라보며 섰는 것이었다. 마누라의 진흙이 튄 발꿈치가 허리께로, 허리께가 검정 우산 밑으로 가리우며 멀어가더니, 마지막 우산 꼭지가 보이고는 그나마 사라지고 마니까, 호젓한 골짜기에는 인기척 하나 없이 가랑비만 살 살 살 내려앉는다.

영감은 마누라의 뒷모양이 눈에 안 띄게 된 것에, 조바심을 하던 마음은 수련히 놓이면서도, 어쩐지 커다란 적막이 가슴속에 꽉 내려앉는 듯 뒤도 아니 돌아다보고 어느 때까지 길 건넛집, 비에 젖은 지붕만 멀거니 바라보고 섰다.

먹을 것이 없었더라면 그래서나 저럴 것이요, 젊었을 때 같으면 젊어서나 그렇다 할 것이지, 얼마 안 남은 평생에 쓰고도 남을 만큼 너끈히 미리 나누어 주었겠다, 제나 내나 늙어가는 판인데…… 이런 생각을 하면 밉살맞다가도 욕심에 끌려서 그러는 것이 아니니만큼, 개성집보다도 정말 자기를 생각하고 위하여주는 사람은 철원 마누라거니 하는 생각이 들어서, 비를 맞아가며 쩔쩔거리고 찾으러 다니는 것이 가엾기도 하였다.

'—그러나 내가 아주 반편으로 드러누었은들 어쨌을꾸? …… 제가 아직 젊어서 다른 데 눈을 뜰 수 있었어두 나를 놓칠세라구기가 나서 쫓아다녔을까?……'

영감의 머리에는 자기가 철원집의 셋째 남편이었다는 고릿적 생각이 또 떠올랐다. 그러나 삼십도 못 된 개성집이나 꼼질거리는 재롱거리를 옆에 두고도, 가다가다 적막하고 쓸쓸한 자기 심경을 생각하면, 철원 마누라에게 동정이 아니 가는 것도 아니었다.

"아 그러나 비는 오지만, 무얼 좀 먹으러 나가야지. 이젠 됐어. 또 올 리두 없구."

영감은 들창 앞에서 떨어져 나오며, 다락에서 나오는 젊은 첩에게서 아들을 받아 손자새끼 같은 것을 서투른 입내로 쩟, 쩟 어른다. 세 식구는 점심 겸 늦은 아침을 먹으러 비를 맞아가며, 안으로 빗장을 지른 앞대문을 열고 나와서 또 쇠를 채웠다. 여관에서 물, 밥 사 먹고 있을 수도 없어 집을 팔려고 미리 딸에게 일러둔 대로 열쇠는 복덕방 가게에게 맡겨두었기에, 그것을 찾아다가 열고, 우선 여기에 숨어 있기로 짐을 옮겨오고, 뒷문에는 다시 자물쇠를 제대로 잠가놓은 것이다. 그래서 이 속에서 벌써 이틀이나, 세 번째 꾸미는 이 늙은이의 가련한 '사랑의 보금자리'를, 빈집에 들어가 자는 거렁뱅이처럼 드새고 있었던 것이다.

영감은 비를 맞으면서도 위에 입었던 레인코트를 훌떡 벗어서, 에미 등에 웅크리고 업힌 어린것에게 어미 알라 들씌워주고는, 또 자기의 가슴께를 만져보았다. 양복 안주머니에 넣어둔 집문서 다섯 장이 그대로 있나? 비에 젖지나 않을까 하는 애가 씌우는 것이다.

—〈백민〉, 1950. 2.

절곡絶穀

1

영탁 영감의 '헝거 스트'(헝거 스트라이크—절식 파업)는 어제부터 또 시작이 되었다. 영탁이의 단식은 툭하면 시작되는 예증이었다. 시초는 대개가 대수롭지 않은 내외 싸움이었다. 말다툼이 손찌검까지 가서, 권투보다는 좀 더 구경거리인 늙은이들의 활극이 벌어져가지고는, 아무래도 체질이 약한 영감이 한두 번이라도 더 쥐어질리고 힘이 부쳐서 헐레벌떡 방에 들어가 누워버리면 그날부터 사날은 곡기를 끊고 일어나지를 않는 것이다.

그럴 때마다 영감은 안방 윗목에 자리보전을 하고 누워서 끼니때마다 옆에서 밥 먹기가 송구스러웠는데 이번에는 아이들의 공부하는 아랫방에 들어가 누웠기 때문에 학교 가는 삼남매가 안방으로 책을 꾸려가지고 올라오고 법석들이었다. 그 옆의 방에는 병자인 둘째 딸이 누워서 낑낑 앓는다.

어른 아이, 나갈 사람은 다 빠져나가고, 안방마님은 머리를 빗는지 식곤증에 한잠 들었는지 또드락 소리도 없고 영감 방에서도 쥐 죽은 듯이 기척이 없으니, 괴괴한 집 안 속에 뜸했다가는 숨이 넘어갈 듯이 헐떡거리곤 하는 병자의 신음 소리만 유난히 커닿게 들린다. 일 년 짝이나 두고 그저 그 턱으로 끌어오던 긴 병이라 이제는 집안 식구들도 시들히, 다잡아 보아주는 사람도 없지마는, 그래도 며칠 전까지도 기동을 해서 부엌일도 거드는 체하고, 우물가에 나와서 제 빨래도 하곤 하였는데, 요새로 몸져 누워서는 쪽 빨린 얼굴이 금시로 더 하얗게 세고 뒷간 출입에도 영 기다시피 하는 것이다.

부엌을 치우고 나온 며느리는 안방을 들여다보고

"어떻게 아버니께 뭘 들여보내야 하지 않아요? 아가씨두 엊저녁도 안 먹었는데요."

하고 의논을 하였다.

"뭐 있니! 네 재주껏 해보렴."

머리를 빗고 있던 시어머니는 돌아앉은 채 핀잔주듯이 대꾸를 한다.

"쌀 한 줌쯤은 남았죠마는……."

"그럼 흰죽을 쑤구, 기름간장에 먹게 하렴."

마님은, 병인을 그렇게 먹이란 말이요, 영감 걱정을 하는 것은 아니었다.

"아침진지를 떠두긴 했습니다만 꾸드러진 보리밥을 빈속에 어떻게 잡수래요?……"

그러나 며느리는 차마 이밥을 다시 짓겠다고 입을 벌리지는 못하였다. 어제 그 싸움이, 즉 이번 헝거 스트의 동기가 밥 사단 때문이었던 까닭에, 오늘 아침 밥을 풀 때도 시아버지 것은 흰 데로 담아둘 수가 없었던 것이다.

요새처럼 값이 한 가마니에 이만 환을 오르내릴 때는 말할 것도 없지마는, 아홉 식구나 되는 대식구인데 몇 달만큼씩 밀려서 나오는 남편의 공무원 배급이라는 것이 태반은 잡곡이고 보니 일 년 열두 달 맨 쌀밥만 생의도 못할 노릇이다. 그나마 시아버지는 술 담배를 모르고 식성에 태가 없으니 밥이면 밥, 죽이면 죽, 잡곡 섞인 것쯤은 예사요, 깡보리밥이라도 소리 없이 자시지마는, 시어머니는 어려서부터 귀엽게 자라서 그런지 도무지 잡곡은 입에 댈 수가 없다는 것이다. 그러니 한솥의 밥을 푸는데도 층이 많아서 가운데의 흰 것으로만 시어머니 것을 먼저 푸고 나서 시아버지 밥이거나 남편의 벤또거나 그대로 섞어서 좀 나은 데로 골라 담으면, 나중에는 깡보리밥에 흰 밥알이 드문드문 눈에 띄게 되는 것이다.

그런데 어제 아침에는 며느리가 당장 입고 나갈 남편의 와이셔츠를 부리나케 다리느라고 꾸물거리는 동안에, 회사에 나가는 큰딸 혜옥이가 제가 급하니까 부엌에 뛰어들어가서 밥을 대신 펐다. 그나마 쌀이 떨어져서 이날은 반도 못 섞었는데 저 밥을 어떻게 푸나, 하고 걱정이던 판에 시뉘가 푸니 잘되었다는 생각을 하면서

"작은아가씨, 밥은 흰 데루 조금만 담아두우."

하고 일렀다.

병인도 그동안 하는 수 없이 보리 섞인 된밥을 그대로 먹여왔지마는, 몸져누운 뒤로는 그래도 인정이 그럴 수가 없어서 흰 데로 담아주어 왔던 것이다.

"모자라진 않습니까?"

며느리는 밥을 푸다가 마지막에는 자기의 몫을 풀 수 없게 모자라고 마는 때가 하도 많았기 때문에 다림질을 끝내고 부엌으로 내려온 올케가 묻는 것이었다.

"뭐, 어떻게 하는 수가 있어야지, 오늘은 어머니 진지에두 보리가 좀 섞였다우. 아이들 점심은 깡보리야, 깡보리."
하고 혜옥이는 우습지도 않은 웃음을 해죽 웃었다. 실상은 보리 섞은 밥을 늘 벤또에 담아가지고 다니는 것이 동무 보기에도 창피스러운 생각이 있는지라 오늘은 오라비 것과 제 벤또 밥을 하얀 것으로 살짝 담고 병인의 것 담아놓고 나니, 어쩔 수가 없어서 어머니 것도 섞어서 푼 것이었다.

남매가 후딱 아침을 먹고 벤또를 들고 나간 뒤에 여자중학교에 다니는 셋째 년 혜란이가 깡보리야 깡보리야 하는 형의 말을 들은지라 밥상에 달려들면서 제 벤또갑부터 열어보았다.

"난 싫어, 난 안 가지구 갈 테야."

깍두기 쪽에 고추장 덩이를 넣은 점심을 동댕이를 치듯이 제각기 밀어놓고 입이 부었다.

"뭘, 언니는 저만 흰밥을 담아가지구 가구! 그래서 제가 앞질러 푼다고 그랬지."

혜란이는 본 듯이 쫑알거렸다. 둘째 놈 셋째 놈도 제각기 열어

보고는 덩달아 툴툴대었다.

"왜들 법석이냐! 어디 보자."

세수를 하고 들어온 어머니의 눈은 아이들 벤또를 훑어보고 자기의 밥사발로 갔다. 마님의 입은 비쭉하였다.

"고년이 제 입만 알어. 얘, 그 혜숙이 밥 떠놓은 것 이리 가져오너라."

부엌에다 대고 소리를 쳤다.

"제 입만 알긴! 어린것들이 그렇지, 어른은 별수 있던감?"

영감이 상머리로 다가앉다가 시끄러워서 눈살을 찌푸리며 한마디 하였다. 큰딸을 역성을 들자는 것이 아니라 혜옥이가 취직을 갓 했을 때는 그렇게 떠받들던 마누라가, 요새는 집에 들여놓는 것이 얼마 안 되니 틈틈이 야단을 치며 공연이 미워하는 그 변덕과 현금주의가 못마땅해서 그러는 것이요, 오늘은 자기 밥에도 보리가 섞인 것이 못마땅해서 저러거니 싶어서 불쑥 나온 말이었다.

"어른두 별수 없다니? 응, 나한테두 보리밥을 못 먹여 직성이 안 풀려 하는 소리지. 염려 말아요! 영감 덕에 얻어먹는 거 아니니……."

영감은 모른 척하고 수저를 들었다.

마님은 며느리가 데미는 것을 받아 그 위에 자기 밥을 반이나 덜어가지고 뒤적뒤적 섞으면서

"잘 먹이지두 못한 데다가 먹으면은 꿀꺽거리구 오르내리는 보리밥을 먹구 어서 나두 재처럼 되라는 거야?"
하고 또 푸념을 한다.

"그래 가뜩이나 입맛이 제쳐진 애를 뭘 먹일 작정으루 그거나마 없애는 거야?"

영감은 병인의 밥을 없애는 데 화를 버럭버럭 내며

"이 자식들 아무거나 싸주면 소리 없이 가지구 가는 게 아니라."

하고 어린것들을 나무란다.

"어린것들을 나무랜 뭘 해. 밥 한 덩이를 가지고 갈근대는 것이 가엾지! 이게 다 뉘 탓인가 생각을 해봐요."

마님은 벤또밥을 빈 대접에 푹푹 쏟고, 다시 담으며 영감에게 또 복장을 대다가

"앓는 애가 먹긴 뭘 먹겠기에. 공연히 부엌 속에서 없애버리느니 성한 애들이나 멕여야지."

하고 혼잣소리를 한다. 부엌 속에서 없어진다는 것은 결국 며느리가 먹어버린다는 말이다.

"내! 이렇게 먹는 데 더러울 수야 있나! 보리밥 한 뎅이 얻어 먹는 거나마 제대로 못 삭이겠다."

영감은 숟가락을 탕 내던지고, 부리만 딴 밥그릇 앞에서 물러나 앉았다.

"차라리 문전걸식이 낫지! 왜 나 같은 놈은 붙들어가지 않누?"

앓는 딸이 불쌍해서도 대신 붙들어 가달라는 말이었다.

"누가 아니래!"

마누라가 추근추근히 대꾸를 하니까

"흥! 그게 말이라구 하는 거야? 그래두 천당 가겠다구 예수를

믿어?"

하고 영감은 코웃음을 치며 일어섰다.

"남은 육십, 칠십에두 자동차만 붕붕 날리며 다닙디다! 당신은 머리가 셌수? 허리가 꼬부라졌수? 입만 살았구료. 왜 예수님은 쳐들우!"

어제는 이만 정도로 영감이 홱 나가버렸기 때문에 손찌검이 왔다 갔다 하지는 않았었지마는, 보지 않아도 복덕방에나 나가 앉아서 해를 보냈을 영감이, 어디서 걸렸는지 먹을 줄 모르는 술 한잔에 지척거리며 어슬녘에 들어와서는 아랫방으로 들어가 쓰러진 것이었다.

자기나 딸 대신 붙들어가지를 않는다는 한탄에 "누가 아니래!" 하고 맞장구를 치던 마누라의 한마디가 늙은이 마음에 뻐가 저리게 야속해서 다시는 마누라의 얼굴도 보기 싫은지 안방에를 아니 들어간 것이었다.

시어머니가 나가는 길에 아랫방 딸의 방문을 열고 알은체를 하는 소리가 나기에, 부엌에서 쌀을 씻던 며느리는 쫓아나가서 뒤에서 기웃이 들여다보았다. 몸져누운 뒤로는 그 방을 혼자 들여다보기가 실쭉하였기 때문이다.

"인젠 죽을 쑤어다 주거든 먹기 싫어두 좀 먹어라. 병원에 입원할 길을 뚫어보구 일찍 들어오마."

모친이 병자를 안위시키느라고 이렇게 일러놓고 창문을 닫으려니까, 가슴을 벌렁거리며 눈을 감고 있던 병인이 눈만 반짝 치뜨고 쳐다본다. 걷어질린[1] 눈자위가 대룩대룩하며 흰자위가 커지는 것이 누구를 나무라는 듯이 노기가 등등해 보여서 올케는 찔끔하며 등줄기가 선뜩하였다. 시어머니의 눈치를 넌지시 보았으나 아무렇지도 않고 심상하였다.

마침 풍로에 밥을 놓고 나니까 건넌방에 아이가 깨어서 울기에 며느리는 뛰어들어가 젖을 먹여 업고 나와서 아버지 상을 차렸다.

"아버지, 진지 잡수세요."

상을 들고, 아랫방 윗간에 들어가서 돌아누웠는 시아버지를 깨웠다.

"응, 아가냐? 나 안 먹어. 먹구 싶지 않아. 내가라."

시아버지는 한참 만에 꿈속같이 짜증 내는 소리를 하였다.

"어젠 약주를 잡순 것 같데요. 뜨뜻한 국물이라두 마시세요. 해장을 하셔야죠."

김이 모락모락 나는 된장 국물이 식는 것이 아까웠다. 밥도 갓 지은 것이라 야드르한 하얀 밥에서 김이 무럭무럭 났다. 그러나 돌아누운 시아버지는 다시는 대꾸도 없다. 며느리는 언제까지 그러고 기다리고 섰을 수도 없고 풍로에서 끓는 병인의 죽이 탈까 보아서

"어서 조금 잡수세요."

하고 한마디 남겨놓고는 나왔다.

병인의 죽을 예반에 차려가지고 아랫방 앞을 지나려니까

"예, 금례야, 이 상 내가거라."

하는 시아버지의 소리에 금례는

1 기운이 없거나 병이 나서 눈꺼풀이 맥없이 열리고 눈알이 우묵해지다.

"네."

하고 대답만 하며 병실로 들어갔다. 어째 마음에 선뜩하고 등에 업힌 어린것이 있느니만치 덜 좋았다.

작년 이맘때 동리의 심내과 의사를 데려다 보일 때도 폐병이라 하여, 이러다가는 고비를 못 넘길 테니 주의하라 하였고, 지난봄에는 점점 침중해가는 것 같아서 시립병원에를 데리고 가서 시료실에라도 입원을 시키려 하였으나 퇴짜를 맞고 왔는데, 그래도 시어머니는 여전히

"폐병이 무슨 놈의 폐병이야. 숨찬 증이지. 그깐 놈의 의사들 뭐 안다던!"

하고 우기는 것이었으나, 집안의 젊은 애들은 무어 좋은 일이라고 마주 우길 수도 없어서 그저 그런대로 내버려두고 지내오기는 하지마는 늘 마음에 꺼림칙한 것이었다.

"언니, 나까지 누워서 시중을 들게 하구 미안하우."

병자는 간신히 일어나서 그래도 보얀 죽이 마음에 드는지 반색을 하며 숟가락을 드는 것이었다.

"온 별소리를!"

하며 올케는 마음에 좋기도 하고, 병인이 가엾기도 하였다.

"어머니 병원에 가보신댔지? 난 병원에 안 들어가. 언니나 따라가 준대면 모르지만, 나만 갖다 내버려두고 밤낮 나돌아다니시면 난 어쩌라구."

병인은 입이 써서 첫눈에 볼 때와 다른지 얼굴을 찡그려가며 죽을 간신간신히 조금씩 마지못해 떠 넣으며, 벅찬 숨 새로 떠듬떠듬 이런 소리를 하는 것이었다.

"뭘, 그래도 입원만 된다면 들어가야지. 아무려면 어머니께서두 내버려두구 다니실라구."

한 탕기밖에 안 되는 죽을 간신히 반쯤 먹고 물려놓은 것을 금례가 들고 나오려니까, 옆방 문이 득 열리면서 밥상을 들어 내놓고 문을 딱 닫는다. 밥상이 아니라 원수 같은 모양이다. 건드리지도 않고 그대로 있다.

2

이튿날 아침을 해치우고 나서 병인을 씻기고, 새 옷을 갈아입히고, 병원에 데리고 갈 채비를 차리기에 부산하였다. 지난봄에 퇴짜를 맞은 시립병원에는 다시 가야 별수 없겠기에 이번에는 같은 교인의 소개를 얻어가지고 대학부속병원에 가서 교섭을 하니까 데리고 오라는 것이었다. 물론 시료 병실을 청한 것이었다. 그러나 어젯밤에 모친이 들어와서 그 이야기를 하니까 병자는 도리질을 하는 것이었다.

"난 싫어. 약만 먹으면 낫겠지. 약이나 얻어다 줘요."

아까 올케에게 말하듯이 잘 나다니는 어머니가 육장 곁에 붙어 있어줄 리도 없으니 혼자 떨어져 가 있기가 싫다는 생각이지마는, 오늘도 곧 다녀 들어오마던 어머니가 밤늦게야 들어오는 것을 보고 온종일 쓸쓸히 기다렸던 것이 분하다는 듯이 목이 메어서 훌쩍거리며 싫다는 것이었다. 그러나 마님은 병원 교섭하러 나다니기에 바쁘기도 하였겠지마는 쌀 한 톨 없는 집안에 병인은 이 지경인데, 덧붙이로 영감마저 머리를 싸매고 누웠으니 신산해서 여기저기 놀러 다니다가 저녁밥까지 얻어먹고 느지막이 들어온 것이다.

"널 맞붙들고만 있으면 뭘 하니. 그건 고사하구 당장 내일 가자면 자동차삯이 걱정이다."

"자동차삯은 어떻게 되겠죠."

따라 들어와 섰던 며느리가 얼른 대꾸를 하니까 마님은 반색을 하며

"엉? 얘가 뭘 좀 해왔니? 그래 저녁은 어떻게 했니?"
하고 그제야 묻는 것이었다.

"네, 좀 변통해가지구 들어와서 쌀 한 말 팔구, 아가씨 먹구 싶다는 거 해 먹이라구 좀 해놓은 게 있어요. 고깃국을 해놨더니 아가씨도 입이 쓰다구 안 먹구, 아버님께서도 영 마다시구……."

"얘야 입맛이 제쳐 하는 수 없지만, 늙은이가 고깃국물이 생겼으면 마셔둘 일이지 뭣 때문에 트집이야. 멍석대죄를 드리라시던? 얘, 그 장국 국물 내나 먹자. 그리구 그 돈 얼마 남았니? 이리 다우. 얘 과일이나 좀 사다 줘야지."
하고 마님은 일어섰다. 마님은 며느리가 내놓은 돈을 받아가지고 가게에 나가서 사과를 사다가 아이들부터 하나씩 안기고, 병인에게도 깎아 들여보내게 하고는 영감 대신으로 고깃국에 밤참을 먹었다.

어쨌든 이렇게 해서 오늘 손쉽게 입원을 시키게 된 것이다.

금례가 아이를 들쳐 업고 큰길에 나가서 자동차를 붙잡아 가지고 와서는, 아이를 내려놓고 자리 보따리를 날라 내가고, 발을

가누지를 못하는 병자를 업어 내가고 한참 분주하였다.

"에구! 너만 혼자 애쓴다. 어쩌자구 자식이 이 지경인데 날 잡아잡수 하고 자빠졌단 말이야."

마님은 영감이 누워 있는 방을 흘겨보고 혀를 끌끌 찼다. 그러나 영감은 그것을 들은 체 만 체하고 방문을 떡 열고 앉은 채 해쓱이 야윈 얼굴을 내밀고

"얘, 가니? 아버지두 기동하면 인제 병원으루 보러 가마."

하고 업혀 나가는 딸의 뒤에다 소리를 치다가 가슴이 막혀서 반은 울음 섞인 소리처럼 헛허허 하고 빈속에서 허청 나오는 소리를 내며

"금례야, 너 오는 길에 아주 영구차 하나 불러가지구 오너라. 나두 아주 이 길에 담아 내가 다우."

하고 소리를 바락 질렀다.

병인을 업어다가 자동차 속에 뉘고 뛰어들어온 며느리는

"아이, 아버니, 어서 드러눠 계세요. 화가 나셔두 참으셔아지 어쩝니까. 저두 병원에 따라갑니다. 주무시지 말구 집 잘 보세요."

하고 마루에 내려 뉘었던 아이를 냉큼 업고 쏜살같이 나간다.

"허어, 네가 고생이로구나!"

영감은 그래도 연삽삽한[2] 며느리가 의지가 되니까 그렇지마는, 남의 자식 데려다가 미안하다는 생각에 이런 탄식을 하며 미닫이를 딱 닫아버렸다.

"망령이시지, 아버진 왜 그런 소리를 하시는지!"

2 말이나 행동이 껄껄하지 않아서 매끄럽고 부드러운 데가 있다.

자동차는 울리고 병인의 글겅거리는 신음 소리는 더 심해져서 정신이 얼떨한 속에서도 금례의 머릿속에는, 영구차를 끌고 오라는 시아버지의 말이 잊혀지지를 않아서 혼잣소리를 가만히 하는 것이었다.

"객기루 괜히 해보는 소리시지."

시어머니는 듣기 싫다는 듯이 눈살을 찌푸렸다. 그러나 금례는 신경이 날카로워지고 반병인이나 다름없는 노인을 빈집에 혼자 두고 나와서 홧김에 무슨 일을 저지르지나 않을까 하고 애가 씌는 것이었다.

병원에 가서도, 업은 아이는 시어머니가 받아 안고 금례가 짐을 나르며 병인을 업고 들려 가랴 혼자서 낑낑대며 땀을 빨빨 흘렸다. 그러나 의사가 첫눈에 진찰 여부 없이, 놀라는 기색으로 눈살을 잔뜩 찌푸리고 한참 환자를 바라보더니

"언제부터 앓기 시작한 것이오?"

"그동안 의사는 뵈었나요?"

하고 퉁명스럽게 연거푸 묻는 것이었다. 금례는 밖에 놓아둔 짐을 지키느라고 진찰실에는 마님만 들어갔었는데, 의사는 이쪽 대답은 듣는 둥 마는 둥하며 그저 겉치레로 청진기를, 저고리를 벗기고 앙상히 뼈만 남은 가슴과 등에 대어보더니

"당신이 어머니가 되슈?"

하고 또 핀잔을 주듯이 묻고는

"어쩌면 이 지경이 되도록 내버려두었단 말씀유……."

하고 환자가 듣거나 말거나 얼굴이 뜨뜻하게 마구 책망을 하는 것이었다.

"그저 살기에 얽매여서 약두 제대루 변변히 못 썼습니다만……."

혜숙이 모친은 아뿔싸 여기서도 퇴짜로구나 하는 생각에 어리둥절하였다. 또 그러나 어차피 살지 못할 바에야 신통치도 않은 무료 병실에 입원을 시켜가지고 오래 끌기나 하면 날은 추워지는데, 성한 사람까지 매달려서 고생하느니보다는 집 속에서 편안히 숨을 거두게 하는 편이 차라리 낫다고도 생각하는 것이었다. 혜숙이가 몸져눕기 시작하자 아이들이 어서 입원시키라고 그렇게 졸랐건마는 머뭇머뭇하고 있었던 것도 결국 자기 혼자 매달려서 헤어나지 못할 것이니 그 고생을 당해낼까 무서워서 딱 결단을 못 하였던 것이었다.

의사가 쪽지 하나를 써서 간호부를 주니까, 간호부는 이리 데리고 오라고 하여 옆의 방 한구석으로 간신히 끌고 가서 주사 한 대를 맞혔다.

"어서 가세요. 빨리빨리 서두르세요."

간호부는 하도 딱하다는 기색이면서도 역시 쌀쌀히 핀둥이를 주는 말씨였다. 먼젓번 시립병원에서는 여러 환자가 있는데 이런 환자는 전염될까 보아 못 들이겠다던 것인데 이번에는 다 죽게 된 것을 데리고 와서 송장을 치워달라는 것이냐? 병원은 사람을 고치는 데지 송장 치우는 장의소는 아니라고 무언중에 분개를 하는 눈치들이었다. 그래도 간호원이 따라 나오며 또 한 번

"조심해 얼른 가세요."

하고 주의를 시키는 것을 보면 가다가 숨이 넘어갈까 보아 염려가 된다는 것이겠지마는 언제 보았다고 그렇게 친절히 일러주는

것이 고맙기도 하기는 하였다.

금례만 죽어났다. 또 아이는 내려서 시어머니한테 맡겨놓고 긴 복도를 짐을 끌어내고, 환자를 업어다가 문간에 놓은 짐에 기대어 앉혀놓고 나서 한숨 돌릴 새도 없이 자동차를 부르러 달음질을 쳐 나가면서

'아이구 내 팔자두 혼쭐나게 타구났다!'

하고 지친 끝의 긴 한숨을 내쉬었다. 그러나 이 둘째 시누이는 어머니 편보다는 아버지 편을 닮아서 예쁘장하고 상냥스럽기도 하거니와 자기를 따르더니만치 그저 불쌍한 생각에 괴로운 줄을 몰랐다. 인제야 겨우 열여덟, 중학교만 마치고 병이 든 것이지마는, 잘 먹지도 못하고 학교 다니느라고 골병이 들어버린 것이 가엾고 아깝다.

자동차 소리에 또 동리에서 아낙네들이 우중우중 나와서 바라보며 수군거린다. 어쩐지 창피스러웠다. 아랫방에서 시아버지의 해맑은 얼굴이 내다보는 것을 보고 금례는 헛걱정을 공상으로 하던 것을 속으로 웃었으나, "허" 하고 대통에서 김을 뽑듯이 긴 한숨을 쉬는 것을 들으니 처량하였다.

그대로 돌려보낼 수가 없어 으레 한 대 놓아준 것이요, 가다가 숨이 질까 봐서 놓았는지도 모르지만, 그 주사 때문인지 병원에 갔다가 온 뒤로는 숨찬 증이 더하고 앓는 소리가 끊일 새 없이 듣기에 애처롭고 송구스러웠다.

"얘, 점심 차려라."

시어머니는 나들이옷을 입은 채 한숨 돌릴 새도 없이 재촉을 해서 점심을 먹고 어느 틈에 훌쩍 나가버렸다.

"아무튼 팔자는 좋으셔! 보기 싫고 듣기 싫은 건 다 쓸어맡겨 놓으시구……."

마루 끝에 내놓은 밥상을 부엌으로 들고 들어서자 금례는 혼잣소리를 하였다. 숨이 언제 넘어갈지 모르는 것을 내버려두고 무사태평으로 돌아다니는 이도 딱하지마는, 정말 급히 서두르게 되면 혼자 어떻게 당하라고 자기에게만 쓸어맡겨 놓는 것인가 싶어서 역심도 나는 것이었다.

"오늘은 저 산더미 같은 빨래가 그대로 있는데 아이나 좀 봐 주시질 않구."

누구더러 들어보라는 것은 아니나 저절로 군소리가 나왔다. 아침을 해치우고는 병인의 치다꺼리에 이때까지 매달렸었으니 기저귀도 아직 제대로 빨지를 못하고 아침이면 이 방 저 방에서 몰려나오는 빨래가 그대로였다. 병원에 왔다 갔다 하느라고 아이도 푹 자지를 못해서 한참 찡얼거리다가 인제야 등에서 잠이 들었다. 병인을 네 차례나 업어 나르기에 어지간히 넌치가 되기도 하였다.

"아버니, 인젠 무얼 좀 잡수세야죠?"

끼니때마다 문밖에 가서 드리는 문안이었다. 점심을 한술 떠먹자니 그대로 혼자만 먹을 수가 없다.

"아니다, 내 걱정은 마라. 아주 이 김에 십 년 묵은 체증을 끊어버리련다. 어서 빨래나 하려무나."

금례는 뜰에서 혼자 중얼거리는 소리를 들은 모양이어서 찔끔하였다. 그러나 영구차를 불러가지고 오라던 이가 체증을 뚫겠다니 슬며시 웃음이 나왔다.

"아가씨, 어떻게 해 가져올까?"

금례는 주문을 맡으러 다니듯이 다음 방으로 가서 문을 열고 들여다보았다.

"언니, 애썼수. 고단할 텐데 내 걱정은 말구, 어서 좀 쉬어야지 않겠수……."

숨이 턱에 닿으면서 띄엄띄엄 쉬어가며 간신히 모깃소리만큼 하는 인사였다. 말이 고마웠다. 금례는 경험이 없지마는 눈자위가 좀 더 이상해진 것 같아서 선뜩하기도 하였다.

"고깃국물이 남았으니, 아무리 싫어두 그거라두 마셔두우."

금례는 얼른 부엌으로 뛰어가서 풍로에 놓고 나온 장국 국물을 따라가지고 와서, 부축을 해 일으켜 앉히고 후루룩후루룩 마시게 하였다. 병자도 무슨 맛인지 모르겠고 도리어 성이 가시지마는 올케가 고맙고 미안해서 마지못해 먹는 시늉을 하는 것이었다.

3

학교에서 돌아온 아이들은 누이가 입원을 못 하고 그저 방 속에 누워 있는 것을 보고 무슨 큰 기대나 어그러진 것처럼 멍하니 실망한 빛이었다. 이제는 병이 절망이라는 데에 낙심이 되어 그러할 만큼 지각이 들어서 그런 것은 아니었다. 그렇다고 원수지간을 대서 그런 것도 아니다. 다만 어머니는 아니라고 한사코 속이지마는 폐병균이 무서워서 그 불안에서 벗어날 줄 알았더니 하는 가벼운 실망이었다.

회사에서 혜옥이가 돌아오더니 울상이 되어서

"에그 어머니는……."

하고 이때까지 꾸물꾸물 내버려둔 어머니를 원망하였다.

"그래, 어머닌 어디 가셨수? 난 몰라. 오늘부턴 안방으로 들어가 잘 테야. 앓는 사람은 어머니가 끼고 주무시라지."

차마 병인의 귀에 들어갈까 보아서 부엌 속에서 올케에게 소곤소곤 짜증을 내었다. 워낙 혜옥이는 동생과 한방을 써왔기 때문에 그대로 병인 옆에서 잤던 것이나 어머니가 바꾸어주지를 않고 밤중에라도 그 시중을 들게 하는 것이 불평이었다. 그러나 모친이 한사코 병을 숨겨주는 것은 당자를 위해서도 그렇지마는, 집안 아이들을 안심시키고 싫어하는 내색을 보이지 않게 하자는 것과 또 하나는 약도 제대로 쓸 수 없고 먹이는 것도 이루 댈 수가 없으니 그저 쓸어 덮어두자는 것이었다.

혜옥이는 그 앓는 소리가 쉴 새 없이 심해진 데에 이제는 아주 정이 떨어져서 옷을 벗으러 들어가서도 그 앞에 잠시를 앉았기가 무섭고, 그렇다고 금침이며 제 세간을 부덩부덩 끌어 내오기는 좀 야박스러운 것 같고 하여 바둥바둥 애만 썼다.

그러나 어머니가 들어오고, 오빠가 파사해 나오고 하여 들어가 보고 나오더니 수군수군 의논을 하고 병실의 세간을 모조리 끌어내고 방 안을 말끔히 치웠다.

"아버니, 이젠 저 애가 아주 글렀는데요! ……어떻게 진지를 좀 잡수세야죠."

큰아들 경순이는 컴컴한 부친의 방에 들어가서 전등을 켜고 눈을 감고 누워 있는 이를 깨웠다. 영감은 잠이 깊이 들었는지 그린 듯이 누워 있다.

"주무세요? 어서 일어나세서 진지를 잡숫구 기동을 합쇼. 쟤가 이 밤을 넘기기 어려울 것 같습니다."

"알았어, 그 애 죽는 것하고 나 밥 먹는 것하구 무슨 아랑곳이 있다던? 언젠 걔 죽을 줄 몰랐던?"

부친은 역정을 바락 내며 돌아누워 버린다. 밥 먹으라는 말이 듣기 싫다는 것보다도, 약도 변변히 써주지 않고 죽기만 기다리고 있었더냐 하는 마누라와 아들에 대한 꾸지람이요 폭백이었다. 경순이는 찔끔해서 묵묵히 부친의 뒤에 섰다가 나왔다.

"뻔히 보시다시피 성한 사람이나 벌어 먹이려고 허덕허덕해도 굶을 지경인데, 누가 약을 안 써주려 해서 못 썼겠습니까?" 하고 곧 대답이 나오는 것을, 이럴 때가 아니라고 꿀꺽 참고 나온 것이었다.

안방에서는 큰 상에들 둘러앉아서 쩌덕쩌덕 후루룩후루룩 하고 저녁들을 먹기에 부산하였다. 경순이의 귀에서는 조금 전에 들은 "나 밥 먹는 것하구 그 애 죽는 것하구 무슨 아랑곳이 있다던?" 하던 역정 난 소리가 또 한 번 찡 울리는 것 같았다.

아랫방 문이 가만히 열리더니 영감의 허연 그림자가 휘청휘청 나와서 비틀거리며 옆방으로 들어갔다. 한참 만에 금례가 숭늉을 가지러 안방에서 나오다가 보니, 시아버지가 병실에서 영 기듯이 나오더니 자기 방으로 스러졌다. 금례는 눈시울이 뜨거워졌다. 병실에서는 숨을 모는 듯한 재우치는 소리가 더 크게 들린다.

몇 시나 되었는지 영감이 깜박 잠이 들었다가 번쩍 눈을 뜨니

흑흑 느껴 우는 소리가 귓가에 스친다. 기겁을 해 일어나서 미닫이를 열며

"애들아, 누구 없니?"

하고 소리를 쳤다.

컴컴한 마루 끝에 걸터앉아 있던 셋째 년 혜란이가 쪼르르 건너오더니

"언니 죽었에요."

하고 생글 웃는다. 어린것이니 그렇거니 하며 귀를 기울이니 잠결에 무심했지마는 옆방은 괴괴하니 그 차마 들을 수 없는 숨찬 글경 소리가 뚝 끊이고 잠잠하다. 뒤쫓아온 혜옥이가

"지금 막 운명했에요."

하고 부친에게 다시 일러주었다. 그러나 그저 심상한 낯빛이었다. 훌쩍거리는 울음소리는 부엌에서 흘러나왔다.

영감은 또다시 지척거리며 옆방으로 건너갔다. 아까는 살아서 마지막 얼굴을 보았으나 그대로 앉아 있을 수가 없었다. 영감이 시체방에 들어서려니까 대강 뒷수세[3]를 하고 나오는 마누라와 마주쳤다. 마님은 모른 척하고 안으로 올라갔다.

허허허…… 하고 시체방에서 영감의 대통 속에서 나오는 듯한 곡성이 나니까, 부엌 속에서 자지러가던 금례의 느끼는 울음소리가 다시 높아갔다. 아이들은 멀거니들 앉았으나 모친도 교인이라 그런지 감장할 돈 걱정에 정신이 팔려서 그런지 울지는 않았다.

이튿날 아침에, 영감은 누가 무어라지도 않았는데 꾸물꾸물

3 뒷수쇄. 일이 끝난 뒤끝을 정리하는 일.

나와서 세수를 하였다. 나흘째 만에 이를 닦는 것이었다.

"혜숙이 혼령이 망령 작작 부리시라고 여쭙고 갔나 보구나."

부엌에서 시어머니는 고기를 볶으며 며느리한테 군소리를 한마디 하였다.

그러나 아침 밥상을 들여가니까, 영감은 후루루 끼치는 구수한 냄새에 비위는 동하면서 또 역정을 내었다.

"고기는 웬 고기! 고기 먹자고 빚 얻어왔다던?"

상을 휘휘 둘러보며 눈살을 찌푸렸다. 고기와 지진 두부를 넣은 다시마 국에, 고기볶음이 한 탕기 곁들여 놓였다. 아이들이 법석을 하는 지저분한 밥상 한 귀퉁이에 끼어서, 반찬 없는 보리 섞은 밥덩이나 퍼 넣던 신세로는 칙사 대접이었다. 그러나 영감은 화가 버럭 났다. 어제저녁에 아이들이 밥을 먹고 나는 길로 나가는 기척이더니 난목으로 수윗감을 끊어가지고 늦게야 돌아온 눈치로 보아서 별 재주 있는 것 아니요, 일 할 오 부의 고리대금을 얼마간 얻어가지고 왔을 건데 별안간 고기 반찬이라니! 하고 영감은 발끈하는 것이었다.

"언제 못 먹어서! ……발을 뻗혀놓구! ……소증이 나서 기운을 못 차린다던? 그래 고깃점이 목에 넘어간다던?"

영감은 상을 밀어놓았다.

"아녜요. 속이 비신데 아버니 드리려구 조금 한 거예요."

금례는 꾸지람을 혼자 듣기가 억울하였지만, 그런 호령을 들어 싸다고 생각하며 얼른 둘러대었다.

"허! 너희들이 웬 효성이 언제부터 그렇게 지극하더냐? 빚내서 고기 사 먹겠거든 진작 혜숙이가 그렇게 먹구 싶어 할 제 한

점만이라두 먹이지!"

늙은 아버지의 눈은 핑 돌며 목이 메었다. 금례는 눈물을 살짝 씻으며 나와버렸다. 영감은 또다시 벽을 향해서 드러누워 버렸다.

말이 수의지 난목으로 저고리 치마와 바지를, 밤을 새워서 지어놓고 아침밥을 일찍이 해치우고 곧 염을 하였다. 물론 '의지'[4]를 썼으나 관 위에는 시늉이나마 조그만 꽃다발도 꽂아놓았다. 목사님이 추도 예배를 보아주러 온대서 일찍 서둔 것이었다. 일고여덟 부인네들이 목사님을 옹위하고 와서 예배를 드릴 때 〈요단강 건너가 만나리〉를 부르며 손이나 주인 측이나 목이 메었다. 마님도 눈물을 쥐어짰다.

아랫방의 영감도 혼자 일어나 방문을 꼭 닫고 앉아서 눈물을 줄줄 흘렸다. 윗목으로 밀어놓은 밥상은 누가 들어가서 내올 수도 없고, 기운 빠진 파리만 두서너 마리 이리 앉고 저리 앉고 하였다. 고기볶음에는 하얗게 기름이 엉겨 덮였다.

경순이는 아침부터 나서서 사망 신고와 화장 허가를 내러 다니기에 반나절이나 애를 쓰고 다녔으나 헛걸음을 치고 예배가 끝난 뒤에 돌아왔다. 이십사 시간이 지나도록 기다릴 것 없이 곧 내가자는 것인데, 우선 맡아야 할 의사의 사망진단서를 내기에 무척 힘이 들었다.

처음에는 동리 간인 심내과에 가서 사정을 하면 으레 소리 없이 내어주려니 하였더니 언제 보았더냐고 막무가내다.

알고 보니 작년 겨울엔가 한번 데리고 가서 진찰을 하였을 때,

4 관 대신에 시체를 담는 물건.

심 의사는 폐병이 이기가 넘었으니 급히 서두르라고 친절히 일러주었으나, 마님이 선불리 펄쩍 뛰며

"폐병이 무슨 폐병이에요. 숨찬 증이죠."

하고 잡아떼었던 일이 있었는데, 그것이 의사로서는 몹시 모욕이나 당한 것 같아서 꽁하고 속에 치부를 해두었었던지? 지금 와서 그 앙갚음을 받는 것이었다. 그길로, 바로 어제 가본 대학부속병원에를 가보았으나 이번에는 "난 현장을 보지 못하였으니 책임지고 진단서를 낼 수 없다"고 거절을 하더라는 것이었다. 딱한 노릇이다.

하는 수 없이 마님이 다시 나섰다. 어제 그 의사한테 하도 핀둥이를 맞고 푸대접을 받은 것을 생각하면 창피스럽기도 하였으나 그래도 한 번이라도 안면이 있으니 졸라보리라 한 것이다.

사정도 하고 떼도 쓰고 하며 간신히 진단서를 얻어가지고 바로 구청에 들러서 수속을 마치고, 그 길에 아주 영구차까지 끌고 오느라니 하오 두 시나 되었다.

"에그 어머니, 애쓰셨에요. 시장하실 텐데 어서 진지부터 잡수세야지."

금례가 밥상을 차리러 부엌으로 부리나케 뛰어들어간다.

"응, 얼른 차려라."

마님은 허구한 날 나다니고 밤늦게 들어와야 자식들에게도 생전 들어보지 못하던 애썼다는 인사가 귀 서툴기도 하고 좋기도 하였다.

"애, 그 내 두루마기하구 모자 내려오너라. 화장장에는 내 따라 나가마."

아랫방 문이 활짝 열리며 모른 체하고 누웠던 영감이 퀭한 눈으로 내다보며 소리를 친다. 뜰에서 서성대던 젊은 아들과 아이들은 깜짝 놀랐다.

"어딜 나가신단 말씀이에요. 가만히 누워 계십쇼."

경순이가 다가들며 말렸다.

"아, 너 어머니 대신에 내가 나간다. 아무리 먹는 것두 중하지만, 고작해야 왕복 한 시간이면 금세루 화구에다 집어넣구 올 터인데 시간을 다투는 차를 문간에다 세워놓구, 명색이라두 발인이랍시고 하는데, 그래 밥이 목구멍으로 넘어가더란 말이냐!"

영감은 푹 까부러져서 첫 서슬과는 딴판으로 헉헉 헛숨을 쉬어가며 따지는 것이었다. 자기가 나흘째나 절곡을 하고 앉았으니 그럴지도 모르겠지마는 좀 심하다고들 생각하였다.

"저 혼자 갔다 오겠습니다. 나가보시면 뭘 합니까. 어머니두 그만두세요."

하고 경순이는 운구를 하자고 뜰에 우중우중 섰는 젊은 애들에게 눈짓을 하며 시체방으로 올라섰다.

부엌에서는 금례가 밥상을 들고 나온다.

—〈문학예술〉, 1957. 2.

염상섭 연보

1897년 서울 종로구 적선동에서 부친 염규환, 모친 경주 김씨의 8남매 중 넷째로 출생. 호는 제월霽月, 횡보橫步.

1904년 조부에게서 한문 수학.

1907년 관립 사범부속보통학교 입학.

1909년 보성소학교로 전학.

1910년 보성중학교 입학.

1911년 일본 유학.

1912년 도쿄 아자부 중학교 2학년에 편입하였다가 중퇴하고 아오야마 학원에 입학.

1917년 교토 부립제이중학교로 편입.

1918년 게이오 대학 문과 예과에 입학. 한학기만에 병으로 자퇴.

1919년 황석우를 통하여 〈삼광三光〉 동인이 됨. 3월 18일 독립선언서를 발표하려다가 피검, 6월 10일 석방.

1920년 동아일보 정경부 기자로 입사, 6월에 퇴사. 남궁벽, 황석우 등과 더불어 〈폐허〉 동인 결성.

1921년 〈개벽〉에 단편 〈표본실의 청개구리〉 발표

1922년 최남선이 주재하던 주간종합지 〈동명〉 학예부 기자로 활동. 《묘지》 연재 시작.

1924년 첫 창작집 《견우화》와 장편 《만세전》 출간.

1926년 재 도일. 창작 활동에 전념.

1929년 김영옥과 결혼. 조선일보 입사, 학예부장으로 취임.

1931년 〈조선일보〉에 《삼대》 연재.

1935년 매일신보 입사.

1936년 만주로 이주하여 만선일보 주필 겸 편집국장으로 취임.

1939년 중국 안동으로 이주.

1945년 신의주로 귀국.

1946년 서울로 돌아와 돈암동에 거주. 〈경향신문〉 창간과 동시에 편집국장으로 취임.

1949년 단편집 《해방의 아들》 출간.

1950년 6·25 전쟁 당시 피난을 못 가 숨어지냄.

1951년 해군 정훈장교로 종군.

1952년 〈조선일보〉에 《취우》 연재.

1954년 예술원 종신회원으로 추대. 서라벌 예대 학장으로 취임.

1960년 단편집 《일대의 유업》 출간.

1962년 3·1문화상, 대한민국 문화훈장 수여.

1963년 직장암으로 사망.

11

두 파산

염상섭 대표작품집

초판 1쇄 인쇄 2014년 9월 15일
초판 1쇄 발행 2014년 9월 22일

지은이 염상섭
펴낸이 이범상
펴낸곳 (주)비전비엔피 · 애플북스

기획 편집 이경원 박월 윤자영 강찬양
디자인 김혜림 김경년 손은이
마케팅 한상철 이재필 김희정
전자책 김성화 김소연
관리 박석형 이다정

주소 121-894 서울특별시 마포구 잔다리로7길 12 (서교동)
전화 02) 338-2411 | **팩스** 02) 338-2413
홈페이지 www.visionbp.co.kr
이메일 visioncorea@naver.com
원고투고 editor@visionbp.co.kr

등록번호 제313-2007-000012호

ISBN 978-89-94353-55-5 04810

· 값은 뒤표지에 있습니다.
· 잘못된 책은 구입하신 서점에서 바꿔드립니다.

「이 도서의 국립중앙도서관 출판시도서목록(CIP)은 서지정보유통지원시스템 홈페이지(http://seoji.nl.go.kr)와 국가자료공동목록시스템(http://www.nl.go.kr/kolisnet)에서 이용하실 수 있습니다.(CIP제어번호: CIP2014022296)」